文春文庫

追憶のかけら

貫井徳郎

文藝春秋

目次

追憶のかけら

1

今日はここまで、と告げたとたん、緊張が解けて心も体も弛緩《しかん》した。教壇に立つようになってもう七年になるが、未《いま》だに人前に出たときには緊張を覚える。少しの昂揚《こうよう》と興奮、わずかばかりの自負と矜持《きょうじ》、そして年を追うごとに目減りしていく将来への希望。それらを抱えて教壇に上がり、複数の学生たちに自分の知識を分け与える作業が、わたしはずっと好きだった。これからも、おそらく好きであり続けるだろうという予感がある。もしそれが許されるなら、の話だが。

学生たちはさっそくなにやらお喋《しゃべ》りをしながら、ノートや筆記具を片づけていた。わたしの授業を選択している学生は、基本的に皆真面目である。授業中に化粧を直したり、携帯電話でメールを打つような者はいなかった。わたしは決して人気講師というわけではないが、学生には恵まれていると思う。

「先生、少し元気になってきましたね」

一番前の席に坐っていた女子学生が、微笑《ほほえ》みを含んだ声でそう話しかけてきた。思いがけないことを言われ、わたしは目をしばたたく。

「そうかい。それならいいんだけど」

「うん。気持ちがこの世に戻ってきた感じ。目が虚《うつ》ろじゃなくなりましたよ」

「目が虚ろ？ 前はそうだったか」

「あーっ、やっぱり自覚なかったんだ。もう涙なしには見られないくらい、いっつもこの辺を見つめてましたよ」

女子学生は手を伸ばし、頭上の中空を指し示す。わたしは苦笑して、「そりゃ危ないな」と軽口で応じた。学生は何も気づいていないようで、しっかりこちらを観察している。

「別に授業に身が入らなかったわけじゃないけどね」

「わかりますけどねー。でも、いつまでも悲しんでても辛《つら》いだけですよ。あたしみたいな子供がこんなことを言ったら、偉そうですけど」

「いや、そんなことはないよ。まったくそのとおりだ。いいことを言う」

誉《ほ》めると、女子学生は嬉《うれ》しそうに笑い、頭を下げて友人と一緒に教室を出ていった。わたしはなんとなく力をもらった気分で、足取り軽くその後に続いた。

真《ま》っ直《す》ぐ講師控え室に戻ると、副手の青井《あおい》さんしかいなかった。パソコンのキーボードを叩いていた青井さんは、ちらりとこちらに目をやると、「お疲れ様です」と無愛想に言った。

「ああ、どうも」

曖昧《あいまい》に応じてから、失敗したかなと青井さんの顔色を窺《うかが》う。竹を割ったような性格の青井さんは、わたしのこうした覇気のない態度があまり好きでないようだ。気をつけなければならないと思いつつ、つい油断して隙《すき》を見せてしまう。すると案の定、青井さんはこちらをじろりと見て席を立った。何か言われるかなと、わたしは軽く覚悟を固めて身構えた。

「松嶋《まつしま》先生、疲れてます？」

青井さんは真っ直ぐにこちらを見て、そう尋ねた。予想もしなかった問いかけに、わたしは最前の自戒も忘れてまたしどろもどろになる。

「いや、まあ、疲れていると言えば疲れているかも……」

答えてから、またやってしまったと思ったが、もう遅い。青井さんは興味なさそうに目を逸《そ》らすと、部屋の奥に姿を消した。

青井さんが本棚の裏に消えたのを見て、わたしはふと息を漏らした。講師の数少ない憩いの場所で、どうしてこんなに緊張しなければならないのか。青井さんはまだ若く、野暮ったい眼鏡を外せば美人と見えなくもない人なのだが、あのつっけんどんな態度だけはどうにもいただけない。なんとかならないものかと思うが、もちろんそんなことを直接言う勇気は持ち合わせていなかった。

そんなことをつらつらと考えていると、青井さんが戻ってきた。真っ直ぐに突き刺すような視線を向けられると、まるで内心を見透かされている気がしてきて、腰が引ける。だが青井さんはこちらのそんな弱気を無視して、わたしの目の前に小さなカップを置いた。

「なんです、これ？」

カップの中には、飴色《あめいろ》の液体が入っていた。これを飲め、ということなのだろうか。

「もろみ酢。知ってます？」

「モロミス？　何それ？」

「酢ですよ、お酢。黒砂糖が入ってて飲みやすくなってますから、飲んでみてください」

「酢？」

何故《なにゆえ》に酢などをそのまま飲まなければならないのかと、わたしは已《おのれ》の運命を呪いたくなった。だが今は、この悲運から逃れるすべなどない。飴色の液体を見て、助けを求める気分で青井さんの顔を見て、そして諦《あきら》めて恐る恐る手を伸ばした。

「けっこうおいしいですから、ぐいっといくといいです」

青井さんはあくまで淡々と言う。わたしは覚悟を固め、口の中に一気に流し込んだ。さぞや鼻につんと来るだろう、と予想していたが、案に相違してまったく刺激臭はなかった。むしろ甘く、確かに飲みやすい。これが酢とは、言われなければわからないだろう。

「ああ、意外とおいしいね。なんですか、これ？」

わたしはカップを机に置いて、尋ねた。青井さんは仁王立ちのまま、こちらを見下ろして答える。

「今話題なんですが、知りませんか？　体の中の疲労物質を溶かしてくれるんですっ

「へえ、知らないなぁ」

「どこに行っても売り切れなんですけど、たまたま手に入ったのでお裾分けです。松嶋先生、お疲れのようだから」

「そ、そりゃどうも」

わたしはまたしてもはっきりしない受け答えをしてしまう。それでも青井さんは苛々《いらいら》することなく、空のカップを取り上げた。

「娘さん、取り返したいんでしょ。もっと元気出さなきゃ駄目ですよ」

「ああ、うん、そうだね」

青井さんはわたしの返事に満足したのか、カップを手にしたまま本棚の裏に消える。わたしは安堵《あんど》の吐息をつきつつ、青井さんの好意を嬉しく感じた。愛想のない青井さんの態度は苦手だったが、たまにふとこういう面を見せられると避ける気にはならない。言葉に潤《うるお》いはまったくないものの、わたしのことを気にかけてくれているのは確かなのだ。ありがたいことだと思う。

戻ってきた青井さんは、それきりわたしの存在など忘れたようにパソコンに向かった。ただぱちぱちとキーを叩く音だけが部屋の中に響く。わたしはお茶が飲みたかったが、青井さんに所望するわけにもいかず、なんとなく落ち着かない気分のまま椅子《いす》に坐り続けた。

するとそこに、三人目の人物が現れて重たい雰囲気を破ってくれた。山崎《やまざき》はいつものように少し前屈《まえかが》みに部屋に入ってくると、わたしを見て「やあ」と言った。

「いたのか。久しぶり」

「久しぶりって、先週の同じ時間に会ったじゃないか」

わたしは苦笑しながら応じる。学究の徒など大なり小なり浮世離れしているものだが、この山崎もご多分に漏れない。体内時計が著《いちじる》しく狂っているのではないかと思われるスローテンポは、一般社会ではとうてい通用しないだろう。所を得てこうして大学で講師の職に就いているのは、本人にとって幸いなことだとわたしは常々考えている。

「一週間ぶりなら久しぶりだよ」

山崎はにこにこしながら、わたしの隣に腰を下ろす。小柄で童顔の山崎は、学生たちの中に混じればなんの違和感もなく馴染《なじ》みそうだ。外見だけで彼を講師と見抜ける人は、そうそういないに違いない。

「あのさあ、青井さん。お茶くれる？」

山崎は恐れ気もなく、パソコン仕事に没頭している青井さんに声をかける。副手とは本来そういう仕事であるのだが、青井さんにこんなにも堂々とものを頼めるのは鈍感な山崎くらいだろう。わたしはいつも冷や冷やするが、青井さんはいやな顔ひとつせずに山崎の指示に従う。そんな姿を見ると、対人関係には相性というものがあるのだなぁと改めて思う。

現に今も、青井さんは作業の手を休めて「はい」と素直に応じ、流し場に立った。わたしは視線を山崎に移し、話しかける。

「山崎、もろみ酢って知ってるか？」

仕入れたばかりの知識をひけらかしてみた。山崎は期待どおり、「何それ？」と小首を傾《かし》げる。

「知らないのか。今話題なんだぞ。ねえ、青井さん」

同意を求めたが、それは沈黙で応じられた。わたしはいささか気まずい思いで、軽く咳払《せきばら》いする。

「青井さん、せっかくだからこいつにも飲ませてやってくださいよ、もろみ酢」

めげずに再度話しかけると、ようやく青井さんは顔を出した。

「酢ですよ、山崎先生。飲みます？」

「えーっ、酢なの？　そんなのいらないなぁ」

「じゃあお茶を淹《い》れますから、少しお待ちください」

「あ、じゃあぼくも」

手を挙げて頼んだが、やはり返事はなし。わたしは挙げた手のやり場に困り、曖昧に笑ってごまかした。山崎はわけもわからず、ただにこにこしている。

女性の気持ちに鈍感なことではいささか自負のあるわたしだが、こうまで露骨に態度を変えられては、いやでも気づかざるを得ない。どうやら青井さんは、山崎のことが好きなようだ。あのクールな青井さんに恋愛感情があるとは信じがたいが、そんなことを口にすればさぞや冷ややかな視線を向けられることだろう。寿命を縮めたくないわたしとしては、黙っているしかない。

しかしそんな青井さんの気持ちに、鈍感さではわたしに勝るとも劣らない山崎はまるで気づいていない。いつか指摘してやろうと思いつつ、これまで果たせずにいるのは、よけいなことをして青井さんに睨《にら》まれたくないからだ。気づいてやれよと、わたしはただ内心で山崎を罵《ののし》る。

「どうぞ、お疲れ様でした」

青井さんは湯飲み茶碗を運んできて、山崎とわたしの前に置く。山崎にだけお茶を出されたらどうしようと本気で心配していたので、密かに胸を撫《な》で下ろした。山崎は愛想よく、「ありがとう」とのんびりした口調で応じている。

「あのさあ」

山崎はずるずると音を立ててお茶を啜《すす》ると、そう話しかけてきた。山崎は「あのさあ」と話題を切り出すのが癖だが、次の言葉を続けるまでに信じられないほど時間がかかる。下手をすると三分くらい待たなければならない場合がある。そんな人間がいることを他人の口から聞けば冗談だろうと疑うところだが、これが本当なのだ。知り合った当初はいつも苛々させられたが、人間どんなことにでも慣れるものである。今では耳掃除でもしながら続きを待つ余裕が持てるようになった。

「松嶋くん、元気?」

思わず茶碗を取り落としそうになった。先週会ったばかりで、しかも今現在も目の前にいる人間に尋ねる言葉だろうか。わたしは口に含んでいたお茶をかろうじて飲み干してから、「元気だよ」と応じた。

「もろみ酢飲んだからな」

「もろみ酢って何？」

こんなときだけはすかさず問い返してくる。説明するのが面倒だったので、「元気の出る薬だよ」と適当に答えておいた。

「で、おれが元気だったらどうなんだよ」

「よかったね、元気になって」

山崎はにやぁっと笑う。なんとも脱力感を覚えさせる、こんにゃくのような笑みだった。こいつを相手に本気で腹を立てられる人間など世の中にいないだろうから、これもひとつの人徳なのだろう。実際、山崎は学生たちに人気がある。

「じゃあさぁ、この後飲みに行かない？」

「飲みに？　おお、いいけど」

「よかった」

山崎がこうしてわたしを酒に誘うのは珍しいことではなかった。最低月に一度は、大学のそばの居酒屋に飲みに行っている。だが、だからといって山崎が酒好きというわけではない。むしろ山崎は、一滴もアルコールが飲めない下戸《げこ》なのだ。それなのに酒に誘うのは、他人が酔っている様を見るだけで自分も酔った気分になれるからだという。なんとも変わり者だが、こんなことでいちいち驚いていたら山崎とは付き合えない。特にここ数ヵ月ほどは、山崎に誘われることでどれだけ救われた気になっていたか、自分でもわからないほどだった。ありがたいと感謝していたが、長い付き合いの者同士では照れがあるので、口に出してはいないのだが。

「青井さんも、行く？」

山崎はパソコンに向かっている青井さんにも声をかけた。朴念仁《ぼくねんじん》の山崎にしては上出来だとわたしは感心したが、残念ながら肝心の青井さんの反応は芳《かんば》しくなかった。

「せっかくお誘いいただいたのに残念ですが、どうしても今日中に打ち込んでしまわなければならないデータがあるんです。また今度誘っていただけますか」

青井さんは手を休め、きちんと山崎の方を向いて答えた。これがわたしであれば、目も向けずに「行きません」と突っぱねられるだけだろう。不公平な気もするが、我が身の不徳を思えば贅沢《ぜいたく》は言えなかった。

「じゃあ、少し早いけど、行こうか」

山崎は腰を浮かせて、わたしを促した。控え室を出ようとするわたしたちの背を、「行ってらっしゃい」と事務的な青井さんの声が追ってきた。

2

行きつけの居酒屋は、大学から徒歩で五分ほどのところにある。地の利はいいが、駅とは反対方向なので、客が学生ばかりということはない。その点を好んで、わたしと山崎は何かというとこの店に来ていた。

まだ時刻が早いせいで、店内に客の姿は少なかった。わたしは馴染みの店員に挨拶《あいさつ》をしてから、勝手に奥の席に坐った。山崎と相談しながら料理を適当に頼み、運ばれてきたビールとウーロン茶のジョッキを合わせる。山崎は実に旨《うま》そうにウーロン茶を啜り、大きく息をついた。遠目にはビールを飲んでいるように見えることだろう。

「仕事の後の一杯はおいしいねぇ」

いっぱしの酒飲みのようなことを、山崎は言う。ノンアルコールでそんな気分が味わえるのだから、安上がりな人間である。

「確かにおいしいけどさ、お前もいい加減いい年なんだから、おれと一緒にウーロン茶飲んで喜んでる場合じゃないだろ」

山崎はわたしと同じ年なので、今年で三十四になる。安月給の非常勤講師に独身者は珍しくないが、山崎の場合は給料の多寡が問題なのではなく、学生時代からまるで女っ気がなかったのだ。結婚、子供の誕生、妻との別居、死別と、可能な限りのあらゆる事態を経験してしまったわたしとしては、山崎のあまりに代わり映えしない日常をつい心配してしまう。よけいなお世話とわかってはいるのだが。

「なんで？　今は同じ独身同士なんだから、別にいいじゃない」

ニッと笑う山崎は、わたしの言葉を歯牙《しが》にもかけていない。こちらもそれほどこだわりたい話題でもないので、「まあいいけどさ」と適当に応じた。

「確かに今は、おれも独身だもんなぁ」

妻に死なれてまだ三ヵ月では、改めてそう口に出さなければ自分の現状をつい忘れてしまう。結婚前はこうしてよく山崎とつるんでいたものだから違和感もないが、考えてみれば咲都子《さとこ》が生きていた当時は真っ直ぐ家に帰っていたのだ。あの頃は楽しかった、などと振り返ると胸が苦しくなるので、まだ回想はしない。回想は、辛い思い出を持たない者だけに許された行為だと、わたしは最近知った。

「独身に戻ってさぁ、寂しい？」

十数年の付き合いになる山崎に、遠慮などという概念はない。他の人なら尋ねるのに躊躇《ちゅうちょ》するようなことを、平気で訊《き》いてくる。むろんわたしも、気分を害するようなことはない。寂しいかと訊かれれば、確かに寂しいなと思うだけである。

「結婚前の独身と、今の独身はやっぱり違うよな。恵まれた状況を知らなければ、寂しいと感じることもなかったのに、と思うよ」

「じゃあさ、里菜《りな》ちゃんを呼び戻せばいいじゃない」

山崎が里菜に言及するのは、咲都子の死後初めてのことだ。それを口にしても大丈夫だと思えるほど、わたしも立ち直ってきたのだろう。目覚ましい心境の変化があったわけではないが、なるほど時の力とは偉大なものだと実感する。辛い思い出も、こうしていつか風化していくのだろうか。

「もちろん、おれだって里菜を取り戻したいよ。でもさぁ……」

わたしの語気は、情けなく鈍る。また娘と暮らしたいという気持ちは強く持っているのだが、いざそれを実行に移そうとすると、目の前にはあまりにも大きすぎる壁が立ち塞《ふさ》がっていた。

「麻生《あそう》先生の気持ちもわかるけどね。でもやっぱり里菜ちゃんにしてみたら、おじいちゃんおばあちゃんよりパパの方がいいでしょ」

「そうだといいけどね」

咲都子が死ぬ一週間前、わたしたち夫婦はあることが原因で大喧嘩《おおげんか》をした。と言えばまだ聞こえがいいが、要はわたしが愛想を尽かされたのである。頭に角を生やして怒りまくった咲都子は、娘の里菜を連れて実家に帰った。愛想を尽かされた亭主であるわたしとしては、ほとぼりが冷めた頃におもむろに迎えに行くつもりだった。

それなのにせっかちな咲都子は、わたしのことを待てなかった。娘を実家に預けて外出している際に、交差点で暴走車に撥《は》ねられ、あっさり死んでしまったのだ。

車を運転していたのは、免許証を取ったばかりの四十代のおばさんだった。苦手な右折にばかり注意を向けて、アクセルとブレーキを踏み間違えたという。あまりにありふれていて、馬鹿馬鹿しく、だが当事者にしてみればどうしようもなく深刻な事故だった。

せめて言い訳のチャンスを与えて欲しかったと思う。何も別居一週間で死ななくたっていいじゃないかと、文句のひとつも言いたくなる。だが咲都子だって、まだ三歳でしかない里菜を残して死にたくはなかっただろう。誰が一番かわいそうかと順位をつければ、それは間違いなく咲都子のはずだ。わたしもそんなことはわかっている。

それでも、わたしだって僅差《きんさ》の二位にはなるのではないか。少なくとも自分ではそう思っていた。同じ死別でも、別居中でさえなければもう少し状況はすっきりしていたのだ。最悪のタイミングで最悪の事態が起きてしまい、わたしは唖然《あぜん》とした。自分が幸運の星の下《もと》に生まれた人間とは思わないが、よくもまあここまでひどい目に遭うものだとただただ呆《あき》れてしまう。

妻が実家に帰っていなければ、残された娘は素直にわたしが育てるところだった。しかし咲都子が死んだ瞬間、里菜は妻の実家にいた。咲都子の父母にとって、咲都子は大事なひとり娘だった。つまり里菜は、もう二度と得られない貴重な孫娘というわけだ。そんな掌中の珠《たま》を、咲都子の父が情けない娘婿に渡すはずもない。わたしがいかに懇願しようと、自分たちが手許に置いて育てると言い張った。その頑《かたく》なさは、まさに壁と形容するのがふさわしかった。

親ならば、絶対に諦めるべきではなかったと他人は言うかもしれない。いくら拒否されても、強引に奪い返すのが父親として当然の態度だったのではないかと自分でも思う。しかし現実に返れば、わたしひとりで三歳の子供を育てられる自信はなかった。無理に連れ帰っても、翌日から娘の処遇に困ってしまう。わたしの両親は地方に住んでいるので、預かってくれる人といえば咲都子の親しかいないのだ。せめて保育園に入園できるまでの繋《つな》ぎだと自分に言い訳して、わたしは里菜を妻の実家に預けている。それで本当にいいのかと責め立てる、内なる声を意識しながら。

「保育園に入れればなぁ。そうすれば里菜を引き取ることもできるんだけど」

わたしはつい愚痴《ぐち》をこぼす。引き取ったら引き取ったで、男親には想像もつかない苦労が待ち受けているとわかっているのだが、それでももう一度娘と一緒に暮らしたいという気持ちは揺るがなかった。

「あのさあ、父子家庭だと優先して入園できるんじゃないの？　そんな話も聞いたことあるけど」

運ばれてきた料理を頬張《ほおば》りながら、山崎はもぐもぐと言う。わたしはなんとなく食欲がなくなってきて、ビールばかりを喉《のど》に流し込んだ。

「母子家庭だと優遇されるんだけどね。父子家庭じゃあそうでもないんだよ。要は経済力の問題らしい」

「男親は経済力があるってこと？　だったら、優先してもらう権利があるじゃない。給料安いんだから」

「それは福祉課の人に言ってくれ。おれたち非常勤講師の経済力がいかに低いかを」

「大学の先生って言ったら、お金持ちみたいなイメージがあるのかなぁ」

山崎は太平楽な口振りで応じつつ、せっせと食べ続ける。この場は割り勘なので、さすがに食べないと損だと思い、わたしも箸《はし》を伸ばした。

「四月になれば、まだ入園できる可能性が高くなるんだけどね。年度の途中ではまず無理だ。四月まで一時的に無認可の保育所に預けるとしても、そういうところは高いんだよ。ちょっと、とてもじゃないけどおれの収入では厳しい」

「子育てはお金がかかるんだねぇ」

のんびりした山崎の口調は、こちらの苦労などまるで気にかけていないように聞こえるだろう。我々の会話を横から聞いている人がいたなら、無神経だと思うかもしれない。だがわたしは、こんな調子の山崎が誰よりもこちらを気遣っていることを知っている。ただ他の人と波長が違うだけで、決して他人事《ひとごと》と思っているわけではないのだ。

わたし自身は、山崎とは正反対でむしろせっかちなたちである。それなのにこうして付き合いが続いているのは、おそらく山崎のスローテンポがわたしの短気を中和してくれているからだろうと受け止めている。思い返してみれば山崎自身も、知り合った当初に比べてずいぶんテンポが速くなった。向こうは向こうでわたしの影響を受けているのだろう。

「四月だよ、四月。四月になって、ちゃんと認可保育園に入れればね。そうすれば麻生先生と喧嘩してでも里菜を引き取るんだけど」

わたしは呟《つぶや》きにも似た心情吐露《とろ》をする。山崎は眉《まゆ》を吊り上げて「へえ」と驚きを示した。

「君がそんなことを言うなんて、本気なんだね。立派だよ」

「でもそのときは、大学にいられないだろうな。ただでさえ針の筵《むしろ》なんだから」

義父である麻生教授は、わたしが教鞭《きょうべん》を振るっている明城《めいじょう》学園大学の有力者である。わたしが講師になれたのも、麻生教授の引きがあったからなのだ。わたしは近いうちに助教授に昇進し、やがては教授になるだろうと周囲に目されていた。わたしが馬鹿な真似さえしなければ。

「麻生先生、里菜ちゃんのことかわいがってるんだ」

いまさら知ったように、山崎は確認した。わたしは深く頷《うなず》く。

「かわいがってるなんてもんじゃないよ。もう頭から爪先までべろべろ舐《な》め回しかねない勢いだ」

「へえ。あの麻生先生がねぇ」

山崎が驚くのも無理はない。厳格な麻生教授が孫娘の愛らしさに相好《そうごう》を崩している様など、わたしだって目の当たりにするまで想像もできなかった。だが麻生教授は早くに父親を亡くし、母ひとり子ひとりで育ったという。だからよけいに、肉親に対する情が強いのかもしれない。その情がわたしにとって障壁となる日が来ようとは、夢にも思わなかったのだが。

「でもさあ、子供はやっぱり親と一緒に暮らした方がいいよ。麻生先生だって、そんなことはわかってるでしょ」

「わかってるといいけどね」

とうていわかってなどいないだろうなと思いつつ、わたしは希望的観測を口にした。麻生教授にとって、周囲の人間はすべて自分の意志に従うべき存在なのだ。弟子が愛娘《まな》の機嫌を損ねただけでも許しがたいのに、その上孫まで奪い取ろうとすれば、どんなに怒り狂うことか。その際に演じられるだろう修羅場を思うと、どうにも憂鬱《ゆううつ》になる。

「まあ、いずれにしてもそろそろ身の振り方を考えた方がいいんだろうな、おれは。いまさら教職以外の仕事なんてできないから、どこか違う大学で講師の口が見つかればいいんだけど」

「そんな寂しいこと言わないでよ。麻生先生に追い出されると思ってるの？　でも麻生先生はそんな人じゃないよ」

山崎は弁護するが、その意見には首肯《しゅこう》しかねた。山崎とわたしと、どちらが麻生教授をよく知っているかと言えば、それは絶対にわたしなのだ。

「気まずいのはわかるけどね。他の大学に移りたい気持ちは理解できるよ」

頷こうとしないわたしを見て、山崎はさらに言葉を重ねる。わたしは生ビールのお代わりをした。

「でも、どこか当てはあるの？　他の大学の講師の口は」

「……いや、ないんだ」

痛いところを突かれ、わたしの声のトーンも下がる。特にこれといった実績を残しているわけでもないわたしに、他大学からの引きなどあるはずもなかった。

「娘を引き取れば職を失う。職にしがみつけば娘は取り戻せない。松嶋くんも四面楚歌《しめんそか》だね」

山崎は見事にわたしの現状を整理してくれた。そんな整理をされても、ちっとも嬉しくないのだが。

「何か一発、目立つ業績を残せればなぁ。そうすれば麻生先生の顔色を窺い続ける必要もないんだけど」

ずっと考え続けていることを、わたしは思わず漏らした。明城のような小さな大学では、目立たず大過なく過ごしてさえいれば教授になれるというものではない。やはりひとつ目覚ましい業績を上げ、自分の存在意義を学会に示す必要があった。

だが実際には、国文学のジャンルでそうそう画期的な業績など残せるものではない。新発見の資料は真っ先に有名教授の許に届けられるし、斬新《ざんしん》すぎる仮説は鼻であしらわれる。充分に説得力があるほど堅実で、なおかつ学会の注目を集める程度にオリジナリティーのある論文を発表しないことには、恩師の援助もなく自力で次の就職先を探すことなど不可能だった。

つまりそれは、非才の身にはとてつもなく困難なことなのである。いっそ宝くじでも買った方が、まだ現実味があるのではないかと弱気に考えているほどだった。

「一発か。山師みたいだね」

山崎はにやっと笑って、あまりに的確な形容をする。なるほど確かにそのとおりだと、わたしはただ苦笑した。

3

山崎の言葉に刺激されたからというわけでもないのだが、その週の日曜日に、わたしは里菜に会いに行った。里菜と会うこと自体は、麻生教授にも禁じられていない。だから、できることなら、毎週でも毎日でも会いに行きたいところだが、そのためには麻生の家の冷え冷えとした雰囲気に耐え続ける必要がある。里菜に会うため、と思えばこそ多少の我慢はできるけれど、毎日通い続けるエネルギーはさすがになかった。

前日までに連絡は入れず、当日の朝になって今から行くと電話をした。電話口に出た義母は戸惑った様子だったが、わたしは用件のみでさっさと切り上げる。向こうに身構える隙を与えないのが、里菜に会いに行く際のコツだった。そうしなければ、言いたいことを百箇条くらい並べて待ちかまえられてしまう。

電話から二十分後に、わたしは麻生家の玄関前に立った。呼び鈴を押すと、義母の返事と同時にぱたぱたと小さな足音が近づいてくる。重い玄関扉は幼児の力には余るらしく、開けようとする気配だけが感じられた。やがて大人の手で扉が開けられ、そのわずかな隙間から小さな影が飛び出してきた。

「パパだ！」

里菜は叫ぶと、わたしの膝にしがみついてきた。別々に暮らすようになってたった三ヵ月だが、そんな短い間にも身長が一、二センチは伸びたような気がする。わたしは里菜の両腋《りょうわき》に手を差し入れ、高々と抱き上げてやった。

「久しぶりだなぁ、里菜。おじいちゃんおばあちゃんの言うことを聞いて、いい子にしてるか？」

「いい子にしてるよ。里菜、いい子だもん」

自分の素行を疑われたと感じたらしく、里菜は口を尖《とが》らせて抗弁した。わたしは娘を胸元に抱き寄せ、頭を撫でた。

「そうか。そうだよな。里菜がいい子なのは、パパが一番よく知ってるよ」

そう応じてから、玄関口に立っている義母に改めて頭を下げた。義母はわたしたち父子の交流を見て、なんとも複雑な表情を浮かべている。孫の幸せを一番に考える義母は、わたしという親の存在をそれなりに認めているのだ。わたしとしてはそんな義母の迷いを、最大限に利用しなければならない。

「お邪魔します。里菜のこと、いつもありがとうございます」

あくまで一時的に預けているだけだという言外のニュアンスを込めて、わたしは挨拶する。だが義母は、そんなこちらの思惑に真っ向から対抗した。

「いえいえ、お礼を言われる筋合いはないですよ。里菜ちゃんはわたしたちの孫なんですから」

麻生教授に比べて多少は付け入る隙があるとはいえ、さすがは教授の妻である。凛《りん》とした態度でそう言われると、わたしはたちまち後込《しりご》みしたい気分になってしまった。

「ねえ、パパパパ。それおみやげ？」

里菜は目敏《めざと》く、わたしが手にしている箱を指差した。ここに来る途中で買ってきた、ケーキが入っている箱だ。

「そうだよ。里菜が好きなイチゴケーキだ」

「イチゴケーキ、やったぁ」

里菜は短い両手を真っ直ぐに挙げて、喜びを示した。さすがにその無邪気さには義母も相好を崩し、「どうぞお入りください」とわたしを請《しょう》じ入れてくれた。

「先生は？」

わたしは靴を脱ぎながら、白々しく尋ねる。義母はそれに対しても、あくまで平然と応じた。

「いつものウォーキングに行ってますよ。あと一時間くらい帰ってこないでしょう」

麻生教授は健康維持のために、日曜の午前中は必ず数時間のウォーキングをするのを習慣としていた。もちろんわたしは、それを知っていたからこそこの時間に押しかけたのである。義母もわたしの思惑をわかっていて気づかぬ振りをしているのだから、狐《きつね》と狸《たぬき》の化かし合いみたいなものだ。毎度のこととはいえ、やはり神経が疲れる。

「ねえねえねえ、パパ。イチゴケーキ、一個食べていいの？」

里菜は期待に目をきらきらさせて、そう尋ねる。わたしは義母に導かれるまま応接室に入り、里菜をソファに坐らせた。

「いいぞ。ちゃんと歯を磨けばな」

「やったぁ」

また里菜は万歳をする。どうやら厳格な祖父母たちは、里菜にあまり甘いものを食べさせてくれないようだ。確かにむやみやたらとお菓子ばかり食べさせられても困るが、せめてイチゴショートの一個くらいは許してやりたい。義母が苦々しい顔をするかもしれないけれど、ここは断固、里菜の味方になるつもりだった。

義母はコーヒーカップをトレイに載せ、運んできた。里菜には牛乳を出してくれる。里菜は丁寧に「いただきます」と手を合わせてから、猛然とケーキに取りかかった。礼儀は一緒に暮らしていた頃より身についたことを、わたしも認めざるを得ない。

義母は卓を挟んでわたしと向き合うと、ひたと視線を据えてきた。咲都子も人の目を真っ直ぐに見て話をする女だったが、それは母親譲りのようだ。義母に見つめられると、ただでさえ負い目のあるこちらはたじたじとなる。だからわたしは気づかぬ振りをして、里菜の食べっぷりにだけ注意を向けていた。

「真司《しんじ》さん」

視線を合わせようとしないわたしに業《ごう》を煮やしたか、義母は静かに名前を呼んだ。わたしは覚悟を固めて顔を上げた。

「咲都子のお骨のことなんですけど」

やはりその話題か。わたしは内心でだけ顔を歪《ゆが》める。こちらとしては解決済みの問題として処理したいところだが、向こうにとってはただ店晒《たなざら》しになっていることなのだろう。里菜の引き取りだけでも難問なのに、この上わたしを苛《いじ》めないで欲しいと思うが、先方は少しも苛めているつもりなどないのが始末に悪い。

「いい加減、こちらにお返しいただけないでしょうか」

義母の言葉は切り口上である。何度も話し合っていることなので、いまさら婉曲《えんきょく》な表現などできないようだ。ならばわたしも、直截《ちょくせつ》に答えるだけだった。

「その件に関しては、以前から申し上げているとおり、わたしが墓を設けます。咲都子はあくまでわたしの妻として死んだのですから、わたしと同じ墓に入るのが筋ですので」

「じゃあ、そのお墓はいつ用意できるんですか」

予想された切り返しだが、わたしは言葉に詰まる。里菜を引き取ることすらできないわたしに、墓所はあまりに高価だった。安いところはとんでもなく遠方になるし、近場はとても手が出ない。いつかは適当な場所を見つけたいと思いつつ、咲都子の遺骨は未だわたしの部屋に安置されている。

「わたしもこんなことは言いたくありませんが」

義母はそう前置きをする。こんな前置きがあるだけ、義母は麻生教授より優しいと言えるのだ。ほんのわずかな違いでも、今のわたしには縋《すが》りつきたい寄《よ》る辺《べ》である。

「咲都子はここに帰ってきているときに死んだのですよ。籍は確かに抜いてなかったかもしれませんが、実質的には麻生に戻ってきていたわけでしょ。なら、麻生の墓に入れるのが故人の希望に添うことになるのではないでしょうか」

「いや、あの、ちょっとそれは……」

あまりにはっきり言われ、わたしはただただ圧倒される。言いにくいことを、よくもこんなに正面から言ってくれるものだ。自分が責められる立場になければ、素直に感心しているところだろう。

「別に咲都子は、わたしとの離婚を望んでいたわけではないと思いますよ。咲都子が離婚したいとでも言ってたんですか」

「口に出してはいませんでしたけどね」

心の中では考えていたはずだ、と言いたげな義母の口振りである。しかし恐山《おそれざん》のイタコでもあるまいに、死んだ人の内心を勝手に忖度《そんたく》されても困る。

「考えていなかったから、口に出さなかったんですよ」わたしはなんとか言い返す。

「ご存じのように咲都子は真っ直ぐな性格でしたから、カッとなった勢いで飛び出しただけで、別にわたしと別れるためにここに帰ってきたわけでは……」

「カッとなっただけ、ですか」

義母は冷ややかに、わたしの表現を繰り返した。失敗したかなと、わたしは内心で冷や汗をかく。

「確かに咲都子は真っ直ぐな性格でしたが、でも咲都子に限らず誰でも、夫にあんな仕打ちを受ければ怒るものではないでしょうか。男の方にしてみればちょっとした遊びなのでしょうけど、こういうことをきっかけに離婚する夫婦は決して珍しくないと思いますよ」

義母は麻生教授に比べれば、わたしに同情的である。高い壁を崩すなら、ウィークポイントは義母だと思っている。そんな義母でもわたしに対して一線を画しているのは、咲都子を怒らせた原因が原因だからだ。これについては、女親としてはさすがに腹に据えかねるものがあるだろうとわたしも理解する。

咲都子との仲違《なかたが》いに関しては、非は全面的にわたしにある。酔った勢いとか、出来心とか、いくらでも言い訳したいことはあるが、それは男にとって都合のいい論理だろう。咲都子が生きてさえいれば、土下座して詫《わ》びたかったところだ。自分の馬鹿さ加減がいやになる。

きっかけは、悪友の誘いだった。転勤で海外に住んでいた高校時代の友人が、久しぶりに日本に帰ってきて、わたしに連絡をくれた。わたしとそいつは数年ぶりの再会を喜び、羽目を外して痛飲した。挙げ句そいつは、日本の女の肌が恋しいなどと言い出し、わたしを風俗店に誘った。ふだんだったら躊躇するところだが、アルコールの力で箍《たが》が外れていたわたしは、気が大きくなってそのままついていってしまった。

実はそのときのことは、あまり記憶に残っていない。わかっているのは、その店で女の子にもらった名刺を後生大事に持ち帰ったという事実だけだ。すっかりいい気分で帰宅したわたしは、名刺を入れた財布をスーツを脱ぐ際に床に落としたらしい。名刺は財布から飛び出し、咲都子の目に留まる。そして翌日目覚めてみると、名刺を前にして咲都子が鬼のような形相をしていたというわけだ。二日酔いで頭が割れるように痛かったが、一瞬で正気に戻ったことは言うまでもない。

あまりに情けない仲違いの理由を、できるなら咲都子だって両親に話したくはなかっただろう。だが娘を連れて実家に戻るには、その原因を告げずに済ませることはできない。かくしてわたしは、怒りと呆れと、冷ややかな視線を義父母からたっぷり浴びせられることになる。この家の居心地が極端に悪くなったのも、つまりは自業自得以外の何物でもなかった。

「――おっしゃるとおりではありますが」

言葉を返すには、面の皮を三センチくらい厚くする必要があった。だがここで負けるわけにはいかない。これ以上わたしは、大事なものを失うことなど我慢できなかった。

「でもわたしたちは、話し合う時間すら持てなかったんですよ。わたしは許してもらえるまで、何度でも詫びるつもりでした。絶対に離婚だけは避けるつもりでした。それだけは、わかってください」

熱誠を込めて言い募《つの》ると、義母の硬い表情も心なしか崩れた気がした。義母はふと目を逸らすと、「まあいいでしょう」と漏らした。

「このことに関して、わたしたちはまだまだ言いたいことがあります。ただ真司さんの気持ちもわかりますから、結論を急がずに、じっくり話し合いましょう。それでいいですか」

「……はあ」

これ以上話し合う必要など認めないのだが、せっかく向こうから折れてくれたものを突っ張るのは愚策だ。わたしは曖昧に応じて、この場を収束させる。とっくにケーキを食べ終えて、祖母と父の険悪なやり取りに気を揉《も》んでいた里菜に、優しく微笑みかけた。

「おいしかったか？」

「うん。すごくおいしかった」

里菜もホッとしたように、満面の笑みを浮かべた。里菜をこれから何度でも微笑ませてやるためにも、麻生夫妻とはきちんと話し合わなければならないなと改めて決意する。

「ねえねえ、パパはケーキ食べないの？　早く食べないとなくなっちゃうよ」

自分の分を食べてしまった里菜は、手つかずで放置されているわたしのケーキを心配する。わたしは娘の言葉に救われたような気がして、ケーキを口に運び始めた。

「ねえ、ケーキ食べたら一緒に遊ぼう」

里菜はわたしを遊びに誘いたくてうずうずしていたようだ。むろんそれは、わたしも望むところである。詰め込むように急いでケーキを食べ終え、立ち上がった。わたしにへばりついている里菜を見て、義母はやはり複雑な顔をしている。

自分が義父母に嫌われていることは、わたしも充分に承知していた。それまで目をかけられ、必要以上にかわいがってもらっていたのだから、その恩を仇《あだ》で返すような真似をした弟子を許せないのはよくわかる。それでも義父母は、里菜に対してわたしの悪口を吹き込むようなことだけはしなかった。わたしから里菜を奪い取りたければそうするのが戦略としては正しいはずなのに、義父母は孫の感情に介入するような小細工はしていない。そのことには、わたしも素直に感謝していた。わたしが愚かでなければ、これからもずっといい関係でいられたのにと思うと、どうしようもない後悔の念が胸に満ちる。

里菜はわたしの手を引いて、二階に上がっていった。里菜は二階の一室を、自分の部屋としてもらっている。八畳もある、三歳児にはもったいないほど立派な部屋だ。わたしの部屋より大きいのだから、内心複雑である。

「何して遊ぶ？」

わたしは部屋の隅に山積みになっているおもちゃを見て、里菜に尋ねた。母親を亡くした孫を祖父母は不憫《ふびん》に思うのか、来るたびに里菜のおもちゃは増えている。これまでろくにおもちゃを買ってやったことのない親としては、対抗意識と劣等感の両方を味わわされてしまう。

「えーとねぇ、パズル！」

里菜は答えて、おもちゃの山の中から小さな箱を取り出した。蓋《ふた》を開けて、中身を床にぶちまける。蓋に描かれている絵は、アンパンマンだった。最近の里菜のお気に入りである。

「ジグソーパズルか。里菜はもうこんなのができるのか？」

素直に驚いて、わたしは尋ねた。里菜は自尊心をくすぐられ、得意そうに「うん」と頷く。まったく、この時期の子供はたった数日会わないだけでずいぶん成長するものだ。やはり一日も早く、一緒に暮らしたいとわたしは願ってしまう。

蓋の絵を見ながら、パズルのピースを組み合わせ始めた。里菜は豪語する割にはまだピースの絵を認識することができず、わたしが誘導してやらなければ何もできなかった。「この絵はどれだ？」「これと繋《つな》がるのはどこかな？」といちいち確認し、最終的に一枚の絵ができあがるまで十五分はかかった。

「おお、すごい」

大袈裟《おおげさ》に拍手をすると、また里菜は得意げな顔をする。このパズルを買ってもらってからずっと、わたしに誉めてもらいたいと考えていたのかもしれない。里菜は満足そうだった。

「じゃあ次はねぇ」

里菜は言って、おもちゃの山から次の遊び道具を探し出そうとした。段ボール箱から溢れんばかりのおもちゃは、里菜がいじるとたちまち崩れる。あぁあぁ、と言いながら手を出そうとして、わたしの視線はある物の上に釘づけになった。

それは写真立てだった。見憶《みおぼ》えはあるが、三ヵ月前に消えた写真立てだ。咲都子が憤然として出ていくまで、それは我が家のリビングの窓辺に置かれていた。わたしと咲都子と里菜で、ディズニーランドに行った際に撮った写真が中に入っていた。

今も写真立てには、同じ写真が入っている。わたしと咲都子は立っていて、今よりもっと小さかった里菜はベビーカーに乗っていた。疲れているのか里菜は少し不機嫌そうで、対照的に咲都子はこの上なく嬉しそうな笑みを浮かべている。そしてわたしはと言えば——。

その顔は黒く塗り潰《つぶ》されていた。

思わず手に取り、まじまじと見つめてしまった。どうやら写真を直接塗り潰したわけではなく、写真立てのガラスの上からマジックで黒く塗ったようだ。指で擦《こす》ってみたが、それは消えない。油性マジックは、まるでこの世に残る咲都子の怒りのようだった。

「これ、ママが塗ったの？」

写真立てを示して、里菜に確認した。里菜はあっけらかんと、「うん、そうだよ」と答える。わたしの全身から、すっと力が抜けた。

「ママねぇ、いけないんだよ。パパのこと『バカ』って言いながら塗ってたんだよ。バカって言ったら自分がバカなのに」

「そうだね」

泣きたくなる思いを精一杯押し殺しながら、わたしは里菜の頭を撫でてやった。後悔は、これまで何度もした。うんざりするほど悔いた。だが今この瞬間ほど、深く悔いたことはなかった。わたしは馬鹿だ。咲都子の言うとおりだ。

虚ろな気分で遊びにしばらく付き合い、里菜が満足した頃を見計らって腰を上げた。里菜を動物園か遊園地にでも連れていってやりたいところだが、麻生教授がいないときにそんなことをすれば怒りに油を注いでしまうだろう。今日は諦め、また来ると里菜に約束した。里菜はわたしを引き留めたいだろうに、幼い心なりに事情を察しているのか、唇をぐっと引き締めながら「うん」と頷いた。

「ねえ、次はいつ来るの？　明日？」

玄関までついてきた里菜は、そんなふうに確認する。明日もあさっても来たいよと心の中で呟きながら、しゃがんで里菜の頰を両手で挟んだ。

「また来週来るよ。里菜が七回寝たら、また来るから」

「七回って、これくらい？」

里菜は片手を広げて突き出す。わたしは里菜のもう一方の手を摑《つか》んで、指を二本立てさせた。

「これだけだ。これが七回。わかる？」

「うん、わかった」

「おじいちゃんおばあちゃんの言うことをよく聞くんだぞ」

「うん」

どうして娘と別れなければならないのかと、帰り際にいつも思う。こんなことはあと数回だけだ、一時的に預かってもらっているだけなんだと、自分を鼓舞《こぶ》するように念じた。

強く手を振る里菜と、微妙な表情の義母に頭を下げて、麻生家を後にした。腕時計で時刻を確認すると、思ったよりも長く滞在していた。麻生教授と顔を合わせたくないなら、もっと早く引き上げているべきだった。しまったと舌打ちしながら、わたしは足早に麻生家から離れる。

だがそんな努力は、もはや遅かった。前方に見慣れた姿を認め、わたしは足を止める。先方もこちらに気づいて、瞬時に表情を険しくした。

「なんだ、また来ていたのか。そんなに執拗《しつよう》にわたしを避けることもあるまいに」

立ち尽くすわたしに近づいてくると、麻生教授は淡々と言った。わたしは無駄と知りながら、小さく否定する。

「別に避けるつもりはありませんでした……」

「無意味な言い訳は不要だ。言い訳するくらいなら、言い訳が必要なシチュエーションに陥らないよう努力すべきだな」

麻生教授はラフなトレーニングウェア姿だったが、だからといってその威厳が損なわれているわけではなかった。教室や教授会で弁舌を振るうときとまったく変わらぬ態度で、わたしを窘《たしな》める。こちらは俯《うつむ》いて「はい」と返事をするだけだった。

あと五年で六十になろうという年齢の人にしては、麻生教授は身長が高い。百七十五センチのわたしと負けていないのだから、長身と言えるだろう。肥満とは無縁の引き締まった体は、まるで鞭《むち》のように精悍《せいかん》で、かつ犀利《さいり》な印象を見る者に与える。彫《ほ》りが深く皺《しわ》の少ない顔貌《がんぼう》は、悔しいことにわたしなどより遥《はる》かに男前だ。この年にして未だに女子学生からバレンタインデーにチョコレートをもらうのだから、その容姿の傑出具合が知れる。加えて頭が切れて押し出しがいいと来ては、なんともあっぱれとしか言いようのない傑物である。

「わたしを煙たく思うのはわかる。自分の愚かしさを恥じるだけの良識があるなら、それは当然のことだ。だがどのように振る舞うのがベストか、君はもう一度考え直す必要がある。わたしの言うことがわかるか」

「は？」

いきなり問われ、わたしはただぽかんとした。そんな反応は相手を満足させなかったようで、麻生教授は露骨に眉を顰《ひそ》めた。

「君は会うたびに馬鹿になるな」

そう言い捨てて、教授はさっさと家の中に入っていった。あまりに的を射たその言葉に、わたしは腹も立たずに深く同意するだけだった。

4

もちろん同じ職場で働く者同士だから、大学内で麻生教授に会うことだってある。だがそういうときはたいてい、周囲に第三者がいる。ありがたいことに教授も、私情を職場に持ち込まないだけの分別があるので、特に厳しい言葉をぶつけられることもなかった。多少は居心地が悪くても、面の皮を厚くして勤め続けていられるのはそういうわけだった。

だがこんなふうにプライベートで顔を合わせれば、麻生教授も容赦はしなかった。わたしに向ける軽蔑《けいべつ》の念がありありと感じ取れ、消え入りたくなる。ましてそれが謂《い》われのないことではなく、言い訳も不可能なほど一方的にこちらが悪いとあっては、どうにも逃げ場がない。許してもらえる日など永久に来ないだろうと諦め、肩を落として帰ることしかできなかった。

なぜ咲都子はわたしを選んだのだろう。帰る道すがら、いまさらながらそんなことを考えた。いやわたしだって、客観的に見るならそう自己卑下したものでもないことくらいわかる。咲都子と知り合った頃には今より遥かに将来の見込みがあったたし、容姿はまあ十人並みだが恥じ入らなければならないような代物でもない。収入こそ少ないものの、大学に残る者など若いうちはみんなそうだ。〝将来性〟という当てにならないもの頼みという点がいささか弱いが、結婚相手として劣悪な条件ではなかろう。

ただしそれは、絶対評価をした場合の話である。世の中にはわたしのような平凡な男より遥かに恵まれた人がいる。能力的にも人格的にも、そして経済面でも容姿でも、わたしより優れた男はいくらでもいるだろう。そういう人と並べられてもまだ、自分が結婚相手としてそう悪くないなどと強弁する気はさらさらなかった。あくまでわたしは《まあまあ》でしかないのだ。

咲都子はあまり面食いではなかったのだろう。〝将来性〟を買って先行投資する気持ちもあったのかもしれない。だとしたところで、それでもなおわたしを選んだ理由は、実のところよくわからなかった。自分が女であったら、絶対にそんな選択はしないだろうと思うからだ。咲都子の趣味は変わっていたと言うしかない。

ちゃんと訊いておけばよかったと、今になって思う。どうして彼ではなくわたしだったのか。比較対象のわたし自身が、悔しいと感じる気持ちすら持てないほど完璧な男。咲都子が彼を選ばなかった理由は、結局永遠の謎になってしまった。彼に勝てたわけを知っていれば、もう少し自分に自信が持てたのに。悔恨とはいつでも、取り返しがつかないほど遅すぎるものである。

暗い気分を引きずって、アパートに帰り着いた。午前中は有意義に使えたものの、日曜日はまだ半分以上残っている。独り身には長すぎる、退屈なだけの時間がわたしをアパートで待ち受けているはずだった。

ところが案に相違して、待っていたのは思いがけない出来事だった。わたしは最初、その人に気づかずに行き過ぎようとした。見慣れない人物がアパートの前に立っているとは思ったが、まさか自分を訪ねてきたとは考えなかったのだ。アパートの門扉を開けようとしているときに横から声をかけられ、初めてその人物を注視した。

「松嶋先生、ですか」

男は陰気な声で、そう話しかけてきた。わたしは「はい」と応じながら相手の顔を記憶の中から掘り出そうとしたが、どうにも心当たりはなかった。

「突然で失礼をしました。わたくし、こういう者です」

男は懐から名刺を取り出し、こちらに向ける。反射的に受け取ると、そこには「増谷《ますや》富昭《とみあき》」と書いてあった。肩書きはなく、他に書いてあるのは携帯電話の番号だけである。

わたしは相手の正体を訝《いぶか》しみ、改めてまじまじと観察した。

小柄な男は、四十前後と見受けられた。大して高価そうでない紺のスーツを着て、髪を七三に分けている。呼び止められる憶えのないわたしとしては、何かのセールスマンかと判断するしかなかった。押し売りはごめんだぞと、反射的に身構える。

「何も書いていない名刺で失礼をします。会社の名刺はあるのですが、今日は私用でお訪ねしましたので、そのような無愛想な名刺を使わせていただきました」

「はあ」

礼儀をわきまえているのかそうでないのか、よくわからない切り出し方だった。曖昧に応じて、相手が先を続けるのを待つ。

「不躾《ぶしつけ》で大変失礼とは存じますが、実はぜひ松嶋先生にご覧いただきたい資料がございまして、それをお持ちした次第です」

「資料?」

その言葉で、学会の人かと納得した。だがすぐに、そうではないと考え直す。増谷はつい今し方、会社勤めをしていると自分を説明したばかりではないか。そんな人がなぜ、わたしに見せたい資料など持っているのか。

「資料とは、いったいなんでしょうか」

どうやらセールスマンではないらしいとわかったが、ではどんな用件かと推測してもよくわからない。立ち話でもあることだし、早く本題に入って欲しかった。

「先生は佐脇依彦《さわきよりひこ》という名をご存じですか」

「佐脇依彦、ですか」

尋ねられても、とっさには思い当たることがなかった。聞き憶えはあるものの、それは忘却の靄《もや》の中に紛《まぎ》れそうである。知り合いの中にそんな人物はいただろうか……？

「終戦後に数本の小説を発表したことのある人物ですが」

増谷はこちらの反応に失望することもなく、淡々とそう補足する。それを聞いてようやくわたしは、「ああ」と声を上げた。

佐脇依彦は終戦直後に活躍した小説家である。その活動期間は短く、文学史上さして重要な存在ではない。何本かの短編を雑誌に発表したものの、まとまった著作はなく、よほどの好事家《こうずか》かわたしのような国文学を学ぶ者でないとその名は聞いたこともないだろう。わたしも名前を知るだけで、その作品まで読んだことはなかった。

「そういえばそんな小説家がいましたね。それが何か？」

増谷の用件は、わたしの専門分野に関わることのようだ。多少は興味が湧《わ》いてきて、話に耳を傾ける気になる。それでも増谷は、そんなこちらの軟化に気づいた様子もなく陰気に続けた。

「佐脇の未発表原稿があるのです。それを先生にご覧いただきたいのですが」

「未発表原稿」

思わずわたしは目を輝かせた。未発表原稿とは、我々国文学者にとって最も甘美な響《ひび》きを伴う言葉である。国文学者、特に近代文学を専攻する者なら誰でも、川端康成《かわばたやすなり》や三島由紀夫《しまゆきお》の未発表原稿が発見されたというニュースに胸を躍らせたことがあるだろう。できることならそれらの原稿を自分の手で発掘してみたいと、一度は夢想するはずだ。

だが実際には、そうした貴重な資料は名声を勝ち得た教授の許にしか届けられない。川端や三島といったビッグネームでなく、例えば織田作之助《おださくのすけ》や梅崎春生《うめざきはるお》クラスでもそれは同じことである。わたしのような名もない非常勤講師が小説家の未発表原稿を手にする機会など、ほとんど皆無と言ってよかった。

その皆無に近い機会が、今目の前にある。これが興奮しないでいられようか。

「わ、わたしにそれを見せていただけるのですか」

現金にも声が上擦《うわず》ってしまった。無表情を保っていた増谷も、そんなこちらの態度に口許を緩める。

「ええ。ぜひご覧いただきたいと思っております」

「そそ、そうですか。では、こんなところではなんですから、お上がりになりませんか」

手を差し伸べて、アパートに誘う。増谷は「では遠慮なく」と軽く低頭した。

部屋に招き入れ、慌ててお茶を淹れた。部屋は一週間前に掃除をしたきりだが、幸いなことにそれほど散らかってはいない。増谷も部屋の様子など気にしている素振りはなかった。

「現物は、今お持ちなのでしょうか」

持って回った挨拶をしている余裕はなかった。わたしは一秒でも早く、その未発表原稿を見てみたかった。

「はい、ここに」

増谷は答えて、手にしていた鞄《かばん》から大振りの封筒を取り出した。それを卓袱台《ちゃぶだい》に置き、両手を載せる。わたしは封筒を奪い取りたい衝動をかろうじて抑え、まずは尋ねるべきことを確認した。

「あのう、失礼ですが、その原稿はどのような経緯で増谷さんの許に？」

国文学者の性《さが》で、未発表原稿という言葉に浮かれてしまったが、その出自はきちんと確かめなければならない。贋作《がんさく》を摑まされて恥をかくのはわたし自身だからだ。もっとも、佐脇依彦などというマイナーな小説家の贋作を作っても、誰も得はしないと思うが。

「わたしの母が、佐脇と面識があったのです。この原稿は、佐脇自身から受け取ったと母は言っています」

昭和二十年代に活躍した作家なのだから、本人が存命であってもおかしくない。もちろん、その知人が生きているのも当然のことだった。

「そうですか。それは小説なのですか？」

「いえ、小説ではありません。手記です」

「手記」

多少、浮かれる気持ちが萎《しぼ》んだ。大作家ならともかく、名前がかろうじて残っている程度の小説家の手記など、さほど面白みがない。失望が顔に出ないよう、意識しなければならなかった。

「この手記は、佐脇が命を絶つ直前に書かれたものです。なぜ佐脇が自ら命を絶ったのか、その理由が克明に綴《つづ》られています」

言われて思い出した。確か佐脇は、自殺をしていたのだった。その理由までは知らないが、もしかしたら動機が不明の自決だったのかもしれない。だとしたら、自殺に至る経緯を綴った手記はそれなりに価値がある。わたしはふたたび興味を掻《か》き立てられた。

「増谷さんはもうお読みになったのですね」

「もちろんです」

確認すると、増谷は静かに頷く。我慢しきれず、わたしは手を差し出した。

「よろしいでしょうか」

「どうぞ」

増谷はもったいぶることなく、あっさりと封筒を渡してくれた。わたしは口を開け、中から黄ばんだ原稿用紙を取り出した。

原稿用紙には、万年筆で書かれたとおぼしき字が並んでいた。なかなかの達筆だ。わたしは冒頭に目を走らせ、軽い興奮を味わった。これはもしかしたら、ようやく巡ってきた幸運の端緒かもしれない。そんな期待に、どうしようもなく胸が弾んだ。

「これは、わたし以外の誰かに見せたことがありますか」

「いえ、ありません。母以外の人物で目を通したのは、わたしだけでしょう」

「これまでお母様が保管していたのですね。それをなぜ今になって、他の人に見せる気になったのですか」

「忘れていたのですよ、母は。最近になって昔の荷物を整理して、その原稿の束が出てきたというわけです」

「なるほど、よくある話ですね。しかしそれをなぜわたしに？」

一番の疑問がそれだった。わたしは増谷と面識があるわけではないし、国文学の世界で名が通っているわけでもない。わたしに持ち込んでもらえたのは嬉しいが、解《げ》せないこともまた確かだった。

「先生は金沢多恵《かなざわたえ》という学生を憶えておいでですか？　東優《とうゆう》女子短大で先生の授業を受けていた者ですが」

増谷はわたしが講師をしている短大の名を出した。非常勤講師は生活費を稼ぐために、高校や塾、短大などで教師の口を持っているものである。わたしもご多分に漏れず、ここ数年は東優女子短大で授業を受け持っていた。金沢多恵という名前はとっさに思い出せないが、そんな学生がいたような気もする。

「多恵はわたしの姪《めい》なのです。わたしは学者の先生につてなどないものですから、多恵に教わるままに松嶋先生をお訪ねした次第です」

「そうでしたか」

そういうことであれば納得がいく。短大講師はあくまで生活費稼ぎの手段でしかなかったが、まさかそちらの繋がりでこのような幸運が転がり込んでくるとは思いもしなかった。

「これは、わたしがお預かりしていいのですね」

「はい、ぜひお目通しいただきたいと思っています。わたしも母からその原稿を見せられるまで、佐脇依彦なんていう作家は聞いたこともありませんでしたが、手記を読めば親近感が湧きます。佐脇は気の毒な最期を遂げた人物のようですから、先生のお力でこの手記を世に出していただき、再評価に繫がればわたしとしても嬉しく思います」

増谷は語調を強めるでもなく、あくまで淡々と言って頭を下げる。その堅苦しい態度に、思わずわたしも背筋を伸ばして応じた。

「わたしにどこまでのことができるかわかりませんが、ご期待に添えるようがんばります。では取りあえず、これはお預かりします。すぐにコピーを取ってお返ししますので」

「いえ、そんなに急いで返していただく必要はありません。わたしにとっても母にとっても、手許に置いておいても役に立つものではありませんから」

増谷は原稿をわたしに預けたことで安心したのか、所有権にはまるでこだわらなかった。念のためにわたしが書いた預かり証にも、軽く一瞥《いちべつ》をくれただけだった。

学者でもない増谷にとって、この原稿は母親の知人が書いた手慰みに毛が生えた程度のものでしかないのだろう。冷えたお茶を飲み干すと、増谷は一礼をして去っていった。

それを見送ってから、わたしは改めて自分の裡《うち》の興奮を自覚した。麻生家から帰ってくる際の、落ち込んだ気分は綺麗《きれい》に払拭《ふっしょく》されている。すぐにも原稿を読みたいところだったが、なんとなくもったいなくて手をつけかねた。わたしは好きな食べ物を一番最後まで取っておくタイプなのである。

原稿に取りかかるより先に、まずは佐脇依彦の基本情報を仕入れておく必要があるだろう。わたしは本棚に向かい、文学事典を手に取った。

5

佐脇依彦は大正十一年、東京の四谷《よつや》に生まれている。父親が医師であったため裕福な幼少時を過ごしたが、佐脇が四歳のときに母が、十一歳のときに父が相次いで病死し、ひとり残されることになった。まだ子供だった佐脇は、父の弟である叔父夫婦の許に身を寄せる。叔父夫婦に子供はなかったため、佐脇は実の子も同然にかわいがられたという。

叔父夫婦も同じく医師を開業していたので、佐脇はここでも金銭的に困窮《こんきゅう》することはなかった。幼くして両親を亡くしたことは不幸だが、総じて佐脇は恵まれた環境で育ったと言えるだろう。そうした生い立ちは作品にも反映されていて、佐脇の筆致は陰鬱《いんうつ》ではあるが、不思議な軽みもまた同居している。

父と叔父が医師であり、加えて祖父もまた医師であった佐脇は、しかし素直に医学の道に進むことはなかった。旧制中学を卒業した後に一度叔父の家を出て、畑違いの鉄鋼関係の会社に就職する。おそらくそれは、いくら我が子同然にかわいがってもらっているとはいえ、そのまま叔父の庇護《ひご》下に安住することに忸怩《じくじ》たるものを覚えていたからだろう。幼くして両親を亡くした複雑な心情が、その行動に仄《ほの》見えるような気がする。

折しも日本は、暗い時代に突入しようとしていた。中国大陸での争いはアメリカ相手の太平洋戦争へと発展し、佐脇の許にも当然の如く召集令状が届く。当時の多くの若者と同様、佐脇もまた戦場に己の身を賭《と》する覚悟を固めたことだろう。だが現実は、佐脇にとって皮肉な様相を呈することになる。

令状に応じて徴兵検査を受けた佐脇は、国民兵役に適するも現役に適さない者、すなわち丙種と認定され、兵役を免れた。佐脇は幼い頃に遭った事故で、右耳が聞こえなかったのである。そのため佐脇は、結局終戦まで徴兵されることがなかった。

このことは客観的に見て幸運であるはずだが、当事者にとってはそうでもなかったようだ。両親の相次ぐ他界が心象風景に影を落としていた佐脇にとって、この兵役免除は駄目押しのように強いコンプレックスとして心に巣くうことになる。自殺の遠因もここにあるのではないかというのが、もっぱらの定説のようだった。

その後の佐脇の心情の変化は、事典の短い記述からは読み取れない。佐脇は徴兵検査の後、就職した会社を辞めて叔父の家に戻る。そして長い回り道を経て正道に立ち返ったかのように、医者を目指すことになった。佐脇は直後の入学試験に合格し、東京医学専門学校、後の東京医科大学に通い始める。

学生として終戦を迎えた佐脇は、ある意味兵役に就いた者よりも深い喪失感を抱えていたのかもしれない。それを埋める手段として、佐脇は医学ではなく小説執筆を選択する。幸いにも終戦後の日本は、戦時下の言論統制から解き放たれ、雨後の竹の子の如く雑誌が復刊、創刊されていた。そうした雑誌のひとつである「青鞜《せいとう》」編集部に知人がいた佐脇は、短編「夕陰草《ゆうかげそう》」にて文壇に登場する。佐脇二十四歳のときのことであった。

当時の文壇は昭和二十年暮れに結成された新日本文学会の活動が象徴するように、戦後デモクラシーの昂揚に連動した、戦争責任の追及や「政治と文学」論争の展開など、旧プロレタリア文学運動の批判的継承を目指した動きが活発であった。だが佐脇の「夕陰草」はそうした流れに棹《さお》さしたものではなく、むしろ伝統的な私小説の味わいが濃い。その意味で、処女作に限って言えば凡作との謗《そし》りを免れないだろう。

実際、「夕陰草」はさほど評判にはならなかった。だが佐脇はそれに腐ることなく、着実に地歩を固めていく。二作目「溶暗の町」を経て、三作目「彼方《かなた》の人」で佐脇は独自の作風を展開し始めるのだ。

「彼方の人」は、序盤こそ前二作と変わらない筆致で日常が描かれる。だがそのありふれた日常にいつしか、シームレスで幻想が忍び込んでくる。戦争に行かず無為の日々を送っていた主人公が、最終的に菩薩《ぼさつ》に会い、癒《いや》されるのだ。とはいえ、菩薩は人間を超越した存在として描かれているわけではない。隣家にでも住んでいるごく普通の存在として主人公と出会い、癒しを与えて消えていく。その神性の欠如、神々しさの欠落は、えも言われぬシュールな情景を作品世界に現出させているという。

以後の佐脇作品では、まったく同じパターンが踏襲される。四作目「うたかた」では天使が、五作目にして絶筆の「来迎《らいごう》」では名前のない大きな存在が、それぞれ主人公に癒しを与える。これはすなわち、戦争に行かなかった劣等感を癒して欲しいと望む、佐脇自身の願望の表れと見做《みな》すことができる。小説家としての佐脇は、最後までこの劣等感に憑《つ》かれ、それ故にオリジナリティーを発揮したことになる。

小説家佐脇の活動期間は、昭和二十一年から二十二年にかけてのたった二年間に過ぎない。残した作品は五本で、それらは一冊の著作としてまとめられることもなかった。「彼方の人」以降はそれなりに評価されていたようだから、自殺さえしなければ文壇に名を残していた可能性もある。だが佐脇は六作目を発表することなく、叔父の家の裏手にあった柿の木に首を吊《つ》って死んだ。大きすぎる劣等感に押し潰されたのだろうというのが、大方の見方であったそうだ。

　文学事典の短い記述を読み終えて、わたしは佐脇に興味を持った。自殺の動機が戦争に行かなかった劣等感にあるのだとしたら、小説内に描かれた世界とは反し、現実の佐脇に癒しを与える存在は現れなかったことになる。佐脇にとって小説執筆は、自己回復の助けとはならなかったのだろうか。太平洋戦争を歴史上の事件としか認識できない世代であるわたしには、佐脇の劣等感を共有することができない。彼を死に追いやるまでの悲しみがこの手記に込められているのだとしたら、それを受け止めてやるのがわたしの務めのように思われた。

一

　かうして萬年筆を手にし、原稿用紙を前にして思ふ事は、只己《ただおのれ》の來《き》し方《かた》のみである。四歳の時に身《み》罷《まか》つた母の優しさ、十一歳の時に死に別れた父の嚴格《げんかく》さ、何《いず》れも今は只慕《した》はしく、懷《なつ》かしい。私を育ててくれた叔父夫婦には感謝してゐるし、肉親の情も強く覺《おぼ》えるが、亡くした兩親の記憶は今尚《いまなお》鮮明である。私の右耳は思ふやうに聞こえないが、その事で親を恨む氣《き》はない。私が事故に遭つた事で、母が強く自分を責めたと聞けば、只それを氣の毒に思ふだけである。事故は母の不注意が原因ではなく、全ての責は己に歸《き》せられる。私の幼さが、自分から聽覺《ちようかく》の半分を奪つたのだ。

　記憶は定かでないが、あれは二歳の時の事だと聞いてゐる。母に手を繋《つな》がれて外に出た私は、ふと空を飛ぶ蝶に注意を惹《ひ》かれた。幼兒《ようじ》にとつて、ひらひらと舞ふ蝶はひどく魅力的に見えたのだらう。さうなると最《も》早《はや》他の事は目に入らず、私は只蝶にのみ視線《しせん》を奪はれた。

母の意識も、その時は他に逸《そ》れてゐたのだらう。たつた二歳に過ぎない私にも、手を振りほどく事が出來た。母はすぐに私を摑まへようとしたさうだが、時既《すで》に遲《おそ》く、幼子は道の眞《ま》ん中に飛び出してゐた。不運にもそこに、トラックが通りかかる。私は命こそ落とさなかつたものの、車に小さな體《からだ》を引つかけられ、頭を強打した。母は半狂亂《はんきょうらん》になつて私にしがみつき、意識を失つた息子の名を叫び續《つづ》けてゐたといふ。

今から二十數年も前の出來事である。通常でも記憶に殘《のこ》る事ではないし、まして私は氣絶してゐた。にも拘《かか》はらず私は、あの時死に物狂ひで抱き締めてくれた母の溫《ぬく》もりを思ひ出せるやうな氣がする。錯覺《さっかく》であつたとしても、私はこれを否定したくない。

事故は確かに、母がもう少し注意を拂《はら》つてゐれば防げたのかも知れない。だとしたところで、そんな假定《かてい》は意味のない事である。あれは一つの運命だと、今の私は考へる。私が事故によつて右耳の聽覺を失つたのが運命なら、そのお蔭で兵役を免れたのもまた運命である。私は運命によつて父母を失ひ、命を拾ひ、そして今自らその命を絶たうとしてゐる。これを運命と云《い》はずして、どうして從容《しょうよう》と死に就《つ》けようか。私は運命に負けたのではない。運命に從ふだけである。

人は何の爲《ため》に生きるのか。これは一つの大きな命題である。最も大勢の人を納得させ得る答へは、恐らく「子を產み、育てる爲」であらう。次代の子が生まれなければ、國《くに》は滅びる。人は國を維持する爲に子を産み、育てた。子孫を殘す爲に、生きた。その傳《でん》でいけば、子を殘さずして命を絶つ私は、生きた意味のない空虚なる存在でしかない。私と同年配の者達は、假令《たとえ》子を殘さずとも國を守つて死んで行つた。而《しか》るにこの私は、何事も成し遂げ得ず只管《ひたすら》空である。この無力感、この屈辱を何と云ひ表せようか。

いやしかし、眞實人《しんじつ》は「子を産む爲」にのみ生きるのか。子を産む事は卽《すなわ》ち國を守る事であるが、守るべき國などこの國土にあるのだらうか。國は滅びても人は殘る。ならば、人は生きたいやうに生きるも自由ではないか。

振り返るに、私は生きたいやうに生きた。銃を手に取らず、人を殺さず、そして書きたい事を綴つて世に出した。未だ語り足りない事は胸の底にたゆたふものの、語る事の價値《かち》を思へば納得もいく。生きた證《あかし》を、私といふ一個の人間が生きた事をこの世に留め置きたい願望は、既にして叶へられてゐる。これ以上、何を望む事があらう。

只一つの心殘りは、己が身に強ひられた恥辱の正體《しょうたい》を知らずして、この世に別れを告げなければならない事である。私が經驗《けいけん》した一連の事象に、それを解く鍵が潛《ひそ》んでゐるのであらうか。私は幾度も眠られぬ夜を過ごし、事の起こりから一々思ひ出してみたものの、遂《つい》に何一つ分からなかつた。無念であり、また憤《いきどお》ろしくもある。

故に私は、死を前にして筆を執つた。今私は、己が卷《ま》き込まれた全てをここに書き残さう。そして己が潔白を、せめて紙の上にのみ留め置かうと思ふ。誰の目に觸《ふ》れるとも分からぬこの手記のみが、私の心の寄る邊《べ》である。願はくば、後世この手記が心ある人の目に留まり、我が受けし恥辱が晴らされん事を。

二

何處《どこ》から語り起こすのが適當《てきとう》であらう。全ては唐突《とうとつ》に我が身に降りかかつた事であり、幾ら頭を捻《ひね》らうと因果關係《かんけい》は見出せない。しかしそれでも尚《なお》、私の勘は一連の事象の發端《ほったん》があそこにあつたのではないかと訴へる。あの時の選擇《せんたく》が私をここに追ひ詰めたと感じる。ならば、勘に從《したが》つてそこから語るべきではなからうか。私とあの男は、敗戰《はいせん》の混亂《こんらん》と衝撃が未だ醒めやらぬ、昨年昭和二十一年の初夏に出會《であ》つた。

私はその日、淀橋《よどばし》の叔父の家から都電の停留場に向かつてゐた。通つてゐた醫學校《いがっこう》には有耶無耶《うやむや》の内に行かなくなり、なし崩し的に叔父の手傳《てつだ》ひをして過ごす日々だつた。勿論、叔父の手傳ひをしてゐても醫學の知識は身に付く。叔父の跡を繼ぐには結局これが一番の近道のやうに思へ、誰もが私の怠惰な生活を默認してゐた。

患者が多い日もあれば、少ない日もある。醫者は世の中がどう變《か》はらふと必要な職業のやうに思はれがちだが、豈圖《あにはか》らんや、世相が荒《すさ》めば患者數《すう》もまた減少するのである。醫者にかかる餘裕《よゆう》など、誰も持ち合はせてゐないのだらう。明日にも餓死《がし》するかも知れない生活では、醫者など不必要である。戰爭前は待合室が患者で一杯になつてゐたのだから、叔父の腕が惡《わる》いのではなく、やはり世相の荒廢《こうはい》が原因と思はれる。いづれにしても、その日私は暇だつた。

都電は相變《あいか》はらず人でごつた返してゐた。流石《さすが》に窓ガラスも破れたままの車輛は姿を消したものの、鮨詰《すしづ》め状態が解消される兆しは全く見られない。それでも乘客《じようきやく》達に讓り合ひの精神さへあれば何とか我慢も出來やうものの、皆が皆、己の事しか考へぬ輩《やから》と來ては心底ウンザリさせられる。年寄りが乘らうとすればドアを押さへ、子連れの女を見れば席を讓るのは、どんな時でも進駐軍の外人ばかりだ。これでは戰爭に負けるのも當然《とうぜん》と、私などは皮肉に考へてしまふ。

そんな世の中の荒み具合を目の當たりにしたくなく、私はよほど歩かうかと思つたが、既に時刻は二時を回《まわ》つてゐた。神保町《じんぼうちよう》まで往復歩いては、家に歸《かえ》り着くのが何時になるか分からない。一時《いつとき》の我慢と腹を括《くく》り、私は停留場に足を向けたのである。

歌舞伎町の停留所は案の定、暗い目をした人々で埋め盡《つ》くされてゐた。明日に希望を見出せない、敗殘者達の目。戰爭で日本人が失つたものは國土でも自治權《けん》でもなく、誇りなのではないかと私は思ふ。進駐軍が我が物顏《がお》で歩き回るこの町で、昂然と頭を上げてゐられる人がどれ程ゐるだらうか。かく云ふ私もまた、暗い目をして項垂《うなだ》れてゐる一人の日本人に過ぎない。

すぐに電車がやつて來たのは、小さな僥倖《ぎようこう》だつた。車輛が停留場に滑り込み、扉を開くと、人々は我先に乗り込んで行く。秩序も何もあつたものではなく、正に弱肉强食の世界だ。先年、赤ん坊を負ぶつて電車に乘り、その子供を壓死《あつし》させてしまつた母親がゐたが、成る程これでは幼い子供が死んでしまふのも無理からぬ。文字通り殺人的な混雜《こんざつ》ぶりだつた。

人と爭《あらそ》つて車輛に乘り込む氣《き》にはどうしてもなれず、次の電車を待たうかと思ひ始めた時だつた。隣の扉から、まるで蹴《け》り出されるやうに停車場に崩れ落ちる人影があつた。男は手にしてゐた鞄を取り落とし、狼狽《うろた》へてゐた。遠くに飛んでしまつた鞄を見付けられず、四つん這《ば》ひのままオロオロと手探りしてゐる。その姿は些《いささ》か滑稽《こつけい》ではあつたものの、だからこそ正視に堪《た》へなかつた。私は小さく首を振り、その男に近付いて行つた。その閒に電車は扉を閉め、出發《しゆつぱつ》してしまつた。

「これをお探しですか」

私は鞄を拾ひ、男に聲《こえ》をかけた。男はハツと顏《かお》を上げ、目を眇《すが》めて私を凝視する。可成《かな》り近くまで寄つて鞄を突き出すと、漸《よう》く鞄に氣付いたやうに男は「嗚呼《ああ》」と聲《こえ》を上げた。

「これは申し譯《わけ》ない。助かりました」

男は立ち上がり、丁寧に頭を下げた。復員兵らしく、薄汚れた軍服を身に纏《まと》つてゐる。身長は私とさほど變《か》はりなく、小柄だ。顔がどす黒いのは日焼《ひや》けしてゐるのではなく、恐らく榮養失調《えいようしつちよう》のせゐだらう。今の日本人は、誰もがこんな顔色をしてゐる。

「ひどいですね。日本人は利己主義の權化《ごんげ》になつてしまつた」

思はず私は吐き捨てた。私は決して氣高い人間ではないが、他人の醜さに氣付く目だけは失ひたくないと思ふ。

「無理もありません。皆、辛いのです」

諦めたやうに男は云つて、寂しい笑みを浮かべる。ここで相手が笑ふとは思はなかつたので、私はその意外さに胸を打たれた。

「どうぞ」

再度、手にしてゐた鞄を差し出した。男は顏を寄せて鞄をヂッと見つめ、それを受け取る。私はその様《さま》を見て、漸く氣付いた。

「目が、お惡《わる》いのですか」

「はあ、右目がどうも見えにくくなつてゐます。それにつられて、最近は左目も」

「それは、ご不自由ですね」

私はかける言葉を持たず、無難にそれだけを口にした。戰爭で目を患つたのだらうか。だが傷痍《しようい》軍人など、今時珍しくもない。手足を失はなかつただけ幸運と、人には思はれるだらう。それでも私は、男に同情を覚《おぼ》えた。

「何處《どこ》まで行かれるのですか」

同情が、私にそんな言葉を吐かせた。男は大事さうに鞄を抱へ、「兩國《りようごく》です」と答へる。

「歩いた方がましなのかも知れませんが、時間が勿體《もったい》なくて」

「兩國なら、私も途中まで一緒ですよ。次の電車に一緒に乘りませう」

人に情けをかけるなど、傲慢《ごうまん》な振る舞ひと非難されるかも知れない。だが金や食べ物を恵《めぐ》んだわけではなく、只僅《ただわず》かな道行きを共にしようと持ちかけただけである。男が軍服を着てゐるだけで、私は無條件《むじようけん》に壓倒《あっとう》されてゐたし、そんな相手が私如き學生崩れに丁寧な口を利くのも嬉しかった。何より、何處かおどおどした無力な小動物のやうな目が、放っておく事を私に許さなかったのだ。

「嗚呼、ありがたうございます」

男はこちらの厚意を、素直に受け取ってくれた。そのまま暫《しばら》く待ってゐると、次の電車がやって來る。やはり人で一杯の車輛に體《からだ》を押し込み、私は男の分の空間を作ってやった。男は恐縮しながら、私の後に續《つづ》いた。

車輛内では、言葉を交はす餘裕などなかった。電車が九段下に到着した時、私は「では」とだけ云って下車した。男はもう一度禮《れい》を口にして、頭を下げる。男との縁はそれきりと、その時點《じてん》の私は考へてゐた。

三

次に男に會《あ》つたのは、その數《すう》日後の事だつた。先日の私は神保町まで雜誌《ざつし》を買ひに行つたのだが、殘念ながら讀《よ》みたい雜誌は見付からなかつた。紙飢饉《ききん》とまで稱《しょう》される、昨今の紙不足である。讀みたい本や雜誌を自由に調達《ちょうたつ》出來る日など、まだまだ先の事のやうに思へた。

だから私は、淀橋圖書館《としょかん》に足を向けた。幸ひにもここは戰火《せんか》にも遭はず、藏《ぞう》書《しょ》の大半が殘《のこ》つてゐる。叔父の家から近い事もあつて、私はほぼ毎日通つてゐるやうな有様だつた。目指す雜誌が手に入らなくても、活字を目にしたいといふ欲求は鎭《しず》まらない。斯《か》くして私は、活字を求めて圖書館に向かつたのだつた。

入り口をくぐつて、私はすぐに男に氣付《きづ》いた。男は入り口横手の新聞置き場で、熱心に新聞を讀み耽《ふけ》つてゐた。順番待ちをしてゐる人は少なくなかつたが、そんな人達も眼中にない程の沒頭ぶりである。先日の小動物のやうな目と、この血眼《ちまなこ》とも云《い》へる眞劍《しんけん》さとの落差に、私は奇異な印象を持つた。

聲《こえ》をかけづらいと思つてゐたら、男はちやうど新聞を讀み終へた。その時初めて順番待ちに氣付いたやうに、氣まづさうに頭を下げて次の人に新聞を渡す。男の目はまた、怯《おび》えた小動物のそれに戻つてゐた。私はその瞬間を見計らつて、男を呼び止めた。

「先日は、どうも」

「あツ、これは」

男は驚いて、目を瞬《しばた》いた。まるで軍隊の上官にでも會つたやうに、ペコペコと頭を下げる。そこまでしてもらふ謂《い》はれはないので、逆に私は恐縮した。氣づかぬ振りをして行き過ぎればよかつたと、輕《かる》く後悔した程である。

「いや、偶然ですね。この近くにお住まひなんですか」

出會つたのが歌舞伎町とは云へ、この近邊《きんぺん》に住んでゐるとは限らない。まさかまた行き會ふ事があらうとは、豫想《よそう》してゐなかつた。

「はあ、代々木に知人がゐるので、そこに身を寄せてるんです」

男はそれがまるで引け目のやうに、申し譯《わけ》なささうに云ふ。家族はゐないのかと、私は漠然と考へた。

「隨分《ずいぶん》熱心に新聞を讀んでましたね。仕事でもお探しですか」

復員兵が目の色を變《か》へて新聞を讀んでゐれば、それは家族か仕事を探してゐる時である。家族がゐないのなら職探しだらうと、私は推測したのだつた。

「いえ、さういふわけでは」

男は曖昧《あいまい》に語尾を濁した。答へたくないなら答へなくてもいい。私は自分が立ち入りすぎた事を悟り、それ以上質問を重ねなかつた。

「あなたこそ、この近くにお住まひですか」

逆に尋ね返された。すぐそこの病院に住んでゐると、私は答へる。嗚呼《ああ》お醫《い》者《しゃ》さんですか、と男が誤解するので、さうではなく勉強中の身だと訂正した。

「勉強中でも何でも、お醫者さんとは大したものですなア。この戰争では人が死にすぎました。これからは人を生かす仕事こそ、必要とされるでせう」

眞劍に感心してゐるやうな男の口振りが面映《おもは》ゆかつた。私は照れも手傳《てつだ》ひ、ごく自然に名を名乘《なの》つてゐた。

「佐脇《さわき》醫院と云ひます。私はそこの甥の依彥《よりひこ》。もし具合が惡いやうな事があれば、遠慮なくいらつしやつてください」

「嗚呼、それはご丁寧にどうも。私は井口《いぐち》と申します」

男は云つて、私と同じやうに照れ笑ひを浮かべた。ギスギスした感情が面に浮かぶやうな顏ばかり見慣れた目には、井口の含羞《がんしゅう》が新鮮だつた。

その日はそれきり別れたが、以後私達は何度も圖書館で顏を合はせる事になつた。私が本を求めてゐたのに對《たい》し、井口は新聞を讀む爲だけに通つてゐるやうだつた。何が目當《めあ》てか判然としないが、やはり家族を探してゐるのではないかと私は考へ直した。戰火に燒《や》け出された家族と會へずにゐる復員兵は少なくないと聞く。井口もその一人で、僅《わず》かな手掛かりを求めて新聞に目を通してゐるのではないかと推測してゐた。

頻繁に出會へば、交はす言葉も增えて來る。私は醫者見習ひの身に過ぎないので、暇だけはあつた。井口に急ぎの用がなささうな時は、圖書館の外で坐り込んで話をするやうになつた。

井口はあまり口数の多い質《たち》ではなく、専《もっぱ》ら私が喋る事になつたが、それでも何度も話す内に相手の事が知れて來た。井口はフイリツピンで終戰を迎へ、命辛々《からがら》日本に歸《かえ》り着いたさうだ。その時の苦難を井口はあまり語らうとしないが、それがどれ程の困難を伴つたか、私も噂《うわさ》で聞いてゐる。私の分まで井口が苦勞をしたやうな錯覺《さっかく》を感じ、感謝や申し譯なさで胸が一杯になつた。

井口は私より三歳年上だつた。物腰の丁寧さと體格《たいかく》の小柄さから、私は勝手に年下ではないかと推測してゐたので、それは少々意外だつた。だが井口は、私が年下だと知つても態度を變《か》へる事もなかつた。相變はらず、少し怯えたやうな素振りで私に敬語を使ふ。最初はそれが奇異に感じられたが、何度も會ふ内に漸《ようや》く分かつて來た。どうやら井口は、學《がく》がない事で私に引け目を感じてゐるやうなのだ。

何とも奇妙な事だつた。私は戰場に行かなかつた事で、井口を始めとする復員兵達に負ひ目を感じてゐる。だが一方で井口は、私が醫者見習ひといふだけで敬意を拂《はら》ひ、己の無學を恥ぢてゐるのだ。お互ひがそれぞれ、相手より劣つてゐる我が身を恥ぢ、遠慮してゐる。私はそこに巧まぬヒユウモアを感じ取り、井口に益々《ますます》親近感を抱いた。

井口が同じやうな感情を持つに至るには、私より少し時間がかかつたやうだ。井口はお喋りに付き合ふ事もあれば、そそくさと去つて行く事もある。何か仕事を持つてゐるのかとも最初は思つたが、さうではなく未だ求職中だといふ。

だからなのだらう、井口の態度にはあまり餘裕《よゆう》がなく、何かに急《せ》き立てられるやうな焦りが仄《ほの》見えた。不人情といふわけではないだらうが、學生崩れの私と無駄話に興じてゐるやうな暇はなかつたに違ひない。私は彼我の越え難い壁を見せつけられたやうな氣がして、己の惠まれた境遇を恥ぢる。戰爭に行かずのうのうと生き延びてしまつた我が身を恥ぢる。

しかし井口は、やがて私に心を開いてくれたやうだつた。それが證據《しようこ》に、ある時ふと、口にするのも辛い筈《はず》の事を話してくれたのだ。私は井口が背負つてゐた過去の重さに絶句し、それでも世を恨まず運命を恨まず、腰を低くして生きてゐる井口に感嘆した。小柄な井口の體《からだ》の中には、何者も曲げる事の出來ない氣高い鐵《てつ》が一本入つてゐる。果たして自分も井口のやうに背筋を伸ばして生きられるだらうかと思ふと、甚《はなは》だそれは難しさうで、己の惰弱《だじやく》な心が情けなかつた。

「私には、妻と息子がゐたのですよ」

てつきり獨《ひと》り身と思ひ込んでゐたので、私は井口の告白に驚く。やはり井口は家族を探してゐたのかと、内心で頷いた。

「見付からないのですか」

尋ねると、井口はゆつくり首を振つた。

「いえ、もう死んでゐました。空襲で、焼け死んでしまつたさうです」

珍しくない話とはいへ、風聞で耳にするのと、當事者《とうじしや》から直接聞かされるのでは重みがまるで違ふ。私は目を見開き、井口の横顔に視線を注いだ。井口はそんなこちらの驚きに、照れたやうな笑みを浮かべる。

「息子はまだ二歳でした。漸く言葉を憶え始めたところでね。何やら怪しげな言葉を喋つてゐるのが愛らしいと、一度だけ受け取つた妻からの手紙に書いてありました。その後も、さぞや變《へん》な言葉を一杯憶えたのでせうね。それを私に聞かせずに先に死んでしまふなんて、親不孝な子供です」

ご愁傷《しゆうしよう》様です、などといふ決まり文句もとても口に出來なかつた。恐らく井口は、己の悲しみを只《ただ》言葉にして外に出したくなつただけなのだらう。私の相槌《あいづち》など何の意味もないと思はれたので、ヂッと耳を傾けるだけに留めた。

「女房はね、幼馴染《おさななじ》みだつたのですよ。六歳も年下だつたので、私にしてみれば妹みたいなものでした。ずつと兄妹のやうに育つて、年頃になつたからと何となく一緒になつた相手でしたが、添つてみれば小さい頃とはまた別の感情が湧いて來るもので、私には過ぎた女房でした」

井口はぼんやりと空を見上げ、話し續《つづ》ける。目にも、そして聲《こえ》にも涙は滲《にじ》んでをらず、だからこそ一層悲しみが心の奥深くに沈澱し、二度と消えなくなつてゐるのが分かつた。

「よく笑ふ女でね。私にはそこが子供つぽいやうな氣がしてゐたのですが、今から思へば笑はないより笑つてゐた方がいいのです。かうしてゐなくなられてみると、思ひ出すのは笑つてる女房だけなのですよ。一緒になつても少しも樂《らく》をさせてやれず、逆に苦労ばかりだつたのに、馬鹿みたいに何時《いつ》も笑つてました。私はどつちかと云ふとこのやうな陰氣な質《たち》ですから、ああいふ底抜《ぬ》けに明るい女がゐてくれたのは救ひだつた筈なのです。それなのに、あいつと息子が死んでしまふ時に側《そば》にゐてやれなかつたのは……」

井口は僅かに云ひ淀むと、鼻をぐすんと云はせて「悔しいですね」と呟《つぶや》いた。萬感《ばんかん》の思ひが籠つてゐる筈のその言葉に、私の胸は苦しくなつた。

「戰場で人を殺し、木の皮を食べてまで生きる事にしがみついて、漸く歸《かえ》つて來られたと思つたら妻も子も燒け死んでゐた。妻はもう二度と笑はず、子供はこれ以上言葉を憶える事もなく、それなのに殘つてゐるのは『死んだ』といふ事實《じじつ》だけで、骨すら見付からない。生き殘つた私は、徐々に世界がぼんやりとしか見えなくなる中で、かうして空を見上げて思ひ出話をしてゐる。人生といふのは辛いものですなア」

言葉の內容に反して、井口の口振りは乾いてゐた。まるであらゆる悲しみを丸ごと心に吞み込んだ事で、全ての事象から達觀《たつかん》し得たやうにも見えた。しかしその達觀は、やはりあまりに悲しすぎた。

「いやア、さうぢやないな。人生が辛いんぢやない。こんな事を云ふと血相を變へて怒る人もゐるでせうけど、辛い事が降りかかるのはやつぱりそれ相應《そうおう》の理由があるんでせうね。それだけの事をしたから、私はかういふ目に遭つた。當然《とうぜん》の報いなのです」

「當然の……報い」

私はその意味が分からず、ぼんやりと問ひ返した。井口は二度、深く頷いた。

「私にかういふ事が起こるのは、自分のせゐなのです。私は辛い目に遭つて當然の、ひどい男なのです。憐《あわ》れなのは、そんな男のとばつちりを食つて死ななければならなかつた女房と息子です。私と添つたりしなければ、私のやうな父親を持たなければ、女房も息子も死ぬ事はなかつたのです。――あ、さうすると、辛い事は當然の報いなどではないのか。女房も子供も少しも惡くないのだから」

やア、をかしな話になりましたな。井口はまた照れ笑ひを浮かべ、頭を掻く。そんな態度はぎこちなく、笑ひ返してやるのは難しかつた。

井口は我が身の不幸を、當然の報いと云ふ。一體《いったい》井口が何をしたのかと私は疑問に思つたが、それを問ひ返す事はとても出來なかつた。

四

叔父の診療所は、叔父自身と私、叔母、そしてお妙《たえ》さんといふ四十過ぎの寡《か》婦《ふ》の四人で切り回《まわ》してゐた。お妙さんは看護婦の資格を持つてゐたわけではないが、患者の應對《おうたい》から汚れ仕事まで、診療所を維持するのに必要な仕事一切を引き受けてゐる、大事な存在である。まだ半人前の私などより、診療所にとつてはよほど重要な人物だつた。

お妙さんは戰局が惡化《あつか》する以前から診療所に勤め始め、大空襲の慘禍《さんか》も生き延び、八月十五日以降もそれまでと變《か》はらず通ひ續《つづ》けてゐる。身を粉にする事を厭《いと》はぬ働きぶりは本當《ほんとう》に頭が下がるものであり、診療所は正にお妙さんあつてのものだと私などは密《ひそ》かに思つてゐた程だつた。

そのお妙さんが、ある日倒れた。重い荷物を持ち上げようとし、ぎつくり腰になつてしまつたといふ。あの頑健なお妙さんにしてぎつくり腰を患ふかと、私はある意味で失禮《しつれい》な驚き方をしたものだが、考へてみればお妙さんももう若くない。十年以上もずつと働きづめだつたのだから、體《からだ》の何處《どこ》かがをかしくなつても決して不思議ではなかつた。

そんな事態になつて初めて、叔父は自分がお妙さんに賴り切つてゐた事を知つた。お妙さんがぎつくり腰になつたのは自宅での事だが、その遠因は明らかに診療所での重勞働《ろうどう》にある。叔父はお妙さんに掛かる負擔《ふたん》の多さを反省し、ゆつくり靜養《せいよう》してくれるやう賴んだ。お妙さんが診療所に來なくなるのは痛手だつたが、これきり仕事を辭《や》められるのはもつと困る。ここはしつかりと體を治してもらひ、何《いず》れまた元氣に復活してもらへるやう計らつた。

お妙さんはそんな叔父の溫情《おんじょう》に感謝したが、自分が拔《ぬ》けた後の診療所が氣になつてならないやうだつた。叔母は一應《いちおう》看護婦の資格を持つてゐるものの、よく云へばお孃樣《じょうさま》氣質、有《あ》り體《てい》に云へば世間知らずの所があり、突發《とっぱつ》事に對應《たいおう》出來る能力は殘念《ざんねん》ながらない。叔父も私も、お妙さんがゐなくなつた後は不安でならなかつたのだから、當のお妙さんが危機感を覺《おぼ》えないわけもなかつた。

そこでお妙さんは、一計を案じた。自分の姪《めい》に後事を託し、診療所に送り込む事にしたのだ。姪はまだ二十歳にもならぬ若い娘だつたが、しつかりしてゐる點《てん》ではお妙さんにも劣らぬといふ。寢込《ねこ》んでゐるお妙さんは枕許に姪を呼び寄せ、診療所を切り回す爲のありとあらゆる注意事項を叩き込んださうだ。いきなり代役を命じられた姪にしてみればいい迷惑だらうに、若い娘は不平一つ云はず、憶えるべき膨大な事項を全て頭に叩き込んだ。さうした上で、お妙さんの姪は勇躍診療所に乘り込んで來る事になつたのだつた。

お妙さんの代はりに姪がやつて來ると聞いても、私は何の感興も覺えなかつた。若い娘にお妙さんの代はりが務まるのだらうかと、少し意地惡な感想を持つただけである。お妙さんの拔けた穴が簡單に埋まるなら、私と叔母でどうにかしてゐる。どうにもならないからこそ、途方に暮れてゐたのだ。診療所に一度も足を踏み入れた事のない者がふらりとやつて來ても、ものの役に立つわけがないと高を括《くく》つてゐた。

その朝、私は診療所の掃除をしてゐた。朝一番の掃除はお妙さんの役目だつたが、今はゐないのだから私がやるしかない。まづ診察室をざつと箒《ほうき》で掃いて回り、次に待合室に取りかからうとした時、背後から聲《こえ》をかけられた。

「あのう、すみません、失禮《しつれい》ですが依彥《よりひこ》さん、ですよね」

後ろに誰かがゐるなどとは思はなかつた私は、いきなり名を呼ばれて飛び上がつた。慌《あわ》てて振り返り、そこに若い娘を認めて、己の狼狽《うろた》へぶりを恥ぢた。

「あ、嗚呼《ああ》、さうですが、あなたは」

お妙さんの姪が來る事は聞いてゐたのに、不意を衝かれた私はその事に思ひ至らなかつた。相手の名を確認し、「妙の姪の扶實子《ふみこ》です」と名乘《なの》られて初めて、娘の素性に氣付いた始末だつた。

自己辯護《べんご》するなら、それも已《や》むを得なかつたのだ。何しろ扶實さんは聞いてゐた年よりずつと若さうに見えた。小柄な體軀《たいく》はせいぜい十二三にしか見えず、しかもそんな風情を助長するやうに髪をお下げに結つてゐる。その上童顔で、怯えたやうに上目遣ひにこちらを見る樣は、逞《たくま》しいお妙さんの血縁者とは到底思へなかつた。私はただ單《たん》に、今日最初の患者がやつて來たと考へたのだつた。

「そんな、依彦さんにお掃除などさせては申し譯《わけ》ありません。私がやりますから、どうぞ貸してください」

心細さうな顔をしてゐた扶實さんだが、私が箒を手にしてゐる事に目を留めると、いきなり口調を變へた。凜然《りんぜん》と形容したくなる程きつぱり云ひ切り、呆然とする私の手から箒を奪ひ取る。そして自分の荷物も投げ出して、さつさと診察室を掃除し始めた。

扶實さんの手際は見事なものだつた。まづ椅子を重ねて一箇所に置き、部屋の隅から埃《ほこり》を掃き出すやうに箒を動かしていく。最初は床板の目に沿つて縦《たて》に、そしてそれが済《す》むと一列に竝《なら》んだゴミをまとめて塵取《ちりと》りに受ける。四角い部屋を丸く掃いてゐた私とは大違ひの手際であり、所要時間はほんの三四分でしかなかつた。

「嗚呼、そのゴミは」

「存じてます。裏の焼却爐《しようきやくろ》に入れればいいんですよね」

扶賓さんはニッコリ笑ふと、塵取りを手にまた外に出て行つた。どうやら何もかもをお妙さんに仕込まれてゐるといふ話は、伊達《だて》ではなかつたらしい。壓《あつ》倒《とう》されてゐた私は、扶賓さんの姿が見えなくなつてから漸《ようや》く苦笑ひを浮かべた。

扶賓さんは忽《たちま》ちにして、叔母の目に適《かな》つた。元々叔母はおつとりした質《たち》で、人の好惡《こうお》が極端に少ない。かつてこの診療所が繁盛《はんじよう》してゐたのは叔父の腕の良さも勿論《もちろん》買はれてゐたのだが、叔母の人徳《じんとく》といふ面も確かにあつた。てきぱきと立ち働くのはお妙さん、患者に優しく接するのは叔母と、上手い役割分擔《ぶんたん》が出來てゐたのだつた。

そんな叔母だから、扶賓さんを氣に入るのは當然《とうぜん》とも云《い》へるが、診療所の裏方を預かつてゐるのは自分だといふ自負が叔母にもある。最初はやはり、嚴《きび》しい目を向けてゐたのではないかと私は思ふ。

それでも扶賓さんは、文句の付け所のない働きぶりを見せた。私と叔母は、最初はその仕事を採點《さいてん》するやうな心持ちで扶賓さんの動きを目で追つてゐたが、やがて唖然《あぜん》として眺める事になつた。何しろ扶實さんは、ここに來たのが初めてとは思へぬ程、家の中の事を熟知してゐたのだ。掃除道具の置き場、カルテの整理方法、調薬《ちようやく》の準備、果ては皆の晝食《ちゆうしよく》の心配まで、扶實さんの知らない事はなかつた。迷ふ様子すら見せずに棚を開けて目的の物を取り出すのだから、その様は恰《あたか》もお妙さんが乘り移つたかのやうである。よくもまあ教《おし》へ込んだものであり、また憶えたものだとほとほと感心した。

更《さら》に驚かされたのは、通ひの患者達の名前まで、可成《かな》りの高確率で云ひ當《あ》てて見せた事だつた。恐らく姿形や病状をお妙さんから教はつてゐたのだらうが、それにしたところで大した記憶力と類推力である。名前を呼ばれた患者は最初ぽかんとし、次の瞬間には扶實さんの笑顔につられてニツコリしてゐた。病を抱《かか》へて醫者《いしや》に掛かる人は、皆一様に暗い顔をしてゐるものである。さうした人達に微笑《ほほえ》みかけ、剰《あまつさ》へ笑顔を引き出すとは、誰にでも出來る事ではない。これは良い人が來てくれたものだと、叔母は勿論、氣難しい叔父まで相好を崩した。

たつた一日にして叔父夫婦のお氣に入りとなつた扶實さんは、しかし夕食を一緒にといふ誘ひを斷《ことわ》り、そそくさと歸《かえ》つて行つた。寢込んでゐるお妙さんが心配なのだといふから泣かせる。この日本國《こく》からまともな女性は敗戰と共に死滅し、殘《のこ》つたのは進駐軍の米兵の腕にぶら下がるパンパンばかりと思つてゐたが、どうしてどうして、日本の婦女子も捨てたものではない。私もまた、扶實さんの潔《いさぎよ》いまでの忠勤ぶりには好意を覺《おぼ》えずにゐられなかつた。

翌日以降も、扶實さんは鬼神の如き働きぶりを見せた。一口に下働きと云つても、その内容は多岐に亙《わた》る。何しろ只《ただ》のお屋敷奉公とは違ふのだ。調薬の下準備など、本來なら素人には到底無理な事であるし、カルテの整理も知識がなければ出來ない。にも拘《かか》はらず扶實さんは、まるでもう十年も働いてゐるかのやうに迷ひなく、正確にすべき事をこなして行く。その上診療所と我々の住居の掃除をし、食事まで作つてくれるのだから、何とも頭が下がる。それらをこれまで、當たり前のやうにお妙さんに任せてゐたのだと、扶實さんの仕事ぶりを見て漸《ようや》く氣付いた始末だつた。お妙さんが復歸《ふつき》した時にはもつと勞《いたわ》つてやらなければならないと思つたが、正直に云へば、このままずつと扶實さんに居續《いつづ》けて欲しいといふ氣持ちもあつた。

といふのも、このやうな一幕があつたからだ。ある日の事、扶實さんは箒と塵取りを持つて私の部屋に入つて來た。掃除をしてくれると云ふ。私の部屋は恥づかしながら、到底整頓《せいとん》されてゐるとは云ひ難い。學校《がつこう》に通つてゐた際に使つてゐた教科書も小説もごつたになつて疊《たたみ》に積み上げてゐるし、原稿を書く爲に一寸《ちよつと》した反古《ほご》すら捨てられずに取つてある。何も知らない人が見たなら、ゴミの山のやうに思つた事であらう。そんな有樣を扶實さんに見られたのは恥づかしかつたが、今更糊塗《こと》のしやうもない。顏を赤らめて、自分でやりますと答へるしかなかつた。

「あツ、ごめんなさい。もしかして、ご執筆中でしたか」

机に廣《ひろ》げてゐた原稿用紙を目にして、扶實さんは口に手を當《あ》てた。ご執筆、などと大層な事をしてゐたわけではないが、次の小説を書く爲に呻吟《しんぎん》してゐたのは事實《じじつ》である。只、唸《うな》るばかりで言葉の一つとて出て來なかつたのだから、扶實さんに邪魔をされたわけではなかつた。

「いやあ、大丈夫。何も書く事がなくて、困り果ててゐた所だから」

私は照れ臭さもあつて、頭を掻《か》いた。小説を書いてゐる事を知られてゐたのかと、些《いささ》か面映《おもは》ゆく感じる。文學を志す者として、何時《いつ》かは誰にも名を知られる大作家になりたいと夢想はすれども、その一歩を踏み出したばかりの身には、まだ恥づかしさが先に立つた。

「さうですか。それでしたらよかつたです」

扶實さんはホツと胸を撫《な》で下ろすやうな仕種《しぐさ》をして、私の反應《はんのう》を怖《お》づ怖《お》づと窺《うかが》ふ。私が笑ひかけてやると、漸く安堵《あんど》したやうに微笑みを取り戻《もど》した。

「小説をお書きになつていらつしやるなんて、凄《すご》いですね」

扶實さんは敷居の所に正座したまま、感に堪へぬやうに云ふ。私は依然として照れ臭かつたが、腹藏《ふくぞう》のないその物云ひには自尊心をくすぐられた。思ひ返してみれば、私は小説を書いてゐる事で人に譽《ほ》められた事がない。叔父は醫學《いがく》とは無關係《むかんけい》の道に踏み出した甥《おい》を苦々しく思ひ、叔母は何も分からず只小首を傾《かし》げるだけである。鷗外《おうがい》といふ先達がゐなければ、私はこのやうな道樂を許してはもらへなかつただらうから、是が非でも小説を書き續けたいと思ふならこの家を出て行くしかなかつた。そんな居心地の惡さを感じながら意固地になつて續けてゐた小說執筆である。扶實さんの譽め言葉は、干天《かんてん》の慈雨のやうに私の心に染み入つた。

「それもこれも、叔父の家に厄介になつてゐる氣樂な身分だから出來る事だよ。こんなご時世に、有り難い事だと思つてゐる」

へりくだらず、皮肉の意も込めず、私は素直にさう答へた。扶實さんの澄んだ眸《ひとみ》を前にすると、私の中のちつぽけな鬱屈《うつくつ》も氷解して行くやうな氣がする。私は小說を書く事に己の存在意義を見出すといふ、片意地を張つた心地を拭《ぬぐ》へずにゐたが、もしかしたらそれが執筆の妨げになつてゐたのかも知れないと卒然と思ひ付いた。書けるかも知れない、猛然と執筆意欲が湧いて來るのを覺える。

「小說を書くなんて、頭のいい方にしか出來ない事です。依彥さんは、本當にお頭《つむり》がよろしいのですね。私は小學校しか出てない、學のない女ですから、本當に感心してしまひます」

扶實さんはため息混じりにそんな事を云つた。私は心底恥ぢ入りたくなる。

「何を云ふんだ。君の方こそ、僕の何十倍も頭がいいぢやないか。誰もが君のやうに、診療所に來ていきなり働けるものぢやない。君の働きぶりを見てゐれば、頭がいいのだとよく分かるよ」

「そんな、とんでもない事です……」

扶實さんは顔を赤らめ、俯《うつむ》いた。暫《しばら》くモヂモヂしてゐたかと思ふと、やおら立ち上がつて箒を振るひ始める。この部屋の掃除はいいと遠慮したのに、どうやらそれは念頭から消え失せたやうだつた。

仕方なく、座布團《ざぶとん》を持つて一時避難した。扶實さんは机の下から埃《ほこり》を掻き出して輯《あつ》めると、思案するやうに一旦動きを止め、「少しお待ちください」と云ひ置いて姿を消した。何を取りに行つたのかと思つたら、はたきと手《た》拭ひを手にして戻つて來る。そして口を覆うやうに手拭ひを結ぶと、本の上に溜まつた埃を敢然と退治し始めた。

忽《たちま》ち雲霞《うんか》の如く埃が舞ひ始め、そのあまりの慘狀《さんじよう》に私は消え入りたくなつた。この部屋の中だけは、お妙さんもこれまで手を付けようとしなかつたのだ。勿論それは私が掃除を辭《じ》退《たい》したからなのだが、必然的に部屋の汚さは自己責任といふ事になる。こんな埃まみれの部屋にゐたのかと、扶實さんは呆《あき》れるのではないか。さう考へただけで、私は居たたまれなくなつた。

流石《さすが》の扶實さんも、舞ひ踊る埃には眉《まゆ》を寄せてゐた。廊下に出て來て、埃が落ち着くのを待つ。やがて頃合ひや良しと見て取つたか、再び部屋に入つて行くとまた箒を使つた。扶實さんが清掃の終了を告げた時には、見違へるやうに綺麗《きれい》になつてゐた。

「やあ、本當に申し譯《わけ》ない。男所帯に蛆《うじ》が湧くとはよく云つたもので、ついつい掃除は後回《あとまわ》しにしてしまつてゐたのでね」

殆《ほとん》ど自棄《やけ》になつてさう云ひ繕ふと、手拭ひを取つた扶實さんはニコリと笑つた。

「先生のお手傳《てつだ》ひに小說執筆と、依彥さんはお忙しいのですから當然です。これからは私が掃除くらゐしますので、何なりと云ひつけてくださいね」

「はあ」

何となく斷りにくく、私は曖昧《あいまい》な返事をする。すると扶實さんは、少し云ひ辛さうに下を向くと、早口にかう云つた。

「今度、お書きになつた小說を讀《よ》ませてください」

それだけを云ふのにありつたけの勇氣を使つたやうに、扶實さんは顏を赤らめるとパタパタと立ち去つて行つた。私はその後ろ姿を呆氣《あつけ》に取られて見送りながらも、胸の裡《うち》に溫《あたた》かい感情が湧いて來るのを感じてゐた。

確かに私は、扶實さんに好意を覺えてゐた。だが今にして思ふ。私のこの好意が扶實さんに迷惑を掛けたのではないかと。私と關《かか》はつたりしなければ、扶實さんにあのやうな災禍《さいか》が降りかかりはしなかつたのではないかと。

考へすぎかも知れない。全ては因果關係のない、別個の事件なのかも知れない。だが私は、後悔せずにはゐられない。私がもう少し賢ければ、扶實さんを守る事が出來たのではないか。あのやうな悲しい目に遭はさずに濟《す》んだのではないか。

繰り言に過ぎない。何もかも、起こつてしまつた事である。私に出來るのは、の思ひである。

只《ただ》悔いる事だけだ。この悔しさ、この無力感。これが、私を死に追ひやる痛恨

五

圖書館《としよかん》で井口と會《あ》ひ、言葉を交はす生活は暫《しばら》く續《つづ》いたが、やがてそれも間遠になつた。二週間ばかり會はない日々が續いた時は、いよいよ職を得て働き始めたのではないかと思つたが、久しぶりに井口の姿を目にした瞬間にさうでない事が分かつた。井口は目に見えて痩《や》せ細つてゐたからだ。

恐らく碌《ろく》な物を食べてゐないのだらう。今のご時世で、腹一杯に食事を出來る者は少數《しょうすう》である。誰もが死に物狂ひで食料を調達し、辛うじて明日へと命を繋《つな》いでゐるやうな有様なのだ。井口は家を燒《や》かれ、知人の許《もと》に身を寄せてゐると聞いた。ならば肩身は狹く、思ふ存分食事をする事など出來ないでゐるに違ひない。珍しくない話とはいへ、やはり憐《あわ》れに思はずにはゐられなかつた。

井口さん、さう聲《こえ》をかけても、井口はなかなか私に氣付かなかつた。近付いて、二の腕を叩く事で漸《よう》やくこちらに注意を向けさせる事が出來た。その樣を見て私は、ある事實《じじつ》を知つた。井口の眼病は進行してゐる。ここまで近くに寄らないと、相手が判別出來ない程になつてゐるのだ。戰火に妻子を失ひ、己は戰場で視力《しりよく》を損なひ、榮養失調で朽ちていかうとする井口。大戰によつて生み出

された悲劇の内、これが最悪のものではなからうとも、井口の境遇は充分に痛ましく、私を胸苦しくさせた。

「井口さん、目が……」

「はア、いよいよ危なくなつて來ました。暫く風邪で臥《ふ》せつてゐたのですが、その間に見る見る目の前がボンヤリとして來て、今では人にぶつからずに歩く事すら難しいです」

「井口さん、ちやんと醫者《いしや》に診てもらつたのですか」

「いえ、一度も。そんな餘裕《よゆう》はありませんから――」

その言葉を聞いて、私は己の罪を痛感した。井口の目が惡い事は、出會つた最初から知つてゐたのだ。それなのに私は看過し、無理矢理にでも叔父に診せるやうな努力を怠つた。普通に話をしてゐる分には視力が弱《よわ》つてゐる事など全く窺《うかが》ひ知れなかつたので、つい失念してしまつたのだ。これが、友情を感じてゐる相手に對《たい》する仕打ちか。己の鈍感さがどうにも恨めしい。

「うちにいらしてください。叔父に診てもらひませう。叔父は眼科醫ではないですが、多少の事は分かる筈《はず》です」

私は井口の肘《ひじ》を摑《つか》んで、無理にも連れて行かうとした。だが井口は反對《はんたい》の手を私の腕に添へ、やんわりと押し返す。

「ありがたうございます。本當に感謝します。でも私は、お支拂《しはら》ひする診療費がありません」

「そんな事！　取り返しのつかない事になつたらどうするんですか。診療費など、私がどうにでもします」

思はず聲を荒らげた。こんな事で遠慮されるのは、信が置けないと宣告されたも同然だつた。是が非でも叔父の許に連れて行く。そして眼病の進行を食ひ止めてみせる。私は意地になつてさう決意した。

「佐脇さんのご厚意は、本當に有り難く思ひます。こんなギスギスしたご時世に、佐脇さんのやうな方と知り合へたのは運が良かつたと思ひます。でも、もういいのです。これが私の受けるべき報いなのですから」

「報い。何の報いですか」

以前にも井口は、そんな事を云つてゐた。しかし何處《どこ》の世の中に、これ程の悲劇を甘受せねばならない罪などあらうか。人がどのやうな罪過を犯さうと、こんなにも重い報いがあつていいものではない。理不盡《りふじん》な運命には、力一杯抗《あらが》つたとて許されるのではないか。私の胸に反問が渦巻《うずま》く。

「私の、愚かさの報いです」

こちらの問ひに、井口は焦點《しようてん》の結ばぬ眸《ひとみ》を中空に向けながら、穩《おだ》やかな聲《こえ》で答へた。その靜かな聲音《こわね》が、私の意氣込みを挫《くじ》く。過酷な運命を井口に押し付けた何者かに對《たい》する怒りを、井口當人に向けかけてゐた事に氣付かされ、私は默《だま》り込んだ。

「折角のお申し出ですが、私の目はもう駄目でせう。どんな名醫さんに掛かつたところで、治るものでない事は自分がよく分かります。ならば、生きてゐる限り私は、自分の愚かさの償《つぐな》ひをしたいのです。その爲に私は、本當なら死んでゐる筈のこの生にしがみつき、恥を曝《さら》しながら生き長らへてゐるのです」

「あなたは……、何をしたのですか」

立ち入るまいと思つてゐたのに、私は訊《き》かずにゐられなかつた。井口の胸に刺さつてゐる棘《とげ》は何か。どのやうにすればその棘は拔け、井口を樂にさせてやれるのか。私は心底、それらを知りたいと望んだ。

だが井口は、私の問ひにそのまま答へようとはしなかつた。何處か焦點の定まらぬ目を私に向け、言ひ募《つの》る。

「私はある人を搜してゐます。私はその人に、詫《わ》びても詫び切れぬ負ひ目がある。何としても搜し出し、償ひをしなければならない。土下座して詫びなければならない。妻子が燒け死んでゐたと知つてからは、私はその爲だけに生きてゐるのです」

井口は私の兩手を探り當てて摑み、何度も頭を下げた。私は只、呆然とその樣を見守る。

「東京の方々《ほうぼう》を步き回り、行方を搜してゐました。ですが、未だに見付かりません。新聞に名前が出てゐないかと、每日この圖書館に足を運びました。それでも手掛かりは得られませんでした。だからといつて、諦めるわけにはいきません。寢込んでゐるこの數日、搜す人の名前が新聞に出てゐたのではないかと、氣が氣ではありませんでした。佐脇さん、どうかお願ひです。私はもう新聞を讀《よ》む事も出來ません。私の代はりに新聞に目を通して、その人の名前を捜してもらへませんか」

「も、勿論それはお安いご用です。何といふ名前の方を捜せばいいんですか」

「竹賴《たけより》、竹賴春子《はるこ》です」

井口はその名を、まるで崇高《すうこう》なものであるかのやうに口にする。どのやうな關係の女なのか、などと訊くのは下世話な氣がして、私は云はれたとほり新聞を手に取つた。

新聞には依然、尋ね人の文章が幾つも載つてゐる。まづはそこから目を通すべきだが、先方もまた井口を捜してゐるのかと尋ねると、そんな事はなからうといふ返事だつた。相手は井口を捜してはゐない、それでも僅かな可能性に賭け、尋ね人の欄を見ずにはゐられなかつたといふ事のやうだつた。私はその、徒勞感《とろうかん》に挑むが如き情熱に胸を打たれる。何としても紙面上に竹賴某の名前を見出したいと望んだ。

だが尋ね人の欄に竹賴の名はなかつた。諦めず、他の記事にも目を通す。新聞に載るのは悲劇的な事件ばかりではない。美談の中に竹賴の名があれば、これ程望ましい事はない。そんな淡い期待を込めて新聞を丹念に讀んだものの、私の努力は實《み》を結ばなかつた。

「今日の新聞にはないやうです」

落膽《らくたん》を禁じ得ず、私は井口に報告する。それでも井口は諦めず、昨日以前の新聞にも遡《さかのぼ》つてみて欲しいと頼んだ。無論、私に否やはない。

結果から云へば、過去二週間の新聞全てに目を通しても、目指す名前はなかつた。井口の力になれなかつた事が悔しく、私の聲は暗くなる。それでも井口は、存外に前向きだつた。

「がつかりする事はありません。何も手掛かりがないのは、生きてゐる證據《しようこ》だと思ふのです。死んでゐれば、その事が必ず耳に入つて來る。生きてゐるからこそ、行方が分からない。私はさう思ふ事にしてゐるのです」

私は井口の身を襲ふ悲劇を少しでも食ひ止めたいと望みながら、逆に勵《はげ》まされてしまつた。何といふ氣丈さ、何といふ自制心か。こんなにも氣高い男が、食べるものもないまま、視力を失はうとしてゐる。やはり、理不盡な運命には抗ひたいと、私は思ひを新たにする。

「井口さん、今から叔父の診療所に來てください。治るか治らないか、診てもらはなければ分からないですよ。お願ひですから、一緒に來てください」

今度は私が懇願する番だつた。その必死さが通じたのか、もう井口も遠慮しようとはしなかつた。

診療所まで、井口の手を引くやうにして戻つた。診察時間外だつたが、叔父は嫌《いや》な顔もせず井口を診てくれた。問診してから、目に電燈を當てて覗き込む。果たして専門外の叔父に何處《どこ》まで診斷がつくだらうかと案じてゐると、やはり内科醫の手に負へる病状ではなかつたやうだ。

「白内障の類《たぐい》ではないね。水晶體《たい》は濁つてないし、角膜が傷付いた様子もない。まづ片方が見えなくなつて、徐々にもう一方も霞《かす》んで來たのなら、器質的損傷ではなく神經系《しんけい》だらう。君は戰場で頭を强打したりしなかつたか」

叔父の問ひかけに、井口は顎《あご》を引いて肯定する。

「一度、土砂崩れに巻《ま》き込まれかけて、頭を打ちました」

「やはり、さうか」

叔父は難しげな顔で默り込み、ペンで机を叩く。そして井口と私を交互に見てから、きつぱりと云つた。

「神經系なら、惡いのだがここではどうにもならん。場合によつては開頭手術が必要かも知れない。腦《のう》に血栓が出來て、視神經を壓迫《あつぱく》してゐる恐れもある。ずつと頭痛がしてゐるといふのは、可成《かな》り惡い兆候だ。早く専門醫に診てもらふ方がいい」

叔父は机に向かひ、さらさらと一筆認《したた》めた。それを井口に渡して、病院名を告げる。

「紹介状だ。そこなら設備も整つてゐる。私の名を出せば、すぐに診てもらへるだらう」

「ありがたうございます」

井口は叔父の差し出した紙片を、押し戴《いただ》くやうにして受け取る。そして丁寧に折り畳むと、懐《ふところ》に仕舞ひ込み、深々と頭を下げた。

「お世話になりました。あの……、診療費は出來る限りお支拂《しはら》ひするやうにします」

「君の病氣を治したわけではないし、私は診療時間外に知人の相談に乘つただけだ。さういふ時に金をもらふ趣味はないよ」

叔父は不機嫌にも聞こえかねない程、ぶつきらぼうに云ふ。それでも井口は叔父の厚意を感じ取つたらしく、もう一度禮《れい》を云つて席を立つた。私の先導で診察室から出ようとする井口に、叔父は「早く診てもらふんだぞ」と念を押す。井口は素直に「はい」と應《おう》じた。

「大丈夫ですか。お宅まで送つて行きませうか」

私は心配で、玄關で靴を履く井口にさう申し出る。だが井口は、きつぱりと辭退《じたい》した。

「いえ、結構です。これ以上甘えるわけにはいきません。代々木までの道順は分かつてますから、ゆつくり歸《かえ》りますよ」

「遠慮しなくてもいいのですが……」

「大丈夫です。それよりも、明日以降も圖書館の新聞を讀んでいただけませんでせうか。そして竹賴の名前があつたら、私に教へて欲しいのです」

「はあ」

「お願ひします」

手を合はせかねないばかりの勢ひで、井口は頼み込む。私はその時、卒然と良い事を思ひ付いて口にした。

「では、井口さんが本當に專門醫に診てもらふと約束してくれるなら、私も新聞を氣を付けて讀みませう。どうですか」

「はい、分かりました」

井口は苦笑して、紹介狀を仕舞ひ込んだ懷を押さへる。そして一禮をしてから、ゆつくりとした足取りで去つて行つた。

井口は本當に專門醫のゐる病院に行くだらうか。私は遠ざかつて行く背中を見送りながら、不安を覺えずにゐられなかつた。中天から降り注ぐ日を浴びる井口の影は短く、その樣は何故か私の目に不吉に映つた。

六

來るべき時が來たのは、そんな事があつた一カ月後の事だつた。その間、井口とは三度だけ會《あ》つた。會ふたびに井口は瘦せ細り、頰《こ》が瘦けて行くので、私は身を案じて病院に行つたのかと尋ねるのだが、井口は只「行きました」と笑つて應《おう》じるだけだつた。私はそんな井口の笑顏を見て、本當は病院に行つてゐない事を見拔いたが、さりとてどうしやうもなかつた。無理矢理病院に引きずつて行く事は出來たかも知れないが、本人の意志に反してまでそのやうな眞似《まね》をするのは出過ぎてゐると感じる。井口は今、己の命を疎《おろそ》かにしてまで人を捜さうとしてゐるのだ。そんな執念に水を差すやうな事は、どうしても出來なかつた。私の判斷《はんだん》は誤つてゐたのかも知れない。井口の事を思ふなら、とやかく云はせずに病院に連れて行くべきだつたのかも知れない。私は胸の裡で幾度も、己のした事は正しかつたのか自問したが、答へは出なかつた。今かうしてあの時の事を思ひ返しても、腦裏に浮かぶのは只死に際の井口の微笑だけである。井口は理不盡《りふじん》な運命に抗《あらが》ふ事なく、さりとて全てを諦めて流されるでもなく、自分なりの鬪《たたか》ひを貫いた。戰爭で何もかも失ひ、たつた一つの望みすら叶へられずに死に行かうとする時、それでも井口は微笑む事が出來る。これ程強い男が、他にゐるだらうか。私は彼の心中を思ひやるだに、涙《なみだ》が溢れるのを禁じ得ない。井口の使ひと名乘る子供がやつて來た時、私の胸には豫感《よかん》があつた。この診療所から歸る際の、短かつた影。あの影が井口の命をも呑み込み、もろともに遂《つい》に盡《つ》きようとしてゐる。私は慌てて靴を履き、子供に案內させて井口の許に向かつた。

子供の說明によると、井口は臥《ふ》せつた床で、私に會ひたいと望んでゐるといふ。もう動く事も叶はないのかと、私は胸を痛めた。何時《いつ》かこんな日が來るとしても、早すぎるのではないか。私と井口の親交は、まだほんの數《すう》カ月に過ぎない。時間さへあれば我々は、掛け替へのない親友になれたかも知れないものを。あり得たかも知れない未來を瞬時にまざまざと想像し、私は失ふものの大きさを實感《じっかん》した。

代々木までは、歩いてもさほどかからない。我々は程なく、廢材《はいざい》を寄せ輯《あつ》めて作つたと思《おぼ》しきバラック小屋に辿り着いた。ここが、井口が世話になつてゐるといふ知人の家か。私はその粗末さに愕然《がくぜん》とし、これでは井口が榮養失調になるのも已《や》むを得ぬと納得した。對《たい》するに私は、裕福とは云へないまでも食ふに困らない叔父の家に厄介になり、小説書きなどといふ道樂にうつつを拔《ぬ》かしてゐる。己の惠まれた境遇が只々《ただただ》申し譯《わけ》なく、私自身に力があれば井口の窮状に手を差し伸べてやる事も出來たのにと、ひたすら悔しくてならなかつた。

家の中には、青白い顏をした中年女がゐた。案内をしてくれた子供の母親だらう。夫の姿はなく、仕事に出てゐるものと思はれた。井口の樣子を尋ねてもあまりいい顏をしないところからすると、夫が厄介者を抱へ込んだとでも考へてゐるのかも知れない。私は挨拶《あいさつ》もそこそこに、奥の部屋に向かつた。

日があまり差さぬ薄暗い部屋の眞ん中に、井口は寢てゐた。布團《ふとん》に寢かせてもらつてゐる事には安堵したものの、その顏貌《がんぼう》には衝撃を受けた。最後に會つた時も病み衰へてゐた井口だが、今は死者の顏も同然である。閉ぢた目を開いてこちらを見なければ、私は既《すで》に井口が他界したものと思つてしまつただらう。それ程に、井口の顏は面變《おもが》はりしてゐた。

「嗚呼《ああ》、佐脇さん」

もう井口の目は、私の姿を捉へてゐないに違ひない。それでも察するものがあつたのか、彼は私の名を呼んだ。立ち盡《つ》くしてゐた私は、その聲《こえ》に促されて枕許に寄る。プンと異臭が鼻を衝いたのは、碌《ろく》に風呂にも入つてゐないせゐか。私にはそれが、死臭のやうに感じられて悲しかつた。

「驚かれましたか。隨分《ずいぶん》ひどい有様でせう」

井口は自嘲するやうに、口許を動かす。だがそれは殘念ながら、笑みにはならなかつた。痩せこけた頰に、痙攣《けいれん》が走つたやうにしか見えない。最早《もはや》井口には、笑ふ力すら殘つてゐないのか。私は痛々しさに目を逸《そ》らしたくなつたが、そんな事だけはすまいと己を叱咤《しった》した。井口の痛みを、悲しみを、きちんと直視したいと願ふ。

「わざわざいらしていただき、すみません。本當ならこちらから伺ひたかつたのですが、もう私には歩く力もないのです」

「そんな事――。呼ばれれば幾らでも伺ひますよ。私とあなたの仲ではないですか」

「佐脇さん、嬉《うれ》しい事をおつしやつてくださる」

井口が目を閉ぢると、その眦《まなじり》から一粒の水滴が流れた。それはこめかみを傳《つた》ひ、薄べつたい枕に吸ひ取られる。だが、彼が流した涙はそれだけだつた。

「私には頼れる人が、この家の主とあなたしかゐない。でもこの家の主には、もうさんざん世話になつてしまつた。奥さんにも迷惑をかけました。ですから佐脇さん、私はあなたに頼むしかないのですよ」

再び目を開いて、井口は私をヂッと見る。焦點《しようてん》は中空に結ばず、きちんと私を捉へてゐるかのやうだつた。

「人捜しですね。竹頼春子さんを捜す事」

私は先回りして、確認する。呼ばれた時から既《すで》に、井口の望みはそれだらうと分かつてゐた。

「さうです、さうです。私は結局、何も成し遂げられなかつた。妻子を守つてやる事も幸せにしてやる事も出來ず、むざむざ死なせてしまひ、その上春子に詫びる事も出來ずにこの世を去らうとしてゐる。春子はさぞ、私を卑怯な男だと思つてゐる事でせう。さうなのです。私は卑怯な男なのです。春子にさう思はれる事自體《じたい》は仕方ない。でも、卑怯な男でも詫びくらゐは云へるのです。詫びを傳《つた》へるまでは、死んでも死にきれないと思つてゐた。それなのに私の體《からだ》は、情けなくももう云ふ事を聞かない。この悔しさも、私の支へにはなつてくれない」

「竹頼春子さんを捜して、井口さんが謝りたいと云つてゐたと傳へればいいのですね」

井口の言葉は、殆《ほとん》ど譫言《うわごと》のやうになつてゐた。私は少し語調を強め、はつきりと確認する。井口は安堵したのか、目に込めた力をふつと抜いた。

「さうです。謝りたいのです。私は卑怯な男だつた。妻子がゐる身でありながら、春子の横顔につい惹《ひ》かれてしまつた。春子はね、正面から見てゐてはそれ程いい女ではないのです。だからあの店の女給の中では、人氣がある方ではなかつた。でも横から、それも少し斜めの耳の後ろ邊《あた》りから眺めると、何とも鼻筋の通つた、美しい女だといふ事が分かるのです。それに氣付いてゐるのは、恐らく私だけだつた。私は春子の美しさに氣付けたのが嬉しくて、何とか獨占《どくせん》したいと思つた。その時は妻の事も子の事も、頭の中から消え去つてました。ひどい男です。だからかうして、何も成し遂げられずに死んで行くのは報いなのです」

井口は最後の力を振り絞るやうに、滔々《とうとう》と告白する。私は實直《じっちょく》さうな井口が浮氣をしてゐたといふ事實に驚き、口を挾めずにゐた。井口は私の相槌など必要とせず、憑《つ》かれたやうに告白を續《つづ》ける。

「召集令狀が來る前の事です。私は偶々《たまたま》、當時《とうじ》勤めてゐた會社《かいしゃ》の同僚達と、池袋のバアに行つたのですよ。そこで春子と會ひ、横顏の美しさに氣付いて、心を奪はれた。春子はどちらかといふと愛想のない質で、言葉は亂暴《らんぼう》でした。でもそんな構へた所のない態度が、不實が當たり前の水商賣の女達の中では本當の誠實さのやうに思へて、私には愛しく感じられた。と云つても、私は最初から口說くつもりで春子と接してゐたわけではないのです。そこまで妻子に不誠實な男ではないつもりだつた。でも、ほんの二言三言、言葉を交はしただけで、互ひの心の實《じっ》が見えるやうな、通じ合ふものを感じてしまつたのです。さうなつては、もう齒止《はど》めが利きませんでした」

井口は不意に目を逸らせて、天井を見上げる。その視線の先には、自分の過去があるのだらう。さう、私は見て取つた。

「私は妻に隠《かく》れて、何度も春子と會ひました。春子と會つて、まるでお互ひが初めての男と女であるかのやうに體《からだ》を確かめ合つてゐる時だけが、明日をも知れぬ情勢の中で唯一生きてゐる實感を味はせてくれる行爲《こうい》のやうに思へました。だから春子が子を孕《はら》んだのは、當然の事だつたのです。私は當惑もせず只、さうなつたかと思つただけでした」

浮氣の告白自體《じたい》にも驚いたが、その相手が妊娠してゐた事に私は愕然とした。そして、井口の鬼氣迫るまでの執着の理由も分かる氣がした。妻子を失つた井口にとつて、春子とその子供の存在はどんなにか慰めになつた事だらう。一目會ひたいと望むのは、人として當然の事だつた。

「どうにかしなければと思ひました。春子に詫びて子供を墮《お》ろしてもらふか、妻に全てを告白して別れてもらふか。でも私は、どちらも選擇《せんたく》出來ませんでした。さうかうする内に召集令狀が來て、有無を云はさず戰場に赴かなければならなかつたからです。私がその事を告げた時、春子は例のぶつきらぼうな聲《こえ》で、『大丈夫』とだけ云ひました。何が大丈夫なのか、私は訊けませんでした。何もしてやれない自分には、訊く權利《けんり》がないと思つたからです。何處《どこ》までも卑怯で、どうしやうもない男でした、私は」

「春子さんは、子供を產んだのでせうか」

私は確認した。竹賴春子を搜す事を引き受けるなら、それははつきりさせておかなければならない事だつた。

「恐らく、產んだのでせう。子供に愛着を持つ女とも思へませんでしたが、あの『大丈夫』といふ言葉には決意が籠《こも》つてゐるやうでした。だから餘計に私は、會つて詫びが云ひたかつたのです。不實な己を詫びたかつたのです」

「お氣持ちは、分かりました」

確かに井口のした事は、責められて然《しか》るべき事だらう。妻以外の女を孕ませるなど、言語道斷と謗《そし》られても仕方がない。それでも私は、井口を責める氣にはなれなかつた。春子といふ女に誠實さを見たと率直に告白する井口の氣持ちは、男の端くれとして分からないでもなかつたからだ。人は時として過ちを犯す。その過ち自體は許し難くとも、償《つぐな》はうといふ氣持ちまで否定していいものではない。何より私は、井口に友情を感じてゐた。その井口の最後の賴みを、無下に斷れるわけもなかつた。

「必ず搜し出して、井口さんの氣持ちを傳へます。安心してください」

語勢を强めて云ふと、井口は布團の下から細い手を出した。私はその手を握り締める。

「ありがたうございます。本當に、ありがたうございます」

井口は涙聲だつたが、もうその目に涙は溢れなかつた。最早流す涙すら涸《か》れ果ててしまつたかのやうだつた。

「搜すには手掛かりが必要ですが、寫眞《しやしん》なんてないですよね」

「ないのです、殘念ながら。私達は人目を忍《しの》んで會はなければならない仲だつた。寫眞を撮るやうな眞似は許されませんでした」

「分かりました。では年格好と、出會つたバアの場所と名前、それから春子さんが最後に住んでゐた場所を教へてください」

私の求めに應じ、井口は一つ一つ説明をして行く。年は三年前で二十二だつたので、今は二十五。背はそれ程高くなく、人並《な》みだといふ。眉は細く、目は幾分吊り氣味で、見方によつては険がある顔にも思はれてしまふさうだ。顎は尖《とが》り氣味で、その先に小さな黒子《ほくろ》がある。その黒子が、見分ける爲の手掛かりになりさうだつた。

その他に勤め先や住居の場所を話すと、井口は安堵したやうに放心した。私は暫《しば》く手を握つてゐてやつたが、井口の手からは徐々に握力が失せて行つた。やがて力盡《つ》きたやうに眠つてしまつたので、私は手を布團に戻してやつた。眠りに就いた井口は、全ての重荷を下ろしたやうに優しい顔をしてゐた。まるで頑是《がんぜ》ない幼児の如き、透き通つた笑顔だつた。私はその笑みに後ろ髪引かれる思ひを殘《のこ》しつつ、バラックを辭去《じきょ》した。

それが、生きてゐる井口を見た最後となつた。

七

その翌日に、訃報は屆《とど》いた。昨日の子供が一走りして、私に知らせてくれたのだ。可成《かな》り弱つてゐる事は承知してゐたが、まさか昨日の今日で息を引き取るとは豫想《よそう》しなかつたので、私は大層驚かされた。驚きのあまり、悲しいとも感じなかつた。

取るものも取りあへず驅《か》け付けると、井口の顏には白い布が掛けられてゐた。膝で躙《にじ》り寄つて布を取ると、井口の死に顏は穩《おだ》やかだつた。見方によつては、微笑んでゐるやうでもある。この世に別れを告げるに當たつても、井口はこんなにも清々《すがすが》しい顏をしてゐるのかと、その表情を見て初めて私は胸が詰まつた。情けない事に、止めどなく涙が溢れてならなかつた。

暫《しばら》く泣き續《つづ》け、漸《よう》や《や》く氣持ちが落ち着いた頃に、男が私に近寄つて來た。白布を顏に掛けた井口だけに意識を奪はれ、視野に入つてゐなかつたが、最初から井口の寢る布團《ふとん》の傍らにゐた人物だつた。恐らくこの家の主なのだらう。私は改めて、己の非禮《ひれい》を詫びて挨拶をした。

「井口から話は聞いてゐます」

川越《かわごえ》と名乘つた男は、丁寧に頭を下げた。奥方とおつつかつつの體格《たいかく》の、小柄な男である。こんなに體《からだ》が小さくては徴兵檢査《ちようへいけんさ》も通らなかつたのではないかと私は考へたが、川越が兵役を免《まぬか》れたわけでない事は話を聞いてすぐに分かつた。戰場にも赴かずのうのうと生き長らへてゐるやうな輩《やから》は、私以外にさうさうゐないといふ事か。

「井口とは一緒にフイリツピンに行つた仲でした。年も階級も同じだつたせゐで、最初から意氣投合したのです。俺も井口も、フイリツピンでは辛い思ひをしました。かうやつて話をするだけで胸が苦しくなつて來るやうな、死んだ方がましだと思へる辛さでした。それでも生き拔いて行けたのは、井口も俺も待つてゐる家族がゐたからなんです。もう一度家族に會《あ》ひたい、その一心で齒を食ひしばり、泥を啜《すす》つて生き延びたのに、井口は遂《つい》に力盡《つ》きてしまつた。折角生きて歸《かえ》つたのに、悔しい事です」

川越はさう云つて、無骨な手で目頭を押さへる。私は何も云へなかつた。

「這々《ほうほう》の體《てい》で歸つて來てみれば、東京は一面燒け野原でした。東京が空襲を受けた事は知つてましたが、この目で見るまで信じられませんでした。瓦礫《がれき》の山が地平線まで續いてゐる樣を見た時、俺は思はずしやがみ込んでしまひましたよ。嗚呼《ああ》、本當に負けたんだ、本當に何もかも終はつてしまつたんだと、何とも呆然として立ち上がれなかつたものです。俺は直感的に、もう女房も倅《せがれ》も生きてゐないなと思ひました。こんな何もかも燒けてしまつた狀況で、生き殘つてゐる人がゐるとはとても思へなかつたんです。精も根も盡き果てる、といふのはああいふ感じを云ふんでせうね。命を賭けて守らうとした國《くに》も、家族も、何もかも燒けてなくなつちやつたんだと考へても、心がカランカランと音を立ててさうな程空つぽで、淚も出ませんでしたよ」

さう語る川越は、男泣きに泣き續けてゐる。無愛想だつた細君でさへ、今はもらひ泣きしてゐた。

「そんな俺を勵《はげ》ましてくれたのが、井口でした。俺の肩を摑み、燒け野原を指差して、『よく見ろ』と怒鳴つたんです。人つ子一人ゐないわけぢやない。歩いてゐる人だつてゐるぢやないか。あれは空襲を生き延びた人達だ。幾らB29が凄い爆撃機でも、東京を全滅させる事は出來なかつたんだ。だつたら、家族もきつと生きてゐる。俺達がそれを信じないで、最初から諦めてどうするんだ。井口は俺の腑《ふ》拔《ぬ》けぶりを見て、本氣で怒つてました。戰場でも、敵の彈《たま》が顏のすぐ横を通り拔けて行くやうな目に遭つてゐる時でも、井口はさういふ考へ方をする男でした。生き殘つてゐるのを信じてたんです。井口は最後まで、家族が生きてゐる事を固く信じてた井口が何もかも失ひ、諦めてた俺には待つててくれる妻子がゐた。何時《いつ》も俺は、井口に勵まされ續けてたんです。それなのに、家族が生きてゐたですよ。何だかあまりに理不盡《りふじん》で、申し譯《わけ》なくて、悔しくて悔しくてならなかつたですよ。どうしてこんな事になるんだと、神樣でも佛樣《ほとけさま》でもいいから首根つこひつ摑んで訊いてやりたかつたですよ」

「それでも、井口さんは強い人でしたね。悲しみを心の底に呑み込んで、凜《りん》としてゐた」

口を挾むつもりはなかつたのに、私は思はずさう答へてしまつた。すると川越は、我が意を得たりとばかりに大きく頷いた。

「さうです。さうなんですよ。嗚呼《ああ》、佐脇さんは井口とは短い付き合ひだつた筈なのに、よく分かつてゐる。井口とはさういふ奴だつたんですよ」

川越はぐいと身を乗り出して、私に顔を近づけた。そして懇願するやうに、こちらの目を覗き込む。

「佐脇さん、井口の最後の望みを、どうか聞き届けてやつてください。俺はこんなご時世に妻子を抱へ、その日を生きて行くのがやつとの有様です。だから井口が残つてゐる最後の力を使ひ果たさうとしてゐる時も、手傳《てつだ》つてやる事が出來なかつた。手助けするどころか、醫者《いしや》に連れてつてやる事も出來ず、みすみす死なせてしまつた。俺がどんなに悔しい思ひをしてゐるか分かりますか、佐脇さん。俺は自分自身が許せないんですよ。だから、あなたに何とか井口の望みを叶へて欲しいんだ。井口が惚《ほ》れた女が生きてるなら、見付け出してやつて欲しいんですよ」

「そのつもりです。私も井口さんには友情を感じてゐました。何處《どこ》までやれるか分かりませんが、出來る限りの事をしたいと思つてます」

言葉に力を込めると、川越は私の手を取り、額《ひたい》に擦りつけるやうにして「ありがたう、ありがたう」と繰り返した。井口の人生は短く、決して幸せに滿《み》ちてゐたとは云へないだらうが、かうして心底悲しんでくれる友と巡り合へたのは一つの救ひではなかつただらうか。その幸運を、私は井口の爲に喜んだ。

夕食を食べるのももどかしく、冷凍してあったご飯でお茶漬《ちゃづ》けを作って掻《か》き込んだ。佐脇依彦はかなり達筆な上に、旧字を崩して書いているので読みにくかったが、それでも途中でやめるのは難しいほど手記はわたしを魅了していた。

6

残した作品は少ないとはいえ、一応文壇に足跡を残した小説家である。そんな人物の筆によるだけあって、今のところ特に事件らしい事件は起きていないものの、読み応《ごた》えがあった。手記にありがちな内省的な部分は少なく、明らかに人目に触れることを意識した記述だとわかる。復員兵の井口といい、お手伝いの扶実子《ふみこ》といい、本人の風貌や物腰が目に浮かぶほどよく書かれていた。わたしは一編の小説を読むように、この手記を楽しんでいた。

気づいてみれば深夜一時を過ぎていたので、渋々原稿の束から離れた。明日は大学に行かなければならない。寝坊するわけにはいかないので、未練を残しながらも床に就いた。

翌日は少し早めに出勤して、図書館で佐脇依彦の著作を探した。単独の著書がないのはわかっているので、文学全集を当たる。すると、さすがに全作とはいかないまでも、代表作である「彼方の人」は収録されていた。さほど長い作品ではなかったので、わたしは全文をコピーして持ち帰ることにした。

授業の合間に、講師控え室でコピーを読んだ。またしても青井さんとふたりきりになったが、一刻も早くコピーを読みたかったので、彼女の堅苦しい態度に気圧《けお》されている暇もない。最後のページを読み終わるまで、わたしは周囲のことが目に入らないほど没頭していた。読み終えて初めて、青井さんがコーヒーを出してくれていたことに気づいた。

「ああ、青井さん、コーヒー淹《い》れてくれてたんだ。ごめん、気づかなかったよ」

「松嶋先生がそんなに何かに熱中するなんて、珍しいですね」

パソコンに向かっている青井さんは、ぶっきらぼうにそんなことを言う。一応これでも大学講師の端くれなのだから、そりゃあ資料に没頭することだってあるさ。そう反論したかったものの、つい弱気の虫が兆して口に出せなかった。わたしは声にならなかった言葉をもごもご呑《の》み込み、青井さんの横顔から視線を外す。そして、読み終えたばかりの作品に意識を戻した。

「彼方の人」は、なるほど佐脇の出世作だけあって面白かった。主人公は足の障害のために徴兵されなかった学生であり、明らかに佐脇自身が投影されている。その陰々滅々とした内省ぶりはいささか重く、手記の方が遥《はる》かに軽快なほどだ。だがそんな自虐的な描写の合間にふと、思わず笑ってしまうほど稚気に溢れた比喩《ひゆ》が混じっていたりして、凡百の私小説とは一線を画している。第三者から見てたまたま笑える描写になっているわけではなく、これは計算の上の筆致だと思われた。主人公は限りなく佐脇自身に近くても、佐脇とイコールではないことを窺わせる。その距離の取り方が、読む上での心地よさに繋がっていた。

中盤に差しかかると、主人公はある女性と知り合う。実際の年齢以上に若く見られてしまうその女性の描写を読み、わたしは否応《いやおう》なく手記中の扶実子を連想した。佐脇ははっきりと、扶実子に好意を持ったと書いている。その好意が、作中にこうした形で現れたのだろう。女性は菩薩《ぼさつ》であり、主人公に慰謝を与えて去っていくからだ。

佐脇の目に、扶実子は菩薩として映ったということか。だとしたら、それは佐脇にとって残酷な運命だったのかもしれない。手記中で佐脇は、扶実子の身に悲劇が襲うと予告している。その悲劇に際し、何もできなかった悔しさが自分を死に追いやるのだと明記していた。「彼方の人」の主人公は菩薩に癒《いや》されるが、現実の佐脇は扶実子が元で死を選ぶ。その対照ぶりが憐れであり、わたしは手記を読み進めることにわずかにためらいを覚えた。

そんなことをつらつらと考えているときに、入り口のドアが開いた。目を上げると、昼間の行灯《あんどん》のように間延びした顔が見える。山崎はわたしを認め、にやっと表情を崩した。

「やあ、松嶋くん。勉強とは珍しいね」

山崎にまで言われてしまった。やはりこれは我が身の不徳の致すところなのだろうか。

少なくとも、こと授業に関しては手を抜いているつもりはなかったのだが、これからはもう少し呻吟《しんぎん》しているパフォーマンスを見せるべきかもしれない。太平楽な山崎の顔を見て、こちらもお気楽なことを考えてしまった。

「何を言うか。おれは一年三百六十五日、ずっと勉強に身をやつしているんだぞ。こんな熱心な講師を捉まえて、勉強しているのが珍しいとは失礼な奴だな」

断固抗議すると、山崎は目尻をだらりと垂らしたまま隣に坐って、駄目を押す。

「でもさ、ここで松嶋くんが何かを読んでるところなんて、初めて見たよ」

そうだったろうか？　確かに自分でもあまり憶えがないので、反論に窮する。いや、それは常に下準備を怠らないからこそ講師控え室ではのんびりしていられるわけで、決して何かに熱中している姿が珍しいわけでは——。と、ここまで考えて面倒になり、肩を竦《すく》めるだけに留めた。山崎のペースに巻き込まれると、ぐったりするほど疲れている自分に後で気づくのだ。腐れ縁も十数年になると、うまく立ち回るすべを身につける。

「この小説家、知ってるか。佐脇依彦」

そう言って、コピーの一枚目を山崎に示した。山崎は覗き込み、小首を傾げてから
「ああ」と言う。

「名前は聞いたことあるねぇ。作品は読んだことないけど」

「おっ、上代専攻のくせに、戦後のマイナー作家の名前を知ってるなんて上出来だな」

「国文学者の常識だよ」

腹立たしいことをさらりと言ってのけ、山崎はまたにやっと笑う。おれは近代文学を

専攻しているのに、すぐには佐脇の名前を思い出せなかったよ、悪かったな。腹の中で毒づいたが、悔しいので口には出さない。

「この作者、自殺してるんだよ。知ってたか」

「ううん、知らない。そうなんだ」

ようやく一ポイント取ったように感じるが、そのことだって増谷に言われるまで思い出さなかった自分を考えると、あまり勝ち誇れない。

「佐脇の自殺の原因は、はっきりしてないんだ。まあ、短編を五本しか残さなかったマイナー作家だから、誰も熱心に研究してみようなんて思わなかったんだろうな」

「それを、松嶋くんが調べてみようと思ったわけ？　ふうん」

あまり感心した様子もなく、山崎は鼻を鳴らす。わたしはそんな山崎の耳許に口を寄せ、声を低めて囁《ささや》いた。

「実は、手記が手に入ったんだよ。佐脇が自殺する直前に書いた手記が」

「えっ、そうなの？」

わたしが小声で喋《しゃべ》っているのに、山崎は遠慮なく頓狂《とんきょう》な声を上げる。思わず青井さんを見てしまったが、彼女はまったくこちらの会話になど注意を払っていなかった。安堵して、山崎に顔を戻す。

「その手記に、どうして自殺するか、理由が書いてあるの？」

山崎は淡々と確認する。わたしはといえば、なんとなくもったいなくてあくまで囁き声を貫いた。

「たぶん、そのはずなんだ。まだ全文読んだわけじゃないんだけど」

「あっ、そう。でも、それって大発見なのかな。対象が佐脇依彦じゃ、小発見くらいだね」

せっかく気持ちが盛り上がっているのに、遠慮なく水を差してくれる。わたしは唸ってから、態勢を立て直した。

「小発見だっていいじゃないか。これが里菜を取り戻す第一歩になるかもしれないんだぞ」

「ああ、そうだね。ぜひがんばって」

心が籠っているとはとうてい思えぬ口調で、山崎は応じる。あまりに自慢し甲斐《がい》のない相手だったことにいまさら思い至り、わたしは肩を落として「がんばるよ」とだけ答えた。

八

會《あ》つた事もない人を搜すやうな眞似《まね》など、探偵ならぬ身では一度も經驗《けいけん》がない。そこで私は、まづ無難に春子が最後にゐた場所を訪ねてみる事にした。無論井口自身も足を運んだのだらうが、素人《しろうと》の私には他にすべき事も思ひ付かない。實際《じっさい》に行つてみれば、一時疎開してゐた春子が戻つてゐるやうな、思はぬ僥倖《ぎょうこう》に恵まれるかも知れないではないか。そんな樂觀《らっかん》を抱いて、私は行動を開始した。

最後に春子が住んでゐた場所は、江古田《えごた》だといふ。成る程、池袋のバアで働いてゐたと云ふからには、住まひはその邊《あた》りになるのだらう。私は叔父の家を出發《しゅっぱつ》すると、山手線で池袋まで出て、そこから西武池袋線で江古田を目指した。

電車を降りると、驛《えき》前は存外に活氣に滿《み》ちてゐた。勿論《もちろん》新宿周邊《しゅうへん》には及ぶべくもないが、終戰直後の、國全體《くにぜんたい》を覆つた虚脱感は最早《もはや》微塵《みじん》も見られない。驛前に竝《なら》んだバラック小屋では闇で流れてゐるらしき食べ物や服が堂々と賣《う》られ、子供を連れた女達で賑《にぎ》はつてゐる。恐らく、池袋の闇市《やみいち》がこの邊りにも飛び火してゐるのだらう。闇米を食べる事を拒否して餓死した東京高等學校の教授がゐるさうだが、配給を待つてゐては到底腹を満たす事が出來ない今、かうした闇の流通は人の命を救ふ大事な方便となつてゐる。江古田を訪れたのは初めてだが、住むにはなかなか便利な場所のやうだ。

春子の家の住所は聞いてゐたが、驛からの道のりまでは教はつてゐなかつた。土地勘が全くないので、右に向かふべきか左に進むべきかも見當《けんとう》が付かない。仕方がないので、買ひ物を終へて歸《かえ》らうとする主婦を捉《つか》まへて、道を尋《たず》ねた。赤ん坊を背負つた主婦は、嫌な顏一つせずに行き方を教へてくれる。私は禮《れい》を云つて、云はれたとほりに歩き出した。

驛から少し離れると、途端に空き地が目立ちだした。齒《は》が缺《か》けた櫛《くし》のやうに、そこここに野原が見られる。ほんの數年前までそこにも人が住んでゐただらう事を思ふと、完全な復興などまだまだ先の事と實感された。こんなご時世に小說など書き、安穩《あんのん》と暮らしてゐられる我が身の幸福さを改めて感じる。

大體《だいたい》この邊りかと思へる地點《ちてん》まで辿り着いたが、さて春子の最後の住まひは何處《どこ》だらうと見回《みまわ》しても、それらしき建物は見付からなかつた。下宿だと聞いてゐたが、他人を住まはせられる程大きな家など見當たらない。もしかして燒《や》けてしまつたかと、不安が込み上げる。最後の住まひが燒けてゐては、いきなり初手から手掛かりが途絶《とだ》えてしまふではないか。

偶々《たまたま》そこに白髪の老人が通りかかつたので、住所を云つて該當する土地を尋ねた。老人は耳が遠いらしく、說明に手間取つたが、惚《ぼ》けてはゐなかつた。何度か繰り返す事でこちらの用件を理解したやうで、「その住所なら」と背後を指差す。

「その邊りの空き地だよ。全部燃えちまつたねえ」

老人の指の先には、成る程僅《わず》かに焼けぼつくひが殘《のこ》る空き地が廣《ひろ》がつてゐた。覺悟《かくご》してゐた事とはいへ、私は寂寥感《せきりょうかん》に胸を打たれる。第三者の私でさへ衝撃を受けるのだから、春子を搜し求める井口はどんな思ひでこの土地を見たのだらうか。私には推し量る事も出來ない。

「そこに住んでゐた人の行方《ゆくえ》はご存じありませんか？」

藁《わら》にも縋《すが》る思ひで、私は尋ねる。だが老人は下宿の大家とも店子《たなこ》とも付き合ひがなかつたらしく、只《ただ》「さあ」と首を傾《かし》げるだけだつた。

禮を云ひ、老人と別れた。かうなつたらひたすらこの邊りで聞き込みをするだけである。恐らくそんな事はとつくに井口もしてゐるのだらうが、他に代案は思ひ付かなかつた。

歩いてゐる人を手當たり次第に捉まへて、大家か店子《たなこ》か、兎《と》も角《かく》ここに住んでゐた人の行方を知らないかと尋ねた。だがなかなか芳《かんば》しい反應《はんのう》は得られない。最初に道を訊《き》いた子連れの主婦と、最前の老人は特に親切だつたのだと實感した。大抵の人は、無愛想に知らないと答へて去つて行くだけだつた。

一時間程粘《ねば》つたが、收穫は全くなかつた。仕方なく諦め、驛に戻る。人捜しなど初めてなのだから、初日はこんなものだらうとも思ふが、それでも徒勞感は大きかつた。

電車で池袋まで戻り、今度は春子が働いてゐたといふバアを探した。池袋は江古田とは比較にならない賑はひで、下手《へた》をすると新宿より人出は多いかも知れない。復員兵の姿と、闇市に買ひ出しに來たらしき女が目に付く。私のやうに若いくせに戰場の匂《にお》ひを伴はない男は、他にゐなかつた。

バアの場所は、先程とは違ひ簡單に判明した。飲み屋の固まる一劃《いっかく》は、幸運にもそのまま焼けずに殘つてゐたからだ。だが目指すバアの扉は閉まつてゐて、押しても叩《たた》いても開く事がなかつた。まだ開店時刻にならないから閉まつてゐるのではなく、ここ最近は營業してない風情である。これではどうしやうもない。

周りを見渡すと、二軒隣の一杯飲み屋が開いてゐた。そこの暖簾《のれん》をくぐり、中を覗《のぞ》く。右手に机が竝《なら》び、左手に廚房《ちゅうぼう》といふ作りの店内で、客はまだ一組しかゐなかつた。當然店主は、廚房で暇さうにしてゐる。私はそちらに近付いた。

「いらつしやいませ」

店主は聲《こえ》を上げて椅子から立ち上がつたが、私はそれを押しとどめて客ではない旨を告げた。すると店主は途端に無愛想になり、じろりとこちらを睨《にら》む。そんな反應を見て、對應《たいおう》を間違つたかと悔やんだが、酒を飲めない私は客になるわけにもいかなかつた。取りあへず、訊くべき事をぶつける事にする。

「隣の隣のバアは、もうずつとやつてないんですか」

「さうだよ。それがどうかした？」

店主は顎をしやくるやうにして尋ね返す。私は内心で怯《ひる》みながらも、問ひかけをやめなかつた。これが自分の事であつたら、とつくに逃げ出してゐただらう。

「バアで働いてゐた、秋子《あきこ》さんといふ女性を知りませんか」

秋子といふのは、春子の店での源氏名である。本名が春子だから秋子といふのはなかなか安易だが、そんなところに飾らない性格を見て取れるやうに思ふのは、井口が惚れた女だからだらうか。

「秋子さん？　嗚呼《ああ》、知つてるよ」

半ば諦め氣味だつたこちらの氣持ちも知らず、店主はあつさりと云つた。私は初めて得た手應《てごた》へに、思はず身を乗り出す。

「知つてるんですか。では、今何處《どこ》にゐるかご存じないですか？」

「さあ、そこまでは知らないよ」

店主は皮肉さうに笑みを浮かべる。どうして自分が知つてゐるわけがある、とその笑みが主張してゐるやうだつた。

「では、バアは何時《いつ》まで店を開けてゐたんですか」

私は質問の矛先《ほこさき》を變《か》へる。店主は鬱陶《うつとう》しさうにしながらも、記憶を掘り起こすやうに天井を見上げた。

「さうだなあ。戰時統制で店を閉めたんだから、二年くらゐ前かな。兎も角あの頃は、飲み屋なんてやつてゐられるご時世ぢやなかつたからね」

「秋子さんは、その時まで店にゐたんですか」

「いや、違ふね。もつと早く辞《や》めてたよ。確か、何處かの男の子供を孕《はら》んだんだつたな」

井口の事だ。私はそれを聞いて初めて、春子といふ女が實在《じつざい》する感觸《かんしよく》を得た。これまでは何處か名前だけの存在のやうだつた春子が、二年前までこの界隈《かいわい》を歩いてゐたのだとまざまざと感じた。

「子供を産む爲に店を辭めたんですね」

「本人から直接聞いたわけぢやないけどね。噂《うわさ》では確かさうだつたよ」

「で、子供は無事に生まれたんでせうか」

これは大事な點《てん》だつた。何事もなく生まれてゐたのなら、井口の息子か娘がこの世に存在する事になる。

「さあ、知らないよ。辭めた後は噂も聞かなかつたからね」

また店主は皮肉さうに口許を歪《ゆが》めた。有益な情報が得られさうで、結局手が屆《とど》かなかつた事に、私は密かに失望する。

「なら、經營《けいえい》者の方とか、女給の人とか、兎も角バアの關係者に知り合ひはゐませんか」

尚《なお》も食ひ下がつたが、店主はそろそろ問答に嫌氣が差して來たやうだつた。

「ゐないよ、そんなもの。うちにとつちや商賣敵《がたき》なんだから、付き合ひがあるわけないだろ」

もういい加減にしてくれとばかりに、店主は顔を背ける。そろそろ引き時のやうだつた。

「お手間を取らせて申し譯《わけ》ありませんでした。最後に一つ、秋子さんの事を尋ねに來たのは私が初めてではないですよね」

ふと思ひ付いて、口にした質問だつた。すると案の定、店主は面倒さうに「嗚呼」と認める。

「なんだか復員兵が、その女給の事を捜してゐるやうだつたな。あれが腹の子供の父親なんぢやねえか」

やはりさうだつた。この程度の情報は、既《すで》に井口も手にしてゐたのだ。井口の捜索より先に進むなら、もつと違ふ切り口を見付けなければならない。私は前途の多難さを思ひ、肩を落として飲み屋を後にした。

捜索一日目は、かうして何の收穫もなく終はつた。

九

勿論《もちろん》、たつた一度の捜索で春子が見付かるとは思つてゐなかつた。私は翌日も、更にその次の日も江古田に通ひ、聞き込みを續《つづ》けた。私の脳裏《のうり》には常に、病床の井口が流した一滴の涙が殘《のこ》つてゐる。死に際の井口の思ひが記憶に留まり續ける限り、私は幾ら無駄足を踏まうと捜索を續けられると思つてゐた。

だがそんな決意も、四日目の朝に雨が降つてゐた事で、ふと潰《つい》えた。我ながら情けない事と思ふが、雨の日の聞き込みは效率《こうりつ》が惡いと己に云ひ譯《わけ》する。只《ただ》でさへ、通行人を捉《つか》まへて質問をするには勇氣がいるのだ。近隣の小屋を訪ねて、春子の行方を聞き囘《まわ》るやうな眞似《まね》はなかなか出來なかつた。

そこで、今日一日は思ひ切つてお休みとした。井口には惡いが、私には私の生活がある。それを疎《おろそ》かにしてまで春子を捜してくれとは、井口も望みはしないだらう。私は朝から書齋《しょさい》に籠《こも》り、書きかけの小説を讀《よ》み直す事にした。小説執筆も、思へば隨分ご無沙汰《ぶさた》してゐる。

二十枚程書いた小說は、書いてゐる時は世紀の傑作をものしてゐるやうな氣がしてゐたのだが、讀み返してみるとさほどの出來ではなかつた。獨《ひと》り善《よ》がりの部分が多く、自己滿足の域を出てゐない。これが曲がりなりにも小說家として作品を發表《はっぴょう》した事のある者の書く文章だらうかと、ウンザリした。こんなものを平然と發表する感性なら、いつそ筆を折つた方がいい。私は未練もなく、書きかけの小說を捨てる事にした。

そこまで思ひ切つた事が出來たのは、全く別の構想を得てゐたからだ。着想だけなら、書きかけだつた似非《えせ》小說よりもずつと面白い。だが果たして、そんな試みを自分が書き切れるだらうか。構想には自信があつても、それを作品に仕上げる己の手腕に不安があつた。

それでも、書いてみずにはゐられない衝動が、私の胸には沸々《ふつふつ》と込み上げてゐた。書きたい、この物語を形にして世に問ひたい。そんな純粋《じゆんすい》な思ひが私を突き動かし、萬年筆を取らせる。私は只、物語の衝動に身を任せてペンを走らせるだけだつた。

氣付いてみれば、午前中はあつといふ間に過ぎ去つてゐた。襖《ふすま》越しに遠慮がちな扶實《ふみ》さんの聲《こえ》を聞いて、漸《ようや》く晝飯《ひるめし》時になつてゐた事に氣付いた。原稿用紙の枚數《まいすう》こそ稼いではゐないが、綴《つづ》られた文字からはこれまで感じた事のない熱氣が立ち上つてゐる氣がする。この作品は私にとつて、一つの契機になるのではといふ豫感《よかん》がした。

執筆の邪魔をしたと頻《しき》りに恐縮する扶實さんを宥《なだ》めて、叔父夫婦と晝食《ちゆうしよく》を攝《と》つた。叔父は、ここのところ診療所の手傳《てつだ》ひをしようとしない私を咎《とが》める事もなく、默認《もくにん》してくれてゐる。仔細《しさい》を話したわけではないが、死んだ井口の爲《ため》に行動してゐる事を察してくれてゐるのだらう。叔父は醫者《いしや》の看板を掲げるだけあつて頭が良いが、それだけでなく洞察力もある。勘の良さも醫者には大切な事だと、叔父を見てゐるとよく分かる。

「久しぶりに小説が捗《はかど》つてゐるやうですね」

代はりに叔母が、さう聲をかけてくれた。私は照れもあつて、「はい」とだけ短く應《おう》じる。叔母が私の道樂に言及するのは珍しい事だつた。

「扶實が嬉《うれ》しさうに教へてくれました。あなたが夢中になつてゐるやうだと」

「さうでしたか」

扶實さんが通ふやうになつてから、私は原稿用紙に向かふ振りこそしてゐたものの、實際には駄文を連ねてゐるだけだつた。扶實さんにはまだ原稿を讀ませたわけではないが、私の沒頭《ぼつとう》ぶりから今日はこれまでと違ふと分かつたのだらう。私の筆が進むのを扶實さんが喜んでくれるとは、何とも面映《おもは》ゆい事だつた。

晝食を終へて、また執筆に戻らうとした時だつた。來客がある事を扶實さんが私に告げた。午前中の充實感を忘れたくなかつた私は、間の惡い訪問を少し恨めしく思つたが、追ひ返すわけにもいかない。書齋に通してくれと扶實さんに頼み、座布團《ざぶとん》を用意して待つた。

「やあ、元氣さうだな」

來客は敷居の邊《あた》りに立ち、輕《かる》く手を擧《あ》げた。私も「やあ」と應《おう》じて、坐るやう促す。客は遠慮もせず、どつかりと座布團に腰を下ろした。

客の名は長谷川《はせがわ》と云つた。東京醫學專門學校の同級生である。同級生とはいつても、私は寄り道をした末に入學してゐるから、年が違ふ。私より三歳年下の長谷川ではあるが、入學當初《とうしよ》から不思議と馬が合ひ、住まひが近い事もあつて未だに付き合ひが續いてゐた。かうして訪ねて來るのも、珍しい事ではない。

「お手傳ひさん、何時《いつ》の間にあんな若い娘になつたんだ」

開口一番、長谷川はそんな事を云つた。さう云へばお妙さんが休むやうになつてから、長谷川が訪ねて來るのは初めてである。扶實さんとは初對面《しよたいめん》だつたわけだ。

「お妙さんはぎつくり腰で動けなくなつたんで、代はりに來てもらつてるんだ」

「へえ、あんな可愛い娘と一つ屋根の下にゐるなんて、羨《うらや》ましい事だな」

長谷川は廊下の向かふを見やるやうにして、戯《ざ》れ言《ごと》を云ふ。私はそれが他愛のない輕口《かるくち》と分かつてゐても、あまり面白くなかつた。

長谷川はお世辭《せじ》にも、いい男とは云へなかつた。身長が低く、反《そ》つ齒《ぱ》で、分厚い眼鏡をかけてゐる。自分が女にもてる容姿でない事は長谷川自身も充分に承知してゐるらしく、男同士の會話《かいわ》では女に對《たい》する興味を隱《かく》さないが、いざ實《じつ》踐《せん》となるとからきし駄目なやうだつた。縁がないからこそ、女への興味が膨れ上がるのかも知れない。尤《もつと》も、私も異性との交際など經驗がないので、長谷川の事を笑へないが。

「代理で來てゐるつて事は、お妙さんが復歸《ふつき》したらもう來なくなるんだな。さうしたら次はうちで働いてもらはうかな」

長谷川の父親も、同じく醫者である。日本國民全員が飢ゑてゐるやうなこの時勢に、曲がりなりにも醫學校に通へる身分の者は、保護者が醫者か大立て者のどちらかだ。長谷川は陽氣で、至って付き合ひやすい奴ではあるが、苦勞知らずのお坊ちやんといふ趣《おもむき》があるのは否めない。私と違つて徴兵檢査は通つたものの、結局派兵はされず、京都で塹壕《ざんごう》を掘つてゐただけといふから運がいい。苦勞をせずに濟《す》む星の下に生まれた者は、とことんさういふ人生を歩むといふ事だらうか。

「何を馬鹿な事を云つてるんだ。そんな冗談を云ふ爲に來たのか」

私は半ば笑ひ、半ば不愉快に思ひながら、長谷川を窘《たしな》めた。長谷川は漸《よう》やくこちらに顏を戻すと、照れ笑ひを浮かべた。

「いや、豫期《よき》せぬ時に可愛い娘に會つて、一寸《ちよつと》びつくりしただけだよ。そんなに怒るな」

「怒つてないよ」

「いいや、怒つてるよ。目が笑つてない。『俺の使用人にちよつかいを出したら、只《ただ》ぢや置かないぞ』と顏に書いてある」

そんなふうに今度は私をからかふやうな事を云つて、ニヤニヤとする。私はばつが惡く、顏をつるりと撫《な》でた。

「もうその話はいい。何の用なんだよ」

私は强引に扶實さんの話を打ち切つた。今にも扶實さんがお茶を運んで來さうで、氣が氣でなかつたのだ。

「何の用つて、用がなければ來ちやいけないのか」

世にも不思議な事を訊かれたとばかりに、長谷川は目を丸くしてみせる。確かにこれまで、長谷川がやつて來てもどんな用件なのかと尋ねた事はなかつた。扶賓さんに言及され、すつかり私は己のペースを見失つてゐるやうだ。

ちやうどそこに、案の定扶賓さんがお茶を運んで來た。湯飲みを長谷川の前に差し出し、どうぞごゆつくりと云ひ添へて下がる。長谷川はその後ろ姿を見送つてから、また私の顏を見てニヤニヤと笑つた。もう私は、もの云ひたげな長谷川に乘せられるやうな愚は犯さなかつた。

「用がないなら、こちらの相談に乘つてくれ。一寸困つてゐる事があるんだ」

私は話を逸《そ》らす爲に、井口の事を持ち出した。春子捜索は、早くも手詰まりの感がある。長谷川に相談して新しい知恵が出て來るなら、それは大いに歡迎《かんげい》だつた。

「何だ、相談なんて珍しいぢやないか」

長谷川は興味を惹かれたやうに、輕く身を乘り出す。私は最初から、一部始終を語つて聞かせた。長谷川は頷いたり、腕を組んだりして、ヂッと耳を傾けてゐる。

「成る程。そいつは難儀な話だな」

聞き終へて、長谷川はまづそんな感想を漏らした。それは私も同感だつたので、「さうなんだ」と素直に認める。

「大の男が、自分の壽命《じゆみよう》を縮めてまで搜し回《まわ》つたのに見付けられなかつたんだ。

僕一人の力でどうにか出來るものか、正直云つて自信がない」

「人捜しは、誰にも共通の悩みだからな。誰も捜さずに濟んでゐる人は、よつぽど幸運の持ち主だよ」

そんな事を云ふ長谷川は、身内を一人も亡くしてゐない。長谷川は確かに、數《かず》少ない幸運の持ち主なのだらう。

「まづ無難な事から始めたらどうだい。話を聞いてみると、人捜しの基本を押さへてゐない氣がする」

「無難な事？　それはどういふ事だ」

云はれても、自分の行動に何が缺《か》けてゐるのか分からなかつた。出來る事はやつてゐるつもりなのだが。

「取りあへず、看板だな。戰爭から歸《かえ》つて來て住む家がなくなつてゐたら、そこに家族を捜してゐる旨を書いた看板を立てるものだらう」

「嗚呼《ああ》、さうか」

私は嘆息を漏らす。そんな事は井口がやつてゐる筈《はず》といふ思ひ込みがあつたので、全く考へもしなかつた。

「看板に連絡先を書いておけば、その女性の行方を知つてゐる人が目に留めて、居所を教へてくれるかも知れない。一々聞き込みを續けるより、よほど效果的といふものだよ」

長谷川の知恵には、私も深く感心した。やはり相談してよかつたと、つくづく思ふ。

「但《ただ》し、戰火に燒き出されたわけぢやなく、子供を產む爲に引つ越したのなら、行く先を近所に觸《ふ》れ回つてゐない可能性もある。だとしたら、搜すべきは大家だな。大家なら、引つ越し先を聞いてゐてもをかしくない」

「さうか。實家《じつか》に戾つてゐるかも知れないな」

私は獨身なのでピンと來なかつたが、私生兒を產まうとする女は實家を賴るものかも知れない。春子の實家を井口に聞いておかなかつた事を、私は今更後悔した。尤《もつと》も、そんな事は井口も疾《と》うに思ひ付いてゐるだらうから、その線を手繰《たぐ》つても見付からない可能性は高いが。

「立て看板には、大家の行方も搜してゐると書いた方がいい。その方が、情報は簡單に蒐《あつ》まると思ふぞ」

長谷川は醫學校でも秀才の部類に入る男である。知恵は泉の如く滾々《こんこん》と湧き出るかのやうだつた。

「成る程。流石《さすが》は長谷川だな。知恵者だ」

「感心するのは早いさ。そんなのは基本中の基本。その程度で見付かるやうなら苦勞はないぜ」

すつかり事態は解決したかのやうな氣になつた私を、長谷川は窘《たしな》める。云はれて私は、樂觀《らつかん》に傾きかけた己の氣持ちを引き締めた。

「さうだな。そのとほりだ」

「他の手立ても考へておいた方がいい。例へば、今流行のラヂオでの人捜しなんてどうだ？」

「ラヂオか」

私は唸《うな》つた。ラヂオでは今、『尋ね人』といふ番組が人氣を輯《あつ》めてゐる。先程長谷川が云つたとほり、家族に會へずに困つてゐる人は大勢ゐるのだ。さういふ人達を番組に出し、電波を通じて家族に呼びかけるその番組なら、假令當《たとえ》人が聞いていなくても知人の誰かが絶對《ぜったい》に聞いてゐる筈だ。その番組のお蔭《かげ》で家族と巡り合へた例は少なくないと聞く。

「それも試してみるべきだな。只問題は、知人の愛人捜しなど、番組が取り上げてくれるかどうかだが」

私は感心しながらも、不安を覺《おぼ》えた。長谷川も澁《しぶ》い顏をして頷く。

「確かに、それは云へてるな。難しいかも知れない。それでも一應當たつてみる價値《かち》はあるだらう」

「うん、分かつた。やつてみよう」

井口の遺志を叶へる爲なら、どんな努力でもすると誓つた私である。ラヂオ局に足を運ぶくらゐ、造作もない事だつた。

「取りあへず、その二つだな。それで駄目なら、次の手を考へよう」

「さうするよ。君に相談してよかつた」

心底さう思ひ、感謝の意を傳《つた》へると、長谷川は照れたやうに顎を掻《か》いた。友人は有り難いものだと、私は身に染みて感じた。

十

優先順位を付けるなら、まづは立て看板だらう。私はさう判断《はんだん》し、木切れを輯《あつ》めて看板を作つた。幸ひ、看板を立てる程度の木切れなら方々に落ちてゐる。かうした燃え残《のこ》りの木切れが町の風景から消えるのは、まだまだ先の事のやうに思へた。

棒に板切れを釘で打ち付けただけの、ごく簡単な看板を作つた。そこに筆で、春子の消息を求めてゐる旨を書き込む。同時に長谷川の指示どほり、大家の情報募集も書き込んでおいた。可成《かな》り大きな字で書いたので、目立つだらう事は間違ひない。

それを擔《かつ》いで、江古田に向かつた。もう通ひ慣れた空き地に看板を突き立て、ついでに聞き込みも行ふ。例によつて収穫はなかつたが、私は失望する事もなかつた。この看板が、春子か大家のどちらかに私を導いてくれるだらうと信じてゐた。

その翌日には、ラヂオ局にも向かつた。ラヂオ局には私と同じ目的を持つ人々が輯まり、列を成してゐた。そんな様子を見て、これは取り上げてもらふのは難しいだらうなと感じた。誰もが皆、必死で己の肉親の行方を求めてゐるない。知人の愛人を捜して欲しいなどと頼んでも、後同《あとまわ》しにされるに違ひないのである。

一時間程待つて、受け付けてもらつた。應對《おうたい》してくれた男性は親切さうだつたが、事情を話すと複雑な顔をした。數日後に放送の可否をビルの表に張り出すと男性は説明したものの、私は殆《ほとん》ど諦めてゐた。やはり春子は、自力で捜し出さなければならないだらう。

ラヂオ局を出た後は、眞つ直ぐ歸宅《きたく》した。そして机に向かひ、小説の續《つづ》きを書く。少し閒が空いた事で情熱が薄れてはゐまいかと心配だつたが、そんな事は全くなかつた。すぐに作品世界に沒頭《ぼっとう》出來、私は主人公と同一化して心情を吐露し續けた。

期待はしてゐたが、座敷にゐながらにして情報が輯まつて來るやうな事はなかつた。それは幾ら何でも蟲《むし》がよすぎたやうだ。私は江古田通ひを續け、通行人を捉《つか》まへて質問を向けた。聲《こえ》をかけた人の半分が親身になつてくれ、半分がけんもほろろに去つて行く。世の中の仕組みのやうなものが、何となく見えて來る氣がする。

反應があつたのは、看板を立てて三日目の事だつた。殆《ほとん》ど習慣のやうに江古田の空き地までやつて來ると、看板には何やら書き込みがあつた。小さい字で書いてあるので、近くに寄らなければ讀み取れない。私は身を屈め、覗《のぞ》き込むやうにその書き込みを讀んだ。

思はず聲を上げさうになつた。「情報有リ」と記した後に、名前と住所が書いてあつたのだ。文面が短く、その情報が春子に關《かん》するものか大家の消息か分からないが、いづれにしても看板を立てて初めての反應だ。喜ばずにはゐられなかつた。

住所からすると、書き込みの主はすぐ近くに住んでゐるやうだつた。私は住所を暗記し、頭の中で地圖《ちず》を廣《ひろ》げて、大雑把《おおざっぱ》に見當を付けるとそちらに向かつた。途中でまた例によつて人に道を尋ね、場所を特定する。そこは空襲の災禍にも遭はず焼け殘つたらしき、一寸《ちょっと》した大きさの屋敷だつた。

玄關《げんかん》でおとなひを告げると、五十絡みのご妻女が應對《おうたい》してくれた。少し緊張氣味で事情を説明したところ、どうやら書き込みの主がここのご主人らしい事が判明した。殘念ながら、ご主人は他出中らしい。それでもご妻女が事情を承知してゐて、私は出直さずに濟んだ。

ここのご主人が知つてゐるのは、春子ではなく大家の消息ださうだ。私は僅かに失望したが、それでも情報が得られないよりは遙かに增しだ。上がるように勸《すす》めてくれるご妻女の厚意を固辭《こじ》して、玄關先で話を聞いた。

あの空き地に建つてゐた下宿は、やはり空襲で全焼してしまつたらしい。住人の中には死者も出たが、大家は辛くも逃げ延びたさうだ。死者が出たといふ話に私は胸を締め付けられる思ひを味わつたが、ご妻女はその名前までは知らなかつた。もしかしたら春子は既《すで》に死んでゐるかも知れないと、覺悟をしておく必要がありさうだつた。

大家は六十過ぎの老人で、妻に先立たれ一人で暮らしてゐたらしい。貸間の上がりで食ひ繋《つな》いでゐたものの、それを斷たれて氣力が挫《くじ》け、今は娘夫婦の許に身を寄せてゐるさうだ。よくある話とはいへ、人生の晩年において何もかもを失ふのは憐れの一語に盡《つ》きる。

この家のご主人は年が近い事もあつて親交があり、燒け出された大家に手を差し伸べて、數日間屋敷の一角に住まはせてやつてゐたのだといふ。その縁で、大家の消息を知つてゐたのだつた。私は一々相槌を打ちながら、現在の大家の所在を有り難く承つた。大家の娘夫婦は、高圓寺《こうえんじ》に住んでゐるさうだ。

私は幾度も禮《れい》を云ひ、くれぐれもご主人によろしくと云ひ置いて、屋敷を後にした。足取りが輕《かる》くなつてゐる事が自覺出來る。大家が見付かつたところで春子の行方を知つてゐるとは限らないが、取りあへず一歩前進した事は大きな勵《はげ》ましになつた。

その足で驛《えき》に戻り、池袋と新宿を經由して高圓寺に向かつた。些《いささ》かくたびれ氣味ではあつたが、氣力がそれを補つてくれる。今は一刻も早く、何等かの手掛かりを得たい思ひで一杯だつた。

住所から該當《がいとう》する場所を探し出すといふ作業にも、もう慣れた。驛前で人に訊いて大雜把に方向を知り、近くまで來たらまた尋ねて建物を特定する。その家は驛から可成り離れてゐたが、それでも三十分程で行き着く事が出來た。

先程情報を提供してくれた家とは隨分《ずいぶん》大きさが違つたが、それでも瀟洒《しようしや》な門構への一軒家だつた。戰火によつて收入の道を斷たれた大家は氣の毒だが、娘夫婦がこのような立派な家に住んでゐるだけまだ幸運な方だらう。私は門扉を開けて家の中に聲をかけ、人が出て來るのを待つた。

呼びかけに應《こた》へて出て來たのは、中年の女性だつた。恐らくこの人が、大家の娘だらう。大家の在宅を確認してから、嘗《かつ》ての店子《たなこ》の行方を知りたいのだと申し出ると、ご婦人は快く取り次いでくれた。

少し待たされてから、座敷に通された。六疊程の座敷には座卓が置いてあり、その向かふに肩の落ちた老人がゐる。老人は私を見上げて品定めするようにヂッと見つめると、「どうぞ」と手を差し伸べ己の正面を示した。云はれたとほり、そこに腰を下ろす。ご婦人が「粗茶ですが」と云ひ添へて出してくれた湯飲みを、恐縮して受け取つた。

「店子の行方が知りたいと？　あなたはご親族ですかな」

大家は大きな聲で尋ねる。少し耳が遠いやうだ。私も成る可《べ》く聞き取りやすいよう、聲に力を込める事にした。

「いえ、親族ではないのですが、その代理の者です」

多少說明を端折《はしよ》つたところで、誰にも後ろ指は差されないだらう。春子が井口の子供を產んでゐるなら、井口は紛れもなく春子の親族なのだ。

「代理？　それをあなたに賴んだ人は？」

どうして自分で來ないのか、と大家は云ひたいのだらう。私は多くを語らず、只「死にました」とだけ應へた。

「おう」

返答が意外だつたのかさうでないのか、大家の表情からは判然としなかつた。皺《しわ》が多く、目がその中に埋沒《まいぼつ》してゐるかのやうな顔つきでは、感情が讀み取れない。暫《しば》し口許をもぐもぐさせるだけで何も云はうとしないので、痺《しび》れを切らしてこちらから本題に入つた。

「捜してゐるのは、竹頼春子さんといふ女性です。憶えていらつしやいますか」

老人の記憶力を危ぶみ、そんなふうに確認した。すると大家は、心外とばかりに胸を反らせる。

「憶えてゐるとも。儂《わし》は貸間を始めてからこの方、一度でも店子になつた人の事ははつきり憶えてをる。竹頼さんは華やかな美人ぢやつたからな、そりや忘れるわけがない。そんなに耄碌《もうろく》してないし、爺《じじい》になつたつもりもないぞ」

大家は皺だらけの顔でさう云ひ、ひつひつと笑ふ。その笑ひ方は如何《いか》にも助平爺といつた風情で、成る程確かにまだ枯れてゐないやうだと私は内心で苦笑した。

「それは有り難い。ではお尋ねしますが、竹頼春子さんは何時《いつ》頃まで大家さんの貸間に住んでゐたのでせうか」

問ふと、大家はううんと首を傾げる。大言壮語した割には、何とも頼りない事である。不安になつてその樣子を見守つてゐると、大家は閃《ひらめ》いたとばかりにハタと手を打つた。

「さうぢや。あれは儂の家が燃えてしまふ前の事ぢやつたなあ。確か櫻《さくら》が咲いたか散つたかした頃の事だから、三月頃だと思ふが」

「三月。間違ひないですか」

一應念を押してみたところ、またしても大家はううんと唸つて腕を組む。

益々《ますます》私は不安になつた。

「間違ひないと思ふがなあ」

「では、引つ越し先は聞いていらつしやいますか」

「どうだつたかなあ」

巫山戲《ふざけ》てゐるのか、それとも本當に思ひ出せないのか、まるで窺《うかが》ひ知れない。私としては只、思ひ出してくれるやう祈《いの》るしかなかつた。

「假令《たとえ》聞いてたとしても、教へてやる事は出來んな。何しろ何もかも全部燃えてしまつたから。殘つたのは、この儂の體《からだ》一つぢや。命あつての物種とは云ふが、生きてるだけではなあ」

「さうですか」

落膽《らくたん》を禁じ得ず、私は相槌を打つた。そんなこちらの態度を見て老人は責任を感じたのか、「すまんですのう」と肩を窄《すぼ》めた。何處《どこ》か剽輕《ひょうきん》なところがあるこの老人を、私は好きになりかけてゐた。

「竹頼さんが引っ越したのは、そのう、大家さんの所に居續けるには具合が悪い事情でもあつたんですか」

春子が懷妊《かいにん》してゐた事を云ひ觸《ふ》らすわけにはいかないので、言葉を選んで尋ねた。するとその質問に刺激されたやうに、大家は「ハテ」と云つて中空を見つめる。私はあまり期待せずに、老人の記憶が甦るのを待つた。

「具合が悪い事情ね。具合が悪い事情。何かあつたやうな、なかつたやうな……」

「多分、あつた筈《はず》なんですけど」

豫斷《よだん》を與《あた》へるのはまづいと思つたが、かうでも云はなければ死ぬまで思ひ出してくれないのではないかと恐れた。大家は私の言葉に後押しされたが如く、眉間《みけん》に皺を寄せてううんと唸り續ける。そしてまた手を打つと、目脂《めやに》の溜まつた目をカッと見開いた。

「さうぢや。思ひ出したぞ。春子さんな。ありやあ色つぽい美人だつた」

もしかして、春子の事を思ひ出したのは今この瞬間なのだらうか。私は自分が大いに時間の無駄をしてゐるのではないかといふ疑問に囚《とら》はれた。

「女給をしてゐた春子さんぢやろ？　愛想はちと缺《か》けるが、色つぽかつたぞ。あんた、春子さんの旦那か？」

「いえ、さうではなくて親族の知り合ひで……」

「さうかさうか。行方が分からんのか。そりや心配ぢやのう」

大家は益々こちらの心配を煽《あお》るやうな事を云ふ。これまでの會話は一體《いったい》何だつたのか。

「春子さんはな、逃げ出したんぢや。さうさう、はつきり憶えとる」

「逃げ出した？　何から」

最早《もはや》全く期待をしてゐなかつたが、行きがかり上問ひ質《ただ》した。すると大家は、またしてもひつひつと助平さうな笑ひ聲を立てる。

「男からぢやよ。女が逃げるのは、惡い男からと相場が決まつとる」

「惡い男から？」

まさかそれは井口の事か？　そんな筈はあるまいと思ひつつも、私は己の努力を全て否定されたやうな、空虛な感覺を一瞬覺えた。

「春子さんは惡い男につきまとはれてたなあ。碌《ろく》に働きもしない穀潰《ごくつぶ》しのくせに、春子さんに岡惚れして、始終付け回しとつたんですわ。毎日のやうに付け文をするわ、春子さんが歸《かえ》つて來るのを夜遲くまで待ち伏せするわ、まあ蛇のやうに執念深い男ぢやつたよ。あんなふうに追ひかけ回しても女の氣は引けんと、儂が教へてやりたいところぢやつたが、こんな爺の云ふ事にや耳を傾けんかつたらうな」

ひつひつひつと大家は笑ふが、私は笑ふどころではなかつた。もしかして井口は、只の思ひ込みで春子を求めてゐたのだらうか。春子の方は、井口の存在を疎《うと》ましく思つてゐたのか。だとしたら、私はこれまで何の爲《ため》に苦勞してゐたのだらう。呆然とする私を尻目に、興が乘つて來たのか大家は滔々《とうとう》と續ける。

「ある時そいつは、包丁を持ち出して春子さんに迫つたさうだわ。結婚してくれなければ喉を突いて死ぬつてな。まあみつともない事だわ。春子さんは恐ろしくなつて逃げ出したが、勿論男は喉を突いたりしなかつた。そんな度胸があるやうな男ぢやなかつたからな。でも春子さんは、その一件があつてすぐに引つ越したわ。そんな男が近所に住んでをつては、そりやあ枕を高くして寝られんからな。無理もない事だ」

「近所に？　男は近所の人だつたんですか」

「さうぢや。それがどうかしたか？」

私が不意に顏を上げたので、老人は不思議さうに問ひ返す。私は身を乘り出して、大事な事を確認した。

「男の名前は何と云ふんですか」

「加原《かはら》ぢや。加原の家の穀潰しと云へば、あの邊《へん》ぢや有名ぢやつたよ。あんな阿呆はお國の爲に死ねばよかつたのに、ああいふ奴に限つて生きて歸つて來るもんだな。世の中上手《うま》くいかないものよ」

「加原」

井口ではなかつた。春子を追ひ回してゐた悪い男とは、井口ではなかつたのだ。私は足許がとろけるやうな安堵を味はひ、思はず瞑目《めいもく》した。さうだ、井口であるわけがないのだ。私は一瞬とはいへ故人を疑つた事を、心の中で詫びた。

「おう、さうぢや。あの加原なら、春子さんの引つ越し先を知つてるかも知れんぞ。もし知られてゐたなら、その後も苦勞した事ぢやらうから春子さんには氣の毒だがな」

「成る程」

大家の考へに、私は深く頷いた。それ程執念深い男だつたなら、確かに春子の行方を知つてゐてもをかしくない。一度は大家の記憶力を不安視して諦めかけた私だが、今は一條の光明を見出した思ひだつた。

「では、その加原といふ男の住所を教へていただけませんか」

「住所なあ。そんなもの書き留めてないぞ」

「近所に住んでゐたんですよね。ならば、どの邊りに住んでゐたのか教へていただければ結構です」

「何處《どこ》だつたかなあ」

大家の記憶を頼りに地圖《ちず》を作製するには、それから二十分ばかりかかつた。

十一

そのまま江古田にとんぼ返りしたいところだつたが、流石《さすが》にもう疲れてゐたので、今日は歸宅《きたく》する事にした。幾ら大目に見てもらつてゐるとはいへ、叔父の手傳《てつだ》ひを全くせずにゐるのは心苦しい。歸り着いてからは暫《しばら》く、患者の應對《おうたい》に忙殺された。最後の患者を送り出して自分の書齋に戻ると、もう二度と立てない程疲勞困憊《ひろうこんぱい》してゐた。夕食を食べて、早々に寝た。

翌日は、起こされないのをよい事に寝坊をした。目覺めてみると十時過ぎで、我ながら自堕落な生活態度だと思ふが、お蔭で疲れは一掃されてゐた。土間で顏を洗つてゐるとすぐ扶實さんに見付かり、「お早うございます」と聲《こえ》をかけられる。私はばつが惡く、手拭《てぬぐ》ひで顏を拭《ふ》きながらもぐもぐと同じやうに應《こた》へた。

「人捜し、大變《たいへん》さうですね。亡くなつたご友人の爲《ため》に奔走するなんて、なかなか出來る事ではありませんよ」

扶實さんは今日も、着物の袖を絡《から》げて箒《ほうき》を手にしてゐた。家中掃除してゐるたのだらう。全く扶實さんの勤勉な働きぶりには頭が下がる。

「うん、まあね。死んだ人との約束だから、破るわけにはいかないよ」

本心を説明するならそんな言葉だけでは濟まないのだが、扶實さんの手放しの禮贊《らいさん》を期待してゐるかのやうで氣恥づかしく、私はその程度に留めておいた。それでも扶實さんは、やはり感心してくれる。

「依彦さんがさういふ方だから、亡くなつたご友人も後事を託せたのですよ。やつぱりご立派な事です。ところで、朝ご飯は召し上がりますよね」

「嗚呼《ああ》、うん。いただく」

私が頷くと、扶實さんはニツコリ笑つて箒を置いた。そして手を洗つてから、作つてある味噌汁を溫め直してくれる。私がその後ろ姿に「悪いね」と言葉をかけると、扶實さんは「いえいえ」と明るく應じた。

朝食を食べ終へてから、江古田に向かつた。驛《えき》を出てからは、昨日作つた地圖《ず》を賴りに加原の家を探す。大家の記憶が閒違つてゐたのか、それとも空襲で燒けて町竝《な》みが變《か》はつてしまつたのか、地圖は到底正確とは云へなかつた。何度か道に迷ひ、人に尋ねながら、加原の住まひに行き着いた。

そこは木切れを輯《あつ》めて造つたバラックだつた。それでもあまり上手《うま》いとは云へない字で「加原」と表札が出てゐるから、ここで閒違ひないのだらう。家が燒けてしまひ、何とかバラック小屋を建てて雨露を凌《しの》いでゐるやうだつた。

戸を叩いて中に呼びかけると、初老の女性が顏を出した。年格好からすると、恐らく加原の母親だらう。加原は在宅してゐるかと尋ねたところ、仕事に行つてゐるといふ返事だつた。加原は定職を持つてゐるのか。近所でも有名な穀潰しといふ先入觀があつたので、それは些《いささ》か意外だつた。

「もしよろしければ、お勤め先を教へていただけませんか」

歸つて來るのを待つて出直すのでは、時間の無駄だと思へた。會《あ》へる事なら、勤め先で話を聞きたい。

「はあ、少々お待ちください」

加原の母親は云つて、奥に姿を消す。すぐに戻つて來ると、紙に書き留めてある住所を教へてくれた。私もまた、その住所を自分の覚え書きに書き取る。住所は神田《かんだ》だつた。

神田なら土地勘がある。私は禮《れい》を云つて加原の家を後にしてから、電車を乘《の》り繼《つ》いで神田に向かつた。神田驛前を暫《しば》くうろうろして、目當《めあ》てのビルを見付け出す。ビルは今にも傾きさうな、中に入つて行くには勇氣が必要な古びた佇《たたず》まひだつた。よくまあ戰火《せんか》に耐へたものだと、ビル自體《じたい》の生命力に驚きを覚える。

段差が不均等な階段を上つた三階が、加原の勤め先の筈《はず》だつた。だがドアには何の案内もない。果たしてここで正しいのだらうかと不安に思ひつつも、私はガラスの嵌《は》まつたドアを叩いた。曇りガラス越しに、人影が動くのが見える。聲《こえ》もなく、ドアが内側から開いた。その後ろから、蓬髮《ほうはつ》と表現したくなる程髮をぼさぼさにした男が顏を出す。男はじろりと私を見上げると、「誰？」と短く言葉を發《はつ》した。

「いきなりで失禮しますが、こちらに加原さんはいらつしやいますか」

「加原は俺だよ。あんたは？」

さうではないかと豫想《よそう》してゐたら、案の定眼前の男が加原當人《とうにん》だつた。加原は目尻が吊り上がり、頤《おとがい》が尖り、まるで狐のやうな面貌だつた。確かにこれは劍吞《けんのん》な男だ、私は瞬時にさう見て取つた。

「私はある人物の代理で、竹頼春子さんを捜してゐる者です」

春子の名を出せば何か反應があるだらうと思つてゐたが、案に相違して加原は眉一筋動かさなかつた。ドアのノブに手をかけたまま、まるで私が親の仇《かたき》でもあるかのやうに睨《にら》み續《つづ》ける。私はその鋭い視線に物理的壓力《あつりよく》を覚え、たぢろいだ。あまりこの男とは關《かか》はり合ひになりたくないと、本能的な恐怖心が込み上げて來る。

「ある人物つて、誰だよ」

たつぷり私の風體《ふうてい》を觀察してから、加原は問ひ返して來る。私は暫時《ざんじ》、井口の名を出したものかどうか迷つた。結局、名は出さないで説明する事にした。

「竹頼さんと懇意にしてゐた方です。竹頼さんの行方が知れなくなつたので、案じてをられます。そこで、加原さんがご存じではないかと考へ、お邪魔した次第です」

「俺の名前は何處《どこ》で聞いたんだよ」

質問をしに來た筈なのに、逆に尋ね返される一方だつた。それでも私は、成《な》る可《べ》く逆らはないやう心がけた。素直に應じなければ、とても相手をしてくれない人物のやうに思へたからだ。

「近所で、何人かの方から……」

大家の名は伏せておいた方がいいと、咄嗟《とつさ》に判斷した。狂犬のやうな目をしたこの男が、ひよんな事から逆恨みをしないとも限らない。

「何人かつて、誰だよ」

それでも加原は食ひ下がる。私はここだけは白《しら》を切り通した。

「さあ。お名前までは聞きませんでしたが」

言葉を返す内に、加原の視線に曝《さら》されるのにも慣れて來た。加原の背後の、室内の様子をこつそり窺ふ餘裕《よゆう》も出て來る。あまり廣《ひろ》くない部屋には、机が幾つか竝《なら》んでゐた。机の上はお世辭《せじ》にも整頓されてゐるとは云へず、雜然としてゐる。よくよく見ると、何やらいかがはしい繪《え》まで混じつてゐた。

部屋の隅に目を轉《てん》じると、雜誌が積み上げられてゐた。その表紙を見ただけで、私は加原の仕事内容を悟つた。派手な色遣ひと煽情的《せんじようてき》な女性の繪。ここはカストリ雜誌の編輯部《へんしゆうぶ》なのだ。

「何を見てやがるんだよ」

私の視線の先に氣付き、加原は不愉快さうに咎《とが》めた。慌てて加原に向き直り、「失禮《しつれい》しました」と詫びる。加原はそんな私の反應に、初めてニヤリと口許を歪めた。

「一册、欲しいか？　賣《う》つてやるぜ」

「さ、さうですか。それでは一册」

卑猥《ひわい》な記事を求めたわけではないが、雜誌を賣つてやると云はれて拒否する事など出來なかつた。カストリとはいへ雜誌は雜誌、活字に飢ゑてゐる私には有り難い申し出だつた。

加原は肩を竦《すく》めて踵《きびす》を返すと、積み上げてある雜誌を取り上げた。それをこちらに放るやうに突き出す。受け取つた私に、手を伸ばしたまま代金を催促した。

「幾らですか」

「三十圓《えん》だ」

見たところ、雑誌はあまりペイジ數《すう》がなかつた。この程度の厚さで三十圓とは些《いささ》か高い氣がしたが、今更いらないとも云へない。偶々《たまたま》持ち合はせがあつたので、請求されるままに代金を拂《はら》つた。

「すげえぞ、その中身は」

記事に自信があるのか、加原は薄ら笑ひを浮かべて顎をしやくる。私も精々《せいぜい》、愛想笑ひで應じた。

「あのう、それで竹頼春子さんの事ですが――」

「知らないな」

本題に戻した途端、言下に撥《は》ね付けられた。依然として、その顔には薄ら笑ひが貼り付いてゐる。

「知らない？　それは竹頼さんが今何處《どこ》にゐるかご存じないといふ事ですか」

「そんな女は知らないつて云つてんだよ。何かの間違ひだろ」

加原は机に腰を下ろすと、だるさうに首を回す。私は加原の視線に怯えた事も忘れ、思はず食ひ下がつた。

「そんな筈はないでせう。加原さんは竹頼さんの事をよくご存じの筈です。さういふ話――」

「知らねえつて云つてるだろ。あんた、ぶん毆《なぐ》られたいのか」

加原は特に語氣を荒らげるでもなく、まるで明日の天氣の話でもするやうに威嚇《いかく》した。それが却《かえ》つて、ヤクザの恫喝よりも恐ろしげに感じられた。私は我知らず、身を遠ざけるやうに後ずさつた。

續ける言葉が見付からなかつた。何か云ふべきだと思ふのに、頭が眞つ白になつて何も浮かばない。私は只、金魚のやうに口をぱくぱくさせて加原を見つめた。加原が只の脅しで毆ると云つたわけではないと、瞬時に理解してゐた。酷薄さうな加原の顔が恐ろしいのに、なかなか視線を外す事が出來なかつた。蛇に睨まれた蛙とは、正にかういふ狀態を云ふのか。そんなふうに考へる私は、現狀とは遊離したもう一人の自分のやうだつた。漸《ようや》く視線を逸らした瞬間、私は逃げるやうに階段を驅《か》け下つてゐた。

十二

さうした次第で春子搜しはとても順調とは云へなかつたが、それとは對照的《たいしょうてき》に小說執筆は何時《いつ》になく捗《はかど》つてゐた。やはり最初の着想がよかつたのだらう、私としては記錄的な早さで、脫稿する事が出來た。

私はよほど晴れ晴れとした顔をしてゐたのだらう。扶實さんはすぐに、小說が完成した事を悟つた。

「お原稿が出來上がつたんですね。おめでとうございます」

「ありがたう。これも扶實さんに應援《おうえん》してもらつたお蔭だよ」

常の私であれば、假令輕口《たとえかるくち》でもこのやうな事はなかなか云へなかつた。よほど解放感があつたのか、それとも本心からさう思つてゐるからつい本音が漏れたのか、自分でも判然としない。いづれにしても、執筆中に常に扶實さんの事が念頭にあつたのだけは確かな事だ。死を覺悟《かくご》してこの文章を書いてゐる今だからこそ、己に素直になる事が出來る。

「約束だつたよね、出來上がつたら讀《よ》んでもらふつて。讀んでくれるかな」

編輯者《へんしゆうしや》に見せる前に、まづ扶實さんに讀んで欲しかつた。私は幾分ドキドキしながら、さう申し出る。すると扶實さんは、いつもの輕やかな笑みを滿面《まんめん》に浮かべて喜んでくれた。

「よろしいのですか！　是非讀ませてください。私は學がないですから、ちやんとした感想なんて云へませんけど、それでもよろしければ是非」

「讀んで感じた事を素直に云つてくれれば、それでいいよ。面白かつたとかつまらなかつたとか、さういふ事でいい」

「依彥さんがお書きになつた小說なら、つまらないわけがありません。大事に讀ませていただきます」

原稿を手渡すと、扶實さんは恭《うやうや》しく受け取り、胸に抱き締めた。家に歸《かえ》つてじっくり讀みたいと云ふ。私は感想を聞くのが樂しみなやうな、少し怖いやうな、何とも落ち着かぬ、だが少し胸が彈《はず》む思ひだつた。

翌日、扶實さんは朝一番でやつて來ると、眞《ま》つ先に私の部屋に顏を見せた。起き拔けだつた私は髮がくしやくしやだつたが、そんな事も氣にならない程、扶實さんは興奮してゐるやうだつた。

「讀ませていただきました！」開口一番、さう叫ぶ。「凄く面白くて、本當《ほんとう》にあつといふ閒に讀み終はつちやいました」

「さう。それはよかつた」

きつと面白いと云つてもらへるといふ自信はあつたが、實際《じつさい》に譽《ほ》められるとやはり嬉《うれ》しかつた。これで胸を張つて編輯部に持つて行ける。この一作で、佐脇依彥といふ作家に對《たい》する評價《ひょうか》が一變《いっぺん》するだらうと、私は確信した。

「上手《うま》く云へないんですけど、面白くて面白くて、先がどうなるんだらうつて凄く氣になつて、こんな小說初めて讀みました」

扶實さんは手放しで絕贊《ぜっさん》してくれる。私は自尊心を擽《くすぐ》られつつも、面映《おもは》ゆひ思ひも捨てきれず、扶實さんの顏が直視出來なかつた。照れ隱《かく》しに鼻の頭をポリポリと搔く。

「この菩薩樣《ぼさつさま》が本當に魅力的ですね。氣さくで優しくて、包容力があつて、それでゐて崇高で。あの大空襲の事を思ひ出すと、佛樣《ほとけさま》がゐるなんて到底信じられなくなりますけど、かういふ佛樣ならきつと何處《どこ》かにゐるやうな氣がします。

いえ、ゐて欲しいなと思ひます」

菩薩様は本當にゐるんだよ、さう云ひたい氣持ちを、私は胸の底にしまってしまつた。生來の內氣さが、感情の噴出を妨げたのである。その時の私はそれでよいと思つたが、今となつては強く後悔してゐる。私の思ひは只《ただ》、無念の沼に呑み込まれて沈み行く。

ともあれ、私は確かに幸せだつた。恐らくあの時が、私の人生における最高の瞬間だつたのだらう。私は勵《はげ》まされ、滿たされ、そして扶實さんの更なる賞贊を得たくて次の執筆に取りかかつた。儚《はかな》い程に短い、至福の期間だつた。

一方、手詰まりとなつた春子搜しも、決して疎《おろそ》かにしてゐたわけではなかつた。私は思ひ惱《なや》んだ擧《あ》げ句、結局また長谷川に相談をした。長谷川は私より年下のくせに、遙かに世故に長《た》けた所がある。單《たん》に馬が合ふからといふだけでなく、かういふ事の相談相手としてはうつてつけの男だつた。

長谷川の家は近いものの、なかなか行きにくい。長谷川の父親は私の叔父よりずつと嚴格な人で、顏を合はせるたびにちやんと學校に行けとうるさいからだ。それもあつて私は、長谷川が遊びに來るのを心待ちにしてゐた。長谷川は來る時は續けて來たかと思ふと、ふつつりと音沙汰《おとさた》がなくなる事がある。先日訪ねて來たばかりだから近い內にまた來るのではないかと思つてゐたら、案の定數日《すうじつ》と置かずにやつて來た。

やあ扶實さん相變《あいか》はらず可愛いね、などといふ輕口が聞こえ、私は長谷川の訪れを知つた。訪ねてくれる事を待つてゐたのに、長谷川の聲《こえ》を聞いた途端に不快な思ひが兆《きざ》す。扶實さんがどんな應對《おうたい》をしたのか、離れた私の許には聞こえなかつた。冷たくあしらつてやればいいのにと、密《ひそ》かに思ふ。男の妬心《としん》とは、如何《いか》にも醜いものである。

「やあやあ佐脇君。小説執筆は捗《はかど》つてるかい」

顏を見せるなり、長谷川は開口一番さう云つた。思ひ返してみれば、私の處《しょ》女作《じょさく》が雑誌に載つた時に最も喜んでくれたのがこの長谷川である。扶實さんにからかひの言葉を投げかけたりしなければ、私も手放しで長谷川を歓迎《かんげい》出來るものを。そんなふうにつつい考へつつ、私は内心を押し隱して長谷川を迎へる。

「まあね、小説は何時《いつ》になく順調だよ。何《いず》れまた雑誌に載るだらうから、樂しみにしてくれ給《たま》へ」

「ほう。君にしては珍しく大言壯語するね。よほどの自信作なのかな」

長谷川は座布團《ざぶとん》に腰を下ろしながら、私の顏を正面から覗《のぞ》き込む。付き合ひが長いだけに、こちらの自負もお見通しのやうだ。私は素直に肯定する。

「自信はあるね。これまで發表《はっぴょう》した二作は、なかつた事にしてもいい。書き上げたばかりのこの作品こそ、僕の本當の處女作だよ」

「君がそこまで云ふなら、本當に力作なのだらうな。樂しみにしてゐるよ」

小説に對《たい》する長谷川の批評眼は、なかなかのものだ。一度だけだが、的確な助言を受け、唸《うな》つた事がある。長谷川があの作品を讀んでどう云つてくれるか、樂しみだつた。

「ところで、君が來てくれるのを待つてゐたんだ。例の、人捜しの件なんだが」

前置きはそこまでにして、私は徐《おもむろ》に本題に入つた。長谷川も氣にしてくれてゐたらしく、「おお、どうなつた」と尋ね返す。

「それが、また行き詰まつてしまつたんだ……」

私は看板を立てたところから始めて、加原に行き着いたまでを順を追つて話した。長谷川はうんうんと頷《うなず》きながら、聞き入つてゐる。加原の印象に言及した時には少し表情を變《か》へたが、特に感想はなかつた。

「――そんな次第で、結局手詰まりになつてしまつたんだ。甘く考へてゐたわけぢやないが、人捜しとはなかなか難しいものだなあ」

思はず弱音を吐いてしまふ。井口の遺志を繼《つ》ぎたい氣持ちはあるのに、それを叶《かな》へる事の出來ない己の無力がもどかしかつた。

「その加原といふ男は、そんなに御《ぎょ》し難い人物なのか」

長谷川は顎《あご》を撫《な》でつつ、さう問ふ。說明が足りなかつたかと、私は尙《なお》も云ひ募つた。

「兎《と》も角《かく》目つきが惡くて、一見して粗暴な奴だと分かるんだ。人の一人や二人は殺してゐてもをかしくない雰圍氣《ふんいき》だつたよ。尤《もっと》も、當節そんな人物は珍しくないのかも知れないけどね。戰場から歸つて來た人は皆、さういふ經驗《けいけん》をして

つてみてはどうなんだ。そいつが春子さんの行方を知つてゐる可能性は、可成《かな》り高いのだから」

が怖いからと尻尾《しつぽ》を巻《ま》いて逃げ出すとは、些《いささ》か情けないぞ。もう一寸《ちよつと》食ひ下が

「君は少々弱腰の氣味があるからな。怒鳴られたわけでもなし、相手の目つき

ゐるのだらうから」

長谷川は簡單に云つてくれる。加原當人に會《あ》つてゐないからそんな事が云へるのだと、私は反駁《はんばく》したくなつた。

「僕の氣が弱いのは認めるよ。只、こちらの氣性の問題でもないと思ふぞ。あいつの口を割らせるのは、誰だつて難しいだらうよ」

「やり方次第さ。頭を使へば、情報を引き出すのも簡單だ」

自信たつぷりに、長谷川は云ひ放つ。長谷川が一體《いつたい》何を考へてゐるのか、私には見當《けんとう》が付かなかつた。

「やり方次第つて、どんなやり方があると云ふんだ。金でも積むのか」

「それも一つの手だとは思ふけどね。只この場合、さうまでする必要はないだらう。相手の弱みを君は既《すで》に握つてゐるんだから」

「相手の弱み？」

そんな事を云はれても、何一つ心當たりはなかつた。加原が私に弱みを見せるやうな暇《いとま》はなかつた筈だが。

「何だよ、ここまで云つても氣付かないのか。鈍いんだか上品なんだか、どつ

ちなんだらうな、君は」

「鈍くて惡かつたな」

私は苦笑しながら應《おう》じる。お世辭《せじ》にも上品とは云へないのは自覺してゐるから、やはり鈍い方なのだらう。ずけずけと云ひ放つ長谷川の口振りが、いつそ痛快な程だつた。

「加原はカストリ雜誌の編輯者なんだろ。いかがはしい雜誌を作つてるんだから、叩けば幾らでも埃《ほこり》が出て來るんぢやないか」

長谷川はニヤニヤしながら指摘する。私は虛を衝《つ》かれた思ひで、「嗚呼《ああ》」と聲《こえ》を漏らした。

「成る程。そんな事は全く思ひもしなかつたよ。君も隨分惡黨《あくとう》だなあ」

「何だよ。知恵を貸してやつたのに惡黨呼ばはりか」

長谷川はこちらを輕く睨《にら》み付ける。目を合はせ、思はず同時に吹き出してしまつた。

「君、そのカストリ雜誌の名前は何と云ふんだ。現物が手に入るなら、好都合なんだが」

「雜誌なら、實《じつ》は一册讓《ゆず》つてもらつたんだ」

私は答へて、押入を開けた。布團《ふとん》の下にしまつてある雜誌を取り出して、長谷川に手渡す。扶實さんに見付かるとばつが惡いので、こんな所に隱してあつたのだ。

「何だ、君も好き者だな」

失禮《しつれい》な事を云ひながら、長谷川は手にした雑誌のペイジを一枚一枚捲《めく》り始める。私は辛うじて、「そんなつもりで買つたんぢやないよ」と抗議したが、長谷川が聞いてゐる樣子はなかつた。

「うん、これはれつきとした猥褻《わいせつ》物頒布《はんぷ》罪だ。警視廳《けいしちよう》に通報すれば、摘發《てきはつ》される事間違ひないぞ」

「ぢやあ、それを驅《か》け引き材料にすれば、加原の口を開かせる事も出來るかな」

「出來るさ。僕も一緒に行つてやるよ。面白さうだ」

長谷川はすつかり乘り氣のやうだつた。私は賴もしい味方を得て、氣が大きくなつてゐた。加原に對《たい》する畏怖の念も、何時《いつ》しか消え失せてゐた。

「ところで、この雜誌を貸してもらへないか。自宅でじつくり吟味したい」

ついでのやうに付け加へる長谷川の顏を見て、私は腹を抱へて笑つた。

十三

長谷川の都合で、加原を訪ねるのは一週間後となつた。その間私は、書き上げた小説を編輯部《へんしゆうぶ》に持つていき、掲載するとの言質《げんち》をもらつた。知り合ひの編輯長は一讀《いちどく》して絶贊《ぜつさん》してくれたので、私は大いに氣をよくした。掲載號《ごう》が發賣《はつばい》される日が待ち遠しくなつた。

その勢ひに乗つて、私は次作を書き進めた。今度もまた、飛ぶやうに筆が進む。それでも書き毆《なぐ》つてゐる感覺は更々《さらさら》なく、頭の中から溢《あふ》れる言葉を一つ一つ丁寧に拾つてゐるつもりだつた。正に今、私の裡《うち》には言靈《ことだま》が宿つてゐる實感《じつかん》があつた。

そして約束の日、私は長谷川と合流してから神田《かんだ》に向かつた。編輯部に加原がゐるといふ保證《ほしよう》はないが、事前に確認するわけにもいかない。不意を衝いた方が效果《こうか》がある筈《はず》だと長谷川が主張するので、私はその言葉を鵜《う》呑みにして從《したが》つた。私の用件である筈なのに、長谷川は事態の推移を樂しんでゐるやうだつた。

例の傾きさうな雜居ビルに辿り着き、階段を上つた。長谷川はこんな所に來るのは初めてらしく、物珍しさうに壁や天井をしげしげと見回《まわ》してゐる。取りあへず私が前に出て、編輯部のドアを叩《たた》いた。

曇りガラスに人影が映り、先日と同じやうに無言のままドアが開いた。緊張して待ち受けると、果たして相手は加原だつた。加原はこちらの顏を認めたのに、何の反應もない。私の事を忘れてゐるのか、意圖的《いとてき》に表情を變《か》へないやうにしてゐるのか、どちらとも分からなかつた。

「お、お忙しいところ、度々失禮《たびたびしつれい》します。せ、先日は竹賴春子さんをご存じないとの事でしたが、もう思ひ出していただけたかと思ひまして、またお邪魔しました」

用意して來た言葉を、つつかへながら辛うじて口にした。加原は凄みのある三白眼でこちらをギロリと睨んだが、何も云はうとしない。そして不意に視線を外すと、そのままドアを閉めようとした。

「待つてください」

逸速《いちはや》く反應したのは長谷川だつた。閉まらうとするドアを手で押さへ、私の横から顔を突き出す。

「こちらは雜誌の編輯部と伺つたのですが、後學の爲《ため》にどんな雰圍氣《ふんいき》なのか見せていただけませんか」

長谷川は加原の目つきを見ただらうに、全く氣壓《けお》された樣子もなく、鐵面皮《てつめんぴ》を裝《よそお》つて室内を覗き込んだ。その堂々たる態度には、事前に打ち合はせをしてゐた私ですら驚いた。加原も意表を衝かれたのか、すぐには咎《とが》めようとしなかつた。

「ほう、これは面白さうですね。これはこれは」

何とも飄々《ひようひよう》とした口振りのまま、するりと部屋の中に入つてしまふ。こいつは醫者《いしや》になるより押し賣《う》りでもやつたはうが大成するのではないかなどと、私はつい考へてしまつた。この前と同じく、部屋の中には加原の他に誰もゐない。

「おう、これは煽情的《せんじよう》な」

演技なのか本氣なのかよく分からない聲《こえ》を上げて、長谷川は部屋の隅に積み上げられてゐる雑誌に近付く。そして一册を手に取ると、ペイジを繰り始めた。

「お前、何なんだ」

漸《やうや》く加原が聲《こえ》を發《はっ》した。それは敵愾心《てきがいしん》に溢れてゐるといふより、戸惑ひが滲《にじ》んだ聲音《こわね》だつた。加原にこんな聲を出させるとは、長谷川は大した奴だ。私は改めて感心する。

「いやあ、お恥づかしい話ながら、僕はこの手の雑誌に目がなくてですね。手に入る限りは入手したいと思つてゐるんですが、昨今は當局の取り締まりも嚴しいでせう。一月に『獵奇《りょうき》』が猥褻物頒布罪で摘發《てきはつ》されて以來、この手のものが大手を振つて買へなくなつたのは誠に殘念な事ですね。折角大戰下の抑壓《よくあつ》から解放されたのだから、この程度の庶民の娯樂は見逃してくれてもいいだらうに」

恐らくもう驅《か》け引きは始まつてゐるのだらうが、私の耳には長谷川の言葉の大半は本音のやうに聞こえた。加原の懷《ふところ》に潛り込む作戰に變更《へんこう》したのだらうかと思つてしまつた程だ。

「それを賣《う》つて欲しいのか。だつたら最初からさう云へ」

痺《しび》れを切らしたのか、加原はぶつきらぼうに云ひ放つ。それに應《こた》へて、漸く長谷川は雑誌から顏を上げた。

「いや、この號《ごう》はもうそこの佐脇君から借りて讀んでしまつたんですよ。出來るなら、前の號が欲しいのですが、ありますか」

長谷川は雑誌を閉ぢて、元の場所に戻す。問はれた加原は、暫《しば》しヂッと長谷川の顔を見詰めてから、やおら動き出した。

「これなら賣つてやつてもいい」

長谷川が立つ場所とは反對《はんたい》側の部屋の隅から、一冊取り上げて加原は差し出した。長谷川は涼しい顔で近寄つて、それを受け取る。加原は私に云つたのと同じやうに、「三十圓《えん》だ」と付け加へた。

「三十圓。そいつは隨分《ずいぶん》高いな。まあ、これだけ卑猥な内容なら、三十圓くらゐ拂《はら》はないといけないですかね。今の内に荒稼ぎして、頃合ひを見てトンズラですか」

「なんだと」

不意に加原の目つきが險《けわ》しくなつた。部屋の空氣が急變する。私は思はず固《かた》唾《ず》を呑み、向かひ合ふ兩者を見守つた。

「『獵奇』は見た事ありますか。僕は幸ひ、摘發される前に手に入れる事が出來たんですが、成る程當局が目くじら立てるのも無理はない内容でしたよ。でもね、その『獵奇』でさへ、この雜誌に比べれば隨分大人しかつた氣がするなあ。ここまで露骨な性描寫《びようしや》をしてゐたら、問答無用で手が後ろに回るんぢやないですか」

「貴樣、何が云ひたい」

加原はズイと一歩踏み出した。それに合はせて、長谷川も後退する。だがそれは威壓《いあつ》されたわけではなく、餘裕《よゆう》を持つて距離を保つてゐるのだつた。その證據《しようこ》に、長谷川はまだ薄ら笑ひを浮かべてゐる。

「いえね、先程から云つてゐるやうに、僕はかういふ雜誌を愛好してゐるのですよ。當局に摘發されるのは忍びないわけです。何もそんなに怖い顏をしなくてもいいですよ」

「だから、何が云ひたいと訊《き》いてゐるんだ」

苛立《いらだ》ちを隱せない樣子で、加原は低い聲で云つた。長谷川はよくぞ訊いてくれたとばかりに破顏する。

「佐脇君があなたに伺ひたい事があるさうです。先日はお忘れだつたさうですが、今ならもう思ひ出してゐるでせう。竹賴春子さんの事ですよ」

「貴樣ら、俺を脅迫する氣か」

加原は齒軋《はぎし》りしかねない形相で、私と長谷川を交互に睨《ね》め付ける。私は耐へきれず顏を伏せてしまつたが、長谷川は堂々としたものだつた。

「とんでもない。僕達の望みは只《ただ》一つ、友好的にここを去つて行きたいだけですよ。どうです、竹賴さんを思ひ出していただけましたか」

バン、と大きな音がした。加原が掌で机を叩いたのだ。もう一方の手は、今にも長谷川に毆りかからんばかりに握り締められてゐる。流石《さすが》に長谷川も、その樣子を見て身を遠ざけた。

「暴力はいけませんよ。ここに警察が來たら困るのはそちらでせう」

もうこの邊《へん》でやめた方がいいのではないか、私はハラハラしながら内心で思つた。だが長谷川がこんなに頑張つてくれてゐるのに、私がこの期《ご》に及んで水を差すわけにはいかない。呼吸の音を立てる事すら憚《はばか》られる氣がして、私は只、事態の推移を見守つた。

「あの女の、何が知りたい」

視線で殺せるものなら殺したいとばかりに、加原は長谷川を睨み續けてゐる。それでもその口からは、遂《つい》に交渉に應じる言葉が飛び出した。

「現在の住所。僕達が知りたいのはそれだけですよ」

長谷川が冷靜に應じる。だが加原は、不快さうに唾を吐き捨てて答へた。

「知るか、そんな事」

「知らない事はないでせう。あなたが竹頼さんに懸想《けそう》してゐた事は、もう分かつてゐるんですよ」

「何時《いつ》までもあんな女にかかづらつてゐられるかよ。あんな淫亂女《いんらんおんな》」

「淫亂？　どうして淫亂なんですか」

「てめえだつて知つてるんだろ。あいつが何處《どこ》の奴とも分からない男の餓鬼を孕《はら》んでたのをよ」

「嗚呼、竹頼さんが妊娠してゐた事を知つて、熱が冷めたわけですね」

「うるせえ。分かつたふうな事を云ふなよ」

加原は一段と聲を低める。それでも長谷川は、顏色一つ變《か》へない。とても私には出來ない交渉だつたと、長谷川が同行してくれた事にひたすら感謝した。

「では、江古田から何處に引つ越したか、それもご存じないんですか。それくらゐは調べ上げたんでせう」

「忘れたよ」

「そいつは殘念だな。思ひ出していただけると思つたのに」

そんな長谷川の言葉を最後に、沈默《ちんもく》が訪れた。帶電してゐるやうな空氣が、私を息苦しくさせる。長谷川と加原は睨み合つたまま、動く事も忘れてゐるやうだつた。驚いた事に、先に折れたのは加原の方だつた。

「龜戸《かめいど》だ。あの女は龜戸まで逃げた。だが俺が知つてゐるのはそこまでだぞ。今でもそこにゐるかは知らない。もうあんな女に興味はないからな」

「龜戸ですね。龜戸の何處ですか」

「龜戸天神とその側の川の閒の、ボロアパアトだよ。確か鷄鳴荘《けいめいそう》とか云つたな」

「龜戸天神の側の鷄鳴荘ですね。そこまではつきり憶えてゐてくれたのは有り難い。感謝しますよ」

長谷川の言葉に、加原はケッと喉を鳴らして應《こた》へた。どうやら無事に交渉が終はつたやうだ。私は詰めてゐた息を、一氣に吐き出す。

「ぢやあ佐脇君、お暇《いとま》しようか。隨分加原さんの邪魔をしてしまつた」

長谷川は陽氣に云つて、机を回り込んで私の方に向かつて來る。加原はといへば、そんな長谷川の動きを逐一目で追ひ續けてゐた。その粘着質な視線が、私には不氣味でならなかつた。

「では、今後も編輯作業頑張つてください。次の號も樂しみにしてゐますよ」

さう云ひ殘して、長谷川は外に出るやう私を促す。私は慌てて飛び出し、もう一度最後に加原を見た。ドアが閉ぢ切るまで、加原は長谷川の背中を睨み据ゑてゐた。

十四

「君は大した度胸だな」

雜居ビルを出てすぐに、私は嘆息と共に云つた。長谷川とは學校か家で會《あ》ふだけだつたので、このやうな巧みな交渉が出來る男とはまるで知らなかつた。友人の意外な一面に、私は只々感心してゐた。

「なあに」長谷川は鼻の穴を膨らませて、得意げな顏をする。「あれくらゐは朝飯前の事だ」

「いやいや、なかなか出來る事ではないと思ふよ。少なくとも僕には無理だな。僕はあの恐ろしい目つきで睨まれたら、足が竦《すく》んでしまふだらうよ」

「君は氣が小さいからな」

ずけずけと長谷川は云ふが、事實《じじつ》なので特に氣にならない。己の小心さは、私自身がよく分かつてゐた。

「あいふ手合ひには、見くびられたらそれまでなんだ。相手のプライドを逆撫《さかな》でせず、卑屈にもならず、堂々と交渉すればざつとこんなものだよ」

「感謝するよ。僕一人ではどうにもならなかつた」

「今度酒でも奢《おご》つてくれよ」

私のあまりの感嘆ぶりに、長谷川は幾分照れ臭くなつたやうだ。おどけた調子で云つてから、不意に話を變《か》へる。

「ところで、どうする？　まだ日は高いし、今から龜戸《かめいど》に行つてみるか」

「えつ。一緒に行つてくれるのか」

日を改めて私一人で行かうと思つてゐたので、長谷川の申し出は望外の事だつた。あのやうな交渉術を目の當たりにしては、斷《ことわ》るわけもない。一も二もなく同行を頼むと、長谷川は任せておけとばかりに頷《うなず》く。

「ここまで來たら、乘りかかつた船だ。僕もその春子さんとやらのご尊顔を拜《はい》してみたくなつたよ」

「君のお蔭で、必ず春子さんを見付けられるといふ氣がして來たよ」

私達は國鐵《こくてつ》神田驛《えき》まで戻り、電車を乘り繼《つ》いで龜戸に向かつた。龜戸天神には、以前に一度だけ行つた事がある。驛前から大きな道が續《つづ》いてゐるので、天神樣までは迷ひやうがなかつた。

問題はそこから先だつた。龜戸天神と川の間がどれくらゐ離れてゐるか見當

が付かないし、そもそも鷄鳴莊が空襲で消失してゐる可能性もある。龜戸邊《あた》り
は被害が少なかつたと聞いてゐるが、實際に見てみるまで實狀《じつじよう》は分からなかつ
た。

だが、いざ龜戸天神の近くまで來てみると、そんな心配は杞憂《きゆう》だつた事が判
明した。明らかにバラックとは違ふ建物が幾つも殘つてゐて、確かにこの地域
は戰火を免れたのだと一目で分かる。加へて隅田川の支流らしき川もすぐ近く
に流れてゐて、探さなければならない區劃《くかく》は可成《かな》り限定されてゐさうだつた。

「運がいいぢやないか、佐脇君。どうやら覺悟してゐたよりずつと簡單に、鷄
鳴莊に行き着けさうだぞ」

長谷川は聲《こえ》を彈ませる。私もまた、希望に胸が高鳴つた。

目的の場所を探すのは、最早《もはや》私の得意とするところである。二度程人に尋ね
ただけで、あつさりと鷄鳴莊を發見する事が出來た。鷄鳴莊は二階建ての、些
か傾きかけたアパアトである。加原から逃げ出した春子は、ここで井口の子を
產んだのだらうか。

「どの部屋にも表札が出てゐるといふわけではないから、これでは春子女史が
ここにゐるかどうかは分からないぞ」

勝手に敷地內に入つた長谷川は、一軒一軒覗《のぞ》いてさう云つた。私も後に續き、
確かに長谷川が云ふとほりだと確認する。これは適當な一軒の戶を叩き、春子
がここに住んでゐるかどうか尋ねるしかないか。さう考へた時だつた。

不意に一番道路に近い部屋のドアが開き、中から私の胸邊《あた》りまでしかないやうな小さな老婆が姿を見せた。皺《しわ》が寄つた目を見開き、我々を見上げる。そして嗄《しわが》れた聲で、「どなた」と問ひかけて來た。

「何の用ですか」

老婆は不審者を見るやうな目を私達に向ける。不本意だつたが、勝手に入り込んでゐるのは確かなので、文句も云へない。私は慌てて口を開いた。

「こちらに竹賴春子さんといふ方がいらつしやると聞いて、やつて來ました。竹賴さんはどの部屋にお住まひか、ご存じですか」

「あんたらは？」

老婆は私の言葉を聞いても、険しい目つきを變へなかつた。寧《むし》ろ春子の名を聞いて、益々《ますます》機嫌が惡くなつたやうにすら見える。可成《かな》り頑固な老人のやうだ。

「私は知人に頼まれて、春子さんの行方を捜してゐる者です。知人の出征中に春子さんは所在が知れなくなつてしまつたので、かうして訪ね歩いてゐる次第です」

「知人？　本當に知人なのかい。あんたがあの女を孕《はら》ませた當人ぢやないのか」

老婆の態度は刺々《とげとげ》しかつたが、私は一條の光明を見た思ひだつた。老婆は確かに春子の事を知つてゐるのだ。

「ここに竹賴さんが住んでゐるのですね！　竹賴さんはこちらで出産したんで

すね」

「いいや」

だが老婆は、無情に首を振る。膨らみかけた喜びを叩き潰されたやうで、私は言葉を失つた。

「あの女がここにゐたのは確かだよ。でもね、何處《どこ》の誰とも知れない男の子供を孕むやうな女は、あたしのアパアトに置いておくわけにはいかないんだよ。入居して來た時にはそんな事一言も云はないでさ、すぐに腹が大きくなつて來たもんだから、出て行つてもらつたよ」

「出て行つた……」

漸《よう》く辿り着いたと思つたのに、ここにも春子はゐなかつたのか。一瞬の喜びが大きかつただけに、失望もまた一入《ひとしお》だつた。

「あなたがここの大家さんですか」

不意に私の背後から、それまで默《だま》つてゐた長谷川が口を挾んだ。老婆はもう一人睨《にら》む相手がゐたとばかりに、視線を長谷川に移す。

「さうだよ、それがどうかしたのか」

「この日本はついこの前まで、戰爭といふ異常な狀態にあつたのですよ。そんな情勢下では、ちやんとした結婚も出來ずに子供を產む女性がゐても仕方ないでせう。それをふしだらと決め付けるなんて、あまりにも可哀相ではないですか」

「事情はどうあらうと、結婚する前に子供を孕むやうな女はあたしに云はせりやみんな淫《みだ》らなんだよ。あたしの目の届《とど》く所にはゐて欲しくないんだ。何か文句があるか」

老婆は小さい胸をぐいと反らして、私達を挑發的に見る。私もそのひどい云ひやうには思ふところがあつたが、この手の老人の價値觀《かちかん》を變へようと努力しても無駄だと分かつてゐた。腹立ちはひとまず收《おさ》め、ここに春子がゐないなら次の引つ越し先の手掛かりを得なければならない。

「すみません、友人が失禮《しつれい》な口を利きました。では、竹賴さんの引つ越し先をご存じないですか。私達は何としても竹賴さんを搜し出さなければならないのです」

「知らないよ、そんな事」老婆は臍《へそ》を曲げたらしく、突《つ》つ慳貪《けんどん》に云ふ。「何であたしがそんな事を知つてるもんか」

さう云ひ放つと、老婆はくるりと背を向けて部屋の中に戻らうとした。私は慌ててそれを制する。

「待つてください。ご無禮はお詫《わ》びしますので、何卒《なにとぞ》竹賴さんについてご存じの事を――」

「知らないものは知らないつて云つたろ。ほら、勝手に入り込まないで欲しいね。さつさと出て行きな」

取り付く島もなく、老婆はドアを閉める。殘された私達は、暫《しば》し呆然とその場に立ち盡《つ》くした。

「參《まい》つたね、こりや」先に口を開いたのは長谷川だつた。「今度は僕がぶち壞してしまつたやうだ。すまない」

「いや、仕方ないよ。あのお婆さんが相手では、誰が話をしたつてきつと同じさ」

私は云つて、外に出ようと長谷川を促した。我々は路上からもう一度アパアトを眺め、嘆息する。

「しかし弱つたな。ここまで足取りを追つてきながら、絲《いと》が切れてしまつた」

「いや、まだ諦めるのは早いぞ」

消沈した私とは對照的《たいしようてき》に、長谷川の聲はまだ力を失つてゐなかつた。思はず私は、友人の顏を覗き込む。

「まだ何か方策があるのかい」

「春子さんだつて、全く近所付き合ひをしてゐなかつたわけぢやないだらう。大家の婆さんが引つ越し先を知らなかつたからといつて、誰も知らないと決め付けるのは早計だ」

「まあ、それはさうだが……」

しかし大家に目を付けられてしまつた今、改めてアパアトの部屋を一軒一軒訪問するやうな事も出來なかつた。きつとすぐに、出て行けと抗議されてしまふだらう。いや、ここは井口の爲に、恥知らずになつて居坐り續けるべきか。

私はさう、覺悟を固めかけた。

ちやうどその時、大家の部屋の二つ隣のドアが開いた。中から赤ん坊を抱いた若い女が出て來る。散歩にでも行くのかと道を空けようとしたら、驚いた事に女は私達の側に小走りに驅《か》け寄つて來た。

「竹賴さんをお捜しなんですか」

女は後ろを氣にしながら、小聲で尋ねる。私が目を丸くしてゐると、事情を說明するやうに早口に云ひ添へた。

「すみません。大家さんとのやり取りが聞こえてしまつたんです」

「嗚呼《ああ》、さうでしたか。騷《さわ》がしくしてすみませんでした」

私は詫びたが、女は氣にした樣子もなかつた。

「少し歩きませんか」と云ふ。私と長谷川は顏を見合はせ、頷き合つた。ここで斷《ことわ》る手はない。

「では、こちらに」

女は云つて、歩くよう私達を促した。女を先頭に、驛《えき》とは反對《はんたい》方向へ向かふ。もう大家の耳には入らないだらうといふ距離まで來ても歩みを止めないのは、よほど大家の機嫌を損ねる事を恐れてゐるのか。昨今の嚴《きび》しい住宅事情を思へば、折角確保出來てゐる住まひを失ひたくない氣持ちは分からないでもなかつた。

結局川まで行き着いてしまひ、そこで女は漸《よう》く歩みを緩めた。ゆつくりと、今度は散策に相應《ふさわ》しい足取りで川縁《かわべり》を歩き始める。私と長谷川は只、女が口を開くのを待ち續けた。

「竹賴さんを搜してゐるのは、子供のお父さんですか？」

女は僅《わず》かに振り向きながら、的確な質問をして來た。髮を引つ詰めにし、化粧氣のまるでない顏をしてゐたが、若さがそれを補つてゐて、女はなかなか愛らしい顏立ちだつた。胸に抱いてゐる赤ん坊も、親によく似てゐる。

「さうです。井口さんと云ひます。もしかして、竹賴さんからお聞きでしたか？」

私が問ひ返すと、女は考へるやうに小首を傾げ、「いえ」と否定した。

「お名前までは聞いた憶えがありません。竹賴さんが妊娠してゐると知つた時には、大家さんが怒つてしまつて出て行かされましたから。只、お付き合ひしてゐる方が出征中とは、何かの彈みに伺ひました」

「實《じつ》は、その井口さんは亡くなつてしまつたのです。亡くなるまで井口さんは、ずつと春子さんの事を氣にしてゐました。ですので、私が代はつて春子さんの行方を探してゐるのです」

「さうでしたか」

井口が死んだ事を聞いても、女はさして驚いてはゐなかつた。悲しい事だが、この手の話は珍しくもない。私が代理で搜索してゐると聞いて、豫想《よそう》が付いてゐたのだらう。隨分《ずいぶん》勘がいい人だなと、密かに私は感心した。

「竹賴さんは、私の部屋の隣にお住まひでした。一緒にあのアパアトにゐたのはほんの三カ月程でしたので、あまり親しくお付き合ひしたとは云へません。それでも、私がお世話になつたのは事實なのです」

「世話になつた？」

「はい」

女はきつぱりと頷いて、立ち止まつた。そしてそのまま、小川の水面に見入る。赤ん坊は母親の胸の中で、機嫌良くニコニコしてゐた。

「當時は私の夫も出征中で、上の子と二人であのアパアトに住んでゐました。心細くてなりませんでしたが、それは私だけの事ではありませんから、ヂッと我慢してゐました。でも普段はそれでよくても、いざといふ時にはやはり困つてしまふものです。ある時子供が突然に高熱を出して、私は狼狽《うろた》へてしまひました」

女は赤ん坊を抱きかかへ直す。赤ん坊は聲を立てて笑つた。

「何時《いつ》空襲があるかも知れない、眞《ま》つ暗な夜でした。明かり一つ燈《とも》らない夜なので、とてもではないですが、子供を抱へてお醫者《いしや》さんの所まで走る事も出來ません。最初は大聲で泣いてゐた子供も、その內ぐつたりして來ました。私は只オロオロするだけでした」

確かにあの頃は、漆黑《しつこく》の闇といふ言葉を體《からだ》で經驗する事が出來た時期だつた。男の私でさへ外に出るのが怖い程だつたのだから、子供を抱へた若い女の身では尚更《なおさら》だらう。私はその時の女の氣持ちを思ひ、強く同情を覺えた。

「そんな時に聲をかけてくれたのが、竹賴さんでした。子供の泣き聲を聞いて、大丈夫かと訪ねて來てくれたのです。明かりも點《つ》けられないで只子供の手を握る事しか出來なかつた私には、天の助けのやうに思へました」

赤ん坊を抱いたまま立つてゐるのに疲れたのか、女は「坐りませんか」と云つた。土の土手に、もんぺが汚れるのも厭《いと》はずに腰を下ろす。私と長谷川も、その横に竝《なら》んで坐つた。

「竹賴さんは子供が高熱を出してゐると知ると、井戸から水を汲んで來てくれました。それで頭を冷やしましたが、手拭《てぬぐ》ひがあつといふ間に乾いてしまふ程、子供の熱は高かつたのです。素人目にも、そのまま一晩乘り越えるのは難しさうでした。これはお醫者《いしゃ》さんに診《み》てもらはなければならないと、私も竹賴さんも考へました」

「醫者は、近くにゐたのですか」

私が口を挾むと、女は僅かに首を振つた。

「いえ、一番近いお醫者さんは軍醫として從軍中だつたので、この川の向かふまで行かなければなりませんでした。晝間《ひるま》なら大した事ない距離でしたが、眞つ暗な夜ではひどく遠い道のりです。その道を、竹賴さんは走つてくれたのです」

「春子さんが」

少々意外で、私は思はず聲を上げた。てつきり春子が部屋に殘り、女が醫者を呼びに行つたものと思つたからだ。

「子供が、譫言《うわごと》で私の事を呼び續けてゐたものですから、側《そば》にゐてやるやうにと竹賴さんは云つてくれたのです。それまで大したお付き合ひをしてゐたわけでもないのに、どうしてそこまで親切にしてくださるのかと、私は驚きと感謝で氣持ちが一杯になりました。その時に既に妊娠してゐたと後で知つて、さうだつたのかと納得しましたけど。竹賴さんはきつと、心細い私の氣持ちを理解してくれたのでせう」

「しかしそれは、なかなか出來る事ではありませんね」

春子に關《かん》して私は、それまで漠然とした印象しか抱いてゐなかつた。水商賣《みずしょうばい》に身を窶《やつ》す、氣怠《けだる》い雰圍氣《ふんいき》の女。それが私の思ひ描く春子だつたが、どうやらそれは間違ひだつたらしい。井口が妻子のある身でありながら、春子に惹《ひ》かれた理由の一端が見えた氣がした。

「竹賴さんには感謝してゐます。妊娠初期の大事な時期だつたのに、夜道を走るやうな危ない事をしてくれたのですから。竹賴さんも怖かつたでせうに、ちやんとお醫者さんを連れ歸《かえ》つて來てくれました。何度お禮《れい》を云つても、とても私の感謝の氣持ちを云ひ表す事は出來ません」

「だから、あなたも春子さんの行方が知りたいのですね」

念を押すと、女はコクリと頷いた。

「はい。竹頼さんは大家さんに追ひ出されるままに、引つ越してしまひました。私が疎開中の事だつたので、何處《どこ》に越して行くのか聞く機會《きかい》もなかつたのです。私はそれを、ずつと氣に病んでゐました。竹頼さんが旦那さんを亡くして、子供と二人で困つてゐるなら、今度は私が力になつてあげたいのです」

「お氣持ち、分かります」

私は藝《げい》のない相槌《あいづち》を打つたが、女は微笑んでくれた。そして私の方を見たま、重大な情報を提供してくれた。

「アパアトに住む人が一度、錦絲町《きんしちよう》で竹頼さんを見かけた事があるさうです。離れてゐたので聲はかけなかつたらしいですが、間違ひなく竹頼さんだつたとの事です。もしかしたら竹頼さんは、今は錦絲町に住んでゐるのかも知れません。錦絲町ならここからも近いですから、充分あり得る事だと思ひます」

「確かに、さうですね」

私は聲を彈ませた。切れてしまつたと思つた絲が、今再び辛うじて繋がつた。

「錦絲町のどの邊《あた》りの事でせう。錦絲町と云つても廣《ひろ》いですよね」

「驛《えき》とは逆の方に、北に向かつてゐたさうです。驛前の大きな通りを、眞つ直ぐ歩いて行つたと聞いてゐます」

「驛前の大通りを北へ、ですね」

些《いささ》か心許ないが、それでも有り難い情報だつた。次の捜索の地は錦絲町だ。私は決意を新たにする。

「念の爲にお訊きしますが、アパアトの他の住人で竹賴さんの引っ越し先を知つてゐさうな人はゐませんか」

それまで默つてゐた長谷川が、初めて發言《はつげん》した。成る程、それは確認しておかなければならない事だ。流石《さすが》は長谷川と、私は目で禮《れい》を云つた。

「多分、誰もご存じないと思ひます。竹賴さんはあまりご近所付き合ひをする人ではありませんでしたから。でも、一應《いちおう》皆さんに訊いてみます。何か分かつたら、お知らせします」

「それは助かります。では、私の連絡先を書いておきませう」

私は持つて來た反古《ほご》を取り出し、そこに住所を書き込んだ。女はそれを受け取りながら、付け加へる。

「竹賴さんの今のお住まひが分かつたら、私にも教へていただけませんか。都合のいい事を云ふやうですけど、何卒《なにとぞ》お願ひします」

「それは勿論。見付かつたら必ずお知らせしますよ」

私が強く請け合ふと、女は安堵したやうに口許を緩めた。そろそろ赤ん坊がむづかりだしてゐる。女は赤ん坊をあやしながら、丁寧に頭を下げて立ち上がつた。我々もそれに續く。

「ところで、上のお子さんはアパアトで留守番をしてゐるのですか」

私はふと疑問に思ひ、深く考へずにさう尋ねた。すると女は、透き通るやうな寂しげな笑みを浮かべて、ゆつくり首を振つた。

「いえ、その子はもうゐないんです。折角竹頼さんに連れて來ていただいたお醫者さんでも、あの子を助ける事は出來ませんでした」

私は絶句し、その場に立ち盡《つ》くした。己の無神經《むしんけい》さを強く恥ぢる。だが女は私の不作法を氣にした素振りもなく、「よろしくお願ひします」と云ひ置いて去つて行つた。

最後に見た赤ん坊の笑顔が、僅《わず》かな救ひだつた。

十五

「まあ、さういふ事もあるよ」

長谷川は明るく云つて、私の肩をポンと叩いた。私はそれでも何もなかつたやうに應《おう》じる事は出來ず、只《ただ》「うん」とだけ答へた。

「不幸な事は何處《どこ》にでもある。それを不用意に尋ねてしまつたからと云つて、一々自分を責めてゐては身が保《も》たないぞ」

「嗚呼《ああ》、さうだな」

長谷川の言は尤《もっと》もである。もし他人が落ち込んでゐたら、私も同じ事を云ふだらう。長谷川が側にゐてくれた事を、私は有り難く思つた。

「それよりも、今後の方針を考へなければならないぢやないか。一口に錦絲町と云つても、君の言葉どほり確かに廣《ひろ》い。驛前《えきまえ》の大通りを北に歩いて行つたといふ情報は有益でも、それだけではきつと探しやうがないぞ」

「うん。どうしたらいいんだらう」

探しやうがない、と云はれても、私には特に目覺ましい知恵もない。只、足を棒にして捜し回《まわ》るくらゐしか出來さうになかつた。

「僕に一つ考へがある」

長谷川は人差し指をピンと立てて、少し小鼻を膨らませた。どうやら私には思ひも付かない事を考へたやうだ。

「春子さんはここに越して來た後は、どうやつて暮らしてゐたんだらうね。井口氏から金錢的援助を受けてゐたわけぢやないし、遊んで暮らせる程貯金があつたとも思へない。となると、何か仕事をしてゐたんぢやないかな」

「まあ、さうだらうな」

遊んで暮らしてゐる私が同意するのも妙な話だが、普通はやはり働かなければ生きていけない。何を當たり前の事を云ふのだらうと、私は長谷川の顏をマジマジと見た。長谷川は得意げに續ける。

「それまで水商賣をしてゐた女が、引つ越したからと云つていきなりまともな職業に就けるものかな。一度身に付いた夜の商賣の匂ひは、さう簡單に落ちるものぢやないのではないか」

「成る程。つまりまた何處かで女給をやつてゐると」

「斷定《だんてい》は出來ないけどね。可成《かな》り蓋然性《がいぜんせい》の高い推測だと思ふ」

長谷川の知恵者ぶりには全く舌を巻《ま》く。どうしてさう頭が回るのだらうと、感心するのを通り越して妬《ねた》ましくすら思へて來た。出來るなら私も、長谷川のやうに頭の良い人間に生まれたかつた。

「春子は錦絲町で働いてゐたのかな」

「錦絲町ならここから近い。歩いても通へるくらゐだ。錦絲町のバアを當たつてみても、決して無駄ではないだらうね」

「錦絲町だつたら、飲み屋の數《かず》もたかが知れてるよな。一軒一軒回つてみても、そんなに手間ぢやない」

私の聲《こえ》は現金にも彈《はず》んでゐた。長谷川はそんな私の變化《へんか》を見て、嬉しさうにもう一度肩を叩いた。

「めげるなよ。死んだ友人の爲にあちこち動き回るなんて、君はいい奴だ。應《おう》援《えん》してるからな」

「ありがたう」

つい數瞬《すうしゆん》前に、長谷川の頭の良さを妬《ねた》ましく感じた事が恥づかしかつた。私は改めて、長谷川が示してくれる友情に感謝した。

「さういふ事なら、僕はこのまま錦絲町まで行つてみるよ。君はどうする？」

私は氣を取り直して、長谷川に尋ねた。長谷川はニヤリと笑つて、今度は強く私の脇をつついた。

「ここで歸《かえ》るわけないだらう。バア巡りなんて樂しい事をする時になつて、僕を追ひ拂《はら》はないでくれよ」

そんな長谷川の口吻《こうふん》に苦笑して、私達は歩き出した。橋を越えて向かふ岸に渡る。この邊《あた》りに土地勘はなかつたが、驛《えき》のある方角は見當が付いた。幸ひ季節は爽秋《そうしゅう》で、そぞろ歩くにはもつてこいだ。私達は見知らぬ町の散策を存分に樂しんだ。

暫く歩いて、錦絲町驛に到達した。辿り着いてみて初めて、歩いて來た道こそが春子が目撃された大通りだと知つた。つまり春子は、私達が通つて來た町の何處かに住んでゐるのかも知れないのだ。霧の彼方に霞《かす》むやうにしか感じられなかつた春子の存在を、漸《ようや》く體感《たいかん》出來たやうな氣がした。

「さて、どうしたものか」

立ち止まり、周圍《しゅうい》を見回して長谷川は呟《つぶや》いた。驛の北側は些《いささ》か閑散としてゐて、賑《にぎ》はひとは程遠い。見渡したところ、飲み屋らしき店はなささうだつた。

「反對側《はんたい》かな。驛の向かふの方が拓《ひら》けてゐさうだ」

さう目星を付けて、私達は高架線の下をくぐつた。すると案の定、北側とはまるで違ふ雰圍氣だつた。雜然とした賑はひは、少し江古田驛前に似てゐる。バラックが建ち竝《なら》ぶ闇市は、何處でも共通した猥雜さだつた。

「これは大したものだな。この樣子だと、飲み屋も一軒や二軒ぢやなささうだ」

少したぢろいだやうに、長谷川は云ふ。それでも私は、ここで怯《ひる》むわけにははいかなかつた。

「取りあへず、どの邊りに飲み屋があるのか探してみよう。少し裏通りに入つた方がいいみたいだな」

　私達は闇市を避け、まづは驛を背にして左側の裏通りに入つた。豫想《よそう》どほり、軒を連ねる程ではないが、幾つかそれらしき店がある。手始めに一番手前の店から訪ねてみようと、ドアを押してみた。

「開かないな」

　殘念ながら店のドアは内側から施錠されてゐた。まだ開店には早いやうだ。日が沈むにはもう少し時間があるから、考へてみれば當然の事だ。念の爲他の店も當たつてみたが、結果は同じだつた。

「何だ、がつかりだな。折角女給のゐるバアの雰圍氣を味はへると思つたのに」

　長谷川は本氣で殘念さうだつた。それが可笑《おか》しくて、私は失望感を味はう暇《いとま》もなかつた。

「仕方ないよ。今日はここまでにしておかうか。君のお蔭で隨分《ずいぶん》收穫があつた」

「さうだなあ。日が暮れるまで何處かで時間を潰さうにも、一寸《ちよつと》疲れてしまつたな。この邊《へん》で撤退するか」

　長谷川も諦めが付いたやうだ。意見の一致を見た事で、私達は驛へと戻る事にした。

長谷川の云ふとほり、私も足に疲勞が蓄積してゐたが、それは心地よい疲れだつた。

十六

翌日にも再度錦絲町に行きたかつたが、いざとなると一人で酒場に乘り込むのは勇氣がいつた。世慣れぬ質《たち》はこのやうな際に役に立たないと、我が事ながら思ふ。厚意に甘え、また長谷川に同行を頼む事にした。

だが長谷川も氣になつてゐる筈なのに、その後なかなか訪ねて來てくれなかつた。仕方なく私は、嘗《かつ》ての母校に足を運んだ。知り合ひの多い母校は些《いささ》か足を向けにくい場所ではあつたが、長谷川の父親に説教をされるくらゐなら、まだ學校に行く方がいい。少々氣鬱《きうつ》になりながら、私は母校の門をくぐつた。

この時刻は授業中だらうと、見當を付けた。校舍の前の花壇に腰かけ、長谷川が出て來るのを待つ。漫然と空を見上げると、大きな入道雲がゆつくりと流れてゐた。雄大な眺めは、人智を越えた何かが確かにある事を、卑小な身にも教へてくれる。私の書いてゐる小説は既《すで》に終盤に差しかかつてゐて、完成も間近い。そのテエマの延長上にまた新たな地平が見えさうな氣がして、私はこの感覺を大事に心に留めた。

チャイムの音が鳴り響いて、その數分後に學生達がぞろぞろと外に出て來た。その中に顏見知りを見付け、暫《しばら》く久闊《きゆうかつ》を敍《じよ》する言葉を交はしてから、長谷川を知らないかと尋ねる。するとその知り合ひは出て來たばかりの校舍に戻り、長谷川を連れて來てくれた。私は何度も禮《れい》を云ひ、また改めて會はうと約束して、長知り合ひと別れた。

「どうした風の吹き囘《まわ》しだい？　君が學校までやつて來るなんて、珍しいぢやないか」

學業半ばで挫折して、叔父の家に引き籠《こも》つてしまつた私の劣等感を、長谷川は承知してゐる。その私が學校までやつて來た事に、長谷川は面白がるより困惑してゐるやうだつた。

「嗚呼《ああ》、すまない。いつも君ばかり頼つて申し譯《わけ》ないんだが、例の捜索を續《つづ》けたいので、力を借りたいと思つたんだ」

「あ、あれか」

長谷川は一瞬目を泳がせてから、今思ひ出したやうに云ふ。そんな反應で、長谷川が既に興味を失つてゐる事を悟つた。

「駄目かな」

控へ目に確認すると、長谷川は眉根を寄せて「ううん」と唸《うな》る。

「申し譯ないなあ。暫く君に付き合ふわけにはいかなくなるんだ」

「どうして」

「もう君は忘れてゐるかも知れないが、そろそろ期末試験なんだよ」

「あツ！」

私は思はず叫んだ。さうか、確かにさういふ時期だ。

「すまないな、力になれなくて。でも、どうしても試験を疎《おろそ》かにするわけにはいかないから」

長谷川は心底氣が引けるやうに、詫びを口にする。だが詫びるのは私の方だつた。

「それは當然だよ。氣付かなかつた僕の方が無神經《むしんけい》だつたんだ。こちらは一人でどうにかなるから、君は學業に專念してくれ給へ」

「一人でバア巡りをするのが心細いんぢやないのか」

長谷川は的確にこちらの心を讀む。正にそのとほりだつたが、これ以上甘える事も出來なかつた。

「大丈夫だつて。何とかなるさ」

精々强がつてみたものの、長谷川はあまり本氣にしてくれなかつた。不安さうに私を見て、ふと愁眉《しゅうび》を開く。

「さうだ。あの人はどうだい。近所の八百屋で、君の家に出入りしてゐる人がゐただらう」

「えつ、大野《おおの》さんの事か」

「さうさう。あの人なら君の事を可愛がつてくれてゐるから、頼めば力になつてくれるんぢやないかな」

「大野さんねえ」

大野さんは幼い頃から私を知つてゐる、云はば幼馴染《おさななじ》みだつた。私より三歳年長で、昔はよく驅けづり回つて遊んだものだ。今は家業を繼《つ》ぎ、八百屋をやつてゐる。親戚が千葉で農家をやつてゐるから、こんなご時世でも野菜が手に入り、こつそりうちにも回してくれるのだつた。

「そりやあ、頼めば嫌とは云はないだらうけど、でも大野さんは堅物《かたぶつ》な人だから、バアに行つた事なんかないと思ふぞ」

「行つた事あるかどうかが問題なんぢやないよ。かう云つては何だが、君は年より幼く見える。下手をすると僕の方が年上に見えるくらゐぢやないか。そんな君が一人でバアに行つても、相手にされない可能性がある。だから大野さんのやうな、見るからに大人の人に付いていつてもらふ必要があるんだよ。質問は君がすればいい」

「さういふものか」

どうも子供扱ひされてゐるやうな氣がするが、助力を當《あ》てにしてのこのこやつて來たのだから反論も出來ない。大野さんまで卷き込むのは氣が引けるものの、これが自分の爲ではなく既に死んだ人の爲の搜索だと思へば、遠慮してゐる場合ではないかも知れなかつた。

「ぢやあ、お願ひしてみるかな」

私が呟《つぶや》くと、長谷川は安堵したやうに破顔した。

「うん、さうした方がいい。あの人だつたら、いざといふ時、頼りになる」

長谷川はまだ授業があると云つて、校舎に戻つて行つた。私は見送りながら、この埋め合はせは改めてしなければならないなと考へた。

家に戻り、夜になるのを待つてから大野さんを訪ねた。價格《かかく》統制下の今は大つぴらに店を開けられないが、ご用聞きの仕事は幾らでもあるやうで、日中は家にゐない。ゆつくり話をするなら、夜に訪問するしかなかつた。

大野さんはご兩親が健在で、一緒に暮らしてゐる。大野さん自身は兵隊として先日まで外地にゐたので、まだ獨身だ。無口だが働き者の大野さんだから、嫁の來手は幾らでもあると思ふ。私にとつて大野さんは實《じつ》の兄も同然なので、一日も早く可愛いお嫁さんが來る事を願つてゐる。

「どうした」

裏口からおとなひを告げた私に、大野さんは短く尋ねる。體《からだ》が大きく、一見無骨さうな大野さんは、口下手もあつて最初は取つつきにくい印象を人に與《あた》へてしまふ。でも付き合つてみれば、實は情の深い、俠氣《おとこぎ》のある人だと分かつて來る。頼り甲斐といふ點《てん》では、確かに大野さんに勝る人はゐなかつた。

「すみません、夜分遲《おそ》くに。一寸《ちよつと》お話ししたい事があるんです」

頭を下げると、大野さんは何も云はずに家に上げてくれる。幼い頃から出入りしてゐる家なので、私も遠慮なく上がり込んだ。

大野さんの母親は、私を最大限に歓迎《かんげい》してくれた。叔父はこの地域の名士である。その甥《おい》といふ事もあり、私は近所の人に可愛がられて育つた。大野さんの母親も、私を可愛がつてくれる一人だつた。

お茶だのお茶請《う》けだのと心配するので、どうぞ構はないでくれと頼んだ。大野さんが「話があるやうだ」と云ひ添へてくれなければ、暫《しばら》く大騒ぎが續いただらう。ひとまづお茶だけ出してもらひ、漸《やうや》く大野さんと二人きりになれた。

大野さんは何も云はず、目だけで私を促す。

「實は折り入つてお願ひしたい事があるんです。僕は今、一寸わけあつて人捜しをしてゐまして――」

さう私は切り出した。井口との出會ひと死別。いまはの際《きわ》に頼まれた事。井口が把握してゐた最後の住所から手繰《たぐ》つて錦絲町まで行き着いた探索行。そしてそこまで手傳《てつだ》つてくれた長谷川が、試驗の爲に動きが取れなくなつた事、等々。

大野さんは相槌《あいづち》すら打たず、太い腕を組んでヂツと耳を傾けてゐた。大野さんがどう感じてゐるか、その樣子からは見當が付かない。それでも少なくとも、退屈などせず眞劍《しんけん》に聞いてくれてゐるのは分かつた。全てを語り終へて、私は大野さんの反應を待つた。

「俺が、酒場に付いて行けばいいんだな」

大野さんは腕組みを解いて、ぼそりと云ふ。私は恐縮しながらも、その言葉を肯定した。

「ええ。氣が進まなければ、断《ことわ》つてもらつていいんですけど」

「氣が進まない事はない。大丈夫だ。一緒に行つてやるよ」

「さうですか！」

正直云へば、引き受けてもらへるかどうかは五分五分だと思つてゐた。大野さんは他人からの頼みに嫌と云へない性格だが、同時に少々女嫌ひの氣味もある。いや、正確に云ふなら女嫌ひではなく女性が苦手なのだらうが、何《いず》れにしたところで酒場に行くのなどあまり氣が進まない筈だ。それなのに躊躇《ためら》ひも見せず引き受けてくれるのは、如何《いか》にも大野さんらしい。私は座卓に手を突き、深々と頭を下げた。

「ありがたうございます。こんな面倒なお願ひなのに、聞き入れてくれて感謝します」

「水臭い事を云ふな。お前の頼みを断るわけないだらう」

ぶつきらぼうだがこの上なく頼もしい言葉に、私の胸は溫かくなつた。この家を訪ねる直前まで躊躇《ちゅうちょ》してゐたのだが、やはり頼つてよかつたと内心で考へる。

大野さんの仕事が一通り終はるのは、夕方六時過ぎださうだ。それ以降なら時間が作れると云ふので、私が迎へに來て、一緒に錦絲町巡りをする事にした。その打ち合はせが濟んでからは、酒を交えて四方山話《よもやまばなし》に興じた。酒も野菜と同じく千葉の農家で造つたどぶろくで、下戸《げこ》の私には到底飲めない代物だが、大野さんがゆつくり盃《さかずき》を干す様を見るのはしみじみとした樂しさがあつた。

風呂に入つて行けと大野さんの母親が勸《すす》めてくれるのを斷つて、私は十時過ぎに辭去《じきょ》した。大野さんの悠然とした飮みつぷりを見てゐると、自分もまた氣持ち良く醉つた氣分になる。頰に火照《ほて》りを感じて見上げる夜空は、もう空襲の憂ひもなく、只《ただ》星々の美しさを滿喫する事が出來た。

十七

明かりの燈《とも》つた夜の錦絲町界隈《かいわい》は、池袋などとは違つて如何《いか》にも場末といふ雰圍氣《ふんいき》が漂ひ、却《かえ》つて隱微だつた。晝間《ひるま》見た時よりも店の數《かず》が多いやうな氣がして、多少怯《ひる》む。だが折角大野さんが同行してくれてゐるのに、私が躊躇《ためら》つてゐる場合ではなかつた。兎《と》も角《かく》一番手前の店から、順に訪ねて行く事にする。

そこは七人も入れば滿員になつてしまふやうな、小さな店だつた。カウンタアの中に、四十絡《がら》みの不機嫌さうな顏をした女將《おかみ》が一人だけゐる。女將はまづ私を見て、次に大野さんを見てから愛想笑ひを浮かべた。そんな反應から、やはり私だけではなかなか話が通らなかつたかも知れないと考へた。

「いらつしやい」

女將は手を差し伸べて、坐るやう促す。私はそれには應《こた》へず、立つたまま用件を切り出した。

「すみません。一寸《ちよつと》伺ひたい事があつてお邪魔したのです」

「あら、お客ぢやないの」

途端に女将は、また憮然《ぶぜん》とした表情に戻る。その變《か》はり身の早さは、いつそ天晴《あつぱ》れな程だ。

「ごめんなさい。以前にこちらで、春子さんといふ女性が勤めてゐた事はないですか。二十代半ばくらゐの、顎に黒子《ほくろ》のある女性なのですが」

「知らないね」

女将の返事はにべもない。まるで考へてゐる様子がないので、私は身を乗り出して念を押した。

「本當ですか。よく考へてください。ここに黒子のある人です」

自分の顎を指差して、もう一度問ふ。それでも女将は、つまらなさうな顏で繰り返すだけだつた。

「知らないつたら知らないよ。この店にや、あたし以外の從業員なんて今も昔もゐないんだ。ほら、客ぢやないんなら營業《えいぎよう》妨害だからとつとと歸《かえ》つておくれ」

猫の子でも追ひ拂《はら》ふやうに、シツシツと手を振る。けんもほろろの應對《おうたい》に、私達は慌てて外に出た。

「あまり上手《うま》い訊き方ではないな」

ドアが閉まるなり、大野さんは云つた。確かに自分でもさう思ふ。やはりかういふ事は、長谷川が得意とする事だつたと今更ながら考へてしまつた。

「さうでしたね。ううん、難しいな」

前途の多難さを思ひ、私は唸つた。大野さんは歩き出しながら續ける。

「今の店は脈がないが、手掛かりが摑《つか》めさうだと思つたら、酒を頼んだ方がいいな。多少は金を落とさないと、喋《しやべ》つてくれないだらう」

「でも、そんな事をしてゐたら金も體《からだ》も保《も》たないですよ」

私は大野さんの言葉に驚き、反論した。だが大野さんは靜《しず》かな口調を變へない。

「これは、と思つた時だけ、酒を頼むんだ。酒も酒代も俺が引き受けるから、心配するな」

「いえ、酒代まで引き受けてもらふわけにはいきませんけど……」

付いて來てもらふだけでも有り難いのだ。この上金錢的《きんせんてき》負擔《たん》までかけさせるわけにはいかない。所持金が盡《つ》きるまでに、何等《なんら》かの手掛かりが得られるといいのだがと密かに思つた。

順繰りに店を巡つて行き、時に飲み食ひをしながら聞き込みを續けた。顎に黒子のある女、といふ説明に反應を示してくれる人もゐたが、よくよく確認すると別人だと判明してがつかりする。さうさう簡單に見付けられるものではないと、これまで幾度も覺えた認識をまた新たにした。

だが、遂《つい》に努力が實《み》を結ぶ瞬間がやつて來た。何軒目かのバアで、あまり見《み》目《め》麗しいとは云へない女給の口から、手掛かりが飛び出した。女給は逞《たくま》しい男が好きだとかで、最初から大野さんに絡み付いてゐた。大野さんは辟易《へきえき》した態度を隱さないのに、構はずしなだれかかつてゐる。さつさと切り上げて次の店に向かはうかと思つてゐたところに、女給は徐《おもむろ》に切り出した。

「ところでさつきの話だけど、顎に黒子のある春子って云つたわよねえ。春子ぢやないけど、春江《はるえ》だつたら知つてるわよ」

「春江」

私はさして期待もせず、繰り返す。そのやうな話は、これまでの店でも何度か聞いた。

「うん、さう。一寸前までこ《こ》の店にゐたのよね。大した事ないお面のくせしてさ、あんまりお客さんに媚びも賣《う》らずに偉さうにしてて、いけ好かない女だつたわよウ」

「さうですか。その春江といふ名前は、源氏名だつたんですか」

どうやら女同士の確執があつたらしく、さういふ事に興味の持てない私は、取りあへず確認してみた。すると女給はケラケラと笑つて、大野さんの腕に自分の腕を絡める。大野さんは憮然として、注文した水割りのグラスを呷《あお》つた。

「源氏名に決まつてるでせう。こんな店に出るのに、自分の本當の名前で出る女はゐないわヨ」

成る程、さういふものか。ならばその春江が春子である可能性はあるわけだ。

私は少し本腰を入れて、確かめる。

「春江さんは何時《いつ》までこの店にゐましたか」

子供を出産する前か後かで、勤めてゐた時期は變はつて來る。水商賣など子を產む前の仕事といふ氣はするが、日々のたつきを得る爲に產後も續けてゐた可能性はあつた。

「だから、一寸前までよ」

「一寸前つて、終戰後つて事ですか」

「だからさうだつて」

終戰後ならば、とつくに出產してゐる。その女が春子だとしたら、龜戶《かめいど》のアパアトを追ひ出された後も、やはりこの界隈に住んでゐた事になる。ならば、今でもそこにゐるかも知れなかつた。

「正確には、何時までですか」

重ねて問ふと、女給はウンザリした顏をする。

「細かい人ねエ。ええと、さうだなあ、三カ月くらゐ前かな」

「三カ月前」

それはこれまでに得られた最新の足取りだ。私はあまり期待しないやうに己《いまし》を戒めながらも、意氣込んで質問を續けた。

「三カ月前なら、春子さんには子供がゐた筈ですが、その春江さんは子持ちでしたか？」

「えつ、知らない。子供がゐるなんて聞いた事なかつたけど」

ではやはり違ふのか。失望しかけた時だつた。

「かういふ店では、子持ちだといふ事を隠す場合もあるだらう」

それまで黙《だま》り込んでゐた大野さんが、初めて口を開いた。それが嬉しいらしく、女給は大野さんの顏を覗《のぞ》き込むやうにして相槌を打つ。

「さうさう、さうよ。みんな嘘ばつかりなんだから、女なんて信じちや駄目。その點《てん》あたしは、女にしては珍しい正直者なんだから。何でも訊いてちやうだい」

「その女はどうして店を辭《や》めた？　お前がいびり出したのか」

自分が尋ねた方が早いと判斷したのか、大野さんが訊いてくれた。女給は「嫌だア」と云ひながら、大野さんの肩を叩く。

「そんなわけないでしよ。あたし、そんなにひどい女ぢやないわヨ。男でも出來たんぢやないの」

「男」

子持ちの女がこの情勢下で生き抜くのは、生半可な事ではない。いい人がゐるなら、所帯を持つのも當然だ。幾ら世慣れぬ私でもその程度の事は理解出來るが、それでも井口の氣持ちが宙に浮くやうで、女給の推測はあまり愉快でなかつた。

「誰か特定の男と仲がよかつたのか」

一度質問を始めた大野さんは、こんな事には慣れてゐない筈なのに、的確な問ひを向け續ける。女給は最早《もはや》完全に私を無視して、大野さんだけに答へた。

「噂だけどね。進駐軍の兵隊さんに見初《みそ》められたとかどうとか、そんな話があつたわよ」

「進駐軍ね」

思ひがけない言葉が飛び出した事で、大野さんは考へ込むやうに默る。私もその話をどう受け止めるべきか、暫《しば》し迷つた。

「その女の住所は分かるか」

「住所？」

この問ひには、流石《さすが》にお喋りな女給も躊躇《ためら》ひを見せた。それはさうだらう。假令《たとえ》辭めたとはいへ、同僚だつた女の住所を初めて來た客に輕々しく教へられるものではない。

しかし女給はよほど大野さんが氣に入つたのか、したたかな表情を浮かべて交換條件《じようけん》を出した。

「教へてあげてもいいけど、もう一度お店に來てくれるかしら。さうしたら、その時までに調べておいてあげる」

「本當だな」

商賣つ氣丸出しの女給の言葉に、大野さんは簡單に應じた。確かにここで斷るのは得策ではない。大野さんの返事に、女給は齒を見せてニヤリと笑つた。

「本當よ。あたしは嘘を吐《つ》かないつて云つたでしよ」

さうと決まれば長居は無用だつたが、女給の機嫌を損ねずに引き上げるのはなかなか難しかつた。結局その日は、それ以上他の店を回る事も出來ずに歸宅《きたく》する事になつた。

十八

翌々日に大野さんと一緒にバアを再訪し、あの女給から春江なる女性の住所を首尾よく教へてもらつた。その爲の出費は少々痛かつたが、決して惜しいとは思はなかつた。根據《こんきょ》はないものの、これが無駄な努力ではないといふ確信がある。亡き井口の思ひを叶へる事が出來るかと思へば、多少の出費を氣にしてゐる場合ではなかつた。

「俺も、一緒に行つてやらうか」

漸《ようよ》う店を抜け出して、一息ついてから大野さんは云ふ。一緒に、といふのは勿論、春江を訪問する際の事だ。私は暫時《ざんじ》考へてから、答へた。

「いえ、ここまで來たら一人でどうにかなります。何度も大野さんに付き合つてもらふのは申し譯《わけ》ないし」

「別に俺は構はないぞ。乘りかかつた船だ」

大野さんには珍しく、輕《かる》く請け合ふ。私に遠慮させまいとしてゐるのだらう。その氣遣ひは有り難かつたが、やはりここは斷《ことわ》るべきだと考へた。

「ありがたうございます。でも、何時《いつ》までも甘えるわけにはいきません。春子さんに氣持ちを傳《つた》へて欲しいと井口から頼まれたのは、僕自身なのですから」

「さうか」

大野さんは短く頷《うなず》くと、それ以上言葉を重ねなかつた。その無骨な心配りが嬉しく、私は心の中で手を合はせた。

一夜明けて、いよいよ私は春江の許に赴いた。教へてもらつた住所は、やはり錦絲町驛《えき》から歩いて行ける範圍《はんい》だつた。今でもそこに春江がゐるといふ保證《ほしょう》はないが、これまでのやうに何等《なんら》かの手掛かりは得られるだらう。人一人の足取りを追ふ作業にも、可成《かな》り慣れて來たといふ實感《じっかん》がある。

國鐵《こくてつ》錦絲町驛を出て、持つて來た地圖《ちず》を頼りに歩き始めた。戰前の地圖などあまり役に立ちさうにないと思つてゐたが、この地域は道路が碁盤目狀に走つてゐて、町竝《な》みが一變《いっぺん》してゐるといふ印象もない。道の本數《すう》さへ數《かぞ》へ間違はなければ、目指す住所に行き着けさうだつた。

例によつて道行く人に尋ね尋ね歩き、住所地に建つアパアトを探し當てた。以前に春子が住んでゐた龜戸の鷄鳴莊によく似た、古びた佇《たたず》まひである。やはりここなのだと、その外觀《がいかん》から直感した。

教へてもらつた部屋番號《ばんごう》は三號室だつた。一階の奥から三番目の部屋が、どうやら三號室のやうだ。表札は出てゐない。私はその前に立ち、輕く息を吸ひ込んでから、ドアを叩いた。

「すみません。いらつしやいますか」

中に話しかけると、それに應《こた》へて人の動く氣配がした。ドアが細めに開けられ、その隙間《すきま》から目が覗く。相手は女性だつた。春子だらうかと、私の胸は高鳴つた。

「すみません。こちらは竹賴さんのお宅ですか。あなたは竹賴春子さんですか」

「えつ」

私の問ひかけに驚いたのか、ドアの隙間が廣《ひろ》くなつた。女性の顏が完全に現れる。まづこちらの目に飛び込んで來たのは、顎の右脇にある黑子《ほくろ》だつた。米粒大の黑子は、可成り目立つ。間違ひない、春子だ。さう認めた瞬間、自分でも思ひがけない程大きい喜びが込み上げて來る。

「い、いえ。違ひますけど」

だが驚いた事に、女性は私の言葉を否定した。怯《おび》えたやうな表情を浮かべ、首を小刻みに振る。膨れ上がつた喜びに冷水を浴びせられたやうに感じて、私は一歩踏み出した。

「違ふ？　そんな事ないでせう。あなたは春江といふ名前で錦絲町のバアに出てゐた、竹賴春子さんなんでせう」

「いえ、ですから違ひます。人違ひです」

女性は頑《かたく》なに首を振り續ける。目に浮かぶ怯えの色が、私には不思議でならなかつた。

女性は小柄だつた。私はそれ程背が高い方ではないが、女性は私の顎までもない。長い髪を無造作に後ろで結び、化粧氣は全くなかつた。顔立ちは、成る程美人といふ感じではないが、井口が云つてゐたとほり斜め後ろから見てみれば印象が違ふのかも知れない。氣が強さうな面貌を想像してゐたが、案に相違して眼前の女性はさほど勝ち氣には見えなかつた。

「井口さんをご存じですよね。私は井口さんの使ひで來た者なのです」

何故自分が春子である事を否定するのか分からないけれど、流石《さすが》に井口の名を出せば反應《はんのう》も變《か》はるだらう。さう考へて私は女性の顔をヂッと觀察したが、しかし戸惑ひを隱《かく》さない表情に變化はない。その事に、私の方が困惑した。

「井口さんとの關係《かんけい》を隱す事情は分かりますが、もう事情が變はつたのです。井口さんの奥さんも子供も、戰災で亡くなつてしまひました」

「いえ、あの、ですから私は……」

女性は今にもドアを閉めたさうな風情だつた。こんな應對《おうたい》をされるとは思はなかつた私は、取つ手を摑んで身を乗り出した。

「どうしてちやんと話を聞いてくれないんですか。まさか井口さんの事を忘れたわけではないですよね」

「忘れるも何も、私はそんな方の事は知らないのですが」

その言葉に、私はカチンと來た。どんな事情があるか知らないが、井口を知らない振りをするのはあまりに不人情ではないか。井口は死に際まで、春子と子供の事を案じてゐたのだ。二人の行方を捜す爲に命を磨《す》り減らしたと云つてもいい。それなのに、こんな云ひ種《ぐさ》はないだらう。私は思はず語調を強める。

「井口さんは……、井口さんはずつと、あなたに詫びたいと思つてたんですよ。それこそ最期の瞬間まで――」

私の怒りは、不意の妨げに宙に浮いた。女性の肩越しに、部屋の中を覗く。茶の間には、聲《こえ》を限りに泣く幼子の姿があつた。まだ二歳になるかならないかといふ年頃の子供は、疊《たたみ》にペタリと坐つて泣いてゐる。私の聲に驚いたやうだ。

「すみません、お引き取りください」

女性はきつぱりと云つて、ドアを閉めようとした。だが私は逆に、首を突き出して子供を凝視する。涙を拭《ぬぐ》はうともせず泣いてゐる子供の顔には、確かに井口の面影があつた。それは、斷じて私の勘違ひなどではなかつた。

「井口さんの子供ですね。男の子だつたんですね」

「ですから、井口などといふ方は存じ上げません」

女性の頑なな態度は突き崩しやうがなかつた。私は諦《あきら》め、傳《つた》へるべき事だけを傳へようと考へ直した。

「井口さんは亡くなりました。戰場からは生きて戻れたのですが、頭を強く打つて目が見えなくなり、遂《つい》には痩せ衰へて息を引き取りました。井口さんはあなたや子供に何もしてやれなかつた事を、心底悔いてゐました。だから死に際に私を呼び寄せ、あなたを捜して詫びを傳へて欲しいと云ひ殘したのです」

女性は俯《うつむ》いて私から視線を逸《そ》らしたまま、何も云はうとしなかつた。私は苛《いら》立《だ》ちを嚙《か》み殺して、續ける。

「井口さんはあなた達を捨てたつもりはなかつたのです。何とか一番いい解決策を見付けたいと願ひながら、戰爭の爲に果たせなかつた。あなたは井口さんの仕打ちに腹を立ててゐるのかも知れないが、決して逃げたわけぢやない事だけは分かつてあげてください」

私は女性の顏を覗き込まうとしたが、相手が小柄な爲、それも果たせない。何《い》時《つ》までもわんわんと響く子供の泣き聲にめげて、私の怒りも萎《な》えた。

「井口さんを許してあげてください」

最後に云ひ添へたが、やはり女性の反應はなかつた。私は云ひしれぬ空しさを覺え、一禮《いちれい》してドアの前を離れた。ドアはゆつくりと閉まり、同時に子供の泣き聲も遠くなつた。

春子との對面がこんな結果にならうとは、全く豫《よ》想《そう》してゐなかつた。私は滿足するどころか、激しい徒勞感に襲はれ、肩を落とした。これまでの努力は一《いつ》體《たい》何だつたのかと、春子の肩を摑《つか》んで問ひ詰めたくなる。だがさうしたところで何も得るものがない事を、私は既に承知してゐた。

立ち去らうとする私とすれ違ひに、男がアパアトに入つて行かうとした。見るともなくその後ろ姿を目で追ふと、男は三號室の前に立つた。内側からドアが開き、先程までとはまるで違ふ表情の女性が出迎へる。それを見て私は、この男が春子の新しい夫なのだと悟つた。

さうか、やはり春子は結婚してゐたのか。腹立ちは依然として殘つてゐたものの、僅《わず》かな理解と同情も芽生えた。春子は今、新しい人生を歩み出してゐる。私生兒を連れた身での結婚は、さぞや肩身が狹《せま》いだらう。そんなところに嘗《かつ》ての男の名を出す者が現れたら、戸惑ふのも無理はない。闇雲に否定したところで、それは致し方ないのかも知れなかつた。

女性は私の視線に氣付き、顏を强張《こわば》らせた。その反應につられて、男も私を見る。一瞬だけ目が合ひ、私は自分から顏を逸らせた。そのまま後ろを見ずに、足早に立ち去る。ここにはもう、井口の悔いを受け入れる餘地《よち》はない。その現《げん》實《じつ》に、私はひどく打ちのめされてゐた。

十九

自分のした事にどんな意味があつたのかと、その後私は暫《しば》し惱《なや》み續けた。春子は既に新しい生活を築き、井口の名前など聞きたがらなかつた。それどころか、逆に私の訪問を迷惑としか思はなかつた事だらう。私はあちこちに迷惑をかけ、金と時間を浪費し、その擧《あ》げ句誰からも喜ばれなかつた。この空しさ、徒勞感は何にも譬《たと》えやうがない。只《ただ》一人、喜んでくれる筈《はず》の井口はもうこの世にゐないのだ。私は何の爲に春子を捜したのか。

鬱々として氣が晴れぬ内に、時間だけが只過ぎて行つた。その閒私は、もう一度春子を訪ねてみようかと考へては、強く頭を振つて忘れようと努めた。井口の詫びは、きちんと傳《つた》へた。先方が聞く耳を持たなかつたのは、私のせゐではない。自分は立派に務めを果たしたのだと、何度も繰り返して己を慰めた。井口もきつと許してくれるだらう。

私の生活は井口が死ぬ以前のペエスに戻つた。叔父の手傳ひをし、合閒に小說を書き、たまに圖書館《としょかん》や本屋に足を向ける。單調《たんちょう》だが、滿ち足りた日々。私の冒險《ぼうけん》は終はつたのだつた。

そんなある日、長谷川が久しぶりに訪ねて來た。試驗も無事に終はつたらしい。邪魔をしては惡いと思つてゐたので、春子を見付けた事も報告してゐなかつた。座卓を挾んで向き合ひ、春子との面會《めんかい》の樣子を語つて聞かせると、長谷川も難しい顏をする。私は言葉にしなかつたが、こちらが感じた空しさを察してくれたやうだ。

「それは、がつかりだつたな」

ポツリと、長谷川は感想を漏らした。私は只、「さうだな」とだけ應《おう》じる。そんな私を見て、長谷川は語氣を強めた。

「しかし、それは仕方のない事だよ。春子さんに君の努力や厚意が傳はらなかつたのは残念だが、向かふの事情も分からないではない。親切がどんな人にでも通じるわけぢやないと、諦めるしかないよ」

「うん、君の云ふとほりだ。恐らく僕は、自分の努力が誰からも認められなかつた事が残念だつたんだよ。でも見方を變《か》へてみれば、寧《むし》ろ春子を見付けたのが僕でよかつたのかも知れない。もし井口本人が春子と會《あ》つてゐたら、受けるショックは僕の比ではない筈だからね」

「嗚呼、それは確かにさうだ。やはり君はいい事をしたんだよ。それだけは間違ひない。僕が保證《ほしよう》してやる」

「ありがたう」

思ひのすれ違ひに傷付いた後だけに、長谷川の友情が身に染みた。ふつと氣持ちが輕くなり、漸《ようや》くこれで終はつたのだと實感《じつかん》する。氣鬱を引きずつて小説執筆が今一つ思ふやうに進まなかつたが、恐らくこれからはまた捗《はかど》るだらうと考へた。

「ところで、實は一つ氣になる事があつたんだ」

長谷川は眞顔《まがお》のまま、徐《おもむろ》に切り出した。いつもは剽《ひよう》げた表情を絶やさない長谷川の眞劍《しんけん》な面持ちに、私は無意識に身構へる。

「どうしたんだ」

促すと、長谷川は自分から口を切つたにも拘《かか》はらず、躊躇《ためら》ふ素振りを見せる。

言葉を選ぶやうに暫《しば》し逡巡《しゆんじゆん》してから、漸く云つた。

「先日、新宿驛《えき》である人物とばつたり出くわしたんだ」

「ある人物つて」

「――加原さ」

加原と云はれても、すぐにはピンと來なかつた。やがて、春子に横戀慕《よこれんぼ》してゐたカストリ雜誌の編輯者《へんしゆうしや》だと思ひ至る。あの男の事は完全に念頭から去つてゐたので、今更その名が出て來た事に奇異な印象を抱いた。

「加原か。まあ、新宿驛なら誰に會つても不思議ぢやないな」

長谷川《うなず》の表情に不安を覺えつつも、私は無難な相槌を打つた。長谷川もコクリと頷く。

「まあそれはさうなんだ。だから僕も、一瞬氣まづく思つたものの、無視しておかうとしたんだ。ところが向かふも僕に氣付いて、何を思つたか近付いて來た。走つて逃げるわけにもいかず、追ひ付かれてしまつたんだよ」

「何か、因縁を付けられたのか」

心配になり、確かめた。元はといへば加原との關《かか》はりは、私が長谷川を巻き込んでしまつたから生じたのだ。そのせゐで長谷川が厄介事を背負ひ込むやうな事になつたら、どう詫びればいいのか分からない。

「いや、大した事はないんだけどね」長谷川は私を安心させるやうに、わざと口調を輕くする。「最初は、『この前は世話になつたな』なんて云ふものだから、ぶん殴《なぐ》られるんぢやないかと思つたよ。でも驛のホオムで人目もあつたし、そんな所で騷ぎを起こす程向かふも馬鹿ぢやなかつたやうだ。僕が『何の用ですか』と尋ねると、『さう邪険にするなよ』と云つて、ニヤッと笑つたんだ」

私はその時の加原を想像してみた。あの暗い目をした男が笑ふと、却《かえ》つて不氣味な氣がした。

「僕からすればあんな奴にはもう用はないから、さつさと立ち去らうとしたんだけどね。加原が許してくれなかつた。袖口《そでぐち》を摑《つか》んで、『訊きたい事があるんだ』と低い聲《こえ》で囁《ささや》いた」

「訊きたい事？」

「うん。加原はあの時にはもう興味なささうにしてゐたのに、春子さんが見付かつたかどうかを氣にしてゐた。『俺が教へた住所にゐたんだろ』と、何度もしつこく訊くんだよ。『春子さんの事はどうでもいいんぢやなかつたんですか』と訊き返しても、ニヤニヤ笑ふだけで答へない。寧《むし》ろ、僕の反應《はんのう》の裏を讀《よ》まうとする目つきなんだ」

「つまり、僕達が何かを隠《かく》してゐると思つてるのかな」

「どうやらさうなんだ。僕達がしつこく尋ねた事で、何か儲け話が絡んでゐるとでも誤解してしまつたらしい。あの時は僕らを追ひ拂《はら》つたけど、後で惜しかつたと思ひ直したんぢやないかな。あの卑しい目つきからすると、そんな感じだつた」

「それで、どう答へたんだい」

聞きたくなかつたが、先を促さずにゐられなかつた。長谷川は「うん」と應じてから、續ける。

「正直に答へたよ。教へてもらつた住所にはもうゐなかつた、つてね。『本當か』と何度も疑《うたぐ》るので、僕もつい『ぢやあ實際に確かめてみればいいぢやないか』と云つてしまつたんだ。加原が春子さんを捜したからつて、何がどうなるわけでもないけど、一寸《ちよつと》あれは輕率だつたかも知れないと反省してゐる」

「さうか……」

確かに長谷川の云ふとほり、今更加原が春子さんを見付けたところで、何の意味もない。金になる話ではないし、加原が春子さんへの邪《よこしま》な思ひを再燃させる事もなからう。萬《まん》が一春子さんの行方を突き止めたところで、それは只の骨折り損に終はるだけだ。我々が氣に病む事ではない。

「加原が金の匂ひを嗅《か》ぎ付けたつもりなら、それは的外れなんだから、放つておけばいいさ」

私は自分の考へを口にする。長谷川も「まあな」と頷くが、その表情は晴れなかつた。

「どうして春子さんを捜してゐるのかと、その理由も訊かれたよ。云はなければ解放してくれさうになかつたので、井口氏の名前だけは伏せて、本當の事を云つておいた。春子さんが子を産んだ事で氣持ちが醒《さ》めたなら、變《へん》な誤解を解く爲にも事實を教へた方がいいかなと考へたんだ」

「それは、確かにその方がいい。君の判斷は正しいよ」

「うん、それならいいんだけどな――」

長谷川は何やら云ひ足りなさうに、語尾を呑み込む。私は長谷川が感じてゐる思ひを我が事のやうに理解した。長谷川と同樣、私もまた何やら落ち着かない心地を覺えたからである。

「僕は、少し調子に乘りすぎたのかも知れない。加原はあんな風にあしらっていい相手ぢやなかつたのかも知れないよ」

長谷川はふと反省するやうに、そんな弱氣な言葉を零《こぼ》した。それに對《たい》して私は、適當《てきとう》な相槌を打つ事が出來なかつた。長谷川の云ふとほりと、心の中で認めてしまふ部分があつたからだ。

何も起こらなければいいが。私は念じたが、思ひに反してむくむくと湧き立つ黑雲のやうに不吉な豫感《よかん》が廣《ひろ》がつて行くのもまた事實だつた。

二十

私の自信作である「彼方の人」を掲載した雜誌が、遂《つい》に發賣《はつばい》された。すぐに反響などあるものではないとこれまでの經驗《けいけん》から分かつてゐたが、案に相違してそこここから好評の聲《こえ》が屆《とど》いた。編輯部《へんしゅうぶ》には、同業者や他誌の編輯者など、業界内の感想が早速聞こえて來たといふ。何《いず》れも好意的で、中には大絶賛する人もゐるさうだ。自分でも多少の手應《てごた》へはあつたものの、やはり稱贊《しようさん》を浴びるのは嬉しい。これまでも傳《つて》を利用して作品を發表してはゐたが、本當に小說家になれたのは今だと、しみじみと思つた。

「評判は上々だよ、佐脇君」

舊知《きゆうち》の編輯長は、至極ご滿悅だつた。一應《いちおう》私の力を見込んで作品發表の機會《きかい》を與《あた》へてくれたのだが、これまでその期待に十全に應《こた》へ得てゐたとは云へない。三作目にして漸《ようや》く、彼の目が狂つてゐたわけでないと證明《しようめい》出來た事になり、私も安堵した。

「今だから忌憚《きたん》なく云ふが、君の作品は何處《どこ》か、全てを綺麗事で濟《す》ませてしまふ嫌ひがあつた。勿論現實《げんじつ》の醜い事をそのまま寫《うつ》し取ればいいといふものぢやない。虛構には虛構なりの樂しさがある。だがそれも、虛構を虛構と感じさせなければの話だ。美しい世界は、やはり今の世の中では嘘臭くしか人の目に映らない。清濁併《あわ》せ呑んでこそ、初めて作品世界が豐饒《ほうじよう》になるといふものだよ」

小太りの編輯長は、突き出た腹を波打たせて笑つた。云つてゐる事は些《いささ》か凡庸であるが、それだけに眞實《しんじつ》を衝《つ》く面もあるのだらう。私はこんな時勢だからこそ、世界を美しく捉へ直したいといふ欲望がある。せめて虛構の中でだけは、醜い現實を忘れてゐたいといふ願ひがある。それをして綺麗事と云はれるのは心外だが、そんな意見をねぢ伏せてしまふ力が過去の作品になかつた事は潔く認めなければならないだらう。「彼方の人」もある意味、綺麗事に終始する話ではあるのだが、讀者《どくしゃ》にさうした印象を與《あた》へる事は免れてゐると思ふ。要は何を語るかではなく、どう語るかといふ事か。小説は書き續ける事によつて、また新たな地平が見えて來る。

「もう次の作品は書いてゐるんだろ。書き上がつたらすぐに掲載するから、頑張つてくれ。期待してゐるよ」

編輯長は痛いくらゐに私の肩を叩き、何度も頷《うなず》いた。人に期待される喜びを初めて味はひ、私もまた自然と頬が緩んだ。やはり自分の生きて行く道は、ここにこそあると再確認する。

編輯部から歸《かえ》つて來て、診療所の裏口から中に入らうとした時に、扶實さんと鉢合はせした。扶實さんは私の顏を見るなり、ヅバリと云ふ。

「お歸りなさいまし。新作、評判がおよろしいんですね」

そんなにニヤニヤしてゐた自覺はないのに、扶實さんはこちらの内心を鋭く讀み取つてしまふ。扶實さんは本當に聰明《そうめい》な人だ。

「何で分かるんだい？　顏に書いてあるかな」

私は照れも手傳ひ、顏をゴシゴシと擦《こす》つた。扶實さんはうふふと笑つて、「ええ」と認める。

「ちやあんと書いてございますわ。依彦さんのご氣分は、本當に分かりやすいです。隱し事は出來ませんね」

つい数日前まで浮かない顏をしてゐたのだから、扶實さんの指摘も否定出來ない。我ながら單純な性質だと思ふ。

「全く、子供みたいで恥づかしいね。これからは小説家らしく、始終佛頂面《ぶつちようづら》をしてゐる事にしよう」

「何をおつしやるんですか。ちつとも恥づかしい事はありませんよ。嬉しい時には喜び、悲しい時に泣くのは當たり前の事です。氣取つて大人ぶつて見せても、全然依彥さんらしくありませんわ」

扶實さんはまるで惡戲《いたずら》つ子のやうに眸《ひとみ》を輝かせながら云ふ。私はそんな扶實さんの表情を見るのが嬉しくて、思はず微笑んでしまつた。こんな氣持ちも、扶實さんは見透かしてゐるのだらうか。

「ところで、お手紙が屆いてゐました。書齋に置いてあるので、ご覽ください」

扶實さんは最後にさう云ひ添へて、一禮《いちれい》した。バケツと雜巾を抱へてゐたから、これから廊下の拭き掃除だらうか。相變はらずの働き者ぶりである。

私は眞《ま》つ直ぐ書齋に向かつた。手紙を送つて來るやうな相手に心當たりはない。これも新作の反響の一つだらうかと、少し期待しながら文机《ふづくえ》の上の封書を手に取つた。

裏を返して、差出人の名を見た。そこに書いてある女性名をすぐには思ひ出せず、考へ込む。一拍置いて、龜戸の鷄鳴莊にて春子の情報をくれた女性だと思ひ至つた。あの女性には、春子の行方に關する事が分かつたら連絡して欲しいと頼んであつた。何か、新たな展開があつたのだらうか。封を切るのももどかしくなつた。

中には、粗末な紙質の便箋《びんせん》が一枚入つてゐるだけだつた。廣《ひろ》げると、鉛筆書きであまり達者とは云へない字が連なつてゐる。長い文章を書くのは苦手らしく、殆《ほとん》ど前置きもなく用件のみを綴《つづ》つてあつた。恐らく、手紙を出す事自體《じたい》があの女性にとつては大變な難事なのだらう。

一讀《いちどく》して、先程までの浮かれた氣分が吹き飛んだ。あの女性には惡いが、手紙そのものが忌まはしいもののやうに感じられて、投げ捨てたくなる。一應疊《いちおうたた》んで封筒に戻してから、文机の端に置いた。

内容を要約すると、かうだつた。數日前に目つきの惡い男が訪ねて來て、春子の事を聞き回《まわ》つた。物腰に横柄な所があつたので、素直に教へる氣になれなかつたが、しつこく尋ねられる内に怖くなり、錦絲町での目撃談を語つてしまつた。もしかしたら、それが原因で春子に迷惑がかかるかも知れない。警告を發《はっ》したいが、春子の居所は分からない。もし私が春子と會《あ》へてゐたなら、男に氣を付けろと傳《つた》へて欲しい。文章は稚拙《ちせつ》だつたが、春子を案じる氣持ちが滲《にじ》んだ手紙だつた。

目つきの惡い男とは、加原に違ひない。加原はやはり、自分の足で春子の行方を捜し始めたのだ。それが無意味な行爲《こうい》だとこちらは分かつてゐるが、加原は納得するまでやめないだらう。といふ事は、何《いず》れ春子に行き着く可能性がある。

女性が望むやうに、春子に警告を發するべきだらうか。私は惱《なや》んだ。春子が私を歡迎してくれてゐたなら、迷はずさうするところだ。だが春子は、井口の名を聞く事すら迷惑さうだつた。私がもう一度會ひに行つても、鹽《しお》を撒《ま》かれてしまふかも知れない。今の春子にとつて、過去に繋がる事の一切が忌避すべき對象《たいしょう》なのだ。

疊《たたみ》に寝そべり、天井を見上げてヂツと思案した。加原は春子と會つて、何を望むのか。女性としての春子に懸想《けそう》する氣持ちがあるなら、子を産み夫もゐる今の春子に失望するだけだらう。さうではなく何か金の匂ひを嗅いだつもりでゐても、それは全くの的外れなのだ。單《たん》に加原が無駄骨を折つて終はるだけでしかない。

ならば、放つておいても大事ないか。一旦《いったん》はさう考へた。だが一つだけ、私がやらなければならない事がある。それは、春子の身を案じて手紙をくれた女性に返事を書く事だ。私は身を起こし、文机に向かつた。

春子には無事出會へた事。春子を捜してゐた男の素性に心當たりがある事。男が春子を見付け出せるとは思はないが、もし萬が一尋ね當てても何も起きないだらう事を、簡潔に書き記す。兎《と》も角《かく》女性が純粋に親切心から手紙を出してくれたのは明らかなので、その氣持ちにはちやんと報いなければならなかつた。

私は書き上げた文面を讀み直し、納得して封をした。どうせ暇だからと、郵便局まで持つて行く事にする。

郵便局に向かふ道すがらも、ずつと加原への對處法《たいしよ》を考へてゐた。加原が何か邪《よこしま》な考へを抱いてゐる事は間違ひない。そして、私達が春子に行き着いたやうに、加原も執念深く追ひ續《つゞ》ければ何れは春子を見付け出すかも知れない。その結果、加原が何も得られなくても、春子に迷惑がかかる事は確實だ。何しろ春子は、私が訪ねて行つただけでも迷惑顔だつたのだ。嘗《かつ》て追ひ回された相手である加原がやつてくれば、その困惑は私の訪問の比ではないだらう。

そして大事な事は、私が春子の行方を捜さなければ、加原も春子の事など思ひ出さなかつたといふ點《てん》だ。もし春子に面倒な事態が生じるなら、それは私が道筋を付けたも同然である。ならば、せめて警告を發するくらゐは私の義務ではなからうか。假令《たとえ》相手に嫌な顏をされようと、その程度の事で義務を避けてはならない。さう、私は結論するに至つた。

さうと決まれば、グヅグヅしてゐる場合ではなかつた。私は郵便局で封書を出した足で、そのまま錦絲町に向かつた。春子の住まひの場所は憶えてゐる。今度は迷ふ事なく、驛《えき》から一直線に目指す事が出來た。

「失禮《しつれい》します。先日お邪魔しました佐脇と申す者です」

私はアパアトのドアを叩き、呼ばはつた。暫《しば》し耳を澄ませたが、反應はない。子供の聲《こえ》も聞こえないから、居留守を使つてゐるわけではないやうだ。買ひ物にでも行つてゐるのか。

相手が不在とは豫想《よそう》しなかつたので、途方に暮れた。ここで待つてゐれば歸《かえ》つて來るだらうか。だが、すぐ戻つて來るなら兎も角、何時間も待ち惚《ぼう》けを食はされるのは如何《いか》にも辛《つら》い。春子にとつても、近所の目を考へれば有り難くないだらう。どうしたものかと、道端に立ち盡《つ》くして暫し思案した。

そのまま數分《すうふん》、何も出來ずにゐると、やがて買ひ物籠を手にした中年女が近付いて來た。私にはまるで目を向けず、そのままアパアトに入つて行かうとする。思はず私は、考へるより先に呼び止めた。

「すみません。こちらにお住まひの方ですか」

針のやうに痩せた中年女は、怪訝《けげん》さうな顏で振り向いた。私は極力愛想笑ひを浮かべて、近付く。中年女は遠慮會釋《えしやく》もなく、こちらの風體《ふうてい》を上から下まで眺め回した。

「あのう、こちらにお住まひなんですね」

「さうだけど、それがどうかした？」

私の風體はあまりお氣に召さなかつたのか、中年女の口調は突《つ》つ慳貪《けんどん》だつた。些《いささ》かめげたが、意を決して續ける。

「三號室《ごう》の方を訪ねて來たのですが、お留守なのです。いつもこの時間はお出かけなのでせうか」

「三號室？　嗚呼《ああ》、宮村《みやむら》さん？」

春子の今の姓は宮村といふのか。私はこの時初めて知つた。

「さうです、宮村さんです。何時頃《いつ》お歸りか、見當付きませんかね」

相手の警戒心を解かうと、努めて氣さくに尋ねる。だが相手は、益々《ますます》妙な顔をするだけだつた。

「お留守つて、あんた、當たり前でせう。もう引つ越したんだから」

「引つ越した？」

思ひがけない返答に、私は目をパチクリさせた。どういふ事なのか、咄嗟《とっさ》には判斷が付かない。

「ひ、引つ越したつて、どちらに？」

「さあ、そんな事知らないよ。挨拶《あいさつ》もなくゐなくなつちやつたんだから、あたしが知るもんかね」

「挨拶もなく、ですか」

それは些か奇態ではないか。元々近隣と付き合ひがなかつたのか、それとも挨拶をする暇《いとま》もない程急いだ引つ越しだつたのか。もし後者だとするなら、それはまるで夜逃げのやうではないか。

「これまで、宮村さんとお付き合ひはありましたか」

不安を抑えて確認する。すると中年女は、不愉快さうに顔を歪《ゆが》めた。

「そりやあ同じアパアトに住んでるんだから、多少の行き來はあつたよ。向かふも小さい子がゐて、大變《たいへん》さうだつたからね。子供の面倒を見てやつた事も一囘や二囘ぢやなかつたわ。それなのに何の挨拶もなくゐなくなるなんて、隨分《ずいぶん》失禮《しつれい》な話だと思はないかい？」

「さうですね……」

やはり、春子は逃げ出したのだ。何から逃げたのか、私には明白だつた。

「もしかして、私の他にも宮村さんを訪ねて來た者はゐませんか。一寸《ちよつと》目つきの惡いやうな男が」

「嗚呼、來たよ。あんたもあいつの仲間ぢやないのかい？　あんたらは筋者《すじもの》か」

間違ひない。加原は既《すで》にここを搜し當ててゐたのだ。そして何等かの接觸《せつしよく》があり、春子は再び行方を晦《くら》ました。漸《よう》く得たであらう春子のささやかな幸せは、他ならぬ私が破壞《はかい》してゐたのだ。

「私はそいつの仲間ではありません。そいつは……、ヤクザのやうに見えたのですか」

重い氣持ちを引きずりつつ、尋ねる。そんなつもりはなかつたと辯解《べんかい》したくても、肝心の相手はもうゐないのだ。

「何だかねえ。滿子《みつこ》さん相手に凄《すご》む聲を、何度か聞いたわよ。あれで筋者ぢやないのかい？」

「滿子さん？　奥さんの名前は滿子さんと云つたのですか？」

聞き咎《とが》めて、つい確認した。すると中年女は、また私に胡散臭《うさんくさ》さうな目を向ける。

「何だよ、あんた。満子さんの知り合ひぢやなかつたのかい」

何なんだか一體《いつたい》、と呟きながら、中年女はさつさとアパアトに戻つて行つた。取り殘された私は、混亂《こんらん》した頭を整理するのに手一杯だつた。

春子は僞名《ぎめい》を使つてゐたのか。バアで源氏名を使つてゐるのは理解出來るが、何故普段まで名前を僞《いつわ》る必要があつたのか。それもまた、過去を斷ち切る爲の手段だつたとでもいふのか。

私が搜し當てた事で、遂に春子に過去が追ひ付いた。慌てて逃げ出した春子は、私の知らない辛い過去を背負つてゐたのだらうか。確かめやうにもその手段はなく、またこれ以上迷惑をかけない爲には何もしないのが一番だつた。私の胸には只、困惑だけが殘されてゐた。

二十一

書齋で四作目の短編を書き進めてゐた時、扶實さんに聲《こえ》をかけられた。勝手口に大野さんが來てゐると云ふ。いつもなら野菜を置いてすぐに歸《かえ》るのだが、今日は私と話がしたいさうだ。何事だらうと不思議に思ひ、扶實さんに禮《れい》を云つてから勝手口に向かつた。

上がり框《かまち》に腰を下ろしてゐた大野さんは、私を認めて立ち上がり、「よう」

と聲を上げる。私は頭を下げてから、上がつてくれと促したが、大野さんは首を振つた。

「一寸《ちよつと》、外で話がしたい」

さう云つて、さつさと勝手口を出て行く。私はサンダルを突つかけ、慌てて後を追つた。

大野さんがこのやうに仕事中に私を呼び出すのは、初めての事だ。何かあつたに違ひないと緊張する。大野さんはまるで怒つたやうな早足でせかせかと歩き、なかなか口を開かうとしなかつた。

「あのう、どうしたんですか？　何かあつたんですか」

私の方が先に我慢が切れ、問ひかけた。大野さんはそれを待つてゐたやうに歩みを緩め、こちらに顏を向ける。そこに思ひがけぬ沈鬱《ちんうつ》な色を見付け、私は目を瞠《みは》つた。

「惡い噂を聞いた」

元々ぶつきらぼうな大野さんだが、今は言葉をちぎつて捨てるかのやうな云ひ方をした。それは、自分が口にしようとしてゐる事を嫌惡してゐるかに見えた。何時《いつ》しか私達は立ち止まり、互ひに向き合ふ格好になつた。

「お前の叔父さんが、女と歩いてゐたといふ噂だ」

「女と？」

大野さんの表情から、どんなひどい話を聞かされるのかと覺悟を固めてゐたが、それはあまりに豫想《よそう》外の言葉だつた。叔父と女といふ單語《たんご》が卽座《そくざ》に結び付かない。反射的に考へたのは、誰がそんな見間違ひをしたのか、だつた。噂が事實《じじつ》とは、缺片《かけら》程も思はなかつた。

「何かの間違ひでせう」

だから私は、深刻な氣分にもならずにさう應《おう》じた。眞面目な顏をしてゐる大野さんが、些《いささ》か大袈裟《おおげさ》に思へた。

「間違ひだつたらいいんだが」

それでも大野さんは、辛さうな口振りだつた。私の目を正面から見据ゑて、續ける。

「この噂を俺の耳に入れたのは、花野《はなの》さんの奥さんだ。知つてるだらう、小學校の裏の材木屋の。あの奥さんは女にしては、お喋《しゃべ》りな質《たち》ぢやない。思慮深くて、根も葉もない噂話を撒《ま》き散《ち》らすやうな人ぢやないのは俺がよく知つてる」

「花野さんの奥さんは、僕も知つてますよ」

診療所に何度か來た事のある、少し小太りの女性を私は思ひ浮かべた。どちらかといふと口數《くちかず》の少ない人で、診療所でも挨拶《あいさつ》程度の言葉しか聞いた事がない。確かに大野さんが云ふとほり、無責任な噂を流す人ではないと思ふ。

「先生を見たのはその奥さんではなく、旦那さんの方だつたさうだ」

大野さんに限らず、近所の人は皆、叔父を先生と呼ぶ。佐脇の先生、といふ呼び方には、周邊《しゅうへん》住民達の親しみが籠《こも》つてゐるのだ。大野さんはそんな「先生」の悪い噂を口にするのが辛さうだつた。

「あの旦那は、奥さんに輪をかけて喋らない。一言も喋らずに終はる一日があるつて云はれてゐるくらゐだ。だからこそ俺も、聞き捨てならないと思つた」

「叔父は、何處《どこ》を歩いてゐたんですか」

大野さんの説明を聞いてゐる内に、私は徐々に不安になつて來た。どうやら笑ひ飛ばせるやうな事ではなささうだ。

「銀座らしい」

「銀座」

これまた、叔父とは結び付きさうにない場所だ。叔父は眞面目一本槍の性格で、夜に酒場に行くやうな習慣は全くない。華やかさとはまるで無縁の、診療行爲に己の全てを捧げてゐるやうな人なので、銀座に足を踏み入れた事があるかどうかも怪しかつた。その叔父が何故、銀座を女性と歩いてゐたりするのか。

「やつぱり、何かの間違ひだと思ひます」

私は繰り返したが、最前程言葉に力がなかつた。どうにも斷言《だんげん》し切れぬ、何やら不吉な思ひが兆してゐた。

私は顏が引き攣《つ》つてゐた。そんな表情を見て、大野さんはため息をつく。

「少し歩くか」と云ふと、今度はゆつくりと足を進め始めた。私は重い氣分を抱へて、その後に從《したが》ふ。

「俺は、先生もよく知つてゐる。偶々《たまたま》女と歩いてゐたとしても、それは何か用があつたからだらうと思ひたい。だがな、一緒に歩いてゐた相手が問題なんだ」

大野さんは歩きながら、重苦しく口を開く。今度は私も、黙《だま》つて耳を傾けた。

「花野さんは、相手の女も知つてゐた。何度も會《あ》つた事のある女だつたからだ。女は、最近になつて碁會所《ごかいしょ》で働いてゐる人だつた」

「碁會所」

漸《ようや》く、叔父に關《かか》はりのある言葉が出て來たと思つた。確かに叔父は、圍碁《いご》が趣味で碁會所に出入りしてゐる。だからこそ、大野さんの説明はいきなり信憑《しんぴょう》性を増した。私は情けなくも、これ以上聞きたくないと考へてしまつた。

「花野さんも碁を打つ。だから女の事を知つてゐたんだ。女は二十代前半の、なかなか綺麗な顏立ちらしく、碁會所で可愛がられてゐるさうだ。中でも特に女に目をかけてゐるのが、先生らしい」

「そんな――」

叔父はぶつきらぼうな人ではなく、必要とあらば幾らでも愛想良く出來る。だがそれはあくまで、醫者《いしゃ》としての有能さを物語る要素であり、女を口説く手管に長《た》けてゐる事を意味するわけではない筈だつた。叔父が若い女相手に相好《そうごう》を崩してゐる圖《ず》など、想像も出來なかつた。

「一應《いちおう》先生の名譽《めいよ》の爲に云ふと、最初に擦り寄つて行つたのは女の方らしい。明らかに他の客よりも、先生を贔屓《ひいき》にしてゐたさうだ。最初は戸惑つてゐた先生だが、その内満更《まんざら》でもなささうになつた。少なくとも、傍目《はため》にはそのやうに見えたといふ話だ」

大野さんが、そして叔父を目撃した花野さんが感じてゐるであらう嫌な氣分が、私にも傳染《でんせん》した。只《ただ》叔父が女と歩いてゐたといふだけなら、殊更《ことさら》に騒ぎ立てる程の事ではない。だがそこに、こんな前段階があつたと聞かされては、どうにも心が重くなる。何かの間違ひだと頭から否定する事は、最早《もはや》到底出來なかつた。

「何か、先生の態度で變《か》はつた所はないか」

大野さんは、今度は心配げに尋ねた。私は考へるまでもなく、首を振る。

「いえ、特には。これまでと變はりありませんけど」

「それならいいんだが」

さう云つて、大野さんは暫《しば》し口を噤《つぐ》む。私達は默り込んだまま當《あ》てもなく歩き續けた。やがて、また徐《おもむろ》に大野さんは言葉を繼《つ》いだ。

「こんな話をお前に聞かせていいものかどうか、迷つた。わざわざ耳に入れる必要はないんぢやないかとも思つた。でも、先生の奥さんの耳に届《とど》く前に、お前が知つておくべきだと考へたんだ。何かあつた時には、お前がしつかりしなきやいけない、とな。餘計《よけい》なお世話だつたら、謝る」

「そんな事はありません」

大野さんの氣遣ひは、こんな際でもやはり有り難かつた。大野さんの云ふとほり、もし本當に叔父が浮氣をしてゐるのなら、私が行動を起こさなければならないのかも知れない。それが、これまで私を我が子同然に育ててくれた叔父夫婦への恩返しといふものだらう。些《いささ》か荷が重かつたが、大野さんの配慮は痛い程身に染みた。

「いいか、お前がしつかりするんだ。一時の氣の迷ひなら、覺まさせてやらなきやいけないからな」

「分かりました」

覺悟を固めて頷《うなず》くと、大野さんは漸《ようや》く目許《めもと》を綻《ほころ》ばせた。そんな様子を見て、大野さんもまた私に傳《つた》へるべきかどうか強く惱《なや》んでゐた事を悟つた。私達は連れ立つて診療所に戻り、大野さんは野菜を擔《かつ》いで再び仕事に向かつた。

それ以來私は、叔父の行動に目を配るよう心がけた。成る程云はれてみれば、確かに最近の叔父は外出が増えてゐる。友人と會《あ》ふだの學會《がつかい》の會合だのと理由は様々だが、家を空ける頻度が増してゐるのは事實だつた。それらの大半は本當の事としても、何回《なんかい》かは女と會ふ口實だつたのではないか。疑へば幾らでも疑へるのが、何とも嫌な話だつた。

といつて、何等《なんら》具體的《ぐたいてき》な對處《たいしょ》が出來ないのがもどかしかつた。叔父に面と向かつて、浮氣をしてゐるのかと問ひ質すわけにもいかない。私は叔父を疑ひつつも、やはり心の底では信じたいと思つてゐた。叔父の祕密を暴露してしまふ事に、強い恐怖感を抱いてゐた。

そんな躊躇《ためら》ひが只の優柔不断に過ぎなかつた事を、私は直《すぐ》に思ひ知らされた。ある夜、便所に行つた歸りに廊下を歩いてゐて、叔父夫婦が云ひ争ふのを聞いてしまつたのだ。私は反射的に足を止め、息を殺した。行儀が惡いと思ひつつも、聞き耳を立てずにゐられなかつた。

「私の言葉がそんなに信用出來ないと云ふのか！　ならば、もう何も云はん」

「ちやんと納得のいく説明をして欲しいと云つてゐるのです。先週は山田《やまだ》さんとお會ひしてゐたのでせう。それなのに山田さんは、知らないとおつしやる。それはどうしてなのですか」

「だから、山田が勘違ひしてゐるのだと云つてゐる。それ以上の説明など出來ん！」

「山田さんが勘違ひしてゐるのか、あなたが嘘を吐《つ》いてゐるのか、私には判斷出來ません」

「だから、私を信用出來ないならもう何も云はないと云つてゐるだらう」

しまつた、と思つた。背中にヒヤリとした氷を當《あ》てられた心地だつた。私が躊躇つてゐる内に、到頭《とうとう》叔父の噂が叔母の耳に入つてしまつたのだ。叔母は自力で裏付けを取り、叔父に迫つてゐる。事態はもう、私一人の力で収拾を圖《はか》れる段階を過ぎてゐた。

叔父達はこれまで、見てゐて微笑ましくなる程のおしどり夫婦だつた。子供がない事は何等夫婦の間に傷を付けず、寧《むし》ろ絆《きずな》を深めてゐるかに思へた。そんな二人が今、互ひに不信感を抱いて云ひ争つてゐる。こんなにも激しい言葉の応酬を聞くとは、私は夢想だにしなかつた。これが只の悪夢であればいいと思つた。私は為《な》す術《すべ》を知らず、ひたすら現実逃避だけを望んだ。

耳を塞《ふさ》いでしまひたかつた。これが只の惡夢であればいいと思つた。私は爲《な》

私は敢《あ》へて大きな音を立てて、廊下を歩いた。途端に、口論の聲《こえ》がぴたりと鎭《しず》まる。二人の争ひを止める爲に私が出來る事は、今はこれくらゐしかなかつた。假令《たとえ》それが一時凌《しの》ぎでしかなくても、私は二人に口を噤《つぐ》んで欲しかつた。どうしてこんな事になつてしまつたのだらう。私は書齋に戻り、頭を抱へた。何かが音を立てて崩れて行く。それなのに私は崩壞を押しとどめる事も出來ず、無力に嘆いてゐるだけだつた。

二十二

叔父夫婦の仲は、日を追ふ毎《ごと》に目に見えて惡化して行つた。患者が來る日中こそ冷ややかな停戰が成立してゐるものの、互ひに目を合はせる事は最早《もはや》なく、不自然に避け合つてゐる。かと思ふと夜には不毛な口論が繰り返され、最初の内は私の耳を氣にしてゐたのに、やがてそんな體裁《ていさい》を取り繕ふ事すらしなくなつた。まるでそれは、小舟の底に穴が開いたやうなもので、浸水を止めようにも手の打ちようがなく、膝下から徐々に水位を上げて來る水をオロオロしなが

ら眺めてゐるやうな狀態だつた。

叔父達の變化《へんか》は、私だけでなく扶實さんも察してゐた。扶實さんの前では叔父達も、何事もないかのやうに振る舞ふ努力を放棄してゐなかつたが、鋭敏な扶實さんの目を欺《あざむ》けるものではない。事情は分からぬながら、冷えた雰圍氣を感じ取つて悲しんでゐた。

「お手紙が屆《とど》いてゐました」

扶實さんは書齋まで封筒を運んで來て、私に聲《こえ》をかけた。いつも朗らかな扶實さんも、最近は曇つた表情をしてゐる。扶實さんの笑顏が見られなくなつた事が悲しく、私はその一事を以《もっ》てしても叔父の行動を非難したくなつた。

「ありがたう」

私は云つて、受け取つた。それだけでなく、もつと扶實さんに聲をかけたかつたが、適當《てきとう》な言葉が思ひ浮かばない。しばし逡巡《しゅんじゅん》した擧《あ》げ句《く》、「あのさあ」と口を切つたところ、同時に扶實さんも意を決したやうに顏を上げて「あのう」と云つた。私達は互ひを見合ひ、次には「先にどうぞ」と讓《ゆず》り合つた。結局私が先に切り出す事になつた。

「もしかして、叔父さん達の事を云はうとしたんぢやないの？」

確かめると、扶實さんは驚いたやうに目を丸くする。私の指摘が圖星《ずぼし》であつた事を、扶實さんの表情は雄辯《ゆうべん》に物語つてゐた。

「さうなんです。依彥さんも氣にしてらつしやつたんですね。先生達ご夫妻はそれはそれは仲の良いご關係でしたのに、何があつてあんなに何時《いつ》までも喧嘩《けんか》をされてゐるのでせう」

どうやら扶實さんは、叔父に女が出來たといふ噂を耳にしてゐないやうだ。こんな純朴な女性には、誰も生臭い話などしたくなかつたのだらう。それは私も同じ思ひなので、扶實さんには惡いと思つたが、今は白を切つておく事にした。

「分からないんだ。幾ら甥でも、夫婦仲の事にまで口出しは出來ないからね」

私の言葉は、自分の無力の云ひ譯《わけ》のやうに聞こえた。私はそんなふうに云ひ繕つてしまふ己を恥ぢたが、扶實さんは何も氣付いてゐなかつた。

「そりやあご夫婦ですから、たまには喧嘩なさる事もあると思ひます。私も最初は、只の夫婦喧嘩なのかと考へてました。でも、こんなに長く續いてしまふのは變《へん》ですよね。お互ひに直接話しかけようともしないで、全部私に言傳《ことづて》させるんですよ。それも、仕事の事だから仕方なくといふ感じなんです。私、間に立つのが辛くつて」

扶實さんは叔父達に聞こえるのを氣にして、囁《ささや》くやうに苦しみを打ち明ける。私は自分の逡巡が扶實さんを苦しめてゐた事を、今更ながら知つた。己に行動力が缺《か》けてゐる事を、これ程厭《いと》はしく思つた事はなかつた。

「分かつたよ。扶實さんにそんな思ひをさせてゐるとは、叔父さん達も氣付いてないんだらう。僕から一言云つておく」

「あ、いえ、餘計《よけい》な事を申しました。私は只、先生方に以前のやうに仲睦《なかむつ》まじくいらして欲しいだけで、差し出た事を申し上げる氣はなかつたのです」

扶賓さんは慌てて首を振る。勿論《もちろん》、私も扶賓さんの心配をそのまま傳《つた》へるやうな阿呆ではないつもりだつた。

「大丈夫だよ。その邊《あた》りは上手《うま》く云ふから。本當はもつと早く、僕が叔父達の仲を取り成さなきやいけなかつたんだと思ふ。僕が臆病だつたので、扶賓さんにまでいらぬ心配をさせてしまつた。すまなかつたね」

「いえ、とんでもない」

私の詫《わ》びを、扶賓さんは恥ぢ入るやうに受け止める。俯《うつむ》いたまま暫《しば》し默《だま》り込み、やがてポツリと云つた。

「前みたいな、明るい雰圍氣《ふんいき》に戻つて欲しいと思ひます」

「本當にさうだね」

私は心の底から同意した。扶賓さんは一禮《いちれい》して書齋を出て行つた。

兎《と》も角《かく》、どのやうな形であれ、和解するやう促してみなければならなかつた。さうすれば、叔父が本當に女を作つたのか、女が出來たのならどれくらゐ深入りしてゐるのか、判斷出來るだらう。あれこれ考へるのは、それからでいい。

私はひとまづさう結論したが、だからといつて心は晴れなかつた。

ふと、文机《ふづくえ》の上に置いてある封筒が目に入つた。つい今し方、扶賓さんが持つて來てくれた手紙だ。私は手を伸ばし、差出人の名も確認せずに封を開いた。

封筒の中には、藁半紙《わらばんし》が一枚入つてゐるだけだつた。開くとすぐに、たつた一行だけの文章が目に飛び込んで來た。書いてある言葉自體《じたい》は分かるのだが、意味する所が理解出來ず、暫《しば》し硬直する。それ程に、その一行だけの手紙には明らかな惡意が籠つてゐた。

お前達のした事は許さない。藁半紙には、さう書いてあつた。わざと書き毆《なぐ》つたやうな、稚拙《ちせつ》な鉛筆の筆跡。署名はなく、「お前達のした事」とは何なのか説明する言葉もなかつた。

慌てて封書を裏返したが、案の定そこにも差出人の名はない。惡意を傳へる事だけが目的の、ひどく不氣味な手紙だつた。

差出人は何者なのか。私は考へてみたが、心當たりはなかつた。これまで私は、臆病ながらも人に迷惑をかけない生き方をして來たつもりだ。戰場に行けなかつた事を恥ぢ、醫學校《いがつこう》を中退した事を恥ぢ、人の目に立たぬやうひつそりと生きて來た。そんな人生において、他人からこんな惡意を向けられるやうな經驗《けいけん》など出來やう筈もない。匿名《とくめい》の手紙といふ傳達《でんたつ》方法に、恨みの深さを見て取つたやうな氣がして、強い衝撃を受けた。

私は何をして恨みを買つたのか。「お前達」といふからには、少なくとももう一人、私と同様に恨まれてゐる人物がゐるのだらう。私の友人といへば、長谷川か大野さんくらゐしかゐない。となると、ここ最近の春子捜しの際に買つた恨みなのだらうか。しかし、そこまで限定しても思ひ當たる事はない。

こんな不氣味な手紙は、丸めて捨ててしまひたかつた。だが小心な私は、そこまで思ひ切つた事も出來ずに、取りあへず保存しておかうと考へてしまふ。これが只の悪戯《いたずら》に過ぎないのならいいのだが、大事《おおごと》になつた場合には捨てた事を後悔するかも知れなかつたからだ。

夕方に、ふらりと長谷川が訪ねて來た。長谷川は私と向き合ふなり、硬い顔で口を開く。

「こんな手紙が來た」

さう切り出された瞬間、私は現物を見ずとも文面の豫想《よそう》が付いた。果たして、長谷川が取り出した手紙には私宛のと全く同じ文章が綴られてゐた。私は無言で自分宛の封書を取り出し、長谷川に示す。滅多に動搖を示さない長谷川も、封筒の宛名の筆跡が同じである事に氣付いて顏を引き攣《つ》らせた。

「どういふ事だ」

兩方を見比べて、長谷川は私に問ふ。だが訊かれても、答へやうがなかつた。

「一つだけ分かる事がある。『お前達』とは、僕と君の事らしい」

私が冷靜に指摘すると、長谷川はまるで震へるやうに何度も頷いた。

「さうだな、さうだな。さういふ事になる。しかし、僕達が一體《いったい》何をしたと云ふんだ。君は心當たりがあるか？」

「あるものか」

怯《おび》えた長谷川を目の前にすると、逆に私の氣持ちは落ち着いた。理不盡《りふじん》な手紙に對《たい》する怒りが込み上げて來る。長谷川は視線を彷徨《さまよ》はせた擧げ句、ふと思ひ付いたやうに云つた。

「加原、ぢやないのか」

「加原？」

それは考へないでもなかつた。長谷川と二人で行動してゐて、相手を怒らせたのは加原と會《あ》つた時だけだ。だがだからといつて、このやうな匿名の手紙を受け取る謂《い》はれはない。「許さない」とまで云はれる程、加原にひどい眞似《まね》をしたつもりはなかつた。

一歩讓つて、我々が思ふ以上に加原が腹を立ててゐたとする。だとしても、加原がこのやうな陰濕《いんしつ》な手段に訴へるとは考へにくかつた。あの加原であれば、もつと直接的な復讐《ふくしゆう》をしさうな氣がする。匿名の手紙など、加原には似つかはしくなかつた。

「違ふ……氣がする」

私が自分の意見を云ふと、長谷川は「どうしてだ」と問ひ返す。そこで思つたままを說明すると、長谷川は腕を組んで唸《うな》つた。

「成る程確かにそのとほりだ。新宿驛《えき》で會つた時の態度を思ひ出してみても、こんな手紙を送つて來るのは不自然に思へる。でも、加原ぢやないなら一體誰なのだらう」

「僕達は、自分達でも氣付かぬ内に誰かを傷付けてゐたのだらうか」

さうとしか思へなかつた。私は鈍感、長谷川は傍若無人故に、相手の心の動きに氣付かなかつたのかも知れない。しかし反省しようにも、自分達の言動の何がいけなかつたのか分からない事には、どうしやうもなかつた。

「誰かつて、誰だ」

長谷川は愚直に問ひ質して來た。私は首を傾げる事しか出來ない。

「それが分かつてゐれば、最初から云つてるよ。僕達は無神經すぎたんだらうから、相手の見當が付かないんだ。春子さんは見付けて欲しくなどなかつたんだ」

「ぢやあ、春子さん當人か？　氣付かないで傷付けてゐるか」

それは一理あるかも知れない。私は納得しかけたが、尚《なお》疑問が残る事に氣付いた。春子は私の住所を知らないのだ。まして長谷川とは、顔すら合はせてゐない。そんな相手が、どうやつて手紙を送つて來るといふのだ。

「しかし春子さんは、君の事を知らないんだぞ」

「嗚呼《ああ》、さうか」

すぐに思ひ至らないとは、長谷川にしては珍しい。やはり匿名の手紙の惡意に當《あ》てられてゐるのだらう。

「なら、一體《いったい》誰なんだ」

長谷川は苛立つたやうに文机を叩いた。扶實さんが淹《い》れてくれたお茶が飛び跳ね、僅《わず》かに零《こぼ》れる。長谷川はそれも氣にせず暫《しば》し苛々と机を指でつついてゐたが、やがて不貞不貞《ふてぶて》しい笑みを浮かべた。

「考へて分からないなら、考へるだけ無駄か。僕にも一つだけ分かる事があるぞ。この手紙の主は、僕達を怯えさせる事が目的なんだ。ならば、無闇に怖がつて震へてゐるのは相手の思ふ壺《つぼ》だ。鼻を明かしてやりたいなら、氣にせずにゐるのが一番だぞ」

「さうかも知れないな」

私はそこまで開き直る事は出來なかつたが、長谷川の言葉も尤《もつと》もだと思つた。相手は何も出來ないから、こんな匿名の手紙を送つて來たのだ。今は只でさへ、叔父の不貞疑惑で惱《なや》まされてゐるのである。これ以上厄介事を抱へ、押し潰されるのは愚の骨頂だつた。

「忘れよう。下らない」

長谷川はあつさり云ひ切ると、手紙を私の目の前で破つた。兩手で丸めて、屑《くず》入れに投げ込む。その潔《いさぎよ》さが長谷川と私の違ひだなと、ふと羨《うらや》ましく思ふ自分を感じた。忘れようと宣言した長谷川は、まるでスヰツチを切り替へたやうに陽氣になつた。

さうかうする内に夕飯時になつたので、私は食べて行けと勸《すす》めた。今日はまた叔父が出かけてゐる。叔母と二人で陰氣な夕食を攝《と》るより、長谷川がゐた方がどんなに氣が紛れるかと思つた。

だが長谷川は、母親が夕食を用意してゐるからと、私の誘ひを固辭《こじ》した。强く引き留めるのも惡いので、納得して送り出す。勝手口まで見送らうと腰を浮かせたが、ここでいいからと押しとどめられた。また來る、と云つて長谷川は氣輕に書齋を出て行つた。

夕食までには今少し暇があつた。私は本でも讀まうかと、竝《なら》んでゐる背表紙を物色した。一册を手に取り、ぱらぱらとペイジを捲《めく》る。だが目は紙面を上滑りし、なかなか沒頭《ぼつとう》出來なかつた。

その内に、勝手口の方から聲が聞こえて來る事に氣付いた。困つたやうな女性の聲。扶實さんはそろそろ歸《かえ》る時刻の筈だがと、私は怪訝に思ひ確かめに向かつた。

「いいぢやないか、少しくらゐ。佐脇君には僕から上手《うま》く云つておくよ」

「ですから、困ります。本當に困るんです」

「どうして困るんだよ。休みはちやんともらつてるんだらう。毎日仕事では息が詰まつてしまふぞ。少しくらゐ付き合つてくれてもいいぢやないか」

「申し譯ありません。ご勘辨《かんべん》ください」

勝手口に近付くにつれ、やり取りがはつきりと聞こえた。一方が扶實さんで、もう一方が長谷川だ。長谷川はまだ歸らずに、扶實さん相手に油を賣《う》つてゐるのか。しかも何やら强引に誘つて、扶實さんを困らせてゐるやうではないか。

私は瞬時に、カツと頭に血が上つた。

「何をやつてるんだ」

二人の姿が見えた途端、私は聲を荒らげた。長谷川は扶實さんの手を握り、扶實さんはそれから逃れようとしてゐた。長谷川は私を認め、慌てて手を離す。扶實さんは眞つ赤になつて背中を向けた。

「何やつてるんだよ、長谷川。歸るんぢやなかつたのか」

「今から歸るよ。その前に一寸《ちよつと》、扶實さんとお喋りをしてゐたのさ」

「君は女性とお喋りをするのに、一々手を握らないと濟まないのか」

自分でも口調が刺々《とげとげ》しくなつてゐるのが分かつた。長谷川は困り果てたやうに眉根を寄せ、「まあ怒るなよ」と曖昧《あいまい》な笑みを浮かべた。

「惡かつたよ。もう歸るから、そんなに怒るなつて。ぢやあ、またな」

長谷川は私と目を合はせる事なく、そそくさと出て行つた。私は憤りのあまり、暫《しば》しその場から動けなかつた。

「申し譯ありません。私がいけないのです」

氣付くと扶實さんは、項《うなじ》が見える程深く頭を垂《た》れてゐた。耳まで赤くなつてゐるのが、憐れを誘つた。

「扶實さんのせゐぢやない」

私は自分の聲がぶつきらぼうな事まで腹立たしかつた。

二十三

夕食の際に、叔父と和解する氣はないのかと叔母に尋ねてみた。すると叔母は、愛人の存在を認めろと云ふのかと血相を變《か》へた。普段はおつとりとした質《たち》の叔母だけに、そんな物云ひはまるで人が變はつたやうで、私を面食らはせる。叔母は私が叔父の味方をしてゐると勘違ひしてしまひ、以後はまともに口を利いてくれなかつた。

仕方なく、次には機會《きかい》を見て叔父に話しかけてみた。診療が終はつた直後、叔母が奥にゐる内にこつそりと和解の可能性を訊く。流石《さすが》に叔父は、叔母のやうに取り亂《みだ》す事もなかつたが、「お前には關係のない事だ」と云ふきりで取り付く島もなかつた。愛人が出來たのかどうか、その一點《いってん》にすら答へる氣はないやうだつた。

結局私は、叔父達の取り成しなど出來ないのだつた。醫學校《いがっこう》を中退したきり、世間の荒波に揉まれる事もなくふらふらとしてゐる私には、世故といふものが決定的に缺《か》けてゐる。こんな際にはどういふふうに立ち囘《まわ》り、どのやうに云つて聞かせるのがいいのか、まるで見當が付かない。己の經驗《けいけん》不足が情けなく、また齒《は》痒《がゆ》くてならなかつた。

叔父達の云ひ爭ひは止む事がなく、やがて不毛な罵《のの》り合ひになつた。叔母は夫の不實《ふじつ》を非難し、叔父は浮氣などしてゐないと白を切る。最早《もはや》どちらが正しいとか間違つてゐるとかいふ問題ではなく、只《ただ》口論の爲の口論をしてゐるやうにしか見えなかつた。雙方《そうほう》共に和解をする氣などは更々《さらさら》なく、互ひに抱き合ふ感情は憎《にく》しみだけだ。何があらうと變はる事のない強固な情愛が、實は砂で築いた城に過ぎなかつたと知り、私はその無情さに愕然《がくぜん》とする。人と人との繫《つな》がりの脆《もろ》さに、恐怖すら覚えた。

一方、匿名の手紙は一通だけでは終はらなかつた。その後斷續的《だんぞくてき》に、同じ人物の手によると思はれる手紙が屆《とど》き續けた。文面はいつも短く、內容は大同小異だ。「許さない」だの、「憶えてゐろ」だのといつた呪詛《じゆそ》の言葉が綴られてゐる。私は最初の內こそ氣味が惡くてならなかつたが、やがて慣れて來た。私を怯えさせる事が目的であるなら、最早手紙は效果を上げてゐなかつた。目に見えない惡意より、目前の不和の方がよほど遣《や》り切れない。

一つだけ氣になる事があるとすれば、さうした手紙の中に一度だけ、「お前を必ず不幸にしてやる」といふ文言があつた事だ。そんな事を云はれずとも私は充分に不幸だと、皮肉の笑みを浮かべたくなつたが、嫌な思ひを味はつた事も事實だ。私はその手紙自體《じたい》がこの家に不幸を媒介したやうな錯覺を覺え、初めて差出人に憤りを感じた。

叔父の家は、私にとつて居心地の良い場所ではなくなつた。扶實さんがゐてくれなければ、ギスギスした雰圍氣にとても耐へられなかつただらう。だから私は、暇な時はこれまで以上に外出するやうになつた。萬年筆と原稿用紙を圖《と》書館《しょかん》に持ち込み、そこで小說を書くやうな習慣まで身に付いた。

そんなある日の事だつた。私は神田《かんだ》から電車で新宿まで戾つてきて、驛《えき》の雜踏を抜けようとした。改札付近は大勢の人でごつた返し、人いきれで噎《む》せ返りさうな程だ。私は息苦しさを覚え、足早に立ち去らうとした。

その際に、すれ違ふ人と肩が觸《ふ》れた。よくある事なので、只「失禮《しつれい》」とだけ詫びて行き過ぎようとしたが、後ろから肩を鷲摑《わしづか》みにされた。爪が食ひ込む程の摑み方に、思はず私は顔を顰《しか》め、振り返る。だが豫想《よそう》された位置に相手の顔はなく、私より頭一つ高い所から見下ろされる事になつた。

「人にぶつかつておいて、詫びはそれだけか」

周圍《しゆうい》を壓《あつ》する程長身の男は、それに見合つて横幅も竝外《なみはず》れてゐた。まるで相撲取《すもうと》りのやうだが、太つた印象はない。脂肪ではなく筋肉が體《からだ》全體を覆つてゐる事が、服の上からも見て取れた。男の前では、私など子供も同然だつた。

「し、失禮をしました」

肩がぶつかるのはお互ひ樣ではないかと思つたが、そんな主張が出來る雰圍氣ではなかつた。男は存外に整つた顔立ちをしてゐて、いい男と形容しても的外れではなかつたが、炯々《けいけい》と光る目が全體の印象を決定づけてゐる。こんな鋭い眼光をしてゐる限り、色男と呼ばれる事はないだらう。暴力への渇望とでもいつた色が、男の目には滲《にじ》んでゐた。

男は、まるで私を憎んでゐるかのやうに、ヂッと睨《にら》み据《す》ゑた。そしてこちらの肩を摑んだまま、ズンズンと歩き出す。私は相手の手を振り拂《はら》ふ事も出來ず、引きずられるまま男に付いて行く格好になつた。やめてください、と抗議しても、相手は全く取り合ふ素振りもなかつた。

男は雑踏を抜け、人氣のない方へと向かつてゐた。私は嫌な豫感《よかん》を覺え、周圍に助けを求めようとしたが、誰もこちらを見て見ぬ振りをした。人心が荒廢してゐる時勢である。他人の爭ひ事などに首を突つ込みたくないと、俯《うつむ》いてセカセカと行き過ぎる人ばかりだつた。私の裡《うち》で、本能的な恐怖が急速に膨れ上がつた。

男は私を、裏路地に連れ込んだ。通り過ぎるのは鼠《ねずみ》だけといつた雰圍氣の、汚い路地だ。男は私を奥に突き飛ばすと、路地の出口を塞《ふさ》ぐやうに立ちはだかつた。私は咄嗟《とつさ》に逃げ道を探したが、路地の奥は行き止まりで、左右の塀はよぢ登るのに時間がかかりさうだつた。

「本當にすみませんでした。どうか許してください」

土下座をしろと云ふなら、すぐにも地べたに伏したい氣分だつた。恥も外聞もない。この窮地を逃れられるなら、どんな事でもするつもりになつた。

だが、話し合ふ餘地《よち》など端《はな》からなかつた事を、私はすぐに思ひ知らされた。男は何も云はずに近付いて來ると、私に足拂《あしばら》ひを食はせた。不意の攻撃に虚を衝《つ》かれ、私は他愛もなく倒れ込む。無防備になつた脇腹に、男の爪先が突き刺さつた。

問答無用の暴力に、痛みよりも先に驚きが私を襲つた。こんな些細な事で激昂し、相手を蹴り付ける人間がゐるとは信じられない。男の精神構造が不氣味に思へ、身が竦《すく》んだ。

男は容赦がなかつた。罵《のの》りの言葉一つ發《はつ》さず、只ひたすら私を蹴り續ける。尖《とが》つた爪先が脇腹に食ひ込み、重い踵《かかと》が背中に落ちる。私は大聲《おおごえ》で助けを求めたつもりだつたが、その内に聲が出てゐるのかどうか判然としなくなつた。自分を襲ふ事態がとても現實の事と思へず、これは惡夢に違ひないと何度も考へた。

逃げる努力はした。だが體《からだ》を起こさうとするたびに肩を蹴られ、私はひつくり返つた龜《かめ》のやうに藻掻《もが》く事になつた。腹を見せては踵で踏まれる。だから私は慌てて蹲《うずくま》り、内臓を守つた。このまま蹴られ續ければ、いつか死んでしまふと思つた。

男は丸まつた私の襟首を摑み、强引に上體を起こした。男の顏を正面から見る形になる。男はやはり、私を憎惡してゐるかのやうな目をしてゐた。會《あ》つた事もない私を、男は何故憎むのか。その感情の正體が不思議でならなかつた。

視界が音を立てて搖れた。顎《あご》を拳で毆られたのだと氣付いたのは、暫《しばら》くしてからの事だ。私は腦震盪《のうしんとう》を起こしてゐたのだらう。顏と云はず腹と云はず毆られてゐるのに、最早痛みはあまり感じられなかつた。

意識が戻つた時、私は襤褸雜巾《ぼろぞうきん》のやうに地面に橫たはつてゐた。全身が火に炙《あぶ》られてゐるかと思へる程熱かつた。まだ男がゐるのではないかと恐れ、顏を上げようとしたが、自分の意思を裏切つて首が動かない。もう私は死んでしまつて、靈魂が體から拔け出たから動けないのではないかと本氣で訝《いぶか》つた。

さうではなく、まだ生きてゐると私に知らせてくれたのは、意識の焦點《しょうてん》が合ふにつれて戻つて來た激烈な痛みだつた。髮の毛一筋一筋から爪先に至るまで激痛が充滿してゐるやうで、私は悶《もだ》え苦しんだ。苦痛の叫びを上げようにも、聲帶《せいたい》にすら私の意思は屆かず、聲にならない。この寒空の下、地面に横たはり續けてゐたなら、何《いず》れは凍死してしまふだらうと考へた。死といふものを、私は手で觸《さわ》れるくらゐ身近に感じた。

指一本動かせない程叩きのめされてゐた私を救つてくれたのは、ご婦人の聲だつた。偶々《たまたま》通りかかつた女性が倒れてゐる私を目に留め、聲をかけてくれた。私は聲にならない呻《うめ》きを漏らすだけで、女性を見る事すら出來ない。事の重大さを悟つた女性は周圍に助けを求め、人が輯《あつ》まつて來た。私は何人かに擔《かつ》ぎ上げられ、そのまま路地から運び出された。最も近い病院が叔父の診療所だつたのは、不幸中の幸ひと云ふしかない。私はボロボロになりながら、自分の住まひに歸り着いたのだつた。

叔父は擔ぎ込まれた私を見て、絶句した。すぐに診察室に運び込まれ、手當《てあて》を受ける。この時ばかりは叔母も、叔父との不仲を忘れ、協力して私の治療に當たつてくれた。私はとろける程の安堵を味はつたが、それは同時に一層の激痛をもたらした。このまま死んだ方がましといふ痛苦に耐へなければならなかつた。

しかし實際には、これ程の暴力を一身に浴びながら、骨にも內臟にも異狀がなかつた。私の身を襲ふ痛みは、只打撲と擦り傷から生じてゐるだけだつたのだ。どうやらあの大男は、可成《かな》り喧嘩慣れしてゐる人物だつたらしい。私は大事なかつた事に胸を撫《な》で下ろし、氣絶するやうに眠りに落ちた。

二十四

それが年も押し迫つた十二月の事だつたので、私は年末年始を寢て暮らす事になつた。毎年寢正月なのだから大して變《か》はりはないとも云へるが、自主的に寢てゐるのと動けずにゐるのでは大きな違ひがある。何と幸先の惡い新年だらうかと、我が身の不幸を布團《ふとん》の中で嘆き續けた。

だが、禍福《かふく》はあざなへる繩《なわ》の如しと云ふとほり、惡い事ばかりではなかつた。年明けすぐに雜誌に掲載された私の四作目、「うたかた」は前作以上の評判を呼んだのだ。これを發表《はっぴょう》した事により、前作の出來が偶々《たまたま》などではなかつたと證明《しょうめい》した事になり、私の名は一定の信頼を得た。この時點《じてん》の私は、將來《しょうらい》を最も囑望《しょくぼう》される小説家の一人であつた事は間違ひない。私はこれから得られるかも知れない評價《ひょうか》と名聲《めいせい》を夢想し、密かに浮かれた。思へばそれは、未來が見えないが故の刹那《せつな》の幸せだつた。この手記を書いてゐる今からたつた數《すう》カ月前の事でしかないのに、もう十年以上も昔の思ひ出のやうに遠く感じられる。

それと前後して起きた禍事《まがごと》は、私の身に生じた事ではなかつた。ある時大野さんが、憤然とした面持ちで訪ねて來たので、私は凶事を豫感《よかん》した。また叔父に關《かん》する惡い噂を聞いたのだらうかと、反射的に身構へる。だが勝手口に腰を下ろした大野さんは、先日のやうに私を外に呼び出しはしなかつた。

「すまないが、當分《とうぶん》野菜を持つて來られなくなつた」

大野さんは前置きもせず、いきなりさう云つた。私は事情が分からず、目を丸くする。大野さんの機嫌を損ねるやうな事をしただらうかと、咄嗟《とっさ》に考へた。

「千葉の畑が荒らされた」

大野さんは吐き捨てるやうに續《つづ》ける。私は只、大野さんが云つた事を繰り返すだけだつた。

「畑を？」

「さうだ。育ててゐた野菜が全部臺《だい》なしになつた。だから、暫《しばら》くの間賣《う》り物がなくなつてしまつたんだ」

「どうしてそんな事に？」

「分からん」大野さんは嚴《きび》しい顏で首を振る。「夜の内に荒らされてゐたさうだ。足で踏み荒らしたらしく、大根も牛蒡《ごぼう》も芋も何もかも駄目になつてた。他の畑はそんな事もないといふから、うちだけを狙つた嫌がらせなのは間違ひない」

「誰が、そんなひどい事を――」

「それも分からないんだ。俺の親戚が朝起きてみたらさうなつてたので、やつた奴の姿は見てゐない。そんな事をしさうな奴の心當たりもないさうだ」

大野さんは拳を強く握り締めてゐる。畑を荒らした者が目の前にゐたなら、躊躇《ちゆうちよ》なくその拳を顔に叩き込んでゐるだらう。大野さんが腹の底から怒つてゐるところを、私は初めて見た。

私はといへば、驚きに言葉を失つてゐた。念頭に浮かんだのは、勿論匿名の手紙だ。差出人は「お前達を許さない」と書いてゐた。その呪詛の對象《たいしよう》には、もしかして大野さんも含まれてゐたのではないか。

「つかぬ事を訊きますが、このところ變《へん》な手紙が届《とど》いたりしてませんでしたか」

「變な手紙？　いや、來てないな。何の話だ」

大野さんは怪訝さうに訊き返す。とぼけてゐるわけではなささうだから、あの手紙は私と長谷川にだけ届いてゐるのだらう。ならば、この災難は匿名の手紙とは無關係なのか。私はそつと胸を撫で下ろす。

「いえ、來てないのならいいんです。しかし、ひどい話ですね。警察には通報したのですか」

「した。だがあの邊《あた》りは夜になれば眞《ま》つ暗で、誰も通りかからない。犯人を見た人などゐないだらうな」

「踏み荒らしたのなら、足跡が殘つてないんですか」

「詳しい事はよく分からないんだ。向かふもシヨツクで混亂《こんらん》してゐるみたいなんでね」

「嗚呼《ああ》、それは無理もないですね」

私は同情して、深く頷《うなず》いた。「だからな」と大野さんは續ける。

「これから俺も千葉に行つてみようと思ふんだ。電報で知らされただけなので事情がよく分からないし、後始末に人手も必要だからな。さういふわけで、當分野菜は持つて來られない。それで挨拶に來たんだ」

「それは、わざわざすみません」

私が頭を下げると、大野さんは自分の興奮を冷ますやうに少し肩を落とす。

「まあ、今の季節は大した野菜を作つてるわけぢやないのが、不幸中の幸ひだつた。最盛期にこれをやられたらと思ふと、ゾッとするよ。その意味でも、何處《ど》の何《こ》奴《いつ》がこんな眞似をしたのか、はつきりさせなきやいけない。さうしないと、落ち着いて商賣《しようばい》も出來ないからな」

大野さんは自分に云ひ聞かせるやうに呟《つぶや》くと、叔母を呼んでくれと云つた。私は奥に立つて、叔母と交代する。大野さんはいつものやうに無骨な挨拶をしてから、簡單な説明を繰り返した。

横でそれを聞く私は、どうにも重苦しい氣分だつた。謂《い》はれのない事であるが、私が大野さんに不幸をもたらしたと思へてならず、申し譯《わけ》ない氣持ちで一杯だつたのだ。何かが狂ひ始めてゐる。それなのに私は、何處で齒車が嚙み合はなくなつたのか見當すら付けられず、只立ち盡《つ》くす事しか出來なかつた。

禍福はあざなへる繩の如し。もう一つの良い事は、ぎつくり腰の治療に專念してゐたお妙《たえ》さんが復歸《ふつき》した事だつた。久しぶりに會《あ》ふお妙さんは血色も良く、窶《やつ》れた風情《ふぜい》はまるでなかつた。たつぷり休んだ事で英氣を養つたのか、以前にも增して元氣になつてゐる。お妙さんが戻つてくれた事で、重苦しかつた家の中の雰圍氣も僅《わず》かに輕減されたやうに感じられた。

とはいへ、ぎつくり腰は一度患《わずら》つてしまふと繰り返すといふ。お妙さんももう年だし、あまり過重な勞働をさせるわけにもいかなかつた。そこで、引き續き扶實さんにも通つてもらふ事になつた。扶實さんはすつかり仕事に慣れ、最早この診療所には缺《か》かせない存在になつてゐる。今更辭《や》めてもらふわけにはいかなかつたのだ。

お妙さんの復歸は喜ばしいものの、これで扶實さんともお別れかと思ふと寂しく、私は密かに落ち込んでゐた。だから殘つてくれる事が決まつて、飛び上がる程嬉しかつた。扶實さんの存在にどれだけ慰められてゐたか、私はこの時初めて自覺したと云つていい。叔父夫婦の不和も、匿名の手紙も、私の念頭から消え失せてゐた。

しかし、今にして思ふ。あの時に扶實さんが通ひを辭《や》めてゐたなら、その後の悲劇は免れられたのではないかと。魔物に魅入られたやうな診療所から距離を置いてゐさへすれば、平凡でも幸せな生活を送り續ける事が出來たのではないかと。診療所を覆ふ暗雲に只ならぬものを感じてゐたのは、他ならぬ私である。だから私は、扶實さんの身の安全を考へるなら、あの時點《じてん》で忠告をすべきだつたのだ。そんな事には思ひ至らず、扶實さんが殘つてくれた事に只浮かれてゐた私は、萬死《ばんし》に値する。故に私は己を斷罪《だんざい》する事にしたのであり、この手記はさう結論するに至る過程を綴るものである。

愚かな私はしかし、不幸の影が扶實さんをも呑み込まうとした時にも、それを避ける最善の方法から目を背けてゐた。意圖的《いとてき》に氣づかぬ振りをしてゐたわけではないが、無意識下では扶實さんと會へなくなる事を恐れてゐたのだらう。だから私は、扶實さんから惱みを打ち明けられても、仕事を辭めるやうに勸めはしなかつた。そこまでせずともどうにかなるだらうと、高を括《くく》つてゐた。私は適切な狀況判斷の出來ない愚か者だつた。

扶實さんの表情から明るさが消えたのは、先述したとほりである。だがお妙さんの復歸により、診療所内は嘗《かつ》ての陽氣な雰圍氣を取り戻し、扶實さんもまた朗らかな笑顏を浮かべるやうになつた。にも拘《かか》はらず、その期間は短く、扶實さんは再び沈んだ顏をし始める。私は氣になり、直截《ちよくせつ》にそのわけを質してみた。

「實《じつ》は……」私が氣にかけてゐた事に驚く素振りを見せた後、扶實さんは困《こう》じ果てたやうに眉根を寄せて切り出した。「こちらからの歸《かえ》り道に、誰かにつけられてゐるやうな氣がするのです」

「つけられてゐる？」

豫想《よそう》もしなかつた返答に、私は色を失つた。それはあまりに由々しき事ではないか。

「本當かい？　つけてゐる人の顔を見たのか？」

扶實さんの言葉を疑つたわけではなかつたが、私は確認せずにはゐられなかつた。扶實さんは少し怯えたやうに首を振る。

「いえ、見てません。付けられてゐるやうな氣がするだけで、はつきりと人影を見たわけでもないんです。だから私の勘違ひかも知れません。お騒がせしてすみません」

私に心配をかけまいとしたのか、扶實さんは早々に話を打ち切らうとした。だがこんな事を聞かされて、放つておくわけにはいかない。立ち去らうとする扶實さんを摑まへて、私は尙《なお》も詳細を尋ねた。

「一寸《ちよつと》待つて。それが勘違ひぢやなかつたら大變ぢやないか。もつと詳しく話を聞かせておくれ」

「でも……」

「いいから」

強く云ふと、扶實さんもこちらの氣持ちを察してくれたやうだつた。もう一度腰を落ち着け、最初から說明をする。

「つけられてゐる氣がし始めたのは、叔母がまたこちらでご厄介になつてからの事です。叔母と交代ですから、歸りが遲《おそ》くなる事が增えましたでせう。そんな時に夜道を步いてゐると、後ろから誰かが追つて來るやうに感じた事が、何度かあつたんです」

診療所の仕事はこれまで、お妙さんか扶實さんのどちらか一方で手が足りてゐた。だから二人同時に來てもらふのではなく、朝から午後二時頃までをお妙さん、それ以降を扶實さんと交代制にしたのだ。その爲《ため》に、以前に比べれば扶實さんの歸宅時刻が遲くなつた嫌ひがある。加へて日が短くなつた事もあつて、暗い夜道を一人で歩く場合もあつたやうだ。私がもつと氣を配つてあげなければならなかつたのに、何とも迂闊《うかつ》な事だつた。

「立ち止まつて、振り返つてみたのかい？」

「いいえ、怖いのでさういふ時は驅《か》け足で家に戻りました」

それはさうだらう。なまじ確かめようとして、目が合つたが故に襲はれたりしたら悲劇だ。逃げたくなるのも無理はなかつた。

「ぢやあ、今のところ氣配だけなんだね」

「さうですね。だから私の氣のせゐなのかも知れません」

「いや、そんな事はないよ。氣を付けなくちやいけない」

私は言葉に力を込めて强調した。叔父夫婦の不和や私が毆られた事、大野さんの畑が荒らされた事の閒には何の因果關係もないが、まるで無卦《むけ》に入つたやうに凶事が續《つづ》いてゐるのは事實である。さうでなくても、若い女性が夜道を一人歩きするのは危險極まりない。用心するに越した事はなかつた。

「僕から叔母さんに、あまり扶實さんを夜遲くまで引き留めないやう賴んでおから。それと、どうしても遅くなつてしまつた時には、僕が送つて行く事にする」

「え、そんな。そこまでご迷惑をおかけするわけには——」

「さうさせてくれ。さうしたいんだ」

拒絶を許さぬ氣構へで云ふと、扶實さんは身を縮めて「はい」と頷《うなず》く。雇《やと》はれ先の人間に歸り道を送つてもらふのは、扶實さんにしてみれば相當《そうとう》落ち着かないものなのだらうが、今は致し方ない。扶實さんに辭めてもらふといふ選擇《せんたく》肢《し》を思ひ付かなかつた私にしてみれば、これが出來る限り最上の案だつた。

すぐにも私は叔母に事情を話し、理解をしてもらつたが、診療所の仕事は思ふに任せぬ事も多い。診療時間の終はる間際に患者に飛び込まれては、無下に拒絶するわけにはいかないからだ。それが只の風邪程度なら扶實さんに居殘つてもらふ必要もないが、明らかに症状の重い患者もゐる。そんな場合には扶實さんを先に歸すといふ氣配りをしてゐる餘裕《よゆう》もなく、結局日が落ちてから歸宅してもらふ事になつてしまふのだつた。

話を聞いてから數日後に、やはりさういふ局面が生じた。私と叔父で何とか急患に對處《たいしょ》し、症状が落ち着いた時には時刻は午後七時を回《まわ》つてゐた。窓の外はもうすつかり暗い。私は疲れてゐたが、扶實さんを送つて行く事を億劫《おっくう》には思はなかつた。

「本當に申し譯《わけ》ありません」

一緒に歩く道すがら、扶賓さんはすつかり恐縮しきつてゐた。私は成《な》る可《べ》く負擔《ふたん》に思はせぬやう、「いやいや」とごく氣輕に應《おう》じた。

「暗くなつてから家に歸すやうな眞似をしてゐたこれまでが、あまりに無神經だつたんだ。こんなに暗くては、男の僕でも怖い。扶賓さんもさぞや心細かつただらうに」

「いえ、そんな」

いつもは私相手でも氣さくに輕口を叩く扶賓さんだが、今ばかりは氣が引けるのか、口數《くちかず》も少なかつた。あまり會話《かいわ》が彈まず、肩を竝《なら》べてとぼとぼと歩く事になる。私の神經は自然と、背後に向けられる事になつた。可成《かな》り注意深くしてゐるつもりだつたが、誰かにつけられてゐる氣配はない。

「診療所、どうなつてしまふのでせうね」

やがて扶賓さんが、ポツリとさう零《こぼ》した。私は答へられず、「うん」と返事にならない返事をする。

「私、聞きました。先生が他に女の人を作つたつて。それ、本當なんでせうか。あの先生がそんな事をするなんて、信じられません」

扶賓さんは叔父にではなく、噂を流した人に對《たい》して憤つてゐるやうだつた。扶賓さんは醫師《いし》としての叔父に心醉《しんすい》してゐるのだ。だが私は、そこまで叔父を盲信する事は出來ない。男は時に、氣の迷ひを起こす事もあるだらうと納得してしまふ。叔父も男だから、信じられない程愚かな事をしてしまふものだ。叔父だけは例外であると、断言《だんげん》する事は出來なかつた。

「僕も眞僞《しんぎ》の程は知らないんだ。叔父に訊いても、ちやんと答へてくれないし」

「私は先生を信じます。だから、奥さんも噂なんて氣にしないで、先生を信賴してくだされぱいいのに」

扶實さんの言葉は力强かつたが、もし叔母が聞いたならまた逆上してゐる事だらう。叔母はもう、叔父の浮氣を事實と考へてゐる。そして私もまた、叔父の素行に問題があるのは確かだと見做《みな》してゐるのだつた。

「何《いず》れ、何もかも良くなるよ。さう信じて、今は耐へよう」

自分でも空疎で無責任な言葉だと思つたが、純眞な扶實さんを前にしては現實的な事など云へなかつた。私の言葉に根據《こんきょ》など何もないのは扶實さんも分かつてゐただらうに、それでも「さうですね」と嬉しげに微笑んでくれる。その微笑みを絶やさずにゐてもらふにはどうすればいいのかと、私は本氣で考へ抜いたが、妙案はまるで浮かばなかつた。

翌日の事である。またしても匿名の手紙が來た。何處《どこ》でも賣《う》つてゐる封筒に、粗末な藁半紙《わらばんし》。だが今度の文面は、これまでとは少し違つてゐた。

お手傳ひはお前に相應《ふさわ》しくない。藁半紙にはたつた一行、さう綴られてゐる。

私はそれを見て、差出人に對《たい》する恐れを甦らせた。手紙が扶實さんに言及したのは初めてだつたからだ。

扶實さんがつけられてゐると感じたのは、やはり氣のせゐではなかつたのか。つけてゐるのは、手紙の差出人だつたのか。瞬時に様々な思ひが湧き出し、私は混亂《こんらん》する。藁半紙の手紙から目を離す事が出來ず、何か差出人に至る手掛りがないかと穴が開く程見詰めた。

その結果、僅《わず》かな違和感を覺えた。今回《こんかい》の手紙は、何處かこれまでとは筆跡に違ひがあるやうに感じられたのだ。私は保存してある手紙を取り出し、竝《なら》べてみた。何度も視線を往復させて、兩者の筆跡を比較する。すると、何處に違和感を感じたのか分からなくなつてしまつた。どちらも本當の筆跡を隱《かく》す爲に亂《みだ》して書かれてゐて、違ひなど見られない。私は諦《あきら》めて、今度の手紙も一纏《ひとまと》めにして机の中に放り込んでおいた。

やはり扶實さんを一人で歸宅させるやうな事は出來ない。手紙を受け取つた事で、私はその思ひを強くした。

二十五

叔父《おじ》は最早《もはや》、己の不實《ふじつ》を糊塗《こと》する氣もないやうだつた。年が明けてからこちら、何等《なんら》口實も設けずに家を空け、そのまま歸《かえ》つて來ない事が度々あつた。そのやうな時叔母は、これがあの穩和《おんわ》な叔母だらうかと目を疑ひたくなる程取り亂《みだ》し、口汚く夫とその愛人を罵《ののし》つた。炊事場の片隅でぶつぶつと呪詛《じゅそ》の言葉を呟《つぶや》いてゐたかと思ふと、矢庭《やにわ》に包丁を強く俎《まないた》に叩き付けて絶叫する。嫉妬といふ負の感情がこれ程に人を變《か》はり果てた姿にしてしまふのかと、私は只《ただ》絶句した。

　叔母は感情の起伏が激しくなつた。荒々しく周圍《しゅうい》に當《あ》たり散らす時間が續いた後は、そんな自分を忌み嫌ふかのやうに落ち込んでゐる。明かりも點《つ》けずに暗い部屋で一人メソメソと泣いてゐる叔母は、正視に耐へぬ程憐《あわ》れだつた。こんなにも叔母が苦しんでゐる事を、叔父は承知してゐるのだらうか。知つた上で、他の女の元に通ふのか。叔母への同情は叔父に對《たい》する怒りに轉化《てんか》し、私を憤らせる。この世で許せぬ人間を一人擧《あ》げろと云はれれば、あの時點の私は迷はず叔父の名を口にした事だらう。

　だから私は、叔母に一つの提案をした。手を拱《こまぬ》いてゐる事が、私自身苦痛でならなかつたのだ。叔母は私の提案があまりに思ひがけなかつたのか、惚《ほう》けたやうにこちらを見詰め續ける。私は繰り返し、自分の意圖《いと》を叔母に傳《つた》へた。

「泣いてるだけぢや悔しいぢやないですか。それくらゐならいつそ、相手の女と直談判《じかだんぱん》しませう。二人だけで會《あ》ふのが怖いのだつたら、僕も同席します。ねツ、さうしませう」

「直談判つて……、相手の女が何處《どこ》の誰かも分からないのよ」

　漸《ようや》くこちらの言葉が頭に滲透《しんとう》したやうに、叔母は返事をする。私は膝《ひざ》を乗り出して、聲《こえ》に力を込めた。

「突き止めるんですよ。多分相手は一人暮らしでせうから、居所さへ分かれば直談判に及ぶのも簡單な筈だ。絕對《ぜったい》に別れてくれと、不退轉《ふたいてん》の決意で臨むんです」

「どうやつて突き止めるのよ。私は女の名前も知らないのに」

「叔父さんなら知つてるぢやないですか。今度叔父さんが出て行つた時に、こつそり後をつけるんです。女の家まで、叔父さん自身に案內してもらはうぢやないですか」

「後をつける……」

それは思ひも付かなかつた事らしく、叔母は何度も口の中で反芻《はんすう》した。やがて、生氣を失つてゐた目に力が戻つて來る。怒りが叔母に勇氣を與《あた》へたやうだ。

「でも私、尾行なんてした事ないわ」

「後をつけるのは僕に任せてください。叔父さんもまさか、尾行されてゐるとは思はないだらうから、それ程難しくはないでせう。女の居所が分かつたら、連れ戻さうなどとはせずにそのまま歸つて來ます。後日、直接乘り込まうぢやないですか」

請け合ふと、叔母は私の手を握つて涙を流した。手の甲に額を擦り付けて、何度もありがたうと繰り返す叔母は、やはり憐れだつた。私は叔母程逆上してゐたわけではないから、假令《たとえ》叔父が愛人と別れたところで氣持ちが叔母の元に戻つて來る事はないだらうと豫測《よそく》してゐた。それでも私は、叔母の爲にも絕對《ぜったい》に叔父には愛人と手を切らせなければならないと考へてゐた。さうする事が、血の繫《つな》がらない私をこれまで育ててくれた叔母への恩返しになる筈だつた。

叔父が愛人の元に出かける日は、特に決まつてゐるわけではないやうだつた。連日家を空ける事があるかと思ふと、それにも飽きたやうに自室で醫學書《いがくしよ》を讀んでゐる事もある。だから私は、何時《いつ》でも叔父の後を追つて出發《しゆつぱつ》出來るやう氣を張つてゐなければならなかつた。私はそんな緊張感に長時間耐へられる程太い神經《しんけい》を持つてはゐなかつたが、案ずるまでもなく叔父はその三日後に家を出て行つた。診療が終はつた後の、夕方の事である。

私はこの日の爲に、變裝《へんそう》道具一式を揃へてゐた。チエックのハンチングに黒眼鏡、それと叔母が用意してくれた灰色の外套《がいとう》である。この外套は叔母が何處《どこ》かから仕入れて來たもので、私は一度も袖を通してゐない。當然の事ながら叔父も見た事のない外套なので、一見したところではそれを着てゐるのが私とは分からないだらう。私は尾行の經驗《けいけん》などないが、これだけ準備すればどうにかなるだらうと踏んでゐた。

叔父が出て行つた一分後に、私も出發《しゆつぱつ》した。叔父は百メエトル程前方を、驛《えき》とは逆の方角へ向かつてゐる。私は警戒して俯《うつむ》き加減に歩いたが、叔父は自分が後をつけられてゐるとは夢にも思はないらしく、一度も背後を振り返らなかつた。案じてゐたより遙かに簡單な追跡行になりさうだつた。

そのまま十分程眞《ま》つ直《す》ぐ進んだ末に、叔父は路地に入つた。私は小走りになつて曲がり角に貼り付き、ゆつくりと顔を出す。叔父は依然として尾行に氣付いた様子もないので、こちらを撒《ま》かうとして道を逸《そ》れたわけではないやうだつた。悠然とした足取りで、夕餉《ゆうげ》の匂ひが漂ふ住宅地を進んでゐる。

何度か道を曲がつた末に、叔父は一棟のアパアトの中に入つて行つた。終戰後に建てられたらしき、眞新しいアパアトだ。私はその立派な佇《たたず》まひと、そして診療所からの近さの雙方《そうほう》に驚きを覺えた。叔父はこんな近くで、こんな家賃の高さうなアパアトに女を圍《かこ》つてゐたのか。その二つの事實が一層《いっそう》叔母を裏切つてゐるやうに感じられ、私は叔母に代はつて叔父の消えた方角をヂッと睨み續けた。

すぐに診療所に戻り、叔母に報告した。叔母は思ひがけず平靜な態度で、私の言葉を受け止める。一見すると落ち着いたやうだが、その靜けさは叔母の怒りが深く沈潛した結果だと私は理解した。その後私達は、善後策を相談した。

診療所は午前中に開け、一度お晝《ひる》休みを取つてから午後に再び開ける。私と叔母は、その休みの間に愛人のアパアトまで向かふ事にした。夜に叔母が外出するわけにはいかないからだ。

翌日、私達は別々に家を後にした。私は兎《と》も角《かく》叔母が外出するのは珍しいので、叔父に何か云はれるかも知れないと思つたが、最早《もはや》叔母の行動には興味もないのか、行く先すら尋ねなかつたといふ。外で合流してから、叔母はさう淡々と云つた。

私は眞つ直ぐにアパアトを目指した。この時刻に愛人が在宅してゐる保證《ほしよう》はなかつたが、今は碁會所《ごかいしよ》の仕事も辭《や》めてゐると聞く。ならば日中は特に用事もないだらうから、部屋にゐる可能性も高い筈と豫想した。果たして、玄關《げんかん》ドアを叩いてみると、中からいらへの聲があつた。

はあい、と少し間延びした返事と共に、簡單にドアが開いた。いきなり顏を合はせる形になり、私も先方も戸惑ふ。女は私達の顏に見憶えがないらしく、何者だらうと考へてゐる樣子がありありと窺《うかが》へた。私もまた、切り出しあぐねて口籠《くちごも》つた。

だが一人叔母だけは、動じた樣子もなかつた。閉められないやうにドアの取つ手を摑《つか》んでから、「佐脇です」と堂々と名乘る。すると女は、度肝を拔《ぬ》かれたのか、ぽかんと口を開けたきり固まつてしまつた。

「お話があるので、中に入らせていただきます」

叔母は毅然《きぜん》として云ふと、返事も待たずにさつさと上がり込んでしまつた。私は慌てて後を追ふ。女はそれを咎《とが》める事もせずに、ただ三和土《たたき》に突つ立つてゐた。

「こちらへどうぞ」

叔母に促されて、女は漸《やうや》く動き出した。だがその表情に怯《おび》えの色はなく、逆に開き直る氣配も見られなかつた。敢《あ》へて云ふなら、それはばつが惡いといつた雰圍氣だつた。惡戲《いたずら》を見付けられた子供のやうな、困惑した顏をしてゐた。

私と叔母は、疊《たたみ》に直接坐つて女と向かひ合つた。女は顔を上げず、自分の膝元を見てゐる。先に切り出したのは、叔母の方だつた。

「用件は分かつていらつしやいますね。主人と別れていただきます」

覺悟を固めてゐたとはいへ、傍《かたわ》らで聞いてゐるこちらが驚く程毅然とした口振りだつた。それまでの懊惱《おうのう》ぶりを見て來ただけに、叔母の凛《りん》とした態度には感嘆を覺えた。贔屓《ひいき》目でなく、まるで人間の格が違ふと思つた。これは勝負にならない。

「ええと」

女は戸惑ひから抜けられずにゐるやうだつた。意味もなく兩手《りようて》を握り合はせ、私と叔母を交互に見たかと思ふと、また俯《うつむ》く。そんな樣子はやはり子供で、このやうに幼い女に何故叔父が逆上《のぼ》せ上がつたのかよく分からなかつた。よほどウマが合つたのか、あるいは科《しな》を作つた女にはまた別の魅力があるのか。

女は私とそれ程變《か》はらない年格好だつた。成る程確かに整つた顔立ちをしてゐて、こんな形で會《あ》ふのでなければ私も目を引かれてゐたと思ふ。圍《かこ》い者といふ日陰の印象は更々《さらさら》なく、今にもころころと笑ひ出しさうな陽氣な氣性を窺はせる明るい容貌だつた。しげしげ觀察する内に、叔父にはこの陽性な雰圍氣が良かつたのかも知れないと得心されて來る。

「あのう、奥樣、ですよね」

女は上目遣ひに叔母に尋ねる。叔母は靜かな口振りで、「さうです」と肯定した。

「かうして顔を合はせたからには、もう諦《あきら》めていただくしかありません。主人と別れてくださいますね」

「いや、あのう、さう藪《やぶ》から棒に云はれましても……」

曖昧《あいまい》さの欠片《かけら》もない叔母の言葉に比べて、女は只《ただ》ひたすら戸惑つてゐる樣子だつた。まるで助けを求めるかのやうに私に目を向けて來るのが、その困窮ぶりを如實《にょじつ》に物語つてゐる。何だか滑稽《こっけい》に思へてつい口許を緩めたくなつたが、無理にでもここは難しい顔を續けなければならないと思つた。

「手切れ金が欲しいなら、些少《さしょう》ですがここに用意して來ました。これで綺麗に別れていただきます」

叔母は云つて、持つて來た袱紗《ふくさ》の中から封筒を取り出した。些少とは云ひながら、封筒は可成《かな》りの厚みがある。女もそれに氣付いたのか、きよとんとした顏で封筒に目を奪はれてゐた。

「いいんですか？」

女の心は簡單に動いたやうだ。叔父はこの返事を聞いて、一體《いったい》どう思ふだらうと私は皮肉に考へる。所詮《しょせん》愛人など、相手を金で換算出來る程度にしか考へてゐないのだ。叔母の毅然とした態度が、叔父に一矢を報いたと私は思つた。

「どうぞ受け取つてください。その代はり、二度と主人とは會はないと約束してくれますね」

女は輕く云つて、叔母の氣が變はらない内にとばかりに素早く封筒を手にした。そして臆面もなく、我々の目の前で中身を確かめる。女は目の色を變へて札束を數《かぞ》へると、最後にニンマリと笑つた。その現金さは、いつそ潔い程だつた。

「あ、はいはい」

「こんなに一杯、嬉しいわあ。ありがたうございます」

まるで手切れ金の意味がよく分かつてゐないやうに、女はぺこりと頭を下げる。叔母はそんな相手の態度に、僅《わず》かに呆《あき》れたやうな反應《はんのう》を示したが、女は氣付いた樣子もなかつた。

お茶でもお出ししませうかととぼけた事を云ふ女を殘して、私達はさつさと辭去《じきょ》した。これで二人が手を切ると確定したわけではないが、女の態度からするとこちらの言葉を無視するとも思へなかつた。何《いず》れにしろ、叔母は遂《つい》に反擊したのである。この事を知つた叔父の反應《はんのう》が見物《みもの》だと、私は樂觀的に考へた。

男女の仲を簡單に考へすぎてゐたと悟つたのは、叔父の逆上する樣を目の當《ど》たりにした時だつた。その夜に、叔母が晝間《ひるま》の事を報告したらしく、突然に怒聲《せい》が屋敷中に轟《とどろ》いた。あまりに大聲過ぎて、何を云つてゐるのか聞き取れない程だつた。私は一波亂《はらん》を覺悟してはゐたものの、それでもその大聲には肝を潰した。

慌てて叔父夫婦の部屋に驅《か》け付けた。只ならぬ樣子の叔父の聲から、このままでは叔母に手を上げかねないと考へたからだ。障子を開けて部屋に飛び込むと、叔母は小揺るぎもせぬ泰然とした様子で正座し、対照的《たいしょうてき》に叔父は顔を眞っ赤にして立ち盡《つ》くしてゐた。その拳は強く握られてゐるが、振り上げられてはゐない。その事を見て取り、私は胸を撫で下ろした。

「依彦！　お前にも話がある。ここに坐れ！」

叔父は私を認め、激しい口調で命じた。逆らふわけにはいかないので、云はれるままに叔母の隣に正座する。その私を、叔父は容赦なく打擲《ちょうちゃく》した。叔父がそんな仕打ちに出るとは豫想《よそう》してゐなかつたので、私は強《したた》かに頬に拳を食らつてしまつた。正座のまま背後に倒れ、疊に後頭部を打つ。

「何をなさるんですか！　依彦さんに當たるやうな眞似はやめてください」

すぐに叔母が庇《かば》つてくれた。手を差し伸べて、私が起き上がるのを助けてくれる。大丈夫かと訊かれたが、頬は只ジンジンするだけでどうなつてゐるのかよく分からなかつた。奥歯《おくば》が少し浮いたやうな氣もする。

「情けない！　本當に情けない！　あなたはそこまで情けない人に成り下がつてしまつたのですか！」

叔母は針のやうな眼差しで、叔父を睨《にら》み付ける。叔父は一瞬たぢろぎ、そしてその事に自ら憤《いきどお》るやうに再び表情を強張らせた。

「女の分際で生意氣を云ふな！　私のする事が氣に食はないなら、何處へなりとも出て行け！」

「出て行きません。ここは私の家でもあります」

鬼のやうな形相の叔父を見るのは初めてだが、それに對《たい》する叔母も決して負けてはゐなかつた。叔母の生家はもうなくなつてゐると聞く。そんな天涯孤獨《てんがいこどく》の叔母に出て行けと云ふとは、叔父も完全に人が變はつてしまつた。その事が叔母の云ふとほり情けなく、また悲しくもあつた。

「お前に私の氣持ちが分かつてたまるか」

叔父は分の惡さを感じ取つてゐるのか、まともな反論も出來ず、ギリギリと齒軋《はぎし》りをした。そんなにあの女と別れるのが無念なのかと、私はひたすら驚く。いつも冷靜だつた叔父の中に、こんなにも熱い感情が潛んでゐたとは。叔父を許せない思ひは變はらなかつたが、しかしその感情の強さにだけは僅《わず》かに感嘆し、そして正直に云へば羨《うらや》ましくも思つた。

「分かる筈がありません。私にご不滿がおありなら、直接おつしやればいいのです」

「だから分かつてないと云ふのだ！　私がお前に不滿を持つてゐたと思ふのか」

「さうでなければ、何故他に女を作るのです？」

「世の中には避けやうもない事があるのだ」

叔父の云ひ分はあまりに身勝手で、叔母にしてみれば到底承伏しかねるだらう。それを叔父も分かつてゐるらしく、語勢は徐々に弱くなつた。叔父は叔母の視線に耐へられなくなつたのか、背中を向けて疊一枚分くらゐの範圍《はんい》をウロウロし始める。その様は威嚴に滿ちてゐた叔父とも思へず不樣で、だからこそ非常に弱々しかつた。

「依彦」

不意に叔父は立ち止まり、私を睨み付ける。怒りの矛先《ほこさき》を向けられ、私は體《からだ》を强張らせた。

「よくも出すぎた眞似をしてくれたな。私はこれまで、お前を實《じつ》の息子のやうに可愛がつて來たつもりだ。それなのに、よくも恩を仇《あだ》で返してくれたものだ」

「依彦さんは私達の事を案じてくれたのです。依彦さんを恨むとは、云ひがかりも甚《はなは》だしい」

叔母は自分の背後に私を隱《かく》すやうに、ズイと身を乘り出して叔父と對《たい》した。

だが叔父は、叔母と目を合はせる事を恐れるやうに私を睨み續ける。

「依彦、お前にはお前の云ひ分があるだらう。お前のした事は人に譽《ほ》められこそすれ、咎《とが》められる類《たぐい》の事でないのは分かる。だがな、私の腹立ちは收まらない。私はお前を許す事が出來ないのだ」

私は目を伏せて叔父の言葉を聞いてゐたが、ふと胸を衝《つ》かれて顏を上げた。叔父の聲音《こわね》には、何處か苦汁を嘗《な》めるやうな氣配が感じられたのだ。

叔父と正面から目が合つた。叔父の眸《ひとみ》には、悲しみの色があつた。避け難い破滅に向かつてゐる己を自覺し、それでも尙愚《なお》かしさを選擇《せんたく》しようとする悲しみ。私はそんな叔父に、剝《む》き出しの人間味を見出したやうな思ひだつた。

「この家から出て行け。當座《とうざ》の金はやる。だが、これからは一人で生きて行くんだ。いいな」

「何を云ふんです！」

すかさず叔母が聲を上げてくれた。叔母は膝立ちになり、猛然と抗議する。

「あなたは恥づかしいと思はないのですか！　依彥さんが一體《いったい》何をしたと云ふんです。只一時《いっとき》の感情でそんな事を口走つて、絕對《ぜったい》に後悔しますよ」

「分かつてゐる！　そんな事はよく分かつてゐる！　しかし私のこの耐へ難い思ひは、誰かにぶつけなければならないのだ。お前が受け止めてくれないのなら、依彥にぶつけるしかないだらう」

「何をわけの分からない事を――」

「いいんです、叔母さん」

私は口を挾《はさ》んだ。叔父の滅茶苦茶な云ひ分が、何故か私は理解出來てしまつたのだ。

「僕は出て行きます。僕ももう二十五です。何時《いつ》までも叔父さん達の世話になつてゐるわけにはいかない。ちやうどいい機會《きかい》です」

「そんな必要はないのよ。こんな人の云ふ事なんて聞かなくていいんです。ずつとここにゐていいんですからね」

「ありがたう、叔母さん。でも、それは氣持ちだけ受け取つておきます」

出て行けと云はれたのはショックだつたが、自分でも不思議な程簡單に心が定まつた。これが運命だつたのだと、すつと得心出來る。私の心は平らかだつた。

「叔父さん、おつしやるとほりにします。荷造りや引つ越し先探しなどに多少時間をいただきたいですが、成《な》る可《べ》く早く出て行くやうにします。これまで本當にお世話になりました」

私は疊に手を付き、頭を下げた。叔母はそんな私の態度に戸惑つてゐるやうで、言葉を失つてゐた。叔父はもう、私を正視する意志力も磨《す》り減らしたやうに、頑《かたく》なに庭を見詰めてゐる。私は最早《もはや》言葉を重ねず、靜かに座敷を出て行つた。

私は四歳の時に母を亡くし、十一歳の時に父と死に別れた。そして今、長年に亙《わた》つて慈しんでくれた叔父夫婦の情愛をも失つたのだつた。私は眞《しん》の意味で天涯孤獨になつた。

二十六

新居探しの過程に、くだくだしく筆を費やす氣はない。アパアトを決めるのは容易《たやす》くはなく、引つ越しは煩雜だつたとだけ書いておく。

叔父は約束どほり、當座《とうざ》の生活に困らない程度の金は準備してくれた。だが、それに甘えるのは本意ではない。貰つた金はいざといふ時の爲に取つておき、基本的には自活するべきと考へてゐた。

幸ひ今は、先日掲載された小説の原稿料がある。原稿料支拂《しはら》ひはこんな時節だからなかなか滯《とどこお》りがちだが、編輯長《へんしゅうちょう》に事情を話したところ、きちんと受け取る事が出來た。金の事は心配せずに次作執筆に沒頭しろ、とまで云つてもらへた。

そんな編輯長の言葉は有り難かつたが、だからといつて安心出來るものでもなかつた。獨立《どくりつ》したからには、筆で身を立てて行きたいといふ望みはある。だが果たして、自分にその力があるかと考へると甚《はなは》だ心許なかつた。確かにこ二作は好評を以《もっ》て迎へられてゐる。しかしそれがこれからも續《つづ》くといふ保證《ほしょう》は何處《どこ》にもなく、寧《むし》ろ一度でも失敗作を書いた途端に文壇から消え失せるのではないかといふ恐怖があつた。私はこの時になつて初めて、筆で身を立てる生活が如何《いか》なるものか實感《じっかん》したと云へる。

だからこそ私は、石に齧《かじ》り付く思ひで次作を書かなければならなかつた。失敗は許されない。これ一作に己の一生を賭ける程の氣概《きがい》が必要だと思つた。私は五作目にして、早くも背水の陣を敷かざるを得なかつたのだ。

三作目と四作目は、己の着想に自信もあり、飛ぶやうに書けた。だが今度は極度のプレツシヤアと、新たな環境への戸惑ひもあり、なかなか筆が進まなかつた。その事がより一層、私の焦りを煽《あお》る。書きたい事は頭の中に存在するのに、まるで栓をしたやうにそれが表に出て來なかつた。こんな事は初めてだつた。

そんな私を、思ひがけない人が訪ねて來てくれた。扶實さんだつた。お妙さんが大根を煮て、扶實さんに持たせてくれたのだ。引つ越してから長谷川が遊びに來てくれた事はあつたが、基本的には毎日一人だつた。私は孤獨といふ感情を初めて思ひ知り、その辛《つら》さに日々じつと耐へてゐた。だから扶實さんとお妙さんの心遣ひは、干天の慈雨のやうに心に染みた。

玄關先で歸《かえ》らうとする扶實さんを、私は無理矢理中に呼び入れた。嫁入り前の女性を部屋に引き込むなど、人目に付けばどんな噂《うわさ》を立てられるか分からない。しかしその時の私は、さうした世間體《せけんてい》に氣を配つてゐる餘裕《よゆう》などなかつた。人と言葉を交はせる事、しかもその相手が扶實さんである事に手放しで喜び、常識を忘れてゐた。

扶實さんを疊に坐らせ、私がお茶を淹《い》れた。扶實さんは居心地惡さうにモヂモヂしてゐたが、もう雇用關係はないのだからと坐つてゐてもらつた。湯飲み茶碗を卓袱臺《ちゃぶだい》に置くと、恐縮しきつて頭を下げる。私達は改めて向き合つた。

「僕がゐなくなつた後の診療所はどんな感じだい？」

私は最も氣になつてゐる事を尋ねた。私はある意味、叔父と相對《あいたい》する事から逃げてしまつたのだ。一人取り殘された叔母を思ふと、心が痛む。氣にかけずにはゐられなかつた。

「あまり、變《か》はつてません」

扶實さんは顔を曇らせ、そのやうに云ふ。そしてすぐに、自分の言葉を打ち消すやうに首を振つた。

「あ、いえ、さうぢやありません。先生ご夫婦の仲が相變はらずといふだけで、依彦さんがゐなくなつてから雰圍氣は益々《ますます》惡くなりました。先生が夜にお出かけする事はなくなつたのですけど、その分奥様とぶつかる事が増えて……」

出かけなくなつたといふ事は、愛人は私達との約束を守つて叔父と手を切つたのだ。それは一歩前進と云へる筈だつたが、無理矢理別れさせられた事で叔父は一層頑《かたく》なになつたのではないかとも思はれた。叔母にとつては辛い毎日だらう。

「叔父達は、もう駄目なのかも知れないな」

私はつい、思つてゐる事を漏らした。一人暮らしを始めてからまだ一週間程だが、早くも獨り言が癖になつてゐる。その感覺で、自分の考へを口にしてしまつたのだ。

扶實さんは私の述懐《じゆつかい》を聞いて、辛さうに俯《うつむ》いた。信じられない思ひで一杯なのだらう。それは私も同じだつたので、續ける言葉を見付けられなかつた。暫《しば》しの間、沈默が續く。

「他に變はつた事はない？　一週間くらゐぢやあ、何も變はらないかな」

私は努めて明るい口調で、無理矢理話題を變へた。折角かうして向かひ合つてゐるのに、互ひに陰鬱に默り込んでゐるのでは勿體《もつたい》ない。嘗《かつ》てのやうに、他愛ない輕口のやり取りがしたかつた。

しかし扶實さんは、私の氣分が分からないわけでもない筈なのに、合はせてくれなかつた。一瞬何かを云ひかけ、すぐに言葉を呑み込んでしまふ。他に何か心配事があるのかと、私は眉宇《びう》を曇らせた。もしや、夜道を何者かにつけられてゐる感覺がまだ續いてゐるのではなからうかと心配する。

「何かあるの？　さうだ、最近はちやんと早く歸つてるのかい」

「いえ、それが……」

扶實さんはなかなか云ひたがらなかつたが、私は無理矢理口を開かせた。すると殘念な事に、私の不安は的中してゐたのだつた。私がゐなくなつた事で診療所は忙しくなり、この一週間で二度も夜道を歩かねばならない程歸宅が遲《おそ》くなつたさうだ。そしてその二回《にかい》とも、誰かが追つて來るやうな氣がしてならなかつたといふ。

「危ないぢやないか。あれ程お願ひしておいたのに、どうして叔母さんは配慮してくれないのだらう」

私は憤りを隱せなかつた。だが扶實さんは、驚いた顏で私を宥《なだ》める。

「仕方ないのです。奥樣は今、先生の事で頭が一杯なのですから」

「だからつて――」

「奥様はお可哀相です」

きつぱりと云はれ、私はもう叔母を非難出來なくなつた。確かに、今の叔母に扶賓さんの事を氣遣へと云つても無理だらう。ならばやはり、私が扶賓さんの力にならなければならない。さう、改めて決意する。

「どうしたらいいんだらう。やはり、毎日送つて行く事にしようか」

扶賓さんの仕事が終はる時刻は一定してゐないから、送つて行くには診療所が閉まるまで待たなければならない。しかし私は、叔父に勘當《かんどう》された身である。扶賓さんを待つにも、何處か診療所の外でなければならなかつた。

「そんな。そこまでご迷惑をおかけするわけには」

扶賓さんは激しく首を振つて、辭退《じたい》する。私も毎日の送り届《とど》けとなると非現實的だと思ふので、強く押しつけはしなかつた。一體《いったい》どうすればいいのだらう。

「何者なんだらうな、扶賓さんをつけてゐるのは」

相手の正體が知れないのが不氣味で、かつ腹立たしかつた。そもそも、何が目的で扶賓さんをつけてゐるのかも判然としないのだ。もし目の前にその人物がゐたなら、首根つこを締め上げてでも理由を云はせるのだが。そこまで考へて、私は卒然とある案を思ひ付いた。

「さうだ。いつそそいつを捕まへてみようか」

「えつ？」

扶實さんは私の言葉の意味が分からなかつたのか、きよとんとした顏をする。私は身を乘り出して、自分の考へを説明した。

「扶實さんをつけてゐる奴に何か意圖《いと》があるとしても、僕と一緒に歸つてゐる限り何もして來ないと思ふんだ。それだと、何の解決にもならない。だから今度は、離れて歩く事にするよ。距離を置いて扶實さんの後を追へば、つけてゐる奴も見付けられる。さうしたらとつ捕まへて、どうして扶實さんの後をつけるのか白状させてやる」

「それは危ないです。そんな危ない事はやめてください。依彦さんの身に萬《まん》が一の事があつたら、私……」

「大丈夫だ。無理はしないから」

平素の私なら、さうした腕盡《うでず》くの事態は極力避けようとしただらう。だがその時は、初めて味はう孤絶感が強く、わざわざ訪ねて來てくれた扶實さんの力に何としてもなりたかつた。そもそも非力な女性の後をつけ回すやうな輩《やから》は、腕つ節に自信のない、情けない男に決まつてゐる。そんな奴との對決《たいけつ》など、ちつとも恐ろしくはなかつた。

幾度か押し問答を繰り返した末に、今度はこちらの意見を通した。扶實さんは尙《なお》も氣が進まなさうだつたけれど、無理矢理に計畫實行《けいかくじつこう》の日を決める。一度の試みで濟むとは限らなかつたが、扶實さんの身邊《しんぺん》から暗雲を拂《はら》へるなら何度でも無駄足を踏むつもりだつた。これ以上、得體《えたい》の知れない閉塞感に振り回されるのはご免だ。

仕事を抜けて來た扶實さんは、あまり長居をする氣はなささうだつた。お茶を飲み終へたのを潮に、腰を上げる。送つて行かうと私は申し出たが、まだ日が高いからと固辭《こじ》された。

歸り際の事だつた。三和土《たたき》で靴を履いた扶實さんは、自分を納得させるやうに一度頷《うなず》くと、私を見上げた。そして、思ひがけない事を云ふ。

「云はうか云ふまいか迷つてゐましたが、やはり聞いていただく事にしました」

「何？　何も遠慮する事はないんだよ」

どうやら他にまだ悩みがありさうなので、私はそのやうに促した。扶實さんは少し嬉しさうに口許を綻《ほころ》ばせる。その僅《わず》かな表情の變化が、私には眩《まぶ》しかつた。

「長谷川樣が、頻繁に私を訪ねて參ります」

「長谷川が？」

云はれて、先日の光景を思ひ出した。無理矢理に扶實さんの手を握つてゐた長谷川。あいつは口ばかりの男だと思つてゐたので、あんな大膽《だいたん》な行動に出るとは意外だつた。扶實さんの事を使用人と思つて見くびつてゐるのだらうか。

「はい。淺草寺《せんそうじ》にお參りに行かうとか、有樂町《ゆうらくちょう》に映畫《えいが》を見に行かうとか、私を誘ふのです。ご好意からおつしやつてくださつてゐるのはよく分かるのですが、私にとつてはそれが重荷で——」

最後は言葉を濁らせる。だがそれだけで、云はんとする所は傳《つた》はつて來た。扶實さんは長谷川の誘ひを受ける氣などないのだ。その事も分からず强引に誘ふとは、長谷川も何と無粋な奴か。己が恥づかしい眞似をしてゐるといふ自覺がないなら、私がさう指摘してやるしかない。全部任せておけとばかりに、私は扶實さんに頷きかけた。

「分かつたよ。僕からそれとなく長谷川に云つておく。あいつも話して分からない奴ぢやない筈だ」

「私如きの爲に、本當にご迷惑をおかけします」

扶實さんは深々と頭を下げた。私は長谷川に對《たい》して腹立たしさを覺えてゐたが、扶實さんの力になれる事が嬉しく、少し浮かれた心地だつた。

二十七

善は急げ、といふよりも、あまり悠長に構へてゐる暇はないと思はれたので、その夜から扶實さんの護衞《ごえい》に付く事にした。護衞、などと云へば大袈裟《おおげさ》なやうだが、私の氣持ちの上では正に護衞だつた。武術の心得もない私にどれだけその役割が務まるか、些《いささ》か心許ないものの、夜道を歩く女性の後をつけるやうな卑劣な輩への怒りはそれを補つて餘《あま》りあつた。何としても扶實さんの周邊《しゆうへん》から暗雲を振り拂《はら》つてみせると、私は意氣込んでアパアトを出發《しゆつぱつ》した。

叔父の怒りが癒《い》えない狀態では、のこのこと診療所を訪ねるわけにはいかない。かといつて扶實さんの仕事が終はる時刻が不確定では、外で待ち合はせる事も出來ない。仕方ないので私達は一計を案じ、タイミングを示し合はせる事にした。屋敷の裏手、勝手口に近い窓から扶實さんが顏を出し、外で待つてゐる私に合圖《あいず》を送るのだ。それを受けて私は、歸宅《きたく》の途に就く扶實さんの後を追ふ。屋敷の裏手ならば、叔父に見付かる心配もない。

そしてそれは、扶實さんを尾行する者にとつても同じ事なのだつた。扶實さんの歸りを追ふ爲には、診療所から出て來るのを何處《どこ》かで待たなければならない。だから私は、人目に立たないやうにさりげなく周邊を見て回らうとも考へてゐた。その時點《じてん》で怪しい人物を見付ける事が出來れば、それに越した事はない。

診療所は午後五時に閉める。冬の午後五時と云へば、日は可成《かな》り傾いて夜のとばロだ。だから定刻どほりに終はつても既《すで》に遲《おそ》いのだが、診察が少しでも長引けば夜闇の中を歸らなければならなくなる。夕暮れの色が濃くなるにつれ、私は不安を覺え始めた。

しかもまづい事に、五時になる直前に急患がやつて來た。三歳くらゐの子供が、母親に抱かれて驅《か》け込んで來たのだ。顏が赤かつたから、高熱でも出したのだらう。これで扶實さんの歸りが遲くなるのは確定してしまつた。護衛に來てよかつたと、心底思ふ。

二十分置きくらゐに診療所の周りを見て囘つたが、不審な人影はなかつた。今日は現れないのかも知れない。しかし、だからといつて扶實さんを一人で歸らせるわけにもいかなかつた。私は辛抱強く待ち續ける。

子供が連れ込まれてから三十分程して、裏手の窓から扶實さんが顏を出した。私と目が合ふと、申し譯《わけ》なささうに會釋《えしやく》する。どうやら仕事が終はつたやうだ。私も頷き返して、氣持ちを引き締めた。いよいよ出番だ。

扶實さんは勝手口から出て來ると、一瞬だけ私を見てから歩き出した。互ひに無視し合ふのは、取り決めどほりだ。私は扶實さんの後ろ姿が可成り小さくなつてから、その後を追ひ始める。緊張の爲、僅かに鼓動が高鳴つた。

扶實さんの家は歩いて三十分程、笹塚《ささづか》の邊《あた》りにある。夜道の三十分は長い。どんなに心細い思ひでその道を急いでゐたかと思ふと、扶實さんが氣の毒でならなかつた。私が後ろにゐる事で、少しは心強いと思つてくれたなら、こちらとしても嬉しかつた。

十分程歩いた頃だつた。横道から曲がつて來た人が、私と扶實さんの間に入つた。小柄な人影は、扶實さんが歩いてゐる方へと足を向ける。背後を振り返らうとはしなかつた。

私はその後ろ姿に、何處《どこ》か見憶えがあるやうな氣がした。だが距離が空いてゐるので、何者か判然としない。そもそも、偶々《たまたま》扶實さんと同じ方角へと歩いてゐるだけで、この人影が扶實さんを付け狙《ねら》ふ輩と決まつたわけではなかつた。私は距離を置いたまま、愼重に後を追ひ續けた。

その内に、更に前を歩く扶實さんの樣子が變はつて來た。歩くペエスが遲くなつたかと思ふと、石に躓《つまず》いたやうに轉《ころ》びかける。だが私は、それが演技だと承知してゐた。尾行者が現れたら躓いた振りをするやう、決めてあつたのだ。私の緊張は最大限に膨れ上がつた。それに押されて、歩みを速める。足音を殺して小柄な人影を追ひ、手を伸ばせば屆く程近寄つた。そして、思ひ切つて聲《こえ》をかける。

「すみません。失禮《しつれい》ですが」

いきなり背後から呼び止められて驚いたのか、その人物はビクリと肩を震はせた。咄嗟《とっさ》に振り返つた瞬間、私と目が合ふ。その時私は、相手に負けない程の驚愕を味はつた。

「長谷川君――」

何と、扶實さんを追つてゐたのは長谷川だつたのだ。これは單《たん》なる偶然ではないかと、私は自分を納得させようとした。

「さ、佐脇君か」

長谷川は狼狽《ろうばい》してゐた。目が泳ぎ、唇が震へてゐる。そんな樣子を見て私は、ここで出會《であ》つたのが偶然などではないと分かつてしまつた。明らかに長谷川は、故意に扶實さんの後を追つてゐたのだ。

「どういふ事なんだ。わけを聞かせてもらはうか」

長谷川の向かふに、困惑した顔の扶實さんが見えた。扶實さんももう、自分をつけてゐたのが長谷川だと知つたのだ。見知らぬ者につけられるのも不氣味だらうが、相手が知人ではまた別種のショックがあらう。何故こんな眞似をしでかしたのだと、長谷川を強く詰《なじ》りたかつた。

「ど、どういふ事とはどういふ意味だ。僕は偶々この道を歩いてゐただけぢやないか。誰かに咎められなきやならない事ぢやない」

長谷川はこの期《ご》に及んで、白を切らうとする。それが私には悲しくてならなかつた。

「そんな云ひ逃れが通用すると思ふな。君が扶實さんに懸想《けそう》してゐるのは知つてゐた。でも、夜道をつけ回すやうな卑劣な眞似をするとは考へもしなかつた。恥づかしいとは思はないのか」

「何を一方的な――」

「長谷川！」

尚《なお》も云ひ譯《わけ》しようとする長谷川など見たくなかつた。私は自分でも驚く程の大聲《おおごえ》で、長谷川を一喝する。すると長谷川も私の怒りの大きさを漸《よう》く悟つたのか、言葉を呑み込んで下を向いた。

「どうしてこんな事をしたんだ。扶實さんをそれ程思つてゐたなら、もつと違ふ形で氣持ちを傳《つた》へられなかつたのか」

「傳へたさ！」

私の言葉に、長谷川は向きになつて反駁《はんばく》した。街燈の弱い光が、長谷川の目に映る。長谷川の目は潤んでゐた。

「何度も誘つたよ。それこそ清水《きよみず》の舞臺《ぶたい》から飛び降りるくらゐの決意で誘つたさ。それなのに扶實さんは、全然振り向いてくれなかつた。そりや僕は、本氣で誘つて斷《ことわ》られたら立ち直れないから、わざと巫山戯《ふざけ》た調子で誘つたよ。だから扶實さんも眞劍に受け取つてくれなかつたのかも知れない。でも僕には、あれで精一杯だつたんだ。僕がどんな氣持ちで誘ふ言葉を口にしたかなんて、ちつとも分かつてくれてないんだ、扶實さんは！」

長谷川が口ばかりの男だといふ事は、私もよく承知してゐる。そんな長谷川が强引に扶實さんを誘つてゐたから、私も意外な感に打たれたのだ。やはりあれは、大變な決意の末だつたのか。それなのにその氣持ちを素直にぶつけられず、あくまで巫山戯た調子で覆《おお》い隱《かく》さなければならなかつた長谷川が、些《いささ》か憐れだつた。

「長谷川君、僕も女性の氣持ちは分からない。偉さうにとやかく云へる程の經《けい》驗《けん》はない。でも一つだけ、こんなふうに後をつけ回したところで、女性の氣持ちは得られないといふ事は分かるぞ。さうだらう」

「そんな事は僕だつて分かつてる！　でも、他にどうしやうもなかつたんだ。

どうしたら扶實さんが振り向いてくれるのか、分からなかつたんだよ……」

「馬鹿だな、君は」

私はさうとしか云へなかつた。長谷川は本當に馬鹿だ。馬鹿で、憐れな奴だ。だがそんな馬鹿な長谷川の氣持ちが、私には痛い程理解出來た。

「約束してくれ。もう扶實さんをつけ回したりはしないな」

念を押すと、長谷川は嗚咽《おえつ》を堪《こら》へながら頷《うなず》く。扶實さんに目を向けると、これで充分だとばかりに強く顎を引いた。

「扶實さんは散々怖い思ひを味はつたんだ。一言でもいいから謝つてくれ」

私の促しに、長谷川は素直に應《おう》じた。目を合はせぬまま、扶實さんに向かつて頭を垂れる。扶實さんも今にも泣きさうだつた。

「さうだ。一つ確認したい事がある。少し前に『お手傳ひはお前に相應《ふさわ》しくない』と書かれた匿名の手紙を受け取つた。あれは本當は、君が書いたものだつたんぢやないか」

問ひ詰めると、長谷川は逡巡《しゆんじゆん》した擧《あ》げ句、認めた。私は思はず瞑目《めいもく》した。

「やはりさうだつたのか。僕に送つた手紙は、その一通だけなんだらうな。他の匿名の手紙は、君が書いたんぢやないよな」

「違ふよ。僕も本當に同じ手紙を受け取つてゐたんだ。だから筆跡を眞似《まね》る事が出來たのさ。僕は、君と扶實さんの仲に嫉妬してゐた。君といふ存在がゐるから、扶實さんは僕など眼中にないんだと思つてゐた」

長谷川は涙を零《こぼ》しながらも、その時だけは私の事を睨んだ。友人のそんな目つきを見て、長谷川との友情ももう終はりだなと悟つた。私もまた、心の中で涙を流した。

「もういい、長谷川君。歸《かえ》つてくれ。そして少し頭を冷やすんだ」

私は顎《あご》をしやくつた。これ以上、長谷川と言葉を交はすのが苦痛だつた。だが長谷川は立ち去らず、扶實さんに向かつて云ひ募《つの》つた。

「扶實さん、迷惑をかけて本當にすまなかつた。でも云ひ譯《わけ》をさせてもらふなら、僕は頭がをかしくなつてゐたんだ。今僕の家は、父が女を作つたせゐでひどい事になつてゐる。僕には歸るべき溫かい家庭がなくなつてしまつたんだよ。だから餘計《よけい》に、僕は君に受け入れて欲しかつたんだ――」

初耳だつた。長谷川はこれまで、私と會《あ》つてもそんな悩みは露《つゆ》程も打ち明けなかつた。あの嚴格な長谷川の父親が、外に女を作つた。それは叔父の浮氣と同じくらゐ意外でならなかつたが、だからこそ事實《じじつ》だと得心出來た。長谷川の父親と叔父が揃つて浮氣に走つたのは、單《たん》なる偶然なのだらうか。只《ただ》の偶然だとしても、それは些《いささ》か不氣味な符合に思へた。

長谷川の必死の云ひ譯も、强張つた扶實さんの表情を崩す事は出來なかつた。そんな反應に打ちのめされたやうに、長谷川は踵《きびす》を返すと前のめりに走り去つて行く。取り殘された私達は、言葉もなく只やるせない思ひを持て餘《あま》すだけだつた。

二十八

心を掻《か》き亂《みだ》される事ばかりが相次いでも、生きて行く爲には小説を書き續けなければならない。扶實さんをつけてゐた相手が長谷川だつた事は衝撃だが、憂ひの一つが消えたのは確かに好事ではあつた。私はそれに乘じて五作目を仕上げ、編輯部《へんしゆうぶ》に預けた。作品はすぐに掲載され、またしても好評を得た。ささくれ氣味だつた私の心も、僅かに癒《いや》された。

しかし、同趣向の作品を續けて三作發表《はつぴよう》した事で、そろそろ次の段階へ進まなければならないと感じてゐた。評判が良い内が華である。調子に乘つて同工異曲の作品を書き續《つづ》けてゐては、何《いず》れ飽きられるのは明らかだ。それにも氣付かず、何時《いつ》までも過去の好評に縋《すが》つて生きるやうな不様な眞似はしたくない。だから私は、次は全くの新機軸を打ち出すのだと強く己に誓つた。

腹案はなくもない。現實《げんじつ》を覆ふ暗い翳《かげ》を拂拭《ふつしよく》するやうな、力強い作風。ヒユウモアに富み、辛い事も笑つて吹き飛ばせるやうな陽氣な人物を創つて、活躍させるのだ。その着想は私自身にとつても良い作用を及ぼし、氣分を高揚させた。私の小説を讀んだ人全員に、この氣持ちを共有して欲しいと思つた。

新たな方向性は難しかつたが、しかし遣り甲斐《がい》があつた。私は頭を掻きむしつて呻吟《しんぎん》し、一語一句を血反吐《ちへど》を吐く思ひで書き綴《つづ》つた。辛い作業ではあつたが、同時に充實感があつた。やはり私といふ人間は小説を書く事にこそ存在する價値《かち》があると再確認し、一人嬉しさを嚙み締める。

私はこの小説を書く事で、現實に起きてゐる凶事も吹き拂《はら》ひたかつた。私の裡《うち》に宿る言靈《ことだま》に力があるなら、それも可能だと信じたかつたのだ。だが實際には、一度動き出した流れを變《か》へる事は難しかつた。見えない牙は、再び大野さんを襲つた。

大野さんは東京と千葉を往復する生活を送つてゐた。荒らされた畑にもう一度野菜を根付かせる事と、その犯人探しが目的だつた。大野さんの兩親も何度か同行する事があり、その間東京の家は全くの無人となる。そこを、何者かに付け込まれた。

大野さんの家は、通りに面する部分が店舗になつてゐた。今は閉めてゐるものの、戰前まではこの邊《あた》り一帶の野菜需要を一手に引き受けてゐたのだ。この息苦しい時代も、やがて終はる。さうすれば再び、大野さんの店も開かれる筈だつた。

その店が、無慘に打ち壞《こわ》された。雨戸を外して中に入つた賊は、野菜を載せる平臺《ひらだい》や照明、店番用の緣臺《えんだい》など悉《ことごと》くを完膚《かんぷ》なきまでに破壞し盡《つ》くした。被害は店舗だけでなく、住居部分にも及んだといふ。又聞きでその話を耳にした私が驅《か》け付けてみると、破壞は想像以上だつた。最早《もはや》そこは、瓦礫《がれき》の山以外の何物でもなかつた。

ここまで派手に狼藉《ろうぜき》を働けば、當然破壊音も大きかつた筈だ。何やら異様な音を聞き付けた近所の人が様子を見に出てみると、二人組の男が家から飛び出して行つたといふ。深夜の事とて人相までは分からず、男達が屈強な體格《たいかく》だといふ事だけが唯一の手掛かりだつた。瓦礫の山の中には、犯人に繫がる物證《ぶつしよう》は殘つてゐなかつた。

當然、大野さんは怒り狂つてゐるらしい。らしい、といふ傳聞《でんぶん》形なのは、私が直接大野さんと會《あ》ふ勇氣を持たなかつたからだ。平素大野さんは寡默だが、だからこそ一旦怒ればその度合ひは激烈だ。しかも家の破壊は只事ではない。そんな大野さんにかける慰めの言葉など、私は持ち合はせてゐなかつた。

加へて、これ程の被害を大野さんにもたらしたのは自分ではないかといふ、根據《こんきよ》のない疑ひを私は抱へてゐた。一連の忌まはしい出來事は、全て偶然連續しただけだと信じたい。しかし一度や二度ならば兎も角、かう何度も立て續《つづ》いては最早偶然とも思へなかつた。私に關《かか》はつた人全員に不幸が訪れる。もう私は、それが只《ただ》の妄想でない事を知つてしまつてゐた。大野さんに會へるわけがなかつた。

何とかしなければならない。私は追ひ詰められた心境だつた。扶實さんをつける者は長谷川だつたが、それ以外の凶事には共通する意思が介在してゐるのではないか。全てが偶然でなければ、そのやうに考へるしかない。そしてその惡意の持ち主こそ、匿名の手紙の送り主なのだ。私はさう確信する。

全ては偶然などではない。ならば、私の叔父と長谷川の父が揃って浮氣に走つたのもまた、偶然ではない筈だ。私は卒然とその事に思ひ至り、愕然とする。何者かの害意を、手で觸《さわ》れる程濃密に實感した。

叔父と女の關係は、まづ女が叔父に接近する事から始まつたと大野さんは云つてゐた。それは只、女が叔父に好意を持つたからではなく、何者かの差し金だつたのではないか。裏で絲《いと》を引く者は、叔父夫婦の仲を裂きたかつたのだ。目的はただ一つ、私を苦しめる爲だ。

ならば、あの女をもつと追及してゐれば、誰の差し金だつたか分かつてゐたわけだ。今更それに氣付き、私は齒嚙みした。叔父が夜に出歩かなくなつた事からすると、既に女はあのアパアトから姿を消したのだらう。私は惡意の人物に繫がる唯一の絲《いと》を、自らの手で絕ち切つた事になる。

とはいへ、一度氣付いてしまへば、手を拱《こまぬ》いてゐるわけにはいかなかつた。私は矢も楯もたまらず、部屋を飛び出し女が住んでゐたアパアトに向かつた。既に引つ越した後だとしても、何かの手掛かりが殘つてゐるかも知れないといふ僅かな可能性に縋《すが》つたのだ。

だが結果だけを云へば、私の努力は徒勞に終はつた。アパアトの部屋には何も殘つてをらず、大家に引つ越し先を訊いても何も知らなかつたのだ。豫測《よそく》された事ではあつたが、私は落膽《らくたん》を禁じ得なかつた。それでも一つ收穫を擧《あ》げるとすれば、この見事な消え方こそ只の不倫でなかつた事の傍證《ぼうしょう》だ。私は益々《ますます》確信を深めた。

悪意の主は誰なのか。部屋に戻つて、頭痛がする程考へ抜いた。何處《どこ》かで恨みを買つた事は間違ひない。だがそれが私のどんな行動に起因するのか、幾ら考へても分からなかつた。

だから私は、その目的ではなく、こんな事をしさうな人物は誰かといふ方向性でここ數カ月の出來事を思ひ返した。すると簡單に、ある男の顏が思ひ浮かぶ。一度は否定した可能性だつたが、もうかうなつては加原を疑ふしかなかつた。

確かに私は加原を脅した。正確に云へば私ではなく長谷川だが、加原からすれば同罪だらう。いや寧《むし》ろ、長谷川は只《ただ》私の手傳ひをしただけなのだ。加原が私を憎むのは、思へば當然の事ではあつた。

加原に會はなければならない。私は決意する。正直に云へば、もう一度加原に會ふのは怖かつた。前は長谷川が同行してくれたが、今度は一人で立ち向かふしかない。誰の助けも借りず、自分の力で惡意と鬪《たたか》はなければならないのだ。私の體《からだ》は竦《すく》んだ。

それでも、私は加原に會ひに出かけた。強い義務感が、恐怖に打ち勝つたのである。私は大勢の人に不幸を撒《ま》き散らしてしまつた。その責が己にあるなら、怯えてゐる場合ではない。加原の行動を止められる自信はまるでなかつたものの、土下座も辭《じ》さない覺悟だけはあつた。

私は三たび、神田のボロビルを訪問した。階段を上つて、曇りガラスの嵌《はま》つたドアに向き合ふ。だが部屋の中は暗く、誰かがゐる氣配はなかつた。何度もしつこくノックしてみても、加原は出て來なかつた。

諦めず、今度は江古田に向かつた。職場にゐないなら、自宅を訪ねるしかない。以前に探した加原の家を、私はまだ記憶してゐた。バラック小屋を訪ねると、以前にも會つた加原の母親が出て來た。私は顔を憶えてゐたが、先方はこちらの事を忘れてゐるらしい。名前を名乘つても思ひ當たる樣子もなく、少し不思議さうに首を傾《かし》げてゐる。私は加原が在宅してゐるかと尋ねた。

「いや、それがをりませんのです」

母親は困惑したやうに答へる。その樣子に些《いささ》か奇異な印象を受けて、私は更に行方を問うた。

「何處《どこ》に行つたのですか。何としても加原さんに會はなければならないのですけど」

「はあ、それが……」

歯切れの惡い母親の返事に、私は嫌な豫感《よかん》を覺えた。私を圍繞《いにょう》する暗雲。その存在をまたしても意識せざるを得なかつた。

「それが、私も分からんのです」

果たして母親は、そのやうに答へた。私は鈍い衝撃を受ける。

「分からない？　それはどういふ事ですか」

「もうここ何カ月も家に戻つてないのですよ。神田の仕事場にも行つてないやうだし、連絡は一度も寄越さないし、どういふ事なのかこちらが訊きたい程です」

母親は不當《ふとう》に問ひ詰められたと感じたのか、少し語調を強めた。それが息子を庇《かば》つた演技だとしたら大したものだ。加原が本當に行方不明になつてゐると、私も納得するしかなかつた。

これは一體《いつたい》どうした事か。加原が惡意の主だからこそ、姿を晦《くら》まして活動してゐるのか。あるいは加原もまた、一連の暗雲に巻き込まれた一人に過ぎないのか。私には最早何も分からなかつた。

加原が戻つたら教へてもらふ爲に、連絡先を殘しておかうかとも考へた。だが今となつてはそんな事をしても無駄な氣がして、やめておいた。これ以上あちこちに自分の痕跡を殘《のこ》しておく事への恐怖感もあつた。私は徒勞感だけを抱へて、アパアトに歸《かえ》つた。

アパアトは、靴脱ぎの側に棚がある。アパアトに屆《とど》けられた郵便物を、大家さんが仕分けして置いておく爲の棚だ。その棚に、私宛の封筒が一通あつた。それを目にした途端、背筋に氷を當てられたやうな冷たい感覺が走つた。封筒の表書きの筆跡は、見憶えのある書き毆《なぐ》り文字だつたのだ。

もう嫌だ。私はその封筒から目を逸《そ》らし、自分の部屋に飛び込んだ。嚴重に鍵を掛けても、今にも何者かが飛び込んで來さうな妄想を抑へられず、私は肩を抱いて震へた。

二十九

これだけ大勢の人々に不幸を撒《ま》き散らしてゐながら、自分だけ無傷でゐられるわけもなかつた。私を圍繞《いにょう》する惡意は、徐々に半徑《はんけい》を狹めてゐる。その顎《あぎと》に私が食らはれるのは時間の問題であり、强がりを云ふなら覺悟は出來てゐた。だから、外出から歸《かえ》つて來てその慘狀を見た時、私は鈍い衝擊しか受けなかつた。嗚呼《ああ》、遂《つい》に私の番かと、ボンヤリ考へただけである。何者の仕業か、だの、警察を呼ばなければ、だのといつた發想《はっそう》はなかなか浮かんで來なかつた。

私の部屋は亂《みだ》されてゐた。積み上げてあつた本は崩され、行李《こうり》は開けられて服が散亂《さんらん》してゐる。私の所有物悉《ことごと》くが疊の上に散らばり、足の踏み場もない程だつた。何かを探した跡といふよりは、明らかに私を困らせる爲の狼藉《ろうぜき》であつた。

悲しいのは、本が亂暴に引き裂かれてゐる事だつた。調べてみると、被害を免れてゐる本は一冊とてなかつた。賊は偏執的なまでに本を破き、ペイジをばらまいてゐる。その異樣さに、私は慄然《りつぜん》とした。

散らばつたペイジを輯《あつ》めてゐる內に、徐々に衝擊が心を侵食し始めた。本には一冊一冊愛着がある。何處《どこ》で見付けどのやうに入手したのか、具《つぶさ》に思ひ出せる程だ。この本は私をこんなに愉快にさせてくれた、私にこんな感銘を與《あた》へてくれた。さうした思ひ出がどつと押し寄せて來て、涙となる。留めようにも、流れる涙は一向に止まらなかつた。

これは何の報いなのだらう。私はもう幾度目かも分からない自問をする。これ程の仕打ちを受けなければならない罪を、私は何時《いつ》犯したのか。まさか前世の惡行の報いといふわけでもあるまい。惡意を向ける者よ、私を咎《とが》めたいならその罪を告發し給《たま》へ。わけも分からず罰だけを受けるのは、もう澤山《たくさん》だつた。

服も同じく破かれ、布團《ふとん》は裂かれて中の綿毛が散亂してゐる。それらを掃《は》き轁めようにも、箒《ほうき》の柄がポッキリと折れてゐた。仕方なく、破かれた本のペイジを濡《ぬ》らして疊の上に撒き、それに綿毛を吸ひ付かせて轁めた。苦勞して轁めた本がこの程度にしか役に立たない事が、切なくてならなかつた。

だが、悲しむのはまだ早かつたのだ。部屋が一通り片付いてから、私は思ひ知る事になる。愛着のある本の無慘な姿に目を奪はれ、私は最も大事なものの存在を忘れてゐた。氣付いたのは、何もする氣力が湧かず、疊に寢そべつて呆《ぼう》然《ぜん》と天井を見上げてゐた時の事だつた。

私は慌てて身を起こし、机に飛び付いた。机の上には何もない。抽斗《ひきだし》も全て引き出されてゐたので、そこに入つてゐないのは分かつてゐた。それでも私は、もう一度探さずにはゐられなかつた。あれをなくすのは、藏書を全て破かれるより辛《つら》かつた。

どれくらゐの時間、私は部屋を探し回《まわ》つたのだらう。求めるものは見付からず、残つたのは只《ただ》大きすぎる徒勞感だけだつた。私は己の半身を失つたにも等しい打撃を受け、何も考へられなくなつた。

私の新作原稿は消失してゐた。原稿はほぼ完成してゐて、後は推敲《すいこう》を施すだけといふところだつた。新機軸に挑んだ私の試みは、苦勞はしたものの報はれたといふ手應《てごた》へがあつた。これを發表すれば、今までに倍する好評を博する事は間違ひなかつたのだ。

その努力が、空に消えた。身を削るやうにして書いた原稿が、何處《どこ》かに行つてしまつた。この喪失感は、何にも譬《たと》へやうがない。言葉を綴《つづ》る事を生業《なりわい》とする者にはあるまじき事だが、私はこの時の自分の氣持ちを表現する術《すべ》を持つてゐない。あらゆる語彙《ごい》を總《そう》動員しようとも、胸にポッカリと開いた穴を的確に云ひ表す事は出來なかつた。私は己自身の一部を失つたのだ。

時が經《た》つて、漸《よう》く《や》振り返る事が出來る。云へる事は只一つ、惡意を持つ者は私を知り盡《つ》くしてゐたといふ事だ。私は以前から不思議に思つてゐた。周圍《しゅうい》に起こる禍事《まがごと》全てに、ある人物の意思が介在してゐるなら、何故すぐに私を標的としないのか、と。それは私をじわじわと苦しめる爲かと思つてゐたが、それだけでなく、惡意持つ者は私の事を調べ上げてゐたのだ。そして、最も效果《こうか》的に打撃を與《あた》へる方法を摸索《もさく》してゐたに違ひない。さうでなければ、完成間近の原稿を奪ふなどといふ手段を思ひ付くわけがなかつた。

惡意持つ者は周到に準備を整へ、遂に行動を開始した。渦中の私は氣付かなかつたが、かうして全てを思ひ返してみると、終はりの始まりを告げる鐘の音があの時鳴つたのだと分かる。そして私の長くもない人生は、破滅への坂道を轉《ころ》げ落ちて行く。

生活を續けて行く氣力がどのやうに湧いたのか、自分でも判然としない。腹が減れば何かを食らはなければならないといふ、最も原始的な動物としての本能が私を動かしたのだらう。だが私は服もなく布團《ふとん》すら失ひ、明日からの生活にも困る狀態だつた。次の原稿料が入つて來る事を期待して何とか食ひつないで來たものの、これでは僅《わず》かな蓄へも底を突く。筆一本で身を立てて行く事の困難さを、無理矢理に思ひ知らされた心地だつた。

背に腹は替へられない。私は生きて行く爲に、職を求めた。といつて、學がなく手に技能もない私に出來る仕事は限られてゐる。私は幾つかの職場で門前拂《ばら》ひを食らつた末に、辛うじて新聞配達の職を得た。このご時世で曲がりなりにも仕事を見付けられた事は、私の人生最後の幸運だつたのだらう。私はまだ夜が明けきらない内に起きて、新聞を配つて歩く生活を始めた。最初は辛かつたが、一カ月もすると體《からだ》が慣れて來たのは有り難かつた。だがその間、どうしても小說を書く氣にはなれなかつた。

その話を聞いたのは、「靑轄《せいとう》」の編輯部《へんしゅうぶ》にふらりと遊びに行つた際の事だつた。私は紛失した原稿を何度か再現しようと机に向かつてはゐたが、書き出してみると何處《どこ》か前より劣る氣がして、筆を進められずにゐた。だから私は、些《いささ》か他力本願氣味ではあるが、他人の勵《はげ》ましを必要とした。磊落《らいらく》な編輯長であれば、私の尻を叩いてくれるのではないかと期待したわけである。

舊知《きゆうち》の編輯長には、私の遭遇した災難を話してある。最初は原稿の紛失を殘念がつてくれたが、訪ねて行つた時はもう過去を振り返つてはゐなかつた。それがどうしても前と同じ原稿が書けないなら、違ふ構想を練れと簡單に云ふ。それが出來れば苦勞はないと思ひつつ、確かにその言にも一理あるなと私は考へた。失はれたものに便々《べんべん》と未練を抱いてゐるから、何時までも同じ所で足踏みをする羽目になるのである。あの原稿の事は忘れ、新たな作品に挑戰すべきなのかも知れなかつた。

「でも、あれは本當に出來が良かつたんですよ。忘れてしまふには惜しいんだ」

それでも私は、口ではそのやうに云ふ。編輯長に甘えてゐたのだらう。編輯長は困つたやうに眉《まゆ》を顰《ひそ》める。

「それは俺《おれ》もよく分かるよ。話を聞いただけで、お前さんが新しい境地に踏み出したのは分かつたからな。お前さんも悔しいだらうが、俺だつて悔しいんだ。この悔しさは、新しい小說を書いて晴らすしかないだらう」

「さうなんですけどね。でもあの手の陽氣な話を書くには、今の僕の氣持ちは沈みすぎてるんです」

「さうだ。明るい話といへば、ちやうどさういふ小説を讀んだぞ。新人の作品なんだが、なかなかの出來だつた。お前さん、たまには人の作品を讀んで刺激を受けるのもいいんぢやないか」

「何て云ふ人ですか」

「何と云つたかな。ええと、おお、これだこれだ」

編輯長は亂雜《らんざつ》に散らかつた机の上を探し、その中から一冊の雜誌を取り出した。それを開いて差し出して來るので、氣乘りせぬままに受け取る。タイトルは「あの夜の事」と、些《いささ》か凡庸だつた。

冒頭の數行《すうぎよう》を讀んで、私は愕然《がくぜん》とした。こんな事はあり得ない。そこに掲載されてゐる小説は、失はれた私の新作だつたのだ。

無我夢中で、ペイジを繰つた。捲《めく》つても捲つても、そこに印字されてゐるのは憶えのある文章ばかりだつた。細部には多少手が入つてゐる。だがそれでも、九分九厘までこれは私の小説だつた。

「どうしたんだよ」

こちらの樣子を見て、編輯長が腰を浮かせた。私は呆然と、誌面から顏を上げる。

「これは、僕が書いたものです……」

「何だつて？　どういふ事なんだ」

編輯長は怒つたやうな聲《こゑ》を發した。だが事情が分からない事では、私も似たやうなものだつた。

「なくなつた新作です。それがそのまま、ここに掲載されてゐるんですよ」

「本當なのか、それは」

「間違ひないです」

新作を紛失したショックから、私が出鱈目《でたらめ》を云つてゐるとでも思つたのだらうか。編輯長は不審さうな表情をしながらも、机を回《まわ》つて私の傍《かたわ》らまでやつて來た。

「しかしそりやあ、お前さんの作風と全然違ふぢやないか」

「だから、新機軸に挑んだんです。讀めば氣分が明るくなるやうな、そんな小說を目指したんですよ」

信じてもらへないのが悔しく、私は聲を荒らげた。編輯長はこちらの目をヂツと覗き込む。

「本當なんだな。間違ひないんだな」

「間違ひないです」

私は再度繰り返した。編輯長は暫《しば》し私を睨《にら》むやうにしてから、重々しく頷《うなず》いた。

「よし、分かつた。信じよう。お前さんがかういふ嘘を吐《つ》く人ぢやないのは俺も知つてゐる。原稿は捨てられたんぢやなく、盗まれてゐたんだな」

「どうもそのやうです。一體《いったい》何の目的で……」

云つてから、すぐに自分で答へに氣付いた。これもまた、私を傷付ける効果的な方法だ。身を削つて書いた作品が、他人の名前で發表されてゐる。こんなにも悔しい事が他にあらうか。

「盗作だつて云ふなら、捨ててはおけないな。ようし、直談判といかうぢやないか。これを書いた奴の所にねぢ込みに行かう」

編輯長は憎々しげに、私が手にしてゐる誌面の作者名を爪で彈《はじ》く。私もそれは望むところだつた。

三十

我々はその雜誌「落葉」の編輯部へと向かつた。聞いた事のない誌名からすると、ここのところの創刊流行《ばやり》に乘つて發刊《はっかん》された雜誌なのだらう。奥付に發行所の住所すら掲載されてゐないので、編輯長が方々に問ひ合はせて漸《ようや》く編輯部の場所を特定する事が出來た。

事前に訪問は知らせておかない事にした。先方に責任者がゐない可能性もあつたが、云ひ譯《わけ》を考へる暇を與《あた》へたくなかつたのだ。電車を乘り繼《つ》いで目指す場所に着いてみると、そこは「青鞜」の編輯部と似たやうな佇《たたず》まひの雜居ビルだつた。このやうな編輯部は今、東京のあちこちにあるのだらう。

「交渉は俺に任せといてくれ。お前さんも云ひたい事はあるだらうが、まづは冷静に話し合ひだ」

編輯長は私の憤《いきどお》りを見抜いて、ビルに入る前にさう云つた。私はその一言で詰めてゐた息を吐き、頷く。確かに今は、編輯長に任せた方がよささうだつた。

編輯長はそんな私の反應《はんのう》に満足したのか、頷き返してビルに入つて行く。私も後を追つて、編輯部のドアをくぐつた。

「こちらの編輯長はあなたですか」

部屋の中には、頭の禿《は》げ上がつた中年男が一人だけゐた。突然の訪問者に戸惑つてゐるのか、腰を浮かせて「さうですが」と認める。編輯長は一禮《いちれい》してから、男の前に進み出た。

「突然失禮します」

編輯長は名刺代はりに持つて來た「青鞜」を差し出して、自己紹介をする。私の事も簡單に小説家だと説明した。

禿げた男はこちらの用件に見當が付かないのか、怪訝《けげん》さうに「青鞜」を受け取つた。編輯長は立つたまま、用件を切り出す。

「實《じつ》は少々お願ひがあつて、お邪魔したのです。今度のこちらの雑誌に載つてゐる、『あの夜の事』の作者についてお尋ねしたいのですよ」

「作者について？　あの作品を氣に入つていただけましたか」

「まあね」

編輯長は曖昧《あいまい》な返事をする。私の話を聞いてゐなければ、もつとはつきりした返答が出來てゐた事だらう。作品の出來そのものは、私も滿腔《まんこう》の自信があるのだ。

「それは有り難いお話ですが、しかしあの作者はまだ何處《どこ》にもご紹介出來ないですよ。暫《しばら》くうちでだけ書いてもらふつもりなので」

禿げた男は笑みを浮かべて、さう答へる。その笑みに他意はないのかも知れないが、私は相手がこちらの意圖《いと》を知つた上で薄ら笑ひを浮かべてゐるやうに感じてしまつた。編輯長の指摘どほり、頭に血が上つてゐるやうだ。

「まあ、さうおつしやらずに。あちこちで仕事をした方が、ご本人の爲でせう」

老獪《ろうかい》な編輯長は、いきなり盜作だと糾彈するのではなく、あくまで穩當《おんとう》な手段で作者の居所を探り當てるつもりらしい。この禿げた男が事情を知つてゐるのかどうか分からない段階では、確かにその方がいいと私も思つた。

「それはそのとほりなんですけど、こちらにもこちらの事情がありますから。暫《しばら》く待つていただけませんか」

禿げた男は笑つたまま、首を小さく振る。それが逃げ口上なのか、それとも有望作家を抱へ込まうといふ編輯者の言葉なのか、私には見分けが付かなかつた。

「そこを何とか。私も同じ稼業ですから、そちら樣の事情は分かりますけど、一つの雑誌だけで圍《かこ》い込んでおくのは惜しいですよ、この人は。さうは思ひませんか」

「そこまでのもんですかねえ。確かに出來はいいけど、まだ短編一本だよ。海のものとも山のものとも分からないぢやない」

「だからこそ、うちでも機會《きかい》を與《あた》へたいんですよ。それに應《こた》へられずに潰《つぶ》れるやうなら、それこそそこまでのものでせう」

「潰れられても困るんだけどね。何せうちは、ほら、見てのとほりの小さい所帯だから、これからあの人に頑張つてもらはなきやならないんですよ」

「何處《どこ》でこの作者を見付けたんですか」

編輯長は話の矛先を變《か》へる。私もそれは知りたい事だつた。

「持ち込みですよ。この前突然やつて來て、讀んで欲しいと原稿を置いて行つたんだ。こつちも偶々《たまたま》手が空いてゐたんでね、讀んでみたらなかなかのものだつた。それで卽《そく》掲載したわけですよ」

「若いんですか」

「若いね。そちらの方と同じくらゐか、一寸《ちよつと》上くらゐかな」

禿げた男は、私の方に顎をしやくつた。若いのか。私は漸《やうや》く、惡意持つ者の姿を朧氣《おぼろげ》に視野に捉へたやうな氣がした。

「是非とも會《あ》つてみたいねえ。何とかなりませんか」

編輯長は食ひ下がる。禿げた男は少し呆れ顔をした。

「あんたもしつこいね。今は駄目だつて云つてるぢやない。あんたも同じ立場なら、さう答へてるでせう」

「さうとは限らないですよ。場合によりけりだ」

「だから今の場合は駄目なんだつて。諦めてよ」

「せめてご本人に、かういふ話があつたとだけでも傳《つた》へてもらへませんか。こちらと會ふかどうかは、本人の氣持ち次第といふ事で」

「無理だよ。誰にも連絡先を教へるなつて、本人が云つてるんだから」

さうなのか。私は思はず身を乘り出す。いや、さうでなければをかしいのだ。盗作などといふ疚《やま》しい行爲をした者が、人前に堂々と出て來られるわけがない。

その後も何度か押し問答をしたが、禿げた男は頑として口を割らなかつた。默つてやり取りを聞いてゐた私だが、やがて苛立《いらだ》ちが募《つの》つて來た。このままでは埒《らち》が明かない。私はさう判斷して、編輯長の袖《そで》を引つ張つた。

「嗚呼《ああ》、うん、分かつた」

編輯長はちらりとこちらを振り返つて、頷いた。編輯長もここらが限界と考へてゐたらしい。

「ところでこの小説、本當に持ち込んだ本人が書いたものですかね」

それまでと變はらぬ口調で、編輯長はそろりと切り出した。禿げた男は質問の意味が分からなかつたのか、一瞬呆けた顏をする。

「どういふ事？　持ち込んだ本人ぢやなきやあ、誰が書いたつて云ふのさ」

「この人ですよ」

編輯長は目で私を指し示した。私は禿げた男を睨みながら、頷く。

「な、何なんだい。今度は難癖か。あんたら、一體《いったい》何が目的で來たんだよ」

「こちらの佐脇さんは、この前空き巣に入られたんだ。その時、ほぼ完成してゐた原稿を盗まれた。それが何と、お宅の雜誌に載つてゐた小說だつたのさ。あなた、あれが盗作だと知つてて掲載したのか」

「冗談ぢやない！　何の證據《しょうこ》があつてそんな事を云ふんだ」

禿げた男は聲を荒らげた。机に手を突き、立ち上がる。それでも編輯長は引き下がらなかつた。

「證據はないよ。原稿丸ごと盗まれたんだから。多分、筆跡を比べても無駄だらう。どうせここに持ち込む時に、別の紙に書き寫《うつ》したんだらうからね」

「なら、云ひがかりはやめてもらはう。出る所に出てもいいんだぞ」

「只《ただ》、こちらの主張が正しいかどうか、確かめる手段はある。持ち込んだ人にもう一作書かせてみればいいんだ。同じ水準のものが書けなければ、そいつが盗人だとはつきりする」

「だからつて、本當の作者がその人だといふ證明にはならないぢやないか」

「そのとほり。だから持ち込んだ人と會はせて欲しいんだ」

編輯長と禿げた男は、睨み合つたまま互ひに讓らなかつた。禿げた男の鼻息は荒く、憤《いきどお》りを辛うじて抑へてゐるのが見て取れた。だが腹が立つてゐる事では、こちらも負けてゐない。是が非でも、持ち込んだ人物の所在を教へてもらふつもりだつた。

やがて禿げた男は、ふと目を逸《そ》らせて椅子に坐つた。そして苛立たしく机を指先で叩きながら、唸《うな》るやうに云つた。

「出直してくれ。あんたらの云ふ事を信じたわけぢやない。只の云ひがかりだと思つてるぞ。でも、こちらもこのままぢや収まらない。本人に確認してみるよ。だから、今日は出直してくれ」

歯軋《はぎし》りしかねない程、禿げた男は悔しげな表情だつた。私と編輯長は目を見交はし、頷き合ふ。禿げた男の云ふ事も尤《もつと》もだと思つたのだ。

「分かつたよ。今日はさうする。また明日來るから、それまでに全部はつきりさせておいてくれ。當人《とうにん》に會《あ》へるまで、こつちは何度でも足を運ぶからな」

「勝手にしろ」

禿げた男は蠅《はえ》でも追ひ拂《はら》ふやうに、手を何度も振る。私は先に立つて、部屋を後にした。

「どう思ひます？」

ビルの外に出て、私は編輯長に尋ねた。編輯長は出て來たドアを振り返つてから、輕《かる》く首を傾《かし》げる。

「まだはつきりしないが、あの男は本當に何も知らないやうだな。持ち込まれた原稿の出來が良かつたから、掲載したつてだけだらう」

編輯長の言葉を聞き、私の胸には無念な思ひが込み上げる。その評價《ひょうか》は本當なら、私のものだつたのだ。私は只原稿を盗まれただけでなく、もしかしたら小説家としての未來を盗まれたのかも知れなかつた。

その日は驛《えき》で別れ、翌日にまた同じ場所で待ち合はせた。怒りと緊張を等分に感じながら、再び「落葉」編輯部に乘り込む。禿げた男が逃げ出してゐないかと心配したが、案ずるまでもなく昨日と同じ席に坐つてゐた。

「來たのか。律儀だな」

禿げた男は私達を一瞥《いちべつ》するなり、そのやうに云つた。編輯長は「當たり前だ」と應《おう》じて、その邊《へん》の椅子を引き寄せると、勝手に腰を下ろす。私もそれに倣《なら》つた。

「で、どうだつたんです？　原稿を持ち込んだ人は盗作と認めたんですか」

認めるわけがないと思つてゐた。相手が認めなければ、禿げた男もあくまで向かふの味方になるだらう。しかしそれでは盗作者を告發《こくはつ》する事は出來ないので、何としてもその居所を吐かせなければならないと決意してゐた。

「佐脇さんと云つたつけ。一本だけだけど、あんたの小説讀んだよ」

禿げた男はさう云ふと、煙草《たばこ》を取り出して火を點《つ》けた。下品に鼻から煙を出す様が、如何《いか》にもこの男らしいと思へた。

「全然似てないぢやない、文體《ぶんたい》。あんたが『あの夜の事』を書いたと云はれても、到底信じられないね」

「あれは僕の新境地だつたんだ！」

思はず立ち上がつて、抗議の聲《こえ》を上げた。この男はまだ、こちらの主張を疑ふのか。何と質《たち》の悪い奴かと、怒りで我を忘れさうになつた。

そんな私を、編輯長が手で押さへて制した。私は思はず摑《つか》みかかりさうになるのを辛うじて踏み止まり、拳《こぶし》を強く握り締める。あれが凡作だつたなら、まだ許せる。だが出來に自信があるだけに、こんな主張をしなければならない事が悔しくてならなかつた。

「口では何とでも云へるからね。ハツキリした證據《しょうこ》がない限り、俺はあんたらの主張には耳を貸さないよ」

禿げた男は、私の苛立ちを見透かしてゐるかのやうに悠然と煙草を吹かした。

今度は代はつて編輯長が應じてくれる。

「それで、本人とは連絡が取れたんですか？」

「取れたよ。盗作なんて、あんたらの云ひがかりだつて」

「そりやあ、眞《ま》つ正直に『盗みました』と認める馬鹿もゐないだらうよ」

編輯長は肩を竦《すく》める。そんな返事しかないだらう事は豫想《よそう》してゐたので、ここからが正念場だつた。

「本人と會《あ》はせてくれ。お宅だつて、盗作を載せた疑ひがあるなら放つておけないだらう」

「俺はあくまで、あれは盗作なんかぢやないつて信じてるよ」

さう云ひながら、禿げた男は机の上から紙を一枚取り上げた。煙草の煙に目を細めながら、それを編輯長に差し出す。編輯長は怪訝《けげん》な顔で受け取つた。

「それが、作者の連絡先だ。あんたらに會ふつてよ」

「えつ」

思はず私は聲を上げてしまつた。まさかこんなにも簡單に、先方の居所を教へてもらへるとは思はなかつたのだ。

「あんたらと會ふのは、疚《やま》しい所がないからだらうよ。さうぢやなけりやあ、逃げてる筈だからな」

禿げた男は自信たつぷりに云ひ切る。私はさうは思はなかつたが、會へるに越した事はなかつた。先方の意圖《いと》は不明でも、直談判に持ち込めるのは大歡迎だ。

「この住所は本當だらうね。嘘だつたら、また來るよ」

編輯長は胡散臭《うさんくさ》さうに、紙と禿げた男を交互に見た。禿げた男はそんな視線を動じずに受け止め、ニヤリと笑つた。

「ぢやあ、もうあんたらと會ふ必要もないね。二度とここには來ないでくれ」

三十一

「どういふ事でせうね」

ビルを出て開口一番、私はさう尋ねた。編輯長も首を傾げる。

「分からないな。證據《しょうこ》は何もないと知つてて、開き直るつもりかも知れない」

「何としても、僕から盗んだ事を認めさせてやりますよ。あれは僕の作品なんだ」

私の意氣込みとは裏腹に、編輯長は怪訝《けげん》な表情だつた。

「一つ腑《ふ》に落ちないのは、そいつの目的だ。こんなふうにお前さんの小説を盗んで發表《はっぴょう》して、何の得になるんだらう。どうせ後が續かないからこの道で食つて行けるわけもないし、一回《いっかい》きりの原稿料が目當てだとしても、あんな小さな雜誌ぢや高が知れてるし。どうもよく分からねえ」

編輯長はさう云つて、何度も首を捻《ひね》つた。私はここ數カ月の一連の事件を說明しようかと考へたが、とても簡單には云ひ盡《つ》くせないので默つてゐる事にした。兎《と》も角《かく》、相手と會《あ》ひさへすれば何もかもハッキリする。私は武者震ひする思ひだつた。

電車に乘つて、禿げた男が教へてくれた住所に向かふ。地番だけではなかなか場所を特定出來なかつたが、通りがかりの人に尋ねるのは最早《もはや》お手の物である。三人程に聲《こえ》をかけると、漸《よう》く小さな一軒家に行き着く事が出來た。

「ご免ください」

ガラスの嵌《はま》つた格子戸に呼びかけると、すぐに内側に人影が現れた。どうやら私達の到着を待つてゐたやうな反應《はんのう》の早さである。戸が開かれ、私は男と對《たい》面《めん》した。

男は吊り目が印象的な、なかなか整つた顔立ちをしてゐた。少し翳《かげ》があるものの、女性からするとそれも魅力的かも知れない。私はこの男の顔を、何處《どこ》かで見た事があるやうな氣がした。

「和田幸造《わだこうぞう》さん、ですね」

編輯長が男に確認した。男は默つたまま、コクリと頷く。その視線は編輯長ではなく、私に眞《ま》つ直ぐ向かつてゐた。まるで睨むやうな視線を、私は正面から受け止めた。

「『落葉』の編輯部から連絡が行つてゐると思ひます」

さう切り出し、編輯長は自分と私の名を告げる。和田は編輯長が自己紹介をする間も、私から目を外さなかつた。そして半歩退き、「どうぞ」と中に入るやう促す。編輯長は頭を下げて應《おう》じ、私も續《つづ》いて部屋に上がつた。

家は六疊間と臺所《だいどころ》だけの、ごく小さな作りだつた。その六疊間には塗りの剝《は》げた卓袱臺《ちやぶだい》があり、私達はそれを挾んで向かひ合つた。和田は依然として、私だけを見てゐる。明らかに何かを含んだ視線だつた。

「突然に失禮《しつれい》しました。まづ確かめさせていただきたいのですが、和田幸造といふお名前は本名ですか」

編輯長は最初にさう尋ねた。私はその横で、和田を何處で見かけたのかずつと考へてゐたが、どうにも思ひ出す事が出來ずにゐた。言葉を交はしたわけではないだらう。それならば明瞭に記憶に殘つてゐる筈だ。さうではなく、只すれ違つた程度だから思ひ出せないに違ひない。相手の素性に思ひ至りさへすれば、和田の敵意の謎も解ける筈なのだが。

「筆名ですよ。それが何か？」

和田は漸《ようや》く私から視線を外し、編輯長に答へる。涼しげな表情は、盗作者のそれとは程遠かつた。何故和田がここまで堂々としてゐられるのか、私には不思議でならない。

「では、ご本名をお教へいただきたい」

編輯長は切り込んだが、和田は口許に皮肉な笑みを浮かべて、ゆつくり首を振つた。

「それはお斷《ことわ》りだ。和田、で別に構はないでせう」

「我々はあなたを盗作の疑ひで告發《こくはつ》しようとやつて來たのですよ。まづ本名を名乘つていただかない事には、話にならない」

「斷る。本名を知らなければ話が出來ないと云ふなら、このまま歸《かえ》ればいい」

和田は顎をしやくつて、玄關を指し示した。編輯長は暫《しば》し默考してから、

「いいでせう」と頷く。

「さういふ事ならその件は後回しでもいい。兎も角、さつさと本題に入りませう。あなたが『落葉』に發表した小説の事ですよ」

「あれが盗作だと、云ひがかりを付けたいわけですね」

「云ひがかりぢやない！　あれは本當に僕が書いたものだと、あんたが一番よく承知してゐるだらう！」

和田の不貞不貞《ふてぶて》しい物云ひに、思はず私は激昂した。そんな私に、和田は冷ややかな眼差《まなざ》しを向ける。

「話し合ひに來たんぢやないんですか？　いきなり怒鳴るなら、話し合ひにも何にもならない。それぢやあヤクザの恫喝《どうかつ》と同じだ」

「何だと――」

「まあ、待て」

編輯長が少し聲《こえ》を大きくして、私を宥《なだ》める。私は浮かせかけた腰を下ろして、相手に負けないやう睨み返す。何故こいつは私の小説を盜んだのか。私は何處《どこ》でこいつの恨みを買つたのか。その事だけを一心不亂《ふらん》に考へようとした。

「和田さん、あなたはこちらの佐脇さんを知つてますか」

編輯長は改めて尋ねる。どうせ白を切るに違ひないと私は決め付けてゐたが、思ひがけない事に和田はあつさり肯定した。

「ええ、よく知つてますよ」

どういふ事だ。完全に居直るつもりなのだらうか。私は和田の意圖《いと》が分からない。

「つまり、佐脇さんの部屋に空き巣に入り、小説を盜んだ事を認めるんですね」

強《した》かな編輯長は、强引に話をそちらに持つて行く。だが和田は、皮肉さうに唇を歪《ゆが》めるだけだつた。

「どうしてさういふ事になるんですか。私は只《ただ》、佐脇さんを知つてゐると認めただけですよ」

「ぢやあ、どういふふうに知つてゐるのか、教へていただきませうか」

「それは、佐脇さん自身が一番よくご存じなんぢやないですか」

「僕が？」

さう云はれても、まだ私は和田の正體《しょうたい》に氣付く事が出來なかつた。和田はそんなこちらの反應に憤《いきどお》つたやうに、今度はハツキリと鋭い目を向けて來る。

「思ひ出せないのかい。さうだよな、あんたはさういふ鈍感な男なんだよ。だから相手の都合なんてまるで考へずに、無神經に掻《か》き回す事が出來たんだ。さうだろ、世間知らずのお坊ちやん」

和田はもう表面を取り繕はうとはしなかつた。言葉には私に對《たい》する惡意が滴《したた》つてゐる。こいつだ、こいつが私の周圍《しゅうい》に起こる變事《へんじ》の元兇《げんきょう》だつたのだ。漸《よう》やく張本人を突き止める事が出來た。

「僕が何をしたつて云ふんだ！　大野さんの店を壞《こわ》したのも、叔父に浮氣を唆《そそのか》したのも、皆あんたの仕業だつたんだな！」

「えつ？　おい、何の話だ」

編輯長だけがやり取りに付いて行けず、面食らつたやうな顔で説明を求める。

だが私には、編輯長に答へてゐる餘裕《よゆう》はなかつた。

「あんたは氣付くべきなんだ。自分のしでかした事がどれだけ重大かを。あんたのせゐで泣いてゐる女が世の中にはゐる事を」

「泣いてゐる女？」

その言葉を聞いた刹那《せつな》、私は卒然と和田の正體《しようたい》を悟つた。春子の夫だ。錦絲町のアパアトで、一度だけすれ違つた男。あの時の男が、今私の眼前にゐた。

「あんたは、竹賴春子さんの夫か。さうか、漸く思ひ出した」

「といふ事は、自分の罪に見當が付いてゐるわけだな」

和田は——春子の夫は、憎々しげに私を睨む。だが私には、そんな言葉はどうしても不當《ふとう》としか思へなかつた。

「いいや、見當なんて付かない。どうしてあんたがこんなにも僕を憎むのか、さつぱり分からないよ。僕が春子さんを搜し當てたせゐで、春子さんが不幸になつたと云ふのか？　もしさうなら、どういふ事なのか說明して欲しい」

「世の中にはそつとしておいた方がいい事もあるんだ。それなのにあんたは、無神經に踏み込んで來て一人の女の一生を臺《だい》なしにした。それでも何も氣付かず、お氣樂な面《つら》で生きてゐる。それが俺達は許せないんだよ」

「女の一生を、つて……。それは春子さんの事なのか。春子さんに何があつたんだ」

「あんたは自分の罪の深さを思ひ知るべきなんだ」

和田はこちらの言葉に正面から答へようとはしなかつた。私の胸には、只《ただ》困惑だけが居坐る。

「するとやはり、あんたは佐脇さんに惡意を持つてゐる事を認めるんだな。だから佐脇さんの小説を盜んだんだな」

話が見えない筈なのに、編輯長は的確に確認した。和田は今更編輯長の存在を思ひ出したやうに、ゆつくりと顏をそちらに向けた。

「勝手に解釋《かいしやく》しないでくれませんか。俺はそんな事してないと云つてるでせう」

「しかしあんたは、佐脇さんを困らせようとしてゐるんだらう。ならば、小説を盜んだと認めたも同然だ」

「知りませんね。俺は自分であの小說を書いた。佐脇さんが小説を盜まれたと主張しても、何の證據《しようこ》もない。さうだらう」

「教へてくれ……、教へて欲しい。僕が一體《いつたい》何をしたのか。僕があなた達にどんな迷惑をかけたのか。さうしなければ、詫《わ》びたくても詫びる事すら出來ない」

「今更遲《おそ》い」

和田は叩《たた》き付けるやうに云つた。そこにはどんな言葉を以てしても消す事の出來ない、激しい瞋恚《しんい》の炎《ほむら》があつた。

「今更遲いんだよ！　詫びてもらつて、何もかも元どほりになるか？　失はれた幸せが戻つて來るのか？　あんたは自分の身で、罪を償はなければならないんだよ。さうしなければ、誰も納得なんか出來ないんだよ」

「だとしても、せめて――」

「うるせえ！」

和田は激しく卓袱臺を叩いた。最早《もはや》冷靜に話が出來る狀況ではなかつた。

「いいか。これで終はりだと思つたら大閒違ひだぞ。まだだ。まだまだ足りない。あんたを完全に不幸のどん底に叩き落としてやるまで、俺達は恨みを忘れないからな」

「佐脇さん、こいつはをかしいよ。警察に通報した方がいい」

編輯長は手を伸ばして、自分の後ろに私を庇《かば》ふやうにした。そんな編輯長に、和田はせせら笑ひを浴びせる。

「警察が何の賴りになる？　俺は何も認めてないんだぜ。昔の特高ぢやあるまいし、何の證據もないのに俺を捕まへる事なんて出來ないだらう。何しろ今の警察は、民主警察なんだからな」

和田は自分の言葉がをかしくてならないやうに、虛《うつ》ろな聲《こえ》で高笑ひをした。編輯長は膝立ちになり、「行かう」と私に聲をかける。だが私は、それでも尋ねずにゐられなかつた。

「春子さんは何處《どこ》にゐるんだ。無事に生きてるんだらうな」

「あんたの知つた事か」

吐き捨てるやうな和田の返答。もうどんな言葉も通じない事は明らかだつた。私は和田の視線に耐へられず、自分から目を逸らせた。それをきつかけに、編輯長が私を引きずるやうにして玄關に向かふ。氣付いてみれば、何時《いつ》しか私の全身はガタガタと震へてゐた。

三十二

事情説明をしろと云ふ編輯長に、私はすぐには應《おう》じられなかつた。何れ必《いず》ず話すから、今は待つて欲しいとだけ答へて、別れる。和田の激しい糾彈に混亂《こんらん》し、私は何も分からなくなつてゐた。

惡意の主の正體《しょうたい》は判明した。だがその恨みの中身は、一向に明らかにならない。それが私の不安を掻き立てる。和田の狙《ねら》ひもそこにあるのだらうと思はれた。

それでも、自分の部屋に歸《かえ》り着いて冷靜に考へてみると、何が起きたのか朧《おぼろ》氣《げ》に見當《けんとう》を付ける事が出來た。加原だ。加原は私の訪問の後、春子への興味を再燃させたやうだつた。加原が春子のアパアトまで辿《たど》り着き、それから逃げるやうに春子が引つ越した事までは分かつてゐる。その時に何か、春子の身に生じたのだらうか。まさか加原が春子に暴力を振るつたのではあるまいか。だとしたら、春子の夫である和田が私を恨むのも當然だ。加原は私が訪ねるまで、春子の事を忘れてゐた。思ひ出させたのは明らかに私だ。私が春子に不幸を媒介したのだとしたら、悔やんでも悔やみきれない。確かに詫びて許してもらへる事ではないが、それでも私は和田に確かめ、頭を下げずには氣が濟《す》まなかつた。

一日經《た》つて冷靜になり、私は再度和田を訪問する事にした。編輯長には聲《こえ》をかけなかつた。これは私の問題であり、第三者に付き從つてもらつては誠意を示す事も出來ないと考へたからだ。もし私の推測が當たつてゐるなら、和田は私を毆《なぐ》つても飽き足らないだらう。それでも私は、あらゆる糾彈を甘受《かんじゅ》する覺悟だつた。

重い足を引きずり、和田の家の前に立つた。昨日と同じやうにおとなひを告げ、反應《はんのう》を待つ。だが今日はすぐに應《こた》へる聲も聞こえず、家の中は靜まり返つてゐた。何度か呼びかけて返答がないので、私は格子戸に手をかけた。中から鍵が閉まつてゐる。

裏に回り込んでみても、窓は閉ぢられてゐた。どうやら留守のやうだ。私は迷ひ、もう一度夜に出直す事にした。和田が仕事を持つてゐるなら、晝閒《ひるま》に訪ねて來ても會へる道理がなかつた。

結論から書くなら、私は結局和田に會ふ事が出來なかつた。その後幾度訪ねて行つても、その家は留守だつたのだ。やがて私は諦め、和田は何處《どこ》かに去つたのだと判斷した。春子が消え、叔父の愛人がゐなくなり、加原も行方を晦《くら》まして、そして和田もまた姿を隠《かく》した。私は詫びる機會《きかい》すら與《あた》へられず、殘るのは只息苦しいまでの惡意だけだつた。

これからどうすればいいのか、私は分からなかつた。和田の恨みを解く術《すべ》はなく、かといつて彼の目の屆《とど》かない所に逃げ出す事も出來ずにゐた。盗まれた小說に代はるものを書かうとしても、心に栓をしたやうに言葉が出て來ない。大袈裟《おおげさ》でなく、私は書くべき文章を失つてしまつたのだ。和田の狙ひが私を破滅させる事にあるのなら、もうそれは充分に功を奏してゐると云へた。しかし和田は、その事を知らない。私は次なる和田の攻擊がどのやうな形でやつて來るのか、坐して待つ事しか出來なかつた。

私は己の無力を憎む。思ひ返してみれば、まだあの時點《じてん》ならば取り返しが付いたのだ。それなのに私は先を見通す力がなく、和田の惡意が自分にのみ向くと思ひ込んでゐた。これまでも周圍《しゅうい》の人を巻き込んでゐたのに、その可能性を頭から排除してゐた。和田の恨みを甘く考へてゐたのかも知れない。さうでなければ、私に地獄の苦しみを與へる最も效果的な方法がある事に氣付いてゐた筈だからだ。私は人間が何處《どこ》まで殘酷になれるものか、その時まで知りもしなかつた。

かうして文字に起こすのもおぞましいあの日は、思ひがけない人の訪問によつて幕を開けた。私はドアを開け、そこに大野さんが立つてゐた事に驚きつつも、單純に喜んだ。

「どうしたんですか？　大野さんが遊びに來てくれるとは思はなかつたな。さあ、どうぞ入つてください」

大野さんの沈鬱《ちんうつ》な表情にも氣付かず、私は能天氣にさう云つた。大野さんは無言で頷いて、部屋に入つて來る。客に出すお茶すら備えてゐなかつたので、私は恥ぢ入りながら座布團《ざぶとん》を差し出した。

「變《か》はりないか」

大野さんは重々しい口調で、私に尋ねた。變《へんか》はりはないと云へばないが、かうして一人暮らしをしてゐる事自體《じたい》が大きな變化だ。私がどう答へたらよいか考へてゐる間に、大野さんはボソリと言葉を吐き出した。それはまるで、口の中の異物を早く出してしまひたいかのやうにも見えた。

「お前、診療所とは連絡を取り合つてゐるか？」

「えつ、診療所ですか。いいえ、あまり……」

事情が事情だつたので、なかなか顔は出しづらかつた。叔母は私の生活を氣にかけてくれてゐるが、診療所の仕事もあるのでさうさう拔け出す事も出來ないやうだ。何時《いつ》ぞや扶實さんが訪ねてくれた時以來、私は診療所の動向については何も耳にしてゐなかつた。

「扶實さんに、何かがあつたやうだ。今朝、ご用聞きに行つて知つた」

「扶實さんに？」

私は最初、大野さんの言葉に上手《うま》く反應出來なかつた。扶實さんを追ひかけてゐた長谷川は、もう反省した筈だがと、些《いささ》か的外れな事を考へただけだつた。

「事情はよく分からない。只、お妙さんも來てなくて、奥さんが難しい顔をしてゐた。何があつたのかと訊《き》いても、口を濁すだけで答へてくれないんだ。辛うじて言葉の端々から、扶實さんに何かがあつた事だけは見當が付いた。俺は奥さんの態度が氣になつてならないんだ」

私は暫《しば》く口を開けて、呆けた顔を曝《さら》してゐたやうだつた。すぐに事態を把握出來なかつたのは、恐らく信じたくなかつたからだらう。本當は眞《ま》つ先に何が起きたか悟つてゐたのに、心がその推測を拒絶したのだ。だから私は、只《ただ》目を見開いて大野さんを見詰めてゐた。

「分かるか。扶實さんに何かがあつたんだ。お前は心配ぢやないのか」

私の反應が鈍いのに、大野さんは苛立つたやうだつた。認めたくなかつたのに、現實が徐々に私の腦に染み通り始める。私は腰を浮かせ、大野さんの二の腕を摑んだ。

「扶實さんに何があつたんですか！」

「詳しい事は分からないと云つてるだらう。兎《と》も角《かく》、部外者の俺には立ち入れさうにない事だけは確かだ。お前、心配なら自分で確かめてみろ」

云はれるまでもなかつた。私はすつかり狼狽《ろうばい》し、そのまま部屋を飛び出しさうになつた。辛うじて大野さんに押し留められ、「落ち着け」と叱咤《しつた》される。逆に二の腕を摑まれて搖すぶられ、私の混亂《こんらん》した意識も幾分ハツキリした。

「お前が慌ててどうする。物事には順序があるぞ。何をどうすればいいのか、じつくり考へて行動するんだ。まづは、出かけるなら上着くらゐ着ろ」

全くそのとほりだ。私は我を忘れた事を恥ぢ、外套《がいとう》を取り出して羽織つた。少し頭が冷えると、どうにも耐へ難い恐ろしさが足許から忍び寄つて來て、惡寒のやうな震へが止められなかつた。私は大野さんに伴《ともな》はれて部屋を出て、淀《よど》橋《ばし》まで一緒に歩いた。道中、どちらも言葉を發《はっ》さなかつた。

仕事があるといふ大野さんとは、診療所の側《そば》で別れた。私は一人になるのが心細かつたが、自分の力で事態と直面しなければならない事はよく分かつてゐた。急がなければといふ焦りと、何も知りたくないといふ後ろ向きの氣持ちが鬩《せめ》ぎ合ひ、私を苦しめる。いつそ胸が張り裂け、このまま路上に倒れてしまへばいいとすら思つた。

私は笹塚《ささづか》までの道のりを、默々と歩いた。思へばそれは、私の生涯で最も長い道程だつた。私は歩き詰めに歩いた。行き着く果てに何が待ち受けてゐるか、分かつてゐても向かはなければならない。辛く長い、二度と歩きたくない道程だつた。

漸《ようや》く辿り着いた扶實さんの住まひは、皮肉な事にあの和田の家と似た佇《たたず》まひだつた。一閒しかない小さな家に、扶實さんは兩親と住んでゐる。私は格子戸の前で躊躇《ためら》ひ、そしてそんな自分に恥ぢて聲《こえ》を張り上げた。中にゐる扶實さんにも聞こえるやう、大きな聲で名を名乘つた。

内側から戸が開かれ、お妙さんが顔を出した。お妙さんがここにゐるとは思はなかつたので、私は少し面食らふ。お妙さんは背後を氣にしながら外に出て來て、私の肘《ひじ》を摑むと家から遠ざけるやうに引つ張つた。私はされるがままに、後に従つた。

「お妙さん、扶實さんが診療所を休んでるんだつて？　一體《いつたい》何があつたんだ。體《からだ》の具合でも惡いのか」

お妙さんの背中に問ひかけた。お妙さんは曲がり角で漸く立ち止まり、私に向き合ふ。

「何でもないんです。只《ただ》風邪を引いただけですから、どうぞ氣になさらないでください」

お妙さんはペコペコと頭を下げて、さう云つた。だがその態度が、説明を眞《ま》つ向《こう》から裏切つてゐる。只の風邪なら、何故頭を下げて「氣にするな」と云ふのか。私は己の不吉な推測が的中してゐる事を、お妙さんの仕種《しぐさ》から悟つてしまつた。

「扶實さんは大丈夫なのか？　家の中にゐるんだらう。起き上がれない程ひどい怪我をしたのか」

「どうか坊ちやま。扶實の事はお忘れください。本當に何でもないんです。どうかどうか、扶實の事は放つておいてください」

お妙さんが何度も頭を下げる内に、地面に水滴が落ちた。泣いてゐるのだ。

その涙は私を、二度と立ち上がれない程打ちのめす力を有してゐた。足許が覺《おぼ》束《つか》なくなり、蹌踉《よろ》けて塀に背中を付ける。そのままズルズルと力が拔け、私は地べたにしやがみ込んでしまつた。

「本當なのか、お妙さん。本當に扶賓さんは何でもないのか。また元氣に診療所に來てくれるのか——」

自分の口から飛び出す言葉を、これ程空《むな》しく感じた事はなかつた。お妙さんはもう泣いてゐる事を隱《かく》せずに、顏を覆つて頷いた。しやくり上げるその合間に、「大丈夫です、大丈夫です」と繰り返す。憐《あわ》れでならなかつた。

「僕のせゐなんだ。何もかも、僕のせゐなんだよ。扶賓さんは何も惡くない。全部、僕が惡いんだ……」

何かを喋《しやべ》つてゐなければ、そのまま精神が崩壞しかねない恐怖があつた。いや、確かにあの時私の心の一部は、強い衝擊に耐へられず壞死《えし》してゐた。私はひたすら無意味な繰り言を口にし、お妙さんは嗚咽《おえつ》を嚙み殺してゐる。それ以降の記憶は曖昧で、最早《もはや》思ひ出す事も出來ない——。

三十三

その頃から私の記憶は、斷續的《だんぞくてき》にしか殘《のこ》つてゐない。次に憶《おぼ》えてゐるのは、アパアトの自分の部屋で呆然としてゐる時の事だ。それが大野さんの來訪から何日後の事なのかも、判然としない。只、やたらと腹が減つてゐた憶えはあるから、同じ日の事ではないのだらう。腹は減つてゐても食欲はなく、無理に食べても吐きさうな胸のむかつきを、かうして文章を綴《つづ》つてゐる今も思ひ出す。扶賓さんを襲つた災禍《さいか》が私のせゐだと考へたのは、勿論《もちろん》直前に會《あ》つた和田の事が脳裏に強く残つてゐたからだ。私を不幸のどん底に叩き落とすと、和田はハツキリ宣言した。そしてそれから程なく、私は自分が直接危害を加へられるよりも遙かに大きい痛手を被《こうむ》つた。扶賓さんと私は特別な間柄ではない。確かに私は好意を抱いてゐたが、それ以上の關係ではなく、只の知り合ひの域を出てゐなかつたのだ。それなのに扶賓さんは、私に向けられる恨みのとばつちりを受けて、可哀相《かわいそう》な目に遭つた。只毆《なぐ》られた程度の事であれば、あれ程お妙さんも取り亂《みだ》しはしないだらう。私は扶賓さんがどのやうな被害を受けたのか、想像する事すら恐ろしくて出來ず、だからこそ一層打ちのめされた。和田の卑劣さを呪ふよりも、事態を事前に防げなかつた己の無力が何にも増して疎《うと》ましかつた。

だが、散り散りになつた思考を何とかもう一度纏《まと》め上げた時、私は別の可能性もある事に思ひ至つた。私への恨みを晴らす爲に扶賓さんを襲ふとは、あまりに手段が卑劣すぎる。果たして人間に、そのやうな事が思ひ付けるだらうか。幾ら和田の恨みが深くとも、まともな神經の持ち主に出來る事ではなかつた。少なくとも、私にはさう思へた。

扶實さんを襲つた犯人の候補ならば、もう一人ゐるではないか。私はその事に卒然と思ひ至り、意識を覺醒《かくせい》させた。扶實さんをつけ囘《まわ》してゐた長谷川。一方的に扶實さんに懸想《けそう》し、その思ひを傳《つた》へられずに夜道をつけてゐた長谷川こそ、誰よりも犯人である疑ひが濃い。長谷川が泣いて詫《わ》びた事で全てが落着したやうに考へてゐたが、あれが心からの反省だといふ保證《ほしよう》は何處《どこ》にもないのだ。思ひ餘《あま》つた擧《あ》げ句、扶實さんに襲ひかかる暴擧《ぼうきよ》に出た可能性は大いにあるのではないか。

私は己の裡《うち》に、沸々と激しい力が漲《みなぎ》り始めたのを自覺した。力の正體《しようたい》は怒りだ。もし本當に長谷川が扶實さんを襲つたのだとしたら、到底許す事は出來ない。私は羅刹《らせつ》となつて、長谷川に自らの罪の深さを思ひ知らせるだらう。幾ら取り返しの付かない悲劇だとしても、私は行動を起こさずにゐられなかつた。

部屋を出て、眞《ま》つ直《す》ぐに長谷川の家を目指した。一別以來顏を合はせてゐないが、氣まづさを覺えてゐる場合ではない。私の足は怒りを原動力として動き、一瞬も留まる事がなかつた。普通に歩けば二十分程の道のりを、その半分くらゐで歩き拔いてゐた筈だ。

だがこちらのそんな意氣込みは、玄關先に出て來た長谷川の母によつてあつさりといなされた。何と、長谷川は大怪我を負つて入院してゐるといふのだ。思ひがけない話に、私はその言葉を疑つた。

「本當ですか。それは何時《いつ》からですか」

「もう二週間くらゐになるんですよ。ご存じなかつたんですか」

友人のくせに冷たいと、暗に非難されてゐたのかも知れない。長谷川は私との友情が壊《こわ》れた事を親には到底云へなかつただらうから、母親にしてみれば當然の反應《はんのう》だ。だが私には、云ひ繕《つくろ》つてゐる餘裕《よゆう》などありはしなかつた。二週間前から入院してゐるなら、長谷川は扶實さんを襲へない。身の潔白を證明《しょうめい》するのに、これ程確固たる事實もないだらう。しかし入院が本當だとしても、今この時といふ偶然の一致はあまりに都合が良すぎないだらうか。怒りに我を忘れてゐた私は、長谷川が一家ぐるみで口裏を合はせてゐるのではと勘繰つた。

「本當に二週間前からなんですね。つい最近ではないのですか」

私の詰問は、戸惑ひの表情で受け止められた。どんなに疑り深い目で見ても、それは圖星《ずぼし》を指された顔ではなかつた。

「本當ですよ。どうしてそんな事をおつしやるんですか。お疑ひなら、實際《じっさい》に病院に行つてみてください。看護婦さんにでも訊《き》けば、何時《いつ》から入院してゐるか分かるでせう」

さうさせてもらふ、と應《おう》じて、私は入院先を聞いた。近くの總合《そうごう》病院である。長谷川の父も醫者《いしゃ》ではあるが、大怪我と云ふからには外科の治療が必要なのだらう。町醫者の手には負へぬ程の重傷なのか。怪我の原因を訊き忘れてゐた事に氣付いたのは、長谷川の家を辭去《じきょ》した後だつた。

早足で總合病院に向かひ、受付で長谷川のゐる病室を訊いた。三階の四人部屋だといふ。私は逸《はや》る氣持ちを抑へて階段を上り、部屋の前に立つた。大きく深呼吸をしてから、まるで戰場に赴《おもむ》くやうな心持ちで中に入つた。

四つのベツド全てに患者がゐたが、私はすぐに長谷川を見付ける事が出來た。長谷川は突然の私の訪問に面食らつた樣子だつたが、驚きはこちらの方が大きかつた。長谷川は頭に包帶を卷き、右腕をギプスで固定して、更に右脚も高く吊つてゐたからだ。假病《けびょう》などでない事は、一目瞭然《いちもくりょうぜん》だつた。

「何が……あつたんだ？」

私は呆然としながら問ひかけた。長谷川はどんな顏で私を迎へたらいいのか困つたやうに、泣き笑ひの表情を作る。その口から出た言葉は、「こつちに來いよ」だつた。

「他の患者さんもゐるから。こつちに來てくれよ」

さう云つて、傍《かたわ》らの椅子を指し示す。私は頷《うなず》き、近くに寄つた。

「君が來てくれるとは思はなかつた。もう二度と許してもらへないと思つてゐた」

長谷川は私の來意を取り違へ、感動してゐるやうだつた。だが私は、その勘違ひを正さなかつた。痛々しい長谷川の姿から受けた衝擊は大きく、意識はその事のみに奪はれてゐたのだ。

「どうしたんだ、この怪我は？」

長谷川に抱いてゐたわだかまりすら忘れて、再度尋ねた。長谷川は結局、照れ笑ひを浮かべて對處《たいしよ》する事にしたやうだ。參つたよ、と自分の怪我を笑ひ飛ばさうとする。

「右手右脚の骨折。痣《あざ》や切り傷は數《かず》知れず、だ。ひどい目に遭つたよ」

「車にでも轢《ひ》かれたのか」

それ以外にこんな大怪我をする状況は思ひ付けなかつた。だが長谷川は、力なく首を振る。

「さうぢやない。人に毆られたんだ」

「毆られた？　誰に？」

「分からない。通りすがりの人だ」

長谷川は痛みを思ひ出したやうに顏を歪《ゆが》めて、説明を始めた。それによると、長谷川は新宿驛《えき》を出て少し歩いた所で、前方から來る通行人と肩が擦れ合ひ、それが原因でいきなり襟首《えりくび》を摑《つか》まれたといふ。幾ら詫びても許してもらへず、そのまま路地裏に連れ込まれたさうだ。そこで毆る蹴《け》るの暴行を受け、最終的には氣絶した。通りがかつた人に助けてもらひ、何とか家に歸《かえ》り着いたといふのが事の次第だつた。

聞いてゐるうちに、顏から血の氣が引いて行くのをハツキリと感じた。それは昨年末に私の身を襲つた事件とそつくりではないか。何故そんな事が起こり得るのか。私は聲《こえ》を震はせながら、長谷川に確認した。

「相手はどんな奴だつた？　大柄な、腕が丸太のやうに太い男ではなかつたか？」

「さうだよ。どうして知つてるんだ」

長谷川は目を丸くして、肯定する。その返事を聞き、私は目の前が暗轉《あんてん》するやうな錯覺を覚えた。

同じ男だ。まるで私に憎しみを抱いてゐるやうに、些細《ささい》な事で因縁を付けて容赦なく暴力を浴びせた男。あの一件は只《ただ》粗暴な人間と遭遇してしまつたといふ不運程度にしか考へてゐなかつたが、さうではなく、惡意の一環だつたのか。眞綿で首を締め付けるやうに私を苦しめ續《つづ》けてゐた和田も、一度は直接的な暴力に訴へてゐたのだ。その事に氣付かずにゐた私は、寧《むし》ろ幸せだつたのかも知れない。知つてしまへば、齒《は》の根も合はないやうな恐怖が身裡《みうち》からジワジワと込み上げてきた。

「僕も、同じ男に襲はれたんだよ。去年の暮れに」

「えつ」

長谷川もまた息を呑んだが、私は多くを語る氣になれなかつた。話したところで、狀況は殆《ほとん》ど變《か》はらないのだ。違ひは只、怪我の程度でしかない。私は打撲と擦《かす》り傷だけで濟《す》み、長谷川は手足を骨折した。その違ひは恨みの深さに起因するのだらうか。それとも、先方が抑制する氣を失ひつつある事の證《あかし》なのか。

「もしかして、あの男が嫌がらせの手紙を送つてゐた奴だつたんだらうか。あの男は行きずりの相手を毆つたのではなく、最初から僕に目を付けてゐたのだらうか」

「恐らく、さうだと思ふ。僕も君も、誰かの深い恨みを買つてゐるんだよ」

和田の名を出さなかつたのは、長谷川に抱いてゐるわだかまりのせゐではなく、事情を説明する氣力がなかつたからだ。怒りといふ形で體《からだ》に充滿してゐた筈の力が、足許《あしもと》から拔け落ちて行く。殘るのは大きすぎる恐怖と、深い悔恨だけだつた。

「一體《いったい》誰がこんな事を……。そいつは僕達の事を殺したいのかな」

「さうかも知れない」

力なく認めてしまふと、それが事實のやうに感じられた。ならばいつそ殺して欲しい。私は絕望の泥沼に呑み込まれながら、さう望んだ。私を支へる生きる氣力は、徐々にだが確實に減りつつあつた。

三十四

私の心の一部は、既《すで》に壞死《えし》してゐた。だから以後の私は、生ける屍《しかばね》に等しい。それは譬《たと》へてみるなら、根腐れして虛《うろ》の空いた樹木のやうなものだつた。一見したところ生きてゐるやうに見えても、中身は疾《と》うに死んでゐる。それが私だつた。

積極的に生きて行かうといふ意欲は、綺麗《きれい》に失はれてゐた。當然《とうぜん》小説は一文字も書けないし、それどころか日に三度の食事を攝《と》る事すら煩《わずら》はしい。空腹感は覺えるものの、それを上回る虚脱感、倦怠感が私を支配してゐた。そんな狀態の私を心配して、叔母が食べ物を運んで來てくれなければ、私は早い段階で餓死してゐた事だらう。さうであつた方が良かつたのではないかと、今の私には思へるのだが。

生きる意欲を失へば、時の經《た》つのが早いのか遲《おそ》いのかも判然としない。氣付いてみれば一日が終はつてゐて、一週間が過ぎ、一月《ひとつき》もの時間が去らうとしてゐた。何故自分が生きてゐるのか、どうしてこのまま朽ち果ててしまはないのか、それだけが不思議で仕方なかつた。

叔母が週に二度程足を運んでくれるやうになつたので、その後の扶實さんの情報を全く耳にしないわけではなかつた。といつても、診療所の仕事を辭《や》めたといふ話を聞いただけである。お妙さんは繼續《けいぞく》して働いてゐてくれるので、扶實さんがどうしてゐるか訊く事は出來た筈だが、叔母も不憫《ふびん》に思ふらしく、自分からは尋ねようとしてゐないらしい。私も氣にかかつてはゐたものの、もう一度扶實さんと顏を合はせる勇氣がどうしても持てず、日々繰り言だけを胸に抱いて生きてゐた。

さうしたある日の事だつた。訪ねて來た叔母の樣子が、いつもと違つた。叔母夫婦の仲はとつくに冷えてゐたのだが、未だ決定的な破局には至らず小康狀態を保つてゐる。叔父の診療所にとつて、叔母は缺く事の出來ない人材なのだ。私を追ひ出したところで診療に支障はないが、叔母がゐなくなれば患者の會計《かいけい》すら滯《とどこお》る。それが分かるだけに、叔父も思ひ切つた行動には出てゐないのだらう。お互ひにとつて不幸な形ではあるが、歸《かえ》る先のない叔母にはまだ居場所が殘つてゐるだけましなのかも知れない。私はさう考へてゐた。

その叔母の顏が曇つてゐる。これは叔父との冷戰狀態に、何か變化《へんか》があつたのではないかと考へた。また叔父が別の女を作つたのか。それを案じ、問ひ質《ただ》してみた。

「え？　ううん、さうぢやないわ。違ふの」

叔母は自分が暗い顏をしてゐた事にも氣付いてゐなかつた樣子で、首を左右に振つた。否定されてしまふと、叔母の表情の原因に心當たりはなくなる。何かあつたのかと續《つづ》けて尋ねたのは、叔母の世話になつて生きてゐるといふ恩義を感じてゐたからだ。叔母以外の人であつたら、他人の感情の動きなど氣にしはしなかつた。

何でもないと叔母は一度は誤魔化したものの、本當かと念を押すと默《だま》り込んだ。そして、それ以上心に祕め續けるのが辛くなつたかのやうに、ぽつりと言葉を零《こぼ》した。

「隱《かく》してゐても何《いず》れ分かる事だから云ふけど……、扶實、子供が生まれるんだつて」

――私はその時、どんな反應《はんのう》を示しただらう。恐らく、目立つた反應は何もなかつたのではないだらうか。私が咄嗟《とっさ》に考へたのは、扶實さんは結婚したのかといふ的外れな事だけだつた。扶實さんを襲つた災厄の事は、不思議と思ひ浮かばなかつた。

「嗚呼《ああ》、さうなんですか」

だから私は、そんな返事をした氣がする。叔母が怪訝《けげん》さうな表情を浮かべた事だけは、ハツキリ憶えてゐた。

「さうなんですかつて、可哀相だとは思はないの？　お前はあんなに扶實と仲が良かつたぢやないの」

「可哀相な事なんですか。お目出度い事ぢやないんですか」

「目出度い事なんかであるもんですか。誰が好きこのんで、望みもしない妊娠をしたがりますか」

望みもしない妊娠。さう聞いて漸《よう》く、私は事の重大さを悟つた。それまで私は、扶實さんが暴行を受けた事を察してはゐても、その具體《ぐたい》的な被害状況までは知らなかつたのだ。あの扶實さんが、誰のものとも知れぬ子を孕《はら》んでゐる。そんな話はあまりに非現實的すぎて、到底簡單に受け入れる事は出來なかつた。

「嘘《うそ》だ。ねえ、そんな事は嘘でせう」

私は認めたくなかつた。認めてしまへば、只の傳聞《でんぶん》がそのまま確定してしまふやうな氣がした。扶實さんはさうでなくても傷付いてゐる。そこに追ひ打ちをかけるやうな事態が、起こるわけもない。そんな悲惨な運命が、扶實さんの身に降りかかる筈はないのだ。私は叔母の肩に摑みかからんばかりの勢ひで、嘘だ嘘だと云ひ續けた。

「私だつて、嘘ならどんなにいいかと思ふわ……。でも、それは殘念だけど本當なんですつて。しかも扶實は、子供を墮《お》ろさずに產むつて云つてるんですつてよ。折角宿つた命を、自分の都合で殺したくないと云ひ張つてるさうだわ。扶實らしいと云へば扶實らしいけど、果たしてその判斷があの子にとつていい事なのかどうか――」

叔母の言葉は途中から、私の頭の中で意味を成さなかつた。叔母が何時《いつ》歸つたのか、私がどのやうに送り出したのか、よく憶えてゐない。私の記憶は笊《ざる》のやうで、入れる端からどんどん拔け落ちて行く。強い衝擊は、心を痲痺《まひ》させる。

嗚呼、これはきつかけだ。私が思ひ浮かべたのは、その一言だつた。さうだ、私はきつかけを欲してゐたのだ。今のやうな惰性の生など、何處《どこ》かで終はらせたかつた。心は疾《と》うに死んでゐるのに、己の意思を裏切つて生き續けようとする體《からだ》が疎《うと》ましかつた。私に缺《か》けてゐたのは、この無意味な生を終はらせる強い氣持ちだつた。決して死を恐れてゐたわけではないのだと、その瞬間漸く悟つた。

私は今、能動的に死を選び取らうとしてゐる。消え去る事に恐怖はない。寧《むし》ろ、この重苦しい生に終止符を打てる事に解放感すら覺えてゐる。やつと樂になれる。言葉にすれば、思ひはそれだつた。一刻も早く樂になりたいと、只それだけを熱望してゐる。

しかし、衝動に任せて消えゆくわけにはいかなかつた。私は曲がりなりにも小說家の端くれである。何故死を選ぶのか、私の身に一體《いつたい》何が起きたのか、それを書き留めずには死に赴く事も出來なかつた。死を恐れる氣持ちはなくとも、全き消滅だけは忌避したい。それがたつた一つの、私の心に殘る拘《こだわ》りだつた。

かうして長々と綴つてきた出來事全てに、和田の意思が介在してゐるのか。あるいはそれは勘繰りすぎで、偶々《たまたま》偶然が續いただけなのか。今となつては確かめる術《すべ》もない。只、何もかも仕組まれた事だつたとしたなら、和田の力があまりに大きすぎる氣もする。必然はごく一部、そして殘りは單なる不運の連續だつたのだらう。ならば、私が死を選ぶのもまた、運命と云へはしないか。私の天命は、今この時までと定まつてゐたのである。

和田は一體《いつたい》、何者だつたのだらう。他人をこれ程まで憎む、何が彼の身に生じたのか。それを知らずに死にゆくのは心殘りだが、これもまた運命だと割り切るしかない。何もかもを見通した上で死ねる人など、世の中には數《かぞ》へる程しかゐないのではないか。私が格別に未練を感じるのは滑稽《こつけい》だとも思へる。

語るべき事は少なくなつて來た。幾ら言葉を盡《つ》くしても語りきれない氣がしてゐたのに、それもいつかは終はりが來る。最後に強く願ふのは只、過酷な運命に立ち向かふ道を選んだ扶實さんに、幸せが訪れて欲しいといふ事だけだ。

扶實さんは不幸なままでゐていい人ではない。いつか心の傷が癒《い》え、笑へる時が來ればいいと思ふ。

死に場所は、定めてある。叔父の家の裏庭に立つ柿の木。幼い頃の私は、よくそこに登つて遊んだものだ。近所の友人と共に枝に跨《またが》り、柿の實《み》をもいで食べた幸せも、父母がゐない己の境遇に耐へ難い寂しさを覚え、幹に縋《すが》つて泣いた悲しみも、あの木は憶えてゐるだらう。叔父と叔母に迷惑をかけるのは忍びないが、他の場所で死んだところで手を煩はせる事に變《か》はりはない。ならば、せめて無意味な人生の最後は、あの柿の木の下で迎へたかつた。

悔いは、ある。振り返れば、我が生は悔恨のみで塗り潰《つぶ》されてゐるやうですらある。だが、これが私に與《あた》へられた運命だつたのだ。だから私は、從容《しょうよう》と死に就《つ》かうと思ふ。

7

最後の一枚を読み終えて時計を見ると、すでに時刻は午前三時を回っていた。遅くなるようなら途中で切り上げようと思っていたのに、やめられずにこんな時間になってしまった。明日は目覚まし時計ひとつで起きられるだろうかと、わたしは少し不安に感じた。

重苦しい手記だった。自殺をする人が世の中にどれくらいいるのか、わたしは知らない。そのうちの何人が遺書を残すのかも、見当がつかない。だがこれほど克明に、自らの命を絶つに至る気持ちを書き残した人がまれだろうことはわかる。わたしはすっかり佐脇に感情移入していたので、最後は自分の一生もこれで終わるような軽い錯覚を覚えた。それほど佐脇の決意は悲愴《ひそうかん》感に満ち、憐《あわ》れだった。

これは世に出す意義がある。読み終わって真っ先に感じたのは、そのことだった。結末の書かれていないミステリー小説のように、途中で放り出される物足りなさはあるものの、読み物として充分に結構が整っている。この手記を世に問えば、佐脇依彦《さわきよりひこ》という埋もれた作家にスポットが当たることは間違いなかった。

そしてそれは、自分だけに許された作業なのだ。わたしは改めて、突然に舞い込んできた幸運を嚙み締める。手記を持ち込んだ増谷《ますや》は、自分と母親以外は誰もこれを読んでいないと言っていた。手記の存在自体、わたしも含めた三人以外は知る人がいないのだ。こんな大チャンスが他にあろうか。手記を発掘したわたしは一躍注目を浴び、他大学からの引き合いもやってくるだろう。助教授になれる見込みなどほとんどない明城学園《めいじょう》とおさらばし、安定した収入と社会的信用を手にできるかもしれないのだ。そうすれば、もう麻生《あそう》教授の顔色を窺《うかが》う必要はない。堂々と麻生家に乗り込み、里菜《りな》を奪い返してくるまでだ。わたしの思い描く未来は薔薇《ばら》色で、その麻薬じみた甘さに陶然とした。妄想はいつまでも膨らみ、深夜だというのになかなか寝つけなくて困ったほどだった。

翌日、わたしは泣きそうな思いで布団から這《は》い出して大学に行き、授業の合間に増谷の携帯電話に連絡した。仕事中なら出られないかもしれないと案じたが、嬉《うれ》しいことに通話は繫《つな》がった。話をしていてもいいかと確認してから、おもむろに本題に入る。

「お預かりした手記、拝読しました。なんというか、これは大変なものですね」

「そうですか。わたしは素人《しろうと》なので、よくわからないのですけど」

興奮するわたしとは対照的に、増谷の声は相変わらず陰気だった。もう少し一緒に喜んでくれよと、内心で毒づきたくなる。喜びを共有してもらえないのは寂しいことだった。

「いや、大変な発見です。他の誰でもなく、わたしのところに持ち込んでいただいたことを感謝しています」

「はあ、そうですか」

張り合いのない返事だが、わたしは水を差された気分にもならず、用件を切り出した。

「つきましては、これを正式に学会に発表したいと考えているのですけど、ご了解いただけますでしょうか」

「ええ、まあ、こちらもそのつもりでお預けしたので、そのこと自体は特に異論もないのですけど……」

そう言って増谷は、曖昧《あいまい》に語尾を濁す。わたしはその曖昧さに少し不安を覚え、先を促した。

「ええと、何か差《さ》し障《さわ》りでも？」

「いえ、差し障りというほどのことではないのですが、ちょっと条件がございまして。また一度お目にかかって、そのことについてお話しできないでしょうか」

「条件、ですか」

わたしの薔薇色の未来に、少し翳《かげ》りが出てきた気がした。そりゃそうだよな。世の中に、こんなに簡単に幸運が舞い込んでくる話なんてあるわけないのだ。自慢ではないが、運がないことにかけては昔から相当な自信がある。その条件とやらが何かわからないものの、膨れ上がった夢がぱちんと弾《はじ》けても落胆しないよう、覚悟だけはしておいた方がよさそうだと思った。

増谷は夜なら時間が割《さ》けると言う。わたしたちは午後七時に新宿の喫茶店で落ち合うことを約束して、電話を切った。

特に急ぎの仕事もなかったので、わたしは時間を持て余して三十分前には喫茶店に着いてしまった。持ってきた手記のコピーをぱらぱらと捲《めく》りながら、佐脇の無念をもう一度感じ取る。こんなふうに追いつめられて、死を選び取るしかなくなってしまったときの心境は、果たしてどれだけ辛いものだろうか。佐脇は抑えた筆致で書いているが、実際にはぞっとするような喪失感が胸の底に居座っていたのではないか。もし自分だったらと考えると、その恐ろしさに身が竦《すく》む思いがする。もっとも、自殺は相当勇気がいる行為だろうから、このわたしにできるとも思えないが。

そんなことをつらつらと考えていると、後ろから声をかけられた。紺のスーツを着た増谷は、頭を下げてぼそぼそと挨拶《あいさつ》の言葉を口にする。わたしも立ち上がって改めて礼を言ってから、互いに席に着いた。

「手記は、もう少しお預かりしておいてもいいでしょうか。もし必要であれば、このコピーをお持ち帰りいただいてもいいのですが」

そう尋ねると、増谷は短く「いえ」と首を振る。

「わたしが持っていても仕方のないものですから。しばらく松嶋《まつしま》先生にお預けします」

「それは助かります」

差し出しかけた手記のコピーを引き戻し、わたしは先を待った。何を言われるかと、内心で戦々恐々としていた。

ところが、増谷は電話で話したことなど忘れたように、運ばれてきたコーヒーにゆっくりとミルクを注いでいる。その悠然とした仕種《しぐさ》に痺《しび》れを切らして、わたしは「あのう」と恐る恐る言葉を発した。

「で、この手記を発表するに当たっての条件とは、いったいなんでしょうか」

「ああ、すみません。そのお話でしたね」

　こちらの緊張など露ほども知らない態度で、増谷は顔を上げる。どうやら本当にこの手記をどうでもいいと考えているようだ。川端・三島クラスの遺稿ならともかく、まとまった著作の一冊もない小説家の手記では、こういう反応が普通なのかもしれない。

「これはわたしの意向ではなく、母の願いなのです。手記は母が佐脇自身から受け取ったものだと、先日お話ししましたよね。それだけに、思い入れもわたしなどとは違うようです」

「なるほど。お母様は佐脇と面識がある方だったんですね。ならばお気持ちはお察しします」

　とは言ってみたものの、その条件の正体がわからない段階では、いささか口先だけの感がなくもなかった。早く条件とやらを言ってくれよと、わたしは苛々《いらいら》する思いだった。

「母の言う条件とは、まあ言われてみればもっともなことです。つまり、この手記中の謎《なぞ》を解いて欲しい、というのが母の望みなのです」

「えっ？」

　わたしは一瞬、顔が強張《こわば》った。今聞いたことが間違いであればいいと、心底願った。

「佐脇がなぜこんな目に遭ったのか、母は知りたがっているのですよ。それを松嶋先生に解き明かしていただきたいのです」

「そんなあ」

思わず情けない声が出た。増谷は自分がいかに無茶な注文をつけているか、自覚していないのだろうか。

「あ、あのですね、増谷さん。これが何年前に書かれた文章か、おわかりになってますか？　五十年以上も前ですよ。そんな頃に起きた事件を、今になって解き明かすことなど不可能でしょう」

「そうですよね。わたしも母にそう言ったんですが」

わたしの抗議を、増谷は涼しい顔で受け止める。そんな動じない態度が、今のわたしには恨めしかった。

「でも、母はこだわるんですよ。この五十年あまり、佐脇の自殺の原因を誰も調べようとはしなかった。だから今から調べても無理かどうかは、やってみないとわからないと言い張るんです。言われてみれば確かにそうですね」

そんな簡単に納得するな。わたしは内心で反論したが、口にはできなかった。代わりに言うべき言葉を探して、頭をフル回転させる。

「そういうことであればですね、ただの大学講師に過ぎないわたしなどより、むしろ私立探偵でも雇った方がいいのではないですか。その方がよっぽど建設的ですよ」

「そうでしょうか。わたしには松嶋先生こそ適任だと思えますけど」

わたしのことをどれくらい知ってるんだ。ろくに知りもしないはずなのに、そんなこと言わないでくれよ。と、またしても心の中だけのひとり言。腹話術師の心境である。

「私立探偵では無理でしょう。おざなりな調査だけで、結局何もわかりませんでしたと法外な調査料を取られてお終《しま》いです。それくらいなら、松嶋先生のように熱意を持って調べてくださる人の方がよほど信頼できます。そうではないですか」

増谷は陰気なりに熱意を込めて、わたしの目を見つめる。なかなか説得力があるではないかと、わたしは気圧《けお》されそうになった。

つまりは、ニンジンの問題なのだ。人間、目の前にニンジンがぶら下がっていればがんばろうという気になる。私立探偵にとって佐脇の手記はニンジンにはなり得ないが、わたしにはこの上なくおいしそうな餌《えさ》だ。この餌を食わせてやるから、せいぜいがんばれと増谷は言いたいのだろう。

「そうはおっしゃいますが、いったいどこから手を着けたらいいのか、見当もつきませんよ。佐脇本人がわからなかったものを、五十数年後の人間であるわたしに調べられるわけもないです」

「母の言葉ではないですが、それはやってみなければわからないでしょう。まずは当時の関係者を捜してみるとか、いろいろやりようはあると思います」

簡単に言ってくれる。その関係者捜し自体が、調査のノウハウを持たないわたしには大変な難事業になることがわからないのか。

「関係者ですか。ならばまずは、お母様のお話を伺わせてください。お母様は佐脇本人のことをご存じなんでしょう」

ふと思いついて、そう提案してみた。口にしてみて、これがグッドアイディアであることを実感する。まずはそこから着手しないと、何も始まらないだろう。

「そうですね。そうおっしゃるのは当然かと思います。ですが、今すぐにお引き合わせするわけにはいかないのですよ」

「えっ、どうしてですか」

思わぬつれない返事に、わたしはつい口を尖《とが》らせた。難題をふっかけておいて、それはないだろう。

「これも本人の意思です。どうして母がそんなことを言うのか、松嶋先生の調査が進めばおわかりいただけるかもしれません」

「どういう意味ですか」

謎めかした増谷の言うことが、わたしには理解できなかった。増谷の母がわたしに何を望んでいるのか、ふと摑めなくなる。

「すみません。これ以上喋ると、わたしが母に叱《しか》られます。でも内緒でひとつだけ明かしてしまいますと、母は手記中に登場しているのですよ。それでどうか、母の気持ちをお察しください」

「手記に登場している……」

思いがけないことを言われ、わたしは目をしばたたいた。しかし言われてみれば、大して付き合いもない人にこのように大事な手記を託すわけもないのだ。ならば、増谷の母は手記中に登場していなければかえっておかしい。そのことに思い至らなかったわたしが迂闊《うかつ》だった。

手記に登場した女性は数人いる。その中の誰が増谷の母なのか、わたしは考えを巡らせた。

まさか、扶実子《ふみこ》なのか。真っ先に思いついた名前はそれだった。だがすぐに、それではしっくりしないことに気づく。扶実子が赤ん坊を産み落としていたなら、その子供は現在五十五歳になっているはずだ。しかし目の前の増谷は、どう高く見積もってもせいぜい四十代後半だろう。年齢が合わない。

もちろん、増谷がひとり目の子供ではなく、第二子以降である可能性も捨てきれない。それはわかっていたが、あまり安易に決めつけても仕方ないと結論した。増谷の母が扶実子であれば、佐脇の周辺に起こったことの真相を知りたがる気持ちはわかる。ならばよけいに、詮索《せんさく》はいけないように思ったのだ。

わたしの沈黙を増谷は、困り果てた結果と受け取ったらしい。少し譲歩するように、陰気な顔に笑みを浮かべた。

「無理を言っているのは承知してます。ただ、完璧な調査を望んでいるわけでもありません。しょせんは年寄りの我《わ》が儘《まま》ですから、努力した跡さえ見せていただければ、それで納得するでしょう。なんとかがんばってみてください」

そう言われては、拒絶もできない。というよりも、わたしには引き受けるより他に選択肢などなかったのだ。期待はしないでくれと念を押してから、渋々承知した。増谷は満足そうに頷いた。

8

いったんは納得して承知したものの、アパートに帰り着いてみるとやはりこれは無理な頼みだという気がしてきた。当時の関係者を捜せと言われても、どこから手を着けていいかさっぱりわからない。手がかりすら与えてくれないのだから、先方がどれくらい本気でわたしに期待しているのか怪しいとすら思った。増谷が言うとおり、努力だけを評価してもらうしかなさそうだった。

とはいえ、よくよく考えてみれば、できることが皆無というわけでもなかった。わたしはこれでも一応国文学者の端くれなのだから、資料を駆使した調査ならば私立探偵より得意だ。まずは佐脇の残した五本の短編すべてを読む必要があるだろうし、「青鞜」の現物を見てみることも無駄ではなかろう。

それと、これが最も重要な調査だ。和田《わだ》幸造《こうぞう》なる人物が発表した、「あの夜の事」という作品。それが本当に存在するのか、確認する必要がある。そして今でも読めるものなら、目を通してみたい。和田がその後も作品を発表しているかどうかも、確かめるべき事項だ。発表していないなら、佐脇の主張どおり和田は盗作者である可能性が高くなる。

知恵を絞ればアプローチの方法はあるものである。わたしは自分のアイディアに満足し、胸を撫《な》で下ろした。もしかしたらなんとかなるのではないかと、安易な希望も湧いてくる。こういう楽天的な性格は、自分でも気に入っているわたしの美点のひとつだ。人からは能天気と言われるのだが。

昨夜の寝不足もあり、その日は早々に床に就いた。あっという間に睡魔に引き込まれ、次に意識が戻った瞬間にはもう朝だった。わたしはそそくさと起き出し、国会図書館に向かう。今日は授業がないのが幸いだった。

入り口横のロッカーに鞄を預け、中に入った。申請用紙に必要事項を記入し、提出する。朝一番で来たにもかかわらず、館内にはすでに大勢の人がいた。しばし待たされることを覚悟する。

漫然と待っているのは時間の無駄なので、資料閲覧コーナーに向かった。ここには様々な種類の文学事典が置いてある。それらをひっくり返せば、和田幸造の名前が見つかるかもしれないと考えたのだ。「落葉」に関する記述が載っていれば、そこに和田への言及があっても不思議ではない。

まず最も分厚い事典を開いたのだが、索引には「和田」も「落葉」もなかった。それでも一応戦後文学史のページを斜め読みしてみたのだが、やはり見つからない。しかしだからといって、和田の存在自体が否定されたことにはならなかった。和田が一作きりで消えていれば、事典にその名が記載されていないのも当然だからだ。

もう一冊を調べているときに、電光掲示板にわたしの番号が表示された。わたしはみっともないほど慌てて書架に事典を戻し、受け取りカウンターに並んだ。

入館証を係の人に見せると、申請された雑誌のうち一冊は該当するものがないと言われた。「あの夜の事」が載っている「落葉」である。「落葉」は終戦後の創刊ブームに乗って発行された、泡沫《ほうまつ》雑誌のひとつだったのだろう。国会図書館も所蔵していないということは、おそらく後が続かずに消えてしまったのではないか。「あの夜の事」が読めないのは残念だが、ここになければ諦《あきら》めるしかなかった。

「青鞜」は、佐脇の作品が掲載された号すべてが存在するようだった。一度に三冊しか申請できないので、取りあえず「青鞜」二冊が出てくる。薄いから、該当ページは簡単に見つかった。読むのは後回しにし、付箋《ふせん》を挟んでコピーを申請する。その間に、残り二冊の「青鞜」の貸し出し手続きもしておいた。

もう一度資料閲覧コーナーに戻って和田に関する記述を探したが、結局空振りに終わった。そうこうするうちに「青鞜」の残りが出てきたので、受け取ってコピーコーナーに回す。コピーが終わって戻ってきた「青鞜」を代わりに引き取り、今度はじっくりと目を通した。

「青鞜」は当時の雑誌としては比較的しっかりとした体裁だった。紙質こそ悪いものの、印刷が掠《かす》れている箇所は少なく、読みやすい。目次では佐脇の作品が一番大きく扱われていて、この号の柱であることが窺える。編集長の手によるものらしき編集後記でも、佐脇への期待が熱く語られていた。やはり佐脇は、将来を嘱望《しょくぼう》された作家だったのだと、改めて実感する。当時の空気を体感できたことは有益だった。

午《ひる》過ぎには残りのコピーができあがったので、「青鞜」を返却してから図書館内の食堂に上がった。ここの料理は安い割になかなかおいしいので、けっこう気に入っている。

食券を渡してから、席に着いてコピーをぱらぱらと捲《めく》った。佐脇の無念を知った今は、ただの活字の羅列にも以前とは違う重みを感じる。これらをじっくり読むことが、佐脇に対するせめてもの供養になるだろうかと考えた。

一方、和田に関する調査が収穫なしに終わったのは、いささか残念だった。大学の図書館でも調べてみるが、おそらく何も見つからないだろう。こちらの線から何かが出てくることは、あまり期待しない方がよさそうだった。

つまり、早くも手詰まりということだ。素人の調査などこんなものだろうと、半ば諦めている自分もいる。問題は、いつギブアップ宣言をするか、だ。いくらなんでも昨日の今日では、増谷もこちらの努力を認めてはくれまい。

いささか憂鬱《ゆううつ》になったところに、注文したカツ丼が出てきた。わたしは当面の悩みを棚上げにし、カツ丼を胃に収めることに専念した。腹が減っていては気持ちも落ち込む。満腹すればまたいい考えも浮かぶさと、わたしは自分に言い聞かせた。

9

このまま大学に顔を出すつもりだったが、カツ丼を食べているうちに考えが変わった。わたしは佐脇が住んでいた旧淀橋《よどばし》周辺をまったく知らない。当時と今では町並みも大きく様変わりしているだろうが、一度実際に歩いてみるのもいいかと思ったのだ。

国会図書館を出て、永田町《ながたちょう》駅から営団有楽町《ゆうらくちょう》線に乗り、市ヶ谷《いちがや》でJR総武線に乗り換えた。大学は小田急線沿線にあるので新宿はしょっちゅう通っているのだが、ただ通り過ぎるだけでここに用があったことはついぞない。まして駅周辺の賑わいから離れてしまえば、土地勘など皆無に等しかった。わたしはお上りさんよろしく、新宿駅西口に出るとまずは地図を探した。

タクシー乗り場付近でようやく周辺地図を見つけ、建物の配置をざっと頭に叩き込む。この辺りは来るたびに新しい高層ビルが建つという印象なので、少しブランクがあればもはや見知らぬ街も同然だった。都庁舎をひとつの目印とし、大まかに位置関係を理解した。

都庁辺りまでは地下を通ってもよかったのだが、なるべく土地勘を得るために地上に出た。幸いに今は暑からず寒からず、そぞろ歩くには一年で一番適した季節だ。家電量販店が軒を連ねる地域を抜けて、京王プラザホテル正面に出る。この辺りまで来ると超高層ビル街が始まり、駅前の猥雑《わいざつ》な雰囲気も薄れた。どこかハイソな気配を感じて気後れしてしまうのは、貧乏人の僻目《ひがめ》というものだろうか。

京王プラザを横目に見ながら進むと、この超高層ビル街でもひときわ異彩を放つビルが迫ってくる。言わずと知れた都庁舎だ。初めて見たときはあまりにお役所らしからぬ佇《たたず》まいに仰天したものだが、今になってもその衝撃はさほど変わらない。よくもまあこんな建物を造ったものだと、見るたびに思う。

子供の作った寄せ木細工じみたその建物を通り過ぎると、わたしにとって未知の地域だ。新宿中央公園という大きな公園があるのは知っていたが、実際に行ったことはない。

こんな用でもなければ立ち入る機会もなかった公園だろう。子供のための遊び場をけっこう大きく確保しているのが印象的だったが、時刻がまだ早いので子供の姿は疎《まば》らだった。

ここまでのコースに、終戦直後の名残《なごり》を思わせる光景は皆無だった。それはそうだろう。他の地域ならいざ知らず、ここは新宿なのだ。開発の波がすべてを洗い流し、古いものなどあっという間に消し去ってしまったはずだ。佐脇が見た淀橋は、もはや別次元の存在でしかない。

だがひとつだけ、往時を偲《しの》ばせるようなものを見つけ、少し嬉しくなった。公園の横に、「十二社《じゅうにそう》温泉」という文字を見つけたのだ。佐脇の手記中に温泉の描写があったわけではないが、この新宿に温泉とはどこかレトロで、当時を知らないわたしにも懐かしさを覚えさせたのだ。この温泉は佐脇が生きていた時代にすでに掘り当てられていたのだろうかと、ふと考えた。

公園を左手に見て、角筈《つのはず》の交差点まで来ると、思いがけない施設を発見した。交差点に面した細長いビルが、なんと図書館だったのだ。角筈の図書館ならば、佐脇の手記中に頻繁に登場する。もちろんこのビルが当時から存在していたわけではないだろうが、ようやく過去との接点を発見した思いで、わたしはつい吸い込まれるように図書館に踏み入っていた。

図書館の入っているビルは、まだ新しいようだった。せいぜい築後十数年というところか。ならば佐脇が通った図書館は、つい最近まで残っていたのかもしれない。できるならそれを目にしたかったものだと、過ぎ去った過去を残念に思った。

　ここならば当時のことを詳しく書いた資料が揃っているだろうが、そんな調べものに費やしている時間はなかった。時代の空気を嗅《か》いだところで、佐脇の身辺に生じた謎を解く鍵は得られない。ベンチに坐ってひと息ついてから、わたしは図書館を出た。

　図書館の横には小学校があった。新宿駅から歩いてこられるこんな場所にも、やはり子供はいるのだ。道の反対側にはスーパーもある。そろそろ人の住む匂いが感じられるようになってきた。佐脇が住んでいたのも、きっとこの辺りなのだろう。

　バス通りに沿ってしばらく歩いてみようとして、真《ま》っ直《す》ぐに延びる道の果てに富士山が見えることに気づいた。富士山の麓《ふもと》から道が続いているような構図なので、遮《さえぎ》るものがない。これはなかなか贅沢《ぜいたく》な眺めだと、立ち止まってしばし観賞した。ひと口に新宿と言っても、駅から少し離れただけでまるで違う側面があるというちょっとした発見に、わたしは儲《もう》けた気分を味わっていた。手記の謎解きという目的さえ忘れられるなら、優雅な散策になったかもしれない。

　山手通りとの交差点にぶつかったところで、道を引き返した。富士山まで続くこの道路がおそらく、扶実さんの家を目指して佐脇が歩いた道なのだろう。その経路を追体験してもいいのだが、今はもう少し淀橋周辺の雰囲気を味わった方がいい。今度は少し裏手に入って、人の暮らす様子を見てみたかった。

　バス通りを逸《そ》れると、雑居ビルやマンション、それに一軒家も目につくようになった。しかし商店は、先ほど見つけたスーパーしかない。山手通りとの交差点には商店街のアーケードも見えたから、日用品を買いたいならあそこまで足を延ばすしかないのだろう。昔ながらの商店街と新都心の間に挟まれたこの地域は、古さと新しさが渾然一体《こんぜんいったい》となった特異な場所に思えた。

そんなことを考えながら歩くうちに、個人経営の診療所を発見した。いくら大病院が近くにあるとはいえ、風邪をひいたときに行く診療所くらいはないと困るよなと頷いていたところ、不意に落雷を受けたような衝撃を味わった。なんと、その診療所の名前は《長谷川《はせがわ》医院》だったのだ。

これはただの偶然だろうか。長谷川という姓は、特に珍しくもない。全国探せば、長谷川医院はいくつも見つかるだろう。だがそれが他でもなく、この旧淀橋地域にあるとなれば話は別だ。ここは佐脇の手記に登場する、長谷川の生家なのではないだろうか。思いがけない発見に、緊張が高まった。自分がどう行動すべきか、とっさには判断がつかない。落ち着け、と自分を叱りつけて、何を確認すべきか頭の中で整理した。

確か手記中では、長谷川の下の名前は書かれていなかったはずだ。ならば、医師のフルネームを尋ねたところで意味はない。確認すべきは年齢だった。

長谷川は佐脇より年下だった。まだ学生だから、二十歳を少し過ぎたくらいか。あれから五十六年の歳月が経ったのだから、長谷川が生きているなら七十六歳以上という計算になる。七十六歳はかなりの高齢だが、まあ現役であっても不思議はなかった。いったいこの人はいくつだ、と訊《き》きたくなる町医者はけっこういるものである。

よし、長谷川という医者の年齢を確認してみよう。わたしは気持ちを固め、診療所のドアを開いてみた。まだ午後の診察は始まっていないようだが、すでに待合室には順番を待つ患者がいる。わたしは奥の受付窓口に取りつき、小さいガラス窓を叩いた。

「はい」

まだ若い看護婦が顔を覗《のぞ》かせ、こちらを見た。わたしは身を屈《かが》め、話しかける。

「恐れ入りますが、こちらの先生は長谷川先生でしょうか」

「はあ、そうですが」

何を当たり前のことを訊くのだ、といった様子で看護婦は返事をする。わたしは苦笑いを浮かべて、先を続けた。

「いきなり妙なことを尋ねて申し訳ありませんが、こちらの先生がわたしの知る長谷川先生なのか確認したいのです。失礼ですが、先生はおいくつでいらっしゃいますか？」

「先生のお年ですか？」

明らかに看護婦は警戒した口調だった。露骨に怪しんだ目つきを向けてくる。わたしのようないかにも善人そうな顔を見て、どうしてそんな怖い目をするのだろう。

「七十五歳過ぎ、ではありませんか」

ただ訊くだけでは埒《らち》が明きそうにないので、具体的な数字を挙げて確認した。すると看護婦は、ますます怪訝《けげん》そうに首を傾《かし》げる。

「違いますよ。先生はまだ四十代です」

「そうですか。では人違いのようです」

素直に応じて、引き下がった。それはそうだよな。そんなに簡単に当時の関係者を見つけられれば、苦労はない。

失礼しましたと断って、診療所を出た。だがどうにも未練が残り、念のために電話番号を控えておいた。役に立つとは思えないが、手ぶらで帰るのを避けたかったのだ。こういう行為を、増谷は努力の跡と認めてくれるかもしれない。

その後も足を棒にしてうろうろしてみたが、当時を偲《しの》ばせる古い光景はついぞ見つからなかった。もちろん、大野の八百屋の後身かと思われる店もない。努力の結果得られたものは、取りあえず体に溜まった疲労だけということになった。

空しく家に帰り、途中の弁当屋で買ってきた海苔弁《のりべん》を頰張《ほおば》りながら、佐脇の小説を読んだ。まずは四作目の「うたかた」を読む。なるほど、出世作である前作の路線を踏襲し、さらに磨きをかけている印象があった。なかなかに面白いが、執筆当時の心境を思わせる描写はない。もちろん、わたしの調査に役立つ部分もなかった。

小説のコピーと箸《はし》を同時に放り出し、自分で淹《い》れたお茶を啜《すす》った。里菜は今頃何を食べているだろうかと考え、胸が苦しくなったので頭を振って忘れる。少なくとも里菜は、海苔弁よりいいものを食べているだろう。それは里菜にとって幸せなことなのだと、自分を無理に納得させた。

そんな捨て鉢な気分だったせいかもしれない。不意に、ひとつの着想が頭に宿った。なぜ気づかなかったのかと、自分の迂闊《うかつ》さを罵《ののし》りたくなる。まず真っ先に気づいていてしかるべきことだった。

長谷川医院は代替わりしたのではないか。手記中の長谷川自身、親が医者だった。ならば自分が受け継いだ診療所を、さらに息子に継がせていてもおかしくない。現在の長谷川医師が四十代の年齢なら、手記の長谷川の息子である資格は充分にあった。

やっぱり電話番号を控えておいてよかったと、わたしは浮き浮きしながら電話の子機を手に取った。さっそく番号を押して、回線が繋がるのを待つ。まだ七時前なので、診療時間も終わっていないはずだった。

案の定、あっさりと繋がって女性の声が応じた。わたしは昼間と同じ口上を述べ、先代は存命ではないかと確認した。

「はい、大先生はまだお元気でいらっしゃいますが」

当たりだ！　思わず叫んでガッツポーズをとりたくなる。だがそんな気持ちをぐっと抑えて、わたしはさらに確かめた。

「おいくつになりますか？　七十五歳を超えていますか」

「そうですね。それくらいにはなると思います」

「では、大変不躾《ぶしつけ》ではありますが、一度お目にかからせていただけないでしょうか。わたしは佐脇依彦という人物について調べています。その名に心当たりがあるなら、まず間違いなく大先生はわたしが捜している長谷川先生ですので」

「さわきよりひこさん、ですか」

看護婦は昼間の人のような警戒を見せず、どのような字を書くのか尋ねてくる。わたしは告げて、さらにこちらの連絡先を教えて通話を終えた。子機を架台に戻すと、つい口許《くちもと》がにやけるほどの満足感が込み上げてきた。

とても人に自慢できたことではないが、運がないことにかけてはかなりの自信がある。ふたつの選択肢があり、どちらか一方がよく、もう一方が悪い結果に終わるなら、ほぼ百パーセントの確率で悪い方を選ぶのだ。いいこともあれば悪いこともあるというのでは、ただの凡人である。まず間違いなく悪い結果を選び取れるのは、これはこれでひとつの才能ではあるまいかと自分では考えている。とうてい自慢にはならないのが難点だが。

10

しかしそんなわたしの不幸伝説も、いよいよ終わりを迎えるときが来たのかもしれない。まず不可能だろうと思われた当時の関係者捜しに、あっさりと目処《めど》が立ってしまったのだから浮かれるのも当然だ。これまでのわたしは、一方的に負債を抱え込んでいたようなものだった。しかし、いつまでもこんな状態が続くわけもない。一度好転すれば、これまでの貸しを猛然と返してもらえるようになっても不思議はなかった。佐脇の手記は、わたしの人生を一変させる最強のジョーカーになるのかもしれない。

だからわたしは、講師控え室で青井《あおい》さんとふたりきりになっても、いつもなら感じる息苦しさを覚えずに済んだ。それどころか、自分から話しかける気になったのだから画期的だ。お茶を淹れてくれた青井さんは、いつもと違うわたしに怪訝そうな目を向ける。天変地異の前触れとでも思われたのかもしれない。

「宝くじ、ですか？」

「うん、そう。そういうの、青井さんは買わなさそうだね」

宝くじに当たったことがあるか、とわたしは尋ねたのだった。くじほど世の中の不公平を具現化したものはないと、わたしは常々考えている。一見公平そうなのが厄介な点だ。公平なようでいて不公平。だから当たらない人は何回買っても当たらず、当たる人は一回買っただけで三億円も手にしたりするのだ。もちろんこれまでのわたしは、死ぬまで買っても当たらないタイプの人間だった。

「いえ、そんなことはないですよ。買います」

青井さんはわたしの軽口に、表情を変えずに応じる。どうやらわたしは話し相手を欲していたようだと、そのときになって気づいた。たとえ愛想のかけらもない青井さんであっても、こうして答えてくれる相手がいるのは嬉しい。

「あ、そう。買うんだ。意外だな」

「そうですか」

青井さんはお茶を載せていたトレイを手にしたまま、わたしの前に突っ立っている。話しづらいから坐ったらどうかと勧めると、少したちらってから斜め前の椅子《いす》に腰かけた。わたしは「で？」と先を促す。

「当たったことある？」

「一万円なら」

「あるんだ。へえっ。さすがだね」

何がさすがなのか言っている自分もよくわからないが、人間のタイプを二分した場合、青井さんが不運な側に入るとは思えなかったのだ。なるほどと、納得する思いがある。

「松嶋先生はあるんですか？」

逆に青井さんに問い返される。わたしは大袈裟に首を振った。

「あるわけないでしょう。くじ運というものが、ぼくは生まれたときからゼロどころかマイナスなんだよ」

「マイナスのくじ運っていうのは、どういう状態でしょうか」

生真面目《きまじめ》に訊き返されても困る。だからわたしは、「あらゆる幸運を吸い取ってしまう、ブラックホールみたいなくじ運だ」といい加減なことを言っておいた。青井さんは納得したのかどうか、外見からは判別のつかない冷ややかな表情をしている。くだらないことを言う奴《やつ》だと思われたのだろう。

「ぼくはどんな状況であろうと、必ず悪い選択をしてしまう自信があるんだ。こういう知り合いがいると便利だよ。ぼくと逆の行動をとっていれば、絶対に運気が向いてくるんだから」

言うまでもなく、わたしは浮かれていたのである。だがそんな気分は青井さんに伝わらなかったらしく、険しく眉《まゆ》を顰《ひそ》められた。思いがけない反応に、何か不都合なことを言っただろうかと身が竦《すく》みかける。

「先生は今の自分の置かれている状況を嘆いているわけですか。でも、そんなふうに開き直ったところでなんのプラスにもなりませんよ。差し出がましいことを言うようですが」

ぴしりと言われて、わたしは苦笑いを浮かべる。なるほど、わたしのこういう点を青井さんは嫌っているわけか。副手にここまで言われては怒り出す人もいるだろうが、わたしはその小気味よさにかえって清々《すがすが》しさを覚えた。万人向けではないが、これは青井さんの美点だと思う。

「そうだね。青井さんの言うとおりだ。でも、別に開き直ってるわけじゃないよ。いじけて何もかも諦めたんだと聞こえたなら、それは間違いだから」

「そうですか。失礼しました」

青井さんは軽く頭を下げて、立ち上がった。そのままパソコンの前に戻りかけ、ふと思いついたようにつけ加える。

「先生はそんなに不幸な人だとは思いませんが。幸せな結婚をなさったじゃないですか」

青井さんは何事もなかったように、自分の席に帰ってキーボードを叩《たた》き始めた。だが言われたわたしは、呼吸すら止まる思いで呆然《ぼうぜん》としていた。

そうだ。わたしの人生は不運一色で塗り潰されていたわけじゃない。咲都子《さとこ》と結婚できたことは、人生最大の幸運だったではないか。それを忘れて己の不運を冗談の種にしていたら、青井さんならずとも不愉快に感じる人はいるだろう。

もちろん、咲都子のことは一日たりとて忘れたことはない。ただ、その幸運は咲都子を失ったことで帳消しになったように感じていたのだ。せっかく手にした幸運を、あんな形で失うとはいかにも自分らしい。そう、心のどこかで感じていた。

咲都子は絶対に手の届かない高嶺《たかね》の花という存在ではなかった。咲都子より綺麗《きれい》な人は、世の中にたくさんいるだろう。だが朗らかで勝ち気で、コンプレックスなどかけらも持っていないような堂々たる態度は、人目を引くに充分だった。自信がある人は、輝いて見える。そういう意味で咲都子は、わたしとは対極の存在だった。少し臭い言い方をするなら、咲都子はわたしの目に眩《まぶ》しく映ったのだ。太陽を直視することなどできないように、わたしはなかなか咲都子と普通に言葉を交わせなかったのを憶えている。

そもそも、知り合ったとき咲都子は、別の男と付き合っていた。後にどういう男か知る機会があったが、あまりに自分と違うので愕然《がくぜん》としたものだ。もし自分が女なら、迷うことなくわたしではなくそちらを選ぶと本気で思った。それほど人間としてのレベルに差があり、わたしは嫉妬《しっと》する気にもならなかった。

咲都子はその男と別れたからわたしと付き合いだしたわけではない。わたしという存在のために、男を振ったのだという。それを聞いて思わず、「なんてもったいないことを」と口走った。冗談ではなく、偽らざる本音だった。それを聞いた咲都子は、最初こそ苦笑したものの、しばらく不機嫌だった。その不機嫌の意味が、わたしはなかなか理解できなかった。

思い返してみれば、咲都子こそ二者択一で悪い方を引いてしまう女だったのかもしれない。彼とそのまま付き合い続けていれば、ゆくゆくは社長夫人の座が待っていたのだ。それを捨ててしがない大学講師と結婚したのだから、物好きにもほどがある。運が悪い者同士、わたしたちは似合いだったのだろうか。

ともあれ、咲都子と結婚にまで漕ぎ着けたあの頃は、わたしの人生の頂点だった。それだけでなく里菜という娘まで得られたのだから、過去の不運を一挙に挽回《ばんかい》し収支決算を黒字にまで持っていけたようなものである。その黒字を、わたしは愚かな行動でまた赤字に戻してしまった。結局運がいいのか悪いのか、自分でもよくわからなくなる。

言えるのはただひとつ、今の状況に甘んじてはいけないということだ。このどん底状態から脱し、里菜を自分の許《もと》に引き取らなければ、あの世の咲都子も許してくれないだろう。そのためにも、この幸運の端緒は絶対に手放してはならないのだ。改めて、そんな思いを強くする。

そこに、溶けかけた雪だるまのように締まりのない顔が現れた。山崎《やまざき》はわたしを見て、「やあ」と言う。まるで旧知の人物に思いがけなく出会ったかのような挨拶だが、この時間は互いに授業を持っているのだから毎週顔を合わせているのだ。きっと何も考えていないから、わたしがここにいると意外に感じるのだろう。

「よっ。相変わらず間延びした顔してるな」

言ってやると、山崎はにこにこしながら隣に坐る。

「ずいぶんご挨拶だね。何かいいことでもあったの？」

長い付き合いなので、互いの気持ちはなんとなく読み取れるようになっている。山崎もひと目で、わたしの上機嫌を見抜いたようだ。

「この前話しただろ。佐脇依彦の手記だよ。あれ、けっこういいんだ。おれにもようやっと運気が向いてきたかって感じかな」

「ああ、その話」

山崎は気のない返事をする。しかしわたしはかまわず、一方的に捲《まく》し立てた。

「自殺の理由がしっかり書いてあったよ。これがまた、小説みたいに謎《なぞ》めいてるんだ。おまけに出世作を書くに至る心理もしっかり描写されているから、これと実作を絡《から》めて論じればなかなか面白いものになるぜ」

「ふーん」

とても同じ学究の徒とは思えない反応だが、これがいつもの山崎である。ここで大興奮でもされたら、かえって驚くというものだ。

「よかったね、松嶋くん。その論文で認められたら、他の大学に行くの？」

山崎は寝ぼけた顔をしているくせして、いきなり鋭いことを訊いた。わたしとしては「そうだ」と認めたいところだったが、十数年に亘《わた》って一緒にこの大学にいる山崎にはなかなか頷きにくかった。

「まあ、なぁ。これ以上ここにいても、昇進の目はないしなぁ」

「そんなことないと思うけどね。麻生先生は、公私の区別をきちんとつける人でしょ」

確かにわたしと咲都子の仲がうまくいっている頃は、麻生教授もそういう人だった。だから、教授の娘と結婚したことで将来を約束されたようなものだと周囲から目されていても、実際は保証などどこにもなかったのだ。それなのに今は、逆の方向に将来が確定してしまった。恩師の娘と結婚した恩恵はまったく受けず、逆に不利益だけ被ってしまったような格好である。自業自得なので文句はないのだが。

「うん、まあ、そこまで考えるのはまだ早いよ。論文の一文字すら書いてないんだから」

実は薔薇色の未来を夢想しているのだが、そうは言えないので曖昧《あいまい》にごまかしておく。すると山崎は、何も考えていないような口調で言った。

「きっと評判になるよ」

「どうしてそんなことがわかるんだよ」

軽く抗議しても、山崎は涼しい顔だった。

「だって、話で聞いただけでも面白そうじゃない。問題は、その手記の出所だね。はっきりしてるの？」

「え？」

思いがけないことを訊かれ、わたしは言葉に詰まった。確かにこうした文献の新発見があった場合、出所の調査は不可欠である。しかし対象は、我々のような研究者でもなければ知らないような無名作家なのだ。出所を疑う必要などまるで感じていなかった。

「いや、はっきりしていると言えばしているけど、していないと言えばしていないような……」

青井さんが聞いていたらまた険しい顔をされそうな、どっちつかずの答え方しかできなかった。わたしはまだ、手記の持ち主だった増谷の母親と会っていない。その意味では、出所調査が万全とは言えないのだ。一瞬不安になったが、すぐに立ち直る。

「そのうち会えることになってる。佐脇が手記を託した人物らしいから、まず間違いはないと思うよ。そもそも、佐脇依彦の手記なんて偽造しても、誰もメリットはないだろ」

「うん、そうは思うけどね。一応確認だよ」

山崎は自分の指摘がわたしに与える影響などまったく感知した様子もなく、淡々と言う。わたしはそんな飄々《ひょうひょう》とした態度が少し羨《うらや》ましかった。

11

今日中に連絡がなければこちらからもう一度催促《さいそく》しようと思っていたが、嬉しいことに長谷川医師からの電話はその夜にかかってきた。相手の名前を聞いて、わたしは飛び上がりたいほど胸を弾ませた。

「長谷川と申す者です。佐脇について調べていらっしゃるという方はあなたですか？」

長谷川医師は佐脇の名を口にした。ということはつまり、この人物こそ手記中に登場した長谷川なのだ。やはり幸運の女神はわたしに微笑《ほほえ》んでいる。

「はい、わたしです。不躾《ぶしつけ》な電話に応じていただき、ありがとうございます」

受話器を持ったまま、つい頭を下げてしまった。相手に見えなくても、きっと気持ちは通じるはずと信じる。

「こちらこそまず不躾なことを伺わせていただかなければならないのですが、あなたはなぜ、わたしが佐脇と知り合いであったとご存じなのですかな」

長谷川医師は当然の質問をしてくる。わたしは軽く上擦《うわず》りながらも、できる限り冷静に答えた。

「実は、佐脇氏が残した手記を、わたしは入手したのです。あ、申し遅れましたが、わたしは明城学園大学で国文学の講師をしております。その関係で、手記が回ってきたのです」

「手記、ですか」

長谷川医師の声には、驚愕の色が滲《にじ》んだ。それはそうだろう。佐脇の死後五十年以上も経てそのようなものが出てくれば、当時の知人なら誰だって驚く。まして長谷川医師は、佐脇が巻き込まれたトラブルの当事者だ。平静に聞ける話ではなかろう。

「手記に、わたしの名前が出てくるのですか」

「そうです。手記の大半は西新宿が舞台になっていました。ですので、当時を偲《しの》ぶよすががないかと歩き回ってみたところ、長谷川さんの診療所を見つけたものですから、失礼を承知でご連絡させていただいたわけです」

わたしの答えを聞き、長谷川医師はしばし唸《うな》り続けた。驚きを自分の中で落ち着けるのに手間取っているようだった。だがやがてその唸りも収まると、願ってもない提案をしてくれた。

「一度、お目にかかって直接お話しすることはできないでしょうか」

「もちろん、かまいません。こちらからお願いしたいところでした」

「その際、佐脇の手記をお見せいただくわけにはいきませんか？」

長谷川医師にしてみれば、当然の申し出だった。だが、それはかりはわたしの一存で応じるわけにはいかない。手記の所有権は、依然として増谷の母にあるのだ。他の人に見せるに当たっては、了承を得なければならない。

「手記はわたしにとっても預かり物ですから、本来の持ち主に断らなければなりません。ですので、必ずご期待に添えるとお約束はできないのですが……」

「ああ、それはごもっともですな。では、手記の所有者の名前だけでも、せめて教えていただけませんか」

長谷川医師は簡単に引き下がってくれたが、未練があるのは明らかだった。なんとか情報を得ようと食い下がってくる。

「増谷、という方です」

「増谷さんですか」

名前くらいはかまわないだろうと判断し、教えたが、その名に心当たりはないようだった。落胆の気配が伝わってくる。

「では、恐れ入りますが所有者に許可を得てください。その結果許しが得られたら、ぜひとも見せていただきたいものです」

「わかりました。連絡をとります」

そのように応じて、会う日取りを決めた。先方が老人であることに鑑《かんが》み、わたしが出向くことにする。手記を持っていければ相手を喜ばせられるとわかっていたが、長谷川医師がこれを目にするのが当人にとって幸いかと考えると、それは疑問だった。世の中には知らない方がいいこともある。

そのまま受話器を置かず、増谷の携帯電話にかけた。ありがたいことにすぐに繋《つな》がる。話をしてもいいかと確認してから、本題に入った。

「実は、当時の関係者と接触がとれたのです」

「ほう、早いですね」

増谷は少し意外そうな声だった。わたしにそこまで行動力があるとは思っていなかったのかもしれない。

「手記中に登場する長谷川さんが、まだ存命だったのです。今度、会う約束をしました」

「それは素晴らしい。よく見つけられましたね」

増谷は誉めてくれる。そんなふうに言われては、ただ幸運に恵まれただけだとは白状できなかった。いやぁ、と曖昧に応じておく。

「それでですね。その長谷川さんに佐脇の手記のことを話したところ、現物を見てみたいとおっしゃるのです。そこで、見せてもいいか増谷さんに許可を得ておこうと思ったのですが、どうでしょうか？」

恐る恐る尋ねると、増谷は「うーん」と唸る。

「ちょっとそれは母に確認してみないとわからないですね。こちらから改めてご連絡させていただきますが、それでよろしいですか」

「はい、もちろん」

こちらが難色を示せる話ではなかった。長谷川医師と会う日時を告げ、それまでに返事が欲しいとだけつけ加えておく。

通話を終えて、わたしは興奮する胸を鎮《しず》めようと努力しながら、佐脇の短編の残りを読み始めた。佐脇の作品をすべて読まないことには、論文に着手できない。短編三本だけなので、それほど時間のかかることではなかった。

二時間ほどで、三本とも読み終えた。五作目である「来迎」は、三作目で培《つちか》った路線をさらに推し進めたような作品だった。主人公に慰謝を与える存在が、既存の宗教の概念を用いていないだけに普通小説に近い。一見したところただの恋愛小説のようだが、登場する男女の関係はいわゆる色恋とは趣《おもむき》を異《こと》にしていた。宗教臭が欠如していながらも救済について真摯《しんし》に考えたその物語は、佐脇の筆が一段深いところに届いたことを示しているように思われる。それは佐脇自身が、心の底から救済を求めていたからだろうか。手記の記述と絡めると、面白い主題が読み取れそうだった。

それに比べると、一作目と二作目は明らかに凡作だった。伝統的な私小説といえば聞こえはいいが、今日《こんにち》の目では新味のかけらもない。当時なら新しかったかというと、そんなこともないだろう。どこまでが事実でどこからが虚構か判然としないが、波乱のない過去回想など退屈なものでしかなかった。これに比べたら、手記の方がよほど読み物として面白い。三作目以降との落差を論じるためだけに読めばいい作品であった。

佐脇の残した五作品すべてを読み終えてみると、論じるべき方向性が漠然と見えた気がした。できるなら盗まれたという六作目も読んでみたいところだったが、手に入らないのでは仕方がない。古書市場にしばらく目を光らせてはみるが、あまり期待せずに論を組み立てた方が無難だろうと考えた。

それから数日間は、論文の構成に頭を悩ませた。こちらには手記という有無を言わさぬ武器があるが、それだけに頼っていては頭角を現すことなどできない。わたしの運命を変えるかもしれない論文かと思えば、安易に着手するわけにはいかなかった。焦らず、じっくりと取り組むことにする。

そうこうするうちに、増谷からの電話があった。増谷は大して悪びれた様子もなく、「手記は見せないで欲しいのです」と告げた。

「なんだか松嶋先生の足を引っ張ることばかり言っているようで申し訳ないのですけど、母が駄目だと言い張りまして。わたしも説得しようとしたのですが、年寄りは一度言い出したら聞かないのですよ」

「それでは仕方ないですね」

もし増谷の母が扶実子なら、長谷川にはいい感情を抱いていないだろう。あの手記を見せたくないと考えるのも、無理からぬことだった。こちらもそうした返答を予想していたので、簡単に引き下がる。

「それでも、ある程度手記の内容を長谷川さんに話してしまうのはかまわないですよね。それくらいは許可していただかないと、調査ができませんから」

「まあ、それは当然ですね。わたしもそこまで母には報告しませんから、松嶋先生のご判断にお任せします」

「ありがとうございます」

これでは手枷足枷《てかせ》で働かされているような気もするが、増谷の母が扶実子なら、手記は己の過去の傷を記したものということになる。誰彼かまわず見せて回って欲しくないと望むのは、至極当たり前のことだった。わたしに見せてくれただけでもありがたいと思わなければならないだろう。

長谷川医師はがっかりするだろうが、なるべく詳細に手記の内容を話して聞かせるしかない。老齢に差しかかった長谷川医師にとっては、その方が幸せだろうともわたしは考えた。

そして約束の日がやってきて、わたしはいそいそと西新宿へ向かった。

12

長谷川医師が指定した場所は、診療所のすぐそばのマンションだった。説明によると、息子夫婦と同居しているわけではなく、このマンションでひとり暮らしだそうだ。独り身の年寄りなので、気を使わずに来て欲しいと長谷川医師は言った。子供がいるくらいだから結婚はしたはずだが、妻とは離婚したか先立たれたか、どちらかなのだろう。

オートロックではなかったので、教えられた部屋を直接目指した。呼び鈴を押すと、頭髪が完全に白くなった老人が姿を見せる。だが年寄りじみているのは髪の色だけで、顔の色つやはよく、皺《しわ》もあまり寄っていない。それほど身長が高いわけではないが、背筋がピンと伸びているのが印象的だった。

長谷川医師の歓迎ぶりは、まさに諸手《もろて》を挙げてと表現するのがふさわしいものだった。「よく来てくれました。さあ、どうぞどうぞ」と機嫌よくわたしを請《しょう》じ入れると、リビングのソファに坐らせる。「おかまいなく」とは言ったのだが、キッチンでなにやら準備をしている様子だった。

室内は2LDKの、簡素だが住み心地《ごこち》のよさそうなインテリアだった。隣に見える書斎には大きな本棚が三架あり、高そうな木製の机の上には書類やワープロが載っていた。リビングのローボードに収納されているのは、世界各地で買い集めたと思われる小物だ。ウィスキーの小瓶があるかと思えば、掌《てのひら》に載る程度のオルゴールや蠟燭《ろうそく》、ピアノのミニチュアがあり、その横には東南アジアの工芸品らしき人形が並んでいる。それらが整然と、趣味よく並べられていて、見ていると飽きない。

「日本茶でよろしいですか？　近くにおいしい和菓子を売る店があるので、そこのものを買っておいたのですが」

長谷川医師は盆を手にして、こちらにやってくる。わたしは恐縮し、立ち上がって礼を言った。

「申し訳ありません。どうぞお気遣いは無用に」

「いやいや。来客などついぞなかったものですから、少しはしゃいでおるのですよ。ちょうど自分でもここの菓子が食べたかったので、どうか付き合ってください」

「はあ。では遠慮なく」

改めてソファに落ち着き、出された和菓子に手をつけた。透明の葛《くず》に包まれたあんこ玉は甘さが控え目で、高級品を食べ慣れていないわたしにも上品な味だと思える。素直に「おいしいです」と口にすると、長谷川医師は嬉しそうに微笑んだ。

「そうでしょう。わたしは昔からここを贔屓《ひいき》にしてましてね。一週間に一度くらいは食べないと、苛々《いらいら》してくるのです。甘いものに目がないものですから、糖尿に気をつけろと息子には叱《しか》られるのですが、もうこの年になると食べたいものくらい自由に食べたいのですよ」

そう言って穏やかに笑い声を立てる眼前の老人に、手記中の長谷川の面影はなかった。佐脇に劣等感を抱き、小心故に好きな女性に気持ちを打ち明けることもできず、ただその後を尾《つ》けるしかなかった青年は、もう過去の存在なのだろう。少なくとも今の長谷川医師は、長い間に培われた自信が全身に満ちているようだった。年を取るのも悪くないと思わせてくれる何かが、長谷川医師には確かにあった。

「佐脇の手記、とおっしゃいましたな」

長谷川医師は世間話の続きのように、おもむろにそう切り出した。わたしは予期していなかったので、噎《む》せそうになる。慌ててお茶を飲み、「そうです」と頷いた。

「とある縁があって、手記がわたしのところに回ってきたのです。その中に、長谷川さんのお名前がありました」

「いつ頃書かれた手記でしょうか。佐脇が死ぬ直前ですか」

「はい」

「ああ、やはり……」

長谷川医師は絶句すると、わたしの背後の窓に目をやったまま動きを止めた。その沈黙を破ることはできず、わたしはただ長谷川医師の気持ちが戻ってくるのを待った。

「――佐脇が遺書も残さず死んだのはおかしいと、長い間思っていました。佐脇は文章を書くことを仕事としていた。それなのに、自ら死に臨むに当たって何も言葉を残さないのは、あまりに不自然なのです。そうですか、やはりあったのですか」

長谷川医師の言葉は、わたしに向けられたものというより、己自身に呟いているかのようだった。おそらく老人にとって、佐脇の死は忘れられない衝撃だったのだろう。わたしが投げ込んだ石は、予想以上に大きな波紋となって長谷川医師の胸を波打たせたようだ。それを申し訳なく思ったが、おそらく長谷川医師はそれでも手記の内容を知りたがるのではないかと考えた。この老人は、事実を受け止める覚悟をすでに固めている。

「そこに、死にゆく理由は書かれていたのですね」

長谷川老人は毅然とした態度で確認する。わたしは正直に認めた。

「はい。ですが、なぜそのような状況に自分が置かれることになったのか、佐脇氏自身もよくわかっていないようでしたが」

「扶実さんのこと、が直接の理由なんですよね」

それくらいは推測がついていたようだ。縁が切れたとはいえ、噂《うわさ》は耳に入っていたのだろう。

「そうなんです。それを佐脇氏は、自分のせいだと考えていました。その自責の念に押し潰され、自ら命を絶つのだと」

「なぜ扶実さんが子を産んだことが、佐脇のせいなのですか。まさか、子供の父親は佐脇だったのですか」

「いえ、そういうわけではないのですが……」

今日のやり取りがどう展開するにせよ、手記の内容を説明しないわけにはいかないと考えていた。わたしは腹を据えて、佐脇の周囲に起こった一連の出来事を話して聞かせた。なるべくかいつまんだつもりだったが、それでもすべてを語り終えるのに四十分ばかりかかってしまった。その間長谷川医師は、相槌《あいづち》以外はひと言も口にしなかった。

「……というわけで、佐脇氏自身も釈然としないまま、ともかく生き続けるわけにはいかないと気持ちを固めたようです。非常に気の毒な、読んでいて辛《つら》い手記でした」

そう締め括《くく》っても、長谷川医師はなかなか言葉を発しようとしなかった。うなだれるように下を向いたまま、顔を上げない。極力表現には気を使ったつもりだったが、それでも老人には大きな衝撃だったようだ。

「――わたしも、佐脇を死に追いやったひとりなのでしょうね」

やがて長谷川医師は、俯《うつむ》いたままぽつりと呟いた。わたしは扶実子を巡る一件には言及しなかったのだが、手記にはそのことも書かれていると見抜いているようだ。

「佐脇がそんな状態に置かれていたとは、これまで知りませんでした。好きだった女性が別の男の子供を身籠《みごも》ったので、それがショックで死を選んだのだとばかり思っていました」

長谷川医師は顔を上げたが、視線はふたたびわたしの背後の窓に向けられた。わたしは安易に言葉を挟めない。

「正直言って、扶実さんが妊娠して、その相手が佐脇ではないと知ったとき、わたしはいい気味だと思いました。わたしは扶実さんに懸想《けそう》していた。だがその思いは叶《かな》わず、やがて扶実さんは佐脇を選ぶのだろうと考えていました。ところが思いがけないことに、扶実さんは佐脇以外の男の子を身籠った。負けたのはわたしだけではなく、佐脇も同じだとわかり、溜飲《りゅういん》が下がったものです。わたしは卑しい男でした」

長谷川医師の感じ方は、確かに意地悪である。だが失恋の痛手を負ったばかりの若者ならば、それも無理からぬことことわたしには理解できた。おそらく長谷川医師は、そんなふうに感じてしまったことを後に深く悔いたはずだ。その悔いは、自分を苦しめずにはおかなかっただろう。それだけで、充分に長谷川医師は罰を受けたと言える。他人のわたしがとやかく言えることではなかった。

「今わたしがお話ししたことは、初耳のことばかりですか」

わたしはようやく本題を切り出す。一連の事件について長谷川医師が何かを知っているなら、ぜひとも語って欲しかった。

「いくつか知っていることはありました。例えば大野さんの店が壊されたこととか、嫌がらせの手紙が届いていたこととか。しかし、大半は知らない話でした」

「和田という人物の真意に心当たりはありませんか？　なぜ和田はそれほど佐脇さんを恨んだのか、おわかりになりませんか」

問いを向けても、長谷川医師はすぐに答えられずにいた。遠い目をしたまま、じっと考え込む。

「……さあ、わたしにはなんとも言えませんな。あなたが今おっしゃったように、加原《かはら》というカストリ雑誌の編集者が、和田の細君に迷惑をかけたことくらいしか思いつきません。佐脇の身辺に生じた事件すべてが和田の仕組んだことだったのなら、よほどの恨みだったと考えるしかない。あの加原なら、何をしでかしたところで不思議ではないです」

結局真相はそうだということなのだろうか。和田当人に辿《たど》り着いて真意を問い質すことができないなら、推測を積み重ねていくしかないのだ。こうして当事者の証言が得られれば、わたしとしてはひとつ仕事を済ませた気分になれる。

「そうですか。では他に、今の話を聞いて思い出したことはないでしょうか。どんな些《さ》細《さい》なことでもいいのですが」

わたしは質問を重ねる。なぜそんなことを訊くのかと疑問に感じても不思議ではないのに、長谷川医師は真剣に考えてくれた。

「……お話を伺っていて、何か引っかかることがあった気がするのですが、思い出せなくなってしまいました。ここのところ、どうも記憶の抽斗《ひきだし》がうまく開かなくなっているのです。年を取るとはこういうことなのですね。申し訳ない」

それはいったいなんなのか。非常に気になったが、思い出せないのでは仕方がない。せっついたところで意味がないので、わたしはしばし待ってから諦めた。

「では、思い出したらご連絡いただけないでしょうか。わたしは佐脇氏の手記を元に論文を書くつもりですので、なるべく多くのことを知っておきたいのです」

「承知しました。ですが、こちらももっと詳しいことが知りたいですな。手記そのものを見せていただけなくても、せめて梗概《こうがい》なりともちょうだいできないでしょうか」

長谷川医師の気持ちはわかる。梗概を書くとなるとひと手間だが、惜しむわけにはいかなかった。

「わかりました。では近いうちにまとめて、お送りします。それを読んで何か気づいたことがあったら、お知らせください」

「約束します」

長谷川医師は硬い表情で頷いた。わたしはさらにいくつか、確認すべき項目を頭の中で並べた。

「わたしは論文をまとめる前に、当時を知る人になるべく多く会っておきたいと考えています。例えば八百屋をしていた大野さんのその後など、ご存じないでしょうか」

「ああ、大野さんですか。あの人は結局千葉に行ってしまい、こちらの店は畳んだのですよ。千葉のどこに行ったかは、聞いていません。それほど深い付き合いがあったわけではないので」

「そうですか。佐脇氏の叔父《おじ》夫婦はもうお亡くなりになってますよね」

「はい、もうずいぶん前に。遠縁の方が土地を相続されて、すぐに売ってしまいましたから、今は佐脇とは何も関係のないマンションが建っていますよ」

大方そんなことだろうと予想はしていたが、当時を知る人から聞かされると時の流れの無情さを感じる。やはり五十数年間の壁は厚い。

「こちらもひとつ訊かせてください。その手記を持っていた増谷さんという方は、扶実さんではないのですか？」

長谷川医師は思いの籠った眼差《まなざ》しでこちらを見た。わたしはそれに応《こた》えられないのを申し訳なく思った。

「実は、わたしもまだ直接お目にかかってはいないのです。わたしは持ち主の息子さんから、手記を預かったので」

「間違いないですよ。佐脇が手記を託す相手は、扶実さん以外にいない。もしあなたが扶実さんと会うことがあったら、長谷川が詫びていたと伝えていただけませんでしょうか」

長谷川医師は感情を表に出さないようにしていたが、それでも切実さが滲《にじ》んだ言葉だった。わたしは五十六年に亘る後悔の重みの一端を見た思いだった。

「正直に打ち明ければ、わたしはご連絡をいただくまで、佐脇のことも扶実さんのことも忘れていました。何事もなければ、おそらくそのまま死んでいたでしょう。ですが今、わたしは思い出した。これは思い出すべきことだったのです。ご連絡をいただけたことを感謝しています。思い出していなければ、わたしは恥知らずなまま死ぬところだった。それは、絶対に許されないことです」

老人は決然と言い切った。そう言えるようになったのが、彼の五十六年間だったのだとわたしは知った。

13

できることなら、里菜とは毎週会いたいと考えている。それも、ただ麻生家でほんの一、二時間遊ぶだけではなく、ずっと一緒にいたいと望んでいるのだ。だからわたしは、なるべく里菜を外に連れていってやることにしている。里菜もその日を楽しみにしているので、いくら麻生夫妻にいやな顔をされようと、後込《しりご》みするわけにはいかなかった。

その週の日曜日に、わたしは里菜を迎えに行った。里菜を連れ出すことはあらかじめ告げてあったのだが、麻生教授はその程度のことで日課を崩すつもりはないらしく、いつもどおりウォーキングに出ていた。義母は例によって、複雑な顔でわたしたちを見送る。なるべくならわたしを里菜から遠ざけておきたいのに、里菜本人が喜んでいるのだからやむを得ない。そんな本音が如実に浮かんだ顔だった。

わたしたちは渋谷から東急田園都市線に乗り、こどもの国を目指した。まだ三歳の里菜には、絶叫マシーンが主体になってしまった遊園地は少し早い。こどもの国程度の、のんびりとした雰囲気の遊び場所がちょうどよかった。大人の事情を言えば、こどもの国は入園料も乗り物代も安いのがありがたい。入園料だけで五千円以上も取られてしまうディズニーランドなどは、貧乏講師にはなかなか辛い場所だった。

一時間近く電車に揺られ、こどもの国駅に着く。里菜はその間、この年の子供としては驚くほどおとなしく過ごしていた。きちんと靴を脱いで椅子の上に膝《ひざ》をつき、じっと外の景色を眺めて退屈を紛らわす。そんな忍耐強さはここ数ヵ月の間に身についたもののように思われ、少し憐《あわ》れに感じた。わたしと咲都子と三人で暮らしていたときの里菜は、もう少し我儘《わがまま》だったはずだ。我が儘が治るのはいいことなのに、それが外的要因によってやむを得ずとなれば、三歳児にはあまりにかわいそうだった。

歩道橋を越えて入り口に辿り着き、入園料を払って中に入った。入ってすぐの広場は、余白がないほどチョークの落書きで彩られている。それを見ると里菜は目を輝かせて、自分も書きたいと言い出した。以前に来たときはまずここで引っかかってしまい、広い園内をぜんぜん回れなかった。同じ失敗をしないよう、今日は少し我慢をさせる。チョークを使っての落書きなど、家のそばでもできるのだ。里菜には他の楽しみも味わって欲しかった。

なんとか落書きゾーンを通り過ぎて、遊歩道を右手に折れた。トンネルをくぐってしばらく進むと、下り坂にぶつかる。そこを下りきったところには、ちょっとした遊具コーナーがあった。里菜はふたたび目を輝かせ、早く行こうとわたしの手を引っ張る。わたしたちは手を繋いで、小走りに坂を下った。

「あ、自転車だ。里菜、自転車乗りたい！」

柵に摑まって、里菜はぴょんぴょんと跳びはねた。柵の中には、補助輪の付いた自転車が何台も並んでいる。これまで里菜を自転車に乗せたことはなかったが、見てみるともっと小さい子も悠々とペダルを漕いでいた。そうか、里菜も自転車に乗る年になったかとちょっとした感慨を覚えて、わたしは乗り物券を買ってやった。

自転車乗り場は楕円《だえん》状の、長径がせいぜい三十メートル程度の広さだった。そこを自転車に乗って十分間、ぐるぐると回るだけの趣向である。その程度の施設でも、子供にとっては自転車に乗れること自体が嬉しいのか、なかなか人気のコーナーだった。里菜は迷うことなく青い自転車を選び、颯爽《さっそう》と乗った。

最初は力の入れ加減がわからなかったのか、なかなか前に進まなかった。少し進んでも、緩やかな傾斜になっているため停《と》まってしまう。よほど後ろから押してやろうかと思ったが、ここは自力でなんとかした方が本人も達成感があるだろうと考え直した。案の定、全身の力で難所を乗りきると、以後はすいすいと進めるようになった。拍手してやると、里菜は得意そうに笑った。

十分間はあっという間に過ぎたが、里菜はもっと乗りたいと言い張った。もちろん里菜の好きなようにしていいので、さらに乗り物券を提示して延長してやる。あまりに嬉しそうな里菜を見ていると、今度の誕生日には自転車を買ってやりたくなった。子供用の自転車がいくらくらいするのか見当がつかないが、小さいからといって安くはないだろう。今から貯金だなと、心に決める。

里菜は疲れることなくぐるぐると同じ場所を回り続け、結局三回も時間を延長した。つまり四十分間も自転車に乗り続けていたわけで、わたしだったらへとへとになっているところだが、三歳の体は活力の固まりのようなものだった。まだ乗り足りなそうな顔をしているのを無理に引っ張り、近くのベンチで持ってきたおやつを食べさせる。チョコレートコーティングのスティック菓子を渡すと、里菜は猛然とそれを腹に収めてしまった。麻生家ではふだん、あまり甘いものを食べさせてもらっていないらしい。せめて今日くらいは、心ゆくまで食べるといいと思った。

そこからさらに奥へと歩いて、小さな牧場に出た。柵の中にいる羊が、悠々と草を食べている。里菜はまた柵に取りついて、興味深そうにその様を眺めていた。以前も見たはずなのに、もうそれは忘れてしまったらしい。

里菜が満足した頃を見計らって、ポニーに乗せてやった。空《す》いているのですぐに順番が回ってくる。里菜は怖がることなくポニーに跨《また》がり、ゆっくりとコースを回り始めた。わたしが柵の外から手を振ると、里菜もちょっと恥ずかしそうに振り返した。その姿を、わたしは写真に収めた。

「前にママと来たの、憶えてる？」

戻ってきた里菜と手を繋いで歩きながら、訊くまいと思っていたことをつい口にしてしまった。だが里菜はわたしの恐れをあっさり打ち消し、「うん」と頷く。

「憶えてるよ。ママと一緒におにぎり食べた」

それを聞いて、胸を撫で下ろした。わたしが今一番恐れているのは、里菜が咲都子を忘れてしまうことだ。仕方ないとはいえ、娘に忘れられては咲都子が憐れだ。だからわたしは、あまり里菜の記憶を確認したりしないことにしている。その方針を破って尋ねてしまったのは、わたし自身が思い出の重みに耐えきれなくなったからだ。里菜の言うとおり、わたしたち三人はここでおにぎりを食べた。咲都子と歩いた場所を訪れるたび、わたしはいつも追憶で胸がいっぱいになる。

「里菜、ママのこと、忘れないでやってくれよな」

頼んでも無駄なのかもしれない。それでも頼めば通じるかもしれない。わたしはそう信じて、里菜の顔を覗き込んだ。里菜は不思議そうな表情を浮かべて、「忘れないよ」と答えた。

牧場に戻って羊の餌《えさ》を買い、竹べらを使ってそれをやった。羊たちは別に飢えているわけでもないだろうに、猛然と餌に鼻先を向けてくる。その勢いに里菜は最初怯《おび》えていたが、すぐに面白がりだした。肝が据わっているところは咲都子譲りで、里菜の美点だとわたしは思っている。

そうこうするうちに昼時になったので、売店で弁当を買った。ベンチではなく、広場の芝生に直接坐って食べる。たっぷり運動した里菜は腹が減っていたらしく、ぺろりとおにぎりをひとつ平らげてしまった。もっといるかと訊くと「うん」と答えるので、わたしのを半分に割って与えた。それもまた、綺麗に食べきってしまう。たった三ヵ月別々に暮らしただけで、ずいぶん食が太くなったものだと驚いた。

午後は、入り口を挟んで反対側のエリアに足を延ばした。最近設置されたというとてつもなく長い滑り台をふたりで三回滑り降り、その後は遊具コーナーで満足いくまで遊ばせた。里菜はジャングルジムに上り、滑り台を滑り、ブランコを力いっぱい漕いだ。あるときは真剣な表情で、あるときは満面に笑みを浮かべて走り回る里菜を見ていると、退屈など一瞬も覚えなかった。この時間がもっと続けばいいとすら望んだ。最後に売店でアイスクリームを買い、ふたりで食べた。里菜はまだ遊び足りなそうだったが、日が暮れてから帰っては麻生夫妻が腹を立てる。別にご機嫌を伺うわけではないが、彼らと縁を切れない以上、関係を円滑に保つ努力も必要だった。それに、三歳児の体力ではこの辺が限界だろうとも判断した。

案の定、電車に乗ると里菜はスイッチが切れたように寝入ってしまった。わたしの脇腹に寄りかからせ、肩を支えてやる。丸顔の里菜は、寝ると輪郭がほとんど真ん円《まる》に見える。そういえば里菜の寝顔を見るのは久しぶりだなと気づくと、情けなさと切なさとやり場のない怒りが同時に込み上げてきた。

終点の渋谷に着いても里菜は起きないので、仕方なく負ぶって電車を乗り換えた。仕方なく、とはいっても、まだまだ体重が軽いので苦にはならない。めったにないことと思えば、里菜の重みが嬉しくもあった。

麻生家に送り届けると、予想どおり義母の渋い顔で迎えられた。それでも、上がっていけと言ってもらえただけましなのかもしれない。それが儀礼であることは明らかなので、わたしは遠慮しておいた。麻生教授と差し向かいで過ごす勇気もなかった。まだ寝ている里菜を引き渡し、辞去した。麻生教授は顔を出さなかったが、わたしにとってはその方がありがたかった。楽しかった一日はこれで終わってしまった。ならばさっさと明日になればいいと、わたしは駅へ向かう道すがら考えた。

ところが、まだ一日は終わらなかった。アパートに帰り着くと、ランプを点滅させた留守番電話がわたしを待っていた。メッセージが入っているらしい。再生してみると、なんと相手は義母だった。

《里菜ちゃんが熱を出しました。長い時間連れ回すからです。今後は気をつけてください》

たったそれだけのメッセージだったが、わたしには衝撃だった。確かに里菜の頬《ほお》が少し赤いのには気づいていたが、それは寝ているせいだと考えたのだ。まさか発熱しているとは思わなかった。

慌てて麻生家に電話を入れた。電話口に出たのは麻生教授だったが、気後《きおく》れしている場合ではない。「松嶋です」と早口に名乗って、里菜の様子を訊いた。

「日曜だから、医者に連れていくわけにもいかない。まだ三十八度くらいだから、薬を服《の》ませて少し様子を見ている」

麻生教授は答えるのが不愉快そうだったが、いきなり電話を切るような大人げない真《ま》似《ね》はしなかった。わたしはそれを聞き、わずかに息をつく。だが、まだ安心はできなかった。

「今からそちらに伺います」

躊躇なくそう宣言して、相手の言葉にも耳を貸さずに受話器を置いた。脱いだばかりの上着をひっ摑み、部屋を飛び出す。ほとんど駆け足で、通ったばかりの道を急いだ。

　里菜が熱を出すのは、別れて暮らすようになって初めてだ。一時期はしょっちゅう風邪をひいていたものだが、あるときを境にいきなり体が丈夫になった。それが成長というものなのだろう。久しぶりの発熱に、わたしの方が上擦っている。こんなとき咲都子はどう対処していただろうかと、必死に記憶を探った。

　ふたたび麻生家に辿り着き、今度は挨拶もそこそこに上がり込んだ。里菜は二階の和室に寝かされている。そこに飛び込むと、里菜は確かに赤い顔で眠っていた。額の髪を掻《か》き分け、手を置く。熱かった。

「もう、三十九度くらいになっているんじゃないですか」

　後ろについてきた義母に、そう尋ねた。義母は憤然とした口調で答える。

「ええ、さっき測ったら九度二分でした。どうしてこんなになるまで遊ばせてたんですか？　真司《しんじ》さん、父親のくせに子供の様子がおかしいことにも気づかなかったんですか？」

　義母の容赦ない非難は、わたしの胸に突き刺さった。唇を嚙《か》んで、痛みに耐える。言い訳は難しかった。義母の非難を、わたしは丸ごと甘受しなければならなかった。

「前にお渡しした頓服《とんぷく》を服《の》ませてください。それで熱が引けば、今夜はひと安心ですから、明日わたしが医者に連れていきます」

「頓服は十分くらい前に服ませました。医者にはわたしが連れていきますから、真司さんはどうぞご心配なく」

切り口上に言われて、わたしは言葉をなくす。明日は授業があるので、義母が医者に連れていってくれるなら正直助かるのだ。里菜の寝息は少し苦しそうだった。そんな娘を前にしながら、ただおろおろするしかない自分が情けなくてならない。一緒に暮らしていないからだ。わたしはすべての原因をそこに求めた。常に一緒にいれば、里菜のわずかな変化にも必ず気づいていたはずだ。そうであれば、義母などではなくわたしが薬を服ませ、ひと晩付き添っていてやれた。わたしはいつも里菜のそばにいなければならないのだ。

こんな状態は間違っている。わたしは怒りとともに考えた。里菜のためではなくわたし自身のために、この不自然な状況を変えなければならない。どんなに負担が大きかろうとも、里菜を手許に引き取って育てるのだ。それは、決意などという言葉でも的確ではない、揺るぎなく固い意志だった。

「今日は泊めてください。食事も風呂もいりません。布団もいりません。ただここにいさせてください」

わたしは振り返りもせずに、背後の義母に言った。梃子《てこ》でもここを動くまいと、思い定めていた。

義母はしばし考えるように沈黙した末に、「そんなわけにはいかないでしょ」と言って部屋から出ていった。それは義母なりの許諾《きょだく》の言葉なのだと受け取り、わたしは怒らせていた肩の力を抜いた。

掌でごしごしと顔を擦《こす》ると、脂がたっぷりと浮いていた。

論文もあるのでなるべく短くまとめようと思っていたのだが、長谷川医師に見せる梗概を書き上げるには一週間ほどかかってしまった。老人の気持ちを思えば、あまりいい加減な文章にはできない。かといって、克明に書いては長谷川医師の後悔の念をさらに強くさせてしまう危険性もある。その辺りの匙《さじ》加減が難しく、簡単かと思っていた作業に手間取ってしまったのだった。

14

それでもなんとか書き上げ、プリントアウトして長谷川医師に郵送した。過不足なく内容を伝えるには、結局四百字詰めにして八十枚ほどの分量を要した。これだけの嵩《かさ》だから、読み終わるには多少の時間が必要だろうと予想していたところ、案に相違して長谷川医師からの電話はすぐにあった。ただ梗概が届いたことへの礼かと思ったら、すでに目を通し終えたという。それだけでなく、なにやら少し興奮した気配も窺えた。

「先日お目にかかったとき、どうしても思い出せないことがありましたでしょう。それを、手記の梗概を読んで思い出したのですよ」

「そうですか。それは佐脇氏に関する、何か重要なことですか」

わたしはあまり期待せずに、そう尋ねた。長谷川医師にとって大事なことでも、わたしにしてみれば大したことではない可能性もあるからだ。

「重要な手がかりではないかと思います。佐脇の身に何が起きたのかを知る上で」

「本当ですか。それは大変ありがたいです」

半信半疑だった心の針が、少し期待の方へと振れる。五十数年間の壁を崩すには、当時を知る人の記憶に頼るしかないのだ。

「つきましては、ご足労をおかけしますが、また拙宅までお越しいただけないでしょうか。電話でお話しするより、直接聞いていただきたいのです」

「もちろん、それはかまいません。いつなりと伺わせていただきます」

わたしは弾んだ声で応じ、その場で訪問の約束を取りつけた。いつでもいいと言うので、さっそく今日の夕方に設定する。

そして授業を終えた足で訪ねてみると、長谷川医師は先日と同じように和菓子を用意してくれていたが、それを勧めるのもおざなりだった。すぐにも話したいことがあり、気持ちはそちらに奪われているように見える。わたしの期待も高まった。

「どうしてこんなことを忘れていたのか、自分でも不思議でなりません。忘れられないことでも忘れてしまうのが年を取る利点だと思ってましたが、これでは他にどんな大事なことを忘れているやら不安になってしまいます」

老人は冗談めかして言うが、内心では自分に腹を立てていることが見て取れた。年を取ることへのもどかしさでは、わたしも慰めようがない。長谷川医師もこちらの相槌など期待していないだろうと判断して、ただ黙って先を待った。

「もう十年くらい前のことになりますか、用があって証券会社に行きました。手続きを終えて少し待たされたので、暇潰《ひまつぶ》しにそこにあった経済雑誌を手に取ったのです。ぱらぱら捲っていて、ある人物の写真に目を留め、わたしは驚きました。それが見憶《みおぼ》えのある人物だったからです」

「見憶えのある人物」

当然それは、佐脇の手記中に登場する人物なのだろうとわたしは話の先を予想した。和田かと一瞬考えたが、長谷川医師は和田の顔を知らないはずだ。では誰だろう。まさか加原か。

「それはいったい誰です」

促すと、長谷川医師は当時の緊張を思い出すように顎《あご》を引いた。

「わたしと佐脇に暴力を振るった男です。大柄の男に雑踏で絡まれ、暴力を振るわれたと佐脇も書いてましたよね。どうやらわたしも同じ男に殴られたようですが、その人物が経済雑誌でインタビューを受けていたのですよ」

「暴力を振るった人――」

それを聞いて真っ先に浮かんだのは、果たして本当だろうかという疑いだった。長谷川医師の記憶を疑うのは本当に失礼な話だが、何しろ五十数年も前の話である。ましてその大柄な男とは、一度会っただけなのではないか。入院するほどの大怪我《けが》を負わされた相手とはいえ、その後も顔かたちを憶え続けていられるとは思えない。わたしは疑念が声に滲まないよう、意識しなければならなかった。

「それは間違いないですか？　十年前のこととはいっても、すでにその時点で四十年以上は経《た》っていますよね。それでも顔を忘れませんでしたか」

「お疑いはごもっともです。わたしとて、ひと目見て『こいつだ』と思い出したわけではありません。ただ、偶然では片づけられない裏づけがあったので、間違いないと確信したのですよ」

「裏づけ。それはなんですか」

「その人物の名前です。インタビューを受けていたのは、竹頼剛造《たけよりごうぞう》という人でした。当時の《TAKEYORIファニチャー》の社長です」

「《TAKEYORIファニチャー》」

わたしは呆然と繰り返した。まさかその社名がここで出てくるとは、まったく予想していなかったからだ。

いや、正確に言うなら、手記中で竹頼姓を持つ人物が出てきた時点で、《TAKEYORIファニチャー》を連想しなかったわけではない。あまり聞かない名字だから、思い浮かべるのが当然だ。だが春子が現在の《TAKEYORIファニチャー》の関係者だと窺わせる描写はなかったし、年格好からいっても春子の子供が創業者になれるわけもない。ただの偶然の一致だと簡単に考え、それきり忘れていた。

「竹頼剛造氏は、写真で見ただけでも肩幅の広い、がっちりした体格の人でした。加えて名字が竹頼と来ては、これはもう無関係とは思えないでしょう。間違いなくこの人物がわたしと佐脇に暴力を振るったのだと、そのとき思いました」

「ではやはり、春子さんに関する何かで血縁者の恨みを買い、長谷川さんと佐脇さんは殴られたということでしょうか」

「おそらく」

長谷川医師は沈鬱《ちんうつ》に頷く。認めたくないことを潔《いさぎよ》く受け止めなければならないという覚悟が、その顔に浮かんでいるようだった。

「竹頼氏はすでに老境に達していて、わたしの記憶にある鬼のような形相ではありませんでした。ただそれでも一代で財を築いた人らしく、眼光の鋭さを依然として保っているのが印象的でした。正直に言えば、わたしはその写真を見ただけで体の痛みを思い出し、昔感じた恐ろしさをまざまざと甦《よみがえ》らせたほどでしたよ。人違いではありません。竹頼剛造氏こそ、わたしと佐脇を殴った男です」

「名字が春子さんと同じということは、剛造氏は春子さんの兄か、あるいは従兄弟《いとこ》かといったところなのでしょうね。つまり春子の夫である和田と、剛造氏のふたりが一連の事件の糸を引いていたと」

「そういうことになると思います。わたしもそれ以来、《TAKEYORIファニチャー》については少し注目していたのです。ただ、どうしても直接剛造氏に会いに行く勇気はありませんでした。会ったところで何を尋ねていいかわかりませんし、佐脇がどういう経緯で自殺するに至ったのか知らなかったからです。そしてそれから十年経ち、剛造氏は社長の座を自分の娘婿《むすめむこ》に譲りました。わたしも年を取り、ついには剛造氏のことを忘れてしまった。今こうして思い出しても、もう剛造氏に会いに行く気力がない。佐脇の死に悲憤を感じても、だからといって何もできないのです。十年前には勇気がなく、今はもう気力がない。結局わたしは、このように何かに直面することを避けて生きてきたということです。嗤《わら》ってください」

老人は自虐的に言う。もちろんわたしは嗤うことなどできなかった。ある意味、自分もそうかもしれないと思ったからだ。

長谷川医師は癒しようのない悔恨を胸に抱えて生きている。それが未来のわたしの姿なのだとしたら、改めるのは今かもしれなかった。眼前の老人のようにはなりたくないという意味ではなく、わたしは己の来し方を顧みる。そして、悔いを残さないように生きなければならないと思う。わたしは今、岐路に立っているのだ。

「わたしが訪ねてみましょう。そうすれば、彼らが何を恨みに思って佐脇さんや長谷川さんを追いつめたのか、今なら教えてくれるかもしれません」

自信も根拠もなく、わたしは請け合った。もちろん、どうすれば会えるのか見当すらついていない。それでも今は、安請け合いでも口にせずにはいられなかった。現在と、そして未来の自分のためにも、ここでためらうわけにはいかない。

「そうしていただけますか」

長谷川医師は思いの外《ほか》に言葉少なだった。そう言ったきり、深々と頭を下げる。溢《あふ》れた感情に立ち往生し、そのまま絶句してしまったといった体《てい》だった。わたしは潮時を感じ、いとまを告げた。

玄関先まで送ってくれた長谷川医師は、ふと口からこぼすように言葉を発した。

「最初わたしはあなたのことを、年寄りの晩年を騒がす人だと思いました」

靴を履《は》いていたわたしは、驚いて動きを止める。なんと答えていいかわからずにいたら、すぐに長谷川医師は続けた。

「しかし今はそうではなく、あなたはわたしに平安をもたらしてくれるのだろうと思っていますよ。五十六年前に何があったにしろ、わたしは事実を知るべきなのです。そうすることで初めて、わたしも佐脇も救われるのでしょうから」

顔を上げると、老人は晴れ晴れとした笑みを浮かべていた。つられてわたしも少し笑った。

15

胸を張って請け合ったはいいものの、マンションを出て駅に向かう途中でわたしの昂《こう》揚《よう》はだんだん冷めてきた。わたしは探偵ではない。一面識もない人を訪ねて、その口を割らせることなどとうていできなかった。度胸がないという問題もあるが、それ以前に手段が思いつかない。竹頼剛造の住まいを調べる手だてすら、わたしは持ち合わせていないのだった。

そもそも、相手が《TAKEYORIファニチャー》だという点が話をややこしくしている。わたしは《TAKEYORIファニチャー》とまったく縁がないわけではない。とはいえ、それがコネになるような類《たぐい》の縁ではないのだ。むしろ逆に、元社長と会う際に邪魔になる可能性すらある。正直に言えば、わたしは《TAKEYORIファニチャー》という社名すら聞きたくなかったのだ。どうにも気持ちが重くてならない。

アパートに帰り着くまで、ない知恵をさんざん絞ったにもかかわらず、妙案はかけらも浮かんでこなかった。人間、いきなりライフスタイルを変えられるものではない。少し前進したかと思ったらすぐ壁にぶつかるこの捜索行は、いかにもわたしらしくて苦笑が漏れる。笑っている場合ではないのだが。

こういうときは、まずできることから片づけるようにしている。取りあえずわたしにできるのは、今日の成果を増谷に報告することだ。一応努力しているという跡を見せるのが大事だと、増谷自身が言っていたではないか。どんな些細なことでも、新発見があったらいちいち増谷に報告した方がいい。

携帯電話に連絡をとると、あっさり増谷は捉《つか》まった。人間関係が大学内で完結しているうちは、携帯電話のありがたみなどまったく感じなかったのだが、こういう際には本当に便利だと思う。わたしも持った方がいいかと考えるが、悲しいかな、先立つものがなかった。

「今日はまた長谷川医師に会ってきました。長谷川さんが大変なことを思い出してくれたのです」

「ほう。大変なことですか」

増谷は例によって、淡々と応じる。張り合いがないこと甚《はなは》だしい。

「はい。なんと、佐脇と長谷川さんを殴った男の名前がわかったのですよ」

「名前、ですか」

初めて増谷の声に感情が滲んだ。その感情は、戸惑いのように聞こえた。そんな簡単にわかるはずがないという疑いなのだろうか。わたしはかまわず先を続ける。

「《TAKEYORIファニチャー》をご存じですよね。あの会社の元社長が、長谷川さんたちを殴った男だと言うんです」

わたしは長谷川医師から聞いた経緯を、そのまま語って聞かせた。増谷は相槌も打たなかったが、強い興味を持ってくれていることは感じ取れた。

「――というわけで、竹頼剛造氏が当時の事件の鍵を握っていると思われますが、残念ながら会う手段がないのです。ですのでいっそ、初めにも言いましたようにこの辺りで私立探偵に調査をお願いしてはどうかと……」

「《TAKEYORIファニチャー》の元社長ですね」

それまで口を噤《つぐ》んでいた増谷は、わたしの言葉を途中で遮《さえぎ》った。そろそろ努力を認めてもらえないだろうかと甘いことを考えていたわたしは、期待をはぐらかされて「そうです」と認める。増谷は人の気も知らず、冷静な口調で誉めてくれた。

「なるほど。大変な進展ではないですか。やはり松嶋先生にお願いして正解だった」

「いや、でもですね。一介の大学講師のわたしとしては、大企業の元社長に会う手だてなど何もないわけですよ。ですので、この後はプロにお任せした方が――」

「こちらでなんとかできるかもしれません。とはいえ、まだ確かなことは言えませんから、少しお待ちいただけますか」

「いや、あの、ですからプロにお任せした方がいいのでは……」

「何をおっしゃいます。松嶋先生の調査能力は大したものだ。ここで他の人に代わってもらうなど、とても考えられませんよ」

なんだか過剰に高い評価を得てしまったようだ。ほとんど棚ぼたの成果に過ぎないとは、いまさら言えなくなってしまった。

そんな形で押し切られ、わたしはお役ご免とはならなかった。仕方なく、来《きた》るべき日に備えて論文執筆に取りかかる。難渋しているとはいえ、やはりこちらが本職だけあって気は楽だ。薔薇色の未来が待っていると自分を鼓舞《こぶ》して、わたしはパソコンのキーを叩《たた》いた。

寝込んでいた里菜も、三日で元気になったようだ。いちいち経過を報《しら》せてくれる親切な麻生家ではないから、煙たがられるのを承知でわたしは毎日電話を入れていた。最初の二日は無愛想な義母の応対だけだったが、三日目になってようやく里菜が電話口に出た。熱は下がったかと訊くと、「うん」と元気に答える。心配で電話をしているのに、逆にわたしの方が元気をもらうような返事だった。

増谷からの連絡は、早くも翌日にあった。応対しているときは、こちらに期待しているのかどうだかわからない態度の増谷だが、返事はいつも早い。口振りは淡々としていても、調査の成り行きには興味があるのだろう。

「竹頼剛造氏と会えるよう、手配しました」

「えっ？」

開口一番に言われ、わたしは思わず訊き返した。簡単に「手配した」と言われても、ああそうですかと答えられるものではない。手回しがいいにもほどがあった。

「知人に経済記者がいまして。取材するときに付き添わせてくれないかと頼んだら、オーケーが出ました。《TAKEYORIファニチャー》からの承諾も得られたそうなので、後は松嶋先生のご都合次第です」

「ちょ、ちょっと待ってください。《TAKEYORIファニチャー》からの承諾って、剛造氏はもう社長職を退いているのではないんですか」

「現在は会長です。創業者ですから、未だにそれなりの発言権を有しているようですよ。知人の記者も、会長の話が聞けるならありがたいと言ってました」

「はあ、そうですか」

世間の人はなんと行動力があるのだろうと、わたしはただただ感心した。大学などという閉ざされた世界にいると、どうも他の世界が眩《まぶ》しく見えて仕方がない。

そのような次第で、わたしは自分のスケジュールを増谷に告げた。それをメモに取ったらしき増谷は、調整がついたらまた連絡すると言う。きっとすぐにも手配するのだろうなと思っていたところ、予想に違《たが》わず翌日にはセッティングができたと報告があった。来週頭には、竹頼剛造と会えるそうだ。そこまで手回しがいいなら、いっそ増谷が自分で調べればいいのにと、つい考えてしまった。

そして翌週に、わたしは指定された喫茶店で経済記者と待ち合わせした。小松《こまつ》という名の記者は、わたしと同じ年格好の長身の男だった。頬骨《ほおぼね》の形がはっきり見えるほど痩《や》せているので、胃が悪いのではないかと観察する。それでも窶《やつ》れた気配はなく、言葉の端々にバイタリティーが滲むような人物だった。

まずは初対面の挨拶を済ませたが、こちらは浮世離れしていることでは人後に落ちない大学講師である。昨今の経済動向を肴《さかな》に世間話ができるほど機知に富んではいないので、あっという間に話題に詰まる。仕方なく、どちらからともなく腰を上げてさっさと《TAKEYORIファニチャー》本社を目指すことにした。これでようやく慣れない仕事からも解放されるかと思うと、安堵と緊張の両方が押し寄せてきた。

16

虎《とら》ノ門《もん》にある《TAKEYORIファニチャー》本社ビルは、地上十数階建ての、見るからに立派な建物だった。このビルの一テナントに過ぎないのではと思ったが、ロビー横の案内板を見る限りすべての階に《TAKEYORIファニチャー》が入っているようだ。もちろん一棟丸ごと借り切っている可能性もあるが、そうではなくどうせ持ちビルなのだろう。むやみにだだっ広い一階ロビーの最果てに、まるでモデルのように綺麗な女性がふたり坐っている受付カウンターがある。そんな佇まいだけで、もうわたしは圧倒されてしまっていた。

自動ドアをくぐり抜けてからカウンターに辿り着くまで延々と歩いて、我々はようやく受付嬢に案内を乞《こ》うことができた。といっても、わたしはただただ萎縮《いしゅく》しているだけなので、応対はすべて小松が引き受けてくれた。恐ろしく美人の受付嬢はにっこりと微笑み、なんとも愛らしい声で「少々お待ちください」と言う。こんな女性に待てと言われたら、十分や二十分待たされたところで怒る人はいないだろうなとわたしは能天気なことを考えた。

しかし相手はそれほど無礼ではなかった。すぐに別の女性が現れて、わたしたちをエレベーターに導く。そのまま六階まで上がって、小部屋に案内された。体が半分くらいめり込みそうなふかふかのソファに坐り、わたしたちは竹頼剛造が現れるのを待った。

「ずいぶん立派なビルですね」

小市民感覚を発揮して、わたしは小声で小松に話しかけた。小松は場慣れしているらしく、こちらとは対照的に落ち着いている。居心地《いごこち》悪く感じているわたしを微笑ましく思ってくれたのか、初めて柔和な表情を浮かべて応じた。

「天下の《TAKEYORIファニチャー》ですからね。本社ビルはこれくらい豪華でも当然でしょ」

小松が言うように、《TAKEYORIファニチャー》は今最も勢いのある家具販売チェーンである。「家具のTAKEYORI、TAKEYORIファニチャー」という耳に残るテーマソングのCMを、一度も聴いたことのない人はほとんどいないだろう。電車に乗れば吊《つ》り広告を目にし、新聞を開けば毎日のように折り込みチラシが入っている。全国主要都市には必ず支店が存在して、国内や海外の家具をこれでもかとばかりに並べている。しかもそれが、同業他社がとても敵《かな》わないような安価と来ては、ひとり勝ちになるのも当然だった。

創業者である竹頼剛造は、身ひとつで家具屋を起こし、ここまで事業を拡大した立志伝中の人物である。漏れ聞くところでは、終戦直後の混乱期に焼け残った家具を安く買い集め、それを元手に家具屋を始めたのだという。剛造の目の付け所はよく、空襲で焼け出された人々に家具は飛ぶように売れたのだそうだ。誰もがゼロからスタートする中、己の才覚だけでひと財産築いた剛造は、やはり商才に恵まれていたのだろう。この本社ビルの豪華さを目《ま》の当たりにすれば、そのことがひしひしと感じ取れる。

さすが家具販売会社の本社応接室だけあって、机もソファもいかにも高そうな物だった。こんなソファに坐った経験などないわたしとしては、どうにも落ち着かなくてならない。早く剛造が現れてくれないだろうかと思ったが、一代でここまで会社を大きくした人を前にしたらそれはそれで緊張しそうな気がする。だいたい、大会社の会長相手に「あなたは昔、人を陥れたことがありますか」などと訊けるだろうか。前途の多難さも考えずにのこのこんなところまで乗り込んできた己の浅はかさを、わたしはいまさら痛感した。

幸か不幸か、我々はしばらく待たされることになった。受付嬢の微笑みの神通力が必要なくらい、たっぷり十五分は待ち続けた。さすがに小松も腕時計を見て、「遅いですね」と呟く。大会社の会長相手でも、こんなに待たされるのは珍しいようだ。

だが、どんなことにでも終わりはやってくる。ドア越しに少しやり取りが聞こえたかと思うと、ゆっくりノブが回った。そして、見上げるほど長身の男が室内に入ってくる。ソファから立って待ち受けていたわたしは、相手の顔を見て目を見開いた。

入ってきたのは旧知の人物だったのだ。

17

「これは驚いた。松嶋さんじゃないですか」

しばしの沈黙が続いた後、男は快活にそう言った。その気さくな口調といい、少しバタ臭いくらいの仕種といい、昔とまるで変わっていないなとわたしは思う。接するこちらが切なくなるくらい、志水悠哉《しみずゆうや》は相変わらずいい男だった。

「びっくりしたな。経済記者の方がいらしてると聞いてたんですが。もしかして松嶋さん、国文学はやめて転職したんですか？」

「い、いや、そういうわけじゃないんだけど……」

小気味よい口調の志水とは逆に、こちらはしどろもどろだった。何しろ、ある意味この世で最も会いたくない人物がこの志水なのだ。《TAKEYORIファニチャー》と聞いた時点でいやな予感はあったものの、これほどの大会社ならばすれ違うこともなかろうと思っていた。それなのに、どうしてこんなふうに登場するのか。少しは心の準備をする時間を与えて欲しかった。

「記者の方はこちらの小松さんで、わたしはただの付き添いなんだ」

隣に立つ小松は小松で、この成り行きに戸惑っているらしく、説明を求める目をわたしに向けている。この状況を整理できるのはどうやら自分しかいないらしいと覚悟を固め、わたしは志水に説明した。志水は何度か頷きながらも、最後には首を傾げる。

「ああ、そうでしたか。ってそれでもよくわからないな。まあ、いい。事情はゆっくり伺うとして、お待たせしたことをお詫《わ》びしなければなりませんね。わたしは広報部長の志水と申します」

志水は皺ひとつないスーツの内ポケットから名刺入れを取り出し、小松に名刺を差し出す。名刺交換を終えてから、我々は腰を下ろした。

「申し訳ありません。お約束しておりました会長の竹頼ですが、実は急に体調を崩しまして、今日お目にかかることが難しくなってしまったのです」

「えっ、そうなんですか」

頭を下げる志水と、目を剝《む》く小松。わたしはといえば、事態の急展開にただ戸惑うだけだった。

「本当に申し訳ありません。なにぶん年寄りですので、最近はどうも体調が思わしくなく……」

「それは大変なことですね。そういうことでしたらやむを得ません。また出直させていただきます。会長にはどうぞお大事にとお伝えください」

「ありがとうございます。申し伝えます」

わたしを抜きにして、ふたりはてきぱきと言葉を交わしている。わたしは志水の端整な横顔に目を向けても、視線が合うのを恐れてすぐに俯くということを繰り返していた。我ながら気弱な態度だと思う。

「しかし、せっかくいらしていただいたのですから、わたしでよければ多少のことはお話しできますが、いかがいたしましょうか」

「そうですか。それではお言葉に甘えて、少々お時間をちょうだいします」

小松はテープレコーダーを取り出し、ノートを広げて取材態勢に入った。わたしはますます身の置き所がなくなる。いっそこのまま帰ろうかとすら考えたが、どうにもタイミングが摑めなかった。

結局取材が終わるまでの小一時間ばかり、わたしはただぼうっと横に坐っているだけだった。当初の目的は果たせず、会いたくない相手と出くわしてしまったのだから、なんのために来たのかわかりゃしない。少しは運が向いてきたかと思っていたが、どうやらツキのなさはそうそう簡単には改まらないらしい。

「――ありがとうございました。大変貴重なお話を伺わせていただきました。また改めて会長には取材申し込みをさせていただきますが、これはこれで記事にしたいと思います」

「では、竹頼の体調が戻り次第、こちらからご連絡させていただくことにします。それでよろしいですか」

「もちろんかまいません。大変助かります」

どうやら苦痛の時間もようやく終わりを迎えるようだ。さっさとここから逃げ出そうと、わたしは腰を上げるべく身構えた。

ところが、敵は簡単にわたしを解放する気はないようだった。小松とのやり取りを終えると、志水はわたしに微笑を向けてくる。

「ところで松嶋さん。このままお帰りになるわけではないですよね」

「いや、失礼しようかと思ってたけど……」

「何かお話があっていらしたのではないんですか？　ぼくでよければ、なんなりとお答えしますよ」

こちらは居心地悪くて縮み上がっているというのに、志水は自分のホームグラウンドにいる余裕を見せていた。思い返してみれば、わたしは志水と相対するといつも緊張していたのだ。おどおどする必要などまったくなく、むしろ会いたくないのは向こうなのではないかと思うのだが、どうしていつもこういう力関係になってしまうのだろう。生まれつき相性の悪い人間がいるとしたら、わたしにとってそれは間違いなく志水だった。

「それが、あの、君では無理な話なんだ。また改めて出直させてもらうよ」

「松嶋さんが祖父に用があるとは意外ですね。どんな用件なのか、承《うけたまわ》っておきましょうか」

「いいって、ホントに。ご本人に直接伺いたいから」

「そうですか？　お役に立てなくて残念だな。でもまだ帰らないでくださいよ。せっかく久しぶりにお会いしたんだ。少し昔話でもしましょうよ」

「えっ」

昔話とは、またこちらの度肝を抜くことを言ってくれる。しかも彼の場合、こういう台詞《せりふ》は嫌みでも皮肉でもなく、本当に親しみの表れなのだ。それがわかるだけにこちらも邪険にはできず、だからこそ苦手意識を持ってしまう。金持ちの御曹司《おんぞうし》なら御曹司らしく、底意地の悪い性格でいてもらいたいものだ。

「ね、いいでしょう。咲都子さんが亡くなって、ぼくもショックだったんです。詳しい話を聞かせていただきたいんですよ」

「いや、ちょっとぼくも忙しいし、君はもっと忙しいんだろうから……」

「今日は偶然にも、ぽっかり予定が空いてるんです。こんな日は珍しいんだ。それを思えば、運命的な再会って感じがしませんか？」

どうせ運命的な再会をするなら、相手は美女であって欲しいものだが、現実は散文的である。あまりにフレンドリーな相手の態度に戸惑っているうちに、小松は荷物をまとめてさっさと引き上げてしまった。取り残されたわたしは、我が身の不運を心の中で力いっぱい呪《のろ》う。

18

志水悠哉は、咲都子がわたしと知り合う前に付き合っていた男だった。大学のサークルで知り合ったのだという。当時短大生だった咲都子は、わざわざ志水の大学まで通ってサークル活動をしていたそうだ。そう聞くとなんだか男目当ての女子大生というイメージが湧くが、ふたりが所属していたのは英会話サークルだった。真面目に勉強をしたくてサークルに入ったのだと、咲都子はわたしに主張したものである。ちなみに志水の通っていた大学は慶応《けいおう》だ。あまりに似つかわしくて、思わず笑ってしまう。

志水は絵に描いたような、金持ちのおぼっちゃんだった。何しろ祖父が《TAKEYORIファニチャー》の社長である。何不自由なく、などと形容するのは簡単だが、実際のところ彼がどういう人生を送ってきたのか、庶民であるわたしには想像もつかない。ともかく漏れ聞くところによれば、慶応には幼稚舎から通い、語学に堪能《たんのう》で大学当時は英語どころかフランス語も日常会話程度なら喋れて、スポーツはテニス、スキー、サーフィン、乗馬となんでもござれ、おまけに百八十センチを超える長身で、いかにも育ちのよさそうなぼっちゃん顔は男性アイドルのように端整と来ては、現実離れしすぎていてほとんど冗談のようだ。あまりにレベルが違いすぎて、羨ましいとすら思えない。

このように想像の産物じみた存在だから、どうしても画一的なイメージを抱いてしまう。つまり、そんな恵まれた人間は相当性格が歪《ゆが》んでいるに違いないという、多分に願望の籠《こも》った思い込みである。かく言うわたしも、そうであって欲しいと最初は望んだ。この上人格者だったりしたら、あまりに不公平というものではないか。

それなのに実際の志水は、いやになるほどいい奴だった。自分の恵まれた環境を鼻にかけず、かといって嫌みになるほど謙遜《けんそん》もせず、気さくで快活で、陽気で伸びやかで、なるほど人間はなんのストレスもなく育つとこんな円満な人格になるのかと深く頷いてしまうような男なのだ。妬《ねた》みが混じらなければ、志水を嫌うことなどとうていできない。そしてどうしても志水のことを虫が好かないと感じてしまう者は、已の性格の醜さを痛感させられてしまうのだ。

正直に言おう。わたしもその醜い性格の人間である。だからどうにも志水が苦手で、できることなら接したくなかったのだ。ましてそれが妻のかつての恋人であれば、避けたところで誰からも非難されないだろう。わたしにとって志水とは、そういう存在である。

わたしのこの複雑な思いを、当の志水は感じているのだろうか。過去に二度会っただけでしかないので、その真意はよくわからない。だが今こうして目の前でにこにこしている顔を見ると、わたしの心中など少しも察していないような気もするし、鋭敏な志水のことだから何もかも承知しているようにも思える。いっそ「君のことが苦手なんだ」とはっきり告げてやりたい衝動を覚えるが、そうしたらきっと、世にも悲しげな顔をするのだろう。それがわかるだけに、子供みたいな真似《まね》もしかねて、わたしはただもじもじとする。これほど居心地悪い経験も、なかなかできるものではなかった。

「こんなところで松嶋さんにお会いするとは思いませんでしたよ。びっくりしました」

改めてコーヒーを持ってこさせた志水は、ミルクを入れてゆっくりとかき混ぜながらそう言う。そりゃあそうだろう。わたしだって、こんなことでもう一度志水と会う羽目になるとは想像もしなかった。

「このたびは大変なことでしたね。お悔やみ申し上げます」

「ああ、どうも」

改まって頭を下げられ、わたしはおどおどと応じた。社会常識をわきまえた人なら当然そういう挨拶をするものだが、言われる立場としてはもういい加減聞き飽きたというのが本音だ。頼むから、咲都子の思い出をわたしだけのものにしておいて欲しい。

「すみません。ぼくからお悔やみを言われても、ありがた迷惑って顔ですね。失礼しました。でも、松嶋さんも少し元気になったようでよかったですよ」

「えっ」

元気になったようで、などと言うからには、元気でないときのわたしを知っているのだろうか。そう疑問に思うと、すぐに志水自身がそれに答えてくれる。

「お葬式に列席させていただいたんです。まあ旦那さんにこんなことを言うのもなんですが、彼女とは一時期本当に親しかったですからね、せめてお焼香だけでもと思いまして」

まったく悪びれることなく、志水はあっさりと言う。これが他の人の口から出ていればこの上ない嫌みに聞こえるところだが、志水が言うとただ過去を懐かしんでいるようでしかない。爽《さわ》やかな人間は得だなと、わたしは変に感心する。

「そうだったのか」

そういえば、香典返しをしたような気もする。あのときはほとんど機械的に事務処理をしていたので、気に留めていなかった。

「お子さん、里菜ちゃんでしたっけ。咲都子さんが亡くなって、松嶋さんひとりで小さい子と暮らすのは大変でしょう。今は保育園にでも入れてるんですか？」

「いや、そうじゃなくって咲都子の実家に預かってもらってる」

「ああ、麻生先生のところね。あのお母さんなら優しそうだから、松嶋さんも安心ですね」

なんだ、義母の性格まで知っているのかと、わたしはいまさら焼き餅《もち》を焼く。この口振りからすると、きっと麻生の家にも何度か出入りしたことがあるに違いない。亡き妻と過去の恋人の付き合いの深さを知らされ、わたしは少々面白くなかった。

「ところで、君はもう結婚したのか」

逆襲のつもりで訊いてやった。すると志水は、アメリカナイズされた仕種で肩を竦めた。

「いえ、まだ独身ですよ。恥ずかしいから訊かないでくださいよ」

確か志水は咲都子と同じ年だったから、今年で三十一になるはずだ。別に独身であってもちっともおかしくはないが、《TAKEYORIファニチャー》の御曹司ともなれば縁談は降るほどあるだろう。それなのに未だに独身とは、少々意外だった。

「別に結婚したくないわけじゃないんですけどね。こればかりは縁ものだから、なかなかうまくいかないですよ」

「君と結婚したくてしたくて仕方ない女性は、周囲にうじゃうじゃいるんじゃないの」

「そんなわけないでしょう」

わたしの半ば嫌みめいた言葉を、志水はからからと笑い飛ばす。ぜんぜん嫌みだとは思っていないようだ。

「なかなかね。なかなかうまくはいかないです」

志水は同じ台詞を繰り返した。なんだかやけに実感が籠っている。こんな大会社の御曹司ともなると、自分の自由意志で配偶者を見つけるのも難しいのかもしれない。少しだけ同情した。

「ところで、祖父にどんな用があったんですか？　面識があるわけじゃないんでしょ。かといって、会社経営の話がしたいわけでもなさそうだし。どういう話なのか、聞かせていただけませんか」

志水は無邪気に尋ねてくる。説明するのはいささか面倒だったが、邪険にするわけにもいかない。仕方なく、はしょりながら一部始終を聞かせることにした。

「実は佐脇依彦という小説家の未発表原稿が見つかってね。そこに君のおじいさんが出てくるので、当時の話を聞かせていただけないかと思ったんだよ」

「へえっ」驚いたように、志水は眉《まゆ》を吊り上げる。「それは初耳ですね。祖父に小説家の知り合いがいたとは知りませんでしたよ」

「まあ、そうだろうね」

佐脇と竹頼剛造の繋がりを思えば、身内にそんな話をするわけがなかった。だが、身内だからこそ知っていることもあるはずだ。わたしはいまさらそのことに思い至り、確認をする。

「ところで、おじいさんの兄弟か従兄弟かに、春子さんという人はいないか。手記には、おじいさんではなくその春子さんの方が頻繁に登場するんだ」

「春子、ですか？　春子ね。うーん、そういえば祖父の妹がそんな名前だったような気もしますね。ぼくが生まれる遥か昔に死んでいるんで、もちろん会ったことはないんですけど」

なるほど、やはりそうだったか。これで話の筋が通った。やはり佐脇を追いつめた黒幕のひとりは、竹頼剛造で間違いないようだった。

「ちょっとあやふやなんで、ぼくから祖父に確認しておきますよ。また改めて祖父とお会いになりたいんでしょ」

「いや、まあ、うん、そうだね」

わたしは戸惑いながらも、志水の申し出を拒否しなかった。会ってどういうふうに確認したらいいのかわからないが、ここでこちらから関わりを断ち切るわけにはいかない。志水が便宜《べんぎ》を図ってくれると言うなら、つまらない意地を張っている場合ではなかった。

「後先になってしまったけど、竹頼会長の具合はどうなんだ。命に関わるようなことではなさそうだけど」

「ご心配ありがとうございます。高血圧なんで、たまに眩暈《めまい》を起こすんですよ。もういい年なんだから、経営のことは親父に任せておけばいいのにね。いちいち口出しするから頭に血が上っちゃうんです。まったく、元気な年寄りですよ」

志水は愛情がたっぷり籠った口振りで苦笑する。すぐにも死にそうというわけでないのなら、せっかく摑んだか細い糸が切れてしまう心配もなさそうだった。

「祖父がお会いできるようになったら、こちらからご連絡しますよ。連絡先を教えていただけませんか」

「そうしてくれるか。助かるな」

「妹」

「松嶋さんが祖父と会いたがってるとわかってて知らん顔したら、すごくいやな奴じゃないですか。ぼくは松嶋さんに負けた立場だけど、いつまでもそれを恨みに思ったりはしてませんよ」

朗《ほが》らかに志水は言い切る。君がそういう奴だからこちらは居心地が悪いのだと、わたしは密《ひそ》かに悪態をついた。

19

志水はわたしを、丁重にエレベーターホールまで送ってくれた。それだけでも恐縮なのに、一階ロビーでは美人の受付嬢が最大の敬意を払って送り出してくれる。社長の御曹司の知人ということで、扱いが変わったようだ。志水は好意でそうしてくれたのだろうが、貧乏な大学講師に過ぎないこちらとしては、ますます彼我の差を痛感させられてしまう。社屋から二百メートルほど離れて、わたしはようやく息をつくことができた。

久しぶりに会った志水は、ますます男ぶりに磨きがかかっていた。いかにも高そうなスーツをスマートに着こなすセンスのよさに、気さくな態度が見事に溶け合って、文句のつけようがない。おそらく女性なら誰でも、ああいう男と付き合いたいと望むのではないか。よほどの変人でない限り。

つまりあれほどの男を自分から振った咲都子は、よほどの変人ということだ。わたしは改めてそう思う。もし咲都子がただの友人だったら、「悪いことは言わないから早まった真似はやめろ」と忠告していただろう。いったい咲都子は何を考えていたのか。

志水はわたしと女を争って負けたと認識しているようだが、こちらとしてはとうてい勝ち誇ることなどできなかった。最初は咲都子の気持ちを疑い、いったい何を狙《ねら》っているのかと訝《いぶか》ったほどである。そのせいで咲都子を怒らせてしまい、正式に付き合い始めるまで時間がかかってしまったのは、今となっては痛恨事と言えよう。すぐに咲都子の気持ちを察して付き合い始めていれば、それだけ長い期間一緒にいられたのだ。まさか咲都子と共有できる時間がこんなに短いとは、神ならぬ身にはわかりもしなかった。

だからわたしも、何度か咲都子に尋ねたことはある。どうして志水ではなくわたしを選んだのか、と。すると咲都子は、少し怒ったようにこう言ったものだ。

『どうしてだと思う？』

わからないから訊いているのだ。逆に訊き返されても、答えようがない。

『どうしてって、見当もつかないよ。君が悪趣味で、貧乏暮らしに憧《あこが》れてて、物好きだからだとしか思えない』

別に自己卑下するつもりはないのだが、まともに答えようとするとどうしてもこのような自虐的な言葉を列挙することになってしまう。不思議なことに、それを聞くとますます咲都子は怒ったのだ。

『あたしのどこが悪趣味なのよ。失礼ね。本気でそう思ってるなら、真ちゃんは救いようのない馬鹿だわ』

ひどい言われようだった。こちらこそ怒ってもいいのではないかと思うが、どうも原因はわたしにありそうなので黙り込んだ。やがて、この話題には触れない方がよさそうだと察して、志水のことは尋ねなくなった。だから、今に至るも咲都子の真意はよくわからない。

地下鉄ホームへの階段を下り、切符を買った。切符の値段はちゃんとメモに書き取っておく。後で必要経費として増谷に請求するためだ。数百円のことで我ながらみみっちいと思うが、今のわたしにはその数百円が切実だった。貧乏暮らしをことさら嫌っているわけではないが、里菜のためにもう少し余裕が欲しいとは思う。

ホームに立って電車がやってくるのを待っていると、また回想がぶり返してきた。志水は一度でも会えば、強烈な印象を相手に与える男である。思い出さずにいることは不可能だった。

わたしと志水が初めて出会ったのは、思いがけない形でだった。いや、正確に言うなら、思いがけないのはこちらだけで、向こうは意図的だった。何しろ志水の方から訪ねてきたのだから。

当時、すでに大学院を出て講師になっていたわたしは、そのとき麻生教授の研究室にいた。麻生教授は留守だったがゼミ生たちが屯《たむろ》していて、馬鹿話に興じていたように記憶している。そこに、なにやら上気した顔の女子学生が入ってきて、わたしを呼んだ。わたしに会いたい人が来ていると、夢見るような目つきで言う。いったい何があったのかとそのときは思ったが、後で女子学生の反応に納得した。志水に呼び止められれば、ポーッとなるのも無理はなかった。

名前を聞いても心当たりがないので、わたしは首を傾げながら出ていった。相手は校舎の入り口辺りで待っているという。どんな用件かも知らずにのこのこ顔を出してみると、そこにいたのが志水だったというわけだ。

『突然お邪魔して申し訳ありません。ぼくは志水と言います』

『はあ。松嶋です』

用件を考えればもう少し喧嘩腰でもおかしくないのに、志水はあくまで丁寧だった。わたしはといえば、相手の用件に見当がつかない上に、なんだかやたらいい男なので少々面食らっていた。こちらの戸惑いも知らず、志水は自己紹介を続ける。

『ええと、ちょっと言いにくいのですが、咲都子さんと付き合っていた者です』

『えっ？』

譬《たと》えるなら、先制のジャブで腰が引けていたところに、いきなり必殺の右ストレートを食らった気分だった。咲都子に付き合っている男がいたことは知っていた。それが相当いい男だということも承知していた。だがこうしていきなりわたしに会いに来る局面など、まったく予想していなかった。

『すみません。こういうの、ルール違反ですよね。咲都子さんがカンカンに怒るところが想像できるようです』

志水は爽やかな笑みを浮かべて、そう言う。難癖をつけに来たにしては、どうも物腰が柔らかだ。わたしは相手の意図を測りかね、ただ黙り込んだ。

『でもね、松嶋さん。あなたも男なら、ぼくの気持ちは理解してくださるんじゃないかな。他に好きな男ができたから別れてくれといきなり言われて、ああそうですかって納得できますか？　ぼくは納得できなかったんで、相手はどんな人なんだろうと会いに来たんですよ。不躾ですけど、勘弁してください』

『はあ』

しゃきしゃきした物言いの志水と比べて、わたしは情けないほど煮え切らない返事しかできなかった。しかしそれはもともとの性分とはいえ、わたしでなくても同じだったのではないかと今なら思う。付き合っている女性の昔の男が突然訪ねてきたら、いったいどんな顔をして応対すればいいのか。経験者がいたら聞いてみたいものだ。

『優秀な方なんですってね。悪いですが、少し聞き込みをしちゃいました。悔しいですが、少し納得しましたよ』

『納得？』

当時のわたしはまだ、前途有為《ゆうい》と言えなくもなかった。学生を捉まえてわたしの評判を訊けば、悪いことは言われなかっただろう。だからといって、何に納得したのか。どうにも落ち着かない心地だった。

『彼女はお父さんが大学教授だけあって、アカデミックな雰囲気の人に弱いんでしょうね。それに松嶋さんは優しそうだ。これが箸にも棒にもかからないような人だったら、もう一度考え直せと彼女に迫るところでしたが、残念ながらそうではなかったですね。彼女の選択だから、それも当然なんですけど』

『あ、あのさ。ええと、こちらはどうすればいいのかな。彼女を取ってごめん、って謝れば気が済むのか？』

わたしの口振りの方が、よほど喧嘩腰だった。わたしは警戒心をハリネズミのように全身に漲《みなぎ》らせ、志水の出方を待つ。しかし志水は、こちらが思うような男ではなかった。

『別に謝ることはないです。謝らなければならないのはこちらですよ。ただね、振られた男の未練です。少しはわかってもらえますか。これでもかなりショックなんですよ』

『いや、まあ、それはそうだろうけど……』

『でもわかりました。そんな簡単に彼女のことは忘れられないだろうけど、忘れるように努力することにします。咲都子さんを大事にしてあげてください』

それでは、と一礼して、志水は去っていった。わたしの方が年長者なのに、終始圧倒されていた印象だった。思えば初手から、わたしは志水に苦手意識を持っていたのだろう。後に志水の成育環境を知り、その思いはますます補強されることになる。

思い出したくもないことを思い出してしまった。わたしは地下鉄に乗り、ドアの横に凭《もた》れながら窓の外に目をやる。黒い壁しか見えない眺めは面白くもなんともなかったが、少し放心していたい気分だった。志水に助力してもらえることになったのは幸運なのだから、素直にそれを喜べばいいと自分に言い聞かせる。

一度電車を乗り換えて、自宅の最寄り駅に着いた。駅前のスーパーが夕方の安売りタイムに入っていたので、食材をいくつか買い込む。自分でも不思議に思うほど疲れを覚えていたから、できるなら夕食は外食で済ませたかったが、そんな贅沢《ぜいたく》は今のわたしに許されていなかった。レジ袋を抱えてアパートへと歩く足が、ふだんより重く感じられる。

豚コマの生姜《しょうが》焼きとワカメの味噌汁《みそしる》、それにキュウリの塩揉《も》みを添えて夕食を済ませた。本当なら論文を書き進めたいところだが、今日だけは早く寝てしまおうと考える。明日になればもっと人生を肯定的に捉《とら》えられるかもしれないと楽観的に思った。

だが、思いがけない一日はそれで終わりではなかった。九時過ぎに、めったに鳴らない電話が鳴り出したのだ。もしかしてまた里菜が熱でも出したかと焦りながら受話器を取ると、予想に反して相手は増谷だった。増谷はいつもの熱のない口振りで、こちらを驚かせることを平然と言った。

「例の手記ですが、もう発表していただいてかまわないと母が言い出しました」

20

「えっ？」

耳を疑うとはこのことだ。わたしはまだ、五十六年前の事件の真相を明らかにしていない。長谷川医師を見つけ、竹頼剛造の存在にまで行き着いたのはなかなかの成果だと思うが、それですべてが判明したわけではないのだ。こんな中途半端な状態で、増谷の母は満足なのだろうか。

「そ、それは願ってもないお話ですが、でもいったい、どうしてですか？　わたしはまだ、何もしていないに等しいと思うのですけど」

「そんな、ご謙遜《けんそん》を」増谷は気のない調子で笑う。「充分に活躍していただいたではないですか。母も満足しております」

「しかし、何かがわかったわけではないですよ。今日は先方が体調を崩したので、会うことができなかったのです。ですから佐脇氏を殴ったのが竹頼剛造氏だという情報だって、まだちゃんと確認できていません。長谷川さんの勘違いという可能性だってあるわけですし」

「いや、〝竹頼〟などという姓がそうそうあるとも思えません。勘違いではないでしょう」

「だとしたところで、竹頼氏がすべての事件の背後にいたと証明されたわけじゃない。実を言うと、《TAKEYORIファニチャー》には昔の知人がいるのです。その知人と偶然出くわしたので、彼を介してもう一度竹頼剛造氏と会えることになっているのですよ。そうしたら、事件の真相がすべて明らかになるかもしれないんですけど」

コネがあるならどうしてそれを最初から使わなかった、と責められるかもしれないとは思った。だが今は、そんな計算よりも不可解さの方がわたしにとって大きかった。わたしは何をやらせても中途半端な人間だという自覚はあるが、それはあくまで結果の話である。どんなことでも途中で投げ出すような、そんな無気力な男ではないつもりだ。

「年寄りの我が儘で振り回してしまい、松嶋先生には本当に申し訳なく思っています」

増谷は詫びを口にする。しかし、わたしが聞きたいのはそんなことではなかった。

「いや、別に怒っているわけではないんですが……」

「母はいつも気まぐれで、特に理由らしい理由は口にしないのですが、今度ばかりは少し察しがつきます。おそらく母は、真相を明らかにすることが怖くなってしまったのではないかと思うのですよ」

「真相を明らかにするのが怖い？」

わたしはオウム返しに訊き返した。増谷の言葉の意味が、とっさにはわかりかねた。

「ええ。いくら忘れられない事件であっても、五十六年という歳月は記憶を風化させるんじゃないでしょうか。母は当時味わった辛さを忘れて、ただ真実を知りたい思いで松嶋先生に調査をお願いしたのでしょう。しかし、佐脇に暴力を振るった人物の名前が明らかになってみると、五十六年前に感じた恐ろしさがまざまざと甦《よみがえ》った。真実を知りたい気持ちは変わらないけれど、知りたくないという後ろ向きの思いもきっと同じくらいあるのですよ。母の気まぐれは、おそらくそういうことだと思います」

「――なるほど」

言われてみれば、納得できない理由ではなかった。真実を知りたいのに知りたくないという気持ちは、当事者であるからには当然なのかもしれない。わたしにしてみればほとんど歴史上の出来事に過ぎないことであっても、増谷の母にとっては自分を巻き込んだ大事件なのだ。真実から目を逸らしたとて、誰も非難はできない。

「そういうことであれば、仕方ありません。わたしはこの手記の存在を発表させていただければ、それで充分です。では、竹頼剛造氏との会見はキャンセルしましょう」

「本当に勝手ばかりで申し訳ありません」

「いえ、そんなに恐縮していただくことではありません。むしろわたしにとってはありがたいくらいで……。で、それとは別の話なのですが、こちらもひとつお願いがあります」

いい機会とばかりに、わたしは切り出した。手記を発表するに当たっては、どうしても承知してもらわなければならないことだった。

「なんでしょうか」

「お母様に一度お目にかからせていただきたいのですよ。長い時間である必要はありません。ほんの二十分程度でかまいませんので、お話をさせていただけないでしょうか」

「それはまた、どうしてでしょう。まだ何か不足なことがありますか？」

「はあ、多少」

こういった未発表原稿が見つかった場合、発見者の素性を明らかにする必要があるのだと、そのまま告げるわけにはいかなかった。そんなことを言えば、気を悪くされてしまうかもしれない。せっかく発表してもいいと許可が出たのに、それを取り消されては元も子もなかった。

「わたしでわかることではありませんか？」

増谷はあくまで、わたしと母親を直接会わせたくはないようだ。わたしは強硬な態度と思われないよう気をつけながら、やんわりと食い下がる。

「できれば、お母様ご本人の方がいいのですけど」

「もしかしてそれは、こういう手記が発見された場合には必要な手続きなんですか」

なかなか増谷も鋭い。はいそうです、ときっぱり認めることはできなかったので、いつもの調子で曖昧に応じておく。

「ええ、まあ、そんなようなものですが」

「そうですか――」

　増谷はしばし考え込むように沈黙した。そして、ふと口調を変えて続ける。

「ならば、こちらも腹を割ってお話ししましょう。母にばれたらきっと怒られるでしょうから、松嶋先生も知らない振りをしてくださいますか」

「はあ、それはもちろん」

「では打ち明けます。母の名前は扶実子といいます。手記中に出てくる扶実子とは、母のことです」

　事前に予想していたので、それを聞いても驚きはしなかった。やはり、という思いが先に立つ。そうでなければむしろ戸惑っていたところだろう。依頼人が扶実子であればこそ、真相を知りたい思いや、同時に戸惑う気持ちも理解できるというものだ。

「実は、察しておりました。佐脇氏が手記を託す人物は、扶実子さんしかいないだろうと思いましたから」

「そのとおりです。佐脇は死の直前、妙《たえ》という母の叔母に手記を預けました。ですが母は、手記をすぐには読めなかったそうです。そのうちに佐脇の自殺を知り、動揺を抑えきれないままにようやく目を通しました。しかし手記の内容は、母の動揺に拍車をかけるだけでした。母は手記を油紙にくるみ、押入の奥にしまい込んだそうです。大掃除で五十数年ぶりに出てくるまで、母は二度と手記に触れるつもりはなかったのでしょう」

増谷は淡々と語るが、手記の内容を知っていれば軽く聞き流せることではなかった。増谷の母の——扶実子の苦衷《くちゆう》は、察するに余りある。

「母が手記を入手した経緯は、以上のとおりです。これだけでは不足でしょうか」

増谷は事務的に確認を求める。そう問われては、まだ足りないとは言いにくかった。

「いえ、けっこうです。よく理解できました。もしわたしと会うことでお母様がさらに動揺されてしまうようなら、無理は申しません。ご厚意だけ、ありがたく受け取っておきます」

「そうしていただけると、非常に助かります。いずれ、母からもきちんとお礼を申し上げる機会があるとは思うのですが」

「では、そのときを楽しみにしております。どうぞよろしくお伝えください」

増谷の母が扶実子であるなら、むしろ手記の発表をよく許してくれたものだと思う。わたしとしては、ただ感謝するだけだった。

釈然としない思いは、しかしそんなに長く続かなかった。翌朝目覚めてみれば、ふたたび薔薇色の未来を思い描く余裕が戻っていた。わたしは浮かれた気分で大学に行き、講義をひとコマ終える。講師控え室に足を向けて、先に来ていた先輩講師に挨拶をしていると、青井さんがお茶を運んできてくれた。

「松嶋先生、大学を辞めるつもりなんですか？」

いきなり訊かれ、わたしは動揺する。思わず周囲の耳を気にしたが、青井さんは声を絞っていてくれたので、先輩講師には聞こえていないようだった。

「ど、どうしてそんなことを？」

そう尋ね返すのが精一杯だった。わたしの野望を知られたくない相手がいるとしたら、その筆頭は麻生教授であり、二番手はこの青井さんだ。どうした弾《はず》みで青井さんの耳に入ってしまったのかと、それればかりを訝《いぶか》った。

「山崎先生に聞きました」

無表情に青井さんは言い放つ。わたしは舌打ちしたい思いだった。あのお喋りめ。

「いや、あのね、まだ本決まりになったわけじゃないよ、もちろん。ただ、このままここに居続けても芽が出る可能性はもうないから、それならいっそ他の大学に移った方がいいかなと思ったんだ……」

こんな自己弁護を青井さんが一番嫌うことは、よくわかっていた。しかし今は、言い訳をしないわけにはいかない。青井さんがお喋りとはほど遠い性格なのは知っているが、きちんと説明しなければ納得しないこともはっきりしていた。

逃げるつもりか、と冷ややかな意見を浴びせられるのだろうなと覚悟していた。わたしの態度は、敵前逃亡のように青井さんの目には映るだろう。だからこそ、青井さんには密かなこの計画を知られたくなかったのだ。

「芽が出ないとは、麻生先生の機嫌を損ねてしまったからですか」

誰でも知っている話を、青井さんはことさらに確認する。そんなこと、いちいち訊かないで欲しい。

「麻生先生はそんな方とは思いませんが。ただ松嶋先生が過剰に怯《おび》えているだけです」

そうだろうか。こればかりは当事者じゃないとわからないことだと思う。義父は明らかに、わたしに呆れているのだ。わたしに接するときの麻生教授の態度を、青井さんにも見せてやりたいものだ。

「まあ、そうだね」

「ただ、松嶋先生がチャンスを摑んでステップアップしていくのは、いいことだと思います。松嶋先生は自分で自分を小さくしているのです。その殻を破れるなら、他の大学に移るのもけっこうなことではないでしょうか」

「そ、そう?」

これはもしかして、励まされているのだろうか。思いがけない成り行きに、わたしは大いに戸惑う。まさか青井さんに励まされるとは、夢想すらしなかった。

「差し出がましいことを言いました」

青井さんは頭を下げると、自分のパソコンの前に戻っていった。わたしのそのときの気持ちを表現するなら、まさに〝狐に抓《つま》まれた思い〟だった。

21

それから三週間かけて論文を仕上げ、学会誌に投稿した。内容は佐脇の手記の要約と、作風の変化との照応関係の検証である。決して派手な論展開ではないが、手堅いなりに目新しさも盛り込んだ、なかなかの出来ではないかと自負した。

正直なことを言えば、投稿さえすれば噂が広がり、わたしの論文に対する期待が高まるのではと夢想していた。だが佐脇依彦のネームバリューが今ひとつであるせいか、実際に掲載されるまで問い合わせはひとつもなかった。いささか寂しい思いを抱いたものの、そうそう都合よくいかないことは承知している。わたしの中に焦りめいた感情があったとわかったことが、収穫といえば収穫だった。

そしてその一ヵ月後に、わたしの論文が学会誌に掲載された。わたしはその号が送られてくるのを心待ちにし、実際に手にしたときには息も乱さんばかりに興奮して封を開けた。目次を見るのももどかしくページを捲《めく》ると、間違いなくわたしの名前が載っている。それを目にした瞬間、誇らしさや充実感、達成感や安堵など、様々な感情がいちどきに押し寄せてきてわたしを圧倒した。不覚にも涙が滲んでしまったが、この気持ちは同じ研究者なら必ずわかってもらえるだろう。ましてわたしの場合、これがもう一度里菜と暮らすための一歩になるかと思えば、とても平静ではいられなかった。

その日から、反響を心待ちにした。問い合わせが殺到するような状況はもう期待しなかったが、それでも黙殺されることはまったく考えていなかった。新発見の手記ともなれば、何人かは興味を持つ人もいるはずである。現物を読んでみたいという要請も、きっとあるはずだと予想していた。

そしてそんな予想は、おおむね当たっていた。すぐに反響があったわけではないが、一週間もするとちらほらと評判が耳に届いてくる。いずれも、埋もれた小説家にふたたびスポットを当てるわたしの作業に好意的だった。実際に佐脇の全作品を読み直し、わたしの論旨に納得した上で手記を読みたいと申し出てくれた人が現れたときには、もうそれだけで報われた心地だった。

わたしは増谷に許可を取り、手記のコピーを取ってその人に送った。すぐに返事があり、ますますわたしの論文に感心したと感想を述べてくれた。その人はある地方大学の教授であった。そうした人から評価されたのは、わたしにとって大きな自信となった。反響はそれだけに留《とど》まらなかった。飽きもせず様々な未来を夢想したわたしではあるが、こんな想像だけはしていなかった。まさか麻生教授が論文に目を通してくれるとは、いくら楽観的なわたしでもかけらも期待していなかったのだ。

「読んだよ」

それは廊下での出来事だった。前方から麻生教授が歩いてきて、わたしは気まずい思いで頭を垂れた。咲都子に逃げられてから、わたしは麻生教授と目を合わせられないようになった。廊下ですれ違うときはいつも、目を伏せて身を縮めてやり過ごすのである。そんなとき教授は、まるでわたしの存在など視野に入っていないかのように行き過ぎる。もしかしたら侮蔑《ぶべつ》の眼差しを向けられているのかもしれなかったが、目を合わせられないわたしには確認しようがなかった。

その麻生教授が、すれ違いざまに声をかけてきた。わたしは胸を衝《つ》かれる思いで顔を上げ、教授を見た。教授はいつもと変わらず厳《いか》めしい表情をしていたが、少なくともこちらを見下すような態度ではなかった。わたしは驚き、戸惑いながらも、次にどんな言葉が飛び出すのか恐れた。

「隠し球だな。君がこんな努力をしていたとは、ぜんぜん気づかなかった」

「いや、あのう、はあ」

こんなとき、機知に富んだ応答のできる人が羨ましい。わたしが発したのは、とても才気煥発《さいきかんぱつ》とは言いかねる歯切れの悪い言葉だけだった。

「佐脇依彦の作品を、すべて読み直してみた。佐脇の作風の変化は、なかなか興味深い。君の分析には、頷ける部分が多々ある」

「あ、そうですか」

麻生教授に認められるのは、ものすごく久しぶりのような気がした。あまりに誉められることから遠ざかっていたので、すぐにはピンと来ない。心に巣くった怯えが邪魔をして、なかなか素直に喜ぶことができなかった。

「わたしにも手記を読ませてくれないか。コピーでかまわない。教授室に持ってきてくれ」

「は、はい!」

直立不動で応じた。麻生教授は一度頷くと、そのまま立ち去っていく。だがわたしは、その後ろ姿からしばらく目を離せずにいた。

もしかしたらこれは、雪解けのきっかけになるのだろうか。わたしは思いがけない展開に呆然《ぼうぜん》としながらも、とっさにそう考えた。こちらから売り込んだわけでもないのに、麻生教授自らわたしの研究に興味を示してくれた。これを契機にもう一度わたしを評価し直してくれるなら、何も他の大学に移る必要はない。慣れ親しんだここで、好きな研究を続けられるかもしれないではないか。じわじわと、本当にじわじわとながら、喜びが込み上げてくる。あまりの嬉しさに、それをどう受け止めていいかわからないでいた。視界が水に滲んだようにぼやけてきたので、わたしは袖《そで》でぐいと目許《めもと》を拭《ぬぐ》った。無理に笑顔を作ってみると、不意に心が軽くなって、咲都子を失って以来忘れていた浮き浮きした気分が甦ってくるかのようだった。

22

禍福《かふく》はあざなえる縄の如《ごと》し、と佐脇は手記中で語った。なるほどそのとおりと、わたしも思う。だから妻を不測の事故で失ったわたしには、そろそろ福が訪れてもいいはずだった。どんな福でも咲都子を失った喪失感を埋め合わせてはくれないだろうが、それでもないよりはましだ。高望みはしないから、好きな研究に没頭でき、里菜とふたりで慎《つつ》ましく生きていければわたしはそれで充分満足だったのだ。

それなのに、禍福はちっともあざなえる縄には似ていなかった。禍ばかりが太く、福が呆れるほどに細ければ、縄はいびつな物にしかならない。そんな出来損ないの縄が、わたしの人生だった。そのように、いやというほど痛感せざるを得なかった。

それはまさに、暗転と形容するしかなかった。麻生教授から声をかけられてすぐに、わたしは浮き浮きする思いで手記のコピーを届けた。その翌日には、麻生教授の方から自宅に電話がかかってきた。あまりの反応の早さにわたしの心臓は跳ね上がったが、それは恐れではなく期待のためだった。

「手記を読んだ」

麻生教授はぶっきらぼうに言った。その口調にはいささか引っかかるものを覚えたが、それでもわたしはまだ楽観的でいられた。

「原本が見たい。貸してもらえないか」

「原本を、ですか？」

渡したコピーに欠落はなかったはずだ。一字一句、原本と相違はない。それなのになぜ、教授は原本を見たがるのか。わたしはその意図を察しようとしたが、納得できる答えは見つからなかった。

「それは、どうしてでしょうか」

だからわたしは、率直に尋ね返した。それなのに麻生教授は、こちらの疑問に応えてくれない。

「確認が済んだら話す。それまではこの手記に関して問い合わせがあっても、保留にしておくことだ」

「保留？　おっしゃることがよくわからないのですけど」

「わからないだろうな。だが、わたしは嫌がらせで言っているのではない。素直に聞いておくことだ」

「――はい」

昔から麻生教授は、頭ごなしに理不尽な命令をするような人ではなかった。「嫌がらせではない」と言うからには、それは本当なのだろう。これ以上理由を問い質すことはできなかった。

「しかし、原本の貸し出しは所有者の許可を得なければなりません」

「それはそうだろうな。なるべく早く問い合わせてくれ。相手が渋っても、なんとか説き伏せるんだ」

「……わかりました」

雲行きが怪しいことは、どんな馬鹿でも理解できる。ただその雲がどういう種類のものなのかまるで見当がつかないのは、いっそう不安を搔《か》き立てた。

わたしはさっそく増谷に連絡をとり、原本の貸し出し許可を得た。翌日には大学に手記を持っていき、麻生教授に手渡す。その際に少しは理由を説明してくれるのではないかと期待したが、教授は難しい顔で頷くだけだった。わたしの不安はさらに増幅する。

それから暗転の瞬間までは長かった。次に麻生教授から連絡があったのは、なんと三週間後だったのだ。その間のわたしの心境を説明すれば、波形と形容するのが最も近い。不安係数はどんどん増えたかと思うと、一週間も経《た》つとやがて楽観に傾きかける。麻生教授はわたしの研究成果が妬《ねた》ましく、少し脅してみただけではないか。あるいは些細《ささい》な点にこだわってはみたものの、多忙な毎日に紛れて手記のことを忘れているのではないか。そんなあり得なさそうな想定ばかりをして、自分をごまかす。

しかし、ごまかしが長く続くわけもない。麻生教授がそんな人でないことは、わたし自身がよくわかっているのだ。だから一度下がりかけた不安係数は、また徐々にその数値を増し始める。かくしてわたしの心は、アップダウンを繰り返す波形と化す。

そうした次第だったので、三週間後に麻生教授から呼び出されたとき、わたしは不安よりも安堵を強く覚えた。こんな蛇の生殺しのような状態はいやだ、なんでもいいからどういうことなのかはっきりしてくれ、そんな心境にまでなっていたのだ。

教授室に行ってみると、麻生教授は鋭い目をわたしに向けた。軽蔑とも呆れとも違う、あえて言うなら怒りに近い眼差しだ。いまさら新たに腹を立てられる憶えはなかったので、わたしは内心で首を傾げた。いったい麻生教授が何に怒っているのか、不思議でならなかった。

「まず確認したい。君はこの手記を、どのように入手したのだ」

開口一番、麻生教授はそう言った。自分は椅子に坐り、わたしのことは立たせたままだ。机の上には、佐脇の手記が載っている。そちらに向けて顎をしゃくった態度は、偉そうというよりもやはり怒りが籠っている。嫌悪していると形容しても大袈裟ではなかった。

「はあ、その手記の所有者が、わたしを訪ねてきたのです」

「どのような繋がりだ」

「面識はなかったのですが、わたしが授業を持っている女子大に姪が通っていたとかで、その縁で持ち込んでもらったのです」

「姪？　その学生のことは憶えていたのか？」

「いえ、毎年何十人も受け持っていますから、ひとりひとりの名前までは……」

「では、相手の素性を確認してはいないわけだな」

「――そういうことになりますね」

わたしが不本意にも認めると、麻生教授は舌打ちしかねないような渋い顔になった。

わたしの不安係数は、一気に上昇する。

「相手の連絡先は？　もちろん把握しているのだろうな」

「携帯電話の番号は」

「なんだと。それだけか。住所や勤め先は？」

「いえ、聞いていません」

わたしの答えを聞き、麻生教授は一瞬瞑目《めいもく》した。まるで失われた何かを悲しむような表情だった。だが次に目を開いたときには、ふたたび怒りが舞い戻っていた。

「その人物が手記を入手した経緯は？」

「手記を持ち込んだのは増谷という人物です。増谷さんは、手記に登場する扶実子さんの息子でした。佐脇は手記を書き上げ、扶実子さんに託していたのです。扶実子さんはしまい込んでいた手記を五十数年ぶりに発見し、事件の真相を解明することを条件にわたしに発表を許してくれました」

「ふん、うまくストーリーを作り上げたものだ」

「作り上げた？」

わたしは麻生教授の言葉を繰り返した。繰り返さざるを得なかった。いったい麻生教授は何を言っているのだ？

「手記は贋作《がんさく》だ。少なくとも、この原本は佐脇の直筆ではない」

麻生教授は冷然と言い放つ。わたしはその言葉に射抜かれたように、体が硬直した。

「ど、どういうことですか？　直筆ではない？」

「そうだ。これは佐脇依彦が書いたものではない。

麻生教授の態度は揺るぎなかった。絶対に間違いのない事実を告げる非情さがあった。

「なぜですか？　なぜそんなことをおっしゃるんです？　根拠は？」

「紙質が新しい。古い紙に見せかけるテクニックが施されているが、紙そのものは最近のパルプ紙だ。少なくとも、昭和二十年代に作られたものではない」

「そんな――」

呆然、などという言葉ではとうてい足りなかった。衝撃のあまりわたしの魂は吹き飛ばされ、霧散し、形を失った。まともな反応ができず、まるで金魚のようにただ口をぱくぱくさせていた。

「ついでに言うなら、万年筆のインクも新しい。紙が新しいのだから、当然のことだがな。知人の鑑定家に依頼し、その結果が出るのに三週間かかったのだ」

「鑑定――」

「ああ。わたしは手記を一読して、漠然とした違和感を覚えた。当時の風俗をうまく盛り込んでいるようではあるが、文章がなんとなく新しい。こうした違和感は、たいてい当たっているものだ。加えて、決定的におかしな点もあった。この手記は昭和二十一年の出来事から語り起こしていると書いてあるのに、歌舞伎町という町名が見られる」

「それが、何か？」

「歌舞伎町という名称は、昭和二十三年に命名されたものだ。二十一年の時点では、あの地域は角筈一丁目という町名だった。気になったので調べてみたのだ」

「角筈」

愕然として、わたしは繰り返した。麻生教授は苦々しい顔で頷く。

「そうだ。明らかにおかしい。おそらく、おかしな描写は他にもたくさんあるのだろう。だからわたしは、原本の鑑定を依頼したのだ」

「贋物《にせもの》だと……、この手記は真っ赤な贋物だとおっしゃるんですね」

「少なくとも、佐脇の直筆ではあり得ない。だが、佐脇の手記を単に最近の紙に筆写しただけではないだろうな。時代に合わない描写があるのだから」

「内容そのものが捏造《ねつぞう》であると？」

「その可能性は高い」

麻生教授はきっぱりと言い放つ。わたしは胸に太い杭《くい》を打ち込まれたような心地だった。

なんということだ。わたしは贋物を摑まされ、挙げ句にそれを自分の名前で発表してしまったのだ。これでは評価を得るどころか、研究者としての未来を自ら閉ざしたも同然ではないか。なぜこんなことになってしまったのか、とうてい納得がいかない。

「迂闊《うかつ》すぎだ。新発見の資料があった場合、真贋鑑定にはもっと慎重でなければならないだろう。君は所有者の身許確認も、資料の年代調査も怠った。迂闊だったと言うしかない」

「わたしは……騙《だま》されたわけですか」

「相手に騙す意図があったのかどうかはわからない。その増谷という人物も、本当に佐脇の書いた手記だと思っていたのかもしれない。だとしたところで、君が自分の名前で手記の存在を発表してしまった事実に変わりはない。手記が贋作だと判明した以上、君はその事実をもう一度学会に発表しなければならない」

贋物を掴まされた研究者としては、当然の事後対応だ。だがそれは、死の宣告に等しかった。わたしは己の目の前で、分厚い鉄の扉が閉じる音を聞いた。わたしの将来を、里菜との生活を閉ざす、非情な轟音《ごうおん》だった。

禍福はあざなえる縄の如しという。だがわたしの人生は暗転し、もう二度と福は訪れない。

23

踉跟《そうろう》とした足取りで教授室を後にし、真っ先にしたことは増谷への電話連絡だった。増谷は手記が贋物とは知らなかったのか。あるいはわたしを陥《おとしい》れる意図を持って接近してきたのか。なんとしても確認せずにはいられなかった。

だが、電話は繫がらなかった。この番号は使われていないというアナウンスが流れるだけだ。わたしは漠然とそんな事態を恐れてはいたが、自分の不吉な予感を信じたくはなかった。増谷に悪意などなかったと、あくまで好意的に捉えていたかった。

　しかし、事態はもう明らかだった。増谷は意図的にわたしを窮地に追い込んだのだ。そうでなければ、このタイミングで連絡がつかなくなるわけがない。増谷はわたしの破滅が確定したのを見て取り、行方を晦《くら》ましたわけだ。見事な手際と言うしかなかった。

　とはいえ、わたしもただ感心していたわけではない。暴風雨に翻弄《ほんろう》されるように頭の中が混乱し、同時に後悔や恐怖、激怒といった激しい感情が心を交互に支配する。こんなにも自分は激しい感情を持っていたのかと、わたし自身が驚いたほどだ。騙した相手に感心するような、そんな余裕は微塵《みじん》もなかった。

　どうしてだ！　増谷はなぜこんな真似をした！　わたしは頭を掻きむしり、壁を叩《たた》いて何度も疑問を口にした。増谷の目的がどうにも理解できない。ここまで手の込んだことをするからには、どうしてもわたしの研究者生命を絶ちたい切実な動機があったはずなのに、こちらはまるで心当たりがないのだ。これはいったいどういうことか。

　冷静になれと、己に命じた。動揺しては、相手の思う壺《つぼ》だ。頭を冷やして判断し、できる限り最良の対策を練る必要がある。怒りに任せて判断を間違うような真似だけは、なんとしても避けなければならなかった。

　まず真っ先に検討すべきは、増谷の素性だった。増谷はいったい何者なのか？

　過去に面識はないはずと、これだけは断言できた。わたしの交際範囲はそれほど広くない。これまで会った人全員の顔を憶えているとは言わないが、大した印象をこちらに残さなかった人から恨みを買うとも思えなかった。恨まれるからには、それなりに関わりがあったはずだ。そう考えると、増谷と過去において接点はなかったとはっきり言えた。

となると、増谷はただの代理人でしかないのだろう。増谷自身の態度には、わたしへの恨みなど感じられなかった。もし増谷がわたしを憎んでいたのなら、いくら鈍感なわたしでも何かを察していたと思う。しかし実際には、増谷はむしろビジネスライクな態度だった。あれはおそらく、増谷が雇われた立場に過ぎないことを物語っている。増谷は己に与えられた仕事を、ただ淡々とこなしていたのだ。

増谷の背後にいたのは誰か？　額面どおりに、扶実子だと考えて支障はないか。わたしは廊下の壁に寄りかかり、天井を見上げて熟考する。誰も通りかからないのが、今は幸いだった。

本当に扶実子なのか？　しかしわたしは、佐脇とも扶実子ともなんら接点がない。佐脇依彦という名前すら、増谷と会うまで念頭になかったほどだ。扶実子がわたしを恨んでいたとしても、それは逆恨みでしかないはずだ。だが、接点がないところに逆恨みなど生じるだろうか。

いや、増谷の説明を額面どおりに受け取ることはできない。わたしは激しく首を振る。増谷の背後にいる人物は、あれほどもっともらしい手記をでっち上げてまで、わたしの研究者生命を絶とうとしたのだ。そんな人物の手先が、馬鹿正直に己の背景を語っているとはとうてい思えない。増谷の言葉は一から十まで信用できないと考えた方がいい。

ならば、黒幕は誰なのか。わたしを恨んでいる人物、わたしを陥れて得をする人物はいるのか。わたしはこれまで、特筆する点などひとつもない平凡な人生を送ってきた。ごく普通に学生時代を終え、結婚し、子供を儲けた。劇的な出来事があったとするなら、それは事故で妻を失ったことくらいだ。こんな凡人のわたしが、果たして人から恨みを買うだろうか。どうにも合点がいかない。

ともかく事態は、ちょっとした嫌がらせや恨み晴らしのレベルを超えている。何週間、いや何ヵ月にも亘って周到に準備をし、その上でスタートした計画であるはずだ。おそらく相手は、わたしが置かれている状況を調べ上げ、どのような餌《えさ》を撒《ま》けば食いつくか検討し、そして佐脇依彦の手記を捏造したのだろう。そこまでの執念が、単に怒りに任せた行動であるはずがない。深く深く心の底にまで根を下ろした、決して癒《い》えない憎悪が透けて見える。だからこそわたしは、不可解でならなかった。わたしという凡人は、そんな憎悪とはあまりに不釣り合いだ。

何もかも謎《なぞ》だった。事態を理解する手がかりひとつとてない。唯一明らかなのは、わたしが研究者として終わりだという厳然たる事実だけだ。見えない相手への怒りは長続きせず、わたしの心に残ったのは寒々しい失意だけだった。

このまましゃがみ込んでしまいたかった。どうせすべてが終わってしまったのなら、ここから動きたくない。わたしは気力も意気地もいっさいを根こそぎ奪われ、抜け殻に等しかった。抜け殻なら抜け殻らしく、この場で朽ち果ててしまえばいいのだ。

しかし現実には、そんなことは不可能だった。誰も通りかからなかった廊下に、不意に賑やかな話し声が響く。見るともなくそちらに目をやると、階段を上ってきたのはわたしが受け持つ女子学生三人だった。学生たちはこちらに目を留め、気軽に「先生」と声をかけてくる。何事もなかったように「やあ」と言葉を返せたのは、我ながら不思議だった。

「先生、元気なさそうですね。また落ち込んでるんですかぁ」

これまでの人生に染みひとつないような、掛け値なく明るい声である。わたしは『また』という副詞に滑稽《こっけい》味を見いだし、わずかに苦笑した。

「落ち込むネタだけは豊富にあるんだ」

ちっとも冗談のつもりでなく答えると、女子学生たちはけらけらと笑い声を立てる。その屈託のなさが、今のわたしには救いに感じられた。

「そのうちいいことありますよー。無責任なこと言ってるようですけど、ホントに絶対そうなんですから。元気出してくださーい」

女子学生たちは手を振ると、廊下の反対側へと消えていった。わたしは彼女たちの後ろ姿を、見えなくなるまで目で追った。

確かにそうだな。わたしは頷く。元気を出さなきゃ駄目だ。空元気《から》だって、元気は元気だ。落ち込んでいるのが楽なことだってある。だが今は、楽な方へと流れている場合ではなかった。

壁から背を離し、麻生教授の部屋へと戻った。教授は椅子を回転させて、こちらを向く。わたしは一度深呼吸をして、運命へのささやかな抵抗を開始した。

「増谷の携帯に電話をしてみました。ですが、すでに番号は使われていませんでした」

わたしの報告を聞くと、麻生教授は顔を歪《ゆが》める。つい数分前までは、教授の表情筋の動きに怯えていたが、今はもうなんとも思わなかった。自分の中で、ある種の感情が麻《ま》痺《ひ》したことを自覚する。それが開き直りなのかどうか、当事者のわたしには判断がつかなかった。

「つまり、これは何かの行き違いなどではなく、明らかに君をターゲットとした作為だということが判明したわけだな」

「そういうことになります」

「相手の心当たりは？」

「ありません」

「ないことはないだろう。じっくり考えたのか」

「考えました。ですが、何も思いつきません」

「相手の意図も推測できないのか」

「恨み、であろうとは思うのですが、そこまで恨まれる憶えがないのです」

「どういうことだ」

この言葉はわたしに向けられたわけではなく、ただの独白のようだ。麻生教授は苛立《いらだ》たしげに、椅子の肘《ひじ》置きを爪で小刻みに叩く。そして机の上の手記を摑むと、わたしに突き出した。

「これは君に返しておこう。わたしが預かっていても仕方がない。この上は、誰にも迷惑がかからないよう、己の身をしかるべく処することだ」

「わかっています」

厳しい言葉だったが、わたしの胸には突き刺さらなかった。麻生教授は当然のことを口にしているだけだからだ。

「君には失望した、とことさらに言う必要があるか？」

失望したのは今が初めてなんですか？　そう訊き返したい衝動を、わたしはなんとか抑えつけた。無言で一礼し、踵《きびす》を返す。ドアを閉める間際に麻生教授を見ると、もうすでにこちらに背中を向けた後だった。

教授の背中には感情が滲んでいるようだったが、鈍感なわたしには何ひとつ読み取れなかった。

24

元気を出さなきゃ、と思い直してみたものの、それで将来への展望が目覚ましく開けるわけもなかった。わたしは教授室を後にしたその足で、ふらふらと校舎の外に出た。

我が大学は面白いことに、敷地の真ん中に池がある。もともとあったものを、埋め立てずにそのまま残したのだろう。おそらく設計者の意図としては、池の周辺に学生たちが集《つど》って賑わうような情景を想定していたのだろうが、現実は案に相違して閑散としている。池の周りには木が鬱蒼《うっそう》と茂っていて、そのために薄暗いのが原因ではないかと思われる。池の中央には小島があり、そこまで小さな橋を渡って行くことができるのだが、備えつけられているベンチにはたいていカップルが坐っているだけだ。人が寄りつかないから、邪魔されたくない恋人同士には格好の場所なのだろう。

だが、他人と会いたくないのは何も熱々の恋人たちだけとは限らない。わたしもまた、今は人に会いたくなかった。だから講師控え室には顔を出さず、なんとなく池へと足を向けた。ひとりになれる場所として、とっさに思いついたのはそこしかなかった。

時間が中途半端だったせいか、小島にもカップルたちは居座っていなかった。わたしはささやかな幸運をありがたく思いながら、ベンチに腰を下ろす。木々の間から見える空は青いのに、池を中心とするこの近辺だけはどうも陰鬱で、まるでわたしの心象風景のようだと思うとおかしかった。こんなわたしにもふさわしい居場所がある。その事実だけでも、わずかばかりの慰めになりそうな気がした。

考えなければならないことは山のようにあるのに、まるで思考に倦《う》んでしまったかの如く、頭の中が白かった。これから先のことなど考えたくない。忘却とはなんと優しい現象なのだろうと、ぼんやり思うだけだった。いっそこのまま呆《ほう》けられたらどんなに楽かと、つい後ろ向きの願いが心を支配する。

しかし、わたしの最後の幸せもそう長くは続かなかった。校舎の方から、坂道を下りて人がやってきたのだ。ここはわたし専用の憩《いこ》いの場ではないから、独占できないのは仕方がない。でもいつも閑散としているのに、何もこんなときに限って来なくてもいいだろうにと思う。

もしカップルがここで待ち合わせでもしているのなら、先客の存在を知れば逃げていくのではないかと考えた。そこで、思い切りわざとらしく咳払いをする。だが来訪者は、それを聞いて遠ざかるどころかこちらに近寄ってきた。いったい何者なんだと睨《にら》むつもりで視線を向けると、なんと現れたのは世にも呑気《のんき》な顔だった。

「やあ、ここにいたのか」

山崎は手を挙げると、のんびりした足取りで橋を渡ってきた。山崎の間の悪さはよく承知しているつもりだったが、今この場に現れるとはなんとも筋金入りだ。いっそこのまま走り去ってやろうかとも考えたが、どうして山崎のためにそうまでしなければならないかと思うと気が滅入る。それに、山崎のペースに合わせて頭の回転を麻痺させるのもいいかもしれないと思い直した。

「池に来るなんて珍しいじゃないか。よく来るのか」

「ううん、ぜんぜん」

尋ねると、山崎はあっさり首を振る。じゃあどうしてここに来たんだと尋ねたかったが、どうでもいいという気分が勝った。

「相変わらずここは陰気な雰囲気だねぇ。そこにぴったり嵌《はま》り込んでいるなんて、松嶋くんも問題あるんじゃない？」

「大ありだよ。全身これ問題の固まりという感じだ」

「あれ？　意外と元気じゃない。聞いた話と違うな」

「聞いた話って？」

毎度のことながら、乗せられまいと身構えていてもついつい山崎のペースに引き込まれてしまう。こいつの天職は先生などではなく、キャッチセールスの営業マンではないかと思う。

「学生がさ、君が暗い顔して落ち込んでたって言うから、もしかしたらここかなと思って捜しに来たんだよ。そしたら、ばっちり正解だった。君の行動パターンは読みやすいね」

「大きなお世話だ」

なぜどん底の状態でも山崎とはこんなやり取りができるのか、自分でも不思議でならなかった。ただ、落ち込み続けて自己憐憫《れんびん》に浸るような真似はすまいと心に決めたばかりである。やはり今のわたしには話し相手が必要だったのだと思えば、山崎が捜してくれたことには感謝すべきなのかもしれなかった。

「あのさあ」

山崎は遠くを見ながらそう呟いた。この「あのさあ」の後に続く言葉を聞くには、なかなか忍耐が必要である。わたしは先を急《せ》かさず、首を倒して凝《こ》りをほぐしながら待ち続けた。やがて、一分くらい経ってからようやく山崎は続きを口にした。

「何があったの？」

「ああ、よく訊《き》いてくれたよ」

なんとなくホッとする思いで、わたしは応じた。皮肉ではなかった。

「実は、例の佐脇依彦の手記、どうやら贋物だったらしいんだ」

「へえ」

なんとも気が抜ける反応である。もう少し驚くなり、慌てるなり、普通のリアクションができないものか。

「迂闊だったよ。どうやらおれを狙《ねら》い撃ちにした策略だったようなんだ。しかも自分ではそれを見抜けず、麻生教授に指摘されて青ざめたって次第だ。もうおれの研究者生命もお終《しま》いだね」

「それは大変だ。もっと詳しく聞かせてくれない？」

大変だということが本当にわかっているのだろうかと首を傾げたくなる相槌《あいづち》だが、今はとやかく言っている場合ではない。問われるままに、わたしはぽつりぽつりとこれまでの経緯を話して聞かせた。ひとりで胸の裡《うち》に溜《た》め込んでおくよりも、気分が楽になる気がする。錯覚に過ぎないのだろうが。

「……というわけで、麻生教授に失望されて、失意のままにここで落ち込んでいたというわけだ。そこに現れた昼行灯《ひるあんどん》がひとり。失意のわたしは、昼行灯相手に己の失態を語るのであった」

「昼行灯って、もしかしてぼくのこと？　君も失礼だなぁ」

昼行灯と言われて失礼に思う感受性は、一応持ち合わせていたようだ。しかし、こんなにもぴったりな渾名《あだな》もないという事実には気づいていない。幸せな男である。

「ぼくは昼行灯じゃないぞ。ちゃんと話を聞いて、どういうことなのか考えてるんだから」

「それは悪かった。で、どう思う？　おれだけを狙った罠《わな》としか考えられないだろ。それなのに、誰がおれを恨んでいるのか、まるで見当がつかないんだ。未だに何かの間違いなんじゃないかって気がして仕方ないよ」

「あのさあ」

ふたたびお得意の台詞《せりふ》を口にし、山崎は沈思黙考に入った。またそれかよと内心で悪態をつきながら、わたしは先を待つ。正確に測ったわけではないが、今度はたっぷり三分間は黙り込んでいたのではないか。

「手記はまるっきり贋物なのかな」

「えっ」

唐突に言うので、とっさには理解できなかった。山崎は苛立つことなく、同じことを繰り返す。

「手記は一から十まででっち上げたものなのかなぁ。そうだとしたら、ずいぶん手が込んでると思わない？」

「そうだよ。手が込んでるんだよ。だからこそ、よほどおれを恨んでるんだなって感じがするじゃないか。そんなに憎まれてるのにぜんぜん心当たりがないのは、すごく気持ち悪いぞ」

「これはぼくの推測だけどさ、たぶん佐脇の手記は本当に存在するよ」

「えっ？　どうしてだ」

「だって、手記に出てくる長谷川さんは実在したんだろ？」

「あ──」

言われて、初めて気づいた。わたしもかなり間抜けだが、しかしこんな動揺しているさなかでは仕方がないと言い訳をしたい。手記は贋物だと麻生教授に指摘されて、わたしはすべてがでたらめだったと思い込んでしまったのだ。冷静になって考えれば確かに、あれほどの内容を一から捏造するには、それこそ小説家並みの想像力を必要とする。どんな形かはわからないが、原型があると見做《みな》した方が妥当だろう。

「そう考えると、君が受け取った手記は単に本物に少し手を加えただけなのかもしれないじゃないか。だったら、本物を見つけ出せば済む話でしょ。中身を読んだわけじゃないからなんとも言えないけど、まだ絶望するには早いよ」

「そう……だな。まったくそのとおりだ」

漆黒《しっこく》の闇に一条の光が差したようだ、などと表現すればあまりに仰々《ぎょうぎょう》しいかもしれないが、それが偽らざる気分であった。山崎の言うとおり、絶望してすべてを諦めるには早いようだ。佐脇の手記が本当に存在するなら、なんとしてもわたしはそれを入手しなければならない。自分の人生を賭《か》けて行動すべきときがあるとしたら、それはまさに今だった。

「手がかりはある？」

問われて、今度はわたしが熟考した。そうだ、手がかりならあるではないか。竹頼春子の兄と思われる、竹頼剛造。手記がすべてでたらめならば、竹頼剛造に行き着くこともなかったはずだ。これは勘でしかないが、手記の謎を解くことがわたしを嵌《は》めた人物の意図に肉薄することに繋がるのではないか。ならばわたしは、当初の予定どおり竹頼剛造と面会すべきだった。

「あるよ。おれはまだ、すべてのカードを切ってしまったわけじゃなかったようだ」

「そう。よかったね」

山崎は童顔に子供じみた笑みを浮かべる。つられてわたしも、つい微笑んでしまった。ほんの数分前にはもう二度と笑うことなどないと思っていたのに、山崎はなんとも不思議な男だ。

戻ろうと促され、連れ立って講師控え室に向かった。次の授業があるとかで、山崎は荷物を持つとそそくさと控え室を出ていく。残されたわたしの前には、黒い液体の入った小さい容器が魔法のように出現した。青井さんは例によって無表情なまま、ぶっきらぼうに言った。

「もろみ酢です。飲んで元気を出してください」

「あ、ありがとう」

わたしに何かあったことを、すでに山崎から聞いていたようだ。態度こそ素っ気ないが、青井さんなりに気遣ってくれているのがよくわかった。

わたしは今日一日で未来の大半を失ったが、同時にたくさんのものも手に入れた。いや、改めて手に入れたのではなく、すでに持っていたことに気づいたのだ。やはり禍福はあざなえる縄の如しなのかもしれない。今の表情を青井さんに見られたくなかったので、わたしは慌ててもろみ酢の容器を呷《あお》った。

25

竹頼剛造に会うための手段は、幸いにも残されている。おそらく志水を頼れば、いやな顔ひとつせずに応じてくれることだろう。だが冷静に考えてみれば、今はまだ竹頼剛造に会うには早い気がした。いきなりなんの準備もなく会ったところで、得られるものがあるとは思えない。それ以前に固められるところは固めておき、その上で会う方が得策だと判断した。

剛造との対面の前に会っておくべき人を、わたしはふたり思い浮かべることができた。そのうちのひとりは、《TAKEYORIファニチャー》本社に行ったときに同行してくれた経済記者の小松だ。小松をわたしに紹介したのは、他ならぬ増谷である。小松ならば、増谷の正体を知っているかもしれない。まず真っ先に会うべき人物だった。

小松からは名刺をもらっていたが、わたしは一抹の不安も抱えていた。この名刺に書かれている連絡先もでたらめだったら、どうしたらいいのか。小松もまた、わたしを陥れる一味のひとりだったとしたら、その可能性は大いにあった。

だが案ずるまでもなく、名刺に書かれていた携帯電話の番号は生きていた。すぐに繋がったわけではないが、伝言を残しておくことができた。先日の礼を先に言い、聞きたいことがあるからまた連絡するとメッセージを吹き込む。取りあえず通じたことで、わたしはわずかに安堵した。

夜になったらもう一度かけてみようと考えていたのだが、その前に向こうからアパートに電話がかかってきた。バイタリティー溢《あふ》れる声が「小松です」と名乗るのを聞いたときは、思わず受話器に頰擦《ほおず》りしたくなるほど嬉しかった。

「こちらからお電話差し上げようと思っていたのに、恐縮です。先日はお仕事の邪魔をしてしまい、申し訳ありませんでした。その後、竹頼会長へのインタビューは実現しましたか？」

まず無難に切り出すと、小松は嬉しそうに応じた。

「ええ。広報部の志水さんのご尽力で、いいインタビューをさせていただきました。ありがたいです。それももしかしたら、松嶋さんが同行してくれたからかもしれませんよ。志水さんはずいぶん松嶋さんに好意を覚えていたようですから」

「ははは、好意ですか」

いくら相手がいい男だとしたって、男に好かれてもそんなに嬉しくない。まして相手が志水となれば、こちらとしては複雑だった。

「ところで、今日はお伺いしたいことがあってご連絡差し上げたのです」

「はい、なんでしょう」

小松はあくまで快活だった。そんな態度から、小松はわたしを陥れる一派の人間ではないと判断した。ならば、ここが突破口になるかもしれない。わたしは淡い期待を抱く。

「小松さんをわたしに紹介してくれた増谷さんについて伺いたいのです。小松さんは増谷さんとどういうお知り合いなのでしょう？」

増谷は小松のことを、「知人の経済記者」と言っていた。つまり小松は、増谷の素性を知っている可能性があるのだ。知っているなら、なんとしても話してもらわなければならない。わたしは固唾《かたず》を呑《の》んで、返事を待った。

だが小松は、こちらの緊張感などまったく感じていない様子だった。「ああ、増谷さんですか」と気の抜けた反応を示す。

「知り合いではないですよ。会ったこともないですから」

「会ったこともない？」

それは予想外の返答だった。会ったこともないのに、どうして小松は増谷の紹介としてわたしの前に現れることができたのか。

「それはどういうことでしょうか」

「いや、ぼくもよくわからないんですけどね、ある日突然、先方から電話があったのですよ。《TAKEYORIファニチャー》の会長に取材してみる気はないか、って」

「ある日突然」

つまり増谷は、竹頼剛造への取材を望む経済記者を自力で探し出したということか。そして、ひとりでは剛造に会えないわたしに付き添わせた。そういうことになるだろう。

しかし、そうだとしたらまた新たな疑問が湧いてくる。増谷はなぜ、そこまでしてわたしの調査をアシストしたのか。わたしを陥れるためだけならば、さっさと手記公開を許可しておけばよかったではないか。何もわざわざ竹頼剛造に会わせる必要はなかったはずだ。

増谷の——というよりもその背後にいる人物の目的は、単にわたしの学者生命を絶つことだけではなかったのかもしれない。山崎の言うように本当に佐脇の手記が存在していて、増谷一派が佐脇の死を巡る謎の真相を知りたがっていたのだとしたら。手記発表という餌《えさ》に食いついて言うがままに動くわたしは、使いやすい手駒《てごま》だったことだろう。謎の解明とわたしの破滅と、ふたつの目的を同時に達することができたら一石二鳥というものだ。

だが実際には、佐脇を巡る謎はまったく解けていない。それなのに手記公開を突然許可したのは、彼らの思惑とは違うアクシデントが生じたからだろうか。そのアクシデントとは、いったいなんだ。それに気づくことさえできたら、彼らに対抗する武器になり得るかもしれない。わたしはそう留意しておく。

「それまで増谷さんとは一面識もなかったんですね」

念のために確認すると、小松は「そうです」と認める。

「名前を聞いたこともなかったですし、別に誰かの紹介というわけでもありません」

「では、増谷さんはどこで小松さんの名前を知ったのでしょうね。その点は訊きましたか？」

「訊きました。雑誌でぼくの署名記事を読んだそうです。それでぼくに頼むことにしたと」

「増谷さんの依頼は、竹頼剛造氏にインタビューをしてくれ、ということだったんですか」

「そうですね。その際には松嶋さん、あなたを同行させて欲しいというのが要望でした」

「そういう依頼はよくあるんですか？」

「雑誌からの依頼ならありますけど、個人では珍しいですね。まあ、竹頼剛造氏のインタビューなら、どの雑誌に売り込んでも買ってもらえるから、こちらとしても断る理由はなかったんですけど」

「増谷さんから報酬はあったんですか」

「まあ、多少」

「いくらですか。差《さ》し支《つか》えなければ教えていただきたいのですが」

わたしは鉄面皮になって、直截《ちょくせつ》に訊いた。小松は驚いたようだったが、苦笑する気配とともに正直に答えてくれた。

「三万ですよ。インタビュー記事が売れた場合の原稿料とは別に三万ですから、悪くないですよね」

「その三万円分の働きとして、竹頼剛造氏のアポを取ったわけですか」

「いえ、そうじゃなく面会の約束は増谷さんの方で調《とと》えていてくれたのですよ。ですから、三万円は本当にもらい得で、おいしい仕事でした」

「増谷さんが、面会の約束を調えていた？」

どういうことだ？　増谷は《TAKEYORIファニチャー》にコネがあったということか。ならばなぜ、自分で調べようとしないのだろう。佐脇を巡る謎を解明するためにわたしを送り込んだという推測は、では間違いなのか。

「ぼくはただ、言われたとおりに《TAKEYORIファニチャー》に電話をしてみて、日時の確認をしただけです。こんな楽な仕事がいくつもあるといいんですけどね」

「そうですか……」

楽な仕事の裏には、必ず何か別の思惑があるはずだ。増谷はわたしを《TAKEYORIファニチャー》に送り込んで、いったい何をさせたかったのだろう。竹頼剛造とわたしが会うことで、何かが起こるというのか。

「増谷さんの連絡先はご存じですか？」

あまり期待をせずに、念のために訊いてみた。どうせ知っていたとしても、もうそこには繋がらないのだろう。

案の定、小松が読み上げた電話番号はわたしの知っている番号と同じだった。連絡手段としては、その番号しか知らないそうだ。報酬は銀行口座に振り込まれ、その後の接触はないという。乏しいなりに収穫があったことに満足し、わたしは電話を切った。

26

もうひとり会うべき人物は、もちろん長谷川医師だった。長谷川医師を見つけたのは偶然である。そこに何者かの作為が入り込む余地はないはずだ。つまり、長谷川医師の言葉だけは信じていいということになる。竹頼剛造に会う前に、ぜひとも話を聞いておくべき人だった。

わたしは電話で、入手した手記が贋物《にせもの》である可能性を告げた。すると長谷川医師は、思いがけず声を荒らげた。

「そんなはずはない！　あなたがまとめてくれた梗概に書かれていることは、佐脇でなければ知り得ないことが多かった。誰か別の人が書ける内容ではなかったのですよ」

「しかし、使われている紙が最近のものだということが、調べてみてわかったのです」

「どういうことなんでしょうか？　持ち主に確認してみたのですか？」

「いえ、持ち主にはもう連絡がつかなくなったのです」

わたしは一部始終を語って聞かせた。増谷という人物から手記が持ち込まれたこと。それを元に学会に論文を発表したこと。その後で研究対象が贋作だと判明しては、わたしの研究者生命にとって致命的な汚点となること。おそらくそれが、贋物の手記を作った人物の狙いであること――。

長谷川医師は黙ってこちらの話を聞き、最後に短く反応した。

「その手記を見せていただきたい。わたしなら、佐脇の筆跡かどうか判断がつくはずです」

「ああ、そうですね」

紙質が新しいのだから、手記が贋物であることは決定的だ。だが改めて長谷川医師に確認してもらうのは、決して無意味ではない。当事者である長谷川医師にしか気づけない何かが、手記の描写の中には潜んでいるかもしれないのだ。わたしはすぐに持っていく約束をして、いったん通話を終えた。

翌日の夕方に、長谷川医師のマンションを訪ねた。長谷川医師は硬い顔でわたしを請じ入れ、挨拶もそこそこに手記を見せて欲しいと言った。わたしが手渡すと、最初の一枚目をじっと睨むように見据える。その様子を見て、判断に迷っているのではないかとわたしは受け取った。いくら友人のこととはいえ、五十年以上も前に死んだ人の筆跡を憶えているものだろうか。おそらく無理だろうと、わたしは予想していた。

長谷川医師は長い間手記を睨み続け、やがて次のページに進んだ。今度は手が止まることなく、読むペースでどんどんと捲っていく。その調子で十枚くらい読み進めると、ようやく顔を上げた。

「これは、確かに佐脇の字ではありませんね」

「憶えておいででしたか」

半信半疑で尋ねると、長谷川医師はこちらの気持ちを見透かしたように笑った。

「若い頃の友人の筆など、わからなくて当然とお思いですね。もっともです。わたしも相手が佐脇でなければ、きっと判断はつかなかったでしょう。しかしわたしは、何度も佐脇の原稿を読んでいます。だからこそ、自信を持って言えるのです。これは佐脇の字ではありません」

「そうですか」

断言されても、新たな展望が開けるわけではなかった。むしろ、前途の暗雲をもう一度再確認したようなものである。わたしの声からは、意識せず力が抜けた。長谷川医師はそんなこちらの様子に気が引けたように、すぐつけ加える。

「ただし、昨日の電話でも申しましたが、内容は誰かが後から調べてわかることではない気がします。冒頭を読んだだけですけど、いかにも佐脇が書いた文章という印象があるのですよ」

「つまり、原本は存在して、今ここにあるのはその写しではないか、ということですか？」

「保証はできません。そのためにはやはり、これ自体をきちんと読ませていただきたいのですが、よろしいでしょうか」

「はい、もうかまわないでしょうね。何しろ持ち主の許可を得ようにも、連絡がつかないのですから」

わたしは皮肉な気分でそう言った。おそらく増谷一派は、わたしが論文を書く前に手記を長谷川医師に見られては、贋物であると見破られてしまう危険性があるから、読ませることを禁じたのだろう。今になってみると、相手の意図がよくわかる。

「ではお借りします。わたしにとって辛いことが書いてあるかもしれませんが、ならばなおさら、あなたのお役に立てるかもしれない」

長谷川医師の言葉に、わたしは礼の言葉もなかった。ただ頭を垂れて、感謝の意を示す。

「ですが、ひとつだけ読まなくてもわかることがありますすよ」

長谷川医師は手記を手にしたまま、強い口調で言った。わたしは顔を上げる。

「それは、なんでしょう」

「あなたを陥れた相手は扶実さんではない、ということですよ。わたしの知る扶実さんは、そんな人ではなかった。他人に悪意を向け、社会的抹殺を図ろうとなどするわけがない。誰であるかはわからないですが、増谷という人物の背後にいるのが扶実さんでないことだけは絶対に確かです」

長谷川医師は断固として言い切った。わたしは「そうですか」と頷いたが、内心では別の考えもあった。

人間は変わる。悲しいことだが、それはどうしようもない事実だ。長谷川医師は五十六年前の扶実子しか知らない。人生を無理矢理ねじ曲げられる前の扶実子しか知らないのだ。長谷川医師は扶実子に幻想を抱いているかもしれないが、わたしはそこまで楽観できない。扶実子の人間性が長い年月で変わり、他人に悪意を向ける人物になっていたとしても、驚きはなかった。むろん、そうでないことを切実に祈るが。

「手記の持ち主が扶実さんじゃなかったのなら、いったい誰が持っていたんでしょう。竹頼剛造氏なんでしょうか」

ひとまず自分の考えを押し隠し、疑問を呈する。長谷川医師はしばし考えるように首を捻《ひね》った。

「佐脇と竹頼剛造の関係を考えれば、竹頼の手に手記が渡るとは思えないのですが。そもそもあなたは、竹頼剛造から恨まれる理由でもあったのですか？」

「いいえ、ありません。一面識もないのですから、恨まれるわけもないです」

「不思議な話だ」

長谷川医師は腕を組んで唸《うな》った。わたしもまったく同じ感想だった。

互いに言うべきことを失い、しばし沈黙が続いた。長谷川医師が手記をぱらぱらと捲る音だけが、部屋の中に響く。そして、ふと思いついたようにわたしに目を向けると、わずかに眉を顰めた。

「ところで、この手記の紙質を調べたのはあなたの大学の教授というお話でしたね」

「はい、そうです」

いきなり何を訊くのだろうと思いつつも、わたしは素直に答えた。長谷川医師は眉間《みけん》に困惑の色を浮かべる。

「大変立ち入ったことをお訊きしますが、もしかしたらその教授とはうまくいってないんじゃないですか」

「――どうしてそんなことを」

一瞬絶句し、かろうじて言葉を吐き出した。それが何か、この件に関係あるというのだろうか。

「ただの思いつきでしたが、しかし実際にそうなら話はややこしくなる。松嶋さん、あなたはご自分でも紙質検査をしてみましたか？」

「いえ、していませんが」

首を振ると、長谷川医師の表情は憂慮に曇った。

「松嶋さん。あなたとはまだ数回しかお目にかかっていませんが、大変に真っ直ぐな心の持ち主であることはもうわかっています。それは人間として、得がたい貴重な資質だと思います。しかし、それは同時にあなたの欠点でもあるかもしれません。人を疑わないあなたは、世の中を渡っていく上で他人に後れをとってしまう可能性がある。世間の人が皆、あなたのように裏表のない心を持っているとは限らないのですよ」

「つまり、手記が贋物だという指摘自体が、嘘かもしれない。そうおっしゃるんですね」

「もちろん、わたし自身がこれは佐脇の筆ではないと証言しているのですから、手記が贋物である可能性は高いでしょう。しかし、他人に指摘されたことをそのまま鵜《う》呑みにしているようでは、悪意を向けてくる相手に対抗できませんよ。何が本当で何が嘘なのか、自分の目で見極めていかないと」

確かにそれはそのとおりだった。わたしは麻生教授の指摘をまったく疑わず、自分でも紙質検査をしてみようという発想を持たなかった。あの麻生教授がわたしを陥れるような真似をするはずがないという思い込みがあったからだが、長谷川医師の言うとおり、確認を怠る安易な態度は今後改めなければならない。言いにくいことをよく言ってくれたと、わたしは長谷川医師に感謝した。

「ほら、そうやってすぐに相手を信じてしまう」

今度は少し笑うように、長谷川医師はわたしの態度を窘《たしな》めた。だがこちらとしては、何を言われたのかよくわからない。

「わたしだって偽者かもしれないじゃないですか。松嶋さんの信用を得るように振る舞っておいて、嘘の情報を耳に入れているのかもしれませんよ。こんな大部の手記を捏造するような相手だ、それくらいのことはしてもおかしくないじゃないですか」

「なるほど。確かにそうですね」

わたしは内心の困惑を、苦笑で表すしかなかった。眼前の老人まで疑いだしたら、わたしはいったい誰を信じればいいのか。誰彼かまわず疑うような、そんなぎすぎすした心持ちになるくらいなら、信じて騙される方がいい。わたしは馬鹿かもしれないが、馬鹿なりのこだわりがあった。

「でも、わたしは長谷川さんを信じますよ」

だから、頑固にそう言った。長谷川医師は目尻に皺《しわ》を寄せて、何度も何度も頷いた。

27

長谷川医師を味方と認識できたことはわたしを大いに力づけてくれたが、逆に言えば収穫はそれだけでしかなかった。わたしを嵌《は》めた者の正体も、佐脇の身に何が生じたのかも、未だ五里霧中であることに変わりない。しかしここから前に進むためには、竹頼剛造と会うしかない。結局わたしは、徒手空拳《としゅくうけん》のまま志水に仲介を頼むことになったのだった。

一度断りを入れた話なのに、志水は予想どおり、まったく迷惑そうではなかった。ほとんどふたつ返事で、仲介を承知してくれる。これが単なる昔の友人ならばわたしも後ろめたくはないのだが、過去のいきさつがいきさつだけに、人のいい志水を利用しているような気分になってしまった。申し訳ない思いでいっぱいだったが、それをなんとか伝えようとしても、おそらく志水は「いいんですよ」と笑って言うだけだろう。ここは好意に甘えるしかなかった。

剛造の体調はこのところ悪くないらしく、志水に電話をした三日後に会えることになった。場所はやはり、前回と同じく《TAKEYORIファニチャー》本社ビルだった。おそらくわたしは圧倒され、相手に詰め寄ることもできないだろう。それでも剛造に会わないわけにはいかないのだ。わたしは己を叱咤《しった》し、ともすれば止まりがちな足を引きずるようにして、約束の日に《TAKEYORIファニチャー》本社ビルに向かった。

受付で名前を告げると、すぐに応接室に通された。どうせしばらく待たされるのだろうと思っていたら、お茶を運んできた制服女性とともに志水が姿を見せる。わたしは慌てて立ち上がり、今日の骨折りの礼を言った。相変わらず惚《ほ》れ惚《ぼ》れするほどいい男の志水は、気さくに「いえいえ」と手を振った。

「ぼくでお役に立てることなら、なんなりとどうぞ。竹頼はすぐ来ると思いますが、何しろ老人で足が悪いので、ちょっとお待ちいただけますか」

「申し訳ないね。仕事にぜんぜん関係のない話なのに」

坐ってから改めて詫びを告げても、志水は困ったように眉を顰めて「かまいませんよ」と言うだけだった。

「何も用がないと、あれこれ首を突っ込んできて上層部が迷惑しているようですから、時間を拘束してやった方がいいんです。それに、祖父自身も松嶋さんがどんなお話を持ってきたのか、興味があるようでしたから」

興味、などと志水は無邪気に言うが、剛造が五十六年前の事件の黒幕ならば、そんな心安らかな状態ではいられないだろう。わたしのことを、過去の罪を糾弾しに来た者と見做して、感情を乱すかもしれない。老人のことだから、それが元で万が一のことがあったらどうしようかなどと、わたしはよけいな心配までしていた。

「ええと、竹頼会長との会見に、君も同席する予定なの？」

腰を上げようとしない志水に、わたしは確認した。志水がいたら話がしづらいと思う半面、ここで去られても心細いと感じていた。自分の妻が昔付き合っていた男を精神的に頼るとは我ながら情けないが、今は藁《わら》にも縋《すが》りたい心境なのだ。かろうじて足が震えるような不様な真似は曝《さら》さずに済んでいるものの、体に力が入らずふわふわした感覚なのはどうしようもない。しっかりしろ、と自分を叱りつけたくなる。

「もしお邪魔でなければ、ご一緒させていただくつもりですが。よろしいですか？」

志水は屈託なく答える。わたしは迷ったままに、曖昧に応じた。

「ええと、別に邪魔ってことはないんだけど、そのう、君にとって驚く話が出てこないとも限らないよ。そういうことを竹頼会長も聞かれたくないかもしれないし――」

「祖父の旧悪に関して、ですか」

いたずらっ子のように、志水は目をきらきらさせた。面白がっているようだ。

「祖父がどういう人物で、どういうことをしてきたのかはよくわかってるつもりですから、たいていのことには驚かないと思いますよ。まあ、松嶋さんのお話の邪魔になるようなら、適当なところで退席しますのでご心配なく」

「ああ、そう」

結局、わたしにとって一番都合のいいように話がまとまってしまった。志水はやはり鋭敏で、頭の回転が速いと改めて思う。ただの恵まれたおぼっちゃんとはわけが違った。

そこに、ノックもなしにいきなりドアが開いて、わたしは反射的に椅子から飛び上がった。開いたドアの陰には、上背も肩幅もわたしより遥かにありそうな、屈強な体格の男が立っている。体格だけならとても老人に見えないが、顔の皺と白髪が実年齢を明かしていた。この人物が竹頼剛造なのだった。

「会長の竹頼です」

すっと立ち上がった志水が、わたしに紹介してくれた。剛造は男性秘書らしき人物の介添えで室内に入ってきて、正面のソファに坐る。足取りは確かにゆっくりだが、炯々《けいけい》とした眼光には未だに特別な力があった。周囲を睥睨《へいげい》し他人を威圧する、強い意志に満ちた目だ。

「こちらが明城学園大学の松嶋先生。わたしの古い知人でもあります」

一礼して出ていった秘書の後を受けて、志水は剛造の傍《かたわ》らに立ったまま、わたしのことをそう説明する。わたしはそんな颯爽《さっそう》とした志水とは対照的に、もごもごと自分の名を名乗った。

「どうぞ、おかけください。そんなに緊張なさらなくてけっこうですよ」

剛造の正面で立ち竦《すく》んでいるわたしに、志水は笑いを含んだ声で言った。言われてぎくしゃくと腰を下ろすと、志水もわたしの斜め前に腰かける。剛造の風貌に威圧されたわたしは、志水がいてくれてよかったと心底思った。

剛造はわたしを真正面から見据えたまま、一瞬たりとも視線を逸《そ》らそうとしなかった。日本人は相手の目を見て話すことに慣れていないと言われる。わたしはその典型的小市民型日本人なので、こんなふうに無言で見つめられてはたちまち息苦しくなった。目を合わせることもできず、無意味にテーブルの上に視線をさまよわせる。

「――ふん」

やがて、鼻から息を吐き出すような音がした。ようやく剛造が反応を示してくれたのだ。その音につられて顔を上げると、互いの視線がまともに交錯してしまった。わたしは慌てて目を逸らす。

「これが悠哉の恋敵《こいがたき》か。悠哉が負けた相手と言うから、どんなにいい男なのかと思っていたら、なんとも冴《さ》えないではないか」

あまりに率直な人物評なので、自分のことを言われているとも思えなかった。唖然として、先ほどとは逆に剛造の厳《いか》つい顔を見つめてしまう。太い眉、鉤《かぎ》鼻、四角い輪郭。仕立てのいいスーツを内側から破ってしまいそうな分厚い胸板。志水との血の繋《つな》がりはまるで感じさせないが、これはこれでなんとも印象的な老人だった。

「会長」

志水は苦笑混じりの声で、剛造を窘《たしな》めた。わたしにも顔を向け、すみませんとばかりに小さく頭を下げる。

「それが初めて会う方に言うことですか。もう少し社会常識を身につけていただかないと、広報部長としては大変弱ってしまうのですが」

「ずいぶん偉そうなことを言うようになったじゃないか、悠哉。その広報部長の肩書きは、いったい誰がお前にやったと思っているんだ」

「もちろん会長ですが、ぼくはその肩書きに恥じない働きをしているつもりですよ。ですから会長も、会長として恥ずかしくない言動をとってください」

「ふん」

剛造はふたたび鼻から息を吐き、それきり黙り込んだ。なんと、志水が言い負かしてしまったのだ。乳母日傘《おんばひがさ》で育ったぼんぼんではないと思っていたものの、創業者である祖父を真っ向から窘めて黙らせてしまうとは驚きだ。なんというか、やはり志水はわたしなどとは住む世界が違う傑物なのだと、改めて認識した。

「松嶋さん、本当に失礼しました。人間、年を取ると偏屈になっていやですよね。祖父を見てると、自分は絶対物わかりのいい年寄りになってやろうと決意しますよ」

志水は呆れたように眉間に皺を寄せ、わたしに謝る。そんなことを堂々と言っていいのかと、わたしの方が冷や冷やしてしまった。

「悠哉、他人《ひと》の悪口は本人の目の前で言うな。陰口は陰で叩くものだ」

烈火の如く怒り出すかと思いきや、剛造は存外に穏やかな声で志水に言った。表情こそむっつりとしたまま変わらないものの、言葉にはどこか孫とのやり取りを楽しんでいるかのような響きも聞き取れる。《TAKEYORIファニチャー》の創業者にとって、この優秀すぎるほど優秀な孫はこの上なくかわいい存在なのかもしれないと感じた。

「はいはい、では会長のいないところでたっぷり悪口を言うことにします。そんなことより、松嶋先生は会長にお話があって、お忙しいところをいらしてくれたのですよ。きちんとお相手してください」

「わかっている。松嶋先生とやら、佐脇依彦の手記が見つかったそうだな。そこに儂《わし》の名前が出ていると聞いたが、それは本当かな」

剛造はわたしに視線を戻し、確認した。わたしはしどろもどろになりながら、かろうじて応じる。

「いえ、あの、会長のお名前が出てくるというわけではないのです。会長らしき人物のことが書かれているので、確認させていただきたいと思ったのですが」

「ふん、そんなことではないかと思ったわ。佐脇が儂のことを知っているわけがないのだ」

　吐き捨てるように言った剛造の言葉は、なかなか聞き捨てならなかった。剛造は今、佐脇を知っていると認めたのではないか。

「ええと、つまり会長の方は佐脇依彦氏をご存じでいらっしゃったのですか」

気圧《けお》されているだけでは駄目だ。わたしはなけなしの勇気を振り絞って、その点を質《ただ》した。

だが剛造は、即答しようとはしなかった。値踏みするような目で、わたしを凝視する。

志水は成り行きを面白がるでもなく、真剣な面もちでわたしたちを交互に見比べていた。

「それを訊いてどうする？」

ようやく口を開いた剛造が発した言葉は、こうだった。根本的なことを尋ね返され、わたしは言葉に詰まる。なるほど、わたしはいったい何を確かめたいのだろう。

「佐脇依彦の身に何が起きたのか、真実を知りたいのです」

まず思いつくことを口にした。それだけではとても説明しきれていないのだが、剛造に告げる気にはなれなかった。

「なぜだ？　あんたになんの関係がある？」

「研究者として、事実を確かめたいのです」

そしてわたしを陥れた者の意図と正体を明らかにし、できるなら名誉を挽回《ばんかい》して、もう一度里菜と一緒に暮らしたい。それが、わたしの望みだった。それ以上は何も求めない。

「あの佐脇が研究対象か。世の中には些末《さまつ》なことにこだわる人種がいるものだな」

呆れたように剛造は首を動かすと、初めて茶に手を伸ばした。それを一気に飲み干し、背凭《もた》れに身を預ける。

「条件がある」

「はい」

思いがけない言葉に、わたしは身構えた。剛造は太い指をこちらに突きつけ、言い放った。

「佐脇の手記の中に儂がどう登場するのか、詳しく言うんだ。儂が佐脇を知っているかどうか認めるのは、その後だ」

「はあ」

もはやほとんど認めているも同然だと思うが、話を先に進めるにははっきりとした言質《げんち》が欲しいところだ。しかしそれを語るなら、志水の耳が気になる。いくら祖父が品行方正な人生を送ってきたわけではないと知っていても、聞きたくない話ではないだろうか。剛造自身も知られたくないに違いない。

そんな思いで志水の顔をちらりと見ると、剛造も志水も同時にわたしの気持ちを察したようだ。剛造は顎をしゃくって、「席を外せ」と命じ、志水自身も素直に応じて立ち上がる。

「後ほど」

志水は小さく言い添えて、そのまま部屋を出ていった。わたしはついに剛造とふたりきりで向かい合うことになった。

「さあ、話せ」

剛造はせっかちに促した。わたしも覚悟を固め、口を開く。

「佐脇は手記中で、大柄な人物に路上で絡まれ、暴力を振るわれて大怪我をしたと書いています。そして佐脇の友人の長谷川という人も、どうやら同じ男に殴られて怪我を負わされたようなんです。その長谷川さんが、会長の顔写真を経済雑誌で見て、自分を殴った男だと思い出しました。そこでわたしは、失礼を承知の上でこうしてお邪魔している次第です」

「経済雑誌でか。はっ。世間に顔を出しても、ろくなことはないな」

剛造は自嘲《じちょう》するように言った。わたしは恐る恐る確認する。

「つまり、佐脇と長谷川さんを殴ったのは自分であると、お認めになるのですね」

「それくらいは認めてやってもいい。儂は若い頃、何十人何百人と殴って金を稼いだ。そのうちのひとりふたりが儂の顔を憶えていたとしても、ちっとも驚くことではないさ」

「佐脇との関わりはそれだけですか？　それ以上の恨みを抱いていたということはないですか」

「そんなことが、文学の研究に関係あるのか」

「わたしにとっては切実な問題です」

「よくわからんな。あんたと佐脇はどういう関係だ」

「つい先日までは、何も関係ありませんでした。しかし今は、佐脇の問題はわたし自身の問題でもあります」

「どういうことだか話してみろ。それ次第で、教えてやらないでもない」

言われて、わたしは迷った。わたしを嵌《は》めた相手の正体が知れない状態で、素直に手の内を明かしていいものだろうか。剛造がわたしの味方になってくれるという保証はどこにもないのだ。

「……わたしは、何者かに騙されたのです。その人物の正体を探り、自分の名誉を取り戻すためにも、佐脇に何が起きたのか知る必要があるのです」

「何者かに騙された？　それが佐脇となんの関係がある？」

「詳細はご勘弁ください」

わたしは低頭した。剛造は三たび鼻から息を吐く。

「自分は何も語らず、相手にだけ喋らせようというのか。いい根性だ。だがな、学者先生。そんなことで人の秘密が探り出せると思ったら大間違いだぞ。認識を改めて、もう一度出直してこい」

「つまり、佐脇との関係については教えていただけないのですね」

「当然だ。いいか、先生。人間にはそれぞれ過去がある。楽しい思い出もあれば、二度と思い出したくない辛い記憶もあるんだ。あんたは過去をつっこうとしている。その結果、古傷を抉《えぐ》られるような思いを味わう人間が何人も出てくるかもしれないんだぞ。それがわかった上で、あんたは佐脇のことを調べているのか？」

「辛い記憶、ですか」

この屈強な体格の老人も、過去の辛い記憶を引きずって生きているのだろうか。それはやはり、春子に関することなのか。わたしは剛造の言うことを痛いほど理解しながらも、あえて無神経を装わなければならなかった。

「それは妹さんである竹頼春子さんに関する記憶ですか？」

思い切って切り込んでみると、剛造の人相が一瞬変わった。それまでの傲慢《ごうまん》な態度も、社会と接するために必要な仮面だったと思わせるほど、それは恐ろしい表情だった。わたしは身が竦み、呼吸すら忘れた。

「帰れ。二度と儂の前に姿を見せるな」

地の底から響くような声で言うと、剛造は大儀そうに立ち上がった。ドアを開けると、外で待っていた男性秘書がさっと肘《ひじ》に手を伸ばし、歩くのを助ける。わたしはただそれを見送るしかなかった。

28

剛造と入れ違いに、すぐ志水が戻ってきた。珍しく顔を曇らせた志水は、心配げに
「祖父がご無礼を働かなかったでしょうか」と尋ねる。わたしは「いや」と小さく首を振った。

「無礼なのは、たぶんこちらの方だ。竹頼会長が怒ってしまうのも、ある意味当然だと思うよ」

「松嶋さん」

志水は先ほどまでの位置に坐り直すと、身を乗り出してわたしを真っ向から見た。いくら惚れ惚れするほどいい男でも、至近距離に顔を近づけられては何事かと思う。つい気圧され、わたしは身を引いた。

「な、何かな」

「松嶋さんが調べていること、ぼくにも教えてもらえませんか」

「えっ」

志水としては中途半端に聞きかじるだけでは好奇心が満たされないのだろう。それはわかるのだが、志水の真剣な面もちはただの好奇心だけで浮かべられるものではなかった。祖父とわたしの関係を、心底案じているのが感じ取れる。

「いや、あの、君には骨を折ってもらったことだし、話すこと自体はかまわないんだけど、でも五分や十分で済む話じゃないよ」

「なら、そうだな」

呟いて、志水は懐から電子手帳を取り出した。それを細いスティックで何度かつついて、「うん」と頷く。予定を確認しているようだ。

「今日この後、二時間ほどちょうだいできないですか。よかったら、一緒にお食事でも」

「えっ、君と？」

人生には予想もしないことが起きると、わたしはここ半年あまりの間にいやというほど学んだつもりだった。しかしそのわたしにしても、まさか志水とふたりで食事をする局面が生じるとは、つい数瞬前まで夢想だにしなかった。まったく、人生には思いがけないことが起こるものだ。

「はい。あまり気が進まないでしょうけど、ぜひとも」

強く言われて、わたしも邪険にはできなくなった。どこかで志水の好意に応えなければならないなら、今がそのときだと考えた。

「うん、ぼくは大丈夫だよ。暇を持て余している身だから。君こそ、忙しいんじゃないのかい?」

「なんとかやりくりします。二時間で失礼して社に戻らなければなりませんが、ご勘弁いただけますか」

「それはかまわないよ。かえって申し訳ないね」

「いえ、こちらこそ」

軽やかに言うと志水は、内線電話で店の予約を指示していた。志水の行きつけの店ならば高いのではないかと不安になったが、奢《おご》ってくれるつもりならそれはそれで気が重い。その辺の居酒屋でちょっと一杯、とはいかないかなと本気で思った。

「男同士ですから、たいそうな店はやめておきましたよ。気軽に飲んで食べる店にしておきました。六時から予約しましたから、さっそくタクシーで移動しましょうね。一緒に応接室を出て、
すっかり志水に主導権を握られ、わたしはただ頷くだけだった。一緒に応接室を出て、一階ロビーまで下りる。社屋正面に黒塗りのハイヤーでも停《と》まっているんじゃないかと危ぶんだが、幸いにもそこまで大袈裟なことはしていなかった。路上に出て、志水は通りかかったタクシーを捉まえる。

「さあ、どうぞ」

先に乗れと促されてしまった。恐縮しつつも、言われたとおりに乗り込む。志水は運転手に、新宿の高層ビルに行くよう指示した。車が走り出すと、わたしを見て軽く微笑む。

「うちの会社が法人会員になっている店があるんですよ。会員料金で安く食べられますから、今日は奢らせてください」

「なんだか申し訳ないね。こちらの都合で押しかけて、その上食事までご馳走《ちそう》になるとは」

自分の分は自分で払うと強く言えないところがなんとも辛い。相手が志水だからいやだというわけではなく、他人から奢られるのはどうも落ち着かないものだ。日頃はあまり気にしないが、こんなときはやはり貧乏が恨めしい。

新宿に着くまでは、互いに本題を避けて、当たり障りのないことを話した。現在自分がどんな仕事をしているのかを、それぞれざっと説明する。志水の仕事が雑誌取材だのCM撮影だのと華やかなのに比べ、わたしの日常は至って地味である。その上講師の職さえ今や危ういときては、もはや羨ましいのを通り越して笑うしかなかった。

そうこうするうちに目的地に着き、志水はわたしをエレベーターで店まで連れていった。高層ビルの最上階に位置するその店は、わたしひとりでは気後れしてとても入れそうにない雰囲気だった。照明をあえて絞り、窓の外に見える夜景を楽しめるようにしてあるらしい。女性を連れてきたらムード満点と言いたいところだが、店内にいるのは社用族らしく、スーツ姿の男性ばかりだった。

わたしたちは窓際の席に案内された。すでに注文は済ませてあるらしく、アルコールのメニューしか出てこない。わたしが遠慮してビールを頼むと、志水も同じものを希望した。運ばれてきたグラスを合わせ、口をつける。そのとき初めて、喉《のど》がからからに渇いていたことに気づいた。一気に半分飲み干してしまう。

「まず、ぼくの方からお話ししましょうか。春子というのは、やはり祖父の妹でした」

そんなふうに志水は切り出した。いきなり重要な情報を与えられ、わたしは面食らう。

「ぼくが会ったことないのは当然でした。春子は終戦直後に亡くなっていたからです」

「終戦直後に？」

時期的に、佐脇の手記と重なる。やはり何か因果関係があるのではと、反射的に考えた。

「死因はなんなんだろう。そこまではわからないか」

無理を承知で訊き返すと、志水は硬い顔で答えた。

「狂死、と聞いています」

「きょうし？」

音だけでは言葉の意味がわからなかった。きょうしきょうし、と頭の中で繰り返し、ようやく「狂死」という漢字に思い至る。わたしはその禍々《まがまが》しい響きに愕然《がくぜん》とした。

「狂い死に、ということか」

「はい、どうもそのようですね。ぼくは母から聞いたのですが、情報を繋ぎ合わせるとそういうことになりそうです」

「なんだってまた、そんなことに……」

会ったこともない人の話とはいえ、痛ましいことに変わりはない。佐脇の行動が春子を狂死に追いやった遠因となったのなら、復讐《ふくしゅう》する側の気持ちの一端は見えてきそうな気がした。

「理由まではわかりませんでした。母自身も、おそらく知らないのでしょう」

「君のお母さんが、竹頼会長の娘さんなのかい？」

「そうです。ぼくの父は入り婿《むこ》ではありませんが、母と結婚したことで《TAKEYORIファニチャー》の社長になったのですから、いわばマスオさん状態ですね」

そう言って、志水は笑う。志水の父が竹頼一族の中でどういう立場にいるかまではわからないが、ともあれ志水の母が竹頼剛造の最近親者であることは確かだ。その母が知らないのなら、当時のいきさつを知るのは剛造しかいないのだろう。

「そうか。でも、春子さんがどのようにして亡くなったのかわかっただけでもありがたい。じゃあ、今度はこちらが話す番だね」

オードブルが運ばれてきたので、わたしはそれを食べながら順を追って話し始めた。志水はよけいな口を挟まず、ただこちらの話に耳を傾けている。ちょうど皿の上のものがなくなった頃に、取りあえずわたしが何を調べているかの説明は終わった。手記が贋物だったことまでは、志水が気を揉《も》むだろうから省いた。

「――なるほど。つまり佐脇依彦を自殺にまで追いやった張本人は、祖父である可能性があるわけですね」

志水は得心がいったように、最後にまとめた。わたしは申し訳ない思いでいっぱいになる。

「君のおじいさんを悪く言うようで、気が引けるよ。お詫びする」

「祖父は祖父、ぼくはぼくですから、頭を下げる必要なんてありませんよ」

低頭したわたしに、志水は頭を上げるよう言った。こんな話をする相手が志水でよかったと思ったが、それは甘えなのだろう。ここに至ってようやく、剛造の言葉の意味が理解できた気がした。過去を探って波風を立てることは、意図する以上に大きな波紋を呼ぶのだ。これではまるで、佐脇のしたことと同じではないか。

「佐脇依彦の死の理由を調べることが、松嶋さんにとっては重要なんですね。ですが、それが祖父の仕業だと判明した場合、祖父の立場はどうなるのでしょう。松嶋さんは実名を挙げて発表するのですか」

「もちろん、そんなことはしないさ」

わたしは慌てて否定した。志水の心配はもっともだ。逆に、よくまあそんなに穏やかな態度を保てるものだと感嘆する。

「普通の文学研究なら、そこまで調べる必要はないんだ。でもわたしの場合、俗な話だけどどうしても名を売る必要があった。娘と一緒に暮らしてないって話は、この前もしただろ。別にそれはわたしが望んだことじゃなく、やむを得ずそうしているだけなんだ。だからわたしは、実績を上げてポジションを得て、また娘と暮らしたいと思ってるんだよ。そんなことは君にも、君のおじいさんにも関係のないことだから、それで迷惑をかけられたらたまらないだろうけど」

わたしが一気に言うと、志水は驚いたように目を見開いた。何か言うかと思ったが、なかなか口を開かない。次に運ばれてきた冷製スープを、わたしたちは無言で飲むことになった。

「……ぼくは、どうしたらいいんでしょうね」

飲み終えてナプキンで口許《くちもと》を拭《ふ》くと、志水はぽつりと言葉を吐いた。まだ飲みかけだったわたしは、スプーンを口に運ぶ途中で止めてしまった。それほど志水の口振りには、複雑なニュアンスがあったのだ。

「もし祖父がそんなにも悪辣《あくらつ》なことをしていたなら、その理由が知りたい。でも隠された事実を明らかにすれば、もう知らん顔もできない。松嶋さんに協力したい気持ちは山々なんですが、ぼくも《TAKEYORIファニチャー》の人間だ、どうすればいいのか今すぐには判断がつきませんよ」

「君に負担をかけるのは本意じゃないんだ。そんなふうに板挟みになるくらいなら、今の話は忘れて欲しい」

我ながら、都合のいいことを言っているという自覚はあった。わたしは志水の厚意につけ込み、利用して、挙げ句苦しめてしまったのだ。いくら人生がかかっていたとはいえ、許されないことだろう。せめて今後は志水の手を煩《わずら》わせないようにするべきだと、固く心に誓った。

「首を突っ込んだのはぼくですから、松嶋さんが引け目に感じる必要はありませんよ。ちょっとぼくの言い方が悪かったですね」

まるで志水は読心術でも使えるかのように、そんなことを言った。こうまで的確に相手の心が読める人を、わたしは他に知らない。心を見透かされるのは不愉快なことのはずだったが、相手が志水だと不思議と腹も立たなかった。

「松嶋さん、二度目にお会いしたときのことを憶えていますか？」

志水は唐突に言った。なぜそんなことを言い出したのかわからなかったが、ひとまず聞いておくことにする。

「もちろん、憶えているよ」

答えると同時に、わたしの思い出の箱の蓋が開いた。ここには咲都子と過ごした日々のすべてが入っている。もう外に出したくない苦い過去もあれば、何度も取り出して眺めたい思い出もあった。ひとつだけ言えるのは、この箱の中身はどれひとつとしてなくしたくないということだ。忘却の魔の手から、わたしは一生この箱を守るつもりでいる。

志水と二度目に会ったのは、咲都子と付き合いだしてちょうど半年くらいの頃だろうか。わたしたちはふたりで映画を観に行き、その感想を語り合うために喫茶店に入ろうとしていたところだった。映画はたわいもないラブストーリーで、絶対に大ヒットなどしないだろうと思わせる小品だったが、それ故に自分たちだけがこの面白さを知っているという共有感が得られて、なかなか満足だった。わたしは早く咲都子と、あのシーンやこのシーンの感想をぶつけ合いたいと思っていた。

先に志水を見つけたのは咲都子だった。並んで歩いていた咲都子が足を止めたのでわたしも立ち止まり、彼女の視線の先を見た。そして、雑踏の中に志水の姿を見た。

志水もこちらに気づき、ばつが悪そうな表情を浮かべた。志水は連れもなくひとりで、咲都子はわたしという男と一緒にいるのだから、気まずいのは咲都子の方だろう。それなのに戸惑っているのは志水で、咲都子は堂々としたものだった。

『久しぶりね、志水君』

気づかなかった振りをして別れるには、距離が近すぎた。どちらかが声をかけなければならなかっただろう。その役割を、咲都子は敢然《かんぜん》として受け入れた。

『あ、ああ、麻生さん。偶然だね。びっくりしたよ』

志水もまた、覚悟を決めたようだった。わたしさえいなければもっと穏当な再会になっただろうにと、ふたりに気の毒に思いつつ、わたしもまた居心地悪く感じていた。

『元気？　あまり変わらないみたいね』

咲都子だけが、ひとり自然に振る舞っていた。作っているのではなく、場の空気を的確に把握して最も望ましい態度をとれるのが咲都子だった。わたしはそういう頭のよさに惹《ひ》かれたのだ。

『そうだね。サラリーマン生活もすっかり板についたよ』

志水はそんなふうに言って苦い笑みを浮かべたが、見た目は普通のサラリーマンとはほど遠かった。初めて会ったときには相手の用件に面食らってまったく気に留めなかったが、このときにようやくわたしは志水の卓越した容姿に気づいた。サラリーマンどころか、芸能人かファッションモデルのようではないか。いい男だという印象はあったものの、まさかこれほどとは。綺麗な男になど、生まれて初めてお目にかかった。

『紹介するわ。明城学園大学の松嶋さん。講師をやってるの』

咲都子はこちらをちらりと見て、そう紹介した。わたしはすかさず、頭を下げる。

『初めまして。松嶋です』

わたしの挨拶に、志水はほんの一瞬、目に驚きの色を浮かべた。だがすぐにそれを隠して、『初めまして』と言う。

『ええと、デートだったかな。ごめんね、邪魔して』

志水は視線を転じて、咲都子に語りかけた。咲都子は軽く首を振る。

『偶然なんだから、仕方ないわよ。でも元気そうな志水君に会えてよかったわ』

『ぼくもだ。麻生さんが変わってないとわかって嬉しいよ』

『こういう性格だからね。ごめんね』

『謝ることはないよ。じゃあ』

志水は長々と話し込むことなく、わたしに軽く会釈するとあっさり去っていった。心なしかその足取りが速いようにも思えたが、わたしの気のせいかもしれない。

咲都子とともに歩き出したが、どうしても今のひと幕に触れないわけにはいかなかった。咲都子に説明させたくなかったので、わたしの方から切り出した。

『ずいぶんかっこいい人だねぇ。びっくりしちゃったよ。通り過ぎる女の人が、何人も振り返ってたじゃない』

『そう？　気づかなかったな』

気づいていないわけはないと思うのだが、咲都子は興味なさそうに答えた。むしろわたしの方が、志水に多大な興味を抱いていた。どうしてあれほどの男と別れてわたしを選んだのかと、このとき初めて疑問が湧いたのだ。

『みんな振り向いてたよ。男が振り返るいい女ってのは聞いたことあるけど、女が振り返る男ってのはすごいな。あれであの人、サラリーマンなの？』

『別にサラリーマンに顔は関係ないでしょ』

『そりゃそうだけど、でもあれだったら芸能人にもなれるんじゃない？』

『あの人、《TAKEYORIファニチャー》の御曹司なのよ。いずれ社長になるんだから、芸能人になんてなれるわけないわ』

『えっ』

本当の意味で絶句することなど、人生に何度あるだろう。そんな珍しい経験を、そのときのわたしはした。誰もが振り返るいい男だというだけでなく、将来を約束された大企業の御曹司とは、まるで作り話のようではないか。咲都子はそんな男と付き合っていたのか。

『あ……、ええと、あのう、なんだかすごいね。さぞかしもてるんだろうなぁ』

『そうみたいね』

あくまで咲都子は素っ気なかった。あまりこの話題に触れて欲しくなさそうだったが、もうわたしは止まらなかった。焦っていたのかもしれない。

『君だっていいと思うだろ。ぼくが女だったら、ああいう人と付き合いたいよ』

おそらく咲都子は、その言葉でわたしがふたりの過去に気づいているとわかったのだろう。黙り込み、相槌を打とうとはしなかった。わたしは咲都子の気持ちを察してはいても、自分を抑えられなかった。若かったのだ。

『かっこいいよなぁ。惚れ惚れするなぁ』

『真ちゃんの方がいいよ』

咲都子はぼそりと言った。その声はわたしの耳に届いたのに、すぐには意味が理解できなかった。

『えっ、何？』

『真ちゃんの方がずっとかっこいいって言ったのよ』

『おいおい、誉めてくれるのは嬉しいけど、いくらなんでもそりゃないだろう。ぼくだって、自分がどんな顔をしてるかくらいよくわかってるよ』

『別にお世辞じゃないわ。本気で言ってるんだから』

『無理しなくたっていいって』

『何言ってるのよ！』

咲都子は突然怒り出した。わたしは呆気《あっけ》にとられる。

『お世辞でも無理でもないの！　あたしは理想が高いんだからね。知らなかったの？』

咲都子はすっかり臍《へそ》を曲げて、歩くペースを速めた。わたしはその後ろを慌《あわ》てて追いかけなければならなかった。

——あのときから比べても、志水はさらにいい男になっていると思う。それに引き替えわたしは、うだつの上がらない万年講師だ。理想が高いという咲都子の言葉は、やはり冗談の種にしかなっていない。

「ぼくは、松嶋さんに借りがあるんです」

志水は生真面目《きまじめ》な表情だった。わたしは依然として、志水が何を言っているのかわからなかった。

「借り？　なんのことかな」

「偶然ばったり会ったときのことですよ。あのとき松嶋さんは、ぼくと初対面の振りをしてくれたじゃないですか」

「あ、ああ。そうだったね」

「感謝しました。ぼくが松嶋さんの顔を見に押しかけたなんて咲都子さんが知ったら、たぶん一生軽蔑《けいべつ》されていたはずなんです。ぼくは咲都子さんに軽蔑なんてされたくなかった。だからあのときは、そのまま逃げてしまおうかとすら思ったんですよ」

「間が悪かったよな」

わたしたちは互いに目を見交わし、思わず苦笑した。苦笑以外に、今この場に似合う表情はなかった。

「それなのに松嶋さんは、ぼくのことなど知らない振りをしてくれたでしょ。別にぼくに義理なんかないのに、会いに行ったことを秘密にしてくれたじゃないですか。あのときのこと、ずっと感謝してたんです」

「そんな、感謝されるようなことじゃないよ。正直に言えば、ぼくだってデート中に君と会っちゃって、気まずかったんだ」

「それでも、借りは借りです。返す機会なんてないだろうと思っていたけど、ぼくは忘れてませんでしたよ」

「わざわざ返してもらうような借りじゃないって」

「いえ、それは松嶋さんがぼくの気持ちをわかってないからです。ぼくはずっと借りを返したいと思っていた。そうしたら、こんな形で思いがけなく再会した。だからぼくは、できる限り松嶋さんの力になりたいんですよ」

「うーん、君も義理堅いね」

ありがたい話だが、少し大袈裟な気もした。志水は生真面目な男だ。

「そういうわけで、松嶋さんが引け目に感じることはないんです。できる限り、お手伝いさせてください。ただその前に、ぼくの方が気持ちと状況を整理しなければなりませんけど」

「竹頼会長と引き合わせてもらっただけで、もう借りは返してもらったよ。後は自力でなんとかするし、君の力を借りたいときには遠慮なく言うことにする」

「ぜひそうしてください」

志水はやっと微笑んで、喉の渇きを癒すようにビールを飲んだ。それにつられて、わたしも喉を潤す。すっかり気が抜けたビールは、ただ苦いだけだった。

29

講師控え室でわたしを見つけた山崎は、例によって気の抜けたビールのような口調で「やあ」と言った。

「元気？」

「元気なわけないだろ。少しは頭を使って話しかけてくれ」

わたしは悪態をつく。だがこの浮世離れした喋り方を聞くと、ささくれた心が少し穏やかになるのは事実だった。

「元気じゃないのかぁ。ということは、事態は何も変わってないわけ？」

「なんにもしてないわけじゃないんだけどな」

「努力してるんだね。偉い偉い。じゃあ、ちょっとその話を聞かせてよ。作戦会議しよう」

「偉い偉い、ってねぇ。他人事《ひとごと》だと思いやがって」

緊迫感のかけらもない声を聞いていると、自分の感じている焦りが馬鹿馬鹿しくなってくる。わたしは立ち上がって、「行くぞ」と顎をしゃくった。

「えっ、どこに？」

「池だよ。ここじゃ話ができないから、移動しよう」

ちらりと青井さんに目をやると、彼女はこちらの話などまるで気に留めていない様子でパソコンに向き合っている。だが他の講師も来るこの部屋では、いくら青井さんが知らん顔をしてくれていても詳しい話はできない。誰もいないところで話すなら、池に行くしかなかった。

「池かぁ。あそこは藪《やぶ》っ蚊《か》が出るからいやなんだよな」

ぶつぶつ言いながらも、山崎はついてくる。わたしたちは校舎を出て、池へのスロープを下りた。

案の定、薄暗い池の周囲に先客はなかった。わたしは橋を渡り、中央の小島のベンチに腰を下ろす。山崎も隣に坐った。

「それで？　何をやったの？」

珍しく山崎の方から問いかけてくる。こいつなりにわたしのことを心配してくれているのだろう。

わたしは小松と電話で話したことから始め、長谷川医師に手記を見せたこと、竹頼剛造との面会が叶ったこと、だが相手から重要な話を引き出すことはできず、すごすご退散したこと、そして志水と食事をしたことまで、逐一語って聞かせた。山崎は「ふんふん」だの「ほうほう」だのと、本当に聞いているのか疑問に思うような相槌を打つ。

木のうろに向かって喋っているような気分で、わたしは締め括《くく》った。

「……というわけで、過去の事件に関しては竹頼会長が鍵を握っているのは間違いないとしても、そのことが今のおれにどう関わってくるのか、それはさっぱりわからないんだ」

「大変だねぇ」

他の人間が口にしたらカチンと来るような太平楽な台詞を、山崎はしゃあしゃあと言ってのける。わたしは怒る気にもなれなかった。

「大変なんだよ」

「大変だ」

「……」

「……」

「――で、何か助言はないの？」

「助言？」

不思議なことを言われたように、山崎は小首を傾げる。こんな山崎のペースには慣れているつもりだったが、さすがに力が抜けた。

「作戦会議を開こうって言ったのはお前じゃないか。一緒に考えてくれるんじゃないのか」

「ああ、そうか。じゃあ考える」

山崎はそうほざいて、本当に考え込んでしまった。わたしは自分がなぜここにいるのかと、哲学者の如《ごと》く悩んだ。

「ちょっと整理しようか」

と、山崎は至ってまともなことを言った。わたしは驚いて、居住まいを正した。

「おお、整理しよう」

「まず、長谷川さんが言っていたということ、麻生教授が君を騙してるんじゃないかってことだけど、それはあり得ないよね」

「まあなぁ。おれだって本気で麻生教授を疑ってるわけじゃないよ。でも、自分でもちゃんと裏づけを取るべきだったとは思った。だから、長谷川さんから手記を返してもらったら、鑑定に出すつもりだよ」

「それはいいけどね。慎重なのはいいことだ」

山崎は偉そうなことを言う。だが慎重さを欠いたせいで今の窮地があることを思えば、わたしに反論は難しかった。

「次。増谷さんの目的について」

「さん、なんてつけなくていいよ。増谷で充分だ」

「まあまあ、そう怒らないで。で、増谷さんはなぜか、松嶋くんと竹頼会長を会わせたかったようだね。そのためにインタビューなんて口実まで作って、君を《TAKEYORIファニチャー》に送り込んだ。それはどうしてなんだろう」

「増谷一派も、佐脇を嵌めた人物の正体が知りたかった、とか?」

「そう思うよね。でも実際には、増谷さんは《TAKEYORIファニチャー》にコネクションがあった。コネクションがあったんなら、自力で調べることも可能だったんじゃないかな」

「そうなんだよ。そこはおれも変だと思った」

疑問に感じてから、ずっと考えていることではある。だがこれという解釈は、まだ浮かんでいなかった。

「なんだかさ、松嶋くんと竹頼会長を会わせることそのものが目的だったようでもあるよね」

「会わせることそのもの?」

「あるいは、竹頼会長自身が会いたがっていた、とか」

「どうして？」

山崎が重要なことを示唆しているような気がしたが、それでも何が言いたいのかよくわからなかった。

「うん、単なる思いつきなんだけどね。でもその場合、竹頼会長が君を陥れた黒幕ってことになるかな」

「そんなわけないだろ。だっておれと竹頼会長の間には、利害関係なんてまったくないんだから。向こうはおれの名前すら知らなかったと思うぞ」

「そうかな。だって松嶋くんは、竹頼会長の孫と知り合いだったんでしょ」

「知り合いって言ったって、面識があるって程度でしかないんだぜ」

「そもそも、君とその志水さんはどういう関わりなのさ」

訊いて欲しくないことに、山崎は遠慮なく触れてくる。気が進まなくても、ここまで来たら話さないわけにはいかなかった。

「――咲都子が昔付き合ってた男だよ。偶然ばったり出くわしたりして、何回か顔を合わせたことがあったんだ」

「昔付き合ってた？　あらあ、なんだかびっくりする話が飛び出してきたね」

ぜんぜんびっくりした様子もなく、山崎は淡々と言う。わたしは口をへの字に曲げた。

「咲都子のプライベートなことだからな。あんまり言いたくなかったんだ」

「でも、それは重要なデータじゃない。そんな大事なことが欠けてたら、推理が成立しないよ」

お前は名探偵か。わたしは内心で突っ込む。

「だから話したじゃないか。言うまでもないけど、他言無用で頼むぞ」

「もちろんだよ。でも、もうちょっと訊かせて。咲都子さんは君と付き合い始めたとき、もう志水さんとは別れてたの？」

「らしいけどね。でも実際のところは、おれと知り合ったから別れたらしいよ」

「もしかして、咲都子さんの方から志水さんを振ったの？」

「そうなんじゃないの」

やけっぱちになって、わたしは応じる。山崎は今度こそ本当に驚いたらしく、目を丸くした。

「すごいねー、咲都子さん。立派」

「どういう意味だよ」

「じゃあさ、竹頼会長には君を陥れる動機があるじゃない。孫の復讐っていう」

「はあ？」

いったいこいつは何を言い出したのかと、わたしはまじまじと顔を見つめてやった。見つめられる当人は、至って涼しげな表情だったが。

「咲都子さんに振られて、志水さんは深く傷ついた。それを知った竹頼会長は、孫のために恋敵にお灸《きゅう》を据えてやろうと思った。っていう動機はどう？」

「あのなぁ。それ、本気で言ってるのか」

「本気だけど」

「大の大人がそんなことするかよ。しかも何年も経ってから」

「うーん、時間の経過を言われると弱いね」

「だいたい、その程度のことにこんな手間暇《ひま》かけるか。それに、竹頼会長自身の過去の悪行が明らかになるかもしれないんだぞ。そうまでして、孫が女に振られたことの敵《かたき》なんかとるかよ」

「そう言われてみれば」

言われる前に気づけよ。わたしは激しく脱力する。

「お前に相談したおれが馬鹿だった」

「そんなこと言わないでよ。また別のことを思いついたからさ」

「今度はなんだよ」

わたしはまったく期待せず、促してみた。すると山崎は、度肝を抜くことをさらりと言った。

「黒幕が竹頼会長だと考えるから、おかしくなるんだ。志水さんが黒幕なら、辻褄《つじつま》が合うじゃない」

「なんだって！」

愕然として、わたしは口を開けたまましばし硬直した。そんなことは考えてもみなかった。

「だってさ、孫の恨みだと考えるから大袈裟に思えるんで、当人にとっては重大事でしょ。志水さんが君に嫌がらせするなら、特に不思議なことじゃないんじゃない？」

「ちょっと待て、ちょっと待ってくれ。頭を整理するから」

わたしは手を挙げて山崎を抑えてから、考えてみた。そんなことがあるだろうか。

「それにしたところで、どうして今なんだ。恨みを晴らすには遅すぎるじゃないか」

「たまたま佐脇依彦の手記を入手して、それを利用できると考えた。という推理はどうかな？」

「祖父の旧悪を暴露しても、か」

「旧悪といったって、証拠はないし、どうせ時効でしょ。松嶋くんが騒いだくらいじゃ、世間は相手にしないって」

「まあ、それはそうだが」

あまり考えたくなかった。あの志水がわたしを陥れるなんて。

「――お前は志水を知らないからそんなことを言うんだよ。あいつはそういう人間じゃないんだ」

「人は見かけだけじゃわからないよ」

世間知らずのくせして、わかったふうなことを言う。わたしは軽く山崎を睨みつけてやった。

「わかるんだよ。志水に限って、そんな悪辣《あくらつ》なことはしないさ」

「ふうん」

山崎はまるでこちらの言葉など信じていないようだった。志水を疑われたことは、わたしにとって不愉快だった。

「考えられることはそれだけか？　名推理だったけど、いささか的外れだったな」

「ぼくはそうは思わないけど」

「的外れさ。志水が黒幕だなんてな」

わたしがきっぱり言うと、山崎はまるで珍しいものを見るかのように、正面から視線を向けた。

「なんだよ」

「あのさ。話変えていい？」

「あ、ああ、いいけど」

山崎の思考回路にはとてもついていけない。なぜこのタイミングで話を変えるのか。

「咲都子さんが松嶋くんを選んだのは、きっとそういうところが好きだったからなんだね」

「は？」

わたしはたっぷり一分くらい、口をぽかんと開けていたと思う。人の意表を衝《つ》く言動をとることにかけては、山崎の右に出る者はいない。

「君の美点だと思うなぁ。ぼくも好きだよ」

「……そ、そりゃどうも」

わたしはぎこちなく頭を下げる。山崎は立ち上がって、ぱんぱんと腰の汚れをはたいた。

「取りあえず考えつくことはこの程度かな。もっと材料が揃《そろ》ったら、また話を聞かせてよ」

「ああ」

すっかり毒気を抜かれて、わたしも立ち上がった。ふたり並んでスロープを上がり、講師控え室に戻る。

中に入ると、青井さんが立ち上がってわたしにメモを渡した。わたし宛《あて》の電話があったという。礼を言ってメモに目を落とし、愕然とした。メモには「井口《いぐち》」という名前が書かれていたのだ。

30

「井口？」

思わず声に出した。記憶の底を浚《さら》って、そういう名前の知り合いがいたかどうか確かめる。だが大昔ならいざ知らず、記憶に残る範囲では井口という知り合いなどいなかった。その名を聞いて真っ先に思い浮かべるのは、やはり佐脇の手記中に登場する復員兵だけだった。

「ええと、青井さん。これ、どういう感じの人だった？」

これは重大な電話だと、直感が訴えていた。こちらの口調にただならぬ気配を感じたのか、青井さんはてきぱきと応じてくれる。

「あまり若くない声の男性でした。松嶋先生とお話をしたいそうです」

「電話は、ついさっきなんだね」

メモには受けつけた時刻と、先方のものらしき電話番号が書いてある。わたしの確認に、青井さんは黙って頷いた。

ならば、今かけ直せば繋がるかもしれない。わたしは後先を考えず、受話器を取り上げた。山崎は興味津々といった体で、隣に腰を下ろす。

番号は携帯電話のものだった。繋がることを祈りながら受話器を耳に当てていると、呼び出し音が鳴る。そして、機械の声ではない応答があった。わたしは勢い込んで話した。

「恐れ入ります。わたくし、松嶋と申しますが、つい先ほどお電話をいただいた井口さんでしょうか」

「ああ、はい、井口です」

なるほど声は、あまり若くなかった。四、五十代かと思わせる、渋みのある声だ。わたしは徐々に緊張を覚え始めた。

「こちらからかけ直そうと思っていたのに、恐縮です。少しお話しさせていただいてよろしいでしょうか」

井口某《ぼう》は物腰が丁寧《ていねい》だった。わたしに否やはない。

「もちろん、かまいません。どんなご用ですか」

「不躾な電話で申し訳ありません。実はわたし、松嶋先生の発表された論文を読みまして、それでお電話をさせていただいたのです」

やはりそうか。キャッチセールスの類《たぐい》などではなく、あの手記が絡んでいることなのだ。

「わたしの娘婿《むすめむこ》がですね、たまたま国文をやっていまして、先生の論文の載った学会誌を購読していたのです。そこにどうも、わたしの父のことが書かれているようだということで、教えてくれたのですよ」

「父？」

どきんと心臓が高鳴った。ではこの人物は、復員兵の井口の息子なのか？

「はい。佐脇依彦という小説家の残した手記に出てくる復員兵が、どうやらわたしの父らしいのです」

「し、しかし、手記中で井口氏の妻子はすでに亡くなっていたと書かれていましたが」

「いえ、生きていたのです。わたしも母も」

井口氏は苦笑混じりの声で答えた。それはそうだろう。お前は死んでいるんじゃないのかと問われても、なんと答えればいいのか。わたしは自分の言葉の愚かさを悟った。

「終戦直後の混乱期には、よくある話だったようですね。間違った情報で家族が生き別れになるなど、珍しくもなかったようです。お蔭《かげ》でわたしは、父の死に目に会えなかった。それこそ珍しくもない話ですし、どうせ当時のわたしは四歳だ。会っても憶えていなかったでしょうから、そのこと自体は特に残念ではないんですけれども」

とっさには、応じる言葉が見つからなかった。気の毒に、と思ったのではなく、思いがけない成り行きに戸惑っていたのだ。

「ただ、自分が孫を持つような年になってみると、やはり父のことが気になってくるのです。どういうふうに生きたのか、どのようにわたしと母を捜したのか、その詳細を知りたい。そんなことを思っているときに、松嶋先生の論文を読んだのです。どうやら松嶋先生は、わたしの父の死を記した資料をお持ちのようだ。そこで不躾とは思いましたが、できたら詳細を伺わせていただきたいと考えたわけです。いかがでしょうか」

「詳細を——」

佐脇の手記の存在を発表すれば、なんらかのリアクションがあるだろうことは予想していた。しかしまさか、死んだと思われていた井口の息子から連絡があるとは想定しなかった。わたしは己の置かれている現状を思い、返事に窮《きゅう》した。

「いかがでしょう。可能であれば直接お目にかかり、お話を伺わせていただければと思うのですが」

わたしの沈黙を不都合と受け取ったのか、井口の口調が少し伺い加減になる。わたしは慌てて言い繕《つくろ》った。

「もちろん、それはかまいません。ですが、ちょっとあの手記には複雑な事情がありまして……」

「複雑な事情。それはどういう？」

「はあ。どうも、その、内容に信憑性《しんぴょう》が……」

「贋物かもしれない、とおっしゃるのですか？」

「実は、その疑いが出てきているのです」

「しかし、それは妙ですね。先生の論文を読む限り、父に関する記述におかしな点はなかったのですけど。むしろ、父のことを知っている人が書いた文章なのだなと思わせられたのですが」

「そうですか」

これは長谷川医師と同じ意見だ。ならばやはり、佐脇の手記の原本はあり、それを元に何者かがリライトしたという考え方が正しいのだろうか。わたしは気持ちを固める。

「ではむしろ、こちらもお話を伺わせていただきたいです。ぜひお目にかからせてください」

「それはありがたい。図々しい申し出ついでにもうひとつお願いしてしまいますが、その手記そのものも見せていただけませんか」

当然の申し出だ。だが今、手記は長谷川医師の許にある。

「申し訳ありません。実は手記は貸し出し中でして、わたしの手許にはコピーしかないのですけど」

「もちろん、それでかまいません。見せていただけると大変助かります」

井口の受け答えはあくまで穏当だった。わたしたちはさっそく今日の夕方に会うことにし、電話を切った。すぐに、横に坐っていた山崎が話しかけてくる。

「井口さんの子供が生きてたの？」

「ああ、そうなんだ」

わたしはぼんやりと頷く。ここ最近、周囲の動きが慌ただしすぎて、目が回りそうな気がする。わたしの日常は、本来もっと地味なはずだったのだが。

「へえ、そりゃすごいね。じゃあ本当にあった話と付き合わせれば、手記がどれくらい事実に即しているか、検証できるじゃない」

「そうなんだよ。おれもそう思った」

「松嶋くん、けっこう運気が上向いてきたんじゃない？」

そうだろうか。山崎の指摘に、わたしは内心で首を傾げる。果たしてこれは、本当に運気の上昇を意味するのか。考えてみたがとてもそうは思えず、目の前の暗雲はいっこうに晴れそうもなかった。

31

井口氏とは、新宿の喫茶店で落ち合う約束だった。互いに顔は知らないので、わたしの論文が載った学会誌を目印に使うことにした。わたしは約束時刻の十五分前に到着し、入り口に近い席に坐った。テーブルの上に学会誌を置き、井口氏がやってくるのを待つ。わたしの胸には緊張感よりも、これからの事態に対する恐れに似た感情があった。わたしが望んでいるのは安寧《あんねい》であって波乱ではない。それなのにいつしかわたしは、目に見えない大きな渦に巻き込まれて抜け出せなくなっている。井口氏の接触もまた、わたしを呑み込む大きな渦なのではないかと思えてならなかった。

わたしの前にきちんとスーツを着た紳士が立ったのは、ちょうど約束の時刻のことだった。わたしは立ち上がり、「井口さんですか」と問う。紳士は「そうです」と認めて、頭を下げた。

「初めまして。井口と申します。突然のことに快く応じていただき、感謝しています」

「こちらこそ、ご連絡いただいたことをありがたく思ってます。どうぞ、おかけください」

坐るように勧めてから、互いに名刺交換をした。増谷の例があるので警戒したが、井口氏の名刺にはきちんと企業名が書かれていた。一流の化学メーカーだ。それを見てわたしの心は、不意に軽くなった。自分がどれだけ人間不信に陥っていたか、改めて認識した。

井口氏は現在、六十歳のはずである。実際、年相応に髪には白髪が交じり、かけている眼鏡はおそらく老眼鏡なのだろうが、それでも老けているという印象はなかった。自信を持って年を重ねてきたという、揺るがない芯のようなものがある。自分が六十になっても、こうはなれないだろうと思った。

ふとわたしは、井口氏が誰かに似ていると感じた。どこがどうというわけではないが、目鼻立ちがなんとなく誰かを連想させる。しかしそれが誰なのか、わたしは思いつけなかった。いつまでもじろじろ観察しているわけにはいかないので、本題に入る。

「これが、佐脇依彦の手記のコピーです。けっこう嵩《かさ》がありますから、ここで読んでいただくわけにもいきませんので、どうぞお持ち帰りください」

そう言って、わたしはコピーの束を取り出した。井口氏は「ご面倒をおかけしました」と頭を下げながら、受け取る。

「しかし、これが贋物の可能性があるのですか。それはいったいどういうことですか」

井口氏は怪訝そうだった。それはそうだろう。わたしだってどういうことなのか、さっぱりわかっていないのだから。

「わたしはこれを、ある人物に見せてもらったのです。ところが調べてみたところ、紙やインクが最近のものでした。借りた原稿は、明らかに佐脇依彦自身が書いたものではなかったのです」

「しかし、電話でも申し上げましたが、父に関する記述におかしな点はないようなのですが」

「井口さんは、お父さんのことを何かご存じなのですか？」

結局一度も会うことなく死に別れたわけだから、眼前の井口氏が父親のことを知っていたとしても、それは母親から聞いた伝聞でしかないだろう。わたしは単純に、そう考えていた。だが井口氏は、「ええ」ときっぱり頷く。

「わたしもこの年になって生活に多少余裕が出てきたものですから、自分の父親について調べるなんて真似を少しずつしていたのです。ですから、復員後に父が佐脇依彦氏の世話になったことまではわかっていました」

「そうなんですか。それは驚きました」

井口氏と会っても、わたしが得られる情報はごくわずかだろうと思っていた。だが井口氏も独自に当時の状況を調査していたのなら、話は違ってくる。互いの情報を付き合わせれば、違う展望もあるかもしれないと期待が湧いてきた。

「もちろん、最近になっての調査ですから、わかることにも限界があります。父が復員後に厄介になっていた川越《かわごえ》という方の親族を見つけ、話を聞いたくらいでした。その際に、佐脇氏の名前を知ったのです」

「ああ、なるほど」

確かに手記には、川越という人物が登場する。そちらの線から過去を追うことはまるで考えなかったから、盲点を衝かれた思いだった。

「しかし、父の戦友だった川越さん自身はもう亡くなられていたので、詳しい話が聞けたわけではないのです。それを少し残念に思っていたところ、佐脇依彦氏の未発表手記を発見したという松嶋先生の論文が発表された。しかもその手記には、父が登場するらしい。わたしがどんなに嬉しく思ったか、おわかりいただけますか」

「そうでしたか。そういうことならば確かに、手記には佐脇氏と井口さんのお父さんの交遊が描かれています。会話まで再現されていますから、これこそ井口さんのお知りになりたいことかもしれません。しかし……」

「書かれていることが本当かどうかわからない、と」

「そうなんです」

わたしが頷くと、井口氏は考え込むように腕を組んだ。しばし手記のコピーに視線を落としてから、続ける。

「ではちょっとお時間をいただけませんか。今、父が出てくるところだけでもざっと読んでみます。そこにおかしな点があれば、指摘しますので」

「そうしていただけますか。それは助かります」

旧字旧仮名遣いの文章は読みにくいので、かなり時間がかかるだろうと思った。わたしはコーヒーを飲みながら、じっくり構えることにする。井口氏は最初の数枚をぱらぱらと飛ばしてから、原稿を目で追い始めた。

二十分近くかけて、井口氏は父親が出てくる箇所を読み終えた。ふだん旧仮名遣いを読み慣れていない人にしては、早い方だろう。わたしは身を乗り出して、「いかがでしたか」と尋ねた。

「ここに書かれているのは、お父さんのことで間違いないでしょうか」

「そうですね。わたしが聞いていたことと、矛盾はないと思います。しかし、こんなに惨めな晩年とは知りませんでした。わたしと母のことを諦め、愛人とその子供だけを気にかけていたのは、いささかショックですよ」

井口氏はコピーを指先で軽く叩きながら、淡々と言う。そう言われて初めて、わたしは自分の配慮が足りなかったことを反省した。もう少し、内容を説明してから読んでもらうべきだった。

「あ、いえ、お気になさらないでください。父に愛人がいて、その行方《ゆくえ》を捜してくれるよう佐脇氏に頼んだことは承知しているのですから。この中には、母やわたしを思い出して述懐する箇所もあるではないですか。そこを読めただけでも充分です」

「そうですか」

確かにあの辺りは、わたしを嵌めるためだけにでっち上げたにしては情感が籠っているように感じられる。佐脇の筆による文章と考えた方が妥当なのだろうか。

「しかし、矛盾がないとはどういうことなのでしょうか。佐脇氏の手記を、後年誰かが新しい紙に書き写したということですか」

「そうも考えられます。井口さんが矛盾がないとおっしゃってくれるなら、その可能性が強くなりますね」

わたしは希望を込めて言う。佐脇の原本が見つかりさえすれば、わたしの汚名も雪《そそ》がれるのだ。井口氏は納得いかない表情で、首を捻《ひね》った。

「わたしはもちろん、国文学に関しては素人《しろうと》ですし、当時を直接知るわけでもありません。しかし父が死んだ後に起きたことも、やはり事実に即して書かれているようですから、とても贋物とは思えないのですが」

「事実に即して？　では佐脇氏の身に生じた事件もご存じなんですか？」

「もちろん、断片的にでしかありませんけどね。父が佐脇氏に世話になったと聞いてから、少しずつ調べてはいました。ですから佐脇氏が自殺したことは当然知っていたのですけど、それが父の頼みに起因していたとは、松嶋先生の論文を読むまで知りませんでした」

「いえ、そのこととの因果関係は、結局佐脇氏自身もわかってないのです。まったく無関係とも思えませんが……」

わたしは井口氏の心理的負担を考えて、曖昧に応じておいた。井口氏が知りたいのは父親の晩年であって、その後の波紋までは耳に入れたくないだろう。それが大勢の人の悲劇に繋がるとなれば、なおさらのことだ。

「無関係ではないでしょうね。だから佐脇氏は、父との関わりから筆を起こしているのでしょう。それを思えば、父もずいぶんと罪作りなことをしたものだ。父と関わりさえ持たなければ、佐脇氏も麻生扶実子さんも平穏な人生を歩めたかもしれないものを……」

「え？」

わたしは井口氏の言葉を聞き咎《とが》めた。井口氏は今、なんと言ったのか？

「扶実子さんの名字が、なんですって？」

こちらの態度の急変に、明らかに井口氏は戸惑っていた。怪訝そうに、だがはっきりと言い切る。

「麻生ですよ。麻生扶実子さん。この手記の中に名字は書かれてなかったんですか？」

麻生だと？　扶実子の名字は麻生といったのか。これは単なる偶然か。

不意に、わたしは重大なことを思い出した。麻生教授に父親はいない。女手ひとつで育てられたと、わたしは聞いている。そして麻生教授の年齢は、確か五十五歳だった。扶実子が子供を産んでいたとしたら、その子は今五十五歳になる――。

どうかしましたか松嶋先生、そんなふうに井口氏が声をかけてくれているのはわかった。突然わたしが黙り込み、俯いてしまったからだ。しかしわたしはあまりに大きな衝撃を受け、顔を上げることができなかった。目の前が暗転するような経験は、咲都子の死を知ったとき以来二度目のことだった……。

32

井口氏と別れて帰宅したわたしは、真っ先に押入をひっくり返した。結婚した際の諸々の書類や記念の物などは、ひとつの段ボール箱にまとめてある。取り出す機会はほとんどなかったので奥の方に入ってしまっているが、保存してあるのは間違いなかった。汗みずくになりながら、ようやくその段ボール箱を見つけた。乱暴に掻《か》き回したい気持ちを抑え、書類をまとめて取り出してから、一枚一枚確認していく。わたしが探しているのは、披露宴の席次表だった。

わたしたちの結婚式には、双方の親族を招いた。その際に、麻生教授の母、つまり咲都子の父方の祖母も来てくれた。以後お目にかかる機会もないまま咲都子が死んでしまったので、縁が切れた格好になっている。だから、わたしもその名前までは憶えていなかった。

クリーム色の台紙に、金色の糸でくくりつけられた席次表。わたしは恐る恐る、それを開いた。これを開けたら、もう二度と何も知らない状態には戻れない恐怖があったが、ためらう気持ちはなかった。

わたしの目は、真っ先に問題の名前を見つけた。わたしと咲都子から見て、一番左側のテーブル。そこにはっきりと、咲都子の祖母の名前はあった。

麻生扶実子。

これを偶然として、自分をごまかすことなどできなかった。もう間違いない。手記の中に登場する扶実子は、他ならぬ咲都子の祖母だったのだ。

つまり、年齢からして麻生教授は、扶実子が奇禍《きか》に遭った際に身籠った子供ということになる。教授の父親は亡くなったと聞いていたが、真実はもっと辛いことだったのだ。

そしてわたしは、さらに驚くべきことに気づいてしまった。扶実子の身を汚したのが竹頼剛造であるなら、麻生教授は剛造の息子ということになるではないか。そう考えると、納得できる部分がある。顔立ちはまったく似ていないものの、他人を威圧するような貫禄《かんろく》、物腰は共通する。それはそれぞれの個性というわけではなく、血の繋がりを示していたのだ。

わたしは席次表を手にしたまま、しばらく動けなかった。瞬《まばた》きすら忘れていたようだ。体の反射運動でようやく目を閉じたとき、眼球が乾いていたのでそのことに気づいた。我を忘れる、という表現があるが、まさにそのときのわたしは自分の肉体存在を忘れきっていた。

この発見が意味することを、わたしは考えたくなかった。だが脳は己の気持ちを裏切って、勝手に思考を組み立てる。いくら頭を振ろうと、静電気でまとわりつく埃《ほこり》のように、結論を求める思考はわたしから離れていかなかった。

真っ先に思い浮かぶ疑問がある。なぜ麻生教授は、佐脇の手記を読んだときに何も言わなかったのだろう。手記の存在を知らなかったとしても、一読すればそこに自分の母が登場していることはわかったはずだ。しかも、内容は教授自身の出生の秘密を含んでいる。知らなかったとしたら、大いに驚いたはずではないか。

それなのに教授は、動揺を見せなかった。むしろわたしの仕事を誉めるようなことすら言った。だからわたしは浮かれ、夢想を思い切り膨らませたのだ。そんな夢想が絶対に実現しないとは思いもせずに。

夢見心地のわたしを地に突き落としたのは、やはり麻生教授である。これまでわたしは、教授は単に研究者として資料の不備を指摘しただけだと受け止めていたが、それ以外の意図があったとしたら。長谷川医師が言うように、悪意に基づいた行為だったのだとしたら。

わたしは自分が何者かに騙されたと知ったとき、恨まれる憶えがないことに首を傾げた。だが、わたしを恨んでいる人ならいるではないか。わたしが馬鹿な真似さえしなければ、咲都子は実家に帰ることなく、従って交通事故で命を落とすこともなかった。咲都子はわたしが殺したようなものだ。麻生教授が許せないと考えたとしても、それは至極当然のことではないか。

教授が扶実子の息子ならば、佐脇の手記を入手したこともなんら不自然ではない。佐脇はやはり、扶実子に手記を託したのだ。それを教授は発見し、わたしの学究者生命を絶つために利用した。わたしは見事に罠に嵌り、今やいつ大学を追い出されても不思議ではない。すべて、教授が望むように展開したのだ。

どうして面罵《めんば》してくれなかったのか。わたしは文句など言う権利はないことを痛いほど承知しつつ、それでも心の中で訴えた。こんな遠回しな企《たくら》みを巡らせなくても、消えてしまえとひと言言ってくれれば、わたしは教授の前からいなくなったのに。そうしなかったのは、それほどわたしに対する恨みが深かったということか。それとも、これは里菜だけを手許に置くためにどうしても必要な策略だったのか。

おそらく、そうだ。わたしは自分の導き出した答えに納得する。単にわたしに罵声を向けただけでは、麻生教授は娘だけでなく孫をも失うことになっていただろう。わたしは里菜を連れて、どこか別の土地でやり直そうとしていたはずだからだ。しかしなまじ職があったために、わたしはそれまでの生活を続けようとした。生きていくためには、里菜を一時的に麻生家に預けざるを得なかった。わたしと里菜の切り離しに成功した教授は、第二段階として罠を仕掛けたのだ。わたしは里菜と離れ離れのまま、大学を出ていかなければならない……。

なんという深い怒りか。わたしはその冷え冷えとした悪意に震えた。本当に他人を憎んだとき、人間はどれほどのことができるか、初めて知った思いがした。それでもわたしは、麻生教授に腹を立てることはなかった。自分を嵌めた相手を見つけたら噴出するだろうと予想していたあらゆる感情は、まったくなりを潜めていた。あるのはただ、ひたすら詫びたい思いだけだった。

なぜなら、わたしも娘の父親だからだ。娘を失った親の気持ちは、我が事のようにわかる。もしわたしが同じ立場に立たされ、そしてこんな周到な計画を立てる頭脳と実行力があったとしたら、同じことをしていたかもしれない。わたしは被害者としてではなく、娘の親として、麻生教授の仕打ちを肯定してしまったのだ。

それでも、訴えたいことが皆無ではなかった。もし麻生教授がまだわたしの話を聞いてくれるなら、これだけは知ってもらいたい。わたしもまた、咲都子を失って悲しんでいるのだと。誰よりも、麻生教授にも負けないほど、咲都子のいないこの世界を辛いと思っているのだと。

しかし、弁解の機会はないだろう。わたしは覚悟を決める。悪意の主がわかった今、わたしにできるのは身を引くことだけだ。もちろん、里菜と永久に別れて暮らす気などない。いつか胸を張って、迎えに行きたいと思う。それでも今は、麻生教授の恨みを甘んじて受けようと思った。そうするより他に、選択肢はなかった。

心が決まって、ようやく席次表を手放すことができた。わたしの手から離れた席次表は、ふわりと膝《ひざ》の上に落ちる。咲都子と人生をともにすることになった記念の品だったのに、今それは、辛い思い出と直結してしまった。段ボール箱にしまえば、もう二度と取り出せないだろうという予感があった。

何をしたらいいのかわからなかった。すべての気力が萎《な》え、指一本動かすことができない。畳に横になりたくても、上体を倒すことすら今は億劫《おっくう》でならなかった。

いつの間にか、遠くで蟬《せみ》の鳴くような音がしていた。しつこく鳴り続け、やがて途絶えたかと思うと、無機質な声の応答が聞こえる。それを聞いてようやく、留守番電話が動いているのだと理解した。蟬の鳴く声は、電話のベルの音だったのだ。

留守番電話の応答が終わると、ピーと信号音が鳴った。続いて、相手のメッセージがスピーカーから聞こえる。それを耳にしたとき、二度と動かないと思っていたわたしの体が勝手に反応した。電話をかけてきた相手は、「増谷です」と名乗ったのだ。

33

「待ってくれ。切らないでくれ」

わたしは受話器に飛びつき、嚙《か》みつかんばかりの勢いで声をぶつけた。頭の中がカッと発熱し、己がどんなことを言い出すか自分でも見当がつかなかった。

「ご在宅でしたか」

そんなわたしとは対照的に、あくまで増谷は冷静だった。その声に、悪びれた様子はまるでない。先ほどまでの推測はすべて的外れだったのではないかと疑いたくなってしまうほど、平然としている。しかしそんな態度こそ、わたしを欺《あざむ》き続ける武器だったのだ。今ならばそれがわかる。

暴風雨に巻き込まれたように、脳裏には様々な言葉が乱舞した。罵倒《ばとう》、恨み言、哀願、謝罪。そのどれもが現在の心境であり、ひとつだけではわたしの心を言い表すことなどできなかった。だから溢れかえる言葉で頭は飽和し、何も言えなかった。ただ受話器を強く握り締め、声にならない悔しさを嚙み締めた。

「なんの……用だ」

食いしばった歯の奥から発するように、声を絞り出した。増谷はこちらの置かれている状況を知っているはずなのに、淡々とした態度を崩そうとしない。

「井口氏の遺児と会われたようですね」

「なんでそんなことを知ってるんだ」

軽い驚きを覚えて、問い返した。この期《ご》に及んでまだ驚けることを、わたしは不思議に感じた。

「こちらは松嶋先生の動向を、逐一観察させてもらっていました。我々の打つ手が的確に効果を上げているかどうか、確認する必要がありましたので」

なんということだ。わたしには監視の目までついていたのか。敵は緻密《ちみつ》な計画と、そしてそれを確実に実行に移す機動力を持っていたわけだ。徒手空拳のわたしが敵《かな》うはずもなかった。

「ならば知っているだろう。すべてあんたらの思惑どおりに動いているよ。井口氏が接触してきて黒幕の正体がばれてしまったのは計算違いかもしれないが、別に大勢に影響はないんだろ。こっちは麻生教授に反撃する気も、力もないんだから」

「松嶋先生、あなたはやはり勘違いなさっていますね」

「勘違い？」

まだ言い繕おうとするのか。わたしの推測のどこが間違っているというのか。もう虚偽はたくさんだ。嘘でわたしを傷つけないでくれ。

「松嶋先生はひょっとして、麻生教授がすべてを仕組んだ張本人だと考えていませんか？」

「考えてるよ。だってそれが真実なんだろ」

「いえ、違います。松嶋先生にそう思われてしまうのは、麻生扶実子にとって本意ではありません」

「麻生扶実子にとって？」

わたしは聞き咎《とが》めた。麻生扶実子、と呼ぶからには、増谷は自称するように扶実子の息子ではなかったわけだ。もちろんそれは予想していたことなので、特に驚きはない。むしろ気にすべきは、増谷が扶実子の意志を代弁しているらしき点だ。

「まさか、黒幕が麻生扶実子だったというのか」

「そういうわけでもありません。真実をお知りになりたいですか？」

増谷は苛立たしいほど、丁寧な物腰だった。慇懃無礼《いんぎんぶれい》という形容がこれほどふさわしい口調を、わたしは他に知らなかった。

「知りたいに決まってるだろう。嘘じゃなくて、紛れもない真実を、だ」

「では、すべてお話ししましょう。我々にはその準備があります」

「ああ、聞かせてくれ」

「せっかちですね、松嶋先生。こんな電話口では無理ですよ。実は、麻生扶実子が先生と会いたがっています。お会いいただけますか？」

「麻生扶実子さんが？」

自分の義理の祖母、という感覚はまるでなかった。真実を知る人、あるいはわたしの敵、わたしを憎む一派のひとり。麻生扶実子はもはや、そういう存在だった。

「会おうじゃないか」

わたしは意を決して、そう言葉をぶつけた。この対面を避けては、どん底から一寸も這《は》い上がれないと思った。

「では、今日これからはいかがです？」

問われてわたしは、一瞬口籠《くちごも》りながらも、覚悟を固めた。今の張り裂けそうな気持を抱え続けるよりは、どんな形でもいいから変化が欲しい。衝撃に打ちのめされたまま、この狭いアパートでうなだれているのだけはごめんだった。

「かまわない。どこに行けばいい？」

促すと、増谷は新宿のホテルセンチュリーハイアットのバーラウンジを指定した。扶実子は確か、三島《みしま》に住んでいたはずだ。上京してきてホテルに滞在しているのだろう。わたしに異存はなかった。

電話を切って、すぐにアパートを飛び出した。電車に揺られている間は、じっと瞑目して込み上げる思いを抑えつけた。そうして耐えなければ、今にも奇声を発して周囲を怯《おび》えさせてしまいそうだったからだ。発狂とは、こんな状態の果てに生じる症状なのかもしれないと、初めて実感した。

新宿駅からセンチュリーハイアットまでは遠い。わたしはタクシーを拾えない己の貧乏さを呪《のろ》いながら、先を急いだ。エントランスに飛び込んだときは、息が上がっていた。

こんな高級ホテルとは縁がない生活を送っていたので、バーラウンジを探すのに手間取った。結局ボーイに案内を乞《こ》うて、最上階に上る。増谷の名を告げると、わたしはラウンジの一角に導かれた。

眼下の夜景を一望できるその席に、小柄な老婆は坐っていた。横には、何度も心の中で罵った相手である増谷が立っている。わたしは立ち止まり、己の取るべき態度を検討してから、結局頭を下げずに彼らの前に立った。

「突然のお呼び立てで申し訳ありません。どうぞおかけください」

増谷は慇懃《いんぎん》に手を差し伸べる。わたしは頷いてから、老婆へと視線を移した。

こんな人だったか――。わたしは曖昧な自分の記憶を探った。結婚式のときはすっかり舞い上がっていて、出席者の顔など憶えられなかった。だがそれでも、咲都子の祖母が小柄で優しげな人だという印象は残っていた。眼前の老婆も、傲慢《ごうまん》な態度はかけらもなく、照れ笑いのような微笑を浮かべている。咲都子の祖母としての扶実子、わたしを陥れた一派の扶実子、そして佐脇の手記に登場する扶実子、この三人の扶実子がどうにも一致せず、わたしは初対面のような気分になった。

「お久しぶりでございます」

扶実子はゆっくりと頭を下げて、そんなふうに切り出した。わたしはまたしても態度を決めかね、結局「こちらこそご無沙汰《ぶさた》しています」と口にした。敵陣に乗り込む覚悟で来たのに、こんな挨拶をしなければならないこの境遇を、悲しく感じた。

「このたびは辛い目に遭わせてしまい、申し訳なく思っています。まずはそのことをお詫びさせてください」

意外なことに、扶実子は謝罪の言葉を口にした。先方がそんな出方をしてくるとは予想していなかったので、わたしは一瞬絶句した。だがすぐに、思いが言葉となって噴出する。

「詫びるくらいなら、どうしてこんなことをしたのですか。人の人生をなんだと思っているのですか」

糾弾するつもりはなかったのだ。それでも詫びられた瞬間に、わたしの抑制は弾《はじ》け飛んだ。この数日の、いや、咲都子を失ってから降り積もっていた悲しみと辛さが、心の奥から駆け上がってきそうだった。

「お怒りになるのはもっともです。ですが今は、冷静にこちらの話を聞いていただけないでしょうか。その上でまだおっしゃりたいことがあるなら、いくらでも承りましょう」

横から増谷が口を挟んだ。言われずともそのつもりで来たので、わたしは言葉を呑み込む。宙に浮いた興奮を、鼻からの息として吐き出した。

ちょうど注文を取りに来たボーイに、ビールを頼んだ。飲み物などどうでもいい気分だったが、気づいてみれば喉が渇いていた。これは心の渇きだ、そう感じた。

「まず、この子から紹介させてください」扶実子は自分の横に坐る増谷を指し示した。「この子はわたくしの息子と名乗ったようですが、お察しのとおり、実際は違います。わたくしの従兄弟《いとこ》の息子、つまり克彦《かつひこ》のはとこになります。遠縁ですので、松嶋さんの結婚式のときにはお邪魔しませんでしたね。それもあって、今回のことで力を貸してもらったのです」

克彦とは、麻生教授のことだ。増谷は麻生教授のはとこだったのか。つまりわたしとも姻戚《いんせき》ということになる。いまさら知ったその事実に、わたしは妙な心持ちになった。

「改めまして、増谷です」

増谷は頭を下げた。増谷という名が本名かどうかなおも疑わしかったが、もはやそんなことはどうでもよかった。彼らは一連の事態を仕組んだのは麻生教授ではないと言う。また、扶実子ですらないと主張する。ならばいったい誰が望んだことなのか、わたしには見当がつかなかった。

「確認させてください。わたしは手記の中に出てくる扶実子が麻生教授の母だと知り、すべてがわかったと思いました。教授はわたしのことを恨んでいる。永久に目の前から消えて欲しいと望んでいるはずです。しかしわたしを大学から追放すれば、里菜までいなくなってしまう。里菜は教授にとって、たったひとりの孫だ。咲都子が死んでしまった今、愛情を向ける唯一の存在だ。教授は里菜を手許に置いておきたいと考えた。だからこんなややこしいことを仕組んで、わたしが里菜を置いて大学を辞めざるを得ない状況を作り上げた。そういうことではないんですか？」

何もかも辻褄が合っているはずだった。この推測を否定するなら、新たな嘘を積み重ねることになるだろう。そうとしか思えないほど、わたしの推測は堅牢《けんろう》だった。

だが扶実子は、悲しげな表情を浮かべて首を小さく振る。答えたのは増谷だった。

「電話でも申し上げましたとおり、それは勘違いです。松嶋先生がそのように誤解されることを恐れて、こうして時間を作っていただいたのですよ」

「どこが勘違いなんですか。何ひとつ矛盾はないと思うのですが」

「克彦は何も知りません」扶実子はか細い声で言い募った。「いえ、手記を読んだのなら、うすうす察してはいるのでしょうが、松嶋さんに何も言わなかったのなら、知らぬ振りを続けるつもりなのだと思います。松嶋さんもどうか克彦の気持ちを理解して、いたずらに問い詰めたりはしないでいただけませんか」

扶実子の態度は、わたしが予想していたものとはまったく違った。これほどの企みに関わっていたのだから、もっと悪意を持って接してくると考えていたのに、実際はむしろ低姿勢だ。これではまるで、わたしが理不尽な言いがかりをつけているかのようではないか。不本意な状況に、少し苛立《じ》たしくなった。

「勝手なことを言わないでください。その判断はこちらで下しますから、真実とやらを話してください」

こちらが焦れていることは、扶実子たちにも伝わったのだろう。増谷が軽く身を乗り出し、改まって尋ねてきた。

「一応念のため、確認しておきます。真実は松嶋先生にとって、今の状況よりもずっと辛いことですよ。それでも真実を知りたいですか」

いまさら増谷は何を言うのか。このどん底よりもっと下があると仄《ほの》めかしているのだろうか。しかしわたしには、それはただの脅し文句としか思えなかった。いったいどんな事実を聞けば、この四面楚歌の現状の方がましだと感じられるのだろう。最大限に悲観的になったとしても、これより辛い事態など想定できなかった。

「前置きはもうけっこうです。話す気があるなら、嘘ではなく真実だけを教えてください」

曖昧さを完全に排して、毅然《きぜん》として言い切った。すると彼らはもの言いたげに目を見交わし、それぞれの反応を示した。扶実子は悲しげに目を伏せ、増谷は諦めたように肩を竦《すく》める。わたしはそんな態度も脅しの一環だと信じたかった。

「では、お話ししましょう。松嶋先生の義父だと思いますか？」

前置きはいいと言ったのに、なおも増谷はそんなことを尋ねてくる。わたしは「当然でしょう」と語気荒く応じた。

「教授以外に、誰がわたしを恨んでいるのですか？　あなた方ですか？」

「ひとり、大事な人を忘れていませんか」

「誰のことです？　持って回った言い方はもうやめてください」

増谷はこちらの剣幕にため息をつき、そして早口に言った。わたしはそれがあまりに早口だったので、すぐには理解できなかった。

「咲都子ですよ」

おそらくわたしは無反応だったと思う。きっと増谷を凝視し、身じろぎすらしなかったはずだ。そう考えるのは、その瞬間に思考が完全に空白になり、目を開いたまま意識を消失させたからだ。人はあまりに強い衝撃を受けると、自衛のために感受性を捨てる。そのときのわたしはまさに、殻に閉じ籠った貝だった。

「松嶋先生、聞いていらっしゃいますか。先生のことを最も恨んでいたのは、他ならぬ咲都子なのです。わたしたちは咲都子の遺志を継いで、松嶋先生を陥れるような真似をしたのです」

「嘘だ！」

嘘だ嘘だ嘘だ。そんなことがあるわけない。言うに事欠いて、咲都子が本当の首謀者だったなどとは。他のことであればどんなでたらめでもいつか許せたかもしれないが、咲都子を悪者にすることだけは容認できない。わたしは全力で、己の全存在を賭《か》けて増谷の言葉を否定したかった。

「嘘ではないのですよ、松嶋さん」

わたしの叫びは、穏やかな扶実子の声で打ち消された。わたしは目を見開き、扶実子の顔に見入った。

「松嶋さんにとっては耐えがたいことでしょうが、これこそが真実なのです。わたくしたちはただ、咲都子が望むようにしただけなのです」

「……嘘だ。信じない」

わたしは力なく首を振った。耳を塞ぎ、彼らの言葉を遮《さえぎ》りたかった。

「松嶋さんが咲都子にした仕打ちは、わたくしも聞いています。咲都子本人がわたくしの許にやってきて、泣いて訴えたのです。松嶋さんは酒の勢いだと言い訳をなさるでしょう。しかし妻の立場にしてみれば、そんな言い訳を聞いてもとうてい許せることではありません。咲都子はそれまで、松嶋さんのことを心から信じていただけに、ショックも大きかったのだと思います。気丈なあの子があそこまで泣きじゃくるところを、わたくしは初めて見ました」

増谷の暴露が爆弾にも匹敵する威力を持っていたとしたら、扶実子の言葉はじわじわと効いてくるボディーブローだった。扶実子はわたしをなじろうとはしない。そのことが逆に、わたしを追いつめ、苦しめた。咲都子が死んだときから居座り続けている後悔の念は、今やわたしを内側から食い破らんばかりに巨大化している。破裂してしまえ、そしてわたしという愚かな存在を消し去ってくれ。心底、そう望んだ。

「松嶋先生、我々だってこんなことを打ち明けるのは辛いのですよ。それを察した上で聞いていただけますか」

増谷は言葉とは裏腹に、無表情なまま合いの手を挟む。わたしは応じる言葉を持たなかった。

「わたしも男ですから、どちらかといえば松嶋先生の立場を理解できてしまいます。ですが、そういうところに世の女性は腹を立てるのでしょうね。わたしや松嶋先生が感じる以上に、おそらく温度差があるのですよ。咲都子は松嶋先生の態度に、その温度差を感じた。どれだけショックを受けているか、どんなに怒っているか、悲しんでいるか、それを先生にわからせてやりたいと、泣きながら言ったそうです。かわいそうだとは思いませんか」

増谷は残酷だ。わたしに同意を求めるなんて。だが増谷にはそうする権利がある。わたしには糾弾されるべき罪がある。

「扶実子叔母は――本当は叔母ではないのですが、ふだんからそう呼んでいるのでご容赦ください――咲都子を慰めることしかできませんでした。咲都子に代わって松嶋先生を叱りつけてやれるような、そういう性格ではないのですから。咲都子もそれはわかっていたはずですが、だからなおさらもどかしくて、悔しがっていたそうです。扶実子叔母はあのときのことを、今も後悔しているのです。咲都子が生きているうちに、何かしてやれなかったのか、と」

「ですからわたくしたちは、ひどいこととは承知の上で、松嶋先生にお灸を据えることにしたのです。咲都子の無念を晴らすには、ここまでしなければならないと思ったのです」

扶実子は声を荒らげはしなかったが、しかし毅然とした態度で言い切った。わたしは一度だけ頷いた。それは彼らの行動を肯定することでもあった。

「咲都子が事故死したのは、わたしにとってもショックでした」増谷は続ける。「遠縁ですのでしょっちゅう会っていたわけではありませんが、小さい頃からかわいがっていた親戚の子でしたから。咲都子の死後しばらくして、わたしは扶実子叔母から相談を持ちかけられました。咲都子がどんなにショックを受けていたか、松嶋先生にわからせるにはどうしたらいいか、と。叔母はそのとき、咲都子のためにはなんでもするという覚悟を固めていました。だからこそ、自分の辛い過去が綴られている佐脇依彦の手記まで持ち出したのです。わたしは叔母の覚悟を知り、これで松嶋先生を追いつめることができると考えました。手記をわざと新しい紙に筆写し、適当に新しい描写を交え、贋物を作り上げたのです。それが発表されれば、誰かが贋物であると指摘するだろうと予測していましたが、まさかその役割を克彦さんが担うとは、わたしたちにとっても意外なことでした。先ほど叔母も言いましたが、おそらく克彦さんは手記を読んだ時点で、わたしたちの意図を察したのでしょう。ひょっとすると、咲都子の遺志を反映しているとまでわかっているのかもしれません。そういう意味では克彦さんがアシストしてくれたことになりますが、決してわたしたちと語らって計画を練ったわけではないのです。その点は、克彦さんの名誉のためにも強調しておきます」

名誉のため、か。なるほど。いやしくも国文学者であるからには、資料を捏造して他人を陥れるような真似は、職業倫理が許さないはずだ。麻生教授は恥ずべきことをしたのではない。増谷はそう訴えたいのだろう。

「計算違いは他にもありました。もうお察しでしょうが、先生が自力で長谷川氏を見つけたのには驚きました。そしてそれだけでなく、佐脇に悪意を向けていた者の正体まで突き止めてしまったのだから、なんとも恐れ入ったものです。叔母はともかく、わたしには多少、手記の謎を解きたいという色気がありました。そこで竹頼剛造に会っていただいたりしましたが、それは当初の計画とは関係のないことです。手記の真相解明を依頼したのは、少しは苦労をしていただいた方が、論文を発表した際の喜びも大きいだろうと考えたためでした。もちろん、喜びが大きければその後の衝撃も大きくなるという計算があってのことです」

「《TAKEYORIファニチャー》にコネがあったのはどうしてですか？」

もはやどうでもいいことだったが、打ち明けてもらえるならすべてを知っておきたかった。増谷は簡単なことだとばかりに、眉を吊り上げる。

「わたしの本業は経営コンサルタントなのですよ。どんな企業とでも、知人のつてを辿れば接点を作れます」

その程度のことだったか。やはり今のわたしには無意味な話だった。

「それと、先ほど松嶋先生自身がおっしゃったように、井口氏の遺児の登場は完全な計算違いでした。井口氏の子息が存命とは、わたしたちも知りませんでしたので。そのせいで、こうして打ち明け話をするタイミングがずれてしまいました。本当は別の形を考えていたのですけど、やむを得ず繰り上げたのです。しかし、いずれはお話しすべきことでした。いたずらに松嶋先生の苦痛を長引かせるのは、わたしたちにとっても本意ではありませんので」

「わたくしたちの考えをご理解いただけたでしょうか」

扶実子が増谷の言葉を引き取って、わたしの目を覗き込んだ。わたしはその視線に耐えられず、自分から逸《そ》らして「はい」と応じた。

「よく……わかりました」

「わたくしたちをお恨みになるのは当然かと思います。それだけのことをしたのですから。でも、松嶋先生もご自分に非があることを自覚なさってください。そうでないと、死んだ咲都子が憐《あわ》れですから」

「もちろん、己の非は誰よりも感じています。あなた方を恨む気持ちもありません」

他人に向ける憎悪があるなら、それらはすべて我が身に引き受けたかった。咲都子、なんで死んでしまったんだ。どうして謝る機会を与えてくれなかったんだ。わたしは君が心底好きだった。世界で一番の女性を手に入れたと思っていた。それを君に伝えることができなかったのは、ただわたしが愚かだったからだ。伝える時間はいくらでもあると思い込んでいたからだ。まさか君と一緒にいられる時間が有限だとは、まったく想像もしていなかった。咲都子、咲都子、君に会いたいよ。君がいないこの世界は、あまりに寂しく、辛すぎる——。

扶実子たちには先に引き取ってもらい、わたしはしばらくしてからバーラウンジを後にした。ホテルを出て夜空を見上げると、星が水に滲んでいるようだった。わたしは両手で顔を覆い、声にならない嗚咽《おえつ》を噛み殺した。

34

どのようにアパートに辿り着いたのか、わたしは記憶していない。ふと我に返ると、畳に坐り込んで呆然と天井を見上げていた。そこが見慣れた自分のアパートだと知り、驚いたほどだ。どこかの公園のベンチでなかっただけ上出来だと、己を誉めてやりたくなった。

何もしたくなかった。世界はわたしにとって、あまりに刺々《とげとげ》しすぎた。体を動かさず、じっとしてさえいれば、茨《いばら》の棘《とげ》もわたしを刺さない。よけいなことをしようとするから、傷ついて泣くことになるのだ。できるならこのまま朽ち果ててしまいたいと、本気で願った。

しかし、何もしなければ辛くないと考えたのは甘い見通しだったと、すぐにわかった。ただ膝を抱えているだけでも、頭は勝手に様々なことを考えてしまうのだ。スイッチを切るように、思考を自由自在に断ち切れたらどんなにいいか。しかしロボットではない生身の人間にとって、意識を意図的に空白にすることなどできないのだった。

わたしはのろのろと動き出し、押入を開けた。辛い思いを振り切れないなら、いっそ直面してやろうと思ったのだ。それは譬《たと》えるなら、無惨な傷口を触ってみたくなる心境とでも言えばいいか。いや、そうではない。咲都子と共有した時間の一分一秒は、わたしにとって目を背けたい傷口などではなかった。何度でも思い出し、反芻《はんすう》したいかけがえのない記憶だった。

押入の中から、アルバムを引っ張り出した。このアルバムは咲都子の死後、一度しか見ていない。咲都子を失った欠落感に耐えられず、せめて写真だけでも見ようと開いたのだが、かえって辛くなってそれ以来封印していたのだ。その封印を破るなら今しかないと、わたしは決意したのだった。

咲都子はどちらかというと大らかな性格だったので、写真の整理など苦手だった。一方わたしはそうしたことが苦にならないたちだから、アルバムは自分の好きなように構成した。わたしはふたりのアルバムを結婚式からではなく、出会った頃の写真から並べ始めた。あれは今から六年前のことだった。

わたしは表紙を捲《めく》り、最初のページに目を落とす。一枚目の写真は麻生教授の自宅で撮ったもので、わたしと咲都子以外にも何人もの大学院生が写っている。わたしと咲都子の間には、三人の人物が挟まっていた。それが、当時のわたしたちの距離だった。

その日はちょっとしたホームパーティーを麻生教授の家で開くことになっていた。麻生教授は気難しげな顔をしてはいるものの、どちらかといえば後輩や学生の面倒見がいい方だ。ちょくちょく、というほどではないが、教え子たちを自宅に招くことが何度かあった。講師になり立てだったわたしも、招待されるままに麻生家へと向かった。

パーティーの準備は麻生夫人と咲都子のふたりでやっていた。だからわたしが初めて咲都子を見たのは、忙《せわ》しげに立ち働いている姿だった。咲都子は初対面の相手に強い印象を植えつけるほど、突出した容姿を誇っていたわけではない。だからわたしも、「ああ、あれが麻生先生の娘か」と思っただけだった。後にこの女性と結婚することになるとは、夢想すらしなかった。

咲都子はホステス役として、充分以上の働きを見せていた。全員に飲み物が行き届いているか気を配り、足りない場合は給仕し、話の輪から外れている人がいたら声をかけた。咲都子は気さくで、知的で、物怖《ものお》じしなかった。だから話し相手としては至って気楽で、すぐに客たちと親しくなった。わたしもその例外ではなかった。

とはいえ、それはあくまでその場の話であり、後を引くような付き合いには発展しそうになかった。楽しく飲んで、お喋りして、そして散会すればそれまでだった。正直に言えば、翌日には咲都子のことを忘れていたほどだった。

その後も幾度か麻生家にお邪魔する機会があり、咲都子がいた場合は言葉を交わした。何度も顔を合わせれば、相手に関する知識も増える。どうでもいい世間話をしているうちに、咲都子には付き合っている男性がいることを知った。わたしには特に感想もなかった。

単なる知人という関係に変化が現れたのは、知り合って半年くらいした頃のことだろうか。ひょんな弾みで話題が映画のこととなり、わたしはあまりヒットしなかった小品について触れた。それは単館上映のスペイン映画で、堅実なカメラワークや出演者たちの達者な演技、淡々としていつも最後にはしっかり盛り上げる脚本などの力で、傑作と評しても大袈裟ではない仕上がりだった。ヒットしなかったのは宣伝力や俳優のネームバリューの問題であり、作品の出来とは関係なかったのだろう。わたしはたまたま時間が空いていたのでふらりとその映画館に入ったのだが、観て大正解だったと思わせてくれた。

そういう種類の映画だったので、わたしとしては「こんな映画もあるんだよ」と咲都子に教えるつもりで話題に出したのだった。ところが驚いたことに、咲都子もその映画を観ていた。わたしたちは思いがけない偶然に驚き、あんな素晴らしい映画がどうしてヒットしなかったんだと自分のことのように憤《いきどお》った。いや正確に言うなら、咲都子の憤る様をわたしは微笑ましく見ていたのだ。思えばあの瞬間に、わたしは咲都子を特別に意識し始めたのかもしれない。

その日は結局、ずっと咲都子と話していることになった。映画だけでなく本や音楽の趣味にも言及すると、百パーセントとまではいかないが、かなり趣味が似通っていることが判明した。こんな本は読んでいるか、と尋ねても、「読んでいる」という返事があるのだから話に興が乗ってくる。意地になって相手の知らない作品を探し出そうとし、それが見つかると勝ち誇った。終《しま》いにはふたりして声を立てて笑ってしまった。

『あたしの趣味はかなり変わってるって言われるんですけど、松嶋さんも相当なものですね』

咲都子は半ば喜び、半ば呆れるような口調でそう言った。わたしは『失礼な』と怒ってみせる。

『ぼくの趣味は至ってノーマルですよ。咲都子さんの周囲の人の趣味が変なんじゃないですか』

『ああ、そういう屁《へ》理屈もあるのね。松嶋さんって、やっぱり変わってるわ』

『失礼だなぁ。じゃあ咲都子さんも変人ってことになるじゃないですか』

『ううん、あたしは常識人よ。趣味が変わってるだけ』

『それも屁理屈』

そんなふうにじゃれ合っているうちに、今度一緒に映画を観に行こうと言われた。わたしはそれを、この場の単なる勢いだと受け取った。楽しくお喋りしている間は、楽しい社交辞令も必要だ。だからまったく胸をときめかせることなく、『いいですね』と軽く応じておいた。

それから一週間経って、咲都子から電話があった。咲都子から直接連絡があるのは初めてだったので、何事だろうとわたしは訝《いぶか》った。すると相手は、どうも怒っているような口調である。何が気に障《さわ》ったのだろうかと、わたしは受話器を耳に当てながら首を傾げた。

『あれからもう一週間経つのに、誘ってくれないんですね』

『は?』

咲都子の言葉の意味が頭に浸透するまで、数秒を要した。そして『映画を観に行こう』という言葉が社交辞令でなかったのだとようやく理解し、わたしはうろたえた。何しろ自慢ではないが、『誘ってくれない』と女性に怒られた経験などなかったのだ。

『いや、あの……、あれはてっきり社交辞令だとばかり――』

『あたしはそういうことは言わないんです。松嶋さんは社交辞令だったんですか』

『いや、とんでもない』

慌てて否定した。本当のことを言ったら、どんな罵声が飛んでくるかわからなかったからだ。わたしは大慌てで日程を確認し、会う約束をした。額に汗をたっぷりかいて電話を切ると、自然と笑みがこぼれた。

そしてその週末、わたしたちは全国ロードショーのハリウッド製大作を観た。本当なら単館上映の作品を観たいところだったが、ちょうど手頃なのがなかったのだ。派手なばかりでストーリー性に乏しいハリウッド映画だったが、特撮技術に素直に感心することができた。わたしたちは満足して映画館を出て、喫茶店で感想を述べあった。

当然のように、その後はふたりで食事をした。わたしはそうしたことに慣れていないので、わざわざ雑誌を買っておしゃれな店を予約しておいた。幸い、咲都子はその店の雰囲気を気に入ってくれたようだった。わたしは大役を果たした気分で、その後はリラックスすることができた。

店にいた数時間は、記憶にないほど楽しいひとときとなった。話せば話すほど、互いの感性が似ていると確認することになる。こんなに趣味が合う相手は初めてだ、と咲都子は驚いていたが、それはわたしも同様だった。初めに見かけたときはなんの感銘も受けなかった咲都子の容姿も、いつしかこの上なく美しく思えるようになっていた。

『松嶋さんって、付き合っている人はいるんですか？』

咲都子はどんなときでも持って回った言い方をせず、直接的だ。わたしはいきなり訊かれ、苦笑を浮かべるしかなかった。

『いないですよ。いるように見えますか？』

『まあ、見えなくもないけど』

咲都子さんは付き合っている人がいるんですよね、とは訊き返さなかった。そのときにはすでに、咲都子に恋人がいるという事実を辛く感じていたからだ。

『いい人がいるといいんですけどね』

だからわたしは、やけくそ気味にそう言った。咲都子のような魅力的な女性は、いつだって他の男の彼女なのだ。こうして時間を共有できるだけ幸せだと思わなければならないのだろう。そう、自分に言い聞かせた。

『松嶋さんは受け身だからいけないんですよ。女はね、積極的な男性は嫌いじゃないんですよ』

『ああ、そう』

積極性に欠けるという指摘には大いに頷けたので、わたしはそんな間抜けな返事をしただけだった。その言葉の意味を重く受け止めたのは、家に帰ってからのことである。

咲都子ともう一度会いたいと、わたしは素直に思った。だが咲都子には、付き合っている男性がいる。ふだんのわたしなら、それを思っただけで早々に諦めていただろう。にもかかわらずうじうじ悩んだのは、『受け身だからいけない』という咲都子の言葉があったからだった。

結局ひと晩考え続けた。そして翌日に、勇気を出して自分から咲都子に電話をしてみた。今度は単館上映の映画を観ようと誘うと、咲都子はこともなげに快諾してくれた。わたしの方から誘ってくることを信じていたような、なんの気負いもない返答だった。

天にも昇る心地、などという表現を、人は一生のうちに何度使えるだろう。わたしなら、迷わずあの瞬間の心境を言い表すために使う。本当に、心がふわふわと天井辺りを漂っていた。鏡を覗き込むと、自分でも滑稽に思えるほど顔が崩れていたものだった。

――それほど大きくないアルバムのたった一ページから、こんなにも多くの思い出が甦ってくる。わたしはその豊饒《ほうじょう》さと現在の落差に打ちのめされ、情けなくもめそめそと泣いた。

35

わたしは覇気も根性もない情けない男だが、責任感だけはあるつもりだ。いくら絶望的なショックを受けて落ち込んでいようと、受け持っている授業をすっぽかすことはできなかった。むしろ、今の自分にしなければならないことがあるのは救いだった。この世にはこんなわたしでも必要としてくれる場がある。そう考えることで、なんとか体を動かすことができた。

教壇に立てば、その間だけは授業に集中することができた。よけいなことを考えずに済むのはありがたい。しかし、こうして学生たちの前に立てるのもいつまでだろうか。未来は絶望的に暗く、過去はわたしに辛く当たる。

大学に来れば、麻生教授を無視するわけにもいかなかった。おそらくすでに、扶実子から事情説明を受けているだろう。わたしは逃げずに、自分から教授室を訪ねた。

わたしを迎え入れた麻生教授は、少し意外そうな顔をした。まさかこちらから接触するとは思わなかったのだろう。だがそんな表情も一瞬だけで、すぐにいつもの雰囲気に戻る。椅子を回転させてわたしの方を向くと、「なんだ」と短く尋ねた。わたしは低頭して、言葉を発する。

「本当に申し訳ありませんでした。反省すれば許されるということではありませんが、わたしも充分に自分の罪を自覚しています。ですから、これだけはわかってください。

わたしも咲都子を失って辛いのです」

「それはそうだろう。改まって、どうしたんだ」

あくまで麻生教授はとぼけるつもりのようだ。ならば、わたしの方で追及しても仕方がない。

「いいえ、ただそれを申し上げたかっただけです。今後の身の振り方は自分で決めますが、少し時間をいただけますか」

「もちろんだ」

教授は重々しく頷いた。わたしにはもうこれ以上、伝えるべきことはない。一礼してドアノブに手をかけ、最後にこうつけ加えた。

「お母様によろしくお伝えください」

「お母様？　英美《ひでみ》のことか？」

英美とは、教授の夫人のことである。わたしは小さく首を振った。

「いいえ、三島のお母様のことです」

「どういう意味だ」

おや、と思った。麻生教授は本当に意味がわからないようだ。ということは、扶実子はまだわたしと会ったことを伝えていなかったのか。しかし遠からず、教授も扶実子たちの企みを知るだろう。だからわたしは説明をせず、そのまま教授室を後にした。

山崎と顔を合わせる気にもならなかった。あいつがあいつなりにわたしを心配してくれているのはわかるが、まだとても他人にすべてを話せる心境ではない。いつか話せるようになるという見通しもない。そこでやむなく山崎を避け、講師控え室には足を向けなかった。池に行っても見つかるだろうから、学生食堂や図書室を転々として時間を潰す。どうしてこんなふうに逃げ回るような真似をしなければならないのかと思うと情けなかったが、何かを意識しているうちはまだ気が紛れた。

問題は、仕事が終わった後だった。授業をすべて終えてしまえば、大学にいる理由がない。もちろん居残って明日の準備や独自の研究をしてもいいのだが、そうすれば麻生教授や山崎と顔を合わせる可能性が高くなる。そういうわけですぐにキャンパスを出はしたものの、さりとて真っ直ぐ帰宅する気にはとうていなれなかった。迷った末に、自宅そばの安い居酒屋に入った。ひとりで酒を飲むのなど初めての経験だが、今の気分には似つかわしい。酔いたかったのでビールは最初の一杯だけにし、後は焼酎《しょうちゅう》をロックで飲み続けた。そのうちに懐が不安になってきたから切り上げ、まだ開いていた酒屋に飛び込み焼酎の一升瓶を買った。続きは自分の部屋で飲むつもりだった。

わたしはそれほど酒好きというわけではないので晩酌の習慣はなかったが、しばらくはアルコール抜きではいられないという予感があった。酔って思考能力を減退させなければ、辛い現実を受け止められない。人はこうしてアルコール中毒への道を歩み始めるのだろうかと思った。妻を亡くし、職を失い、アル中になるとは典型的な駄目人間だ。これでは里菜に合わせる顔がないと、まだ残っている理性が訴えたが、それでもアパートに帰ったら真っ先に焼酎の口を開ける気持ちは変わらなかった。

アパートの部屋は暗く凍《い》てついていた。まだ冬には早いが、それでもどうしようもなく寒々しい。そうだ、これは欠落感だ。かつてここには、咲都子と里菜がいた。わたしの家庭があった。その抜け殻に留まることは、どうにも心を寒々しくさせる。いっそ引っ越しをしようと、その瞬間に決意した。咲都子との思い出が詰まったこの部屋は絶対に離れたくなかったのに、今はそれがわたしを苦しめる。どこか遠くに行きたいと思った。

上着を脱ぎ捨てると、留守番電話のランプが点滅していることに気づいた。メッセージが入っているのだ。なんの気なしに再生してみて、わたしは軽く眉を上げた。声の主に驚いたのだ。

《志水です。その後、例の件の調査はどうなっているでしょうか。もしかしたらご協力できることがあるかもしれませんので、お電話しました。またご連絡します》

なんとも律儀な男だ。確かこの前は、借りがどうしたとか言っていた。なんの借りだったか、とっさには思い出せない。わかるのはただ、志水がいい奴だということだけだ。いい奴だからこそ、今のわたしには鬱陶《うっとう》しい。こちらが煙たく思っていることをわかろうとしない志水に、苛立ちを覚えた。

焼酎を開け、ロックで喉に流し込んだ。食道が焼けるような感覚。わたしはこの感覚が苦手であまり強いアルコールは飲めなかったのだが、今はいっそ心地よい。早く前後不覚になりたいと願った。

つまみもなしにぐいぐい、といきたいところだったが、アルコールに弱いわたしは少しずつちびちびと飲むだけだった。だから電話がかかってきたとき、わたしの意識はまだはっきりしていた。無視したいと思いつつも受話器を取り上げたのは、人恋しかったからかもしれない。たとえ相手が志水であったとしても。

「夜分遅くに申し訳ありません。志水です」

予想していたので、わたしは驚きも失望もしなかった。わざわざ電話をかけてきて何が言いたいのかと、ぼんやり考えただけだった。

「留守電のメッセージは聞いたよ。こっちからかけ直さなくて悪かったね」

まともな応対ができたことに、胸を撫で下ろした。もう少し酔っていたら、「なんの用だ」と言い返していたかもしれない。

「いえ、松嶋さんもお忙しいのは存じてますから。ところで、その後の調査はいかがですか」

いかが、と訊かれても、正直に答える気になどならなかった。だからわたしは、嘘をついた。

「なんの進展もないよ。八方塞がりだ」

「突破口は、やはり祖父ですか」

もしかしたら志水は、竹頼剛造から何かを聞き出してくれたのかもしれない。一瞬そう考えたが、もうそれも無意味なのだと思い出した。あんな威圧的な人物の前に立つ勇気は、もはや残っていない。

「君のおじいさんが、昔のことを話してくれたのかい？」

それでも取りあえず、義理を感じて尋ねた。向こうが親身になってくれているのに、わたしが投げやりな態度をとるわけにはいかない。

「いえ、そういうわけではないんですが、そのチャンスを作ることができそうなんですよ」

「チャンスを作る?」

志水が何を言っているのか、わからなかった。いったいどんな協力をしてくれようというのか。

「今度、祖父がぼくの家にやってくることになってるんです。年に数回ですが、遊びに来ることがあるのですよ。その際に、松嶋さんもいらっしゃいませんか」

「えっ」

思いがけない申し出だった。剛造に再会できるとは思っていなかったし、ましてその場として志水が自宅を提供してくれるなど、かけらほども期待していなかった。

「そんな……悪いよ。家族団欒《だんらん》のために竹頼会長は君の家に来るんだろ。そこにわたしみたいな部外者が紛れ込んだら、この前みたいに怒り出しちゃうだけじゃないか」

「怒るでしょうね」

志水は簡単に認める。わたしは戸惑っていただけに、いささか拍子抜けした。

「怒らせたらまずいだろう。だから、遠慮しておくよ」

「何を言ってるんですか、松嶋さん。手記の謎を解かなくていいんですか」

もういいんだ、とは言わなかった。志水に現状を打ち明けたくはなかったのだ。すべて咲都子の遺志だったなどと、他の人にならともかく志水にだけは口が裂けても言えない。

「祖父から話を聞き出すしか、当時の謎を解明する手段はないんでしょ。怒らせるから、なんて理由で諦めていいんですか」

志水は熱い口調だった。これが「借り」のなせる業か。当事者であるわたしよりもよほど真剣な気配を感じ取り、複雑な気分に陥った。

これがわたしと志水の違いなのだ。志水は他人のためにこれほど親身になれる。対してわたしは、自分のことだというのに投げやりだ。咲都子はきっと、わたしのこんなところを嫌ったのだろう。もし咲都子が生きていたなら、だらしない夫を叱りつけていたに違いない。わたしは咲都子にふさわしい夫ではなかった。咲都子はやはり、選択を間違えたのだ。

しかし、わたしの胸にもわずかなりとも矜持《きょうじ》が残っていた。わたしは己の愚かさのために妻を失った。もう咲都子は帰ってこない。だからといって、このまま人生の負け組に甘んじていていいのか。どうしようもなく遅すぎるとしても、これからでも咲都子の夫にふさわしい男になるべく努力すべきではないのか。咲都子ならばおそらく、こんなふうに中途で仕事を投げ出す男は嫌いだろう。これ以上咲都子に嫌われないためにも、せめて佐脇依彦の身に生じたことくらいは明らかにすべきではないのか。それが、すべてを失ったわたしに残された、ただひとつの責務のように思えた。

「そうだな。君の言うとおりだ。諦めちゃいけない。機会を作ってもらえるなら、もう一度竹頼会長と会うよ」

わたしは決意を込めて、志水に告げた。これがわたしの最後の仕事だと、思い定めていた。

「よかった。差し出がましいことを言ってすみません。でも今度はぼくも掩護《えんご》射撃しますから、なんとか祖父の口を割らせてください」

「ああ、頼むよ。すっかり世話になってしまって悪いね。感謝している」

「いいんですよ。母も松嶋さんをご招待することには乗り気ですから」

「君のお母さんも？　どうしてぼくのことを知ってるんだ」

「そりゃ知ってますよ。ぼくが話してますから」

いったいどんな話をしているのかと、わたしは首を竦《すく》めたくなった。志水の開けっぴろげな性格には、やはり戸惑わされる。

わたしは剛造がやってくる日時と、志水の自宅の場所を聞いて、通話を終えた。受話器を置くと、もう焼酎を飲みたい気も失《う》せていた。

36

その二日後に、わたしは志水の家へと向かった。場所は目黒の高級住宅街である。わたしの通う明城学園も都内有数の高級住宅街の一角にあるので、町並みの雰囲気には慣れていたものの、それはあくまで風景としてのことだ。実際にそれらの豪邸の中のひとつを訪ねるとなると、話は違う。駅からてくてくと歩くうちに、わたしの中に気後れする思いが湧いてきた。ファクスで送ってもらった地図を頼りに辿り着き、何十坪あるか見当もつかない大きな屋敷の前に立ったときには、本気でこのまま逃げ帰りたいと思った。

ほとんど聳《そび》え立つかのように目の前にある門柱の呼び鈴を押せたのは、わたしが捨て鉢になっていたからだ。好きにしてくれ、という投げやりな気分が体全体を支配しているからこそ、場違いを承知の上でこんなところまでやってきた。いまさらわたしに失うものはない。そう思えば、自分のみすぼらしい服装も恥ずかしくなかった。

呼び鈴に応えてスピーカーから聞こえてきたのは、女性の声だった。名乗ると、「ああ、いらっしゃいませ」と気安い応答がある。どうやらお手伝いさんではなく、志水の母親のようだ。しばらく待っていると、サンダルを突っかけた志水がいそいそと近づいてきた。

「ようこそいらっしゃいました。駅からの道はわかりましたか？」

門扉を開けてわたしを中に入れると、志水はそう尋ねる。わたしは「すぐにわかったよ」と答えて、志水の後についていった。

わたしのアパートの部屋がそっくり入りそうな広い玄関ホールを経て、応接間に導かれた。志水に言われるままにソファに腰を下ろすと、もうひとつのドアから女性が姿を現す。慌ててすぐに立ち上がり、頭を下げた。

「母です」

志水は手を差し伸べて、短く紹介した。女性は近づいてくると、淑《しと》やかな挙措で挨拶をした。

「悠哉の母の永美子《えみこ》です。悠哉がいつもお世話になっております」

「あ、いえ、こちらこそ。松嶋と申します」

世話になっている、とはまたあまりに実状とそぐわない挨拶だと思った。永美子というこの母親は、わたしと志水がどういう知り合いなのか知らないのだろうか。いったい志水は、わたしのことをどう説明しているのか。

そんな疑問を込めて志水の顔を見たが、当人は穏やかな笑みを浮かべて「どうぞおかけください」と勧めるだけだった。志水は鋭敏なのか鈍いのか、こういうときはわからなくなる。

「松嶋先生は父に会いにいらっしゃったのですよね。でもあいにく、まだ父は来ていないのですよ。もう少しお待ちいただかなければなりません。ごめんなさいね」

永美子さんは応接テーブルを挟んでわたしの正面に坐ると、おっとりとした口調で詫びを口にした。わたしは慌てて首を振らなければならなかった。

「いえ、そんな、とんでもない」

剛造が来る予定時刻より早く訪ねたのは、志水と相談した上でのことだった。先に着いていた方が、剛造も追い返しにくいだろうという計算だ。その分滞在時間が長くなり、気詰まりな思いも長く味わうことになるが、背に腹は代えられない。永美子さんがいやそうな顔ひとつ見せないのが救いだった。

永美子さんは志水の母親なのだから、少なくとも五十歳前後のはずだった。だが外見だけから年齢を当てられる人は少ないだろう。どう見ても四十、下手《へた》すると三十半ばくらいの若さなのだ。笑っても目尻《めじり》に皺ひとつないとは、ほとんど驚異的だ。淡い栗色に染められた髪といい、華美にならない上品さを備えたアクセサリーといい、自分の若さ、美しさを維持するにはどうすればいいか充分に知悉《ちしつ》しているという印象がある。若い頃はさぞや美しかったろう、などという言い回しがあるが、この女性にそんな言葉は似合わない。現在も人目を引くほど美しいからだ。なるほど、資産家の女性とはこういう人なのかと、わたしはしみじみと納得した。

ドアがノックされ、お手伝いさんらしき中年女性がティーカップを運んできた。永美子さんが「お紅茶です」と言い添える。通常の生活で紅茶に「お」などを付ければ滑稽な印象があるものだが、今この場ではそんな物言いが似つかわしかった。

「悠哉から少し話を聞きましたが、先生が発見された文献に、父のことが書かれているそうですね」

緊張しながらティーカップを口に運んでいると、おもむろに永美子さんがそう尋ねてきた。わたしは紅茶をこぼさないよう細心の注意を払ってカップを戻してから、「はい」と応じる。

「お名前が書いてあるわけではないのですが、おそらく竹頼会長であろうと……」

「悪く書いてあるんじゃないんですか？」

永美子さんはいたずらっ子のように目を輝かせて、わたしの顔を見た。答えに窮していると、永美子さんは笑って続ける。

「いいんですよ、お気を使わずに。父が若い頃に悪さをしていたことは、わたくしだって存じてますから」

おおらかな物言いは、幼少の頃から万事に亘って余裕を持っていたからこそできるのだろう。だがこのご婦人は、父親の旧悪を「悪さ」などというかわいい表現に収めてしまっている。手記に書かれていたことがすべて事実であれば、そんな表現ではとうてい追いつかないのだ。手記の内容を知ったとき、永美子さんはどんなショックを受けるだろうかと思いを致し、わたしは気が重くなった。

「松嶋さんが発見した手記には、竹頼春子という女性が出てくるそうなんだ。それって、おじいさんの妹なんだろ？」

母親の横に坐っている志水が、口を挟んだ。永美子さんは自分の息子を愛情の籠った目で見て、頷く。

「そう。お父様の妹は、確かに春子という名前だったと聞いてるわ」

「松嶋さんの説明によると、手記中の春子という女性は子供を産んでいるそうなんだ。お母さんはそのことについて、何か聞いてない？」

「知ってるわよ。三原《みはら》さんって、あなたも会ったことあるでしょ。あの人が春子さんの息子さん」

「えっ、そうなの？」

志水は驚いているようだったが、驚きの度合いではわたしも負けていなかった。何しろ、佐脇があれほど探し求めた春子の息子の消息が、いとも無造作に口にされたのだ。

驚かずにはいられない。

「三原さんって親戚《しんせき》だったのか。ぜんぜん知らなかったよ」

志水は嘆息するように言って、軽く肩を竦めた。永美子さんはなんでもないことのように答える。

「小さい頃に養子に行って、大人になるまで付き合いが途絶えてたからね。わたくしにとっては従兄弟《いとこ》だけど、親戚という気はしないわ」

では、春子が狂死した後、息子は誰かの養子になっていたわけか。両親を亡くした幼い子供が歩んだ生い立ちを思い、わたしは軽々しく言葉を挟むこともできなかった。

「でも、当時は三原さんも子供だったろうから、そのときのことを訊いても何もわからないよな。やっぱりすべてを知っているのはおじいさんか」

「そうなるでしょうねえ」

あくまでおっとりと、永美子さんは頷いた。志水は少し考えるように一拍おいて、また続ける。

「でも、そういうことなら松嶋さんの持っている手記は、三原さんにとってすごく重大なものじゃない。何しろ実の父親のことが書いてあるんだから」

「そうね。そういうことになるわね。教えてあげようかしら」

「そりゃ教えてあげた方がいいよ。きっと喜ぶ」

「そうかしら」

永美子さんは少女のように小首を傾げた。やり取りを聞いていると、いかにも浮世離れした人という印象を持つが、この現実離れした若さを保つ女性にはそれもふさわしかった。

「あのう、春子さんの息子の消息がわかるなら、もうひとつ伝えて欲しいことがあるのですが」

わたしは自分だけが知っている重要な情報を思い出し、親子の会話に割って入った。志水がこちらに顔を向け、「なんでしょう」と促す。わたしはふたりを交互に見て、言った。

「実は先日、井口さんの遺児と名乗る方から連絡があったのです。実際にお目にもかかりました」

「えっ？　復員兵の井口ですか？　でも井口の妻子は戦災で亡くなっていたのではないんですか」

志水が当然の疑問を口にする。わたしは首を振った。

「それが、生きていたんだ。戦後の混乱期には珍しくない話だ、とご本人がおっしゃってたよ」

「それはまた驚きだな。ということは、その人は三原さんの兄ってことになるじゃないですか」

「そうなんだ。ご本人にとって嬉しいことかどうかわからないけど、でもやはり伝えるべきだろう」

「そうですね。ね、母さん」

志水は横を向いて、母親に同意を求める。しかし永美子さんは、もう一度首を捻《ひね》って「どうかしらね」と答えた。

「そんなこと、知りたくないんじゃないかしら」

「そりゃ、向こうは正妻の子で自分は愛人と子となれば、複雑だとは思うよ。でもだからって、知ってて黙っているわけにはいかないでしょ。そういう人がいるってことだけでも教えてあげないと」

「そうねえ」

永美子さんは曖昧な笑みを浮かべたまま、わたしの顔を見た。わたしはその視線に困惑し、助けを求めるつもりで志水に目を向ける。だが志水は自分の考えに没入しているのか、何も言ってくれなかった。

「手記のことは、三原さんも知ったら喜ぶと思うのですよ。だって、ずいぶん必死に春子さんたちを捜していたのでしょ、井口という人は。でも、死んだはずの腹違いの兄が生きていたといまさら聞かされても、ねえ」

どう思います？　とばかりに永美子さんはわたしに同意を求める。わたしは「そうですね」と曖昧に答えることしかできなかった。

「その井口さんの生きていた息子さんだって、手記を読んでショックだったんじゃないんですか。お互い、知らない方がいいこともあるんじゃないでしょうかねえ」

「確かに、ショックだとはおっしゃってました」

もはやここまで来ると、話は彼ら一族の問題だと思われた。部外者が口を挟めることではない。井口の遺児と春子の息子を引き合わせるかどうかは、彼らが決めるべきだろう。すでに事態はわたしの手を離れている。

そうこうするうちに、ふと窓の外の気配が慌ただしくなった。この応接間は庭に面していて、見事な植木の向こうに門扉がある。その門扉の辺りに、人の動きが感じられた。どうやら竹頼剛造が到着したようだ。

37

「おじいさんだ」

志水は言って、立ち上がった。わたしにはここで待っていてくれと言い残し、永美子さんと一緒に応接室を出る。ひとり取り残されたわたしは、いよいよだと覚悟を固め、軽く拳《こぶし》を握った。掌《てのひら》には汗をかいている。

少しして、声高な笑い声が聞こえた。剛造の声だ。今はご機嫌だということがよくわかる。そのご機嫌も、わたしを見た瞬間に吹き飛ぶのだ。大きな笑い声が怒声に変わることを予想し、わたしはそれに耐えるために腹に力を込めた。

複数の人がゆっくり近づいてくる気配がする。ご機嫌な声に変化はないから、わたしがいることを志水たちは伝えていないのだろう。わたしはソファから立ち、剛造を待った。

ドアノブが動き、まず先に志水が入ってきた。わたしに目配せして、自分は横に移動する。その後ろに、大きな体軀《たいく》が現れた。

横にいる永美子さんに顔を向けていた剛造は、ふとこちらに視線を向けて動きを止めた。ゆっくりと、眉間に深い皺《しわ》が刻まれる。だがすぐに怒声は響かず、剛造はまず志水を見て、そして永美子さんに目を向け、それだけで事情を察したようだ。

「どういうことだ、悠哉。先客がいるとは聞いてなかったぞ」

「失礼しました。でも、松嶋さんがいらっしゃると知ってたら、おじいさんは来なかったでしょう」

「むろんだ。儂《わし》はこんな見ず知らずの他人に、自分の過去をほじくられたくない」

そう言うと剛造は、わたしに太い指を向けた。わたしはそれだけで、金縛りに遭ったように全身が硬直した。

「帰れ。ここは儂の娘の家だ。お前のような者が来るところではない」

「お父様、そんな、いきなり失礼じゃないですか。松嶋先生はわたくしがお招きしたんですよ。お父様のおっしゃるとおり、ここはわたくしの家です。わたくしのお客様なんですから、お父様に帰れなどと言う権利はありませんわ」

なんと、永美子さんがわたしを庇《かば》ってくれた。わたしは志水の友人でもなんでもない。それなのにどうしてここまでよくしてくれるのかと、彼ら母子の厚意を重たく感じてしまったほどだった。

「なんだと？　悠哉ではなくお前が呼んだというのか。なんという酔狂な奴だ」

「酔狂なのはお父様譲りです」

永美子さんは澄まして言い切る。さすがの剛造も何も言い返せなくなったのか、低く「うーっ」と唸《うな》った。

「ならば、儂が帰る」

完全に臍《へそ》を曲げきった様子で、剛造はその場で踵《きびす》を返そうとした。それを永美子さんと志水が揃って押しとどめる。

「何を言ってるんですか。ここに来られるのもこれが最後かもしれないって、ご自分でおっしゃってたくらいでしょ。せっかく来たのに、子供みたいなことを言わないでください」

「子供じみたことをしているのはお前たちだろう。儂はただ、お前たちの顔を見に来ただけなんだ。不愉快な思いをするために来たんじゃない」

「松嶋さんだってそうですよ。おじいさんに不愉快な思いをさせるためにいらっしゃったんじゃないんですから」

「いや、儂は不愉快だ。帰る」

剛造は志水に背を向け、本当に玄関に歩き出そうとした。だがその方向には、永美子さんが微笑を浮かべて立っていた。永美子さんは軽く眉根《まゆね》を寄せ、だだっ子をあやすように言った。

「お父様、そんなこと言わないでくださいよ。お料理だって頼んでしまってるんですから、食べてってください。お父様の好きな《Chez《シェ》 Moi《モア》》のお料理ですから」

「料理なんて犬にでも食わせろ」

「あら。食べ物を粗末にしてはいけないと口癖のように言っていたのはお父様じゃなかったかしら。年を取って考え方も変わったの？　会長がそんな浪費を指示するようでは、《TAKEYORIファニチャー》も長くないわねえ」

おっとりとした永美子さんの物言いに、剛造は明らかに気圧《けお》されていた。ふたたび「うーっ」と唸ると、わたしを憎々しげに睨みつけ、言った。

「わかった。ならば食事だけして帰る。それならいいんだろう」

「ゆっくりしていってください」

永美子さんは軽くあしらって、わたしに微笑みかけた。志水もしてやったりとばかりに笑みを浮かべる。だからといってわたしまで笑うわけにはいかず、ただぺこぺこと頭を下げた。剛造は最後の抵抗とばかりに、「リビングに行くぞ」と言ってわたしの視界から消えた。

「うまくいきましたね」

永美子さんは剛造についていき、志水は応接室に残った。わたしに坐るよう勧めて、自分は飲みかけの紅茶に手を伸ばす。わたしは深く息を吐き出してから、礼を言った。

「迷惑をかけてしまったね。後で大変なんじゃないか」

「いいんですよ。今の様子からもうわかるでしょうけど、祖父はけっこう操縦しやすい人なんです」

確かに、あの強面《こわもて》の剛造が志水たち親子に手玉に取られているかのようだった。剛造が身内に弱いのか、はたまた志水たちがしたたかなのか、どちらなのだろうとわたしは思った。

「母が言っていたとおり、夕食はケータリングサービスを頼んでいるんです。近所のなかなかおいしいフレンチの店でしてね。松嶋さんも食べていってください」

「えっ、わたしも？」

そんなことを期待してきたわけではないので、わたしは大いに戸惑った。これ以上志水に借りを作りたくないという気持ちもあった。

「はい。食事しながら、祖父に話を訊けばいいじゃないですか。おいしいものを食べれば機嫌のいい人ですから、口が軽くなるかもしれないし」

「うーん、申し訳ないね。なんとお礼を言ったらいいのかわからないよ」

「いえいえ、この程度のことで借りが返せたとは思ってませんから。なんとしても祖父の口を割らせましょう」

志水はこれから冒険に出発する子供のように、目をきらきらさせていた。こちらの深刻な事情を話していないのだから仕方ないのだが、わたしはその無邪気さが少し恨めしかった。

しばらくすると永美子さんが戻ってきて、食事の用意ができたと告げた。わたしは志水に先導され、リビングルームに向かう。リビングは二十畳以上あるのではないかという広さで、その中央に大きなテーブルがあった。テーブルには白いクロスがかかっていて、目に眩しいほどだ。こうした食事に慣れていないわたしは、粗相をしてクロスを汚しはしないかと不安になった。

長方形のテーブルの一番奥に、剛造が坐っていた。剛造から見て右斜め前に、永美子さんが坐る。志水はその正面に、そしてわたしは志水の隣に腰かけるよう指示された。わたしは剛造との距離が遠いことに、密《ひそ》かに胸を撫で下ろした。

まずワインを注《つ》がれ、それから前菜が出てきた。給仕をする男性になにやら料理の名前を説明されたが、そんなものが頭に入るわけもない。おそらくワインも高級品なのだろうが、味もわからず機械的に口に運んだ。

剛造は予想したほど不機嫌ではなかった。ワインや前菜の味を誉め上げ、磊落《らいらく》に笑う。だがその視線は、絶対わたしには向けられなかった。どうやらわたしの存在を無視することに決めたようだ。わたしは必死にナイフとフォークを動かしながら、口を挟むタイミングを見計らうことになった。

「悠哉、お前は今年でいくつだ」

どういう話の流れだか把握していなかったが、剛造はそんなことを志水に問いかけた。志水は優雅にワインを飲みながら、答える。

「三十一ですよ」

「三十一か！　まだ二十歳《はたち》くらいかと思っておったわ」

剛造は大袈裟に驚いてみせる。志水は困惑げに肩を竦めた。

「毎年そんなことを言ってませんか。ぼくが入社して何年になると思ってるんですか」

「お前がいつまでもちゃらちゃらしているから、年の見当がつかんのだ。三十を過ぎているなら、いい加減結婚しろ」

「去年も同じことを言われましたよ。これから会うたびに言われてしまうんですかね」

「お前が結婚したら言うのをやめてやる」

「当たり前です」

志水は苦笑して、給仕にワインを注いでもらう。剛造はなおも追及の手を緩めなかった。

「いい人はおらんのか。お前の年なら、女のひとりやふたりはいるんだろう」

「ふたりもいるわけないでしょう。ひとりだっていませんけどね」

「なんだと。女がいないのか。どういうことだ」

「どういうことだって言われても、仕事が忙しくて彼女を作る余裕もないんですよ。なんとかしてください、会長」

「仕事のせいにするのか。ならば閑職に回してやる」

「あ、いえ、やっぱりけっこうです」

「女が見つけられないなら、いくらでも見合いの話があるぞ。一ヵ月もあれば、釣書《つりがき》を百枚くらいお前の前に積み上げてやる」

「枚数が多ければいいってもんじゃないと思いますけどね」

「なんだ、つまりお前は結婚する気がないということか」

「いいえ、そんなことはないですよ。いい人がいれば、いつでも」

「好きな女でもいるのか」

「いませんよ、あいにく」

三十を過ぎると周囲が結婚結婚とうるさくなるのは、男も女も同じようである。密かに志水に同情していると、それまで黙っていた永美子さんが不意に口を挟んだ。

「好きな人はいるんでしょ。その人のことを思ってるから、いつまでも悠哉は結婚しないんですよ」

「なんだ、いるのか？　どこの女だ」

剛造は面白がるように、永美子さんからふたたび志水に顔を戻した。志水は困ったように「母さん」と窘《たしな》める。

「何を言ってるんだ。特に好きな人なんていないよ」

「嘘おっしゃい。わたくしはわかってるんですからね。咲都子さんのことが忘れられないんでしょ」

わたしはワインを吹き出しそうになった。自分とは関係のない話が進んでいると思っていたのに、まさかこんな形で火の粉が飛んでこようとは。

「母さん、変なこと言わないでくれよ。咲都子さんとのことはずいぶん昔の話だし、とっくに結婚した人だし、それにもう亡くなってるんだ。第一、松嶋さんに失礼じゃないか」

珍しく志水は慌てていた。わたしと永美子さんの間を、視線が浮遊する。それに対して永美子さんは、自分の言葉の波紋をまったく気にしていなかった。

「ごめんなさいね、松嶋先生。気になさらないで。他人の妻になった人のことを、いつまでも忘れられないこの子が馬鹿なんですから」

「だから、咲都子さんのことは関係ないって。もうやめてくれよ」

うんざりしたように、志水は吐き捨てた。手にしていたワイングラスを、音が立つほど乱暴にテーブルに置く。すかさず給仕が注ぎ足すと、それをまたひと息に飲んでしまった。

「わたくしはお目にかかったことないんですけど、咲都子さんってずいぶん素敵な女性だったんですってね。そんな女性と結婚できて、松嶋先生は幸せでしたね」

にこやかに永美子さんは話しかけてくる。わたしはなんと答えていいか困り果て、ただ「はあ」とだけ応じておいた。

まるで針の筵《むしろ》だ、と思った。

38

せっかくのメインディッシュは仔牛《こうし》のなんとかという料理だったが、その名前はもちろん、味さえまるでわからなかった。ともかく残しては失礼だという意識だけで口に運び、皿を綺麗にする。他の三人もそのときだけは、料理を堪能《たんのう》しているせいか無口になっていた。

ふたたび志水が口を開いたのは、デザートが運ばれてきたときだった。デザートはシャーベットの盛り合わせである。むろん、どんな種類のシャーベットなのか、わたしにわかろうはずもない。

「ところで、おじいさん。五十六年前に何があったのか、そろそろお話しいただけるのでしょうね」

志水は世間話でもするように言う。そのあまりに直截《ちょくせつ》な切り出し方に、わたしは思わず動きを止めた。瞬《まばた》きすら忘れて、志水と剛造を見つめる。剛造も呆気《あっけ》にとられたのか、怒り出しさえしなかった。

「何がそろそろだ。そんな約束があったかのような言い方をするな」

「でも、松嶋先生がこうしてわざわざいらしてくださっているのですよ。何もお話しせずにお帰しするわけにはいかないでしょう」

「勝手に呼んだのはお前たちだ。儂は知らん」

「おじいさんに必ず喋ってもらうと、約束してしまったのですよ。話していただかないと、ぼくの顔が立ちません」

志水は先ほどの劣勢を挽回するつもりか、開き直ったように強気だった。さすがに剛造も不審に思ったらしく、目を細めて志水を睨む。

「悠哉、お前はどうしてそうまでこの男に肩入れするのだ。お前にとって、こいつは敵《かたき》だろうに」

「敵なんて……。おじいさんは感覚が古いんですよ」

「敵じゃなきゃ、なんなんだ。親友だとでも言うのか」

「ぼくは松嶋さんに借りがあるんです」

「借り？　どんな借りだ」

志水の返答に、当然のように剛造は訊き返した。よけいなことを言わなければいいのにとわたしは気を揉《も》んだが、当の志水はまったく動揺していない。

「ぼくは咲都子さんに振られたのが納得いかなくて、彼女が選んだ男はどんな人なのかと、松嶋さんの顔を見に行ったのですよ。女々《めめ》しいでしょ。しかもそれを咲都子さんには知られたくないと思った。ぼくのそんな行動を知ったら、咲都子さんは怒るに決まってましたからね。ところが、あるとき偶然ばったり、松嶋さんと咲都子さんが歩いているところに出くわしてしまった。ただでさえ気まずい状況なのに、ぼくは松嶋さんに会いに行ったことを知られたくなかった。どうしようかと困っていたら、松嶋さんはぼくと初対面のように振る舞ってくれたんですよ。だからぼくは、咲都子さんに特に軽蔑されることなく、穏当な会話をして別れることができたわけです。そのときのことを、ぼくは松嶋さんに感謝してるんだ」

露悪的に、だが卑屈にはならず、志水は堂々と言い放った。むしろわたしの方が、肩身の狭い思いを味わう。志水の言葉を聞いているうちに自然と俯き、顔を上げられなくなった。

「なんだ、借りとはその程度のことか」

それに対して剛造は、いとも軽い感想を漏らした。志水はそんな剛造に冷静に応じたが、心なしか、その声には苛立ちが混じっているようにも聞こえた。

「おじいさんにはわからないことですよ」

「わからんな。だが、どうやらお前にとっては意味があることだというくらいは理解できた。聞いてたか、学者先生。人にものを尋ねるときには、こうしてまず己をさらけ出す必要があるのだ。あんたのように自分のことは何も言わず、他人にだけ喋らせようなんて、そんなふざけた了見が通ると思うなよ」

　ここに至ってようやく、剛造はわたしに話しかけた。わたしが顔を上げると、剛造だけでなく志水と永美子さんの視線までがこちらに集まっている。発言をせずに済ませられる状況ではなくなっていた。

「はあ、わかりました。申し訳ありません」

　なぜ謝らなければならないのかと自分でも思うが、志水に比べて潔《いさぎよ》さに欠けていることは自覚した。こうなったら、せめて手記が贋物だったことくらいは打ち明けなければならないだろうと腹を括《くく》った。

「わたしが五十六年前に起きたことに執着するのは、何者かに研究者生命を絶たれようとしているからです」

「研究者生命を？　どういうことですか」

　わたしの告白には、志水が最も驚いているようだった。これまで話していなかったのだから、当然の反応だろう。わたしは言葉を選びながら、続けた。

「わたしの許《もと》に持ち込まれた佐脇依彦の手記は贋物、少なくとも紙は最近のもので、原本ではなかったのです。何者かが悪意を持って、わたしを嵌めたのです」

「何者かって、それは誰ですか？」

「わかりません」

　この期《ご》に及んで卑怯《ひきょう》だとは思うが、それでもわたしは、すべて咲都子の遺志だったなどとは言えなかった。そこまで話さなければならないくらいなら、もう五十六年前のことなどうでもいい。

「ただ、手記の内容は一から捏造したとは思えないものでした。現に手記の記述を元に、こうして竹頼会長まで辿り着いたのですから、真実は含まれているのです。ならば、わたしを嵌めた者の正体は手記の謎を解くことで明らかになるかもしれないと考えました。そういうわけで、ご迷惑をおかけするのも顧みず、こうして押しかけている次第です」

わたしは剛造に向けて、頭を下げた。剛造は少し興味を持ったように、わたしの顔をしげしげと見る。

「なるほどな。あんたがこれまでそれを言わないようにしていたのは、嵌めた相手が儂かもしれないと疑っていたからか。よくわかったよ」

「いえ、そういうわけでは……」

図星なのだが、認めるわけにはいかない。曖昧に語尾を濁して逃げておいた。

「ええと、確か咲都子さんのお父様は松嶋先生の大学の教授でいらっしゃったのですよね。どうして手記を持ち込まれたとき、ご相談なさらなかったんですか？」

それまで黙っていた永美子さんが、素朴な疑問とばかりに尋ねてきた。そのことだけは訊かれたくなかったので、わたしは返答に窮した。

「どうした、学者先生。また黙り《だんま》か。そんなことでは儂の口を割らせることはできないぞ」

剛造は面白がるように言う。いつの間にか、このひと幕を剛造は楽しんでいるようだった。

「それが、そのう、義父とはちょっと関係がぎくしゃくしていまして……」

「あら？　それはまたどうして？　ああ、そういえば、咲都子さんはご実家に帰られているときに事故に遭われたんでしたよね。どうしてご実家に戻っていたんですか」

無邪気な永美子さんが恨めしかった。居心地悪い思いは最初から味わっていたが、事ここに及んでわたしは最大の窮地に立たされたと感じた。

「それは儂もぜひ聞きたいところだな。あんたがそれを告白する勇気があるなら、儂も昔のことを話してやらないでもないぞ」

剛造は明らかに興が乗ってきたようだ。わたしは戸惑い、躊躇し、頭の中がぐちゃぐちゃになった末に、またしても投げやりな気分になった。もうどうにでもなれと、己の恥部をさらけ出す自虐的快感に酔った。

「いや、それが、酔っていてよく憶えていないんですけど、どうもわたしは、そのう、いかがわしい店に行ったようで、それを咲都子に知られて、そのう……」

「いかがわしい店？　それはどんな店ですか」

今度は志水までもが、眉根を寄せて問い詰める。なぜこのような場でこんなことまで言わされるのかと情けなく思いながら、わたしは白状した。

「いや、それが、たぶん、風俗関係の――」

「なんですって！」

志水は声を荒らげた。その剣幕に驚き、わたしは目を見開く。永美子さんから軽蔑の眼差しを向けられるならともかく、志水が怒り出すとは予想もしなかった。

「どういうことですか、松嶋さん。何が面白くてそんなところに行くんですか。あなたには咲都子さんという妻がいるのでしょう。それなのに、どうして！」

志水は込み上げてくる怒りを抑えられないように、掌でテーブルを強く叩いた。わたしは口をぱくぱくさせ、かろうじて「酔っていたので」と言い訳した。だがそれがまた、志水の怒りを煽《あお》ってしまった。

「信じられない！　酔っていようがなんだろうが、奥さんを心底大事にする気持ちがあったらそんなところには行かないはずだ！　松嶋さんは咲都子さんを大事に思ってなかったんですか！　そんなことならぼくは、諦めたりしなきゃよかった！　咲都子さんはあなたのような人と結婚するべきじゃなかったんだ！」

声に出しているうちに感情が高ぶってきたのか、志水はそんなことまで言った。それを聞いて、咲都子を忘れられないでいるという永美子さんの指摘は正しかったのだなとぼんやり考えた。同時に、志水の言うとおりだなとも思った。

「幻滅ですよ、松嶋さん。そんな人だとは思わなかった。ぼくはあなたが、咲都子さんを幸せにできる人だと思っていたから好意を抱いてたんだ。そうじゃないとわかったからには、もう協力はできない。借りは今日この場をセッティングしたことで返したと思ってください。今後はもう、いっさい手を貸しませんからそのつもりで」

失礼、と言い残して、志水は席を立った。そのまま憤然と、リビングを出ていく。わたしはその後ろ姿を見送ることもできず、ただうなだれた。

「あらあら、もう不作法でごめんなさいね。あんなふうに怒ることはめったにないんですけどねえ」

永美子さんはそれでもにこやかに言って、志水の後を追いかけていった。ドアが閉まると、不自然なまでの静けさがわたしを取り囲んだ。

39

重苦しい沈黙を破ったのは、低い笑い声だった。それは徐々に大きくなり、やがて爆笑にまでなった。

「面白いな、学者先生。期待以上に面白いぞ。こんな愉快なものを見せてもらえるなら、わざわざ来た甲斐《かい》があったというものだ」

「はあ」

剛造を喜ばせるために道化になったわけではないし、それと引き替えに志水を怒らせてしまってはなんの意味もない。だがそれも、失言などではなく己の行いの結果なのだから、いまさら悔やんでも仕方なかった。わたしは人に軽蔑されても当然の男なのだ。

「要領が悪い男というのはいるものだな。なあ、先生。あんたはそんな女遊びはそのときが初めてだったのか」

剛造は軽く身を乗り出し、親しげにすら聞こえる口調で尋ねる。わたしはやけっぱちになって認めた。

「そうですよ。しかも、自分が何をしたのかすら憶えてないんですから、もう最悪です」

「けっこうけっこう。運の悪い男は、とことん悪くなくちゃ面白くない」

他人事《ひとごと》だと思って剛造は無責任に言うが、笑われても不愉快には感じなかった。いっそ世界中のみんながわたしを笑ってくれればいいのにとすら思った。

「なあ、学者先生。あんたは儂のことが羨ましいか」

剛造は唐突に、そんなことを尋ねてきた。わたしはどういう意図の質問なのかわからなかったが、羨ましくないと答えるのは得策ではないだろうととっさに考えた。事実、これほどの財があるのは羨ましいには違いないのだ。

「はあ、羨ましいです」

「そうだろう。でかい家を建て、最高級の家具を揃え、別荘をいくつも持ち、それでも使い切れないくらいの金がある。儂を羨ましいと思わない者などいないのだ。だがな、そんな儂でも失ってしまうものがある。なんだかわかるか？」

なぜわたしはこんな会話をしているのだろう。ふと疑問に思ったが、席を立つわけにもいかなかった。少し考えて、答える。

「若さ、ですか？」

「まあそうだな。人間、誰でも年を取る。だが年を取るのが惜しいのは、それに伴って失うものがあるからだ。健康だよ」

「ああ、健康」

剛造の体調が優れないのは知っていた。脚も弱っているようだ。しかしだからといって、それがどうしたと言うのだろう。わたしになんの関係があるのか。

「儂は癌《がん》なんだよ」

剛造は告白する。この年では珍しくもないのでわたしは驚かなかったが、何が言いたいのかと話の成り行きには興味を持った。

「最初は肺癌だった。一日に何箱もたばこを吸っていたのだから、まあなるべくしてなったようなものだ。これは発見が早かったので、手術でどうにかなった。しかしそれからは、ほとんどモグラ叩きのようなものだ。こちらで見つかったといっては切り、今度はこっちだと切る。儂の体でメスの入っていない箇所など、もうほとんどない。明日にも寿命が尽きても、別に儂は驚かんよ」

「しかし志水は——志水君は会長のことをお元気だと……」

「部外者に、身内の体の具合など話せるか。仮にもあれは広報部長だからな」

言われてみればそのとおりだ。こうして面と向かっているとすっかり忘れてしまうが、最初に訪ねていったときには体調不良で会えなかったのだ。あれは癌故の体調不良だったのか。

「晩年になってこんなにも病気に苦しめられると、自分の人生は恵まれていたのかわからなくなる。あと何回、心底笑える機会があるかと不安になる。だからな、学者先生。あんたのようなどうしようもなく情けない男に会うと、儂は嬉しくなるのだよ。こいつよりは儂の方がましかもしれない、とな」

そんなことを言われても、わたしは相槌の打ちようがなかった。それはよかったですね、とでも言ってやれば、剛造は喜ぶのだろうか。

「言いたくないことをあんたが白状すれば、儂も昔のことを話してやるという約束だったな。いいだろう。あんたがもっと毅然とした男だったら絶対に言う気にならなかったが、今の笑えるひと幕に免じて教えてやる。ありがたく思えよ」

「あ、そうですか……」

素直に喜べないシチュエーションではあったが、それでもどうやら剛造の頑なな態度を崩すことには成功したようだ。もはやどうでもいいという気分がないわけではなかったものの、話してもらえるのは単純に嬉しかった。

「先生よ、あんたは春子の名を口にしたな。つまり佐脇の手記に、春子のことが書いてあったというわけか」

「そうです。復員兵の井口の頼みで春子さんを捜し当て、その後度重《たびかさ》なる不幸のために自殺を決意するまでの心境が、手記には綴られています」

「そうか。やはり佐脇は春子を捜し出したと思っていたのか」

剛造は不思議な物言いをする。わたしはそれを聞き咎《とが》めた。

「思っていた？　実際は違うと言うのですか」

「そうだ。春子は佐脇と会っていない。佐脇が会ったのは、おそらく別の女だ」

「しかし、春子さんは顎にほくろがあったのですよね。佐脇が探し当てた女性も、顎にほくろがあったと書いてありましたが」

「顎にほくろがある女など、世の中にいくらでもいる。確かにあの女も顎にでかいほくろがあったな。だが春子のほくろは、あれほど目立ちはしなかった。小さいものがぽつんとあっただけだ」

「では、佐脇が見つけた女性は、何者だったんですか？」

「あれは、春子が産んだ赤ん坊の養い親だ。儂が多少の金をやって、あの夫婦に赤ん坊を預けたのだ。そのまま春子が住んでいたアパートに入ったから、佐脇は間違えたんだろう」

「そうだったんですか」

佐脇が見つけた女性は、とうとう自分のことを春子とは認めなかった。それを佐脇は不人情と解釈していたが、本当に女性は春子ではなかったのだ。

「となると、その女性の夫らしき人は、なぜ佐脇の最新作を盗んだのですか」

「儂がやらせたんだよ」

剛造は堂々と言ってのけた。これは罪の告白だ。わたしは事の重大さを悟り、身の引き締まる思いを味わった。

「儂があの男を使って、佐脇の部屋から小説を盗ませた。佐脇にとって何が最も困ることかを考え、実行に移させたのだ。だがあの男も、佐脇の振る舞いには腹を立てていた。だから金のためだけでなく、奴自身進んで役目を引き受けたのだ。佐脇はそうされるだけの罪を犯したのだよ」

「佐脇は……、佐脇依彦は、いったい春子さんに何をしたのですか。佐脇の行動の何が、春子さんを不幸にしたのですか」

結局会うことがなかったというのに、それほど佐脇が恨まれる理由がわからなかった。何しろ佐脇は、死にまで追いやられているのだ。並大抵の恨みではないはずなのだが、わたしには見当がつかない。

「春子には当時、恋人がいた。進駐軍のアメリカ兵だ」

剛造の言葉を受けて、わたしの脳裏に手記の一節が甦る。春江《はるえ》という名の女給は、進駐軍の兵隊に見初められたという噂があると、同じバーに勤める女が言っていたそうだ。それは事実だったのだ。

「春子はアメリカ兵と知り合ったとき、自分のことを独身だと言った。それは本当なのだから、そう言うのは当たり前だ。しかしアメリカ兵は、その説明だけで春子を独り身だと思ってしまった。春子も子供がいるとは言いにくく、付き合いが深くなればなるほど、子供の存在を隠さなければならなくなった。あの当時のことを、あんたは知ってるか、学者先生？　戦争で日本人は何もかも失ってしまい、貧乏のどん底だった。あの当時、最も恵まれた生活を送っていたのは、進駐軍の兵隊の腕にぶら下がっていたパンパンたちだ。パンパンだって好きでそんなことをしていたわけじゃない。そうするしか、生きるすべがなかったんだ。だが春子は、パンパンではなかった。金じゃなく、ちゃんと気持ちで兵隊と繋がっていたんだ。これがどんなに幸せなことか、とうてい手放しがたいことか、想像がつくか？　子供を他人に預けて、自分は兵隊と一緒にアメリカに渡ろうとしても、春子の振る舞いを咎める者はいなかっただろう。そういう時代だったのだ」

知識としては知っている。だが実感はない。もしわたしだったなら、里菜を捨てて自分だけ幸せになろうなどとは考えないからだ。しかしそれもまた、ぎりぎりの選択を迫られたことのない者の言い分なのかもしれない。わたしは口を噤《つぐ》んだまま、感想を漏らさなかった。

「春子にとっては人生の転機だった。終戦直後のあのどうしようもないどん底の時代にあって、春子は父親のいない子供を抱えて困り果てていた。そこに、救いの手が差し伸べられた。春子はしっかりそれを摑んで、絶対に手放すまいと決意していたのだ。そのことだけを思い詰め、あの頃の春子は生きていた」

「それを、佐脇が壊してしまったのですか」

「そうだ」

わたしの確認に、剛造は重々しく頷く。その声には、今も激しい憤りが滲んでいるかのようだった。

「恋人のアメリカ兵は、あとわずかで本国に帰る予定だった。そのときには、春子を連れていくという約束だったのだ。それなのに佐脇がよけいなことをしたせいで、子供の存在がアメリカ兵の耳に入ってしまった。アメリカ兵はそれを聞いて怒った。独身だというのは嘘だったのかと、春子を激しくなじったのだ。その結果、春子は捨てられた。アメリカ兵はひとりで本国に戻ってしまった。春子は胸が張り裂けるほど悲しみ、我を失った。泣き喚《わめ》きながら、自分の不幸な運命を呪う春子の姿は、まるで夜叉《やしゃ》のようだった。儂は妹のあの姿が、今でも忘れられないのだ」

春子は狂死したという志水の説明を、わたしは思い出した。夜叉のようだったと語る剛造の言葉と、狂死という異常な単語が今、重なり合う。その禍々《まがまが》しさに、わたしは思わず瞑目した。

「春子は首を吊《つ》って死んだ。儂はそうなるのではないかと案じていたので、春子から目を離したくなかった。しかしどうしても出かけなければならない仕事があり、少しだけ春子をひとりにした。その隙《すき》に春子は、自ら命を絶ってしまったのだ。儂は春子を引き留められなかった自分を責めた。自分を責めなければ、儂の胸もまた張り裂けてしまいそうだったからだ。そして儂は誓った。春子を殺した者どもに、同じ辛さを味わわせてやろう、と」

なんという重い告白だろう。わたしはそこに込められた憎悪の深さ、不幸の嵩《かさ》に圧倒され、言葉を失った。できるなら耳を塞ぎたいほどだった。

しかしわたしの振る舞いもまた、佐脇のそれと大差はないのだ。いや、佐脇の行動は善意に基づいていただけにまだましとも言える。だからわたしは、絶句することすら許されないのだ。わたしが庇《かば》わずに、誰が佐脇を庇ってやれるのか。

「でも、佐脇は何も知らなかったのですよ。春子さんも井口の死に際の言葉を知りたいだろうと、ただ純粋な厚意から春子さんを捜したのです。決して春子さんを不幸にしようと考えたわけではないじゃないですか」

「理由はどうあれ、春子が奴らに殺されたのは間違いない。奴らがよけいなことをしなければ、春子は死なずに済んだのだ」

「しかし――」

「儂の話を聞く気があるのか、学者先生」

剛造はこちらの反駁《はんばく》を遮って、低い声で言った。わたしは口を噤まざるを得ない。

「さっきも言ったように、佐脇はとうとう春子には行き着かなかった。だが、加原というヤクザな編集者が、春子を捜し当てた。それだけでなく、子供の存在を知られたくない春子の立場まで調べ上げたのだ。奴は春子を脅迫し、金を出せと迫った。だが自由になる金など、春子にはない。揉《も》めるうちに、加原に脅迫されていることがアメリカ兵の耳に入ってしまった。そしてその結果、アメリカ兵は子供の存在を知り、春子を捨てた。だから直接春子を死に追いやったのは、加原という編集者だ。佐脇は加原に比べれば、罪が軽い」

「もしかして、加原を殺したのですか……」

加原は行方不明になったと、手記には書かれていた。最も罪が重いと見做《みな》された加原は、自分の命で罪を償ったのだろうか。

「心配するな。人殺しなどせん。だが奴には、死んだ方がましだという目に遭わせてやった。己のしでかしたことを、奴は死ぬまで後悔しただろうよ」

剛造が加原に対して何をしたのか、わたしは訊く勇気がなかった。世の中には知らなくてもいいことがあると思った。

「だから佐脇の場合は、真綿で首を絞めるように苦しめたわけですか。そのために、佐脇とその周囲の人たちを不幸に陥れたんですか。大野という八百屋《やおや》さんの店を壊したのも、佐脇の叔父夫婦の仲を割いたのも、みんなあなたなんですか？」

「そうだ。儂の差し金だ。奴らもまた、そうされるだけの罪があったのだ」

「でも、佐脇の叔父夫婦は関係ないでしょう。関係のない人まで巻き込むのが、あなたの復讐なんですか」

「儂がしたのは、佐脇の叔父に女を近づけたことだけだ。叔父の身持ちが堅ければ、何も起きなかった。夫婦仲が悪くなったのは、そうなるだけの種火があったからだよ。儂はそれを少し煽ってやっただけのことだ」

「しかし、扶実さんは違いますよ。扶実さんはなんの罪もないのに身を汚された。それについては、ご自分のしたことをどう正当化されるのですか」

本当なら、剛造の罪を糾弾するつもりなどなかった。わたしにそんな資格がないことは、重々承知していた。しかし自分の行動があたかも正義であったかのような剛造の弁は、どうしても認められなかった。扶実子のために、そして佐脇のために、わたしは問い質《ただ》さなければならなかった。

「扶実さんとは誰だ？　儂は知らんぞ」

だが剛造は、ただ粗暴なだけの男ではなかった。何しろ終戦直後の混乱期を、自分の才覚ひとつで生き抜き、財を築いたのだ。ひと筋縄でいくはずもなかった。

「佐脇の家に出入りしていたお手伝いさんですよ。佐脇は彼女に淡い好意を抱いていた。その扶実さんが身を汚されたことで、佐脇は責任を感じ、首を吊ったのです。それもまた、あなたの仕業だったのでしょう」

「だから、知らんと言ってるだろう。儂はそんな女の名前すら聞いたことがない」

剛造はにやにや笑いながら、あくまでとぼける。剛造は白を切っていることを隠そうとはしなかった。

わたしは激しい徒労感に襲われた。この老人は、信念を持って他人を不幸に陥れることができるのだ。わたし如きが責めたところで、反省など絶対にしないだろう。剛造の怒りの強さを、まざまざと思い知らされたように感じた。

「扶実さんは望まない妊娠をして、子供を産みました。その子は今でも健在なのですよ。ご存じでしたか」

それでも、最後にひと言言ってやらずにはいられなかった。剛造はどうやら、敵には容赦がないが、身内にはそれに倍する愛情を注ぐらしい。ならば、我が子が他にも存在すると知れば、何か人間らしい反応を示すかもしれないと考えたのだ。

だがそんなわたしの思惑もまた、揺るぎない悪意の前では甘かったことを痛感するだけだった。剛造は鼻から息を吐き出すようにして、こう言い捨てた。

「そんなことは知らん。儂には関係のない話だし、そもそもあんたにも関係ないだろう」

その返答で、わたしは剛造がどこまで把握しているかを正確に理解した。なるほど、剛造は本当に知らないのだ。自分の息子が長じて国文学者になったこと、その娘が孫とかつて恋仲にあったこと、そして剛造が存在すら知らずにいた孫娘はわたしの妻になっていたことを。

わたしは運命の皮肉を思った。佐脇も扶実子も、剛造も志水も、そして他ならぬわたしも、運命の掌の上で弄《もてあそ》ばれる駒《こま》に過ぎない。ちっぽけな駒にできるのはただ、運命の波浪がわたしと里菜を引き裂かないようにと願うことだけだった。

40

辞去する際にも、志水はとうとう顔を出さなかった。永美子さんだけがわたしを見送りに出てきてくれ、息子の不作法を代わって謝る。だがわたしには、志水の態度を怒る権利などなかった。潔癖な志水の怒りが、かえってすがすがしく、羨ましくもあった。タクシーを呼ぶという永美子さんの申し出は、頭を下げて固辞した。ここまで親切にしてもらった上に、タクシーまで呼んでもらってはあまりに申し訳ない。他人に呆れられるほど情けないわたしであっても、常識くらいはわきまえているつもりだ。何度も永美子さんに礼を言って、志水家を後にした。

駅までの道のりは長かった。豪邸はどうして駅から遠くにあるのだろうと文句が心に浮かび、彼らは電車を使う必要がないからだとすぐに答えを思いついた。電車を使わなくていい生活とは、いったいどんなものなのか。決定的にわたしなどとは生きている世界が違うのだ。いまさらそれを思い知らされ、いっそさばさばした心地になった。もう彼らと接することもないだろう。違う世界にいる者同士は、別々の生き方をすればいいのだ。

咲都子は惜しいことをしたものだな。わたしは淡々と思う。伴侶の選択さえ間違えなければ、今頃は咲都子も別の世界の住人だったのだ。銀行口座の残高を気にし、スーパーマーケットのセールには必ず飛びつき、電車代を節約するためにひと駅分は歩く生活。電車を使わずに生きる世界の代わりに咲都子が選んだのが、それだった。こうしてお屋敷街を歩いていると、咲都子は大きな間違いをしたのだと思えてならなかった。

　歩いているうちにぽつぽつと雨滴が落ちてきたので、足を速めた。だが駅はいっこうに見えてこず、そうこうするうちに雨脚は激しくなった。あっという間に全身が濡《ぬ》れそぼってしまい、こうなるともう急いでも仕方がないかという気になる。雨に打たれるままに、わたしはそぞろ歩くことにした。こんな天気は、今の気分に至極似つかわしいような気もした。

　雨にもまた、咲都子との思い出がある。あれはプロポーズをする直前のことだっただろうか。ふたりで食事を終え、並んでゆっくりと歩いているうちに雨が降り始めた。『参ったな』と言いながら、すでにシャッターが降りている店の軒先を借りて雨宿りすると、咲都子はバッグから折り畳み傘を取り出し、広げる。それを見てわたしは、こう尋ねた。

『用意いいね。いつも持ち歩いてるの？』

　すると咲都子は、まるでわたしが奇妙なことを言ったかのように眉を吊り上げた。

『今日は雨が降るって、朝から天気予報で言ってたじゃない。聞いてなかったの？』

『うん、知らなかった』

『浮世離れしてるわねぇ』

　咲都子は言うと、傘をわたしたちの頭上に掲げ、『行きましょう』と促した。わたしは肩を竦めるようにして傘の下に入り、歩き出す。自分が不注意だからこそ、咲都子の用意周到さには素直に感心した。

咲都子はこういう女性なのだった。デートがある日はきちんと天気予報を確認し、雨が降りそうなら折り畳み傘を持ってくる。一事が万事この調子で、その判断力、行動力は尊敬に値する。こんなに能力の高い女性を、わたしは他に知らなかった。だからこそ、わたしのような凡人には不釣り合いではないかという恐れを、当時は密かに抱いていた。

『濡れちゃうよ、ほら』

咲都子は言って、自分が濡れるのもかまわず傘をこちらに押し出した。わたしは苦笑して、咲都子から傘を奪い取った。

『普通、逆でしょ。男は自分が濡れても、女性が濡れないように気を使うものだよ』

わたしは咲都子の全身が傘の下に入るようにした。咲都子はびっくりした顔でわたしを見上げ、そしてわずかに微笑んだ。

『ありがとう』

『どういたしまして』

そのまましばらく無言のまま歩いたが、やがてぽつりと咲都子が言葉をこぼした。

『あたしってさ、いやな女だよね』

『えっ、どうして？』

咲都子が何を言い出したのか、わたしはわからなかった。今のやり取りで、どうして咲都子がいやな女になるのか。

『面倒見がいい、なんて好意的に言ってくれる人もいるけど、要は出しゃばりなのよね。自分だけがなんでもできるって顔しちゃってさ、人の世話焼いて喜んでるのよ。かわいくない性格だと、自分でも思うんだ。こういうときは男の人の傘の下に入って、濡れないように気を使ってもらってればいいんだよね。でも、それがなかなかできないんだ』

咲都子が自己批判めいたことを口にするのは、本当に珍しかった。だからわたしは、咲都子が自分をそんなふうに認識しているとはまったく知らなかった。それが美点なのに、と反射的に思う。賢くてなんでもできる、格好いい咲都子がわたしは好きなのだ。どうして自分を卑下などするのか。

だがそう考えて、最前の心の動きを思い出した。天気予報を聞いて折り畳み傘を用意してきた、周到な咲都子。それに引き替えわたしは、そうした配慮がまったくできない愚鈍な男だ。その差を痛感し、自分は咲都子と釣り合わないのではないかと思ったのは、他ならぬわたし自身だ。こんな心の動きを咲都子が敏感に感じ取り、己を責めていたとしたら。咲都子にこんなことを言わせているのは、わたしなのかもしれなかった。

『ぼくは君のどこが好きなのか、はっきり言ったことがなかったね。これは皮肉でも逆説でもなく、本音だから素直に聞いて欲しい。ぼくはね、君がなんでもできるところが好きなんだ。こういうときにちゃんと傘を持ってくる君が、すごく好きだ。誰にも頼らないで、自立して生きている君のことを尊敬している。ぼくはね、尊敬できる相手じゃないと好きになれないんだ。身の程知らずなんだよ』

少しおどけて言うと、咲都子は苦笑めいた表情を浮かべた。自分が道化になることで咲都子の気持ちを楽にしようとしている、と受け止められたのかもしれない。だからわたしは、言葉に力を込めた。

『そういうぼくだから、君のことをかわいくないなんて思わないよ。もちろん、出しゃばりだとも思わない。君は君のままでいてくれればいいんだ。でもひとつ欲を言えば、甘えて欲しいとは思う。ぼくなんかじゃ頼りにしにくいんだろうけど、それでも頼って欲しいと思うよ。こういうときはぼくに傘を差し出させて欲しい。君は誰にも頼らず生きていける人でも、ぼくだけは例外にしてくれないかな。ぼくも君のことは頼りにしたいし、甘えたいと思うときもあるかもしれないから』

自分の思いをうまく言葉にできた気がしなかった。語彙《ごい》の乏しさが恨めしい。しかし思いを伝えるのは言葉だけじゃないと、鈍いわたしでもわかっていた。きっと咲都子は、わたしが言いたいことを理解しているはずと信じていた。

『ありがとう。頼りにしてるよ』

咲都子はわたしの目を見て照れ臭そうに言うと、珍しく自分から視線を逸《そ》らした。そして、それを糊塗《こと》するように続ける。

『あたし、甘える練習をするよ。偉そうな態度してたら、注意してね』

そんなことを言いながら咲都子は、わたしの手から傘を奪い返して、こちらに差し出してきた。『わかってないじゃないか』と笑って、わたしは咲都子に体を寄せた。咲都子の肩の温《ぬく》もりが二の腕に伝わり、ひどく心地よかった。

――今わたしは、無意識に己の二の腕に反対の手を伸ばした。雨に濡れきった袖《そで》が、掌に冷たい感触を伝えてくる。咲都子の温もりを、わたしは失って久しい。わたしは咲都子の命だけでなく、心をも失ったのだ。もう二度と戻ってこない、あまりに大きすぎる欠落。

雨がわたしを打つ。雨滴がこめかみを、眦《まなじり》を、そして頰を伝い、顎の先からしたたり落ちた。

41

翌日の夕方に、長谷川医師から電話があった。わたしは竹頼剛造から過去の因縁を聞き出したことですべてが終わった気になっていたので、正直に言えば長谷川医師のことを忘れていた。名乗られてようやく、そういえば手記を貸したままだったと思い出した始末だ。返してもらわなければならないが、取りに行くのも億劫《おっくう》に感じる。いっそ長谷川医師の方で処分してもらおうかとすら、一瞬考えた。

「長々とお借りしてしまいましたが、ようやく手記を読み終えました。最近めっきり視力が落ちたので、長い文章を読み続けるのが辛くなってしまったのです。ご勘弁ください」

長谷川医師は、あくまで丁寧な物腰で詫びる。わたしは投げやりな気分が声に滲まないよう、気をつけながら答えた。

「いえ、特に急ぎませんので、大丈夫です。先日申し上げたように、その手記は贋物ですから」

「うん、どうもそのようですね」

長谷川医師も否定はしない。当時を知る人が目を通せば、奇妙な箇所が多々見つかるのだろう。いまさらそんなことを再確認しても、わたしは特に気落ちしなかった。

「確かに町の様子の描写など、後から書き改めたのではないかという不自然なところがありました。それも、いかにもそれらしく書いてあるものの、知っている者が読めば一目瞭然《いちもくりようぜん》という程度の改竄《かいざん》で、少し稚拙《ちせつ》な感じすらしますね」

それは、絶対に見破られまいという意図が増谷たちにはなかったからだ。贋物であることが発覚しなくては、目的を達成できないのだから。わたし程度の知識量の者が読んだだけではわからず、きちんとした鑑識眼を持つ人ならば簡単に見抜ける不自然さ。それは高度な計算が必要な仕掛けであり、その意味で手記は絶妙な出来だったと言えるだろう。

「例えば、まず真っ先におかしいと気づいたのは、佐脇が井口と図書館で会っていることです。淀橋図書館は戦時中に休館になり、戦後も予算がつかずにそれきり開かなかったんですよ。ふたりが再会したのは、別の場所のはずです」

「ああ——」

なんだ、そんなところにも堂々と罠が張り巡らしてあったのか。新宿の図書館が昭和二十一年当時にどういう状況にあったかなど、知識がなければ気づきようもないが、おそらく調べればわかることでもあるのだろう。わたしは改めて己の不用意さを思い知らされたが、だからといっていまさら後悔もしなかった。何もかも、決定的に遅すぎる。

「ただ、まったくのでたらめばかりが書いてあるというわけでもないのです」長谷川医師はこちらの気持ちも知らず、続ける。「わたしと佐脇のやり取りや、佐脇の内面描写など、当人でなければ書き得ない箇所がいくつもありました。ですからやはり、原本は確かにあるのですよ。それを見つけた何者かが、意図的に手を加えながら書き写したのでしょう」

「そうでしょうね」

長谷川医師が親身になってくれているのはよくわかるが、いかんせんタイミングがずれている。すべてが明らかになった今となっては、長谷川医師の推測はただ事実を後追いしているだけでしかなかった。相槌を打つわたしの声にも、どうしても力が籠らない。

「松嶋さん、お力落としのないように。原本はまだ存在する可能性が高い。それさえ見つけ出せば、あなたの名誉は保たれるではないですか。まだ希望はありますよ。諦めてはいけません」

長谷川医師の励ましにも、わたしの気持ちは奮い立たなかった。縁もゆかりもないわたしを気にかけてくれる長谷川医師の厚意はありがたい。心からの感謝を覚える。それでも長谷川医師は、すべてを知っているわけではないのだ。わたしを陥れたのが亡き妻の遺志と知っても、まだ励ましの言葉を口にできるだろうか。逆にわたしを軽蔑し、離れていくに違いない。

長谷川医師の言うとおり、原本は確かに存在するのだろう。扶実子が処分してしまったとは思えない。しかし、だからといって扶実子がいまさらわたしに貸し出してくれるとも思えなかった。保身を第一に考えるなら、土下座をしてでも原本を貸してくれるよう頼むべきところだが、もはやわたしにそんな気持ちはない。

そうだ、わたしはもう、大学に残る気持ちがなくなっているのだ。改めて、自分の思いに気づいた。他の大学に移ってやり直したいという希望もない。あれほど失うのを恐ろしいと思った大学講師という職に、なんの未練も感じていなかった。ここらが潮時だという、消極的な諦念《ていねん》があるだけだった。

大学を辞めて、いったいわたしに何ができるだろう。新たな人生を決めるに当たり、そんなふうに考えてみる。研究ひと筋、それも国文学などという潰しの利かない学問だけに生きてきたわたしには、特別な能力や資格はいっさいない。この年になって社会に出ていき、まったく違う職業に就くことなど果たして可能だろうか。いくら世間知らずのわたしでも、それほど世の中が甘くないことくらいはわかる。塾講師の口でもあれば、御の字だろうか。それとも職を得られぬまま、のたれ死ぬのが既定の末路か。

気のないわたしの応対にも、長谷川医師は腹を立てなかった。手記はこちらに送ってくれるという。取りに行かずに済んだことを、わたしはわずかに嬉しく思った。手記が戻ってきたなら、おそらくわたしは燃やすだろう。それで、本当に何もかも終わる。そうしてひと区切りつけることで心境に変化があればいいが、それを強く期待するつもりもなかった。

「ああ、そうだ」

そろそろ電話の切りどきだろうと考えていたときに、何かを思い出したように長谷川医師は声を上げた。わたしは特に興味も覚えず、先を待つ。

「そういえばひとつだけ、不思議な点がありましてね」

「不思議な点？」

「はい。最後まで読めばわかるかと思ったんですが、結局理由らしきことには思い当たりませんでした。どうしてそんなことをしたのか、意図がわからないんですよね」

「なんのことでしょう」

長谷川医師が何を示唆しているのか、見当がつかなかった。いまさら新たな事実が浮かび上がるとは露ほども期待せずに、促してみる。すると、長谷川医師はさらりと奇妙なことを言った。

「扶実さんの名前が違うんですよ。わざわざ変えても意味はないから、単に写し間違えたんでしょうかねえ」

「え？」

扶実子の名前が違う？　違うとは、どういう意味か。漢字が違うのだろうか。

「手記には旧字で書かれていましたが、本当は新字だということですか？」

とっさに思いつくのはその程度だった。だが長谷川医師は、わたしの言葉を否定する。

「いえいえ、当時はまだ旧字も使われていましたから、それは不自然ではないのです。そうではなく、この手記の中では一箇所だけ、《扶実子》と書いてありますでしょう。崩した字ですが、そうとしか読めないのですよね」

「ちょ、ちょっと待ってください」

予想もしない話が飛び出したことに、わたしは我知らず狼狽《ろうばい》した。いったい長谷川医師は、何を言い出したのか？　手記に登場する女性の名前は扶実子でないなど、果たしてそんなことがあり得るのか。恐る恐る、自分の言葉で確認する。

「扶実さんの名前は《扶実子》ではないんですか」

「違います。《扶実子》ではなく《扶美代《ふみよ》》です。いつも『扶実さん、扶実さん』と呼んでいましたが、《扶美代》であることは間違いないですよ。わたしの記憶違いなどではありません」

世界が反転するほどの衝撃だった。明日地球が爆発すると言われても、これほど驚きはしないだろう。何もかもがひっくり返り、雪崩《なだれ》を打って崩壊している。混乱した頭を立て直すのに、わたしは渾身《こんしん》の力を注ぎ込まなければならなかった。

「それは確かですか」

「確かです」

失礼な念押しにも、長谷川医師はきちんと答えてくれた。わたしは受話器を持ったまま、考え込む。突然の沈黙を、長谷川医師は気遣ってくれた。

「どうしましたか。扶実さんの名前が誤記されていると、何かが問題ですか」

「はい、それは大変な問題です」

手記中の扶実さんが《扶実子》だからこそ、わたしはそれが麻生教授の母と同一人物だと信じたのだ。そうではなく本当は《扶美代》だとしたら、麻生教授の母ではあり得なくなる。麻生教授と扶実さんの間には、なんの関わりもなかったのだ。

ではいったい、わたしが会った扶実子は何者だ。佐脇の知り合いだという言葉は、扶実子がついた嘘か。それともあの扶実子自身が、麻生教授の母などではなく偽者だったのか。騙《だま》されていた。わたしは愕然とする思いの中で悟った。すべては明らかになどなっていない。わたしはまだ、敵の罠の中にいたのだ。敵は二重三重の仕掛けで、わたしを苦しめようとしている。思惑どおりに踊らされる道化者を見て、敵はさぞやほくそ笑んでいることだろう。

いったい真実はどこにあるんだ。世界がすべて嘘で塗り固められているような錯覚に陥り、わたしは悔しさに歯嚙《はが》みした。まだだ。まだ終われない、まだ諦められない。真実に辿り着くまで、這《は》ってでも前に進まなければならない。無気力に覆われていた全身に力が甦り、わたしは決意を新たにした。

42

通話を終えてから、押入に飛びついた。例の段ボール箱をひっくり返し、結婚式の写真を探し出す。わたしたち夫婦を中心にして、それぞれの親族が一堂に会している写真だ。わたしはそこに写る顔を、それこそ視線で穴を開けるほどの意気込みで凝視した。

集合写真なので、ひとりひとりの顔はさほど大きく写っていない。だから、扶実子の顔もほんの数ミリの大きさだった。確かに写真の顔は、わたしがホテルで会った人物と似ている。優しげで気品があり、慎ましやかだ。しかし一度疑いの眼差しを向けると、同一人物かどうか自信がなくなる。別人だと断言することはできないが、かといってこの人と自分が言葉を交わしたのかどうかも判然としなかった。

迷っている暇はなかった。いつもならたっぷりと逡巡《しゅんじゅん》するはずの行為を、すぐ実行に移す。電話の子機を取り上げ、麻生家にダイヤルしたのだ。

数回のコールで、通話は繋がった。電話口に出た義母は相手がわたしと知り、「あら」と意外そうな声を出す。わたしは挨拶もそこそこに、麻生教授は在宅しているかと尋ねた。

「ええ、おりますよ。代わりましょうか」

「お願いします」

間髪《かんはつ》を容《い》れず答えると、義母は驚いたように一拍おき、「ちょっと待ってください」と応じた。わたしが麻生教授と直接話したがるわけがないと思っていたのだろう。すぐに電話口に出てきた教授は、短く「麻生だ」とだけ言った。わたしは畳みかける。

「突然に申し訳ありません。松嶋です。実は、緊急でお尋ねしたいことが出てきました。今からお伺いしてもよろしいでしょうか」

「何事だ、と訊いている暇もないわけだな」

麻生教授はやはり、頭の回転が速い人だ。こちらの用件が尋常でないことを、瞬時に察してくれている。

「直接お話しします」

「わかった。来たまえ。待っている」

義父が人並み以上に頭が切れるという事実は、娘婿してみれば多少息苦しいことであったが、このときばかりはありがたいと感じた。通話を切って、アパートを飛び出す。

咲都子が死んでから、麻生家を訪問する際のわたしの気持ちはふたつに分かれていた。里菜に会いたい思いと、義父母に対する気まずさ。だが今のわたしは、そのどちらも心の隅に追いやっていた。こんなにも急ぐのは、咲都子に会うために通い詰めていたとき以来だ。咲都子が死んだからには、もう二度とあり得ないことと思っていた。

駅から走ったので、麻生邸に着いたときには息が切れていた。わたしを迎え入れた義母は、「あらあら」と驚きを隠さない。珍しく教授自ら玄関までやってきて、「上がりなさい」とわたしを促した。その背後では、二階から下りてくる小さな足音が聞こえる。

「あっ、パパ！」

寝ようとしていたのか、里菜はパジャマ姿だった。わたしを見つけ、花が咲いたように表情を明るくする。ふだんならばそんな娘の笑顔は何よりの慰めだったが、今日ばかりは思う様《さま》それに応えている余裕もなかった。「里菜」と頷きかけ、近くに寄って頭を撫でてやる。

「おじいちゃんおばあちゃんの言うことを聞いて、いい子にしてるな。今日はパパ、おじいちゃんと大事な話があって来たんだよ。だから、お話が終わるまで待っていられるか？」

「うん」

娘は小さな顎を引く。わたしはしゃがんで、正面から里菜の顔を見た。

「よし、偉いぞ。じゃあ、お布団に入っていなさい。もし眠っちゃったら、必ずまた来るから大丈夫だからね」

「うん、じゃあ上にいるから。後でね」

寂しそうな顔をしたものの、里菜は懸命にその気持ちを抑え込んでいるようだった。幼い娘の健気《けなげ》さに、わたしは胸を打たれる。手を引いて一緒に二階に行こうとする義母に、「お願いします」と頭を下げた。義母は「大丈夫ですよ」と笑って応じる。

「こっちに来なさい」

麻生教授は顎をしゃくってわたしを呼んだ。教授の後についていき、応接室に入る。ソファに腰を下ろすのもそこそこに、わたしは切り出した。

「不躾に申し訳ありません。今から教授のお母様に、先日わたしと会わなかったかと確認をしていただけませんか」

「母に？」

唐突なわたしの申し出に、麻生教授は眉を顰《ひそ》めた。だが気分を害する様子もなく、わずかに納得したように頷く。

「先日の君の物言いは気になっていた。わたしの母と君の間に、何か関わり合いができていたのか」

「はい。というか、正確に言うならそう思い込まされていたのです」

「思い込まされていた？　誰に？」

「それはわかりません」

わたしは小刻みに首を振った。それを見て麻生教授は立ち上がり、ローボードから電話の子機を取り上げる。そして立ったまま、ボタンを押した。

「ああ、母さん。克彦です。突然すまない。ちょっと訊きたいんだが、咲都子の旦那《だんな》の松嶋君と最近会ったりしたか？　え？　いや、ちょっとこっちの話だ。会ってない？　ああ、そうだろうな。いや、それならそれでいいんだ」

そのやり取りを聞き、わたしは心の中で「やはり」と呟く。わたしが会ったあの女性は、麻生教授の母などではない。真っ赤な偽者だったのだ。

教授は母親の体を気遣う言葉をかけて、電話を切った。そしてわたしの前に戻り、「聞いてのとおりだ」と言った。

「母は君には会っていないと言っている。君に会ったのは結婚式が最後だそうだ。ここ最近は東京にすら来ていないとのことだよ」

「よくわかりました。お手間をとらせました」

「どういうことなのか、説明してもらえるのだろうな」

麻生教授は当然の要求をする。もちろんわたしも、それを拒む気はなかった。

井口の遺児と名乗る人物が現れたこと。その人の口から、扶実さんのフルネームが《麻生扶実子》だと聞いたこと。その名から、扶実さんは教授の母だったとわたしが考えたこと。増谷に呼び出され、扶実子を名乗る女性と会ったこと。贋物の手記をわたしに摑ませたのは、咲都子の遺志だったと偽扶実子が説明したこと。しかしその嘘も、長谷川医師の証言で破綻《はたん》したこと、等々……。

話は長くなったが、麻生教授は苛立つ様子もなく、じっと耳を傾けていた。わたしは第三者に語ることで、自分自身の考えを整理できた。つまり、わたしに虚偽を語っていた人物は三人いたわけだ。偽扶実子、増谷、そして偽井口。偽井口との対面直後に増谷から連絡があったのは、わたしが個人的に義理の祖母に確認する暇を与えないようにするためだろう。もちろん、麻生教授を追及してくれるなという頼みも、虚偽の発覚を先延ばしにするための小細工だ。わたしは偽扶実子が語る嘘に打ちのめされ、まんまと彼らの計略に嵌《はま》ってしまったというわけだ。

「君は本物の母にも会っているだろう。それなのに、偽者と見抜けなかったのか」

話を聞き終えた教授は、まずそう確認してきた。わたしは開き直るつもりもなく、淡々と実状を語る。

「結婚式の際に一度ご挨拶しただけですから、正直言ってお顔は憶えていませんでした。さっき写真で確認をしてきたのですけど、確かに似ていることは似ているのです」

「つまり君を陥れた相手は、わたしの母と似ている人物を捜し出してまで、君に嘘を吹き込んだということか」

「そうなります」

「手の込んだ話だな」

「だからこそ、わたしも騙されてしまったのです」

「そこまでされれば、君でなくても騙されるだろうよ」

麻生教授はそう応じて、しばし考え込むように視線を壁に向けた。そしてわたしに顔を戻すと、改まった声で言う。

「わたしの父は、すでに他界している。それは嘘ではない」

「事情が事情ですので、相手の嘘を信じ込んでしまいました」

「君がわたしを疑うのはわかるが、わたしはいっさい関与していない」

「はい、それはもうわかっています」

わたしが語気を強めると、ふと麻生教授の視線から力が抜けた。その目でしばしわたしを見て、続ける。

「最初から打ち明けてくれていれば、こんな嘘に君が騙されることもなかったのだが、相手はわたしたちの関係も計算に入れた上で罠を仕組んだのだろうな」

「……おそらく」

「すべて咲都子の遺志だったと思い込まされ、君は苦しんだか」

わたしはこの問いに、簡単に答えることができなかった。かろうじて「ええ」と声を絞り出す。すると麻生教授は、苦々しげに顔を歪《ゆが》めた。

「つまり君を苦しめた遠因のひとつとして、わたしの態度があるわけだな。わたしと君の関係がぎくしゃくしていなければ、こんな罠は最初から無効だったのだから」

そうだ、と認めるつもりはなかった。麻生教授の態度が硬化した原因は、明らかにこちらにある。教授を恨む気など、わたしには毛頭なかった。

「君は咲都子を誤解している」

教授は唐突に言った。わたしはなんのことかわからず、黙って先を待つ。麻生教授は苛立たしげに、だが同時に少し誇らしげにすら聞こえる口振りで続ける。

「咲都子は君に腹を立ててこの家に戻ってきても、その理由は頑《がん》として口にしなかったんだぞ。どうしてだかわかるか？　咲都子は君と別れるつもりなどなかったからだ。夫婦喧嘩の理由を言えば、わたしたちと君の間にわだかまりができる。そうなったら、今後の付き合いが難しくなるだろう。そんなことがわからない娘ではなかったんだ、咲都子は。だから当然、わたしの母に泣きついたりするわけもなかった。君はもう少し、咲都子の性格を冷静に分析するべきだった」

「では、どうして……？」

わたしは初めて聞く事実に呆然とした。教授は背凭《せもた》れに寄りかかり、ため息をつくように言った。

「なぜわたしたちが君の愚かな行動を知っていたのか、と言いたいのか？　それはな、咲都子の友人が葬式が終わった後に教えてくれたのだ。いくら気丈な咲都子でも、友人に愚痴《ぐち》くらい言う。その友人は心底君に腹を立てていたので、咲都子の遺骨を前にしてわたしたちに告げ口したというわけだ。わたしたちにしてみればそんな話は聞きたくなかったが、知ってしまえば君に腹も立つ。それが、親としての人情というものだ。君も娘がいるからには、想像はつくだろう」

「はい」

もちろん、よくわかる。わかりすぎるほどわかる。だからわたしは自分を責めるだけで、義父母の態度を逆恨みしたことなどなかった。いつか許して欲しいとは思っていたが、それは自分のためではなく里菜のためだった。

「おそらく君を陥れた相手は、どこかからそんな話を漏れ聞いたのだろう。人の口に戸は立てられない。いくらわたしたちが誰にも語らなくても、咲都子の友人たちには知れてしまっていたことだ。とはいえ、わたしが頑な態度をとらなければ、それを何者かに利用されることもなかったのだな。そのせいで君が苦しんだのなら、わたしは詫びなければならない。すまなかった」

そう言うと、麻生教授はうなだれるように低頭した。わたしはそんな思いがけない反応に、ただただ戸惑った。

「いえ、そ、そんな。悪いのはこちらです。頭を上げてください」

「里菜のためにも、君との関係はいつか改善しなければならないと思っていた。せっかく来たからには、あの子にも会ってやってくれ」

「はい、そうさせてもらいます」

その言葉を潮に、わたしたちは立ち上がった。応接室を出るときに、教授は厳しい顔で尋ねた。

「罠を仕組んだ者の正体に、心当たりはあるのか？」

「いえ、特に思い当たる相手はいません」

「そうか。矢はどこから飛んでくるかわからない。気をつけることだ」

「ありがとうございます」

心からの礼を言って、階段を上った。足音は立てないようにしたのだが、まだ寝ていなかった里菜に聞きつけられてしまった。「パパ」という元気な声が聞こえて、里菜が

「まだ寝てなかったのか。もうこんな時間じゃないか」

そう言いながらも、起きていてくれたことが嬉しかった。わたしは娘を抱き上げ、そのふわふわした感触と重みを充分に味わった。

「あのね、ぜんぜん眠くないの」

「パパが来たからだな。ふだんはちゃんと早く寝てるんだろ」

「うん、寝てるよ。おばあちゃんと一緒に寝てるもん」

寝室からは義母も現れる。わたしが会釈をすると、義母も苦笑気味に応じてくれた。

「なあ、里菜。里菜はママのこと好きか？」

唐突に、そんなことを訊いてみたくなった。里菜は何を言うのだとばかりに、口を尖らせる。

「好きだよ。好きに決まってるじゃん」

「そうだな。パパもママのことが大好きだ。誰よりも誰よりも、ママのことが好きなんだぞ」

里菜に聞かせるためでも、まして義母に聞かせるための言葉でもなかった。今この瞬間の、わたしの心の中から沸き上がる率直な気持ちだった。わたしは人に誇れる何物も持たない凡人だが、咲都子を恋う気持ちだけは誰にも負けない。志水にだって、それだけは絶対に負けない。

「じゃあ、里菜のことは？」

娘は父親の気持ちなど知らず、無邪気に尋ねる。わたしはそんな里菜を胸の中に抱き締め、思いを込めて言った。

「ああ、大好きだよ」

43

翌日、大学で山崎に捉まってしまった。ふだんは昼間の行灯《あんどん》のように間延びした反応しか示さないくせして、山崎は意外に敏感なところがある。わたしの顔を見るなり、「あーっ」と不本意そうな声を上げて近づいてきた。

「松嶋君、もしかしてぼくのことを避けてるでしょ」

よくわかったな、と応じたかったところだが、理由を説明するのが面倒なのでやめておいた。代わりに「そんなことないよ」とだけ言っておく。山崎は納得できないような口振りで、「そうかなぁ」とわたしを怪しむように見た。

「例のことで、何か進展があったんでしょ。それはぼくに言いたくないことだったんだな。違う？」

まさに正解である。こんなときだけ鋭さを発揮しないで欲しいものだが、相談に乗ってもらった手前、明らかになったことを隠しておくわけにもいかないだろうと考え直した。ちゃんと説明するからと、昼休みに池のベンチで会うことにする。別れ際に山崎は、「松嶋くんの考えてることなんてすべてお見通しだよ。顔に書いてあるんだから」と憎たらしいことを言った。あんな真夏の雪だるまみたいな奴に内心を見抜かれるとは、確かにわたしは隠し事ができないたちらしい。

授業を終え、売店で昼食用のサンドウィッチを買ってから、池に向かった。山崎は先に来ていて、おにぎりを片手に「やあ」ともう一方の手を挙げる。わたしはその隣に腰を下ろし、缶コーヒーのプルトップを開けた。

「心配かけて、すまなかったな」

前方を見ながら、そう切り出す。山崎はもぐもぐと口を動かしながら、答えた。

「ってことは、何もかも解決したの？」

食べながら喋るなよと思ったが、いちいち注意していると山崎相手に話は進まない。ご飯粒さえ飛んでこなければ害はないので、気にしないでおくことにした。

「いや、そういうわけじゃないんだ。ただ、大きな動きはあった」

山崎には、麻生教授に打ち明けた以上のことを話してある。だから昨夜教授相手にした説明に、さらに志水家での剛造との会見の内容までつけ加えた。山崎はとても聞いているとは思えない態度で、一心におにぎりを食べている。

「──というわけで、結局振り出しに戻ったような格好なんだ。贋物の手記を作った奴の正体はわからない。明らかになったのは、相手が想像以上に周到な罠を仕組んでいたということだけだ」

「ふうん、なんだか変な話だね」

山崎はペットボトルのお茶を飲んでから、感想を漏らす。そんな反応はどこかピントがずれている気がするものの、わたしは「そうなんだ」と応じておいた。
「どうしてそこまでするのか、相手の意図がさっぱりわからない」
「そういうことじゃなくってさ、変だと思わない？」
「何が？」
山崎の話はいつもまだるっこしい。長年かけて、苛々《いらいら》せずに耳を傾けられるようには
なったが、今はさすがに気が急《せ》いた。早く言えよと、肩を摑んで揺さぶりたくなる。
「だってさ、長谷川さんっていうお医者さんと会ったことは、増谷さんにも報告してた
んでしょ。向こうにしてみたら、長谷川さんの存在は計画全体を脅《おびや》かす危険性を秘めて
いたわけじゃない。現に君が嘘に気づいたのは、長谷川さんの言葉を聞いたためなんだから。それなのにどうして、相手は計画を中止しなかったのかな」
その点はまったく考えなかった。言われてみれば確かにそうだが、取りあえず思いつ
いたことを口にしておく。
「何もかも準備した後だったから、やめるわけにはいかなかったんじゃないか」
「それはおかしいよ。だって、長谷川さんのひと言で準備が台なしになる可能性があっ
たんだよ。手が込んでいるからこそ、初期の段階で計画の変更があってもよかったんじ
ゃないかな」
「そんなこと言われても、現に途中までうまくいってたんだから、向こうも甘く見てた
んじゃないか」
「うーん、まあそうかもしれないけど、でもそもそもこの計画って、たとえ長谷川さん

が見つかっていなくても、君が麻生教授にひと言確認したらお終《しま》いなわけじゃない。緻密なようでずいぶん危ういよね。その辺のちぐはぐさが気になるんだけどなぁ」

山崎は首を傾げる。なるほど山崎の指摘ももっともだが、現実に罠は仕掛けられたのだから、いまさらその点にこだわっても意味がないと思えた。麻生教授とわたしの間ではもはや交流がないと判断したからこそ計画された罠だろうし、長谷川医師がこれほど協力的になるとも予想しなかったのだろう。敵側がどのような判断をしたのかは、わたしたちが推測してわかることではなかった。

「ところでさ」山崎はおにぎりの包装を丁寧に折り畳みながら、話を変えた。「その偽扶実子さんの言葉を、君は信じたの？」

「えっ？　いやまあ、そりゃああんなこと言われたら、誰だって信じちゃうよな」

「ふうん」

山崎はおにぎりの包装を袋に入れ、口を縛る。そして「あのさあ」と言うと、わたしの顔をまじまじと見た。その改まった態度に、わたしはわずかに気圧される。

「な、なんだよ」

「君、馬鹿だね」

自分が馬鹿だということは充分に自覚しているが、こんなふうに正面切って言われるとムッとする。あまりのことに、言葉がうまく出てこなかった。

「お、おま、お前、何を言うんだよ」

「だって、馬鹿じゃない。本当に咲都子さんがそんなことを望んだと思ったわけ？　君の研究者生命を絶ってやろうなんて、咲都子さんが考えるわけないでしょ。それもわからずに騙されちゃうなんて、馬鹿だよ」

わたしは口をぱくぱくさせ、結局何も言えずに黙り込んだ。まったく山崎の言うとおりだ。咲都子の気持ちを疑うなど、わたしは馬鹿以外の何者でもない。いまさらながら自分自身に腹が立った。

しかし同時に、沸々とした怒りも込み上げてきた。もちろん、山崎に対しての怒りではない。悪辣《あくらつ》な罠を仕掛けた、敵に対してだ。他のことならまだ許す余地があったかもしれない。だが敵は卑怯にも、咲都子の名を使った。わたしが咲都子の気持ちを誤解するようにし向けた。これだけは、どうしても許しがたいことだった。

敵はやってはならないことをしたのだ。わたしは断固闘う。そのためには、なんとしても敵の正体を見極めなければならなかった。

「お前の言うとおりだ」わたしはしみじみと言った。「おれは馬鹿だよ。咲都子がそんな女じゃないことは、誰よりもおれがわかっていなくちゃならなかったのにな。自分が情けないよ」

「うん、情けないね」

「そんな相槌は打つな」

わたしは苦笑する。山崎の反応に気持ちが救われたことは、これで何度目だろうか。

「だからこそおれは、敵が何者か知らなくちゃいけない。どうしてこんなことをしたのか、その理由を問い質《ただ》さなくちゃいけないんだ。それなのに、相手はぜんぜん尻尾《しっぽ》を出さない。未だにおれは、敵がどこの何者かもわからないんだよ」

「え、そうなの？　それは本気で言ってるの？」

目を丸くして、山崎は問い返す。わたしはその返事に、頬を張られるような驚きを覚えた。

「お前はわかってると言うのか？」

「だってさ、この罠ってずいぶん大がかりだよ。手記を偽造する手間暇だって大変だろうし、その上扶実子さんの偽者まで用意してるんだしね。すごく演技力が必要なことだから、たぶん売れない俳優でしょ。その他にも雇われてるのは、増谷さんと偽井口さんのふたり。となると、けっこうお金もかかってるよ。それだけの財力があって、なおかつ君に対して恨みを持っている人物、それも咲都子さん絡みだよ、これは。そんな人物は、たったひとりしかいないじゃない」

わたしは呆然として、言葉もなかった。山崎は自分の推理がこちらに与えた衝撃も気にせず、淡々と続ける。

「君が人を信用する気持ちは尊いと思うよ。なかなかできることじゃないよね。でもさ、世の中善意だけで成り立ってるわけじゃないよ。好意に対して悪意で報いる人だっているんだからさ。君は裏切られるのがいやなのかもしれないけど、現実から目を逸らしちゃ駄目だって。そもそも、君とその人の関係は友情が成り立つようなものじゃないでしょ」

わたしの胸の底を穿《うが》つように、山崎の言葉が響く。それは長谷川医師にも言われたことだが、衝撃の度合いは段違いだった。なぜなら山崎は、わたしという人物を見誤っているからだ。

わたしはそんなできた人間ではない。嫉妬《しっと》もすれば他人を羨《うらや》みもする。自分より優れた人を見れば、やっかみを覚える。そしてそんな人から彼女を奪い取ったのだと、その勝利感に酔うこともある。いや、ただそれだけが心の支えだったと言ってもいい。わたしの心根が醜く卑しいことは、自分がよくわかっていた。

だからこそわたしは、彼を疑いたくなかったのだ。自分の心の暗部から目を背けるように、彼のことを信じていた。信じようとしていた。そうすることで、自分はいい人だと自己暗示をかけていたのだ。

山崎の言葉は、期せずしてわたしの欺瞞《ぎまん》を暴いた。ならば、わたしは直視しなければならない。自分の心の卑しさを。他人から向けられる歴然とした悪意を。

彼がわたしを憎んでいるなら、その憎悪を受け止めなければならない。それこそが、今わたしがなすべきただひとつのことだった。

44

そしてまたわたしは、追憶の中で咲都子と会う。あれは結婚式当日の夜、新居で暮らし始める最初の日のことだった。

わたしたちは派手派手しいことを好まない上に、資金不足という現実的な理由もあって、披露宴はやらなかった。親族だけを呼び、小さなレストランを借り切って食事をした。だから大した手間ではなく、手荷物も少ないはずだったが、新居に帰り着いてみるとやはり興奮と緊張のせいで疲れきっていた。しばし放心するように畳にふたりして坐り込み、互いに顔を見合わせて笑った。咲都子が淹《い》れてくれた日本茶を飲んで、ようやくこれからのことに思いを馳《は》せる余裕を取り戻した。

『今日からだね』

咲都子は少し照れ臭そうに言う。その気分はわたしもよくわかったので、『ああ』と短く応じるだけにした。そうだ、あのときからわたしの人生は新しいステージに進んだのだ。そのステージに遠からず終わりが来ようなどとは想像もしない、新しい日々の第一歩。咲都子はそれを始めるに当たって、こんなことを言った。

『あのさ、あたしこんな性格だから、きっと真ちゃんと喧嘩をすることもあると思うんだよね。でも、喧嘩しても必ず仲直りしよう。何日経っても、絶対最後には仲直りしようね』

『もちろんだよ』

わたしが咲都子に腹を立てることなどないだろう。あるとしたら、夫のふがいなさに咲都子が憤《いきどお》るケースだけだ。そのときのわたしはそう予想し、そしてそれは見事に的中したことになる。咲都子もまた、そんな未来を頭に描いていたから、わざわざ念を押したのだろう。今だからこそわかる。

『口喧嘩になったら、たぶんあたしも真ちゃんもお互いに腹が立ってると思うんだ。でも頭を冷やして、自分の方が悪かったかなと感じたら、素直に謝ろうね。きっと、カッとなるのはあたしの方だと思う。だから、あたしは謝るから。時間が経っても必ず謝るから。絶対仲直りできるって、真ちゃんも信じてね』

『ぼくも謝るよ。むしろ、ぼくが謝らなきゃならないことの方が多いんじゃないかなぁ』

『なんで？』

『なんか、そんな気がする』

『弱気なこと言わないでよ。頼りにしてるんだからね』

『ぼくも頼りにしてるよ』

もちろんこれは軽口だった。咲都子は一瞬困ったような顔をして、すぐに笑い出した。

『あたしが今日をどれくらい嬉しく思ってるか、真ちゃんにはわからないでしょ。すごい楽しみだったんだから』

『ぼくだってそうだよ。君と本当に結婚したなんて、未だに信じられないくらいだ』

『あたし、真ちゃんのこと何があっても信じるからね。世界中が真ちゃんの敵になっても、あたしは味方だから。真ちゃんはあたしに「甘えてもいい」って言ってくれた、ただひとりの人だから』

咲都子の思いに答える言葉をわたしは持たず、だからただ彼女を抱き寄せることで応えた。そうしてわたしたちは、ふたりの生活を始めたのだ。

アパートには、咲都子との思い出がいっぱい詰まっている。キッチンに一緒に立って料理をしたときのこと、ベランダで洗濯物を干したときのこと、小さなテーブルを挟んでふたりで毎日食事をしたこと、里菜が生まれて大慌てで模様替えをしたこと、寝ている里菜のほっぺたをふたりで代わる代わるつついたこと、これ以上ない幸せにふとおののいたこと……。

なのにわたしは、第一歩のあの日を忘れていた。『世界中が敵になってもあたしは味方だから』と言った咲都子の言葉を忘れ、手もなく罠に引っかかってしまった。咲都子がわたしの破滅など望むはずもなかったのに、誰よりもわたしだけはそんな策略に騙されてはいけなかったのに、咲都子の気持ちを見失ってしまった。なんと愚かなことか。

もうわたしは忘れない。咲都子が何を言い、何に喜び、そして何を大切に思っていたのか、すべてを心に保存しておく。わたしがいくつまで生きようと決して色褪《あ》せることない、これは生涯の宝だ。わたしは咲都子とともに生きていくのだから。

敵はこの宝を、わたしから奪おうとしたのだろう。最も失いたくないのは職でも社会的信用でもなく、咲都子との思い出だった。奪われかけてようやく、敵の真意に気づいた。なんと卑劣で陰湿な、根深い悪意か。

だがそれに恐れをなしているわけにはいかなかった。奪われたくないのなら、闘わなければならない。もう二度と咲都子との思い出は汚させないと、はっきり通告しなければならない。わたしはかつて一度も抱いたことのないほど強い闘志を胸に、電話機を手にした。

会社に直接かけると、電話口に出た女性に少し待つよう言われた。居留守を使われるのではないかと恐れつつ、そのまま保留メロディを聴き続ける。もし彼がわたしとの話し合いに応じないなら、直接会社にでも自宅にでも押しかける覚悟があった。わたしの怒りが本物であることを、彼に示さなければならない。

だが案じるまでもなく、電話は男の声に代わった。「お待たせしました」と尋常な挨拶をするところが、いかにも彼らしい。だが続く言葉は、先日までの親しみの籠った口調とは違っていた。この声こそが、彼の本音なのだろうとわたしは理解した。

「いったいなんの用でしょうか。もう貸し借りはなしになったと、ぼくは理解しているのですが」

「いや、まだだ。今度はこちらが君に借りがある」

わたしはそう宣告した。彼は怪訝そうな声を出す。

「なんのことですか？」

あくまで白を切るつもりか。彼はこちらを見くびりすぎている。わたしは語気を荒らげずにはいられなかった。

「すべてわかったんだ。わたしは騙されていた。咲都子はわたしの破滅など望んでなかったんだよ」

「咲都子さんが、松嶋さんの破滅を望んだ？　いったい何を言ってるんですか」

「とぼけるのはやめてくれ。わたしはすべてわかったんだから。誰がこんな罠を仕組んだのか、もうわかっているのだから」

言い切ると、彼はしばし沈黙した。そして、認めたくないことを無理矢理言わされているように、こう続けた。

「ようやくわかったんですか」

わたしはその言葉を聞き、思わず目を瞑《つぶ》った。やはり彼が——志水がすべての黒幕だったのか。

「君と話し合いたい。時間を作ってくれるだろうね」

わたしは高圧的に出た。いやとは言わせないという決意を語調に込めた。

「仕方ないですね。ですが、これで最後です。もう一度だけ会って、そしてあなたとの縁も終わりにさせてもらいますよ」

「好きにすればいい」

言い放つと、志水は先日わたしを連れていった会員制サパークラブを指定した。明日の夜八時からなら会えるという。それだけを取り決め、わたしは電話を切った。子機のボタンを押す手が震えているのは、武者震いのせいだと思いたかった。

45

極度に緊張すると体に力が入らなくなるのは、何もわたしだけに起こる特別な現象ではあるまい。サパークラブに向かう前のわたしはまさにその状態で、まるで体重を失ったかのように足が地に着いていない感覚があった。拳《こぶし》を握っても歯を食いしばっても、水漏れを起こしているかの如く力が籠らない。そのくせ肩だけは妙に張り、凝りをほぐすために何度も首を左右に倒さなければならないほどだった。それほどわたしは、志水との対面を恐れていた。

自分の心に正直になれば、やはりまだ志水がすべてを仕組んだとは信じられない気持ちだった。己の偽善を直視したくないという理由だけではない。理屈を超えた、ただ〝わかる〟としか言いようのない特別な感覚が、志水の本心を受け入れようとしないのだ。こんなわたしを、あの山崎でさえ甘いと言うだろう。自分でもそう思う。それでも、信頼を裏切られたショックや怒りより、なお釈然としない思いの方が強かった。

しかし現実は、わたしの感覚を否定する。志水は自分が黒幕であることを認めたのだ。どんなに受け入れがたいことであろうと、事実は事実として直視しなければならない。己の思いと現実との乖離《かいり》が、わたしに極度の緊張を強いる。この緊張は、竹頼剛造との対面を控えたときのそれとは比較にならないほど強かった。

わたしは遅刻しないようにアパートを出たので、サパークラブが入っているビルには約束の三十分前に到着してしまった。先に入って待っているのも気詰まりだったから、仕方なく周辺をうろうろして時間を潰す。一分一秒は、どうしたわけかやけに間延びしていて、わたしを苛立たせた。

十分前にエレベーターに乗り、店に入った。案の定、志水はまだ来ていないという。案内された席に着いて水だけをもらい、それを一気に飲み干してしまう。二杯目も全部飲みたくなったが、さすがに話し合いの途中でトイレに立つわけにもいかないので自制した。今日はそんな間の抜けたことをしている場合ではないのだ。

志水は八時を一分回ったところでやってきた。多忙だろうに、なかなか律儀なことだ。どんな態度をとるべきか迷ったが、一応礼は尽くしておくことにする。立ち上がって、軽く会釈した。志水は硬い表情のまま、やはり小さく低頭する。

「お酒じゃない方がいいですね。コーヒーでいいですか」

志水はわたしの前に坐るなり、前置きもなく言った。確かにアルコールは抜きの方がいい。任せるよ、と答えると、志水は慣れた態度でウェイターにコーヒーを頼んだ。いきなり最初から主導権を握られている気がして、わたしとしては面白くなかった。やはり違う店にするべきだったかと、密かに後悔する。

「申し訳ありません。無理矢理入れた予定なので、そんなに時間がないのです。三十分経ったら失礼しなければなりませんが、よろしいですか?」

志水はこちらに顔を戻して、そう断った。駄目だと言えるわけもない。ならばさっさと本題に入ろうと、わたしは口を切った。

「では回りくどい話はやめて、互いに率直にいこうじゃないか。もう、何もかもわかったのだから」

「いいですね。そうしてください」

志水はなおも余裕を保った口振りだ。わたしは自分が緊張しているのが悔しくなる。

「どうしてこんなことをしたのか、その理由から聞かせてもらおうか。わたしに対する恨みか?」

「そうなんでしょうね」

志水の返事に、わたしは少し腹が立った。なんだ、この他人事のような反応は。わたしがどれだけ苦しんだか、まさかわかっていないわけではあるまい。

運ばれてきたコーヒーを、わたしは何も入れずにがぶりと飲んだ。熱くて口の中を火傷《やけど》しそうだったが、そんなことはどうでもよかった。

「恨まれるのはわからないでもない。逆の立場だったら、わたしも恨んでいるだろう。しかしだからといって、こんな手段に出るのはあまりに卑劣じゃないか。わたしの一生を無茶苦茶にして、君はそれで満足なのか？」

「は？」

わたしの糾弾は、なぜか志水に突き刺さらなかった。コーヒーカップを口に運びかけていた志水は、意表を衝かれたように動きを止めて、わたしを眺める。その目に浮かんでいるのは当惑だけのように見えた。

「どうしてぼくが満足するんですか」

志水がどういう態度に出るか、わたしは様々なパターンを予測していた。だがこんなことを訊き返されるとは、想定外のことだった。志水は単に白を切っているのか。それとも、まだこの程度で満足するわけがないだろうと開き直っているのか。

「どうして、とはどういう意味だ。満足かどうかと訊いているんだ」

「ちょっと待ってください。なんだか、話の前提が互いに嚙み合ってないようですね。松嶋さんは昨日の電話で、すべてわかったと言ってましたよね。何がわかったのか、まず話してもらえませんか」

「そんな必要があるのか？　すべて君の知ってることだろう」

わたしは志水の奇妙な態度に戸惑いながら、なおも言い返した。志水は真顔で首を振る。

「そうとは限りませんよ。どうやら誤解がありそうだ。まずはそこを明らかにしなければならないでしょう」

冷静に言われ、わたしは言葉に詰まった。やはり話の主導権を握られてしまっている。この期に及んで情けないという思いを抱えつつも、わたしは言われたとおりに説明をした。志水は黙って耳を傾けている。

「……わたしは長谷川さんの言葉で、これまで信じ込まされていたことがすべて偽りだったと知ったんだ。確認してみたら、義理の祖母はわたしと会ってなどいないという。わたしは咲都子との思い出を奪われかけたんだ」

それでも、怒りを思い出して己を鼓舞《こぶ》しようとした。この怒りをぶつける相手は、眼前の男だ。そう、自分に言い聞かせた。

「なるほど。そういう仕掛けだったんですか」

志水は感心したように、言葉を発する。あくまで他人事めいたその態度はとても演技とは思えず、ますますわたしは不安になった。わたしはまだ、どこかで間違いを犯していたのか。

「で、どうしてぼくがその黒幕だと考えたのですか」

問われて、わたしは怯《ひる》む。相手の謝罪の言葉を聞くまで一歩も引かないという決意は、今や風前の灯火《ともしび》だった。

「これほど手の込んだ仕掛けには金がかかる。それに、動機は咲都子に関する恨みとしか思えない。そのふたつを持っているのは、わたしの周りで君しかいないからだ」

「それから？」

「え？」

訊き返されても、志水の質問の意図がわからなかった。志水は珍しく苛立ったように眉を寄せ、続けた。

「他に根拠はあるんですかと訊いているのです」

「い、いや、もうないけど」

最大の武器であった決意が消えかけては、もはやわたしは強気に出ることもできなかった。志水は視線をテーブルの上に落とし、小刻みに首を振る。

「呆《あき》れましたね。他人を糾弾するのに、その程度の薄弱な根拠しか持っていないのですか」

「じゃあ、わたしの推測が間違っているというのか」

最も確認したくなかったことを、わたしは問い返した。だが志水は直接答えようとはせず、背凭れに寄りかかると窓の外に視線を投げた。

「ぼくは今、ふたつの理由でショックを受けていますよ。その理由が何か、わかりますか？」

「わからないよ。わかるわけないだろ」

「ひとつはですね、松嶋さんはもっと頭のいい人だと思っていたのに、そうではないとわかったことへのショックです」

「悪かったな」

あまりに小面憎《こづらにく》い言いようだが、不思議と腹は立たなかった。志水はわたしを見下しているのではなく、高評価を裏切られたことに失望しているのだと理解できたからだ。買い被《かぶ》りだよと開き直る気にはとうていなれず、むしろ志水はそれほどわたしを認めてくれていたのかと、驚きすら覚えた。

「ふたつ目は、松嶋さんがぼくのことをそんな目で見ていたのかというショックです。ぼくをそんな卑劣な人間だと思っていたのですか」

「いや、そういうわけでは……」

面と向かって訊かれては、そのとおりだと認めることもできなかった。事実、わたしは志水が黒幕だとは、どこか信じ切れずにいたのだ。

「誤解は解いておきます」

志水はわたしの目を見て、はっきりと言った。その視線の圧力に、わたしは完全に気圧された。

「あなたを陥れようとしたのはぼくではない。ぼくの言葉だけでは信じられないかもしれませんが、信じる信じないは松嶋さんの自由です」

志水が開き直っているとは思わなかった。わたしは自分が間違っていたことを認めざるを得なかった。

「じゃあ、昨日の電話ではどうして、認めるようなことを言ったんだ？」

それでも、疑問は質さなければならなかった。紛らわしいことを言うから、わたしは志水の言う薄弱な根拠に基づいて、誤った推測に飛びついてしまったのだ。

「認めてなどいませんよ。松嶋さんがすべてわかったと言うから、『ようやくわかったんですか』と応じただけではないですか」

「ということは……」

わたしは今になって、志水の言葉の本当の意味を知り、愕然とした。うろたえているのを隠すこともできず、性急に訊く。

「君はもしかして、誰がこんなことをしたのかわかっているのか」

「わかってますよ。ぼくがわかるくらいだから、松嶋さんも当然気づいているものと思っていました」

なんだと。志水の方がわたしより先に真相に辿り着いていたのか。それでは知能レベルに失望されても仕方がない。これまでわたしは、いったい何をしていたのだ。

「誰なんだ。誰がわたしを陥れようとしたんだ」

答えを求めて、身を乗り出した。だが志水の態度は冷ややかだった。

「言いたくありませんね」

「どうしてだよ」

「松嶋さんはぼくを怒らせたからです」

そう言って志水は、わたしを睨む。その視線に、思わずたじろいだ。

「別に疑われたから怒っているわけじゃありませんよ。あなたが咲都子さんを裏切るような真似をしたから、ぼくは怒っているんです」

「ああ……」

結局その件が最後まで尾を引くのか。いったいどれだけ反省すれば足りるのだろう。二度と自分を見失うほど酔ったりはするまいと、場違いな誓いを心に打ち立てるしかなかった。

「もう時間だ。そろそろ失礼しなければ」

志水は腕時計を見ると、呟いた。待ってくれ、と引き留めたいのを、わたしはかろうじて自制した。

「松嶋さん。人生にはすべての力を注ぎ込んで乗りきらなければならない瞬間がある。偉そうなことは言いたくありませんが、松嶋さんにとって今がそのときですよ。松嶋さんよりデータの少ないぼくですら真相に気づいたんだ。あなたが考えて、わからないはずがない」

そう言い残して、志水は席を立った。見上げたわたしと一瞬視線が交錯し、志水の思いが伝わってきたように感じた。だが愚かなわたしは、彼が何を伝えようとしているのか理解できなかった。志水はわたしから視線を外し、出口へと向かった。

その後ろ姿を、見えなくなるまで目で追った。志水が視界から消えると、わたしの胸には大きな欠落感だけが残っていた。自分はいったい何を失ったのか。自問してみてもそれを適切に言い表すことはできず、わたしは目を瞑ってもどかしさを押し殺した。

46

人生にはすべての力を注ぎ込んで乗りきらなければならない瞬間がある。確かにそのとおりだと、わたしも思う。これまでわたしは、ただ見えない相手に翻弄《ほんろう》されるだけだった。相手の思うようにはなるまい、逆にその正体を暴いてやると決意はしても、それで何かを成し遂げたわけではなかった。志水に疑いの目を向けたのも、単に山崎の言葉に乗せられただけのことだ。とても自分の頭を使っていたとは言えない。そんな己が情けなく、その一方、それを気づかせてくれた志水には感謝を覚えた。

そうだ、考えなければならない。わたしはサパークラブから帰る道すがら、ただそれだけを念じ続けた。すでにわたしは、充分なデータを持っているはずだ。それぞれほんの断片でしかないと思われるデータも、数が集まれば立派な武器になる。欠けている部分を補うのは、わたしの頭だ。今こそこのポンコツ頭を酷使しなければならない。

志水が気づいたからといって、自分も同じ結論に辿り着けるとは限らない。それはよくわかっていた。だが志水は、あくまで第三者だ。長谷川医師と会ったこともなければ、そもそも偽手記に目を通してすらいない。そんな志水にわかったからには、わたしに見破れないはずはないのだ。そう信じて、知恵を絞るしかない。

ほとんど習慣の力だけでアパートに帰り着き、和室の中央に胡座《あぐら》をかいた。掌を膝の上に載せ、中空を一心に見つめる。そうすることで、己の集中力を高めた。

アプローチを変えるべきだ。わたしはまず、そう考えた。相手の動機面から推測しても、それはなんの証拠にもならない。もっと確実な、動かしがたい何かを発見する必要があるのだ。それが物証であれば一番いいが、志水はそんなものを見つけてはいないだろう。ならば、志水は何をきっかけにして真相に気づいたのか。

この一連の騒動のうち、志水が知っているのは一面だけだ。手記の内容はわたしがかいつまんで説明しただけでしかないし、偽扶実子や偽井口が喋ったことも伝聞でしか聞いていない。それでもすべてわかったというからには、彼が知る範囲にこそわたしが見つけるべき何かがあるのだ。ここまではいい。

わたしは改めて、志水に何を話したか思い返してみた。再会は、《TAKEYORIファニチャー》の応接室だ。あのときはまだ、罠は周到に張り巡らされてはいても、発動していなかった。だから特に手記の話はしなかった。

次に会ったときには、わたしは失意のどん底にいた。竹頼剛造に五十数年前のことを質しても教えてもらえず、志水とサパークラブに行って話し込んだ。その際に、春子が剛造の妹だったことを聞き、わたしは手記を入手した経緯を話した。しかしこの時点ではまだ、手記が贋物だったことは打ち明けていない。

従って、この頃まではいくら志水といえども何も察してはいなかったはずだ。何しろわたしが苦境に陥っていることすら知らなかったのだから。となると、何か決定的な手がかりを摑んだのは、その後のことか。あるいはすでにわたしがそれを口にしていて、後になってその重要性に気づいたのか。

熟考して、まだこの段階ではさしたる情報を志水に与えていなかったはずだと結論した。志水が手がかりを得たのは、やはりあの夜のことだ。

志水の家を訪ねた夜。わたしはとうとう、自分の身に生じた一連の騒動を語った。それどころか、咲都子と喧嘩した理由まで白状させられた。その引き替えに五十数年前に何があったのか剛造から聞き出すことはできたが、今のわたしにはなんら益するところがない。それどころか志水を怒らせてしまい、雨に濡れながらすごすご帰った惨めな一夜だった。

わたしはあの夜のことを、最初から逐一回想した。永美子さんに出迎えられたこと。手記について話したこと。春子の息子が存在していたこと。井口の遺児が現れたと志水たちに教えたこと。剛造が到着した際の諍《いさか》い。志水たち親子にやりこめられた剛造。気まずい雰囲気の食事。そして剛造の告白。思い出したくもないことなのに、こうして振り返ると克明に記憶しているものだ。まだ記憶力は衰えていないと、自分の脳の働きを確認する。

しかしその過程で、わたしはふと何かに引っかかった。リアルタイムではまったく気づかなかったが、思い返してみれば奇妙に感じられる些細なこと。それはいったいなんだ？　誰のどんな発言に、わたしは引っかかっているのだ。

もう一度、ゆっくりと記憶をリプレイする。あのときの会話。わたしが耳にしたことのすべて。そうだ、頭をフル回転させなければならない。わたしは今、ようやく真実の端緒を摑もうとしている……。

「そうか」

わたしは気づいた。そしてそれが間違いでないかどうか、再度じっくり時間をかけて検証した。間違いは二度と許されない。今度こそわたしは、真実に辿り着かなければならない。

間違いない。わたしは確信を得た。敵の正体に気づいてみれば、その動機も自ずから明らかになった。なるほど、そうだったのか。そういうことだったのか。

立ち上がって、机に向かった。抽斗《ひきだし》を開け、志水の名刺を取り出す。時計を見ると、時刻は十時半を回っていた。忙しそうだからまだ会社にいるかもしれないが、ならばよけいに電話をするのは憚《はばか》られる。電話ではなく、メールを出すことにした。名刺には志水のメールアドレスが書いてある。

ノートパソコンを開き、メールソフトを立ち上げた。キーボードを叩いて、先ほどの非礼を詫びる文章を綴り、君の言っていたことがわかったと続ける。そして、もう一度だけ会う機会をくれないかと頼んだ。

返信があるのは明日以降だろうと思っていた。だからわたしは布団を敷いて寝ようとしたが、興奮して目が冴《さ》えたせいかなかなか寝つけない。空《むな》しく何度も寝返りを打っていると、静寂を破って電話が鳴った。志水だと、わたしはわけもなく直感した。

「寝てましたか」

志水は名乗ろうともせず、そう切り出した。わたしは首を振って答える。

「いや、寝られないよ」

「そうでしょうね。で、今度こそ間違いないのですか」

「ああ、たぶん。君には申し訳ないことをしてしまった」

「それで、どうしたいんです？」

志水はわたしの詫びには直接答えず、こちらの意向を尋ねる。わたしは考えていたことを口にした。

「もう一度会って欲しい。そして、話を聞いて欲しいんだ」

「ぼくは今日で最後にするつもりだったんですけどねぇ」

「わかっているが、そこを枉《ま》げて頼む」

「仕方ないですね。で、どこで会いますか？　また今日の店でいいですか」

志水はそう言うが、言葉の内容ほどいやそうな口振りではなかった。わたしは受話器に向かって首を振った。

「いや、今度は君の家がいい。お邪魔させてくれ」

「――なるほど。どうやら本当に気づいたようですね。ではそのように準備しておきましょう」

招待の日時は追って連絡すると続けて、志水は通話を切った。わたしは電話の子機を握り締めたまま、しばし布団の上で俯いていた。身裡《みうち》を駆け巡る興奮を鎮《しず》めるには、今少し時間がかかりそうだった。

47

次の土曜日の夜に、わたしは志水邸へと向かった。例によって緊張は強く感じていたが、体に力が入らない浮遊感はない。一歩一歩足を踏み締めるようにして、志水邸への道を歩いた。

志水邸のガレージには、先日はなかった車が停《と》まっていた。わたしはそれを横目に見ながら、インターホンで永美子さんと言葉を交わし、中に入れてもらう。永美子さんは前回と同じようににこやかな表情で、わたしを歓待してくれた。

「ようこそいらっしゃいました。先日は悠哉が失礼をいたしまして、大変申し訳ありませんでした」

永美子さんは上品に言って、頭を下げる。こちらこそ失礼をしましたと応じて、応接室に案内してもらった。すぐに志水が現れるかと思いきや、永美子さんはわたしの向かいに坐って口を開く。

「それでですね、本当に申し訳ないんですけれども、悠哉は急な用事ができてしまって、会社に行ってしまったんですよ」

「そうなんですか？」

志水が不在とは思わなかった。いささか勝手が違ってしまったことに、戸惑いを覚える。

「お招きしておいて、本当にごめんなさいね。三十分くらいで帰ってこられると、さっき電話がありましたが」

「そうですか。お忙しい中お邪魔してしまい、かえって恐縮です」

「いいえぇ。悠哉のお友達なら、いつでも大歓迎ですわ。これからもちょくちょくいらしてくださいね」

冗談なのか本気なのかわからないことを、永美子さんは言う。これくらいの冗談は口にしそうな雰囲気が、永美子さんにはあった。

そこにまた紅茶が運ばれてきた。イギリスの友人がくれた茶葉なのだと、永美子さんが説明をする。永美子さんの分もあるところを見ると、志水が帰ってくるまでわたしをここでひとり待たせておくつもりはなく、相手をしてくれるようだ。志水がそのように指示をしたのかもしれない。

「ところで、先日はお恥ずかしい話をしてしまいました。顔から火が出るとは、あのことでした」

わたしは会話のとば口を摑むために、そんなところから話を始めた。永美子さんは優雅な所作で口許《くちもと》に手をやり、「ほほほほ」と笑う。

「びっくりしましたわ。松嶋先生はずいぶん正直な方なのですね。父も喜んでおりました」

「竹頼会長にはいろいろなことを教えていただき、お蔭でわたしの摑まされた偽手記がまるででたらめというわけではないことがわかりました」

「あらあら。父はいったい何を喋ったんでしょうね。わたくしに教えてくれないところを見ると、どうせろくでもない悪事なんでしょ」

永美子さんは自分の父のことを、遠慮のない言葉で評する。わたしは肯定するわけにもいかず、「まあ」と曖昧に答えておいた。

「で、三原さん、でしたっけ？　春子さんの息子さんには、腹違いの兄弟がいることを教えたんですか？」

「ああ、そんな話をしましたね。それがですねぇ、悠哉はああ言いましたが、わたくしはちょっとためらうものがありまして、まだどうしたらいいのか考えあぐねているんですよ。三原さんにとってはそんなに嬉しくないでしょうし、ましてその手記が贋物なら、読んでも仕方ないですからね」

永美子さんは小首を傾げて、少し困惑したような顔をした。どうやら志水は、井口の遺児が偽者だったことを永美子さんに話していないようだ。わたしは言葉を選び、慎重に切り出す。

「実は、わたしが会った井口氏の息子は、偽者だったようなんです」

「偽者？　どういうことですか」

永美子さんはぽかんとした顔をする。当然の反応だろう。わたしは続けた。

「彼も敵の一味だったのですよ。敵側の目的は単にわたしの研究者生命を絶つことだけではなく、さらにその奥にあったのです」

「なんだか怖い話ですね。松嶋先生も大変なことに巻き込まれましたね」

「そうなんです。そもそも敵がどういう恨みでこんなことをしたのか、その理由がわからずに途方に暮れていたのですが、最近ようやく理解できました」

「あら。じゃあ、誰が先生をこんな目に遭わせたか、おわかりになったのですか？」

「正直に言いますと、最初は志水君を疑ってしまいました。こんな大がかりなことは彼にしかできないと思ったので。でも、彼には否定されてしまいました」

「先生はそれを信じてくださったのですか」

「証拠がありませんからね。それにわたしは、実は彼に好意を覚えているのですよ。疑いを向けはしましたが、自分でもそれを辛く感じていました」

「どうもありがとうございます。悠哉も喜ぶと思いますわ」

「それなのにわたしは、志水君を怒らせてしまいましたけどね」

「悠哉が子供なんですよ。松嶋先生がなんとおっしゃってくださったか、わたくしからも伝えておきます」

「よろしくお願いします」

わたしが低頭すると、いったん会話が途切れた。再度、話を戻す。

「ところで、敵がなぜ井口氏の遺児の偽者なんてものを用意したか、おわかりになりますか？」

「ぜんぜんわかりませんわ。どうしてなんですの？」

「わたしに間違った情報を与えるためですよ。わたしはそれに乗せられ、すべては死んだ妻の遺志だったと思い込まされたのです」

「よくわかりませんが、なんだか複雑ですね」

「はい。大勢の人が嘘をついているので、その中から真実を選《え》り分けるのが本当に大変でした。わたしが会った井口を名乗った人物も、ずいぶん演技がうまい人でしたよ。全部承知しているはずなのに、わざわざわたしの目の前で手記を読んで、父親の気持ちが自分以外の子供に向かっていたことにショックを受けた振りをして見せたのですから」

「そうなんですか」

永美子さんは相槌を打って、ティーカップを口許に運ぶ。わたしは彼女がカップをソーサーに戻すのを見届けてから、「それでですね」と切り出した。

「ひとつ不思議なことがあるのですよ」

「不思議なこと？」

永美子さんはまた、少女のように小首を傾げる。わたしは「はい」と頷いた。

「偽者は、わたしが貸した手記のコピーを読みました。でも、そのことをわたしは誰にも教えていないのです。もちろん、偽者とはわたしひとりで会いました。喫茶店で話をしたのですが、その店には他に知り合いもいませんでした。それなのに、偽者が手記を読んだことを知っていた人がいるのです」

わたしが淡々と言うと、永美子さんは「あら」といたずらっ子のような表情を浮かべた。

「それはどなたかしら？」

「ご自分が失言したことに気づきましたね。あなたですよ」

わたしは指摘した。

48

「そんなこと言いましたかしら」

永美子さんは年を感じさせない美しい顔で、穏やかに微笑む。だがわたしはもう、そ

ん な態度にごまかされはしなかった。

「確かに言いましたよ。それは志水君も憶えているはずです。何しろ彼は、わたしより先にあなたの失言に気づいていたのですから」

そうなのだ。先日の来訪の際、永美子さんは口を滑らせた。井口の遺児も手記を読んでショックだったのではないかと、はっきり言ったのだ。わたしは偽井口に手記を見せたことを、志水にも話していなかった。それなのに偽井口が手記を読んだと永美子さんが知っていたのは、当人から聞いたからとしか思えない。ということは、永美子さんは偽井口と繋がりがあるのだ。

「悠哉は頭のいい子ですからね。気づいても不思議はありませんが、でも正直言って、松嶋先生までお気づきになるとはびっくりしました。失礼なことを言ってごめんなさいね」

ほほほほ、と永美子さんは声を立てて笑う。わたしはその変わらない態度に、不気味さすら覚えた。この人はこんな上品な素振りの下で、わたしに対する悪意を溜めていたのだ。

「ご安心ください。わたしも彼の示唆を受けなければ、あなたの失言には気づきませんでした。彼の方がわたしより頭がいいのは間違いありませんよ」

「ということは、あの子は母親ではなく先生の味方についたということですか。あの子のお人好しにも困ったものねぇ。全部、あの子のために仕組んだことなのに」

まったく悪びれずに、永美子さんは堂々と言い放った。その口振りに動揺は見られない。わたしが見破っても、なんら痛痒《つうよう》を感じていないのだ。彼女の目にわたしは、ゴミのような存在としか映っていないのだろう。そのことがよくわかった。

「志水君は単にちゃんと考えろと言っただけで、あなたのことを仄《ほの》めかしもしませんでした。彼なりに、板挟みになって苦しんでいるのだと思います。それには気づいていないのですか」

「つまらない人間に情けをかけるなと、わたくしも父も口を酸っぱくして教えているのですけどねぇ。どうしてあんなふうに育っちゃったのかしら」

「彼の方が健康な精神を持っていると思いますよ」

言っても無意味とわかっていつつも、言わずにはいられなかった。一寸の虫にも五分の魂という。ちっぽけな一寸の虫にも、ささやかな矜持《きょうじ》くらいはあった。

「住む世界が違えば、自ずと常識も違ってくるのです。あなた方の考え方を悠哉に押しつけないでいただきたいわ」

初めて気分を害したように、永美子さんの口調が尖った。わたしは徒労感を覚え、質すべきことをぶつけることにした。

「目的は、息子に代わっての意趣返しというわけですか」

「そうですよ。当然のことでしょ。わたくしの息子は完璧《かんぺき》な人生を歩んできたのです。どこに出しても恥ずかしくない、世の中の母親みんなが羨ましがるような、素晴らしい息子に育ちました。その息子の輝かしい人生に傷をつけてくれたのが、あなた方なのですよ。母親として、こんなに腹立たしいことはありませんわ」

つまり山崎の推測も、まるっきり間違っているわけではなかったのだ。これだけ大がかりな仕掛けを企む資金があり、わたしに咲都子絡みの恨みを抱く人物。その条件は志水だけではなく、この女性にも当てはまるのだから。

「一度や二度の失恋くらい、誰にでもあることです。そんなことにいちいち母親が恨みを抱くなんて、異常だとは思いませんか」

「軽く考えてくださいますのね、松嶋先生。事はそんな簡単な話ではないのですよ。何しろ悠哉は、馬鹿な女をいつまでも思い続けて、いっこうに結婚しようとしないのですから。悪い女に人生の大事な時期を台なしにされたようなものですわ」

「馬鹿な女、ですか。悪い女ですか」

わたしは反射的に大きく息を吸い込み、頭を冷やした。これが女性の発言でなければ、殴りつけていたかもしれない。自制できた自分を誉めてやりたかった。

「なるほど、確かにわたしとあなたは住む世界が違うようです。よく理解できました」

「どんなことでも、見解が一致するのは嬉しいことですわね、松嶋先生」

永美子さんはまた、邪気のない笑みを浮かべる。少女の微笑みと、魔女の心を持った女。そんな人物が世の中にいることを、わたしは今初めて知った。

「だいたいのことはわかりました。でも、細かい部分では不明点があります。それを伺ってもいいですか」

謝罪を引き出すことは、どうやら地球を逆回転させるより難しそうだと悟った。ならばせめて、すべてをすっきりさせたい。そうでなければ、わざわざこうして乗り込んできた意味がなかった。

「なんなりとどうぞ。ずいぶん手間暇がかかっていますからね、わたくしたちがどれだけ苦労をしたのか、先生にもわかっていただきたいわ」

永美子さんが自慢げに言ったときだった。唐突に、その言葉に答える声が響いた。

「その前に、そろそろわたしも話に加わらせてもらえないかな。ずいぶん面白くなってきたようだからね」

声に遅れて永美子さんの背後のドアが開き、男性が入ってくる。わたしはその人物の顔を見て、愕然とした。

「あなたは……！」

井口の遺児を名乗った男が、応接室に入ってこようとしていた。

49

「あら、三原さん。もう出ていらっしゃるの？」

永美子さんは振り向いて言う。わたしはその言葉に、さらに追い打ちをかけられるように驚いた。

三原だと？　ではこの男は井口と正妻との間の息子ではなく、春子の産み落とした子供だったのか。錯綜《さくそう》した人物関係に、わたしの頭は一瞬混乱に陥った。

「だって永美子さん、話はずいぶん盛り上がっているようじゃないか。隣で聞いているだけではつまらないよ」

偽井口――三原は肩を竦《すく》めると、立ったままわたしを見つめた。それはあからさまに見下した態度だった。

「またお会いしましたね。二度と会うことはないと思っていたが、こうして永美子さんに詰め寄るなど、大したものだ」

そう言って、三原は永美子さんの隣に腰を下ろす。わたしはふたりの顔を交互に眺めた。思い出した。三原と会ったときわたしは、誰かに似ていると感じた。そのわけを、今ならはっきりと理解できる。このふたりは従兄弟《いとこ》の関係に当たるわけだ。もちろん三原は、志水とも血縁関係にある。わたしは三原の顔を見て、志水を連想していたのだ。

志水に似ているだけあって、三原の顔はなかなか見栄えがいい。うまく年輪を重ねてきた男性の自信が、内面から滲み出ているようだ。だがそんな顔立ちも、卑《いや》しい表情を浮かべては台なしだった。印象が表情ひとつでこれほど変わるものかと、わたしは驚きを禁じ得なかった。

「それにしても永美子さん。口を滑らせて見抜かれるなんて、君らしくないじゃないか」

三原は永美子さんに向かって、からかうように言った。永美子さんは恥ずかしそうに肩を竦める。

「本当にね。少し甘く見すぎていたということかしら」

「でも座興としては悪くなかったよ。なかなか楽しめた」

そう言って三原は、ゆっくりとわたしに視線を向けてきた。まるで品定めをするように眺め回してから、おもむろに口を開く。

「わたしの演技力を誉めていたね。隣で聞いていて、嬉しかったよ。君はいい人だな」

三原は片方の口角だけを吊り上げる、なんとも冷ややかな笑みを浮かべている。もちろん口にしていることは冗談なのだろうが、こんなに悪意の籠った冗談はかつて耳にしたことがなかった。

「あなたは元俳優ですか」

この問いかけは嫌みでもなんでもない。顔立ちが整っていてあの演技力なら、かつては俳優をやっていてもおかしくないと思ったのだ。

「いや、別にそういうわけではないよ。伯父に拾われてから、ビジネスひと筋だ。それでもわたしの演技がそれなりのレベルにあったのなら、ビジネスなど化かし合いだということだな。それに、井口という復員兵の息子であることに間違いはないのだから、一から十まで嘘をついていたわけでもないしね」

三原はこの状況を楽しむように答える。横で聞いている永美子さんは、軽く眉根を寄せた。

「もう、本当に酔狂なんだから。何も三原さんが出ていくことはないと言ったんですよ、わたくしも」

「相談だけ持ちかけておいて、後は関わるなというのはひどいじゃないか。わたしだって悠哉君の恋敵《こいがたき》の顔が見たかったよ」

だから会えて光栄だったよ、と三原はわたしに視線を戻した。永美子さんのような人はこの世にふたりといないのではと最前まで考えていたが、わたしは自分の考えを撤回する。このふたりはいいコンビだ。

「では井口氏と正妻の間の息子は、やはり手記に書かれていたとおり戦災で亡くなっていたのですか」

「だろうね。生きていたとしても会いたくないよ」

こちらの言葉に、三原は気がなさそうに首を捻った。わたしはひと言言わずにはいられなかった。

「見事な演技でしたよ。結局わたしは、最初から最後まであなたたちが吹く笛のとおりに踊っていたわけですからね。さぞや面白かったことでしょう」

相手の毒が、わたしにも浸透したのかもしれない。自然に口調に嫌みが混じる。だが残念ながら、そんなニュアンスが通じる相手ではなかった。

「ええ、本当に楽しませていただきましたわ。苦労をした甲斐がありました」

「そうそう。こういう遊びは面白いと発見したよ」

眼前のふたりは、示し合わせたように頷く。わたしは彼らのような人間と同じ部屋にいて、同じ空気を吸っているのが耐えがたくなってきた。性急に話を戻す。

「確認をさせていただきます。よろしいですね」

「なんなりとどうぞ」

永美子さんは余裕を示して言うと、席を立って紅茶のお代わりを持ってくるよう部屋の外に指示した。わたしは彼女が戻るのを待たず、声を大きくして問う。

「わたしと咲都子が結婚したのは、もう何年も前のことだ。それなのにどうして、今なのですか。なぜ今になって、わたしのことなど思い出したのですか」

「うん、なかなかいい質問だね」

三原は言うと、首を巡らせて永美子さんに声をかける。

「どうだい？　君が答えるか」

「そうですね。やはりわたくしがご説明しましょう」

永美子さんは戻ってくると、「お代わりは少々お待ちくださいね」などとあまりに場違いなことを口にする。自分の行為によって他人の人生がめちゃくちゃになりかけたとは、まったく自覚していない優雅な態度。わたしは怒りよりも、強い悲しみを覚えた。

「とは言っても、ひと口に説明するのはなかなか難しいんですよ。いろいろなことが重なり合って思いついたことなのでね。例えば、悠哉が三十を過ぎたのに結婚しようとしないこととか。お友達が何度も孫の自慢をすることとか。でも一番のきっかけは、体調の思わしくない父が、ふと気弱になって漏らしたことでしたわ」

あれで気弱になっているのか。わたしは剛造の態度を思い出し、では以前はどんな人物だったのかと首を傾げたくなった。永美子さんはこちらの内心などかまわず、続ける。

「父は何度目かの手術を終えた後で、枕許にいたわたくしに『お前には兄がいる』なんて言い出したのです。わたくしは自分をずっとひとりっ子だと思ってましたから、本当にびっくりしました。気になって根掘り葉掘り訊いてみますと、なんでも父が若い頃にらすべてを吐き出してから死にたいなんて、父は自分勝手なことを言いましたわ」

「あの伯父上のことだからね、隠し子はもっといたって不思議じゃないな」

三原が横から面白がるように口を出す。永美子さんは眉を寄せて、軽く三原を睨んだ。

「もう、他人事だと思ってそんな無責任なことを。わたくしにとっては一大事だったんですからね。わたくしは会ったことのない自分の兄に、興味を持ちました。もちろん、探し出して兄妹の名乗りを上げようと思ったわけではありませんよ。そんなことをしたら、父の遺産分与だのなんだの、ややこしい話になるだけですから。でもね、どんな人なのか知りたいと思うのは人情でしょう。そこで手を尽くして、探し出してみたのですよ」

「見つかったんですね、扶実さんの子供は」

そうでなければ、彼らが佐脇依彦の手記の偽造など思いつくはずがない。案の定、永美子さんはこくりと頷いた。

「時間がかかりましたけどね。見つけることができましたわ」

「扶実さんは生きているのですか」

「いいえ、母親はすでに死んでました。わたくしの遺伝子上の兄も、まああまり裕福な生活をしているとは言えませんでしたね」

彼らから見れば、普通の生活をしている人でも侮蔑《ぶべつ》の対象でしかないだろう。扶実さんの遺児がどんな生活レベルにあるのか想像もつかないが、彼らと関わり合いにならない方が幸せだということだけは言える。

そこにお手伝いさんが紅茶を運んできたが、永美子さんはかまわず喋り続けた。わたしはもはや、手をつける気になれない。

「わたくし、自分でも少し悪い癖だと思うのですが、好奇心が人並み外れて強いのですよ。血を分けた自分の兄がこの世にいるなんて知っては、どうしても会わずにはいられなかったのです。そこでこちらの素性は隠して、ちょっと顔を見に行きました。彼はお寿司屋さんをやっていましたから、客としてね」

永美子さんはそのときのことを思い出すようにふと視線を遠くに向けると、困ったように眉を顰めた。

「それが、うらぶれたお寿司屋さんでね。店内は薄暗くて、お客さんもぜんぜん入ってないんです。握ってもらったお寿司はあんまりおいしくなくて、ちょっと辟易《へきえき》しましたわ。でもその分、ゆっくり話ができたんですけど」

永美子さんの興味は、もっぱら相手の生活水準にあったようだ。世間話のように景気の話を向けると、扶実さんの息子は自分の窮状をべらべらと喋ったという。

「佐脇依彦の手記のことも、向こうから言い出したんですよ。こういうのがあるんだけど、金になりませんかね、なんて。わたくし、そのときは佐脇依彦なんて名前はぜんぜん知りませんでしたし、何かの役に立つとも思わなかったんですけど、彼の母親がその手記を手に入れた経緯を聞いてみると、どうも父の行動が遠因のようではないですか。そこで、また好奇心の虫が疼《うず》き出して、つい手記を読みたくなってしまったのです。十万円出してあげたら、彼は簡単に手記を手放してくれましたわ」

家に持ち帰って手記を読んでも、すぐに今回の計画を思いついたわけではないと永美子さんは言う。だから、それきり手記はしまい込んでいたのだそうだ。

「思い出したのは、悠哉が何度目かのお見合いを特に理由もなく断ったことがきっかけでした。大変綺麗で、育ちのいいお嬢さんだったのに、『なんとなく』なんて言って悠哉は会いもせずにお断りしてしまったんですよ。二十代のうちは、まだこちらもそれほど焦っていませんでしたわ。でももう悠哉も三十一でしょ。その気がないでは済まされませんわ。どうして結婚する気にならないのかといろいろ考えてみて、学生時代に悠哉を弄《もてあそ》んだ女のことを思い出したのです」

咲都子のことだ。わたしはその悪意ある表現にも、いちいち腹を立てなかった。

「自分でもどういう連想だかよくわからないんですけど、そのときにピンと来たんですよ。確かあの女の祖母も、名前に『扶実』がつくな、って」

「咲都子の家族関係まで調べ上げていたんですか」

わたしは驚きよりも恐怖を感じて問い質した。息子と別れた女のことを、普通そこまで調べ上げるだろうか。

「ええ、腹が立っていましたからね」

永美子さんは涼しい顔で肯定する。わたしは小刻みに首を振り、言葉では何も答えなかった。永美子さんはかまわずに続ける。

「偶然はもうひとつありました。あの女の父親とわたくしの生きていた兄は、同じ年だったのです。それを知ったときに、今度のことを思いつきましたの。なかなか凝った仕掛けだったと思いません?」

「永美子さんはこういうことにかけては天才的だよな。相談をされても、わたしは細部の補強くらいしかすることがなかったよ」

三原は誇らしげに永美子さんを誉める。永美子さんは恥じらいながら、「でも」と三原に視線を向けた。

「あの女の祖母に似た女優を捜してくれたのはお手柄でしたわ。その点が、この計画の根幹でしたから」

「それもこれも、妻の祖母の顔もろくに憶えていない相手だったからこそだね。松嶋君、妻の親戚はもう少し大事にした方がいいぞ」

三原はお為《ため》ごかしを言った。わたしはそんなことよりも、結局彼らの説明がこちらの質問への答えになっていないことの方が気になった。佐脇の手記を手にしたことが、今回の計画のきっかけになったと永美子さんは言うが、とどのつまりは、咲都子への恨み——ひいてはわたしへの恨みを長年胸に抱いていたからなのだろう。そうでなければ、手記を罠に利用しようなどという発想は出てこなかったはずだ。永美子さんの恨みの深さに、わたしは慄然《りつぜん》とする。

「つまり、佐脇の手記の原本はあるわけですね」

わたしはどうしてもその点を尋ねずにはいられなかった。原本は今、どこにあるのか。

「ええ、ありますよ。欲しいですか」

永美子さんはこちらの心底を見透かすような顔で訊く。わたしは答えなかった。

「ちょっと意地悪だったかしら。もちろん原本を松嶋先生に差し上げるわけにはいきませんわ。わたくしがそんなに親切にしてあげる義理はありませんものねぇ」

「質問はまだあります」わたしは腹立ちや無力感を腹の底に押し込めて、永美子さんの言葉を遮った。「わたしを陥れることが目的だったなら、どうして手記の謎を解かせようとしたのですか？　すぐに学会に発表させた方が、それだけわたしに打撃を与えるのも早かったはずですが」

「それは先生、人間の心理をわかってらっしゃらないわ。苦労をした末に発表した論文が、自分の研究者生命を絶つ致命傷になれば、ずっとショックは大きいでしょ。だから先生には少し苦労をして欲しかったのですよ」

永美子さんはいとも簡単に言い切る。なるほど、彼らの計画の根底には必ず《悪意》があるのだ。彼らにとって《悪意》は、効率よりも優先されるものらしい。

「もっとも、少し計算違いもありましたけどね。本当なら、手記が贋物であることはもっと違う形で明らかにする予定でした。でもまあ、義父から指摘されるのもそれなりに面白い趣向かしらと考え直したのですけど。何しろ、仲がお悪いのですものねぇ」

口調が上品なだけに、そこに滲む悪意はいっそう醜悪だった。気のせいなどではなく、本当に吐き気を覚えた。

「義父がその指摘をしたと、どうして知っているのですか？　確か増谷もそれを知ってましたね」

「そんなこと、調べればすぐにわかることでしょ。わたくしたち、今度の件ではお金を惜しんでませんのよ。でも、麻生教授がもっと話を大事《おおごと》にしてくれないのが少し不満でしたけど。やっぱり身内を庇《かば》う気持ちがあったのかしらね。仕方ないので、別の人に公の場で指摘させようかしらと考えていたところでしたのよ」

彼らはそこまで考えていたのか。改めて、自分がどんなに危うい立場にいたのかを知り、恐怖する。わたしは麻生教授に助けられていたのだ。

「では、わたしを《TAKEYORIファニチャー》に近づけたのはなぜです？　竹頼会長と会えるようセッティングしたのは、増谷だそうじゃないですか。そんなことをしなければ、こうしてわたしが真相に気づくこともなかったのに」

気を取り直して、確認作業を続けた。永美子さんは、その程度のこともわからないとかと言いたげな顔をする。

「わたくし、松嶋先生に一度お目にかかりたいと思っていたのですよ。今こうしてお話ししているのも、すごく嬉しいのです。わたくしの失言から先生はお気づきになったとおっしゃいますが、気づいていただけなければ寂しかったわ」

「まあそれは同感だが、ハプニングがあったのは事実だよ。君が長谷川という元医者を見つけ出すとは思わなかったし、その人がまさか伯父の顔を憶えているとも予想しなかった。ならばいっそ呼び込んで、反応を見ようということにしたのさ」

横から三原が補足する。永美子さんは「そうそう」と頷いた。

「そこで少し計画の変更はありましたが、でもいずれ別の形で接点は作っていましたよ。現在の悠哉とあなたの境遇の違いを、はっきり認識していただきたかったから」

なるほど、そういうことか。彼らの意図が読めなかったのは、それがあまりに異質だったからだ。彼らの口から説明されれば、いちいち納得できる。

しかし彼らも、その点では計算違いをしていた。志水と自分の違いなど、改めて引き合わされなくてもわたしは痛感していたからだ。もちろん、そんな指摘をしたところで彼らは喜ぶだけだろう。だからわたしは、先を急いだ。

「ならばどうして、わたしが長谷川医師を見つけ出した時点で根本的に計画を変更しなかったのですか？　長谷川医師がひと言、扶実さんの本名は扶美代だと言ってしまえば、その時点で計画のすべてが瓦解《がかい》してしまうのに」

山崎が着目した疑問点を問い質した。それには永美子さんより先に、三原が答える。

「わたしは計画の変更を提案したんだがね。永美子さんがこのままいこうと言ったのさ」

「だって、もともと永久に騙し通せるわけはなかったんですから、ばれたらばれたでよかったんですよ」

永美子さんはわたしを改めて見て、実に楽しげに微笑んだ。わたしはその表情と言葉の内容の乖離《かいり》に怖気《おぞけ》立つ。わたしより遥かに小柄で非力に見えるこの女性が、心底恐ろしくてならなかった。

「わたくしの目的がわかったようなことを、先生はさっきおっしゃいましたよね。でも、ぜんぜんわかってらっしゃらないじゃないですか。わたくしはですね、先生があの女に一瞬でも疑いの目を向ければ、それで充分満足だったんですよ。どういうつもりで悠哉から女を奪ったのか存じませんが、いくら大恋愛をしたつもりでも人間の気持ちなんてしょせんそんなものなのです。よくおわかりになったでしょ」

わたしは今日ここに、不退転の決意で乗り込んできた。闘志が鎧《よろい》となり、身を護《まも》ってくれるはずと思っていた。それでも永美子さんの言葉は、氷の刃《やいば》となってわたしを貫いた。わたしは恐怖のためでも気圧されたせいでもなく、結局は彼らの勝ちだったと知らされて言葉を失った。いや、違う。わたしは自分の弱さに負けたのだ。咲都子を信じ切れなかったわたしは、あの時点で敗北を決定づけられていたのだ。

ついに、気力という名の剣も折れた。わたしの糾弾は、彼らに永久に届かない。わたしが味わった苦しみを、自分たちの行為で人ひとりの一生がどんなに辛いものになったかを、彼らに思い知らせることはできなかった。かくなる上は、もう彼らと同じ空気を共有していたくはなかった。最後にわたしは、笑われるのを承知の上で言った。

「あなたのおっしゃるとおり、わたしは弱い人間だ。咲都子の本心を見失い、あなたたちの罠に手もなく引っかかった。でも、もう二度とわたしは失いませんよ。わたしは誰よりも咲都子を愛したし、今でも愛している。咲都子がわたしを愛してくれたことも知っている。わたしたちのこの絆《きずな》は、誰にも壊すことはできないんだ」

わたしの宣言は、冷笑ではなくわずかな当惑で迎えられた。永美子さんは三原と目を見交わすと、少し呆れた顔で言った。

「言葉は便利なものですね。亡くなった咲都子さんも、きっとあの世で喜んでるんじゃないんですか」

「ええ、そうだと信じてます」

永美子さんの言葉が痛烈な皮肉だとわかっていても、わたしはあえて応じた。見送りはけっこうだと断り、席を立つ。そして二度と振り返らず、真っ直ぐに応接室を出た。このまま永久に彼らの視界から消えたいと望んだ。

大きな三和土《たたき》で靴を履いているときに、玄関ドアが開いた。慌てた顔の志水が飛び込んでくる。見上げたわたしと視線が合うと、志水は開口一番に言った。

「母との話は終わったのですか」

「ああ、終わった。もうこれですべて終わったよ」

「母は……、失礼なことを言ったでしょうね」

志水は沈痛な面もちだった。なぜあのような母親から、こんなにもいい男が生まれたのだろう。わたしはこの不思議な縁で知り合った人物に、深い感謝を覚えた。

「君にはいろいろよくしてもらったのに、疑ったりして悪かった。本当に申し訳ない。でもひとつだけ言い訳を許してもらえるなら、聞いて欲しい。君がわたしのことを恨んでいるなんて、どうしても信じられなかった。君の真意を疑いたくなかった。自分の直感に従えばよかったと、今は後悔しているよ」

「そんなこと……。ぼくじゃなくても母がすべて仕組んだことだったのですから、疑われても仕方ないですよ」

志水はやりきれないように首を振る。わたしは一瞬前まで口にする気もなかったことを、衝動的に吐露した。

「わたしは咲都子に選ばれるのにふさわしい男ではなかったかもしれない。馬鹿なことをして、咲都子を悲しませもした。でもわたしはまだ諦めないよ。これからもっともっと努力して、咲都子にふさわしい男になってみせる」

「そうですか」

こんなことを言われても、志水もどう反応していいか困ったことだろう。ただぎこちない笑みを浮かべて、頷くだけだった。わたしはそんな彼に深々と頭を下げ、玄関ドアを押し開けた。外の空気は冷たかったが、清冽《せいれつ》さが心地よい。夜空を見上げ、大きく息を吸った。

夜が明ければ、また新しい一日が始まる。明日はきっと今日よりよい日になるだろうと、能天気に信じることができた。

50

帰宅してすぐに、長谷川医師に電話をした。かいつまんで、事の次第を報告する。わたしの話が想像を遥かに超えていたのか、長谷川医師は「なんと恐ろしい……」と言ったきり絶句した。もっともな反応だ。わたしは努めて明るい声で言う。

「しかし、もうすべて片づきました。彼らの企みを見抜けたのも、長谷川さんのご協力があったからこそです。本当にありがとうございました」

「いや、礼などいいのですが……。それよりも松嶋さん、これからどうなさるおつもりですか」

問われても、わたしに答える言葉はなかった。永美子さんたちのしたことを世間に訴えようにも、彼らは犯罪を犯したわけではない。罪を告発することもできないのだ。それに、志水をこれ以上苦しめたくはなかった。彼らが二度とわたしに関わってこないなら、それこそが一番の成果だった。

「これからのことは、ぼちぼち考えたいと思います」

すべてが明らかになっても、わたしの置かれている窮状は変わらない。それでも今は、なんとかなるさとお気楽な気分でいられた。肉体労働でもなんでもして死に物狂いで働けば、親子ふたりが生きていくくらいの食い扶持《ぶち》は稼げるだろう。

改めてお礼に伺わせてもらうことにして、電話を切った。続けて麻生教授にも連絡を入れたが、あいにくと関西に出張中だという。月曜日の夜ならもう戻っていると義母が言うので、その日に訪ねていくことにした。最後に里菜の様子を訊くと、生活には慣れたようだがやはり寂しそうにしていることも多いと、義母は気がかりそうに言った。わたしは今すぐにでも飛んでいってやりたい気持ちを、精一杯抑え込まなければならなかった。

週が明けた月曜日に、大学で山崎を捉まえていつもの池の畔《ほとり》に行った。山崎の推理は外れていたが、それをきっかけにして真相に辿り着けたことを説明する。山崎は最後まで聞いて、「ふうん」と相槌を打った。

「ということは、志水さんを信じていた君が正しかったわけだね。よけいなことを言ってすまなかったね」

「いや、全部自分で考えて、自分で判断しなければならないことだからな、本当は。よけいなことなんかじゃないよ。何度も話を聞いてくれて、感謝している」

「松嶋くんも大変だったね。もてる男は辛いってこと？」

「馬鹿言うなよ」

つまらない山崎の言葉に、わたしは苦笑を浮かべるしかなかった。確かに今回の騒動は、自分に不釣り合いな女性を人生の伴侶《はんりよ》に得た代償と言えなくもないが、だからといってわたしが女性にもてるわけではない。単に咲都子がユニークな好みを持つ女性だったというだけのことだ。

「咲都子みたいな酔狂な女は他にいないさ。そういう意味じゃあ、一度でも結婚できたおれは幸運だったのかもな。お前もがんばれよ」

わたしは山崎の肩を、軽くぽんと叩いた。延びきったラーメンのようなこの男は、意外と女子学生に人気があるのである。助教授になって生活が安定すれば、結婚相手に困ることもないだろう。

「あれ？　ええと、ということは、もしかして気づいてないのかな」

なぜかきょとんとした顔をして、山崎は意味不明なことを口走る。山崎が唐突に奇妙な発言をするのはいつものことなので、取りあえず「なんのことだよ」と応じておいた。わたしが何に気づいていないと言うのか。

「あのさあ」

山崎は首を捻って、横に坐るわたしの顔をじっと見つめた。男にそんなふうに見つめられても、まったく嬉しくない。わたしは蠅《はえ》を追い払うように手を振って、先を促した。

「なんだよ」

「君、馬鹿だね」

また同じことを言われた。この前は確かにそう言われても仕方がなかったが、今日はいったいなんのことだ。どうしてまた馬鹿呼ばわりされなければならない？

「人のことを馬鹿馬鹿言うな。馬鹿って言ったら自分が馬鹿だと、うちの娘も言ってたぞ」

「だって馬鹿じゃない。そりゃあ奥さんに死なれたショックがまだ癒えないのはわかるけどさ、まったく気づいてないってのはかわいそうなんじゃないの」

「だからなんの話だって訊いてんだよ。お前の話はいつもまだるっこしいんだ」

「青井さんのことだよ」

「青井さん？　青井さんがどうしたってんだ」

なぜここで青井さんの名前が出てくるのか、さっぱりわからなかった。青井さんの気持ちに気づいていない鈍感は、お前の方じゃないか。

だが山崎は、とんでもないことを言い出す。

「青井さんは君のことが好きなんだよ。感情を表に出すのが下手な人だし、君は咲都子さんと知り合ってめろめろになってたから何も言わなかったようだけど、ずっと君のことを思ってるみたいだよ」

「何を言ってるんだ、山崎。それならおれも言うが、青井さんはどうもお前のことが好きみたいだぞ。的外れなことを言うなよ」

「ぜんぜんわかってないなぁ、松嶋くんは。君は女性の気持ちがまるでわかってないよ」

「お前はわかってると言うのか」

他の人ならいざ知らず、山崎がこんなことを言っても冗談にしかならない。よく吹き出さなかったものだと、自分でも思う。

「少なくとも、君よりはわかってるみたいだね。君も相当鈍感だからな」

「あのなぁ、青井さんがおれに接する態度を見てて、どうしてそういう誤解をするんだ？　青井さんはあんなにおれに冷たいじゃないか」

「冷たい？　あらぁ、そんなふうに受け止められてたら、青井さんもかわいそうだね。ずいぶん君のことを励ましてるじゃないか」

「えっ」

言われて、わたしは言葉を失った。確かに、ぶっきらぼうにではあるが、青井さんはわたしのことを励ましてくれている。思い当たることは一度や二度ではなかった。

「で、でもさ、青井さんはお前に接するときには態度が違うぞ。それはお前のことが好きだからだとおれは思うんだが」

「違うよ。ぼくに接するときだけ態度が違うんじゃない。君に対してだけ態度が違うんだよ。いつだったかも、元気になる酢を君にだけ振る舞ってたじゃないか。青井さんがあんなことをするのは、君だけなんだよ」

「そ、そんなことはないだろう……」

あまりに思いがけない指摘に、わたしの言葉はつい尻《しり》すぼみになった。山崎は勝ち誇ったように「そんなことはあるの」と言い切る。

「君も奥さん亡くしたばっかりで他の女性のことなんか考えられないのはよくわかるけどさ、あんまり鈍感なのは罪だよ。いつもおどおどしてないで、たまには青井さんに優しい言葉でもかけてあげなよ」

山崎は偉そうに言って、帰ろうとわたしを促した。混乱しているわたしは、その後ろに呆然と従う。そんな話を聞かされたら、これからどんな態度で青井さんに接すればいいのか。困ってしまうではないか。

講師控え室に戻ると、いきなり青井さんと目が合ってしまった。わたしはどぎまぎして、曖昧に頭を下げる。青井さんは笑みひとつ浮かべるでもなく、奥へと姿を消した。

「お茶をお飲みになりますか」

声だけが聞こえてくる。山崎は呑気《のんき》な声で、「ああ、飲みたいな」と応じた。

「見てなよ。青井さんは必ず先に、君にお茶を出すから」

山崎は小声でわたしの耳に囁《ささや》く。そんなことがあるかよと内心で思っていると、その一分後に山崎の予言が裏づけられて、わたしは絶句した。山崎は勝ち誇ったように、にやにやと笑っている。

いや、でもこれは単に、わたしが青井さんから見て手前に坐っていたからだろう。こんなことが何かの証明になるものか。わたしは答えを求めて、青井さんの顔を見上げる。

当の青井さんはこちらの狼狽《ろうばい》など知らず、黒縁眼鏡の奥から視線を投げ返してくるだけだった。そんな表情から内心を読み取るのは、超能力者でもないわたしにはとうてい不可能なことだ。山崎の言うことなんて的外れに決まっていると、自分に言い聞かせた。

それでもわたしは、視界の隅でいやでも青井さんを意識してしまった。どうしてくれるんだと山崎に文句を言いたかったが、当人は至って太平楽にわたしの横でお茶を啜《すす》っている。こいつの性格が羨ましかった。

なんとなくぎこちなくなってしまった講師控え室の雰囲気を変えてくれたのは、ノックに続いて顔を覗かせた女子学生だった。わたしを見つけ、「あのう」と話しかけてくる。なぜかその顔は、興奮したように赤く上気していた。

「松嶋先生にお客さんが見えてます」

「あ、そう。ありがとう」

わたしは救われた思いで立ち上がり、ドアの方に足を向けた。だがその歩みも、ほんの数歩で止まってしまう。女子学生の後ろから現れたのが、あまりに思いがけない人物だったためだ。

「ちょうど休み時間だったようですね。よかった」

志水は颯爽とした態度で入ってくると、案内をした女子学生に礼を言う。女子学生はますます顔を赤らめ、一礼して去っていった。わたしはなぜ志水が訪ねてきたのかわからず、ただ彼の顔を見つめる。

「これを持ってきたんですよ。こんなことで母の罪滅ぼしになるとは思ってませんが、ないよりはずっとましでしょう。取りあえず、受け取ってください」

そう言って志水は、分厚い紙封筒を差し出す。まさか、と思いながら、わたしは受け取った。

「これは……？」

「手記の原本です」

志水の答えを聞くより先に、わたしは封筒を開けていた。中には古びた原稿用紙の束が入っている。これがそうなのか。これこそ、佐脇依彦が残した手記なのか。

「念のため、紙質検査はきちんとしてください。間違いはないと思いますが」

「あ、ああ、うん」

予想もしなかった事態に、わたしは応じる言葉もなかった。志水は落ち着いた態度で、確認してくる。

「これさえあれば、松嶋さんが職を失わずに済むんですよね」

「それはわからないけど。もらってしまっていいのか」

「もちろんですよ。母の手許にあっても、なんの役にも立たないものですから」

「ありがたい。なんと言っていいのかうまく言葉にならないが、本当に感謝するよ」

「いまさらこんなことを言っても信じてもらえないかもしれませんが、ぼくは母がしていたことを何も知らなかったのです。おとといの夜、松嶋さんがお帰りになった後に詳しいことを聞いて、びっくりしました。まさかすべてを咲都子さんが仕組んだかのように見せかけていたとは、松嶋さんが怒るのも無理はありません。でもお恥ずかしいことに、母はぜんぜん反省していないのです。だからこれは、単なる母の尻拭《ぬぐ》いです。ぼくと松嶋さんの間の貸し借りはもうなしですから、別に感謝していただくには及びませんよ」

志水は大したことでもないように言うと、自分の腕時計に目を落とした。そして気ぜわしげに続ける。

「すみません。仕事を抜けてきたので、もうこれで失礼します」

「ありがとう。君には最後まで助けられた」

志水の厚意にそんな言葉でしか応じられない自分をもどかしく思っていると、彼はふと顔を近づけてきて、小声で囁いた。

「松嶋さん、いくら独身に戻ったからって、あんまり悪い遊びをしちゃ駄目ですよ」

「えっ」

「じゃあ、いずれまた」

最後に志水はにやっと笑うと、軽く手を挙げてドアの外に消えた。颯爽とした、なんともほれぼれとする立ち居振る舞いだった。わたしは彼が去っていった方角に、深々と頭を下げた。

「もしかして、それが佐脇依彦が書いた本当の手記なの？」

さすがの山崎も、目を丸くして尋ねてくる。わたしが「ああ」と応じると、山崎は実に嬉しそうに破顔した。

「よかったね、松嶋くん」

「松嶋先生、おめでとうございます」

山崎の言葉に続いて、青井さんまでがそう言ってくれた。あろうことか、彼女の口許には微笑が浮かんでいる。わたしは胸がいっぱいになり、彼らにも深く頭を垂れた。

51

その日の夕方に、麻生家を訪ねた。わたしの到着を待っていたらしく、玄関を開けるとすぐに里菜が飛びついてくる。わたしはそんな娘の両腋《わき》に手を差し入れ、自分の頭より高く持ち上げた。里菜はきゃっきゃと声を上げて喜ぶ。

里菜の後ろにいた教授夫妻にも改めて挨拶し、靴を脱いだ。里菜はわたしが買ってきたおみやげの本に夢中になり、早く読んでとせがんでくる。わたしはしゃがんで視線の高さを合わせ、「ごめんね」と頭を撫《な》でた。

「パパはおじいちゃんと大事なお話があるんだ。少し待っててくれたら、読んであげるから」

「うん、じゃあそれまでおばあちゃんに読んでもらってる」

里菜は聞き分けがよかった。それは慣れない環境に順応しようとした結果だとしたら、いささか憐れだ。わたしは「いい子だ」と微笑みかけて、里菜を義母に任せた。義母は里菜をリビングに連れていき、わたしと麻生教授は応接室に入る。

「手記の原本が手に入りました」

わたしは志水から預かった原稿を取り出し、教授に示した。教授は表情にわずかに驚きを浮かべてそれを受け取り、慎重に捲《めく》る。

「今度こそ本物なのだろうな」

「まだ確認はしていませんが、おそらく間違いはありません」

「そうか。よく手に入ったな」

「志水の世話になりました」

わたしは志水家に乗り込んで聞き出したことすべてを、麻生教授に話した。もちろん、永美子さんが咲都子を指して言った悪意ある表現は抜きにしてである。それでも教授は唸り、不愉快そうに顔を歪《ゆが》めた。

「世の中にそんな人がいるとは、信じられない話だな。君もとんでもないことに巻き込まれてしまったわけだ」

「わたしにも反省すべき点はあります」

永美子さんたちのしたことはとても容認できないが、それでもわたしはすべてを他人のせいにするつもりはなかった。一連の騒動はわたしの不徳が招き寄せたことであるのは間違いないし、失ったものの代わりに得たものも多い。綺麗事を言うわけではないが、永美子さんたちへの恨みを自分の中に溜めたくはなかった。

「それで、この手記をどうしたらいいでしょうか。原本が手に入ったと、改めて論文にして発表したいと考えているのですが」

わたしが問うと、教授は慎重な手つきで原稿をテーブルに置き、「いや」と首を振った。

「それには及ばないだろう。贋物のコピーは、何人に渡した？」

「ひとりだけですが」

「だったらその人に、手違いがあって筆写したものを送ってしまったと断り、この原本のコピーを送り直したまえ。君が贋物を掴まされたことは、何も世間に発表しなくてもいい」

「え、では……」

「君は大学を辞める覚悟を固めていたのかもしれないが、そんなことをする必要はないということだ」

正直に言えば、原本さえあれば大学を辞めずに済むかもしれないと考えてはいた。だが実際にこうして麻生教授の口から告げられると、全身がとろけるような安堵を覚える。それは、里菜と離れ離れにならなくて済むという安堵だった。

「この前、わたしは君のことを『会うたびに馬鹿になる』と評したよな。憶えているか」

「は、はい」

「わたしがなぜそんなことを言ったか、意味がわかっていないだろう」

「――わかっていません」

麻生教授が唐突に何を言い出したのか、わたしは見当がつかなかった。だから正直に応じたが、教授は特に失望した様子もない。

「以前の君は、もっと鋭敏だった。それなのに最近は、わたしの顔色を窺ってばかりでおどおどしている。わたしが君のことを大学から追い出したがっていると、まさか本気で思っていたのか。わたしのことをそんな狭量《きょうりょう》な男だと考えていたのか」

「え、あ、いや、そのう……」

わたしの口調はすっかりしどろもどろになった。教授はこちらの返事を待たず、さらにつけ加える。

「君を一番買っていたのは誰か、思い出してみることだな」

「はい」

よけいな言葉は必要ないと判断した。考えてみれば山崎も青井さんも、わたしのことを怯《おび》えすぎだと評していた。そんなことはないのだとわたしは耳を貸さなかったが、結局彼らの言葉の方が正しかったわけだ。英知はいつも、わたしの周囲に存在する。素直に、自分はなんと幸せなのかと感じることができた。

教授は手記の真贋《しんがん》鑑定についていくつかの示唆をわたしに授けてから、「ところで」と話を変えた。

「ついこの前のことだ。咲都子の書き残した文章が見つかった」

「えっ、咲都子の?」

まだわたしの見ていない咲都子の文章があったのか。わたしの胸はたわいもなく躍った。

「まるで遺言のような文章だった。もしかしたら、自分の運命に何か予感めいたものを感じていたのかもしれない。うっかり目を通してしまったが、本当なら君が読むべきものだ。だから、元の場所に戻しておいた」

教授は亡き娘を悼《いた》むように、わずかに視線を遠くに投げた。わたしは身を乗り出して、確認する。

「どこにあったんですか」

「写真立ての中だ。君の顔を黒く塗り潰した写真があっただろう。あれはたぶん、君が手紙を見つけやすいようにするための工夫だったに違いない。里菜がいじっていて、見つけ出したのだ」

「今すぐ見せてもらってもいいですか」

「ああ、そうしたまえ。写真立ての場所は、里菜が知っている」

わたしはすぐに立ち上がり、リビングに向かった。里菜に声をかけ、写真立てはどこにあるのかと訊く。里菜は元気に「こっちだよ」と言って、先に階段を駆け上がった。

「ここにママのお手紙があったの」

里菜はおもちゃ箱から写真立てを取り出して、わたしに突き出した。わたしと咲都子と里菜の三人でディズニーランドに行った際に撮った写真。今よりずっと幼い里菜、黒く顔を塗り潰されたわたし、そしてこの上なく嬉しそうに微笑んでいる咲都子。わたしはそれを裏返し、震えそうになる手で蓋を外した。

中には薄い水色の便箋《びんせん》が入っていた。広げてみると、懐かしい筆跡が目に飛び込んでくる。年の割には達筆な、幼さのかけらもない流麗な筆跡。間違いなく、咲都子の手による文章だった。わたしは味わうように、その文字をひとつひとつ目で追った。

真ちゃん、あなたがこの文章を読むときが来るでしょうか。もしかしたらそんな機会はなく、私はこっそりこれを捨てているかもしれない。そうなるといいと思いつつ、筆を走らせています。

私が短気なことは、真ちゃんが一番よく知ってるよね。すぐにカッとなって声を大きくしたり、ぶつぶつ文句を言ったり、自分でも怖い女だなぁと思う。でもそんな私を、真ちゃんはいつも柔らかく受け止めてくれるよね。真ちゃんは自分のどこに魅力があるのか、本当にわかってないみたいだけど、包容力は抜群だよ。私は真ちゃんといるだけですごく安らぐ。だから結婚したんだからね。

今回も、怒って家を飛び出しちゃったこと、実はもう後悔しているんだ。夫の浮気くらい許してやれ、なんて意見は前近代的でとても受け容れがたいけど、でも真ちゃんの場合はどうしてそうなっちゃったのか想像がつくからね。どうせ酔っぱらって、自分でもわからないうちに友達に連れていかれちゃったんでしょ。真ちゃんが自分からそんなところに行くわけないってことは、私もわかってる。

それなのに里菜まで連れて飛び出して来ちゃった自分の短気さが、本当にいやになってます。だから、早く迎えに来て欲しい。ううん、正確に言うと、すぐに迎えに来てもらっても困るの。真ちゃんは反省して、あたしは頭を冷やして、そうしたらまた元どおりになると思う。真ちゃんが謝ってくれたら、あたしは絶対に許すから。そうしたら、あたしも真ちゃんに謝る。家を飛び出しちゃったりしてごめんねって、ちゃんと言う。結婚したときに、そういう約束をしたもんね。

いつも言ってることだけど、あたしは真ちゃんのことが大好きです。誰よりも、世の中のどんな人よりもかっこよくて頼りになると思ってます。そんな人と結婚できて、あたしは世界一幸せな女です。早く里菜と三人の生活に戻って、世界一の幸せを噛み締めたい。そのときはもっと素直な、かわいげのある女になれるよう努力するから。真ちゃんに、世界の誰よりも好きだと言ってもらえるよう、努力するから。だから早く会いたいよ。早く迎えに来て。

最後は手が震えて、読み続けるのが難しかった。ごめんよ、咲都子。わたしはもっともっと早く、君を迎えに行くべきだった。君が永久にいなくなる前に、この手で抱き締めるべきだった。世界の誰よりも好きだと、君に言ってもらうために。世界の誰よりも好きだと、君に言うために。

「ねえ、なんて書いてあるの」

わたしの様子が変わったことを見たためか、里菜が心配そうに顔を覗き込んでくる。わたしは無理に笑い、胸を張って娘に答えた。

「ママはね、パパのことが好きだって。世界で一番好きだって」

「里菜もパパのことが好きだよ。一番一番大好き」

「ああ、パパも大好きだ。パパは里菜とママのことが世界一大好きだ」

里菜は嬉しそうに笑って、わたしの胸に飛び込んでくる。幼い娘を抱き締めると、そこに咲都子の残り香を嗅《か》いだ気がして、わたしは大声で泣いた。

解説

池上冬樹

いきなりだが、四年前に本書『追憶のかけら』を読んだときの感想を、まず引用したい。海外ミステリの専門誌「ミステリマガジン」の連載コラムに、僕は次のように書いた。

紛れもなく今年の収穫の一冊だろう。どんでん返しを繰り返してもあざとくなく、ちゃんと夫婦・家族愛に着地する手際は巧みで、ラストも感動的。何よりも和製ゴダードぶり、つまり自殺した小説家の手記をめぐって人間関係が錯綜したり、また妻を亡くして私生活と仕事の面で右往左往するあたり、『蒼穹のかなたへ』『日輪の果て』などの駄目男ハリーを思い出せて嬉しくなる……。

四年ぶりに読み返しても、その思いは消えない。僕の予想に反して、この小説を収穫としてあげる人は少なかったけれど、おそらく大部が災いして読まれなかったのか、あるいは貫井徳郎にしては叙述トリックほかの技巧を駆使するものになっていないのがやや不満だったのかもしれない。しかしミステリというジャンルで、本格よりもサスペンスやハードボイルドや警察小説のほうに愛着を覚え、謎解きの論理よりも人間ドラマのほうに強くひかれる人なら、この小説に満足されるだろう。とくに海外ミステリファン、なかでもロバート・ゴダードのファンにお薦めしたい。作者がどこまで意図したのかわからないし、ひょっとしたらまったく意図していない場合も考えられるけれど、同時代の優れた才能は無意識に共鳴するもので、同じような作品を作り上げてしまうものである。そのひとつの好例といっていいのではないか。

物語の主人公は大学で近代文学を教える講師の松嶋真司。まだ三十四歳だが、すでに〝結婚、子供の誕生、妻との別居、死別と、可能な限りのあらゆる事態を経験してしまった〟。妻の咲都子《さとこ》が交通事故でなくなったのは三カ月前。その一週間前に大喧嘩をして、妻は娘をつれて実家に帰っていた。一人娘の里菜はいまだ義理の両親のもとにいる。義父の麻生教授は、松嶋が講師をつとめる明城学園大学の有力者で、義父の引きで講師になり、いずれ助教授になるだろうと周囲に見られていた。ただし馬鹿な真似さえしなければだった。その馬鹿なことを松嶋はやり、夫婦喧嘩となり、妻が暴走車にひかれてなくなってしまったのだ。娘をひきとれば職を失い、職にしがみつけば娘は取り戻せない。その情況を打破するには、なにか目立った大きな業績を残すしかなかった。

そんな松嶋のところに、ある作家の手記が持ち込まれる。昭和二十一年から二十二年にかけて活躍した小説家佐脇依彦の原稿だった。佐脇は、私小説からスタートしてだんだんと幻想味の濃い作風へと変化したマイナーな作家で、短篇を五作しか残していないものの、文学的には充分に研究の余地があった。佐脇は首を吊って亡くなったが、手記にはその真相が書かれていた……。

こうして物語では、佐脇の手記がそのまま挿入される。小説のおよそ半分を占める、この手記がたっぷりと読ませる(文庫では組み方がかわらないが、単行本とノベルス版では、松嶋を描く現在が二段組で、過去の手記の部分が一段組になっていた)。

佐脇は、四歳のときに母親を、十一歳のときに父親を亡くし、子供のいない叔父夫婦のもとに身をよせていた。徴兵検査で不合格となり、出征しなかったことに罪悪感を覚えていた。それもあり、佐脇は図書館で出会った復員兵の井口に親身になってしまう。井口は戦時中に、妻子がありながらも、竹頼春子という女性と恋におち、妊娠させた。子供をおろしてもらうか、妻子とわかれるか結論がだせないうちに召集令状がきて、戦場に赴いた。ところが敗戦とともに帰ってきたら、妻子は戦火で焼け死んでおり、春子の行方も知れず気になっているという。そこで佐脇が春子の行方を探すことになったのだ。

佐脇が関係者を廻っていくうちに、ようやく本人とおぼしき人物にたどりつくのだが、それがあらたな災厄を招くことになる。佐脇の友人である長谷川、叔父の病院で働く扶實子といった人物たちも、春子の行方を探すうちに変貌し、佐脇との関係が崩れていく。

興味深いのは、この春子、長谷川、扶實子の行方を、五十年後の東京で、今度は松嶋が追いかけることになる。自殺した作家の手記にひめられた謎と、それを追及する松嶋が入り込む悪意の迷宮(二重にも三重にも張りめぐらされた奸計)が、物語の展開とともに次第に明らかになる。このプロセスが実にスリリングで面白い。

実は、この辺の展開が、さきほど冒頭であげたゴダードを想起させる。初期の『リオノーラの肖像』『千尋の闇』のような、過去と現在を往復するうちに（本書は往復はしないけれど）謎が幾重にも深まる濃密な物語空間と似たものが、ここにはあるからだ。ゴダード印のロマネスク、すなわち憂愁と悲哀にみちた物語の万華鏡というほどの絢爛さはないし、むしろ地味ではあるけれど、情けないくらいにあちこちで泣いてしまう松嶋の軽さ、駄目男ぶり（夫婦喧嘩のもとになった軽はずみな行動）も、ゴダードのわりとストレートなピカレスク『蒼穹のかなたへ』『日輪の果て』のヒーローを想起させて微笑ましい。

もちろんゴダードのほうは、〝誰一人信じられなかった。何ひとつ当てにできなかった。あらゆる欺瞞《ぎまん》の裏にべつの欺瞞があった〟（『悠久の窓』下巻284頁）という言葉通り、誰もあてにできず、〝欺瞞の裏にべつの欺瞞〟のある過酷な世界での真実の追求になる。ゴダードに比べれば本書にはそれほどの過酷さはないものの、〝欺瞞の裏にべつの欺瞞〟のようなものが隠されているといえるだろう。

だが、この小説の面白さは、事件の追及にばかりあるのではない。過去と現在の対照、つまり佐脇と松嶋の対照にもある。手記の中の人物と探索者の行動および情況が微妙に重なり合って興趣が生まれるのだ。佐脇の手記のなかで井口は、〝人生といふのは辛いものですなア〟と佐脇に告白し、すぐに打ち消す場面がある。そして人生が辛いのではなくて、〝辛い事が降りかかるのはやっぱりそれ相應《そうおう》の理由があるんでせうね。それだけの事をしたから、私はかういふ目に遭つた。當然《とうぜん》の報いなのです〟というけれど、この言葉はそのまま佐脇にもふりかかり、そして現代の松嶋にもふりかかる。

松嶋自身、〝過去を探って波風を立てることは、意図する以上に大きな波紋を呼ぶのだ。これではまるで、佐脇のしたことと同じではないか〟と省みるけれど、だからといって過去を探ることをやめようとはしない。二人の行為はときに相似形をなすことがあるけれど、二人が目指すものも異なるし、環境や情況も変わってくる（その端的な例が、佐脇と友人の長谷川との関係であり、松嶋と山崎のそれでもあるだろう。どちらがどう変化し、どちらがどう変わらないかも注意深く読まれるといい）。

この小説の興趣は、その苦難との遭遇と対処の方法、そして最後に何に至るかにあるだろう。とくに冒頭にも書いたが、松嶋が見出す妻との関係、娘との愛の確認など、とても胸をうつ。プロットはゴダードなみに精緻であり、物語それ自体も、初期作品（たとえば前述した『リオノーラの肖像』『千尋の闇』、あるいは『さよならは言わないで』）のような切実な感情が生み出されていて何とも感動的なのである。

ただ、これは余談になるが、個人的な願望を述べるなら、全体的にもっと国文学の情報を増やしてほしかった。僕が大学時代に日本文学を専攻していたこともあるのだが、松嶋、山崎、義父の麻生教授の専攻をもっと具体的に知りたかった。具体的な専攻を明らかにすることによって、その人間の特性、物語の背景および行方を左右することができるからである。異なる専攻の目から捉えたら、「佐脇依彦」という作家の特異性（あるいは凡庸さ）ももっと出てきただろう。それによって佐脇と松嶋の人生の呼応のしかたにもいっそうの変化が生まれたのではないかと思うのだが、そうなると文学的な批評性がまさり、エンターテインメントとしてやや煩雑になるかもしれない。おそらく作者はそれを嫌って、余計な情報をいれなかったのだろう。いくらでも象牙の塔の話に出来るだろうに、あえて踏み込まないところにも、作者の意図があらわれているかもしれない。

トリッキーなデビュー作『慟哭』の印象があとをひいてか、僕にとって貫井徳郎というとどうしても技巧派の印象が強かった。ひじょうによく出来ているけれど、もうひとつ物語に感情移入ができない憾《うら》みがあった。大作『修羅の終わり』も見事だし、『失踪症候群』『誘拐症候群』『殺人症候群』も独創的で実に面白いけれど、エモーションをかきたてられることはあまりなかった。

しかし『追憶のかけら』は趣をことにしていた。物語の節々で、夫婦愛と家族愛が語られ、読者の感情をおおいにかきたてるからである。ラストで明らかになる妻咲都子の気持ちも読む者の胸をうつし、そのあとの情景も忘れがたい。ミステリファンのみならず多くの読書人にお薦めしたい秀作である。

（文芸評論家）

単行本　二〇〇四年七月　実業之日本社刊
ノベルス版　二〇〇六年十二月　実業之日本社ジョイ・ノベルス刊

文春文庫

定価はカバーに
表示してあります

追《つい》憶《おく》のかけら

2008年7月10日　第1刷

著　者　貫《ぬく》井《い》徳《とく》郎《ろう》

発行者　村上和宏

発行所　株式会社　文藝春秋

東京都千代田区紀尾井町3-23　〒102-8008
TEL　03・3265・1211
文藝春秋ホームページ　http://www.bunshun.co.jp
文春ウェブ文庫　http://www.bunshunplaza.com

落丁、乱丁本は、お手数ですが小社製作部宛お送り下さい。送料小社負担でお取替致します。

印刷・凸版印刷　製本・加藤製本

Printed in Japan
ISBN978-4-16-768202-6

（　）内は解説者。品切の節はご容赦下さい。

黄金色《きんいろ》の祈り
西澤保彦
他人の目を気にし、人をうらやみ、成功することばかり考えている「僕」は、人生の一発逆転を狙って作家になるが……。作者の実人生を思わせる、異色の青春ミステリ小説。（小野不由美）
に-13-1

神のロジック 人間《ひと》のマジック
西澤保彦
ここはどこ？ 誰が、なぜ？ 世界中から集められ、謎の〈学校〉に幽閉されたぼくたちは、真相をもとめて立ちあがった。驚愕と感嘆！ 世界を震撼させた傑作ミステリー。（諸岡卓真）
に-13-2

無限連鎖
楡周平
全米各地で再び同時多発テロが起きた直後、今度はセレベス海で日本のタンカーが乗っ取られる。爆薬を積んだ船は東京湾へ。刻一刻と近づく危機に、日米首脳の決断は——。（郷原宏）
に-14-1

猪苗代マジック
二階堂黎人《れいと》
猪苗代の高級スキー・リゾートで十年前と同じ手口の連続殺人が発生。だが、十年前の犯人はすでに死刑になっていた。狡猾な模倣犯と名探偵・水乃サトルの息詰まる頭脳戦！（羽住典子）
に-16-1

神のふたつの貌《かお》
貫井徳郎
牧師の息子に生まれた少年の無垢な魂は、一途に神の存在を求めた。だが、それは恐ろしい悲劇をもたらすことに……。三幕の殺人劇の果てに明かされる驚くべき真相とは？（鷹城宏）
ぬ-1-1

紫蘭の花嫁
乃南アサ
謎の男から逃亡を続けるヒロイン、三田村夏季。同じ頃、神奈川県内で連続婦女暴行殺人事件が……。追う者と追われる者の心理が複雑に絡み合う、傑作長篇ミステリー。（谷崎光）
の-7-1

（　）内は解説者。品切の節はご容赦下さい。

冷たい誘惑
乃南アサ

家出娘から平凡な主婦へ、そしてサラリーマンへ。手から手へと渡る一挺のコルト拳銃が「普通の人々」を変貌させていく。精密な心理描写で描く銃の魔性。『引金の履歴』改題。（池田清彦）

の-7-2

暗鬼
乃南アサ

嫁いだ先は大家族。温かい人々に囲まれ何不自由ない生活が始まったが……。一見理想的な家に潜む奇妙な謎に主人公が気付いた時、呪われた血の絆が闇に浮かび上がる。（中村うさぎ）

の-7-3

軀（からだ）
乃南アサ

お臍の整形を娘にせがまれた母親。女性の膝に興奮するサラリーマン。「アヒルのようなお尻」と言われた女子高生——。日常が一瞬で非日常に激変する「怖さ」を描く新感覚ホラー。

の-7-4

水の中のふたつの月
乃南アサ

偶然再会したかつての仲良し三人組。過去の記憶がよみがえるとき、あの夏の日に封印された暗い秘密と、心の奥の醜さが姿をあらわす。人間の弱さと脆さを描く心理サスペンス・ホラー。

の-7-5

魔女
樋口有介

就職浪人の広也は二年前に別れた恋人・千秋の死を知る。彼女は中世の魔女狩りのように生きながら焼かれた。事件を探る内に見えてきた千秋の正体とは。長篇ミステリー。（香山二三郎）

ひ-7-3

枯葉色グッドバイ
樋口有介

ホームレスの元刑事、椎葉は後輩のモテない女刑事に日当二千円で雇われ、一家惨殺事件の推理に乗りだすが——。青春ミステリの名手が清冽な筆致で描く、人生の秋の物語。（池上冬樹）

ひ-7-4

文春文庫

東野圭吾の本

（　）内は解説者。品切の節はご容赦下さい。

秘密
東野圭吾

妻と娘を乗せたバスが崖から転落。妻の葬儀の夜、意識を取り戻した娘の体に宿っていたのは、死んだ筈の妻だった。推理作家協会賞受賞のロングセラー。（広末涼子・皆川博子）

ひ-13-1

探偵ガリレオ
東野圭吾

突然、燃え上がる若者の頭、心臓だけ腐った死体、幽体離脱した少年。奇怪な事件を携えて刑事は友人の大学助教授を訪れる。天才科学者が常識を超えた謎に挑む連作ミステリー。（佐野史郎）

ひ-13-2

予知夢
東野圭吾

十六歳の少女の部屋に男が侵入し、母親が猟銃を発砲。逮捕された男は、少女と結ばれる夢を十七年前に見たという。天才物理学者が事件を解明する、人気連作ミステリー第二弾。（三橋暁）

ひ-13-3

片想い
東野圭吾

哲朗は、十年ぶりに大学の部活の元マネージャー・美月と再会。彼女が性同一性障害で、現在、男として暮らしていると告白される。しかし、美月は他にも秘密を抱えていた。（吉野仁）

ひ-13-4

レイクサイド
東野圭吾

中学受験合宿のため湖畔の別荘に集った四組の家族。夫の愛人が殺され妻が犯行を告白、死体を湖に沈め事件を葬り去ろうとするが……。人間の狂気を描いた傑作ミステリー。（千街晶之）

ひ-13-5

手紙
東野圭吾

兄は強盗殺人の罪で服役中。弟のもとには月に一度、獄中から手紙が届く。だが、弟が幸せを摑もうとするたび苛酷な運命が立ちはだかる。爆発的ヒットを記録したベストセラー。（井上夢人）

ひ-13-6

文春文庫

ミステリー

（　）内は解説者。品切の節はご容赦下さい。

我らが隣人の犯罪
宮部みゆき

僕たち一家の悩みは隣家の犬の鳴き声。そこでワナをしかけたのだが、予想もつかぬ展開に……。他に豪華絢爛「この子誰の子」「祝・殺人」などユーモア推理の名篇四作の競演。（北村薫）

み-17-1

とり残されて
宮部みゆき

婚約者を自動車事故で喪った女性教師は「あそぼ」とささやく子供の幻にあう。そしてプールに変死体が……。他に「いつも二人で」「囁く」など心にしみいるミステリー全七篇。（北上次郎）

み-17-2

蒲生邸事件
宮部みゆき

二・二六事件で戒厳令下の帝都にタイムトリップ——。受験のため上京した孝史はホテル火災に見舞われ、謎の男に救助されたが、目の前には……。日本SF大賞受賞作！（関川夏央）

み-17-3

人質カノン
宮部みゆき

深夜のコンビニにピストル強盗！　そのとき、犯人が落とした意外な物とは？　街の片隅の小さな大事件と都会人の孤独な肖像を描いたよりすぐりの都市ミステリー七篇。（西上心太）

み-17-4

心室細動
結城五郎

二十年前の事件を暴く脅迫状。関係者は次々に心室細動を起こし急死する……。過去の罪に怯え、破滅へと向かう男のリアルな恐怖を描くサントリーミステリー大賞受賞作。（長部日出雄）

ゆ-6-1

陰の季節
横山秀夫

「全く新しい警察小説の誕生！」と選考委員の激賞を浴びた第五回松本清張賞受賞作「陰の季節」など、テレビ化で話題を呼んだ二渡が活躍するD県警シリーズ全四篇を収録。（北上次郎）

よ-18-1

文春文庫

ミステリー

（　）内は解説者。品切の節はご容赦下さい。

動機
横山秀夫

三十冊の警察手帳が紛失した――。犯人は内部か外部か。日本推理作家協会賞を受賞した迫真の表題作他、女子高生殺しの前科を持つ男の苦悩を描く「逆転の夏」など全四篇。（香山二三郎）

よ-18-2

クライマーズ・ハイ
横山秀夫

日航機墜落事故が地元新聞社を襲った。衝立岩登攀を予定していた遊軍記者が全権デスクに任命される。組織、仕事、家族、人生の岐路に立たされた男の決断。渾身の感動傑作。（後藤正治）

よ-18-3

暗色コメディ
連城三紀彦

もう一人の自分。一瞬にして消えたトラック。自分の死に気づかない男。別人にすり替わった妻。四つの狂気が織りなす幻想のタペストリー。本格ミステリの最高傑作！（有栖川有栖）

れ-1-14

嘘は罪
連城三紀彦

「あなた、この着物要らない？」――親友の言葉には続きがあった。表題作ほか、からみあう愛と憎悪の中で、予期せぬ結末が待つ十二の物語。あなたもだまされます。（香山二三郎）

れ-1-15

依頼人は死んだ
若竹七海

婚約者の自殺に苦しむみのり。受けていないガン検診の結果通知に当惑するまどか。決して手加減をしない女探偵・葉村晶に持ちこまれる事件の真相は少し切なく、少し怖い。（重里徹也）

わ-10-1

悪いうさぎ
若竹七海

家出した女子高生ミチルを連れ戻す仕事を引き受けたわたしは、ミチルの友人の少女たちが次々に行方不明になっていると知って調査を始める。好評の女探偵・葉村晶シリーズ、待望の長篇。

わ-10-2

文春文庫

逢坂剛の本

（　）内は解説者。品切の節はご容赦下さい。

逢坂剛
幻の祭典

ヒトラーなど糞くらえ！　一九三六年、ベルリン五輪に対抗し、水面下で企てられたバルセロナの人民五輪。この「幻」を掘り起す日本人がスペイン現代史の闇に迷い込む。（杉江松恋）

お-13-5

逢坂剛
斜影はるかな国

スペイン内戦中に日本人義勇兵がいた。通信社記者の龍門はその足跡を追うべく現地に飛ぶが、その裏には――。スペインの過去と現代を舞台に描く、壮大な冒険ミステリー。（堀越千秋）

お-13-7

逢坂剛
情状鑑定人

七年前、妻殺しと放火の罪で服役した男が少女を誘拐した。少女は無事保護されるが、情状鑑定のため、家裁調査官と精神科医が男の過去を探るうち、意外な事実が明らかに。（香山リカ）

お-13-8

逢坂剛
禿鷹《はげたか》の夜

ヤクザにたかり、弱きはくじく史上最悪の刑事・禿富鷹秋《とくとみたかあき》――通称ハゲタカは神宮署の放し飼い。だが、恋人を奪った南米マフィアだけは許さない。本邦初の警察暗黒小説。（西上心太）

お-13-6

逢坂剛
無防備都市 禿鷹の夜II

冷酷非情な刑事、神宮署生活安全特捜班の禿富が帰って来た。ふた組のヤクザが仕切っていた渋谷のシマに進出を図る南米マフィアの魔の手がますます彼のもとに伸びて――。（吉田伸子）

お-13-9

逢坂剛
銀弾の森 禿鷹III

渋谷の利権を巡り、渋六興業と敵対する組の幹部を南米マフィアが誘拐した。三つ巴の抗争勃発も辞さぬ危うい絵図を描いたのは、なんと神宮署のハゲタカこと禿富鷹秋だった。（青木千恵）

お-13-10

文春文庫

ミステリー

（　）内は解説者。品切の節はご容赦下さい。

蜻蛉始末《かげろうしまつ》
北森鴻

明治十二年、今をときめく政商・藤田傳三郎を襲った疑惑。明治政府を震撼させた藤田組贋札事件の真相とは。維新前後の激動の中で光と影の宿命を負った二人の友情と別離、そして対決。

き-21-3

緋友禅 旗師・冬狐堂
北森鴻

古物、骨董品を扱う旗師、宇佐見陶子は、画廊で見たタペストリーに魅せられる。しかし作者は死に、作品は消えた…。騙しあいと駆けひきの骨董業界を描く連作ミステリー。表題作他三篇。

き-21-4

封印
黒川博行

大阪中のヤクザが政治家をも巻き込んで探している〝物〟とは何なのか。事件に巻き込まれた元ボクサーの釘師・酒井は、恩人の失踪を機に立ち上がった。長篇ハードボイルド。（酒井弘樹）

く-9-4

カウント・プラン
黒川博行

物を数えずにいられない計算症に、色彩フェチ……その執着が妄念に変わる時、事件は起こる。変わった性癖の人々に現代を映す異色のミステリ五篇。日本推理作家協会賞受賞。（東野圭吾）

く-9-5

文福茶釜
黒川博行

剝いだ墨画を売りつける「山居静観」、贋物はなんと入札目録「宗林寂秋」、マンガ世界の贋作師を描く表題作「文福茶釜」など全五篇。古美術界震撼のミステリー誕生！（落合健二）

く-9-6

迅雷
黒川博行

「極道は身代金とるには最高の獲物やで」。大胆不敵な発想でヤクザの幹部を誘拐した三人組。大阪を舞台に、人質奪還を試みるヤクザたちとの追いつ追われつが展開する。（牧村泉）

く-9-7

（　）内は解説者。品切の節はご容赦下さい。

今野敏
曙光の街
元KGBの日露混血の殺し屋が日本に潜入した。彼を迎え撃つのはヤクザと警視庁外事課員。やがて物語は単なる暗殺事件から警視庁上層部のスキャンダルへと繋がっていく！（細谷正充）
こ-32-1

近藤史恵
天使はモップを持って
小さな棘のような悪意が平和なオフィスに八つの事件をひきおこす。新人社員の大介には、さっぱり犯人の見当がつかないのだが——名探偵キリコはモップがトレードマーク。（新井素子）
こ-34-1

小森健太朗
グルジェフの残影
革命前夜のロシアに彗星の如く現れた神秘思想家、グルジェフ。ロシア革命の熱気を描きつつ、二十世紀最大の思想家の謎に迫った刺激的な野心作。奥泉光氏との特別対談を収録。（つずみ綾）
こ-35-1

古処《こどころ》誠二
アンノウン
自衛隊は隊員に存在意義を見失わせる「軍隊」だった——。盗聴事件をきっかけに露わになる本当の「敵」とはいったい誰なのか。第十四回メフィスト賞受賞の傑作ミステリ。（宮嶋茂樹）
こ-38-1

五條瑛《あきら》
ヨリックの饗宴
妻子を虐待した末、失踪した兄。その消息を追うハメになった耀二は、やがて政府機密の存在に気づく。「国家」と「家族」、「愛」と「憎悪」に翻弄される兄弟の運命を描いた傑作ミステリ。
こ-39-1

佐々木譲
ユニット
十七歳の少年に妻を殺された男。夫の家庭内暴力に苦しみ、家出した女。同じ職場で働くことになった二人に、魔の手が伸びる。少年犯罪と復讐権、家族のあり方を問う長篇。（西上心太）
さ-43-1

文春文庫

ミステリー

（　）内は解説者。品切の節はご容赦下さい。

佐野洋
四千文字ゴルフクラブ

コンペの日にちを間違えた男（「練習ラウンド」）。部下の査定をキャディーに頼む上司の思惑（「猪突猛進《ショートカット》」）。グリーン上に散らばる様々な人生を描く魅惑の27ホール（27話）。（伊集院静）

さ-3-22

佐野洋
喪服の折鶴

慶事に用いられる折鶴「妹背山《いもせやま》」を黒く塗った脅迫者の真意とは。折り紙が趣味の退職刑事が難事件に挑む人気シリーズは、本格推理にして捕物帳の味わい。折り紙対談併録。（笠原邦彦）

さ-3-23

佐野洋
内気な拾得者
北東西南《NEWS》推理館2

「ホテルであなたの免許証を拾った者です」。突然の電話に怯える男が受けた奇妙な申し出……。表題作ほか「偽装血腫」「不吉な名前」など全九篇。人気シリーズ第二弾！（小日向悠）

さ-3-24

笹沢左保
遙かなり蒼天

若い女性の死体から2ℓの血液が消えた！ 深い闇を抱いて帰郷する人妻に迫る魔の手……。佐賀県警の名物刑事は数々の奇怪な事件を快刀乱麻の推理で解決する。九州旅情ミステリー集。

さ-6-22

笹本稜平
時の渚

探偵の茜沢は死期迫る老人から、昔生き別れになった息子を捜し出すよう依頼される。やがて明らかになる「血」の因縁と意外な結末。第18回サントリーミステリー大賞受賞作品。（日下三蔵）

さ-41-1

笹本稜平
フォックス・ストーン

あるジャズピアニストの死の真相に、親友が命を賭して迫る。そこには恐るべき国際的謀略が。「フォックス・ストーン」の謎とは？ デビュー作『時の渚』を超えるミステリー。（井家上隆幸）

さ-41-2